Das Buch

Die Schauspielerin Katharine Tempest feiert in London erste Theatererfolge und hat nur einen sehnlichen Wunsch: Sie will zum Film. Produzent Victor Mason, Drehbuchautor Nicholas Latimer und ihre Freundin, die junge Autorin Francesca, begleiten ihre schwindelerregende Karriere und erleben, wie sie zum Star wird. Katharine schafft den Sprung nach Hollywood in die Welt des Glamours. Doch dann geht sie, vom Erfolg geblendet, einen Schritt zu weit – und verrät die Menschen, die sie lieben. Es kommt zum Bruch. Katharine verliert ihre Freunde. Viele Jahre später ist sie überraschend in einer Sache von dramatischer Bedeutung auf die Unterstützung von Victor, Nicholas und Francesca angewiesen. Werden diese einst so innigen Freunde ihr vergeben können? Kann Katharine die Fehler der Vergangenheit vergessen machen?

Die Autorin

Barbara Taylor Bradford ist vielleicht Amerikas erfolgreichste Autorin. Mit ihren zahlreichen Romanen schrieb sie sich auf der ganzen Welt direkt in die Herzen eines Millionenpublikums.

In unserem Hause ist von Barbara Taylor Bradford
außerdem erschienen:
Bewahrt den Traum

Barbara Taylor Bradford

Stimme des Herzens

Roman

Aus dem Amerikanischen
von Gisela Stege

Ullstein

Für Robert Bradford, meinem Mann,
in Liebe

Ullstein Taschenbuchverlag 2001
Der Ullstein Taschenbuchverlag ist ein Unternehmen der
Econ Ullstein List Verlag GmbH & Co. KG, München

Titel der amerikanischen Originalausgabe:
Voice of the Heart (Doubleday, New York)
Übersetzung: Gisela Stege
Umschlagkonzept: Lohmüller Werbeagentur GmbH & Co. KG, Berlin
Umschlaggestaltung: Christof Berndt & Simone Fischer, Berlin
Titelabbildung: Mauritius
Druck und Bindearbeiten: Elsnerdruck, Berlin
Printed in Germany
ISBN 3-548-25235-4

Jene Stimme des Herzens,
die, wie Lamartine sagt,
»allein das Herz erreicht«.

Marcel Proust

Ouvertüre
1978

How like the prodigal doth she return.

William Shakespeare

Erstes Kapitel

Ich bin zurückgekehrt, weil ich es wollte, aus freien Stücken. Niemand hat mich dazu gezwungen. Doch nun, da ich hier bin, möchte ich die Flucht ergreifen, mich wieder verkriechen, das weite Meer zwischen mich und diese Küste legen. Sie bringt mir nichts Gutes.

Als diese Gedanken sich endlich klar formten und dabei bedrohliche Ausmaße annahmen, verkrampften sich die Hände der Frau, die bisher schlaff in ihrem Schoß gelegen hatten, so fest ineinander, daß sich die Fingerknöchel scharf unter der durchscheinenden Haut abzeichneten. Doch das war das einzige sichtbare Zeichen für ihre inneren Qualen. Still saß sie auf ihrem Platz, das bleiche, im matten Morgenlicht ein wenig eingefallen wirkende Gesicht eine reglose Maske, den Blick starr auf den endlosen Pazifik gerichtet.

Das Meer war aufgewühlt und achatfarben an diesem trüben, sonnenlosen Tag, der ungewöhnlich kalt war für den Süden Kaliforniens. Die Frau fröstelte. Und trotzdem waren ihre Stirn, ihr Hals und die Haut zwischen ihren Brüsten mit einem leichten Schweißfilm bedeckt. Unvermittelt stand sie auf und schritt, den Kopf gegen den Wind gebeugt, die Hände tief in den Taschen vergraben, die Pier von Santa Monica entlang, die menschenleer und abweisend dalag.

Am äußersten Ende, wo die windgepeitschten Wellen an

die Stützpfeiler klatschten, blieb sie stehen und lehnte sich ans Geländer. Weit in der Ferne, wo Himmel und Wasser zu einem undefinierbaren Grau verschmolzen, zog ein Ozeanriese dahin wie ein Kinderspielzeug, von den unermeßlichen Dimensionen der Natur zur Bedeutungslosigkeit reduziert.

So wie dieses Schiff sind wir alle, sinnierte die Frau, so zerbrechlich und unwesentlich im großen Schöpfungsplan. Warum aber wollen wir das nicht erkennen und halten uns für einmalig, unüberwindlich, unsterblich und über den Naturgesetzen stehend? Denn das sind wir nicht, und letztlich ist die Natur selbst das einzig gültige Gesetz, unerbittlich und unwandelbar.

Sie hob den Kopf, als wolle sie diese Gedanken abschütteln. Der Winterhimmel war von drohenden Wolkenfetzen bedeckt, die allmählich dunkler wurden und die letzten Lichtstrahlen löschten, die sich zwischen ihnen hindurchtasteten. Ein Unwetter zog auf. Sie müßte zum Wagen zurückkehren und ins Bel-Air-Hotel fahren, bevor der Regen einsetzte. Erstaunt stellte sie jedoch fest, daß sie sich nicht rühren konnte. Nicht rühren wollte, denn nur hier, auf dieser einsamen Pier, vermochte sie einigermaßen klar zu denken, ihre wirren Gedanken zu ordnen und Sinn in das Chaos in ihrem Kopf zu bringen.

Die Frau seufzte bedrückt. Schon als sie ihre Entscheidung traf, hatte sie gewußt, daß es töricht war, hierher zurückzukehren, unter Umständen sogar gefährlich. Damals jedoch – war das wirklich erst einige Wochen her? – hatte sie es trotz der hohen Risiken für die einzig mögliche Lösung gehalten. Und so hatte sie ihre Pläne entworfen, sie geschickt ausgeführt und sich, von Selbstbewußtsein erfüllt, nach Amerika aufgemacht.

Plötzlich wurde sie von panischer Angst erfaßt: Wenn sie

blieb, setzte sie so vieles aufs Spiel – alles, was sie in den letzten Jahren erreicht hatte. Vielleicht war es ja doch besser zu gehen. Dann aber sofort. Heute noch. Bevor sie ihre Meinung wieder änderte. Es war ja so leicht: Sie brauchte nur einen Flug zu buchen – irgendwohin, wo es ihr gefiel.

Der Gedanke, einfach wieder zu verschwinden, als hätte sie dieses Land niemals betreten, kam ihrem angeborenen Sinn für dramatische Effekte entgegen, und doch ... Wieder zögerte sie, hin und her gerissen von ihrer eigenen Unentschlossenheit. Ist es nicht kindisch, davonzulaufen? fragte sie sich. Denn genau das würde sie tun. Du wirst wissen, daß du den Mut verloren hast, und du wirst es bitter bereuen, mahnte eine innere Stimme.

Die Frau schloß die Augen. Ihre Gedanken rasten, während sie alle Möglichkeiten, alle Folgen ihrer Entscheidung abwog. Der Donner grollte hinter den finsteren Wolken, die der zunehmende Sturm über den Himmel trieb. Doch so vertieft war sie, daß sie Stunde, Wetter und Umgebung vergaß. Endlich kam sie zu einer grundlegenden Erkenntnis: Sie konnte es sich nicht leisten, länger zu zögern. Die Zeit drängte. Und sie faßte ihren Entschluß: Sie würde bleiben – trotz ihrer Vorbehalte und bösen Ahnungen. Sie mußte bleiben; sie hatte im Grunde keine Wahl. Die verkrampften Linien um ihren Mund lösten sich, ihr Körper entspannte sich, die Unentschlossenheit der letzten Stunden war gewichen.

Dicke Tropfen begannen zu fallen, klatschten auf ihr Gesicht, ihre Hände. Wie meine Tränen, dachte sie; und dann brach sie unwillkürlich in Lachen aus, ein volles, amüsiertes Lachen. Nein, keine Tränen mehr! Sie hatte genug geweint. Du bist eine Närrin, Cait, dachte sie, Nicks alten Kosenamen für sie verwendend, eine Abwandlung des Waliser Namens Caitlin, denn er behauptete, sie habe eine keltische Seele, ganz Poesie, Mysterium und Feuer.

Sie richtete sich hoch auf und warf mit einer stolzen, trotzigen Geste den Kopf zurück. In ihren seltsamen Augen, die nicht blau und nicht grün waren, sondern türkis, leuchtete neue Energie. In wenigen Tagen, sobald sie sich wieder völlig gefangen hatte, wollte sie nach Ravenswood fahren.

Das würde für sie der erste Schritt ins Unbekannte sein, der Anfang eines neuen Lebens. Und endlich würde sie vielleicht Frieden finden.

In den Kulissen
1979

Betrachte lange, was dir gefällt,
noch länger aber, was dich schmerzt …

Colette

Zweites Kapitel

Francesca Avery hatte längst aufgehört, etwas zu bereuen, denn schon vor Jahren war sie zu der Einsicht gelangt, da Reue nie etwas ungeschehen machen könne, sei sie unproduktiv, häufig behindernd und infolgedessen Zeitverschwendung.

Doch als sie jetzt ihren Schlüssel in die Tür ihrer Wohnung steckte und die stille, dunkle Halle betrat, bereute sie es so bitter, ohne ihren Mann nach New York gekommen zu sein, daß sie ein wenig darüber erschrak. Harrison hatte nicht gewollt, daß sie früher als er aus Virginia abreiste, und sie selbst hatte es nur aus einem gewissen Pflichtgefühl ihrem Wohltätigkeitsausschuß gegenüber getan, zu dessen Vorsitzender sie kürzlich gewählt worden war. Vor zehn Tagen hatte die Ausschußsekretärin sie in Virginia angerufen und ihr erklärt, daß eine außerordentliche Sitzung einberufen worden sei, da hinsichtlich des geplanten Sommerkonzerts in der Avery-Fisher-Hall Probleme aufgetreten seien. Nur sie allein verfüge über die nötigen Verbindungen, um die Benefizveranstaltung zu retten, und nur sie könne die erforderliche Unterstützung vermitteln. Kurz gesagt, ihre Teilnahme sei unumgänglich.

Wie Francesca wußte, war Harrison anderer Meinung, obwohl er es nicht ausgesprochen hatte. Die langen Jahre im Auswärtigen Amt hatten seine angeborene Diplomatie so fein geschliffen, daß er seinen Standpunkt auch durch behutsame Andeutungen darzulegen verstand. Er hatte vorsichtig darauf hingewiesen, daß sich die Ausschußmitglieder vermutlich unnötig aufregten und daß der Telefondienst in Virginia nicht weniger zuverlässig sei als in Manhattan. Francesca stimmte ihm im Grunde zu und hatte auch schon absagen wollen; doch da kam die Sache mit dem Interview dazwischen, und sie fühlte sich verpflichtet, beiden Wünschen Rechnung zu tragen.

Francesca seufzte. Von Kindheit an war sie zu einem ausgeprägten Pflichtgefühl erzogen worden, dem sie unmöglich zuwiderhandeln konnte; das wäre ihr schäbig vorgekommen und hätte ihrem Charakter nicht entsprochen. Dennoch sehnte sie sich aus einem unerfindlichen Grund nach dem alten, weitläufigen Haus, nach Harry und seinen lärmenden, ausgelassenen Enkeltöchtern, der spontanen Liebe und Kameradschaftlichkeit dieses wunderbaren, wenn auch ein wenig unberechenbaren und unorthodoxen Clans zurück. Energisch unterdrückte sie den Impuls, kehrtzumachen und auf dem La Guardia Airport die nächste Maschine nach Washington zu nehmen.

Verwundert und ziemlich verärgert über sich selbst tastete Francesca nach dem Lichtschalter und kniff vor der plötzlichen Helligkeit die Augen zusammen. Der riesige französische Kronleuchter mit seinen Kaskaden von Kristallprismen und -tropfen überflutete die in schwarzweißem Marmor gehaltene Halle mit blendendem Licht und hob die Gobelins an der hohen Treppenwand, die Rodin-Büsten und Sèvres-Vasen in ihren Nischen und die Louis-XV.-Kommode aus dem Besitz der Madame Pompadour hervor, auf der eine Ming-Vase mit einem bezaubernden Strauß gelber Rosen stand, deren süßer Duft das nostalgische Parfüm eines Sommergartens in die winterliche Stille brachte.

Francesca ließ den Blick durch die herrliche Halle mit ihren kostbaren Kunstwerken von perfekter, zeitloser Schönheit wandern und begann plötzlich trotz der Wärme, die hier herrschte, zu frösteln. Jemand geht über mein Grab, dachte sie und lachte innerlich. Wie albern sie war! Dennoch konnte sie nicht leugnen, daß sie sich ohne Harrison merkwürdig einsam und verloren vorkam. Sie kam häufig allein nach New York, doch heute fühlte sie sich entschieden sonderbar – auf eigenartige Weise verletzlich und schutzlos. Ach was, ich bin einfach noch von Weihnachten her müde, sagte sie sich. Energisch schüttelte sie die trüben Gedanken ab, stellte Handtasche und Aktenkoffer auf den Louis-XV.-Sessel neben der Kommode, legte den Zobelmantel ab, hängte ihn in den Garderobenschrank und griff wieder nach Tasche und Aktenkoffer.

Mit festen Schritten ging sie zur Bibliothek hinüber; ihre hohen Stiefelabsätze klapperten metallisch über den kalten Marmor; der scharfe Widerhall durchbrach die lastende Stille. Unvermittelt blieb sie stehen: Vielleicht war es das – diese Stille nach der geräuschvollen Aktivität des Hauses in Virginia, mit dem ständigen Kommen und Gehen von Angestellten, Harrys Enkelinnen und Gästen. Natürlich, das war die Erklärung! Ihr fehlten die Mädchen mit ihrer Lebhaftigkeit und ihrem Lachen. Sie würde Harrison später anrufen und ihm vorschlagen, mit ihnen zusammen für einige Tage nach New York zu kommen. Dieser Gedanke machte sie glücklich; ihre Miene hellte sich auf, und sie betrat die Bibliothek. Obwohl dieser Raum in mancher Hinsicht genauso eindrucksvoll war wie die große Halle, wirkte er jedoch weit weniger einschüchternd und war mit seinen eschegetäfelten Wänden, den englischen Antiquitäten und den bequemen, mit blumengemustertem Chintz bezogenen Sofas und Sesseln anheimelnd und wohnlich. Im Kamin flackerte ein Feuer, mehrere Lampen brannten, und dieses Zusammenspiel von warmem Licht schuf eine heitere und beruhigende Atmosphäre.

Francesca setzte sich an den Regency-Sekretär und las den Zettel, den Val, ihre Haushälterin, dort hingelegt hatte. Sie überflog die Liste der vormittäglichen Anrufe und wandte sich anschließend ihrer Post zu. Das letzte Kuvert trug den Poststempel Harrogate und die Handschrift ihres Bruders. Mit dem Brieföffner aus Gold und Malachit schlitzte sie den Umschlag auf, lehnte sich bequem zurück und begann neugierig zu lesen. Kim schrieb hauptsächlich von seinen Kindern und den Weihnachtstagen, aber auch über gemeinsame Freunde. Ein paar Klagen über die Schwierigkeiten bei der Verwaltung des Gutes waren eindeutig gerechtfertigt. Kim beschwerte sich nicht so leicht, und den Familienbesitz der Langleys so zu bewirtschaften, daß er Gewinn abwarf, war heutzutage wahrhaftig nicht einfach. Er schloß den Brief mit den Worten, nachdem die Festtage nun vorüber seien, erwarte er sie bald zu sehen. Dann kam noch ein Postskriptum: Ein frohes neues Jahr wünsche ich Dir, Darling. Hoffen wir, daß 1979 für uns beide ein bißchen besser wird.

Eine blonde Haarsträhne fiel ihr ins Gesicht, die sie mit charakteristischer Geste hinters Ohr strich. Nachdenklich ging sie den Brief noch einmal durch, versuchte zwischen den Zeilen zu lesen und zu erraten, wie es in Kim wirklich aussah. Dabei entdeckte sie eine gewisse Wehmut, Trauer sogar, die ihr verriet, wie unglücklich er war, obwohl er sich eindeutig Mühe gegeben hatte, sie nicht zu beunruhigen. Mit einem versonnenen Blick in den haselnußbraunen Augen und gerunzelter Stirn saß Francesca da und starrte ins Leere.

Kim war zwei Jahre älter als sie, und dennoch sah sie in ihm den kleinen Bruder, denn sie hatte sich nach dem Tod ihrer Mutter während der Kinderzeit und des Heranwachsens stets um ihn gekümmert und ihn beschützt. Und jetzt war sie besorgter um ihn denn je, denn seit ihn Pandora verlassen hatte, war er völlig verändert. Auch Francesca war von Pandoras unverständlichem Verhalten aufs höchste überrascht gewesen, da ihre Ehe – wenigstens nach außen hin – einfach perfekt gewesen war. Den Schock, unter dem Kim stand, sein gebrochenes Herz und die benommene Qual konnte sie ihm nur allzugut nachfühlen.

Wird er sich von diesem Schlag je wieder erholen? fragte sich Francesca und war bestürzt über das entschiedene Nein, das ihre innere Stimme zur Antwort gab. Als eine selbstsichere junge Frau, die unendlich viel praktischer dachte als ihr Bruder, war Francesca zu der Erkenntnis gelangt, daß gebrochene Herzen nur in romantischen Träumen vorkamen und nichts mit der Realität zu tun hatten. Man nahm die Scherben, klebte sie wieder zusammen und lebte weiter, so gut es ging, bis der Schmerz nachließ. Genau das hatte sie vor Jahren getan und war fest davon überzeugt, daß kein Mensch unersetzlich sei. Aber sie sah auch ein, daß Kim anders war als sie, und wußte intuitiv, daß er Pandora ewig nachtrauern und nie einen Ersatz für sie suchen würde, wie es die meisten anderen Männer getan hätten.

Bedrückt schüttelte sie den Kopf. Kim war so allein in Yorkshire, nachdem seine beiden ältesten Kinder in der Boarding School waren. Sie wünschte, er würde häufiger mit seinen Freunden in London zusammensein, mußte jedoch zugeben, daß das wohl unmöglich war. Seine Pflichten hielten ihn beinahe das ganze Jahr hindurch in Langley fest. Wenn sie aber in England wäre, könnte sie ihn möglicherweise überreden, ein etwas aktiveres Gesellschaftsleben zu führen.

Francesca beschloß, Ende des Monats hinüberzufliegen. Harrison hatte bestimmt nichts dagegen, würde sie vielleicht sogar begleiten, wenn er nicht zuviel in Washington zu tun hatte. Nachdenklich runzelte sie die Stirn. Seit seinem Abschied vom Auswärtigen Amt vor einem Jahr war ihr Mann mehr mit Arbeit überhäuft denn jemals als Botschafter. Er war der ranghöchste *elder statesman* des Landes und wurde ständig von politischen Größen, Senatoren und Kabinettsmitgliedern konsultiert; darüber hinaus war seine Rolle als Präsidentenberater in außenpolitischen Fragen zeitraubend und anstrengend. Zwar hatte er sich nach zwei Herzinfarkten völlig erholt, aber Francesca beobachtete ihn mit Falkenaugen und ermahnte ihn immer wieder, doch ein bißchen kürzer zu treten. Harrison stimmte ihr bereitwillig zu, tat aber dann doch, was er wollte, und genoß jede Minute im Zentrum des komplizierten Räderwerks der Politik. Eine Europareise würde auf ihn wie ein Tonikum wirken und ihn gleichzeitig zum Ausruhen zwingen. Sie beschloß, ihn mitzunehmen und sich auf keine Diskussion mit ihm einzulassen.

Sie holte ihren Terminkalender heraus und schlug ihn auf. Die Sitzung des Wohltätigkeitsausschusses war für ein Uhr angesetzt, und später, um vier, kam dann das Interview mit Estelle Morgan vom »Now Magazine«. Sie schnitt eine Grimasse. Es gab so viele andere, wichtigere Dinge zu erledigen, aber Estelle hatte so sehr gedrängt, und Francesca wußte aus Erfahrung, wie hartnäckig diese Frau sein konnte. Daher war es nervenschonender und zweckmäßiger gewesen, gleich zuzusagen.

Als Francesca sich der Wohltätigkeit zuwandte, war ihr durchaus klar gewesen, daß sie auch Interviews geben mußte. Der Ausschuß brauchte sie nicht nur wegen ihres Organisationstalents, sondern weil sie einen gewissen – wie sie dieses Wort haßte! – Glamour besaß und mit ihrem bekannten Namen die ideale Kandidatin für Publicity-Arbeit war. Sie nahm ihre Wohltätigkeitspflichten ernst, und Estelle ihre Bitte abzuschlagen wäre der guten Sache abträglich gewesen. Also war es am einfachsten, das Interview möglichst schnell und mit Anstand hinter sich zu bringen.

Francesca konzentrierte sich auf die weiteren Termine dieser Woche. Dann erwiderte sie die Anrufe, die ihre Haushälterin für sie angenommen hatte, und erledigte den Rest der Post. Als sie fertig war, trat sie ans Fenster, und ihre Gedanken wanderten wieder zu ihrem Bruder. Sie teilte die Vorhänge und blickte hinaus. Der tief verschneite Central Park auf der anderen Seite der Fifth Avenue erinnerte sie an das berühmte Gemälde von Monet, das er auf einer Norwegenreise etwa um 1895 geschaffen hatte. »Mount Kolsaas« hieß es. Sie kannte es gut, weil Harrison so dahinter her war. Leider gehörte es einem anderen Sammler, und so würde er es wohl niemals erwerben können. Trotzdem versuchte er es immer wieder. Das, was wir nicht haben können, erscheint uns stets am begehrenswertesten, dachte sie. Genau wie Pandora jetzt für Kim.

Nachdenklich kratzte Francesca mit dem Fingernagel an dem überfrorenen Fenster. Sie hatte ihrem Bruder keine Kur, kein Gegenmittel für seine Krankheit anbieten können. Aber vielleicht gab es für Kim kein Gegenmittel, überlegte sie unglücklich, es sei denn die Zeit. Heilte die Zeit wirklich alle Wunden, oder war das nur ein Klischee? Bei ihr hatte die Zeit Wunder gewirkt, aber bei ihm? Francesca kam der Gedanke, daß ihr Besuch in England kaum eine Lösung für Kims Probleme sein würde. Ob es nicht besser war, ihn nach New York kommen zu lassen? Je länger sie darüber nachdachte, desto besser gefiel ihr die Idee. Er kam aus seiner gewohnten Umgebung heraus, und sie würde dafür sorgen, daß er auf dieser Seite des Atlantiks mehr unter die Menschen ging. Sie eilte an ihren Schreibtisch zurück, griff zum Telefonhörer und wählte die Nummer ihres Hauses in Virginia.

»Hallo, Harrison! Ich bin's«, sagte sie, als sich ihr Ehemann meldete.

»Du bist also angekommen, Darling! Ich wollte dich gerade anrufen. Warum hast du mich nicht geweckt, als du fortgingst? Du weißt doch, daß ich mich gern von dir verabschiede. Dich so davonzuschleichen war einfach unfair. Hat mir den ganzen Tag verdorben.«

Während er sprach, war sich Francesca wie immer des weichen Timbres seiner Stimme bewußt und gerührt von der Wärme und Liebe, die sie verriet. Er war ein so lieber Mensch! Sie konnte sich wirklich glücklich schätzen. Lächelnd antwortete sie: »Du hast so fest geschlafen, mein Liebling, ich hab's nicht übers Herz gebracht, dich zu stören.«

»Hattest du einen guten Flug? Wie sieht's in der Wohnung aus?«

»Der Flug war angenehm, und hier ist alles in Ordnung.«

»Ich wollte dich gestern abend noch fragen, ob du wohl bei Leclerc vorbeigehen und ihm wegen des Utrillos gut zureden könntest. Ein persönlicher Besuch wäre weit wirkungsvoller als ein Anruf. Irgendwann in dieser Woche, wenn's dir recht ist, wann immer du Zeit hast.«

»Aber natürlich, Liebling. Übrigens muß ich noch einiges mit dir besprechen. Könntest du nicht ein paar Tage herkommen? Am Mittwoch vielleicht? Du könntest die Mädchen mitbringen, und am Freitag könnten wir alle zusammen nach Virginia zurückfliegen.«

»Das wäre sehr schön, Francesca, aber ich kann leider nicht. Am Mittwoch muß ich in Washington an einigen Sondersitzungen und an einem Essen der Demokratischen Partei teilnehmen. Nächste Woche vielleicht. Falls du wieder nach New York fliegen mußt.« Die Enttäuschung war seiner Stimme deutlich anzuhören.

»Gut.« Sie unterdrückte ihre eigene Enttäuschung. »Aber noch etwas: Ich habe einen ziemlich beunruhigenden Brief von Kim bekommen.« Sie unterrichtete ihn vom Inhalt des Schreibens und von ihrer Besorgnis über Kims Depressionen.

»Deswegen dachte ich, wir könnten ihn einladen, Harry. Wir könnten ein paar Dinnerparties für ihn geben, uns einige Broadwayshows ansehen und mehrere hübsche Wochenend-einladungen in Virginia arrangieren. Und dann könnten wir alle zusammen für eine Woche oder so auf unseren Besitz auf Barbados gehen, bevor Kim nach Yorkshire zurückkehrt. Das täte auch dir gut, besser als ein Besuch in England, wie ich es eigentlich geplant hatte, mein Liebling. Denn dort würdest du ja doch nur mit deinen politischen Freunden aus der Regierung zusammenstecken und überhaupt nicht zur Ruhe kommen.«

Harrison Avery lachte. Wie gut sie ihn kannte! »Da hast du allerdings recht, mein Mädchen. Und Barbados finde ich großartig. London im Winter ist viel zu naß und kalt für meine alten Knochen. Und was Kim betrifft, so bin ich von Herzen gern einverstanden. Ich habe mir auch schon Sorgen um ihn gemacht. Am besten rufst du ihn jetzt gleich an.«

»Am Telefon kann er viel zu leicht nein sagen, Harry. Ohne groß darüber nachzudenken. Ich würde ihm lieber zunächst schreiben und ihn erst nächste Woche anrufen, nachdem er meinen Brief gelesen hat.«

»Du kennst ihn natürlich am besten, Liebling. Hoffentlich kommt er, sobald er in Langley abkömmlich ist. Ich habe immer eine Schwäche für deinen Bruder gehabt und bin überzeugt, daß er uns beide jetzt dringend braucht.«

»Das tut er. Vielen Dank für dein Verständnis, Harry. Aber jetzt muß ich Schluß machen. Ich muß den Brief schreiben und habe anschließend viel zu tun. Ich rufe dich Ende der Woche wieder an.«

»Gut, mein Liebling. Und bis bald.«

Nachdem sie jetzt vollauf mit den Plänen für Kims Besuch beschäftigt war, hatte Francesca das beängstigende Gefühl, das sie beim Betreten der Wohnung befallen hatte, völlig vergessen. Doch wenige Wochen später sollte sie sich daran erinnern und sich fragen, ob es nicht die Vorahnung drohender Katastrophen gewesen war. Es war vielleicht lächerlich, aber sie hatte sogar das Gefühl, daß sich die Ereignisse anders entwickelt hätten, wenn sie ihrem ursprünglichen Impuls gefolgt und nach Virginia zurückgekehrt wäre. Doch die späte Einsicht führte zu nichts; zu diesem Zeitpunkt war längst nichts mehr zu ändern. Ihr eigenes Leben und das anderer Menschen waren so unwiderruflich und grundlegend verändert, daß sie nie mehr so sein würden wie früher.

Drittes Kapitel

Estelle Morgan war zu ihrem Termin bei Francesca Avery zu früh aufgebrochen, daher beschloß sie, ihr Taxi einige Häuserblocks vorher halten zu lassen und den Rest des Wegs zu Fuß zu gehen. Gegen Mittag hatte es aufgehört zu schneien, und die blassen Sonnenstrahlen versuchten mühsam die trüben Wolken zu durchdringen.

Als sie sich dem großen, vornehmen Haus näherte, in dem die Stadtwohnung der Averys lag, spielte ein zufriedenes Lächeln um ihre Lippen. Wie gut, daß sie ihren Nerzmantel angezogen hatte! Die Portiers dieser Apartmenthäuser, in denen die Superreichen wohnten, waren noch hochnäsiger als die Eigentümer selbst, und sie hatte nicht die geringste Lust, sich von so einem Kerl von oben herab behandeln zu lassen.

Anfangs hatte Estelle hinsichtlich des Mantels gezögert. Um acht Uhr morgens hatte es stark geschneit, und sie wollte vermeiden, daß er naß wurde. Doch da er viel eleganter war als ihr Regenmantel, beschloß sie, per Taxi ins Büro zu fahren. Eine gute Investition, denn der Nerz, ihr ganzer Stolz, machte sie wesentlich selbstsicherer. Dazu trug sie ein rotes Kleid, schwarze, kniehohe Lacklederstiefel und eine riesige Schultertasche aus schwarzem Lackleder, eine Kopie nach dem Entwurf eines berühmten italienischen Designers. Als sie sich ankleidete, hatte sie ihrem Spiegelbild zufrieden zugenickt; denn da Estelle Morgan nie gründlich nachdachte, kam es ihr nicht in den Sinn, daß selbst eine elegante Garderobe sie nicht zu der Frau machen konnte, für die sie sich hielt: eine begehrenswerte, erfolgreiche, internationale Journalistin. Als sie an einer Verkehrsampel auf Grün wartete, sah sie auf die Uhr. Es war wenige Sekunden vor vier, also würde sie haargenau pünktlich sein. Normalerweise gehörte Pünktlichkeit nicht gerade zu ihren Eigenschaften; da sie sich jedoch genau erinnerte, daß Francesca Avery, das eiskalte Biest, großen Wert auf Pünktlichkeit legte, und da sie das Interview nicht mit einem Mißton beginnen wollte, gab sie sich besondere Mühe, nicht zu spät zu kommen. Nachdem sie ihren Namen genannt hatte und gemeldet worden war, durfte sie das pompöse Gebäude an der Eighty-first Street betreten.

In der Avery-Wohnung wurde sie von einer schwarzgekleideten Frau mittleren Alters – anscheinend der Haushälterin – empfangen, die ihr den Mantel abnahm, ihn sorgfältig über einen Stuhl legte und sie dann durch die Halle führte. Aufgrund ihres Berufs hatte Estelle schon viele elegante Häuser gesehen, doch niemals etwas so Eindrucksvolles wie die Halle der Avery-Wohnung, vor allem nicht in New York City. Mein Gott, das sieht aus, als sei es direkt aus Versailles importiert, dachte sie, während sie der Haushälterin folgte, die Estelle in die Bibliothek führte und kühl lächelnd erklärte: »Ich werde Ihrer Ladyschaft melden, daß Sie da sind.«

Als Estelle zum Kamin hinüberging, versanken ihre Stiefel im tiefen, seidigen Flor des antiken chinesischen Teppichs. Neugierig sah sie sich um, musterte die Antiquitäten und taxierte die Gemälde an den getäfelten Wänden. Von Kunst verstand sie zwar nicht besonders viel, hatte sich auf verschiedenen Gebieten jedoch eine gewisse Halbbildung angeeignet. Daher erkannte sie sofort, daß diese Bilder Originale, berühmte Meisterwerke der nachimpressionistischen Schule waren. Das dort ist eindeutig ein van Gogh, dachte sie, ging schnell hinüber und war überaus zufrieden mit sich, als sie die Signatur erkannte. Rasch inspizierte sie auch die übrigen Gemälde. Ein Seurat. Ein Cézanne. Ein Gauguin.

Kurz darauf öffnete sich die Tür, und da stand Francesca Avery, die durchsichtig-klaren Augen funkelnd vor Frische, ein liebenswürdiges Lächeln auf dem ruhigen Gesicht. »Estelle!« begrüßte sie die Besucherin und kam auf hohen Absätzen, die ihre schmalen Fesseln und die langen, schlanken Beine zur Geltung brachten, mit der ihr eigenen Anmut auf sie zu.

Wie Estelle feststellte, war Francescas typisch englischer rosiger Teint immer noch makellos, das glänzend bernsteinblonde Haar so seidig und voll wie eh und je. Es fiel ihr in Wellen und Locken bis auf die Schultern, und diese leicht zerzauste Wuschelfrisur verlieh ihr einen Ausdruck kindlicher Unschuld. Sie hat sich überhaupt nicht verändert, dachte Estelle erstaunt und leicht verärgert.

»Verzeihen Sie, daß ich Sie warten ließ«, fuhr Francesca mit ihrer klaren, kultivierten Stimme fort. »Aber jetzt bin ich da. Ich freue mich, Sie wiederzusehen!« Sie streckte Estelle, die wie angewurzelt am Kamin stehenblieb, die Hand entgegen.

Die Journalistin fing sich sofort, verzog ihr Gesicht zu einem freundlichen Lächeln und ergriff ungeschickt Francescas lange, schmale Finger. »Ich bin erst seit ein paar Minuten hier, und das Warten hat mir nichts ausgemacht. Vor allem in dieser herrlichen Umgebung. Einen wunderbaren Geschmack haben Sie!«

Innerlich zusammenzuckend zog Francesca ihre Hand zurück. Estelle war immer schon eine Schmeichlerin gewesen, und die Zeit hatte ihrer Katzbuckelei offenbar keinen Abbruch getan. »Sehr freundlich von Ihnen, vielen Dank«, sagte Francesca. »Aber ich glaube, dort drüben haben wir's doch bequemer.« Sie deutete auf die Sitzgruppe an der Wand unter dem Gauguin, der Darstellung einer Tahitierin.

Gehorsam folgte Estelle ihrer Gastgeberin und setzte sich bequem in einem der Sessel zurecht; dann sah sie Francesca mit falschem Lächeln an und sagte: »Wirklich, meine Liebe, ich freue mich auch, Sie nach so langer Zeit wiederzusehen. Es kommt mir vor wie Jahrhunderte.«

»Nicht ganz«, gab Francesca mit ironischem Lächeln zurück. »Es müssen etwa fünf Jahre sein. Das letztemal haben wir uns, glaube ich, in Monte Carlo gesehen, nicht wahr?«

»Ja, bei Grace' Wohltätigkeitsball. Sie ist ein so zauberhafter Mensch, und Rainier ist wahnsinnig charmant. Ich mag die beiden sehr, sehr gern«, sprudelte sie heraus.

Francesca war verblüfft über diese unverschämte Aufschneiderei mit ihrer angeblichen freundschaftlichen Verbindung zu den Grimaldis. Estelle stand dem Fürstenpaar von Monaco genausowenig nahe wie sie selbst der Königin von England. Da sie sich jedoch nicht auf eine Diskussion einlassen wollte, die für Estelle nur peinlich verlaufen konnte, verkniff sie sich eine Bemerkung und erkundigte sich munter: »Darf ich Ihnen etwas anbieten? Tee, Kaffee oder vielleicht einen Drink?«

Estelle war verärgert, daß ihr die Gelegenheit verwehrt wurde, mit ihren Beziehungen zu prahlen, riß sich jedoch rechtzeitig zusammen. »Eine Tasse Tee wäre sehr nett, vielen Dank. Mit Zitrone, bitte. Und Süßstoff, falls Sie welchen haben. Ich muß auf meine Figur achten.«

»Selbstverständlich«, antwortete Francesca. »Ich sage nur schnell Val Bescheid, dann können wir mit dem Interview beginnen. Bitte, entschuldigen Sie mich.« Als sie zur Tür eilte, fragte sie sich, wie sie Estelle eine ganze Stunde lang ertragen sollte.

Estelle sah Francesca neidisch an. Wieso schien sie immer zu schweben? Und wie hatte sie sich dieses Aussehen erhalten? Sie mußte mindestens zweiundvierzig sein, wirkte aber zehn Jahre jünger.

Francesca kam sofort wieder zurück. »Val hatte das Teewasser schon fertig«, erklärte sie mit leichtem Lächeln und stellte ein Silbertablett mit Teeservice auf das Sofatischchen. Sie setzte sich in den zweiten Sessel, schenkte Tee ein und fuhr fort: »Als ich Sie das letztemal traf, arbeiteten Sie, glaube ich, für eine Tageszeitung. Seit wann schreiben Sie denn schon für ›Now Magazine‹?«

»Ach, seit etwa drei Jahren. Eigentlich bin ich Feuilleton-Redakteurin«, verkündete Estelle.

»Aber das ist ja wunderbar, Estelle! Es muß ein sehr wichtiger Posten sein, nur sicher auch furchtbar hektisch.«

»Das stimmt. Aber herrlich aufregend. Ich führe ein sehr interessantes Leben, wissen Sie, düse überall in der Welt herum, wohne in den besten Hotels oder bei den besten Familien und interviewe viele Prominente. Außerdem habe ich einen großen Mitarbeiterstab unter mir. Aber die besten Interviews reserviere ich für mich selbst, vor allem diejenigen im Ausland.«

Wenigstens aufrichtig ist sie, dachte Francesca; laut sagte sie: »Wie klug von Ihnen!«

»Einer von den vielen beruflichen Tricks.« Estelle griff nach ihrer Handtasche, holte ein kleines Tonbandgerät heraus und stellte es auf das Tischchen zwischen ihnen. »Macht Ihnen doch nichts aus, wenn ich das laufen lasse – oder?«

»Nein, nein. Ich würde Ihnen gern etwas über die Wohltätigkeitsveranstaltung sagen, denn da Sie unser Interview über meinen Ausschuß arrangiert haben, nehme ich an, daß Sie sie erwähnen werden, und die Ausschußmitglieder erwarten das von mir. Also ...«

»Darauf kommen wir später zu sprechen«, fiel Estelle ihr so barsch ins Wort, daß Francesca fassungslos war. »Zuerst möchte ich, daß Sie etwas über sich selbst erzählen, Ihr Leben, Ihre Karriere und so weiter. Schließlich sind Sie das Thema meines Interviews und nicht die Wohltätigkeit. Meine Leser interessieren sich für Menschen und wie sie leben, nicht für Organisationen und Institutionen«, fuhr die Journalistin hastig fort und warf Francesca einen Blick zu, der irgendwie herausfordernd wirkte.

»Ich verstehe«, erwiderte Francesca leise und fragte sich, auf was sie sich da törichterweise, wenngleich in allerbester Absicht, eingelassen hatte. Vielleicht war die grobe Unhöflichkeit ja auf Übereifer oder schlichte Begeisterung für den Beruf zurückzuführen; Estelle war immer schon taktlos gewesen, hatte jedoch nie jemanden bewußt kränken wollen.

Francesca nahm sich eine Zigarette aus der goldenen Dose auf dem Tisch, setzte sie in Brand, lehnte sich bequem zurück und wartete geduldig, während Estelle an ihrem Tonbandgerät herumfingerte. Dabei schämte sie sich auf einmal für die Journalistin: Estelle hatte sich offenbar so angezogen, wie sie es für diese Gelegenheit passend, vielleicht sogar auch elegant finden mochte. Das rote Wollkleid mochte zwar teuer sein, wirkte an ihr jedoch katastrophal und ergab zusammen mit ihrer frischen Gesichtsfarbe und den flammend roten Haaren eine fürchterliche Kombination. Francesca wußte, daß die Haarfarbe im Grunde echt war, in letzter Zeit schien Estelle jedoch mit Chemie nachzuhelfen: Der Ton war um einige Schattierungen zu grell ausgefallen.

Rasch wandte Francesca den Blick ab und schämte sich

über ihre Kritik. Sie hatte Estelle vor vielen Jahren in London kennengelernt, als sie beide noch junge Frauen waren, die Zeit jedoch hatte es mit der Journalistin nicht gut gemeint. Auf einmal wurde Francesca von Mitleid gepackt. Arme Estelle. Ihr Leben war vermutlich nicht einmal halb so glanzvoll, wie sie behauptete. In mancher Hinsicht vielleicht sogar sehr anstrengend. Was war aus ihren Träumen von einer Karriere als Romanschriftstellerin geworden? Doch wer bin ich, an Estelle herumzukritteln? fragte sie sich. Jeder tat, was er konnte, und hoffte das Beste. Und jene Menschen, die Gott spielen wollten und über ihre Mitmenschen urteilten, hatte sie schon immer besonders verabscheut.

»So, alles fertig!« verkündete Estelle und setzte sich bequem zurecht.

Das Interview begann. Wo kaufte sie ihre Kleider? Bevorzugte sie französische oder amerikanische Couturiers? Wie bewirtete sie ihre Gäste am liebsten? Gab sie große oder kleine Dinnerparties? Oder Cocktailparties? Wie organisierte sie den Haushalt in New York, Virginia und Barbados? Wie viele Hausangestellte hatte sie? Richtete sie ihre Häuser persönlich ein? Hatte sie Hobbies? Wie war das, die Frau eines Botschafters zu sein? Gefiel Harrison seine neue Rolle als Präsidentenberater? Wie stand es um seine Gesundheit? War sie häufig im Weißen Haus? Welche Leute lud sie ein? Hatte sie ein gutes Verhältnis zu Harrisons Enkelinnen? Lebte sie lieber in Amerika als in England oder anderen Ländern? Und warum? Hatte Harrison Hobbies? Wie erholten sie sich gewöhnlich? Welchen Freizeitbeschäftigungen gingen sie nach?

Francesca beantwortete die Fragen ehrlich, liebenswürdig und höflich wie immer und machte nur hie und da eine Pause, um Tee einzuschenken oder sich eine Zigarette anzuzünden. Doch als Estelle endlos weiterbohrte, wurde Francesca allmählich müde und ein wenig ungeduldig; sie empfand dieses Kreuzverhör als eine Verletzung ihrer Privatsphäre, und es entsprach ganz und gar nicht den Vorstellungen, die sie sich von dem Interview gemacht hatte. Außerdem hatte Estelle mit keinem Wort das Benefizkonzert erwähnt. Gerade wollte Francesca taktvoll zu diesem Thema überleiten, da veränderte sich der Charakter der Fragen.

»Glauben Sie, daß Teddy Kennedy 1980 für die Präsidentschaft kandidieren wird?«

Überraschung flackerte in Francescas Augen auf. »Ich spreche niemals über Politik. Das überlasse ich Harrison.«

»Aber Sie müssen doch eine Meinung haben, und ich frage Sie, nicht Ihren Mann. Kommen Sie, Francesca, Sie sind eine intelligente, emanzipierte Frau! Was meinen Sie – wird er kandidieren?«

»Sie wollten meine Wünsche respektieren, Estelle. Ich diskutiere nicht über Politik – niemals und nirgends.«

»Na schön, dann also weiter. Beschäftigen wir uns mit Ihrem Beruf. Sie haben in letzter Zeit kein Buch mehr geschrieben. Warum? Weil Ihr Buch über Edward IV. und die Rosenkriege nicht so gut ging? Sie haben mir aufrichtig leid getan, als ich die Rezensionen las. Ich persönlich hielt es durchaus nicht für langweilig, langatmig und geschwätzig.«

Francesca hielt die Luft an. Forschend musterte sie Estelles Miene, denn sie witterte böse Absicht. Estelles Ausdruck war jedoch nichtssagend. Vielleicht weiß sie nicht, daß sie beleidigend ist, dachte Francesca, amüsierte sich jedoch gleich darauf über ihre eigene Naivität. Dies war der neue Stil der Journalisten. Wenn man provozierende Fragen stellte, um wütende oder unüberlegte Antworten zu erhalten, ergab das eindeutig eine bessere Story. In Anbetracht der Tatsache, daß Estelle das letzte Wort haben würde, wenn sie sich an ihre

Schreibmaschine setzte, weigerte sich Francesca, gekränkt zu sein oder die Contenance zu verlieren.

»Die Rezensionen waren nicht alle schlecht. Im Gegenteil, es gab einige hervorragende«, widersprach sie mit beherrschter Stimme. »Und das Buch hat sich sehr wohl gut verkauft – als Hardcover und als Taschenbuch. Recht haben Sie natürlich insofern, als es kein Renner war wie meine Bücher über Chinese Gordon oder Richard III.« Gelassen zuckte sie die Schultern. »Man muß es nehmen, wie es kommt. Aber um Ihre Frage zu beantworten: Ich habe in den letzten Jahren kein neues Buch geschrieben, weil ich einfach keine historische Persönlichkeit finden konnte, die mich interessiert hätte, doch irgendwann werde ich sicher auf eine stoßen.«

»Ich liebe Ihre historischen Biographien und finde, Sie können Antonia Fraser jederzeit das Wasser reichen. Obwohl die natürlich einen weit größeren Namen hat. Für mich, meine Liebe, sind Sie jedenfalls wirklich eine recht gute Schriftstellerin.«

Das alles wurde durchaus liebenswürdig gesagt, wenn auch mit einem gönnerhaften Unterton, der Francesca nicht entging. Und plötzlich erkannte sie überdeutlich: Diese Frau steckt voller Feindseligkeit. Sie weiß es vielleicht selber nicht, aber sie kann mich nicht ausstehen. Sofort wurde Francesca sehr vorsichtig.

Estelle, die so egozentrisch war, daß sie kein Gespür für die Gefühle anderer Menschen hatte, fuhr unbekümmert fort: »Ach, jetzt ist das Tonband abgelaufen! Ich muß es auswechseln.« Für Estelle war das Interview eindeutig noch längst nicht beendet.

Es war fast sechs Uhr; es wurde allmählich dunkel, und von dem Konzert war noch immer mit keinem Wort gesprochen worden. Francesca kniff die Lippen zusammen, sah aber ein, daß sie Estelles Fragen ertragen mußte, bis sie ihr von der Benefizveranstaltung erzählt hatte. Sonst wäre der Nachmittag eine furchtbare Zeitverschwendung gewesen.

Wider besseres Wissen fühlte sich Francesca zu der Frage verpflichtet: »Darf ich Ihnen einen Drink anbieten, Estelle? Ich selbst würde gern ein Glas Weißwein trinken, aber Sie können natürlich wählen.« Sie deutete zu der Konsole in einer Zimmerecke hinüber, auf der eine große Anzahl Flaschen, Karaffen und Kristallgläser standen.

»Ohhh, eine wunderbare Idee, meine Liebe! Ich nehme auch ein Glas Weißwein, bitte.«

Francesca nickte. Sie nahm das Teetablett, trug es hinaus und kam mit einer Flasche Weißwein im silbernen Weinkühler zurück. An der Konsole schenkte sie zwei Gläser ein und setzte sich wieder zu Estelle. Sie hatte das Gefühl, vor Ungeduld im nächsten Moment laut schreien zu müssen.

»Santé«, sagte Estelle. »Ich schätze guten Wein. Nach meinen vielen Frankreichbesuchen bin ich wohl ziemlich verwöhnt. Was ist das? Er schmeckt köstlich.«

»Puilly Fuisse«, antwortete Francesca lächelnd, doch ihre Geduld ging allmählich zu Ende. So gelassen wie möglich fuhr sie fort: »Ich muß mit Ihnen über das Konzert sprechen, Estelle. Es wird spät, und ich habe eine Dinnereinladung.«

»Aber ich habe noch so viele Fragen über . . .«

»Bitte, Estelle, seien wir fair«, fiel Francesca ihr entschlossen ins Wort. »Ich habe Ihnen jetzt schon zwei Stunden gewidmet. Mit diesem Interview war ich nur einverstanden, weil ich dachte, es würde unsere gute Sache fördern, und das ist Ihnen auch eindeutig gesagt worden. Ich hasse persönliche Publicity und meide sie wie die Pest.« Sie sah betont auf ihre Uhr. »Ich muß dieses Gespräch jetzt leider beenden.«

»Na ja, ist nicht so schlimm«, gab Estelle gutmütig zurück. »Schießen Sie los, meine Liebe. Erzählen Sie mir von Ihrem Wohltätigkeitskonzert.«

Erleichtert stürzte Francesca sich in die Schilderung der großen Gala, die sie planten, und schloß: »Ich möchte noch gern hinzufügen, daß es wirklich für eine gute Sache ist und wir es sehr begrüßen würden, wenn Sie es in Ihrer Story erwähnten.«

»Kein Problem, wird gemacht – gleich zu Anfang meines Artikels.« Estelle räusperte sich und fuhr hastig fort: »Ich würde Ihnen gern nächste Woche einen Fotografen schicken, der ein paar Bilder macht. Könnten Sie mir einen Termin geben?«

»Oje!« Francesca zögerte. »Darauf war ich nicht gefaßt.« Sie spielte mit ihren Perlen. »Wäre Ihnen der nächste Mittwoch recht? Um vierzehn Uhr? Das ist wirklich mein einziger freier Termin.«

»Wunderbar. Sie kriegen unseren besten Fotografen.« Damit schaltete Estelle das Tonbandgerät aus.

Francesca lehnte sich zurück. Sie war erschöpft und sehnte sich nach Ruhe. Estelle jedoch wollte ihren Wein offenbar in aller Ruhe austrinken. »Ich muß Ihnen etwas sagen«, begann sie, hob das Glas und musterte Francesca über den Rand hinweg. »Katharine kommt nach New York zurück.«

Francesca richtete sich auf. »Katharine?« wiederholte sie erstaunt.

»Jawohl, Katharine. Katharine Tempest.« Estelle lächelte. »Sie wollen mir doch nicht weismachen, daß Sie nicht gewußt hätten, wen ich meine.«

»Selbstverständlich nicht. Ich war nur ein wenig erstaunt. Ich hatte sie ganz aus den Augen verloren. Wieso erzählen Sie mir das überhaupt? Es interessiert mich nicht.«

»Katharine möchte mit Ihnen sprechen.«

Francesca erstarrte. Ihre Augen waren vor Schreck ganz groß. Sekundenlang war sie sprachlos, dann brachte sie tonlos heraus: »Ja, aber warum denn nur?«

»Keine Ahnung«, antwortete Estelle ironisch. »Aber sie bat mich, eine Zusammenkunft zu vermitteln. Lunch, Dinner, Tee, Cocktails – ganz, wie Sie wollen. Nennen Sie nur einen Termin. Sie kommt in acht bis zehn Tagen und erwartet, daß ich bis dahin alles arrangiert habe. Wann kann sie mit Ihnen sprechen?«

Francesca kochte vor Zorn. So sehr, daß sie, die niemals Unhöfliche, mit ungewöhnlicher Heftigkeit und steigender Lautstärke erklärte: »Ich kann nicht mit ihr sprechen! Ich werde nicht mit ihr sprechen! Ich finde Ihr ...«

»Ich weiß, daß Sie beide Todfeindinnen geworden sind«, gab Estelle hochfahrend zurück. »Deswegen verstehe ich Katherine ja auch nicht. Meiner Meinung nach verhält sie sich töricht. Ich habe ...«

»Als Sie mich unterbrachen, wollte ich sagen, daß ich Ihr Benehmen schändlich finde!« rief Francesca empört. »Wie können Sie es wagen, unter dem Vorwand eines Interviews in mein Haus einzudringen, während Sie in Wahrheit Botengänge für Katharine Tempest erledigen!« Francescas Zorn hatte sich zu eiskalter Wut gesteigert. »Das war hinterhältig und schäbig von Ihnen! Sie sind eine Schande für Ihren Beruf. Doch etwas anderes hätte ich ja von Ihnen, Estelle, nicht erwarten dürfen. Sie waren immer ihr Lakai. Und jetzt sollten Sie lieber gehen.«

Estelle blieb ungerührt sitzen. Sie genoß Francescas Unbehagen, schenkte ihr nur ein verächtliches Lächeln. In ihren kleinen braunen Augen blitzte Triumph. »Nanu, Francesca! Daß ich den Tag erleben würde, an dem Sie Gefühle zeigen, hätte ich wirklich nicht gedacht.«

Francesca beherrschte sich. In etwas ruhigerem Ton gab sie zurück: »Sie können Katharine Tempest mitteilen, daß ich sie nicht zu sehen wünsche – niemals mehr! Ich habe nichts mit ihr zu besprechen.«

»Das berührt mich nicht im geringsten. Ich habe mein Versprechen gehalten.« Estelle kreuzte die Beine, lehnte sich tief in ihren Sessel zurück und musterte Francesca neugierig. Dann schüttelte sie erstaunt den Kopf. »Ich muß schon sagen, ich wundere mich über Sie, Francesca. Warum geben Sie nicht ein einziges Mal nach und steigen herab von Ihrem Podest? Lassen Sie die Vergangenheit ruhen. Wir sind alle älter und reifer geworden. Ich glaube, Katharine erwartet gerade von Ihnen etwas mehr Verständnis.«

»Mehr Verständnis!« Francesca war fassungslos. »Nach allem, was sie mir angetan hat? Sie sind wohl genauso wahnsinnig wie sie. Ich weigere mich kategorisch, diese lächerliche Diskussion weiterzuführen. Bitte, verlassen Sie mein Haus. Sie haben meine Gastfreundlichkeit mißbraucht und meine Gutmütigkeit ausgenutzt.«

Resignierend hob Estelle die Schultern und packte ihr Tonbandgerät ein. Noch einen letzten Versuch machte sie. »Katharine möchte sich mit Ihnen versöhnen. Mit allen. Deswegen bat sie mich, an Sie alle heranzutreten. Kommen Sie, seien Sie großzügig und ändern Sie Ihren Entschluß!«

»Das werde ich nicht tun. Niemals. Die andern können tun, was ihnen paßt, aber ich will nichts mit ihr zu tun haben.« Francesca war schneeweiß geworden. »Und *ich* muß mich über *Sie* wundern, Estelle. Warum lassen Sie sich von ihr so ausnutzen?«

»Ausnutzen? Großer Gott, wie idiotisch! Wenn sie jemals einen Menschen ausgenutzt hat, dann Sie!« Sofort bereute Estelle ihre Worte. Katharine hatte sie davor gewarnt, sich von ihrer Abneigung gegen Francesca hinreißen zu lassen, und nun hatte sie genau das getan.

Eine eisige Kälte hatte von Francesca Besitz ergriffen. Ihre Augen waren hart in dem bleichen Gesicht. Langsam, bedächtig nickte sie. »Darin haben Sie allerdings recht, Estelle. Und ich werde mich nie wieder ausnutzen lassen. Niemals wieder!« betonte sie mit so kalter Endgültigkeit, daß die Journalistin tiefer in ihren Sessel kroch.

»Ich werde Sie hinausbegleiten«, fuhr Francesca im gleichen Ton fort. Sie erhob sich, ging ohne einen weiteren Blick für Estelle zur Tür, öffnete sie und trat beiseite. »Bitte, gehen Sie!«

Estelle räusperte sich. »Dann sehen wir uns nächsten Mittwoch, beim Fototermin.«

Francesca war einen Augenblick sprachlos vor Wut. »Ich glaube kaum, daß Fotos gemacht werden müssen, da Sie die Story ja doch nicht schreiben werden«, fuhr sie die Journalistin an. »Geben Sie's ruhig zu, Estelle, daß das Ganze nur ein Vorwand war. Sie haben Stunden meiner kostbaren Zeit für ein vorgetäuschtes Interview verschwendet.«

Estelles rotes Gesicht wurde noch dunkler. »Ich *werde* die Story schreiben, deswegen brauchen wir auch die Fotos.«

»Sie begreifen ja wohl, daß ich mich weigern muß.«

Selbst ein so dickfelliger Mensch wie Estelle mußte einsehen, daß sie sich in Francescas Augen endgültig unmöglich gemacht hatte, und da sie nichts mehr verlieren konnte, entgegnete sie hitzig: »Dann scheint Ihnen Ihr kostbares Wohltätigkeitskonzert ja doch nicht so am Herzen zu liegen!« Sie marschierte in die Halle hinaus, nahm ihren Mantel vom Stuhl und warf ihn über den Arm. Dann fuhr sie noch einmal zu Francesca herum, die ihr mit Abscheu im Blick von der Tür zur Bibliothek aus nachsah.

Jetzt gewannen die Eifersucht und der Neid, die Estelles Abneigung gegen Francesca zugrunde lagen, die Oberhand. Estelle verlor den letzten Rest ihrer Selbstbeherrschung und begann zu toben. »Sie waren schon immer ein hochnäsiger, mieser Snob!« kreischte sie. »Alles, was Katharine Ihnen angetan hat, ist nichts gegen das, was Sie ihr angetan haben, als sie Sie am dringendsten brauchte. Ihretwegen wurde sie von allen geschnitten. Sie haben ihr zusätzliches Leid verursacht. Jetzt könnten Sie wenigstens mit ihr sprechen, Sie eiskaltes, gefühlloses Biest!«

Die leutselige Maske war abgefallen und enthüllte ein haßverzerrtes, böses Gesicht. Estelle eilte zur Haustür. Dort wandte sie sich noch einmal um und stieß ein albernes Lachen aus. »Ich glaube, Sie haben Angst, mit Katharine zu sprechen«, zischte sie.

Mit diesen Worten stürzte Estelle hinaus und donnerte die Tür so heftig ins Schloß, daß Francesca zusammenzuckte. Sie lehnte sich an die Türfüllung und schloß die Augen. Ihr Kopf drehte sich, und ihr war übel. Vage hörte sie Vals Schritte im Korridor. Sie riß sich zusammen, stieg schwerfällig die Treppe hinauf und ging ins Schlafzimmer, um sich für die Dinnereinladung umzuziehen.

Viertes Kapitel

Das Schlafzimmer der zweistöckigen Avery-Wohnung ging auf die Fifth Avenue und den Central Park hinaus. Es war groß, luftig und hell, eine Oase in Blaßgrün mit weißen Glanzlichtern. Der kühle, beruhigende Raum enthielt Akzente in Gelb, Rosarot und Blau, all den frischen, leuchtenden Farben, die zu einem Bouquet englischer Blumen gehören.

Apfelgrüner Moiré bedeckte die Wände; die bodenlangen, gerafften Vorhänge und die Tagesdecke des Bettes, die bis auf den flauschigen Teppichboden hing, waren aus dem gleichen Stoff. Mehrere Louis-XVI.-Bergèren und ein kleines Louis-XVI.-Sofa standen im Halbkreis vor dem weißen Marmorkamin und waren mit weißem Moiré bezogen. Ebenfalls weiß waren die antiken Glaslampen mit ihren gefältelten Schirmen.

An den Wänden hingen englische Blumengemälde in lebhaften Farben, und atemberaubend lebendig standen zahlreiche echte Blumenarrangements in Kristallvasen und -schalen auf den kleinen, antiken Holztischchen zwischen den Fenstern.

Es war ein fröhliches, sonniges Zimmer, das zu Francescas offener und gelassener Ruhe paßte. Im Augenblick war sie jedoch alles andere als ruhig. Erschöpft ließ sie sich in einen der Sessel vor dem Kamin sinken. Sie war derartige Gefühlsausbrüche nicht gewöhnt, weder von sich noch von anderen; sie haßte Szenen, weil sie sie unkultiviert und häßlich fand. Vor allem aber war sie entsetzt darüber, daß sie die Selbstbeherrschung verloren hatte. Sie schloß die Augen, um für den vor ihr liegenden Abend das innere Gleichgewicht zurückzugewinnen, und begann sich gerade zu entspannen, als das Telefon klingelte. Widerwillig raffte sie sich auf und meldete sich. »Hallo?«

»Francesca, Liebes – Nelson hier. Es ist ein scheußlicher Abend. Schneit wie verrückt. Ich habe dir den Wagen geschickt. Dayson ist eben losgefahren.«

»Ach, Nelson, wie lieb von dir!« Ihre Hand spielte nervös mit ihren Perlen. »Ich werde mich leider furchtbar verspäten. Ich bin noch nicht einmal umgezogen, weil ich von einem Termin aufgehalten wurde. Tut mir leid. Ich werde mich beeilen ...«

»Was ist, Francesca?« unterbrach er sie besorgt. Sie waren schon Jahre vor Francescas Heirat mit Nelsons älterem Bruder Harrison befreundet gewesen, und er kannte sie so gut wie kaum ein anderer.

»Nichts, Nelson. Wirklich. Nur ein unangenehmer Nachmittag mit einer schwierigen Journalistin, die mich interviewt hat.« Sie setzte sich aufs Bett, streifte die Schuhe ab und streckte die Zehen.

»Ach ja? Von welchem Blatt?«

»›Now Magazine‹. Sie gab sich ein bißchen feindselig, aber es ist wirklich nichts Schlimmes. Ehrlich!«

»Das Blatt gehört zu den Everett Communications. Tommy Everett ist einer meiner ältesten Freunde. Und ich bin zufällig Großaktionär der Everett Communications.« Er lachte. »Es ist also ganz einfach. Ich werde Tommy sofort anrufen. Die Story wird gestoppt und die Journalistin gefeuert. Ich dulde nicht, daß ausgerechnet diese Zeitschrift dich belästigt. Unerhört! Wie heißt die Dame?«

Francesca zögerte. Dann sagte sie, ohne auf seine Frage einzugehen: »Nein, Nelson. Unternimm bitte nichts. Wenigstens vorerst. Über die Story mache ich mir wirklich keine Gedanken. Doch darüber können wir uns heute abend unterhalten.«

Nelson seufzte. »Wie du willst, Liebes. Aber es gefällt mir nicht, daß du so beunruhigt bist. Und das bist du, ich höre es deutlich.«

»Da ... Da ist noch etwas anderes, Nelson ...« Sie atmete tief durch. »Katharine Tempest will mich sprechen.« Als sie das sagte, erkannte Francesca, daß dies der wahre Grund für ihre Besorgnis war.

Am anderen Ende herrschte Schweigen. Dann: »Ich wußte, sie würde eines Tages wieder auftauchen. Sie ist eine Unruhestifterin, Francesca. Ich hoffe sehr, daß du ihre Bitte abgelehnt hast.«

»Das habe ich.«

»Gut, Liebes. Und jetzt beeil dich, damit wir über all das sprechen können, bevor die übrigen Gäste kommen. Und denk nicht ständig an Katharine Tempest. Sie ist es nicht wert!«

»Ich will's versuchen. Vielen Dank, Nelson.«

Sie fand keinen Schlaf.

Seit sie vor mehreren Stunden von Nelsons Party nach Hause gekommen war, wälzte sie sich ruhelos im Bett, starrte ins Dunkel des Zimmers, während sie sich mit quälenden Gedanken herumschlug. Verzweifelt knipste sie schließlich das Licht an, stand auf, zog ihren Morgenrock an und machte sich in der Küche heiße Milch. Mit der Tasse in der Hand kehrte sie nach oben ins Schlafzimmer zurück, kauerte sich in einen Sessel vor dem Kamin und verlor sich, ohne auf die Zeit oder die kühle Temperatur zu achten, in Überlegungen.

Nachdenklich rekapitulierte sie die Ereignisse des Nachmittags, analysierte alles, was geschehen und gesagt worden war, und allmählich wurde ihr klar, daß sie auf die Nachricht von Katharines bevorstehender Rückkehr nach New York und auf ihre Bitte um ein Wiedersehen viel zu heftig reagiert hatte.

Den Grund für ihr Verhalten erkannte sie ebenfalls: Sie wollte nicht, daß ihr geordnetes, zufriedenes Leben gestört wurde. Das Leben, das sie sich so liebevoll mit Harrison und seiner Familie eingerichtet hatte. Ein Leben, das ihr Freude machte, ein Leben, das sie um jeden Preis zu schützen bereit war. Nelson hatte ihre ehemalige Freundin richtig eingeschätzt: Wo Katharine Tempest ging und stand, brachte sie Unruhe und Probleme mit. Nein! Nie wieder durfte Katharine sich in ihr Leben drängen!

Francesca stieß einen Seufzer aus. Sie hatten einander so nahegestanden, sie und Katharine, waren jahrelang fast unzertrennlich gewesen – bis ihre innige Freundschaft plötzlich in Bitterkeit und Chaos endete. Seit jenem Tag vor zehn Jahren hatten sie sich nicht wiedergesehen, und Francesca hatte es im Lauf der Zeit geschafft, nicht mehr ständig an Katharine zu denken. Verziehen hatte sie ihr, klüger und reifer geworden, schon lange. Vergessen jedoch konnte sie anscheinend nicht. Das sah sie jetzt ein.

In ihre Gedanken versunken, lag Francesca im Sessel. Wie von weit her vernahm sie das Ticken der Uhr auf dem Kaminsims, das Klatschen des Schneeregens an den Fenstern, das leise Stöhnen des Windes im Central Park. Ein verkohltes Holzscheit fiel in die Asche des erloschenen Feuers. Geistesabwesend starrte sie es an.

Erinnerungen stiegen auf – Erinnerungen an andere Zeiten, andere Orte, andere Menschen. Vor allem Erinnerungen an Katharine, umgeben von einem Gespinst aus aufgewühlten Gefühlen und tiefem Schmerz, Schmerz über Katharines Treulosigkeit und Verrat.

Aber nicht immer war Katharine so gewesen. Anfangs nicht, da war sie ganz anders gewesen. Zu jenem Zeitpunkt waren sie alle ganz anders gewesen.

Zu jenem Zeitpunkt. Francesca dachte: Es gibt keine Vergangenheit, keine Gegenwart, keine Zukunft. Die Zeit hat nicht Anfang und Ende. Albert Einstein hat bewiesen, daß die Zeit eine Dimension ist. Die vierte Dimension. Daher existiert die gesamte Zeit *jetzt*.

Die Jahrzehnte lösten sich auf – allmählich, wie in Zeitlupe; und jedes einzelne Jahr lief klar im Film ihrer Erinnerung ab: So, wie sie damals alle gewesen waren. Und das Jahr 1956 war für Francesca jetzt genauso real, wie es vor dreiundzwanzig Jahren gewesen war.

Es war jetzt.

Erster Akt
Bühne vorn rechts
1956

Die entscheidenden Schritte in unserem Leben ...
sind oft die unüberlegten.

André Gide

[illegible]

[illegible] der Lebens[illegible] [illegible]

[illegible]

Fünftes Kapitel

»Komm, sei kein Spielverderber!« bettelte Kim mit aufmunterndem Lächeln, lässig an den Türrahmen gelehnt. »Eben hast du gesagt, daß du heute abend nichts vorhast.«

Francesca saß hinter dem großen Schreibtisch ihres Vaters im Herrenzimmer des Londoner Stadthauses. Nachdenklich legte sie ihren Füllhalter hin und sah den Bruder liebevoll an. Seltsam, zum erstenmal war es ihr gleichgültig, ob Kim sie für eine Spielverderberin hielt – trotz der Bewunderung, die sie für ihn hegte. Sie hatte den ganzen Tag eifrig gearbeitet und wollte jetzt, da sie schon abgespannt war, wenigstens das zu Ende bringen, was sie sich am Morgen vorgenommen hatte. Sie war erstaunt über sein plötzliches Auftauchen und ein wenig erschrocken über sich selbst, weil sie seine Bitte abgelehnt hatte. Denn sonst war sie immer sofort bereit, ihm einen Gefallen zu tun.

Langsam schüttelte sie den Kopf. Leise, aber fest sagte sie: »Ich würde dir wirklich gern helfen, Kim, aber ich muß mit diesen Recherchen fertig werden. Ehrlich. Tut mir leid.«

»Du und deine alten Bücher!« schalt Kim sie gutmütig. »Ewig steckst du die Nase in diese verstaubten Dinger. Wer interessiert sich schon für Chinese Gordon? Der ist doch mindestens seit hundert Jahren tot. Ich begreife nicht ...«

»Seit einundsiebzig Jahren«, berichtigte ihn Francesca.

»Und außerdem weißt du sehr gut, daß ich eine Biographie über ihn schreiben will.«

»Zeitverschwendung, mein Kleines. So was wird ohnehin keiner kaufen.«

»O doch, bestimmt!« gab Francesca hitzig zurück. »Für britische Geschichte und einen großen Soldaten und Kriegshelden wie Chinese Gordon interessieren sich sogar sehr viele. Und Vater ist ganz meiner Meinung. Er findet meinen Plan gut und meint, er könnte sich sogar auszahlen. Also verschwinde, Kim Cunningham! Verschwinde und laß mich endlich in Ruhe!«

Kim wunderte sich über ihre Erregung, mußte aber einsehen, daß sie es ernst meinte mit ihrem Buch. Insgeheim schämte er sich seiner unbedachten Bemerkung, denn er hatte seiner Schwester, die er sehr liebte, keineswegs weh tun wollen. Francesca war seine beste Freundin und Vertraute, und jetzt war sie den Tränen nahe.

»Es tut mir leid, Francesca, Liebes. Ich hatte wirklich nicht geahnt, daß dir das Buch so sehr am Herzen liegt. Und was versteht ein einfacher Bauer wie ich schon von Büchern! Von jetzt an werde ich dich unterstützen. Ehrlich! Schließen wir Frieden?«

Francesca lächelte mit nassen Augen, wagte aber noch nichts zu sagen, weil sie ihrer Stimme nicht sicher war. Und Kim enthielt sich jeder weiteren Bemerkung. Er schlenderte zum Kamin hinüber, wo er sich, die Beine gespreizt, die Hände in den Taschen seiner Tweedjacke, den Rücken wärmte.

Adrian Charles »Kim« Cunningham, Vierzehnter Viscount Ingleton und eines Tages Zwölfter Earl of Langley, war nicht hübsch im landläufigen Sinn, verfügte aber über einige außergewöhnliche Eigenschaften. Er war ein angenehm wirkender junger Mann mit heller Haut, glattem, hellbraunem Haar und einem sensiblen, sehr sanften Gesicht. Auffallend waren sein voller Mund, der so gern lachte, und seine klaren grauen Augen, aus denen Sanftmut, Humor und Gutmütigkeit sprachen. Nur selten funkelten sie vor Zorn oder Erregung, denn Kim war von Natur aus ruhig und ausgeglichen.

Er hatte die große, schlanke Figur seiner Vorfahren geerbt, doch darunter versteckten sich eisenharte Muskelkraft und große Ausdauer. Graziös und elegant wie nur wenige Männer, besaß er eine lässige Selbstsicherheit, die seine lange Ahnenreihe verriet, war aber, wie alle echten Aristokraten, kein Snob, sondern behandelte alle Menschen höflich und rücksichtsvoll. All diese Eigenschaften zusammen bewirkten, daß die Menschen, besonders aber die jungen Damen, in ihm einen guten Freund und Gefährten sahen.

Jetzt starrte er auf seine Schuhspitzen und überlegte, wie er Francesca umstimmen konnte. »Na ja, wenn du arbeiten mußt, kann man nichts machen. Aber heute ist Samstag, und ich dachte, es würde dich interessieren, das Mädchen kennenzulernen. Du kochst doch sonst immer so gern, nicht wahr?«

Francesca, mit ihren Papieren beschäftigt, hob rasch den Kopf. »Du meinst also, ich soll nicht nur für ein paar Drinks die Gastgeberin spielen, sondern auch noch für euch kochen? Himmel, wirklich – du hast Nerven! Ich hab' an diesem Wochenende nur für mich selbst eingekauft, weil ich dachte, du fährst zu Tante Mabel. Deswegen war ich auch so erstaunt, als du hier plötzlich bei mir auftauchtest.«

»Zu Tante Dotty? O Gott, nein! Ich bleibe hier, mein Liebes.« Er lächelte ihr liebevoll zu. »Nun komm schon, sag ja! Du hast so lange keine Abwechslung mehr gehabt. Es wird dir ganz bestimmt guttun, Francesca.«

Er kam zu ihr an den Schreibtisch herüber, hockte sich auf die Kante und blickte zärtlich auf seine Schwester hinab. Sie wirkte zierlicher denn je, ihr klassisches Gesicht sogar ein wenig hohlwangig und bleich. Aber vielleicht kam das von dem dicken blauen Seemannspullover, den sie trug, und dem mit antiken Schildpattkämmen locker hochgesteckten blonden Haarschopf, der mit seiner Fülle viel zu schwer wirkte für den schlanken Hals. Eine Strähne war ihr in die Stirn gefallen; Kim beugte sich vor und strich sie fürsorglich wieder an ihren Platz.

»So ist es besser!« Er küßte sie auf die Wange. »Außerdem hast du Tinte am Hals. Womit kann ich dich bloß bestechen, Frankie?«

»Überhaupt nicht.« Energisch griff sie nach ihrem Füllhalter. »Und jetzt hör auf, mich ständig zu stören!«

Kim aber wollte nicht lockerlassen. »Hör zu, Francesca, wenn dieses Mädchen nicht so außergewöhnlich wäre, würde ich nicht so hartnäckig sein. Aber sie ist einfach super. Du wirst begeistert von ihr sein. Und Vater auch – hoffentlich. Ich möchte sie bald nach Yorkshire einladen. Das ist auch der Grund, warum ich will, daß du sie zuerst kennenlernst. Heute abend.«

Francesca war verblüfft. Sie musterte den Bruder aufmerksam. Zum erstenmal wollte er eine seiner zahllosen Freundinnen nach Langley einladen! Das änderte alles. »Soll das heißen, daß du ernste Absichten hast?« erkundigte sie sich.

»Ich weiß nicht.« Kim rieb sich nachdenklich das Kinn. »Sagen wir vorläufig mal, ich bin interessiert. Sehr interessiert. Und glaube, daß daraus ernsthafte Absichten werden könnten. Ja.«

In diesen wenigen Sekunden war es Kim gelungen, die ungeteilte Aufmerksamkeit der Schwester zu wecken. Sie wollte einwenden, mit seinen einundzwanzig Jahren sei er zu jung für ernsthafte Absichten, schwieg aber, weil sie damit ja auch das Gegenteil erreichen konnte. Statt dessen fragte sie vorsichtig: »Wer ist es? Wie heißt sie?«

Kims Miene verzog sich zu einem seligen Lächeln, und er errötete sogar ein wenig. »Katharine. Katharine Tempest.« Auf Francescas verständnislosen Blick hin ergänzte er stolz: »*Die* Katharine Tempest.«

Francesca krauste die Stirn. »Tut mir leid, Kim, aber die kenne ich nicht. Hat sie vielleicht etwas mit den Tempest Stewarts zu tun? Mit Lady Anne war ich in der Tanzstunde.«

Kim lachte laut auf. »Nein, mit Lord Londonderry ist sie nicht verwandt. Aber von dir kann man wohl nicht erwarten, daß du ihren Namen kennst; du lebst ja nur für deine Geschichtswälzer. Nein, Katharine Tempest ist eine großartige junge Schauspielerin, die jeden Abend in einem der größten Kassenhits im West End die Zuschauer verzaubert. Sie ist jung, schön, begabt, charmant, intelligent, warmherzig und geistreich. Kurz gesagt, sie ist einfach ...«

»Zu gut, um wahr zu sein«, ergänzte Francesca ironisch, jedoch mit einem kleinen, belustigten Lächeln.

Kim grinste sie verlegen an. »Ich weiß, ich klinge wie ein verliebter Primaner, aber warte, bis du sie kennenlernst. Sie ist wirklich etwas Besonderes.«

»Ich glaube dir. Nur wird Vater sie kaum mit offenen Armen empfangen. Eine Schauspielerin! Du weißt, wie altmodisch er manchmal sein kann ...« Sie ließ den Satz unbeendet und dachte einen Augenblick nach. »Vielleicht sollten wir sie wirklich als eine Tempest Stewart ausgeben, wenigstens bis das Eis gebrochen ist. Aber um wieder aufs Thema zurückzukommen: Wenn sie abends auftreten muß, wie kannst du sie dann zum Dinner einladen?«

»Sie kommt nach dem Theater.«

»Dann könnten wir ja erst um elf oder sogar noch später essen! Mein Gott, Kim – du bist wirklich unmöglich!«

»Wenn wir mit unserem Alten Herrn ausgehen, essen wir auch immer erst nach dem Theater.«

Francesca stöhnte. »Also gut. Da ich sie wirklich gern kennenlernen möchte, bin ich für einen Kompromiß. Ich mache euch beiden etwas Leichtes und verschwinde nach einem Drink auf mein Zimmer. Ein Dinner à deux ist ja auch viel romantischer, nicht wahr?«

»Es wird wohl leider ein Dinner à trois werden«, gab Kim bekümmert zurück. »Sie bringt einen Mann mit. Deswegen möchte ich ja, daß du dabei bist. Damit wir zu viert sind.«

»Wie soll ich um Himmels willen vier Personen verköstigen? Ich habe gerade genug für eine – mich selbst«, jammerte Francesca. »Außerdem, wer ist dieser Reservekerl, den sie da mitschleppt und den ich bis in die frühen Morgenstunden hinein becircen soll? Und warum bringt sie ihn überhaupt mit?«

»Weil er in London kaum jemand kennt und sie ihn sozusagen unter ihre Fittiche genommen hat.« Kim warf seiner Schwester einen vorsichtigen Blick zu, dann lächelte er. »Wenn ich dir sage, wer er ist – versprich mir, daß du nicht in Ohnmacht fällst.«

»Sei nicht albern!« gab Francesca empört zurück, war aber doch neugierig. »Warum um alles in der Welt sollte ich ohnmächtig werden?«

»Weil dieser Reservekerl, wie du ihn nennst, Victor Mason ist. Und wer *das* ist, wirst du ja wohl wissen.«

Francesca war beeindruckt. »Selbstverständlich. Die ganze Welt weiß, wer er ist. Ich muß schon sagen, ein ganz schöner Start für dich, eine Schauspielerin und ein Filmstar aus...« Francesca hielt inne und starrte Kim fassungslos an. »Du hast die beiden doch nicht etwa schon eingeladen!«

»Ich fürchte, ja.«

»Großer Gott, Kim!« Verzweifelt dachte sie an ihre nicht vorhandenen Vorräte. Als Kim ihre besorgte Miene sah, tat sie ihm leid. Er rutschte vom Schreibtisch und nahm sie tröstend in den Arm. »He, komm her, du kleines Dummchen. Ist doch alles nicht so schlimm! Ich habe einfach nicht nachgedacht. Ich werde den beiden eben absagen und das Essen auf einen anderen Abend verschieben.«

»Das ist unmöglich. Das ist unhöflich, vor allem jetzt, wo es schon so spät ist.« Francesca machte sich behutsam los. »Tut mir leid, Kim, daß ich so ein Spaßverderber bin und immer von Geld rede. Aber es ist alles so ... na ja, so schwer, manchmal. Daddy denkt immer nur an Langley. Die Summe, die er mir für diesen Haushalt gibt, ist praktisch gleich Null. Ich muß ständig von dem Geld aus Mummys Treuhandvermögen zuschießen, und sogar das ist nur ein ...«

»Das sollst du nicht!« fiel Kim ihr hitzig ins Wort. »Das Treuhandgeld ist für dich persönlich. Nadelgeld. Und so viel ist es schließlich auch nicht. Weiß der Alte Herr, daß du das tust?«

»Nein, und du darfst ihm auch nichts davon sagen. Er hat genug Sorgen mit dem Gut und so. Und würde das Haus vielleicht aus finanziellen Gründen schließen. Dann müßte ich nach Langley ziehen, und ich möchte doch meiner Recherchen wegen in der Nähe des British Museum bleiben. Das bißchen Geld macht mir wirklich nichts aus; ich hab's nur erwähnt, damit du meine Lage begreifst.«

»Ich begreife. Und das Dinner vergessen wir einfach.« Er zuckte die Achseln und warf sich aufs Sofa. »Schöne Aristokratie, nicht wahr? Nicht mal genug Geld, um ein paar Gäste einzuladen.« Seine Miene war finster. Dann sagte er: »Ich hab' genug für ein Paar neue Reitstiefel gespart. Wenn ich das Geld nehme, könnte ich die beiden ins Restaurant einladen!«

»Das werde ich nicht zulassen! He, warte mal, ich könnte vielleicht ein paar Omelettes aux fines herbes machen. Wie wäre das?« Und als Kim ein Gesicht zog: »Nein, du hast recht.«

»Meinst du, Vater hätte was dagegen, wenn ich bei Fortnum etwas auf seine Rechnung hole?«

»Er vielleicht nicht, aber ich – vor allem, wenn später die Rechnung kommt.« Plötzlich begann ihr Gesicht zu strahlen, und sie sprang auf. »Mir ist da gerade etwas eingefallen.« Sie lief aus dem Zimmer und jagte die Treppe zum Erdgeschoß hinab.

»Was ist denn nun los?« rief Kim verwundert und lief ihr nach. Am Fuß der Treppe wandte sie sich zu ihm um. »Folge mir, Macbeth, in die Tiefen des Kerkers. Und danke dem lieben Gott für Doris!« Sie winkte ihm mit dramatischer Geste und lief weiter. Immer noch erstaunt, folgte er ihr in den Keller hinab und fand sie in der großen Vorratskammer neben dem Weinkeller, wo sie in einem Weidenkorb kramte.

»Was ist denn das, Frankie?«

»Ein Freßkorb von Fortnum and Mason. Du hast mich daran erinnert. Doris hat ihn uns zu Weihnachten geschickt. Weißt du nicht mehr? Es ist noch einiges davon da. Vater hat ihn mir nach den Feiertagen mitgegeben. Außerdem hab' ich die Speisekammer von Langley geplündert und einige von Mellys Obstkonserven mitgenommen. Das hatte ich alles völlig vergessen.«

»Die gute Doris! Die macht nie halbe Sachen.«

»Sieh nur, was ich gefunden habe!« rief Francesca mit leuchtenden Augen. »Kaviar! Ein winziges Glas nur, aber Beluga. Eine Dose Pâté de foie gras Strasbourg, einen Topf alten Stilton mit Port und drei Dosen Schildkrötensuppe.« Sie studierte das Etikett. »Eine ganz vornehme Marke. Mit Sherry.« Francesca schloß den Korb und tätschelte ihn liebevoll. »Den nehme ich mit in die Küche hinauf. Und wie wär's, wenn du dich ein bißchen im Weinkeller umsehen würdest? Von deinem einundzwanzigsten müssen noch einige Flaschen Champagner übrig sein, der würde gut zum Kaviar passen.«

Kurz darauf erschien Kim mit triumphierendem Lächeln in der Küche, in jeder Hand eine Flasche Champagner. Er stellte sie auf die Arbeitsplatte, setzte sich auf den Tisch und musterte die Dinge, die Francesca aus dem Freßkorb geholt hatte. »Ob das reicht?« fragte er zweifelnd.

»Es ist jedenfalls ein Anfang. Den Champagner können wir vor dem Essen trinken. Den Kaviar strecke ich mit gehacktem Ei und fein geschnittenen Zwiebeln; dazu gibt es die Pâté und Melba-Toast. Die Schildkrötensuppe essen wir als ersten Gang, und zum Stilton serviere ich grünen Salat. Zum Schluß kommt das Kompott mit Schlagsahne.«

»Und was essen wir nach der Suppe und vor dem Dessert?« erkundigte sich Kim neckend. »Du hast wohl den Hauptgang vergessen.«

»Nein, natürlich nicht, du Dummkopf!« antwortete Francesca lächelnd. »Ich hab' noch etwas Hackfleisch im Kühlschrank. Davon wollte ich mir heute abend eine Fleischpastete machen. Wenn wir zwei Pfund Rindfleisch dazu kaufen, mache ich eben eine große Pastete für uns alle. Was meinst du – ob Victor Mason schon jemals ein so frugales Mahl verzehrt hat?« Sie lächelte. »Vermutlich hält er es für äußerst romantisch und typisch englisch.«

»Ich glaube, die Fleischpastete wird mehr Eindruck auf Victor machen als der Kaviar. Den essen Filmstars wie er doch täglich zum Frühstück, oder? Aber weißt du was? Ich hole nachher noch ein paar Flaschen wirklich guten Wein für uns rauf. Der Neunte Earl mag ein Verschwender gewesen sein, aber er hat uns einen der besten Weinkeller von London hinterlassen. Wie wär's mit einem Mouton Rothschild?«

»Wunderbar! Aber würdest du jetzt erst bitte zum Shepherd Market gehen und Fleisch holen? Sonst machen noch die Läden zu.«

»Natürlich. Und bezahlen werde ich das natürlich. Ein

paar Pfund habe ich noch übrig.« Als Kim ihre Miene sah, schüttelte er lachend den Kopf. »Nein, nein! Nicht von meinem Reitstiefelgeld! Ehrlich!«

Während Francesca sich mit der Einkaufsliste befaßte, kehrte Kims Blick nachdenklich zu den Lebensmitteln auf dem Tisch zurück. Er steckte sich eine Zigarette an und rauchte schweigend. Dann fragte er plötzlich: »Hat Vater in letzter Zeit mal von Doris gesprochen?«

»Nein. Warum?« Francesca sah nicht zu ihm auf.

»Sie hält sich so auffällig lange von Langley fern. Vielleicht haben sie sich gestritten oder sogar getrennt.«

Jetzt hob Francesca doch den Kopf. »Nicht daß ich wüßte«, antwortete sie stirnrunzelnd. »Ich hab' sogar letzte Woche mit Doris gesprochen. Sie ist in Südfrankreich.«

»Großer Gott, im Februar? Wozu denn nur?«

»Sie sucht eine Sommervilla. Eine große, wie sie mir sagte, damit für uns alle genug Platz dort ist. Es scheint also noch alles in Ordnung zu sein.«

»Ob Vater sie wohl heiraten wird?«

Francesca schwieg. Sie hatte sich selbst schon Gedanken darüber gemacht, nachdem Doris Asternan ein fester Bestandteil im Leben ihres Vaters geworden war. Doris war eine amerikanische Witwe, die Kim und sie sehr gern hatten. Sie fragte sich, ob Doris gewisse Erwartungen hegte, und fand, daß das ganz zweifellos der Fall sein müsse. Ihr Vater war attraktiv, charmant und gutmütig wie Kim, und sein Titel wirkte verlockend auf die meisten Frauen, vor allem Amerikanerinnen. Ihr Vater hatte jahrelang um ihre Mutter getrauert, und dann hatte auf einmal ein steter Strom von Frauen eingesetzt, an denen er jedesmal sehr schnell das Interesse verlor – bis Doris kam.

»Was meinst du, Frankie – wird er mit Doris vor den Altar treten?« fragte Kim noch einmal.

Francesca zuckte die Achseln. »Keine Ahnung. Daddy hat mich nicht ins Vertrauen gezogen und Doris auch nicht.«

»Sie ist viel netter als die anderen, die er sonst angeschleppt hat. Und Doris hat wenigstens Berge von Geld. Millionen von hübschen, lieblichen Dollars.«

Francesca mußte lachen. »Als ob das unseren Vater interessierte! Dazu ist er viel zu romantisch. Weißt du denn nicht, daß er ausschließlich die wahre Liebe sucht?«

»O Gott! In seinem Alter?«

»Aber Kim, er ist doch erst siebenundvierzig. Du tust, als wäre er ein Greis.« Sie reichte ihm die Einkaufsliste. »Auf, du Faulpelz! Mach dich auf die Socken und kümmere dich nicht um Doris und Daddy. Ich habe noch viel zu tun.« Sie warf einen Blick auf den alten Küchenwecker. »Es ist gleich fünf. Der Schlachter macht zu, wenn du dich nicht beeilst. Und ich werde den Tisch decken und allmählich mit dem Kochen anfangen. Nachdem du mich so geschickt dazu rumgekriegt hast, diese Einladung für dich zu geben, können wir auch gleich Nägel mit Köpfen machen.«

Das Haus in der Chesterfield Street, das Francesca fast ständig bewohnte, war seit 1890 der Londoner Wohnsitz der Earls of Langley. Es lag als typische Mayfair-Stadtresidenz in einer Reihe von nahezu identischen Häusern, war hoch und schmal, mit einer relativ schlichten Fassade, innen jedoch erstaunlich geräumig; vor allem die Repräsentationszimmer im Erdgeschoß waren groß und elegant geschnitten, mit breiten Fenstern und schönen Adam-Kaminen aus geschnitzter Eiche oder Marmor. Im ersten, zweiten und dritten Stock wurden die Zimmer dann zwar immer kleiner, besaßen jedoch einen besonderen Charme.

Der große Salon, die hübsche Bibliothek und das Speisezimmer lagen an einer kleinen, quadratischen Eingangshalle, von der eine bezaubernde alte Treppe mit reich geschnitztem Eichengeländer in die oberen Stockwerke führte. An das Speisezimmer schloß sich die etwas altmodische Küche an, die Francesca mit einem modernen Herd und einem Kühlschrank ausgestattet hatte.

»Sie passen nicht so recht hierher, meinst du nicht auch?« hatte ihr Vater anfangs gesagt. Francesca hatte darauf nur erwidert: »Aber sie funktionieren, Daddy.«

Und der Earl hatte sich resigniert in die Bibliothek geflüchtet. Die Modernisierung der Küche war nur ein Teil von Francescas Plänen zur Restaurierung des Hauses, die von ihrem Vater strikt abgelehnt wurden, denn er fand sie bei weitem zu kostspielig.

David Cunningham, der Elfte Earl of Langley, hatte zeit seines Erwachsenendaseins versucht, mit seinem Geld auszukommen. Schon früh war er zu der Einsicht gelangt, daß das Riesenvermögen, das sein Großvater zum Fenster hinausgeworfen hatte, endgültig verloren war. Der Zehnte Earl, Davids Vater, hatte zwar – mit mäßigem Erfolg – versucht, die leere Familienkasse wieder aufzufüllen, jedoch bei seiner letzten Spekulation Pech gehabt und alles wieder verloren. »Bewahre alles, was wir noch haben!« hatte er seinem Sohn geraten, und David, der finanzielle Abenteuer für viel zu riskant hielt, hatte es ihm bereitwillig versprochen.

Erbschaftssteuern, die Betriebskosten des riesigen Gutes in Yorkshire, Kims und Francescas Ausbildung und die Aufrechterhaltung des Lebensstils, den seine Stellung von ihm verlangte, belasteten seine Mittel bis zur äußersten Grenze. Obwohl David Cunningham unendlich viel Land besaß, konnte er davon ebensowenig etwas verkaufen wie von seinem übrigen Eigentum: Langley Castle, das Familiengut, die Pachtfarmen, die wertvollen antiken Möbel, das georgianische Silber und die Gemälde, darunter viele von großen englischen Meistern – sie alle waren unveräußerlicher Familienbesitz oder Teil eines Treuhandvermögens. Außerdem hätten es die persönlichen Gefühle des Earl gar nicht erlaubt, sein Erbe zu veräußern, da er es, wie dem Vater versprochen, für die nachfolgenden Cunningham-Generationen bewahren wollte.

So waren Kim und Francesca von klein auf dazu erzogen worden, ihre Verpflichtung dem großen Familiennamen und ihrem Erbe gegenüber zu verstehen und zu respektieren. Sparsamkeit war ihnen zur zweiten Natur geworden.

Der Unterhalt des Yorkshire-Besitzes – des Schlosses, des Familiengutes und der Pachtfarmen – hatte absoluten Vorrang. Die Renovierung des Stadthauses war für den Earl ein Luxus, den er trotz Francescas Argumenten für überflüssig hielt, und so war das Haus im Lauf der Jahre immer mehr heruntergekommen, bis es 1955 in einem so desolaten Zustand war, daß er kaum noch behoben werden konnte.

Anfang Januar dieses Jahres, drei Monate vor Kims einundzwanzigstem Geburtstag, hatte der Vater dann verkündet, er werde im März für Kim eine Geburtstagsparty auf Langley Castle geben. Überdies werde er in diesem Jahr, in dem sein Sohn und Erbe großjährig werde, mehr Einladungen in London geben als sonst üblich. In Anbetracht dieser Pläne hatte Francesca wieder auf den desolaten Zustand des Hauses hingewiesen, zu ihrem Erstaunen jedoch war der Vater im Hinblick auf eine Renovierung hart geblieben und hatte ihr mit ungewohnter Festigkeit verboten, je wieder von diesem Thema zu sprechen.

Nun besaß Francesca einen Brillantring, ein uraltes Erbstück der mütterlichen Seite ihrer Familie, das seit dem Tod ihrer Mutter, zusammen mit vielen Schmuckstücken aus dem Treuhandbesitz, in ihrem Banksafe in London lag. Diesen Ring hatte sie einem Händler für antiken Schmuck vorgelegt, der ihr auch prompt eintausend Pfund dafür bot. Zwar hatte Francesca sich mehr erhofft, doch da sie wußte, daß der Mann ehrlich war und einen guten Ruf besaß, hatte sie sein Angebot akzeptiert.

Als der Earl von diesem unerwarteten Schritt seiner erst achtzehnjährigen Tochter erfuhr, war er aufrichtig empört. Da der Ring jedoch ihr persönliches Eigentum war und nicht zum Langley-Treuhandvermögen gehörte, konnte er nichts dagegen tun. Schließlich hatte er sich Francescas Vernunftgründen gebeugt, und sie hatte ihn daraufhin sehr diplomatisch gebeten, das Geld für die Renovierung des Stadthauses – seines Eigentums – verwenden zu dürfen.

Zögernd hatte der Earl eingewilligt. Erst sehr viel später gab er zu, daß er ihre Geste bewundernswert und rührend fand. Kim war von ihrer Selbstlosigkeit überwältigt und hatte, da es ohnehin zu spät war, keinerlei Einwände erhoben. Er hatte sich überschwenglich bei ihr bedankt und sich genauso begeistert wie sie in die neue Aufgabe gestürzt.

Francesca versuchte die eintausend Pfund möglichst zu strecken. Sie ließ das Dach und die Außenmauern reparieren, die Innenwände frisch verputzen und neue Rohr- und Stromleitungen verlegen. Der Rest des Geldes ging für die Verschönerungsarbeiten drauf.

Um Geld zu sparen, übernahmen Francesca und Kim die Malerarbeiten selbst, wobei sie allerdings ebensoviel Farbe abbekamen wie die Wände. Für das Speisezimmer wählte Francesca das Tannengrün der lederbezogenen Hepplewhite-Stühle; Türen, Schutzleisten und Stukkaturen wurden weiß gestrichen. Dem Salon verlieh sie mit einem dunklen Korallenrot anstelle der langweiligen Elfenbeinfarbe ein ganz neues Gesicht. Kaufen mußte sie, außer den Farben, lediglich endlose Meter moosgrünen Samt für neue Vorhänge und Schutzbezüge im Salon, weißen Damast für die Vorhänge des Speisezimmers und verschiedenfarbige Seide für Kissen und neue Lampenschirme.

Francescas Vater war ein sehr fairer Mann; als er das Resultat besichtigte, gratulierte er ihr von Herzen zu dem Wunder, das sie vollbracht hatte, und sein Stolz auf sie kannte keine Grenzen.

Als Francesca jetzt, an diesem Samstagabend im Februar, an der Tür zum Salon stand, lächelte sie zufrieden. Der Raum wirkte bezaubernd. Vor einer Stunde hatte Kim ein jetzt fröhlich prasselndes Feuer im Kamin gemacht, die Vorhänge geschlossen, um die feuchte Kälte des unangenehmen Abends auszusperren, und die blattgrünen Lampen aus chinesischer Jade mit den cremefarbenen Schirmchen angeknipst.

Es war eine einladende Atmosphäre. Die korallenroten Wände bildeten einen perfekten Hintergrund für die klassischen Hepplewhite-Tische, einen großen Sheraton-Bücherschrank mit Glastüren und englische Landschaften in verschiedenen Grün- und Blautönen mit von Kim eigenhändig frisch vergoldeten Rahmen. Der neue, moosgrüne Samt umrahmte die drei großen Fenster und überzog die Polster der zwei großen Sofas und vier Sessel, aufgehellt von den cremeweißen, korallenroten und blauen Kissen, die Francesca aus den Seidenresten genäht hatte. Die Porzellansammlung ihrer Großmutter – Wedgwood und Meißen – lieferte weitere zarte Farbtupfer.

Francesca eilte ins Speisezimmer, um letzte Hand an den fast fertig gedeckten Tisch zu legen, begutachtete ihr Werk und wünschte sich frische Blumen für die Dekoration. Aber die waren um diese Jahreszeit zu teuer, und außerdem verwelkten sie schnell. Die beiden vierarmigen Leuchter mit ihren hohen weißen Kerzen waren eindeutig ebenso elegant.

Francesca fand, daß der Tisch wunderschön aussah und keine weiteren Dekorationen benötigte.

Gerade wollte Francesca in die Küche gehen, als Kim, leise vor sich hin summend, zur Tür hereinkam. Unwillkürlich blieb er stehen, stieß einen langen, bewundernden Pfiff aus, faßte sie an den Schultern und drehte sie um die eigene Achse.

»Einfach hinreißend siehst du aus, altes Mädchen«, sagte er.

»Danke. Aber bin ich nicht ein bißchen zu elegant angezogen?« fragte sie ängstlich.

Energisch schüttelte er den Kopf. »Katharine wird sicher ebenfalls sehr elegant sein.« Er musterte sie prüfend.

Francesca lächelte ihm schüchtern zu und wirbelte noch einmal herum. Sie trug ihre Lieblingsschuhe: schwarze Seidenpumps mit hohen Pfennigabsätzen, ein Weihnachtsgeschenk von Doris, das perfekt zu ihrer langärmeligen grauen Wollbluse mit dem U-Boot-Ausschnitt und dem selbstgenähten silbergrauen Taftrock paßte. Wie eine Glockenblume bauschte der Rock sich über dem steifen Petticoat, den Melly ihr zu Weihnachten geschenkt hatte. Diese Petticoats waren große Mode, und Francesca liebte sie besonders, weil sie ihren Beinen schmeichelten, die sie selbst viel zu dünn fand.

Als sie wieder stillstand, sah Francesca den Bruder an. »Du runzelst die Stirn. Gefällt dir was nicht an meiner Aufmachung?«

»Nein, du siehst zauberhaft aus. Aber weißt du, mit dieser Hochfrisur wirkt dein Hals furchtbar lang. Hast du nicht irgendeine Kette?«

Sie betastete ihren Ausschnitt. »Nein, nichts Passendes jedenfalls. Es sei denn, ich nehme das alte Collier. Was meinst du?«

»Fabelhafte Idee!« Er sah auf die Uhr. »Himmel, ich muß Katharine abholen!« Er lief in die Halle, nahm seinen alten Regenmantel aus dem Schrank, griff sich einen Regenschirm und verschwand.

Francesca eilte in ihr Schlafzimmer hinauf, schloß die unterste Schublade ihres Toilettentischs auf und holte das abgegriffene Lederetui hervor, das das alte Collier ihrer Urur-urgroßmuter enthielt. Das Filigranmuster aus zarten Goldfäden war mit Topasen besetzt, die im Lampenschein sanftgolden schimmerten. Wie schön es war! Aber für sie war es mehr als nur ein bezauberndes Schmuckstück. Es erinnerte sie an eine ununterbrochene Reihe von Cunningham-Generationen und ihr persönliches Erbe; und wie immer empfand sie Ehrfurcht vor dieser langen Geschichte. Als sie das Collier anlegte, blickte sie in den Spiegel. Kim hatte recht: Die Halskette war das Tüpfelchen auf dem i, die perfekte Ergänzung für ihre Bluse. Sie schob eine eigenwillige Haarsträhne zurecht und lief wieder in die Küche hinab, um ihre Vorbereitungen zu beenden.

Sechstes Kapitel

Während der Vorhang fiel, brandete jener begeisterte Applaus auf, den sich jeder Schauspieler erhofft, der ihn immer wieder stärkt, von dem er lebt. Als sich der Vorhang wieder hob, kamen die Künstler einzeln auf die Bühne heraus, um sich zu verbeugen: die Chargen zuerst, dann die Charakterdarsteller, die beiden männlichen Hauptdarsteller und endlich, ganz zuletzt und unter ohrenbetäubenden Ovationen, Katharine Tempest.

Dann hob sich der schwere, rote, goldbetreßte Vorhang noch einmal, und Katharine trat allein auf die Bühne und bedankte sich unter nicht endenwollenden Bravo-Rufen. Sie warf Kußhände ins Publikum und rief gerührt: »Danke! Danke! Vielen Dank!«

Vor der gigantischen Kulisse, die das antike Griechenland darstellte, wirkte sie sehr klein und zierlich, so ganz allein auf der weiten Bühne. Aber sie fühlte sich nicht allein, sondern als bevorzugtes Mitglied einer zahlreichen, sie liebenden Familie. Ihrer Familie. Ihrer einzigen Familie. Und das würde sich niemals ändern.

Katharines Herz jubelte vor Freude und einem wunderbaren Gefühl der Erfüllung, der Bestätigung ihrer Kunst. Und dann kam sie, wie jedesmal: die Woge der Erleichterung darüber, daß sie es wieder einmal geschafft hatte. All ihre Hingabe und Disziplin, die harte Arbeit und das Ringen um Vollkommenheit lohnten sich für dieses berauschende, erhebende Gefühl, die Reaktion auf die Bewunderung und den Beifall ihres Publikums, das sie auf einzigartige Weise bewegt und gerührt, überzeugt und gefesselt hatte. Dies war für sie der schönste Lohn.

Am liebsten wäre sie endlos dort stehengeblieben, aber sie wußte stets, was sich gehörte, und streckte nach einem letzten strahlenden Lächeln die Hand nach Terrence Ogden aus, damit ihr Partner ebenfalls seine verdienten Lorbeeren einheimsen konnte, und winkte anschließend den zweiten Hauptdarsteller John Layton herbei, um das faszinierende Trio zu vervollständigen, das sich an diesem Abend offenbar selbst übertroffen hatte.

Nach vier weiteren Vorhängen eilte Katharine schnell von der Bühne, ohne zuvor, wie sonst jedesmal, ein paar Worte mit ihren Kollegen zu wechseln. Ihr war heiß, das Kostüm war schweißgetränkt, und die rote Perücke lastete schwerer denn je. Ihr Kopf juckte so sehr, daß sie es kaum noch ertragen konnte.

Sie hatte im letzten Akt – irgendwie ungewohnt – sehr stark geschwitzt und fragte sich, ob sie etwa erkältet war. Ihr Hals schmerzte und kratzte stark, doch ihr war klar, daß sie ihn durch die Nachmittags- und jetzt auch noch die Abendvorstellung schlichtweg überfordert hatte. Die Anstrengung, ihre Stimme hier im St. James's Theatre richtig zum Tragen zu bringen, forderte ihren Tribut. Beunruhigt beschloß Katharine, den Unterricht bei Sonia Modelle, Londons bester Stimmpädagogin, zu intensivieren. Außerdem nahm sie sich vor, ihre Atemübungen gewissenhafter zu absolvieren. Während der letzten vier Jahre hatte Katharine unerhört fleißig an der Vervollkommnung ihrer Stimmtechnik gearbeitet und es geschafft, sogar ihre amerikanische Mittelwest-

Modulation auszumerzen. Dennoch war sie sich klar darüber, daß sie ihre Stimme weiter trainieren mußte, um sie dadurch zu kräftigen.

In den Kulissen holte Terry Ogden sie ein. »He, Puss, du hast es heute aber eilig!«

Katharine fuhr herum. Sie zog eine bedauernde Grimasse. »Ich bin ziemlich fertig, Terry. Normalerweise macht es mir nichts aus, an einem Tag zwei völlig verschiedene Rollen zu spielen, aber heute bin ich aus irgendeinem Grund total erschöpft.«

Terry nickte mitfühlend. »Ich weiß, wie das ist. Aber es waren großartige Leistungen, Puss, vor allem, wenn jemand noch so jung ist wie du.«

»Oh, vielen Dank, gnädiger Herr«, sagte Katharine mit einem ironischen Knicks. »Du selbst bist aber auch nicht schlecht.« Lächelnd blickte sie zu ihm auf.

Dieses Lächeln war so aufrichtig lieb, und in ihren Augen stand eine so große Bewunderung und Arglosigkeit, daß es Terry wie immer, wenn sie ihn so ansah, ans Herz rührte. Außerdem strahlte Katharine trotz der Zähigkeit, die er in ihr vermutete, eine so große Verletzlichkeit aus, daß er sie manchmal gern beschützt hätte wie ein wehrloses Kind.

»Ich bin meist auch nicht so leicht totzukriegen, Puss«, entgegnete er. »Doch heute abend war ich wahrhaftig nicht ganz auf der Höhe. Vielen Dank für deine Hilfe. Ich kann's einfach nicht fassen, daß ich die Szene im zweiten Akt beinahe geschmissen hätte. Und noch dazu eine so wichtige!«

Katharine konnte es auch nicht fassen. Terrence Ogden war einer der größten englischen Bühnenschauspieler, vergleichbar nur Sir Laurence Olivier in seiner Jugend, wie die Kritiker meinten. Unerreicht im Deklamieren, verfügte er über große Tiefe und Bandbreite, ergänzt durch Intelligenz und Einfühlungsvermögen. Er war ein Idol des Publikums, begabt mit jungenhaftem Charme; und seine Neigung zu stürmischen Romanzen schadete ihm nicht etwa, sondern umgab ihn mit dem Flair eines großen Liebhabers. Aufgrund seiner Beliebtheit wurde vermutet, daß auch er, wie Laurence Olivier, eines Tages von der Queen geadelt werden würde. Mit seinen dreißig Jahren hatte Terrence Ogden, der Bergmannssohn aus Sheffield, die meisten seiner Rivalen und sogar den berühmten Richard Burton überflügelt.

Katharine musterte ihn nachdenklich: Mitten im Satz war er auf einmal steckengeblieben und hatte ihr einen entsetzten, hilfeflehenden Blick zugeworfen. »Was war eigentlich mit dir los?« fragte sie schließlich. »So etwas ist man von dir gar nicht gewöhnt, Terry.«

Stirnrunzelnd schüttelte er den Kopf, und seine Augen funkelten vor Zorn auf sich selbst. »Keine blasse Ahnung, Puss. Das ist mir seit meiner Anfängerzeit nicht mehr passiert und wird mir auch nie wieder passieren, das schwöre ich dir. Aber du hast die Situation genial gerettet. Ich werde dir ewig dankbar sein. Ich muß gestehen, Katharine, daß du die selbstloseste Schauspielerin bist, mit der ich je arbeiten durfte. Wirklich, das meine ich ganz ehrlich!«

Dieses unerwartete Lob von einem so großen Kollegen war äußerst erfreulich, und Katharine bedankte sich strahlend. Dennoch begann sie sich allmählich auf die Tür zuzuschieben, die zu den Garderoben führte. Sie standen an einem ungünstigen Platz, ständig angerempelt von Schauspielern, die von der Bühne zu ihren Garderoben wollten, und zahllosen Bühnenarbeitern, die Versatzstücke transportierten. Der Lärm, das Gedränge und die Hitze waren entnervend, und dieser gewisse muffige Geruch, der allen Theatern eigen ist, wirkte auf einmal unangenehm und erstickend auf Katharine. Seit dem Tag, an dem sie als Kind zum erstenmal eine Bühne betreten durfte, hatte sie diesen Geruch geliebt, doch jetzt wurde ihr beinahe übel davon, und diese Reaktion bestürzte sie. Und dann begann sie auf einmal zu husten.

Terry hielt mitten im Wort inne. Beunruhigt sah er sie an. »He, Puss, was ist denn?« erkundigte er sich.

Aber Katharine konnte nicht antworten. Sie schüttelte nur stumm den Kopf, deutete zur Feuertür und lief hinaus. Terry half ihr die Steintreppe zu dem Gang hinab, an dem die Garderoben der Schauspieler lagen, stieß seine eigene Tür auf und rief seinem Garderobier zu: »Schnell, Norman, ein Glas Wasser für Katharine!« Während der Garderobier am Waschbecken ein Glas mit Wasser füllte, drückte Terry Katharine aufs Sofa. Endlich ließ der Anfall ein wenig nach. Erleichtert lehnte sie sich zurück, nahm dankbar das Glas Wasser entgegen und begann langsam, mit tiefen Atemzügen zwischen den Schlucken, zu trinken. Terry reichte ihr ein Papiertaschentuch, damit sie sich die tränenden Augen trocknen konnte.

Immer noch etwas besorgt sagte er: »Mein Gott, ich dachte, du würdest ersticken, Puss. Wie kam das nur? Und ist jetzt wirklich alles in Ordnung?«

»Ja, Terry. Vielen Dank. Ich weiß nicht, woher das kam. Vielleicht vom Staub und weil meine Kehle so trocken war.« Energisch stand Katharine auf. »Wenn ich dieses Kostüm und die verdammte Perücke losgeworden bin, geht's mir bestimmt gleich wesentlich besser.«

Er nickte, musterte sie aufmerksam, als wolle er sich selbst überzeugen, daß es ihr wieder gutging, und sagte dann: »Was hast du heute abend vor, Puss? Ich hab' ein paar Freunde zum Abendessen in den Buxton Club eingeladen. Hättest du Lust, mitzukommen?«

So liebenswürdig wie möglich lehnte Katharine ab, denn sie wollte ihn auf keinen Fall kränken. Eine Einladung von Terry, falls überhaupt eine ausgesprochen wurde, war fast so etwas wie ein königlicher Befehl. »Aber es ist lieb von dir, an mich zu denken«, ergänzte sie. »Leider habe ich schon seit langem eine Dinnerverabredung mit Kim Cunningham und seiner Schwester.«

»Und Victor Mason?« Der Blick, mit dem er sie ansah, war argwöhnisch.

Katharine ließ sich nicht anmerken, wie verwundert sie über seine Worte war, sondern nickte nur. »Ja, Victor kommt auch mit. Aber wie kommst du überhaupt darauf? So gut kenne ich ihn doch eigentlich gar nicht.«

Terry zuckte die Achseln. »Wie ich hörte, macht er dir den Hof. Du weißt, wie es in dieser Branche ist. Man kann nichts verbergen.«

Katharine zog die Brauen hoch. »Aber es gibt nichts zu verbergen. Wir sind Freunde, weiter nichts.« Sie wandte sich zur Tür und lächelte Terrys Garderobier zu. »Vielen Dank für die Hilfe in der Not, Norman.«

»Gern geschehen, Katharine.« Grinsend griff Norman nach Terrys Bademantel. »Schade, daß es nur London-Corporation-Champagner war und kein echter.«

»Na, dann viel Spaß heute abend«, wünschte Terry. Er setzte sich und begann seine griechischen Sandalen zu lösen. Sein Ton war kalt und abweisend gewesen, und jetzt merkte Katharine, daß er aus irgendeinem Grund verärgert war. »Danke, dir auch, Terry«, erwiderte sie leise und schlüpfte hinaus.

Erleichtert betrat Katharine ihre eigene Garderobe und zog die Tür hinter sich ins Schloß. Tief durchatmend blieb sie einen Moment an die Tür gelehnt stehen. Im Gegensatz zu dem Durcheinander, aus dem sie kam, herrschte hier peinliche Ordnung. Die Kostüme hingen nebeneinander an einem Ständer, den Katharine gekauft hatte, weil ihr der normale Schrank zu klein war. Die Sandalen standen aufgereiht darunter, die roten Perücken saßen auf Pappköpfen, und auf dem Schminktisch waren die verschiedenen Utensilien mit militärischer Präzision ausgerichtet. Der ganze Raum wirkte unpersönlich: Sogar die üblichen Andenken fehlten, und am Spiegel steckten keine Glückwunschtelegramme, Briefe oder Karten von Verwandten und Freunden. Das heißt, zur Premiere hatte Katharine nur drei Telegramme erhalten: von Terry, Sonia und ihrer Agentin. Sonst gab es niemanden, der ihr Glück gewünscht hätte.

Ihre Garderobe war, was die Ordnung betraf, ein Spiegelbild von Katharines blitzsauberer kleiner Wohnung in Lennox Gardens und ebenso wie sie Ausdruck ihrer persönlichen Pedanterie. Katharines Sauberkeitstrieb war allmählich zur Besessenheit geworden, ohne daß ihr das bewußt gewesen wäre. Ihre Schubladen im Theater und in der Wohnung waren gefüllt mit kostbarer Unterwäsche, und stets wechselte sie die Wäsche während der Woche dreimal am Tag: Die erste Garnitur zog sie morgens an, die zweite für die Vorstellung und die dritte zum Ausgehen nach dem Theater. An Tagen mit Nachmittagsvorstellungen verbrauchte sie zur größten Verwunderung ihrer Garderobiere Maggie sogar vier Garnituren. Andere Schubladen enthielten, sauber neben den Taschentüchern gestapelt, zahllose frisch gewaschene Strumpfpaare, Dutzende von weißen Glacéhandschuhen in allen Längen und eine Riesenauswahl an Seiden- und Chiffontüchern. In allen Schuhen steckten Schuhspanner; jeder Hut ruhte auf einem Ständer; alle Handtaschen waren mit Seidenpapier ausgestopft; die Pullover lagen gefaltet in Plastiktüten; und nahezu jedes Kleidungsstück hing in einem luftdichten Kleidersack. Sobald eines getragen war, wurde es von Maggie ausgebürstet und gebügelt oder in die Reinigung geschickt.

Auch was ihren Körper betraf, war Katharine sehr eigen

und so versessen auf Parfüms und Deodorants, als fürchte sie, mit ihrem natürlichen weiblichen Duft Anstoß zu erregen; sie verwendete reichlich Atemsprays, Mundwasser und Zahnpasta und hegte selbstverständlich größten Abscheu gegen alles, was schmutzig, schmierig oder ungepflegt war.

Die Stille, Ordnung und Kühle ihrer Garderobe wirkte immer, vor allem aber heute, beruhigend auf Katharine. Maggie hatte sie gebeten, heute eine Stunde früher gehen zu dürfen, und Katharine genoß das Alleinsein: So konnte sie sich viel besser erholen. Sie zog das griechische Kostüm aus und legte es sauber gefaltet auf das kleine Sofa.

An ihrem Schminktisch nahm sie die schwere Perücke ab und fühlte sich sofort herrlich frei. Sie löste ihr Haar und schüttelte es aus. Nachdem sie es gründlich gebürstet hatte, band sie es sorgfältig zurück und schminkte sich ab. Am Waschbecken hinter dem Wandschirm wusch sie sich von Kopf bis Fuß, putzte die Zähne, gurgelte, puderte sich, besprühte sich mit Deodorant, parfümierte sich mit Ma Griffe und beendete damit die Abendtoilette, die ihr zum Ritual geworden war.

Beim Ankleiden dachte Katharine an den vor ihr liegenden Abend und wünschte plötzlich, sie hätte die Einladung auf morgen verschoben. Doch dazu war es jetzt zu spät; Kim würde sie, wie verabredet, bestimmt schon am Bühneneingang erwarten. Und Victor wollte direkt zu den Cunninghams kommen. Sie seufzte. Wenn nur mein Hals nicht so rauh wäre, dachte sie, als sie den seidenen Unterrock über den Kopf streifte. Hoffentlich hab' ich mich nicht erkältet!

Dieser Gedanke war so beunruhigend, daß sie eine Flasche Hustensaft aus ihrem Schminktisch holte und rasch einen großen Schluck davon trank. Dann setzte sie sich in ihren Sessel und betrachtete sich im Spiegel. Sie sah gesund aus, und das mußte so bleiben. Sie durfte nicht krank werden, denn die bevorstehenden Wochen würden die wichtigsten in ihrem Leben sein. Nichts durfte ihre so sorgfältig vorbereiteten Pläne durchkreuzen. Niemand und nichts!

Zerstreut griff sie zur Puderquaste und puderte sich die Nase. Wie sehr hatte sie sich bemüht, alles zu ihren Gunsten zu arrangieren, Geschehnisse zu manipulieren, damit ihre Träume Wirklichkeit wurden. Und sie mußten Wirklichkeit werden. Sie mußten! Ihr Gesicht, zart und jung, verzerrte sich, und ihr Herz begann zu rasen, wenn sie sich vorstellte, welch ein Triumph es für sie sein würde, wenn alles klappte. Die Möglichkeit, daß es auch schiefgehen konnte, zog sie gar nicht erst in Betracht.

Immer noch in ihre Gedanken vertieft, bürstete Katharine sich die Haare, steckte sie mit zwei Kämmen zurück, legte Lippenstift auf und trat an den Schrank. Sie zog das schwarze Kleid über, trat in die schwarzen Wildlederpumps und band sich das türkisfarbene Tuch um den Hals, bevor sie den schwarzen Mantel anzog. Aus der Schublade holte sie ein Paar weiße Handschuhe, nahm ihre schwarze Wildledertasche und ging zur Tür.

Sekundenlang blieb ihre Hand auf dem Türknauf liegen. Sie entspannte sich bewußt, holte mehrmals tief Luft und nahm all ihre Kraft und Energie zusammen. Dann richtete sie sich hoch auf und trat in den Gang hinaus.

Kim, der mit Charlie, dem Portier des Bühneneingangs, plauderte, entschuldigte sich sofort und eilte ihr entgegen. »Katharine, Liebling – du siehst hinreißend aus!« rief er mit leuchtenden Augen. Liebevoll küßte er sie auf die Wange.

»Danke«, gab Katharine mit strahlendem Lächeln zurück. »Tut mir leid, daß du warten mußtest.«

»Macht nichts«, beteuerte Kim hastig. »Wenigstens hat es inzwischen aufgehört zu regnen. Komm schnell zum Auto, bevor es womöglich wieder anfängt.«

»Sag mal, Kim – worüber hast du mit Charlie gesprochen?« wollte Katharine wissen.

»Oh, er hat mir viele hübsche Geschichten erzählt. Weißt du, daß er dich sehr verehrt?« Kim zögerte ein wenig. »Terrence Ogden übrigens auch. Er begrüßte mich und begann richtiggehend von dir zu schwärmen. Außerdem schien er etwas neugierig zu sein, was unsere Pläne für heute abend betrifft. Er hätte uns auch eingeladen, behauptete er.«

Uns? dachte Katharine ironisch. Dann sagte sie langsam: »Ja, er diniert mit ein paar Freunden.«

»Aber es stimmt doch, nicht wahr, Katharine?«

»Was?«

»Daß Terry dich verehrt.« Kim hustete und fuhr mit rauher Stimme fort: »Ich glaube, er ist sogar in dich verliebt.«

Katharine unterdrückte ein Lachen. Im Licht der Straßenlaterne sah sie Kims finstere Miene und wußte, daß sie ihn beschwichtigen mußte. »Aber nein! Er hat lediglich von mir geschwärmt, weil ich ihn heute abend gerettet habe. Er hatte seinen Text vergessen. Und die Einladung – damit hat er nur freundlich sein wollen, mehr nicht.« Ganz sicher war sie sich allerdings nicht, ob das so war. Möglicherweise hatte Kim recht. Terrys Verhalten, nachdem sie die Einladung abgelehnt hatte, wies darauf hin und seine Bemerkung über Victor ebenfalls. Trotzdem fuhr sie fort: »Und außerdem ist Terry in Alexa Garrett verliebt. Das weiß doch jeder.«

»Ach so!« Kim hatte tatsächlich in der Zeitung davon gelesen. Andererseits hatte Terry sehr familiär von Katharine gesprochen. »Nennt er dich eigentlich immer Puss?« wollte Kim wissen. »Das kommt mir doch ziemlich vertraulich vor.«

Sekundenlang war Katharine verwirrt und wollte schon sagen, daß im Theater vertrauliche Anreden üblich seien. Da sie aber spürte, daß diese Frage keine Kritik bedeutete, sondern einzig einer gewissen Eifersucht entsprang, erklärte sie: »Das kommt daher, daß Terry mich als Cleopatra in ›Caesar und Cleopatra‹ gesehen hat, als ich an der Royal Academy studierte, und fand, ich sei wie eine Katze. Seitdem nennt er mich nur noch Puss.«

»Ach so«, brummelte Kim verlegen, dann sagte er: »Ich wußte gar nicht, daß du Terry schon so lange kennst.«

»Was heißt hier so lange, Kim? Ich habe die Royal Academy erst seit zwei Jahren hinter mir. So, wie du redest, könnte man meinen, ich sei eine Greisin«, gab sie lachend zurück.

Sie waren inzwischen beim Wagen angelangt, stiegen ein und fuhren los. Nach einer Weile sagte Katharine leise: »Terry interessiert sich wirklich nicht für mich, Kim. Ehrlich!«

»Wenn du meinst!« brummte er nur.

Das letzte, was Katharine jetzt brauchen konnte, war ein eifersüchtiger Kim, denn dieser Abend war unendlich wichtig für sie, und sie wollte nicht, daß er sich in Victors Gegenwart pikiert zeigte. Darum sagte sie wohlüberlegt: »Und selbst wenn er es täte, wäre es mir gleichgültig. Weil ich die Schauspieler mit ihrem gigantischen Ego zu genau kenne und weil ich mich außerdem gar nicht für Terry interessieren könnte, nachdem ich doch so fest mit dir liiert bin, mein Schatz!«

Kim war eindeutig erleichtert; sein breites Lächeln zeugte davon. »Freut mich zu hören, Liebling« – mehr brachte er vorläufig nicht heraus. Kim hatte Katharine bewußt auf Abstand gehalten und gewartet, bis sie sich irgendwie erklärte. Diese Erklärung genügte ihm für den Anfang. Innerhalb von Sekunden hatte er sein Selbstbewußtsein zurückgewonnen und begann unbeschwert über Bäume zu plaudern, die er in Langley gepflanzt hatte.

Katharine hörte ihm jedoch kaum zu, sondern war in eigene Gedanken vertieft, in denen Victor Mason die Hauptrolle spielte. Sie fragte sich, ob er sein Versprechen gehalten hatte.

Denn wenn Victor sie im Stich ließ, war alles, was sie geplant hatte, umsonst gewesen. Fest umklammerte sie ihre Handtasche. Wenn sie ihn falsch beurteilt hatte, wäre das ein enormer Rückschlag für sie. Bedrückt mußte sie zugeben, daß sie bei all ihrer gründlichen Planung mit einem Faktor nicht gerechnet hatte: der Möglichkeit, daß Victor Mason einen Rückzieher machte.

Katharine war eine merkwürdige Mischung aus Naivität und einer für ihr Alter erstaunlichen Menschenkenntnis. Mit ihren Einschätzungen irrte sie sich fast nie und suchte in dieser Tatsache jetzt Trost: Sie mußte sich auf ihren Instinkt verlassen, und der sagte ihr, daß Victor das Versprechen halten würde, das er ihr vor einigen Wochen gegeben hatte. Wenn nicht aus Freundschaft oder Altruismus, so doch aus dem für die Menschen zwingendsten Grund: Eigennutz. Victor Mason brauchte sie, das hatte sie sofort bemerkt, als sie ihn kennenlernte.

»Jedenfalls wirkten die Bäume großartig, am Ende der Long Pasture, und Vater ist sehr angetan von dem kleinen Wäldchen«, erklärte Kim gerade, als sie wieder zuhörte.

»Wie schön«, antwortete Katharine automatisch. Kim erzählte ständig von seinem Gut, und sie war bemüht, echtes Interesse daran zu zeigen. Kim war ein begeisterter Farmer und würde es immer bleiben. Langley mit allem, was dazugehörte, war sein Leben.

»So, da wären wir«, verkündete Kim, als er in der Chesterfield Street bremste.

»Weißt du, Kim«, sagte Katharine, »du hast mir noch gar nicht viel von deiner Schwester erzählt, nur daß sie hübsch ist. Meinst du nicht ...«

»Und ihr habe ich nicht viel von dir erzählt«, fiel Kim ihr lachend ins Wort. »Ich möchte, daß ihr euch unvoreingenommen begegnet.«

»Arbeitet sie? Hat sie einen Beruf?« Obwohl Katharine keineswegs nervös oder ängstlich war, hatte sie doch ihre Zweifel, ob sie sich mit Kims Schwester wirklich anfreunden konnte. Lady Francesca Cunningham, als Tochter eines Earls mit diesem Titel geboren, konnte sich durchaus als eine der für den britischen Adel typischen kalten, versnobten Debütantinnen erweisen. Dann hätten sie wirklich nicht viel gemeinsam. Nun ja, sie brauchten ja nicht direkt Busenfreundinnen zu werden, sagte sich Katharine. Es reichte schon, wenn sich eine gewisse Herzlichkeit zwischen ihnen entwickelte. Dann wäre die Situation ganz zweifellos leichter zu meistern.

»Da du nichts sagst, nehme ich an, daß sie nicht arbeitet«, fuhr Katharine fort und wollte aussteigen.

Kim hielt sie jedoch zurück. »Sie geht nicht arbeiten, aber sie arbeitet sehr fleißig«, erklärte er ihr. »Sie ist Schriftstellerin und recherchiert im Augenblick für eine historische Biographie. Das heißt, sie ist so eine Art Künstlerin, daher werdet ihr viel gemeinsam haben. Nur keine Angst, Katharine.«

»Oh, Angst habe ich überhaupt nicht«, beteuerte Katharine mit selbstsicherem Lächeln und meinte das durchaus ernst, denn so leicht war sie nicht aus der Fassung zu bringen.

Siebentes Kapitel

Von dem Moment an, da Katharine Tempest den Salon betrat, konnte Francesca den Blick nicht mehr von ihr wenden. Völlig gebannt starrte sie die junge Schauspielerin an und dachte: Sie ist unglaublich. Alles an ihr ist einfach unglaublich. Nur Francescas angeborene Höflichkeit verhinderte, daß sie ihren Gedanken Ausdruck verlieh, als sie sich erhob, um ihren Gast zu begrüßen.

Katharine, die leicht und graziös auf Francesca zuschritt, schien Anfang Zwanzig zu sein, doch da sie ein hocheleganes Kleid trug, kam sie Francesca vor wie ein kleines Mädchen, das sich als ihre eigene Mutter verkleidet hat. Das Kleid, aus feiner schwarzer Wolle, mit weich drapiertem Ausschnitt, geradem, bis zur Wadenmitte reichendem Rock und Glockenärmeln, wurde weder von Farbakzenten noch Schmuckstücken belebt. Denn jede zusätzliche Verzierung hätte es in seiner schlichten Strenge beeinträchtigt. Es war der perfekte Rahmen für seine Trägerin.

Kim folgte Katharine auf dem Fuß und machte, am Kamin angekommen, die beiden Mädchen breit grinsend miteinander bekannt.

Francesca blickte in das außergewöhnlichste Gesicht, das sie jemals gesehen hatte: Katharine Tempest war atemberaubend schön. Ihre Augen – von einer seltsamen Türkisfarbe –

fielen als erstes auf. Obwohl sie tief in den Höhlen lagen, waren sie groß und so strahlend, daß sie, weitstehend und von seidigen schwarzen Wimpern gesäumt, dem ganzen Gesicht Glanz zu verleihen schienen.

Die harmonischen, fein gemeißelten Züge des ovalen Gesichts waren gut ausgewogen: glatte Stirn, kleine, gerade Nase, hohe Wangenknochen über sehr schmalen Wangen und ein sanft gerundetes Kinn. In den symmetrischen Brauen wiederholte sich die Farbe ihrer vollen, kastanienbraunen Haare, die in der Mitte gescheitelt waren und ihr in schimmernden Wellen bis auf die Schultern fielen. Da die schneeweiße Haut nicht den geringsten Farbschimmer aufwies, wirkte ihr voller, leuchtend rot geschminkter Mund um so verblüffender. Und dennoch war es ein kindlicher Mund, der ihr, als sie jetzt lächelte, einen Ausdruck von Unschuld verlieh. Durch die weißen, leicht vorstehenden Zähne wurde dieser Eindruck der Kindlichkeit noch verstärkt. Sekundenlang brachte Francesca kein Wort heraus.

Dann brach Katharine als erste das Schweigen.

»Ich danke Ihnen für die Einladung.« Sie sagte es leise, während sie Francesca offen und freundlich betrachtete. Obwohl sie sich ihrer Schönheit und deren Wirkung bewußt war, gehörte Eitelkeit nicht zu Katharines Charakter. In gewisser Hinsicht war sie zuweilen sogar zurückhaltend und immer bestrebt, am anderen etwas Besonderes zu finden, vor allem an jenen, die sie mochte. Jetzt dachte sie: Kim ist seiner Schwester nicht gerecht geworden. Sie ist wirklich bezaubernd. Eine echte englische Rose.

»Ich freue mich, daß Sie kommen konnten«, entgegnete Francesca, ebenfalls lächelnd. »Bitte, machen Sie es sich bequem, Katharine. Und du, Kim – würdest du den Champagner öffnen? Er steht da drüben auf der Kommode.«

»Großartige Idee!« Kim sah sie beide strahlend an und

machte sich sofort ans Werk. »Aber ich glaube, ich brauche ein Tuch, damit ich die Flasche besser festhalten kann.« Damit verschwand er in der Küche.

Außer ihrer Schönheit und ihrem unbestreitbaren Talent besaß Katharine noch jene begehrenswerteste aller Eigenschaften, natürlichen Charme, und als sie jetzt auf dem Sofa Platz nahm, konzentrierte sich dieser Charme ganz auf Francesca. Katharine lächelte ihr blendendstes Lächeln, und in ihren ausdrucksvollen Augen standen Freimut und Herzlichkeit.

»Es ist sehr freundlich von Ihnen, zu dieser späten Stunde für uns ein Essen zu machen. Das ist das Problem, wenn man Schauspielerin ist – die Welt steht auf dem Kopf, und das gesellschaftliche Leben beginnt erst, wenn alle anderen zu Bett gehen.« Sie lachte ihr perlendes Mädchenlachen. »Es ist eine Zumutung für meine Freunde, die nicht am Theater sind, bis in die frühen Morgenstunden mit mir zusammenzusein. Das heißt, wenn sie mit mir zusammensein wollen. Gelegentlich wollen sie das nicht, und ich kann's ihnen nicht übelnehmen.«

»O nein, mir macht das wirklich nichts aus!« beteuerte Francesca rasch. »Und morgen ist Sonntag, da können wir alle lange schlafen.«

Katharine nickte, ohne zu antworten. Sie sah sich neugierig im Zimmer um. Es war wunderschön mit all den Antiquitäten und Kunstgegenständen! Die korallenroten Wände, das weiche Lampenlicht und das Feuer im Kamin schufen eine wunderbar warme Atmosphäre. Es erinnerte sie an einen anderen Raum aus ihrer glücklichen Kinderzeit, bevor ihre Mutter krank geworden war, weckte in ihr ein ganz ähnliches Gefühl des Geborgenseins, des Beschütztseins vor der Welt draußen. Ein unbestimmtes Sehnen stieg in ihr auf, das ihr die Kehle zuschnürte und ihre Augen naß werden ließ.

Sofort jedoch nahm sie sich energisch zusammen und wandte sich wieder Francesca zu.

Mit bezauberndem Lächeln sagte sie: »Ein wunderschöner Raum, Francesca! Ich liebe Kaminfeuer an häßlichen, kalten Winterabenden.« Ein wehmütiger Ausdruck trat flüchtig auf ihr Gesicht. Dann ergänzte sie schnell: »Es ist so freundlich und so einladend!«

»Und so tröstlich«, setzte Francesca verständnisvoll hinzu.

Ihre Blicke trafen sich, und in dieser Sekunde entstand zwischen ihnen ein Band, das über zehn Jahre lang allen Widrigkeiten trotzen sollte. Und als es riß, sollten sie beide todunglücklich sein. An diesem Abend jedoch ahnte noch niemand etwas davon. Sie wußten nur, daß sie einander mochten.

Schließlich erklärte Francesca lächelnd: »Und wissen Sie was, Francesca? Ich liebe Kaminfeuer auch im Sommer. Es ist ...«

»... unentbehrlich in diesem gräßlichen Klima«, rief Kim, der gerade zurückkam. »Vor allem in Langley. Kein Wunder, daß unsere Ahnen in diesen schauerlichen Rüstungen rumliefen. Anders konnten sie sich nicht warm halten.«

Die Atmosphäre ruhiger Besinnlichkeit war gebrochen, Francesca und Katharine tauschten belustigte Blicke. Dann sagte Katharine: »Übrigens, es ist sehr großzügig von Ihnen, auch Victor Mason herzubitten, Francesca. Er wird Ihnen sicher gefallen. Er ist ganz anders, als man erwartet. Er ist ... Er ist ...« Sie hielt inne, suchte nach einem passenden Ausdruck und schloß: »Nun ja, er ist eben ganz anders.«

»Ich kenne bisher noch keinen Filmstar, daher weiß ich nicht, was ich erwarten soll«, gestand Francesca mit schüchternem Lächeln. »Ehrlich gesagt, ich habe auch nur sehr wenige von seinen Filmen gesehen. Es tut mir leid. Ich fühle mich dadurch sehr im Nachteil.«

»Aber bitte, machen Sie sich deswegen doch keine Gedanken!« entgegnete Katharine schnell. »Victor ist froh, wenn er nicht ständig vom Film reden muß. Er gehört nicht zu den Schauspielern, die immer nur über sich selbst sprechen. Zum Glück – denn die können furchtbar langweilig sein.« Zerstreut drehte sie an ihrem Siegelring und fragte sich, warum Victor nicht kam.

»Kennen Sie ihn schon lange?« erkundigte sich Francesca.

Katharine schlug die Beine übereinander und glättete ihren Rock. »Nein, erst seit ein paar Monaten. Manchmal habe ich das Gefühl, daß er sehr einsam ist.« Gedankenverloren starrte sie ins Feuer.

Francesca entging diese Nachdenklichkeit nicht. Irgendwann einmal muß jemand ihr furchtbar weh getan haben, dachte sie. Katharines Bemerkung über Victor Mason erschien ihr jedoch in Anbetracht seines Ruhmes recht sonderbar. Sie fragte sich, was sie darauf antworten sollte, als Kim sie dieser Mühe enthob.

»Champagner!« verkündete er fröhlich und überreichte den beiden Damen je einen schlanken Kelch aus Kristall. Nachdem er sein eigenes Glas geholt hatte, prostete er ihnen zu und nahm, ohne den Blick von Katharine zu lassen, unmittelbar hinter ihr Aufstellung. Seine Miene verriet Francesca, wie hingerissen er von ihr war.

Als er dem Blick der Schwester begegnete, erklärte er ihr: »Ich habe beschlossen, die nächste Woche noch hierzubleiben. Dann kann ich am Wochenende mit dem Alten Herrn nach Langley zurückfahren. Den Mini überlasse ich inzwischen dir, altes Mädchen.«

»Wie bitte? Vater will nach London kommen? Davon hat er mir nichts erzählt, als ich gestern mit ihm am Telefon sprach. Komisch«, sinnierte Francesca.

Kim lachte. »Du weißt doch, wie zerstreut er ist. Sollte mich wirklich nicht wundern, wenn er es überhaupt vergessen hätte. Aber er muß mit Marcus sprechen – irgendwas mit dem Treuhandvermögen, glaube ich. Jedenfalls wollte er morgen abend hier sein.«

»Dann solltest du ihn morgen früh anrufen und daran erinnern«, riet ihm Francesca. »Und vielen Dank für den Mini; ich kann ihn gebrauchen.« Kopfschüttelnd sah sie Katharine an. »Wenn Kim sagt, Daddy ist zerstreut, dann nennt ein Esel den anderen Langohr. Kim ist manchmal genauso schlimm. Jetzt ist er schon seit Donnerstag hier und hat mir nichts von Daddys Plänen gesagt. Männer!«

»Das ist erblich«, erklärte Katharine weise. Sie hatte auf eine bestimmte Gelegenheit gewartet, die sich ihr nun plötzlich bot. Eifrig beugte sie sich vor und sagte strahlend: »Ich würde mich sehr freuen, wenn Sie mit Ihrem Vater in die Vorstellung kämen, Francesca. Ich möchte Sie alle dazu einladen.« Sie drehte sich zu Kim um, sah ihm tief in die Augen und fuhr fort: »Ich werde Hausplätze für Sie besorgen. Ach, bitte, kommen Sie doch! Bitte! Das Stück wird Ihnen bestimmt gefallen. Kim sagte, daß Sie sich für Geschichte interessieren.«

»Das stimmt. Es ist sehr liebenswürdig von Ihnen, uns einzuladen.« Francesca war gerührt von Katharines Angebot. »Ich würde mir das Stück sehr gern ansehen, und Daddy ganz zweifellos auch. Ich werde ihn fragen.« Ihr Vater mußte Katharine einfach mögen. Sie besaß viel natürliche Wärme, ein bezauberndes Wesen und war eindeutig hervorragend erzogen. Doch ob er sie als Kims Ehefrau akzeptierte? Daddy ist so altmodisch, dachte Francesca verzweifelt. Gar nicht unmöglich, daß Katharine die richtige Frau für Kim ist. Sie merkte, daß Katharine sie ansah, und ergänzte rasch: »Ich finde griechische Mythologie faszinierend. Es geht um Helena, Paris und den Trojanischen Krieg, nicht wahr?«

»Ganz recht.« Angeregt erklärte Katharine: »Es ist höchst dramatisch und bewegend. Das Haus ist jeden Abend voll besetzt. Und wir sind auf Wochen hinaus ausverkauft. Darüber sind wir natürlich alle sehr glücklich und freuen uns, daß das Stück so gut ankommt.«

»Die Kritiker schwärmen geradezu von Katharine. Aber das hat sie auch verdient. Sie ist hervorragend.«

»Wie aufregend für Sie, in einem solchen Hit zu spielen!« sagte Francesca. »Sie müssen wirklich sehr begabt sein, daß Sie mit Ihrem ersten West-End-Stück einen so großen Erfolg haben. Aber es steckt doch sicher eine enorme Arbeit darin, nicht wahr?«

Katharine war erstaunt über dieses Einfühlungsvermögen. »Das stimmt«, bestätigte sie. »Die Schauspielerei ist eine richtige Fronarbeit und überhaupt nicht besonders glanzvoll. Immerhin hat sie gewisse Sternstunden.« Katharine spürte Francescas Bereitschaft, Freundschaft mit ihr zu schließen, und dachte: Ich hab' mich geirrt, Francesca ist zauberhaft. Sie fühlte sich wohl in ihrer Nähe und spürte, daß sie akzeptiert wurde. Und akzeptiert zu werden war wesentlich für Katharine Tempest.

»Warum kommen Sie nicht gleich am Montagabend ins Theater?« fragte sie, weil sie Francesca festnageln wollte. »Nach der Wochenendpause sind wir immer sehr gut in Form, und die Vorstellung fällt besonders gut aus.« Dann brach sie in klingendes Lachen aus. »Nachdem ich das gesagt habe, wird sie wohl diesmal besonders schlecht ausfallen.«

»Ich bin überzeugt, daß sie hervorragend wird, und ich werde sehr gern am Montag kommen – vorausgesetzt allerdings, daß Vater Zeit hat. Was ist denn mit dir?« fragte sie ihren Bruder.

»Selbstverständlich werde ich mir das Stück zum zweitenmal ansehen! Aber wünschen die Damen vielleicht noch etwas Champagner?«

»Danke, gern.« Katharine reichte ihm ihr leeres Glas.

Francesca dagegen lehnte ab. »Ich möchte keinen Schwips riskieren; schließlich muß ich mich ums Essen kümmern.« Dann wandte sie sich wieder an Katharine. »Wie Kim mir sagte, sind Sie Amerikanerin. Leben Sie jetzt schon lange in England?«

»Seit ein paar Jahren«, antwortete Katharine. »Ich habe zwei Jahre die Royal Academy of Dramatic Arts besucht und bin dann in die Provinz gegangen.«

Kim brachte Katharine ihr volles Glas. Liebevoll blickte sie zu ihm auf und klopfte neben sich auf das Sofa. »Komm, setz dich, Liebling, und laß uns von etwas anderem reden. Ich hab' das Gespräch schon viel zu lange an mich gerissen.«

»Deiner lieblichen Stimme zu lauschen ist Musik in meinen Ohren, Süße. Du könntest mir das Telefonbuch vorlesen, und ich wäre trotzdem von dir bezaubert«, neckte er sie und nahm neben ihr Platz.

»Puh!« machte Katharine und zwinkerte Francesca zu, die verständnisvoll lächelte. Die Schwester konnte Kims Verliebtheit gut verstehen, denn auch sie selbst spürte die Faszination, die von Katharine ausging. Hoffen wir, daß es Vater ebenso geht, dachte sie. Dann wechselte sie das Thema und erkundigte sich: »Glauben Sie, daß Victor Mason noch kommt?«

Kim, der Victor vollkommen vergessen hatte, richtete sich stirnrunzelnd auf. »Ich habe ihn heute angerufen, um mich zu vergewissern, daß er kommt. Er werde zur selben Zeit dasein wie wir, sagte er.« Ungläubig sah Kim zu der Ormulu-Uhr auf dem Kaminsims hinüber. »Himmel, wir sind ja schon fast eine Stunde hier! Soll ich mal in seinem Hotel anrufen?«

»Das wird kaum nötig sein. Victor ist ein berühmter Zuspätkommer«, schwindelte Katharine. »Er muß jeden Augenblick eintreffen.« Sie sagte es leichthin, war aber zutiefst beunruhigt. Wenn er nicht kam, konnte das nur eines bedeuten: Er wagte ihr nicht unter die Augen zu treten, weil er sein Versprechen nicht gehalten hatte.

Die Nervosität schnürte ihr allmählich die Kehle zu, und obwohl sie sonst nur selten rauchte, griff sie jetzt nach der Silberdose auf dem Tisch und nahm sich eine Zigarette.

Kim gab ihr zuvorkommend Feuer, dann steckte er sich ebenfalls eine an. Er blies einen Rauchring und sagte zu seiner Schwester: »Hoffentlich verdirbt dir bis dahin nichts in der Küche.«

»Nein, nein. Alles in Ordnung, Kim. Ich brauche nur noch den Herd anzuschalten, wenn Victor da ist. Haben Sie großen Hunger, Katharine?«

»Eigentlich nicht. Ich brauche immer eine Weile, um mich nach der Vorstellung aus meiner Rolle zu lösen.«

»Aber ich sterbe vor Hunger«, behauptete Kim. »Ich würde wirklich gern was von dem Kaviar und der Pâté probieren, die du so vollkommen vergessen zu haben scheinst, Francesca.«

Verlegen lachend sprang Francesca auf. Sie hatte tatsächlich die Häppchen vergessen, die sie zum Champagner servieren wollte! So fasziniert von Katharine war sie, daß für andere Gedanken kein Platz mehr war. »Wie unhöflich von mir!« entschuldigte sie sich. »Ich bin gleich wieder da.« Mit raschelndem Pettycoat floh sie hinaus.

Kaum waren sie allein, wandte sich Katharine an Kim und sagte: »Deine Schwester ist wirklich super!«

»Sie mag dich ebenfalls«, murmelte Kim. Er rückte näher, legte die Arme um Katharine und küßte sie auf Hals und Haar. »Und ich auch«, flüsterte er, während er sie enger an sich zog. »O Katharine, Katharine!« stöhnte er mit erstickter Stimme. »Ich liebe dich so sehr!« Er barg sein Gesicht an ihrem Hals.

Während Katharine ihm den blonden Kopf streichelte und seine Umarmung erwiderte, dachte sie ausschließlich an Victor. Warum hat er mich im Stich gelassen? fragte sie sich. Sie selbst brach niemals ein Versprechen. Männer! Samt und sonders unzuverlässig. Genau wie ihr Vater, dieser Schuft. Sie kniff ganz fest die Augen zu, um sein Bild aus ihrem Kopf zu verbannen.

Nach einer Weile löste sich Kim von ihr und blickte auf sie hinab. Sein Herz klopfte, und die Sehnsucht nach ihr überwältigte ihn. Langsam senkte er seinen Mund auf den ihren. Katharine jedoch schob ihn sanft, aber energisch und mit einem so lieben Lächeln von sich, daß er nicht gekränkt sein konnte.

Irgendwie fand sie ihre Stimme wieder. »Bitte, Kim, nicht jetzt! Francesca wird jeden Moment zurückkommen, und wie sieht das aus, wenn wir hier auf dem Sofa sitzen und schmusen!« Sie stand auf, strich sich den Rock glatt und ordnete ihre Haare.

Kim fiel hilflos in die Kissen zurück. »Das ist alles nur deine Schuld«, stöhnte er komisch-verzweifelt. »Du bist eine unwiderstehliche Versuchung. Was soll ich bloß mit dir machen?«

»Im Augenblick gar nichts«, gab sie zurück. »Aber du könntest mir noch ein Glas Champagner holen.«

Er grinste gutmütig und holte die Flasche. Nachdem er die Gläser noch einmal gefüllt hatte, schüttelte er die Flasche und erklärte: »Die hier ist leer. Am besten lege ich noch eine auf Eis. Wir werden sie brauchen, wenn Victor kommt. Ich bin gleich wieder da, mein Schatz.«

Katharine nickte. Falls Victor kommt, dachte sie, trat an

den Kamin und starrte bedrückt ins Feuer. Seit ihrem dreizehnten Lebensjahr hatte sie selbst über ihr Leben bestimmt. Nie hatte sie sich auf andere Menschen verlassen, denn Mißtrauen gehörte zu ihrer Natur, vor allem, wenn es um Männer ging. Und dennoch hatte sie gegen ihr eigenes Prinzip gehandelt und Victor Mason Vertrauen geschenkt. Verdammt, verdammt, verdammt, dachte sie zornig.

Francesca brachte ein großes Silbertablett herein. »Von diesem hier werden Sie hoffentlich doch etwas probieren, Katharine«, sagte sie, als sie das Tablett auf den Tisch vor dem Kamin stellte.

»Eigentlich habe ich gar keinen Hunger«, antwortete Katharine und kehrte zum Sofa zurück.

Francesca setzte sich in ihren Sessel, bestrich einen Melba-Toast mit Kaviar, drückte Zitronensaft darüber und bot ihn lächelnd Katharine an, die ihn jedoch ablehnte, während sich Kim, der wieder hereingekommen war, eifrig darüber hermachte.

»He, das ist köstlich!« rief er begeistert. »Die Fleischpastete kannst du vergessen. Ich bleibe bei dem hier, das reicht mir völlig!«

»Versuch doch auch mal die Pâté«, sagte Francesca. »Sie ist...« Sie wurde vom schrillen Läuten der Türklingel unterbrochen. Mit hochgezogenen Brauen sah sie von Kim zu Katharine. »Ob das unser lang erwarteter Gast ist?«

Katharine sprang hastig auf. »Es ist wohl besser, wenn ich ihm öffne«, sagte sie zu Kim. »Du kennst Victor ja überhaupt noch nicht.«

Achtes Kapitel

»Verdammt noch mal, wo bleibst du bloß?« zischte Katharine mit wütend funkelnden Augen, als sie Victor Mason an der offenen Tür gegenüberstand.

»Eine liebenswürdige Begrüßung, das muß ich sagen«, entgegnete er grinsend. »Darf ich hereinkommen, oder soll ich wieder verschwinden?«

»Selbstverständlich darfst du hereinkommen!« sagte Katharine hastig und packte, aus Angst, er könne kehrtmachen, den Ärmel des Trenchcoats, den er sich lässig umgehängt hatte. Victor wandte sich zu seinem Fahrer um. »Es wird wohl etwa zwei Stunden dauern, Gus. Das heißt, wenn ich nicht sofort wieder hinausbefördert werde«, setzte er ironisch hinzu. »Sie können inzwischen was unternehmen. Aber tun Sie nichts, was ich nicht auch tun würde!« Seine Mundwinkel zuckten belustigt.

»Jawoll, Mr. Mason«, entgegnete Gus mit steinerner Miene, während Victor das Haus betrat.

»Wenigstens nennt er dich nicht mehr ›Guv‹«, bemerkte Katharine schnippisch.

Victor warf ihr einen amüsierten Blick zu. »Nur vor anderen Leuten nicht. Wenn wir allein sind, nennt er mich immer noch Guv'nor. Mir gefällt das eigentlich ganz gut.« Er drückte ihr ein Päckchen in die Hand, zwinkerte ihr zu und deklamierte: »Hüte dich vor den Italienern, wenn sie zweifelhafte Geschenke bringen!«

Katharine nahm das Päckchen mit unwilligem Schweigen entgegen: So leicht ließ sie sich nicht besänftigen! Sie musterte ihn kühl und anklagend. »Ich dachte schon, du würdest nicht kommen«, sagte sie dann. »Du hast dich unentschuldbar verspätet. Hast du noch nie vom Telefon gehört? Das ist ein kleiner Apparat, mit dessen Hilfe man sich über eine Entfernung hinweg verständigen ...«

Lachend unterbrach er sie. »Dein Sarkasmus ist auf mich verschwendet, Schätzchen.« Er legte den Trenchcoat ab und sah sich suchend um. »Wohin damit?«

Katharine deutete zum Wandschrank hinüber. »Da drüben.« Dann musterte sie das Päckchen in ihrer Hand. »Und was ist das?«

»Ein Versöhnungsgeschenk. Rosé Champagner«, erklärte Victor.

»Rosé! Jetzt weiß ich, was du mit zweifelhaft meinst!« gab sie verächtlich zurück.

»Oho, wir sind heute aber sehr liebenswürdig«, stellte Victor fest, schien von ihrer eisigen Miene jedoch nicht im geringsten beeindruckt zu sein. Im Gegenteil, als er jetzt zu ihr zurückkam, wirkte er heiter und gelassen. »Es tut mir wirklich leid, Schätzchen – ehrlich! Ich mußte auf einen Anruf aus Kalifornien warten. Einen geschäftlichen Anruf. Komm, Katharine, sei wieder gut.«

Sein Lächeln war so aufrichtig, daß Katharine es unwillkürlich erwiderte. Außerdem sagte sie sich, es sei unvernünftig von ihr, Victor zu verärgern und damit ihren so klug entworfenen Plan zu gefährden. Er mochte sie zwar brauchen, sein guter Wille war jedoch lebenswichtig für sie, und so änderte sie mit der ihr eigenen Gabe der Schauspielerei sofort ihr Verhalten. Ihr Lächeln wurde strahlend und verführerisch, und in die türkisfarbenen Augen trat ein warmer Glanz.

»Mir tut es auch leid«, erklärte sie mit weicher Stimme. »Ich wollte nicht so bissig werden, aber die Engländer legen so großen Wert auf Pünktlichkeit und Formen.« Sie gab ihm das Päckchen zurück und fuhr liebenswürdig fort: »Und es ist wirklich lieb von dir, mir den Champagner mitzubringen. Nur wäre es wohl angebracht, ihn deiner Gastgeberin zu überreichen. Sie wird deine Aufmerksamkeit zu schätzen wissen. Und nun wollen wir hineingehen.«

Kim und Francesca unterbrachen ihr Gespräch, als Victor und Katharine den Salon betraten, und Victor sah zwei helle Augenpaare mit interessiertem Blick auf sich gerichtet. Als weltberühmter Filmstar war er seit Jahren an diese Neugier gewöhnt, denn jeder hatte sich ein eigenes Bild von ihm gemacht, das nicht immer mit dem Mann übereinstimmte, der er in Wirklichkeit war.

Was ihn jedoch tatsächlich verblüffte, war seine eigene Reaktion auf das Mädchen in Grau, das vor dem Kamin saß und sich jetzt langsam erhob. Wie ein strahlender Stern zog sie ihn mit magnetischer Kraft an. Er verspürte den Wunsch, ja den Zwang, zu ihr hinüberzueilen, sie nicht nur kennenzulernen, sondern alles über sie zu erfahren, wußte jedoch, daß er die Form wahren mußte. Außerdem kam schon der junge Mann neben ihr, offensichtlich Katharines Freund Kim, mit herzlichem Lächeln auf ihn zu.

Ohne zu warten, bis Katharine die Vorstellung übernahm, ergriff Kim Victors Hand und sagte: »Ich bin Kim Cunningham. Wie schön, daß Sie noch kommen konnten!«

»Ich freue mich ebenfalls«, antwortete Victor und schüttelte die Hand. Dann entschuldigte er sich für sein Zuspätkommen und erklärte den Grund dafür.

»Machen Sie sich bitte keine Gedanken darüber«, sagte

Kim grinsend. »Wir haben uns die Zeit mit Champagner vertrieben. Doch jetzt möchte ich Sie meiner Schwester vorstellen, und dann werde ich Ihnen einen Drink holen. Was soll's denn sein? Champagner oder etwas anderes?«

»Scotch on the rocks mit einem Schuß Soda, bitte.«

Kim ergriff Victor am Arm und steuerte ihn zum Kamin hinüber. »Das ist Francesca«, verkündete er, schenkte beiden ein strahlendes Lächeln und ging zur Kommode, um Victor einen Scotch zu holen.

»Ich freue mich, Sie kennenzulernen, Mr. Mason«, sagte Francesca.

Sie reichten einander die Hand, und ihre Blicke trafen sich. Victor sah, wie sich die glänzenden bernsteinfarbenen Augen weiteten und mit demselben Staunen füllten, das er empfand. Dann zuckte ein winziges Lächeln um ihren Mund und war sofort wieder verschwunden. Ich habe sie noch nie gesehen, dachte Victor ungläubig, und dennoch erkenne ich sie. Kenne ich sie. Irgendwo tief im Herzen kenne ich sie, habe ich sie immer gekannt. Sekundenlang verlor er die Fassung.

Geschickt riß er sich zusammen. »Auch ich freue mich, Sie kennenzulernen, Lady Francesca«, entgegnete er lächelnd; aber in seinen schwarzen Augen stand ein ernster, forschender Ausdruck, und sein Blick wich keine Sekunde von ihrem Gesicht.

»O bitte, nennen Sie mich doch Francesca«, gab sie schnell zurück. Auf ihren Wangen erschienen zwei zartrosa Flekke.

»Gern. Wenn Sie mich Victor nennen.«

Zustimmend neigte sie den Kopf und entzog ihm sanft ihre Hand, die er noch in der seinen hielt; dann trat sie zurück und nahm wieder Platz. Victor erinnerte sich an das Päckchen, das er unter dem Arm trug, und überreichte es ihr mit einer Verbeugung. Er bedauerte, ihr nicht etwas Persönlicheres mitgebracht zu haben – einen Arm voll duftenden, weißen Flieders etwa, der zu ihrer zarten Frische paßte. »Fast hätte ich es vergessen: Das ist für Sie.«

Erstaunt blickte Francesca zu ihm auf. »Oh, vielen Dank. Sehr liebenswürdig.« Mit gesenktem Kopf begann sie es auszupacken und fragte sich, warum sie innerlich plötzlich zitterte. Victor dagegen kannte die Antwort. Jedenfalls wußte er, daß sie ihn zutiefst beeindruckte und er auf verschiedenen Ebenen auf sie reagierte, nicht zuletzt auf der sexuellen. Aufmerksam beobachtete er sie, die kühl und gelassen wirkte. Kalt wie Eis, sagte er sich und dachte an das Staunen in ihrem Blick, das sie kurz zuvor noch mit ihm verbunden hatte. War das nur Einbildung gewesen? Vielleicht war die Faszination einseitig, lag nur bei ihm. Leise lächelte er in sich hinein.

Victor konnte natürlich nicht wissen, daß Francesca über eine innere Haltung verfügte, die ungewöhnlich war für ihre Jugend, und über jenes spezielle Selbstbewußtsein, das der englischen Aristokratie eigen war. Daher ließ sie sich ihre Gefühle nicht anmerken. In Wirklichkeit jedoch war sie zutiefst verstört, denn sie hatte keine oder nur sehr geringe Erfahrung mit Männern, und schon gar nicht mit Männern vom Schlag Victor Masons. Ihre bisherigen Freunde waren zum größten Teil Freunde von Kim gewesen, die sie nie so recht ernst genommen hatte. Mit ihren neunzehn Jahren war sie sexuell völlig unerfahren und im Vergleich zu ihren Freundinnen ungewöhnlich naiv für ein junges Mädchen, das in den besten Kreisen der Londoner Gesellschaft verkehrte.

Unvermittelt verließ Victor seinen Platz vor dem Kamin und schlenderte gelassen zur Kommode hinüber. Er unterhielt sich mit Kim, als wären sie uralte Freunde. Francesca beobachtete ihn aus den Augenwinkeln. Er wirkte völlig unbekümmert und tat, als existiere sie gar nicht, als habe er ihr nicht diesen intensiven, durchbohrenden Blick geschenkt. Sie fragte sich, ob er sich Frauen gegenüber stets so verhielt. Aber gewiß war er als Filmstar an weibliche Bewunderung gewöhnt und konnte unter Hunderten von weitaus schöneren und interessanteren Frauen wählen. Sie kam zu dem Schluß, daß ihr keinerlei Sonderbehandlung zuteil geworden war. Warum denn wohl auch?

Francescas Blick wanderte zu Katharine, deren klingendes Lachen herüberdrang. Scherzend neigte sich Victor ihr zu. Auf seine neckenden Worte eingehend, wandte Katharine lebhaft ihr Gesicht zu ihm empor.

Das zerknüllte Papier und die Flasche Pommery in der Hand, stand Francesca auf und ging zur Tür. Ohne Victor anzusehen, rief sie ihm zu: »Vielen Dank für den Champagner! Seht mal, Katharine, Kim, was Victor mitgebracht hat!« Sie hob die Flasche empor und fuhr fort: »Ich werde sie in den Kühlschrank legen. Und auch gleich den Herd einschalten. Sonst kriegen wir heute überhaupt nichts mehr zu essen.« Damit ging sie hinaus und zog leise die Tür hinter sich ins Schloß.

Als Francesca wieder hereinkam, standen die drei am anderen Ende des Salons, wo Katharine und Victor aufmerksam einem Vortrag Kims über die Constables und Turners an den Wänden lauschten. Sie gesellte sich nicht zu ihnen, sondern ging zum Kamin, legte Holz nach, setzte sich dann in ihren Sessel und nahm ihr Glas. Über den Rand hinweg beobachtete sie Victor und verglich ihn mit dem vagen Bild, das sie sich aufgrund seiner Filme unbewußt von ihm gemacht hatte: ein außergewöhnlich gutaussehender Mann, glatt und gepflegt, scheinbar auf charakterlose Perfektion getrimmt. Jetzt merkte sie, wie falsch dieser erste Eindruck gewesen war.

Er sah gut aus, daran bestand kein Zweifel; aber er war

keineswegs glatt. Sein Gesicht war zerfurchter als in ihrer Erinnerung, kraftvoll und männlich, und wies um die Augen feine Linien auf. Seine Gesichtsfarbe verriet, daß er sehr viel Zeit im Freien verbrachte. Die Züge waren ausdrucksvoll, von der kräftigen Römernase bis zu den dicken, schwarzen Brauen über den zwingenden dunklen Augen, dem breiten, humorvollen Mund und den großen, schneeweißen Zähnen. Sogar das dichte schwarze Haar, glatt aus der gefurchten Stirn zurückgebürstet, schien ein eigenes Leben zu besitzen. Sein Körperbau war stämmig, mit breiten Schultern und mächtiger Brust.

Das einzige, was glatt und perfekt war an Victor Mason, das war seine Kleidung: alles von bester Qualität, teuer und mit sicherem Geschmack zusammengestellt. Ein bißchen zu perfekt vielleicht, dachte Francesca. Sie musterte das erstklassig geschnittene Kaschmirjackett, die graue Flanellhose mit ihren messerscharfen Bügelfalten, das blaßblaue Hemd aus Baumwoll-Voile, die etwas dunklere blaue Seidenkrawatte, das graue Seidentuch in der Brusttasche, die weichen braunen Wildlederschuhe. Als er die Hand hob, um sich eine Zigarette anzuzünden, glänzten Saphire an der Manschette, Gold an seinem Handgelenk. Armer Kim, dachte Francesca, daneben sieht er fast schäbig aus. Sein neuer Kammgarnanzug wirkte ein wenig zerknittert. Francesca lächelte. Victor Masons Anzüge würden niemals zerknittert wirken, davon war sie fest überzeugt.

Unerklärlicherweise fühlte Francesca sich plötzlich von Victor bedroht. Aber warum? Weil er so unwahrscheinlich gut aussieht, berühmt und steinreich ist, sagte sie sich. Und das alles zusammen ergibt Macht. Jawohl, er besitzt eine ganz eigene Macht, und mächtige Männer sind äußerst gefährlich. Außerdem ist er arrogant und so ... so selbstsicher und unerträglich überheblich. Unwillkürlich erschauerte sie. Ich habe Angst vor ihm, dachte sie und beschloß, vor ihm auf der Hut zu sein.

In Wirklichkeit hatte Francesca nicht Angst vor Victor, sondern vor sich selbst, aber das war ihr noch nicht bewußt. Und ihr Urteil über Victor war falsch. Zwar stimmte es, daß er große Macht besaß und sie auch ausübte, aber er war weder arrogant noch überheblich. Er besaß jedoch eine immense Ausstrahlung, jene seltene Kombination von Autorität und *savoir-faire*, ergänzt von einem Charisma, das seiner Persönlichkeit entsprang, und all das war es, was auch auf der Leinwand zu spüren war. Überdies war er ein erfahrener und disziplinierter Schauspieler, der die Kamera gut zu nutzen verstand und seine Kollegen, die zusammen mit ihm auftraten, ohne Mühe an die Wand spielte.

Aber er war auch ein Mann mit Einfühlungsvermögen und Verständnis, stets bemüht, auf andere Menschen einzugehen. Jetzt war er sich deutlich Francescas Gegenwart bewußt und spürte, daß sie ihn von Kopf bis Fuß musterte. Intuitiv ahnte er, daß er in ihrer Beurteilung nicht besonders gut abschnitt, und lächelte leicht. Er plauderte noch ein wenig mit Kim und Katharine, dann entschuldigte er sich und kehrte an den Kamin zurück.

Als sie ihn kommen sah, sprang Francesca auf und ging zur Tür. Mit kühlem, gleichgültigem Lächeln sagte sie: »Halten Sie mich bitte nicht für unhöflich, aber ich muß nach dem Essen sehen. Entschuldigen Sie mich ein paar Minuten.«

Ihr abweisender Ton entging ihm nicht. Er verneigte sich höflich, setzte sich in ihren Sessel und streckte die langen Beine aus. Er wußte nicht, was ihn am meisten belustigte – er selbst oder Francesca. Sie hatte gescheut wie ein verschrecktes Fohlen, er wiederum hatte sich bei der Begrüßung wie ein vom Donner gerührter Schuljunge verhalten. Wenn er nur wüßte, warum! Francesca war reizend in ihrer frischen, mädchenhaften Art, jedoch überhaupt nicht sein Typ. Außerdem waren schöne Frauen etwas Alltägliches für einen Mann von seinem Aussehen und Ruhm. Und Geld. Er seufzte. Zwei Ehefrauen und zahllose weniger legale Bindungen in den vergangenen Jahren hatten ihn immun gegen Schönheit gemacht, und er hatte die ständigen Aufregungen, die die Frauen in sein Leben brachten, gründlich satt. Deswegen hatte er ihnen vor sechs Monaten abgeschworen und sich, als er nach England kam, fest vorgenommen, nur noch für seinen Beruf zu leben. Und diesen Vorsatz wollte er nicht aufgeben. Nicht einmal für Francesca Cunningham. Da Victor ehrlich war, mußte er zugeben, daß er sich von ihr sehr stark angezogen fühlte. Anscheinend jedoch empfand sie für ihn nicht das gleiche. Er zuckte die Achseln. Er hatte keine Lust, ihr nachzulaufen.

Katharine unterbrach seine Gedanken. Sie setzte sich aufs Sofa, nahm eine verführerische Pose ein und fragte: »Was hast du Montag abend vor?«

Victor warf ihr einen erstaunten Blick zu. »Gar nichts. Das solltest du eigentlich wissen, nachdem du mein gesellschaftliches Leben in die Hand genommen hast. Warum?«

»Weil ich Francesca, Kim und ihren Vater ins Theater eingeladen habe. Da du das Stück ja schon gesehen hast, dachte ich, es wäre hübsch, wenn du uns anschließend alle zum Dinner einladen würdest, als Gegenleistung für heute abend.«

»Ja sicher, warum nicht?« antwortete er gutmütig. Er zog eine Packung Mentholzigaretten aus der Tasche und steckte sich eine an.

Kim, der sich zu Katharine gesetzt hatte, warf ihr einen schiefen Blick zu. »Hör mal, Liebling, das ist doch nicht nötig! Victor braucht die Einladung nicht zu erwidern. Er hat doch bestimmt keine Lust, sich unsere ganze Familie aufzuhalsen ...«

»Aber doch!« fiel Victor ihm ins Wort. »Eine großartige Idee. Ich lade Sie alle zum Dinner ein. Was soll's denn sein, Katharine? Ziegi's Club, das Caprice, Les Ambassadeurs, das Casanova oder der River Club?«

»Ach, an so was Vornehmes hatte ich gar nicht gedacht«, flunkerte Katharine, die selbstverständlich daran gedacht hatte, weil es für ihre Karriere gut war, in eleganten Lokalen gesehen zu werden. Mit großen, unschuldigen Augen sah sie ihn strahlend an. »Doch da du mich fragst – ich fände es super von dir, wenn wir ins Les A. gehen könnten. Ich bin schon ewig nicht mehr da gewesen, und es gehört zu meinen Lieblingsrestaurants. Wäre das nicht einfach herrlich, Kim?«

Kim, der noch nie im Les Ambassadeurs gewesen war, aber schon viel darüber gelesen hatte, nickte bedächtig. »Das ist sehr freundlich von Ihnen, Victor«, sagte er und fragte sich, ob dieser Ausflug mit Filmleuten wohl seinem Vater zusagen würde. Doch schließlich führte der Alte Herr ja auch Doris aus, und die war ein großes Licht der Café Society. Außerdem lockerte Victors Anwesenheit möglicherweise die Spannung. Dieser Gedanke erleichterte ihn trotz der leichten Verstimmung über Katharine, die Victor in eine so peinliche Lage manövriert hatte. Vielleicht hatte sie denselben Gedanken gehabt. Francesca steckte den Kopf zur Tür herein. »Das Essen ist fertig. Kommt bitte herüber«, rief sie.

Katharine stellte ihr Glas hin, stand schnell auf und ging zu Francesca. Gemeinsam betraten die beiden Mädchen das Speisezimmer. In vertraulichem Ton berichtete Katharine von dem neuen Plan. »Hoffentlich hat Ihr Vater Zeit.«

Francesca hielt den Atem an. Nach einer Pause entgegnete sie: »Das wird er sicher.« Und wünschte dabei, ihr Vater möge eine andere Verabredung haben. Sie hatte sich auf den Theaterbesuch gefreut, doch plötzlich war ihr der Gedanke daran verleidet.

Neuntes Kapitel

Das Speisezimmer war eindrucksvoll. Die klassischen Linien der echten Hepplewhite-Möbel verliehen ihm Stil und Eleganz. In den schweren silbernen Leuchtern auf der Anrichte und dem Eßtisch brannten hohe weiße Kerzen. In ihrem warmen, goldenen Schein glänzte der Mahagonitisch dunkel wie ein polierter Spiegel, der das Funkeln des georgianischen Silbers und der Kristallgläser, den Schimmer der weißen Porzellanteller mit Goldrand und goldenem Familienwappen reflektierte.

Die kühlen, tannengrünen Wände bildeten einen wunderschön ruhigen Hintergrund für die herrlichen Gemälde, die von kleinen, am oberen Rahmenrand befestigten Lampen aus dem Dämmerlicht herausgehoben wurden. Die flackernden Kerzen und die Bilderlampen, die einzige Beleuchtung des Zimmers, schufen eine intime Atmosphäre, die bezaubernd und einladend wirkte.

Francesca führte Katharine und Victor an ihre Plätze und ging dann zur Anrichte, um die Schildkrötensuppe zu servieren. Victor, der seinen Blick durchs Zimmer wandern ließ, betrachtete fasziniert ein Bild an der Querwand, das Porträt einer Frau in einem reich verzierten blauen Taftkleid. In ihrem hellblonden, hoch auf dem Kopf getürmten Haar steckten blaue Straußenfedern. In den Ohren glitzerten

Topasringe, im Dekolleté ein Topascollier. Es stellte natürlich Francesca dar und war bis ins kleinste Detail wunderbar ausgearbeitet. Victor hatte das Gefühl, wenn er die Hand ausstreckte, werde er die Seide fühlen, so realistisch war die Struktur des Stoffes gemalt.

Nachdem alle mit Suppe versorgt waren, nahm Francesca am unteren Ende des Tisches Platz. Victor wandte sich ihr zu und sagte bewundernd: »Das ist ein hervorragendes Porträt von Ihnen!«

Francesca starrte ihn verständnislos an, dann folgte sie seinem Blick. »Ach so, das! Aber das bin nicht ich, sondern meine Ur-ur-ur-urgroßmutter, die Sechste Countess Langley. Klassische Porträts dieser Art sind heute nicht mehr en vogue. Die malt jetzt höchstens noch Annigoni; das ist der, der auch die Queen porträtiert hat, wissen Sie.«

»Ach so.« Bei dieser Abfuhr senkte Victor den Blick. Nur die Engländer beherrschen die Kunst, alle anderen dumm dastehen zu lassen, ohne unhöflich zu erscheinen, dachte er und unterdrückte ein belustigtes Lächeln. Es war lange her, daß er von einer Frau, bildlich gesprochen, eine derartige Ohrfeige bekommen hatte. Und es war, wenngleich ein wenig kränkend, jedenfalls etwas Neues.

Katharine wunderte sich über Francescas Ton. Rasch warf sie ein: »Also, es sieht Ihnen wirklich auffallend ähnlich, Francesca! Ich hätte mich auch täuschen lassen. Von wem ist es?«

»Thomas Gainsborough«, erklärte Kim, dem Francescas kühles, überhebliches Verhalten nicht aufgefallen war. »Und ich bin auch der Meinung, daß es Francesca ähnlich sieht. In Langley gibt es ein zweites Porträt der Sechsten, wie wir sie nennen. Von George Romney. Und da ist die Ähnlichkeit ebenso auffallend.« Er hielt inne und fuhr dann eifrig fort: »Ich hoffe, Sie werden beide einmal zum Wochenende nach

Langley kommen, dann können Sie es selbst beurteilen. Mein Vater würde sich sicher freuen. Nicht wahr, Francesca?«

Francesca richtete sich steif auf. »Ja«, antwortete sie leise. Sie war erschrocken. Kim war unverbesserlich. Immer setzte er zuviel voraus. Falls der Vater Katharine nicht mochte, mußte die Einladung zurückgenommen werden. Und dann wäre Katharine mit Recht gekränkt. Aber sie würde sie ohnehin nicht akzeptieren können, da sie abends ja auftreten mußte.

»O Kim, das wäre wundervoll!« gab Katharine aufrichtig erfreut zurück. Dann machte sie ein langes Gesicht. »Aber ich glaube kaum, daß ich das schaffe, bei den beiden Samstagsvorstellungen. Es sei denn...« Ihre Miene hellte sich wieder auf, und sie sah bittend zu Victor hinüber. »Es sei denn, Gus würde uns am späten Samstagabend, nach dem Theater, nach Yorkshire fahren und uns am Montagnachmittag wieder abholen. Das ginge. Wäre das möglich, Victor? Ach bitte!«

Victor nickte nur und konzentrierte sich auf die Suppe, weil er nicht noch einen Fauxpas begehen wollte. Er war zwar über Francescas hochmütiges Verhalten belustigt, fühlte sich aber trotzdem unbehaglich. Und da dies ein ganz neues Gefühl für ihn war, verwirrte es ihn, und er versuchte es abzuschütteln. Eins muß man Katharine lassen, dachte er dann: Sie hat Mut. Und sie scheint in den oberen Kreisen der englischen Gesellschaft in ihrem Element zu sein. Wie schon so oft in den drei Monaten ihrer Bekanntschaft fragte er sich, woher sie kam. Seltsam, daß sie nie davon sprach. Die wenigen Fakten, die ihm bekannt waren, sagten ihm nichts. Geboren war sie in Chicago. Fast sechs Jahre hatte sie in England gelebt. Und sie war Waise. Doch irgendwo mußte sie ihren unnachahmlichen Stil erworben haben. Sie stammte eindeutig aus gutem Hause.

Katharine war in der Tat völlig entspannt. Daß Victor ihren Vorschlag für das Dinner am Montagabend so bereitwillig akzeptiert hatte, war in ihren Augen der Beweis für seine Zuverlässigkeit, und so übernahm sie im Verlauf des Essens die Initiative. Sie war der Star. Sie strahlte. Sie blendete. Sie war unterhaltend und beherrschte, ohne daß es den anderen auffiel, die Konversation, in die sie allmählich auch Victor hineinzog. Er trank den exzellenten Mouton Rothschild und wurde zunehmend gelöster. An Kim entdeckte er eine außergewöhnliche Herzlichkeit und fand in ihm einen ehrlich interessierten Zuhörer, als er, fast widerwillig, von Südkalifornien, seinen Pferden und seinem Besitz zu erzählen begann. Dennoch entging ihm nicht, daß Francesca sich nicht am Gespräch beteiligte, sondern stumm die verschiedenen Gänge servierte.

Francesca war sich bewußt, daß sie ihre Pflichten als Gastgeberin vernachlässigte, aber sie hatte das Gefühl, einfach nichts Wichtiges zur Unterhaltung beitragen zu können, und schalt sich selbst für diesen Mangel an Höflichkeit. Um ihren guten Willen zu beweisen, wandte sie sich entschlossen an Victor und fragte ihn: »Werden Sie hier einen Film drehen?«

Victor war so verblüfft, ihre Stimme zu hören, daß es ihm vorübergehend die Sprache verschlug. Dann räusperte er sich und antwortete: »Ja, allerdings. Das habe ich vor.« Da sie ihn interessiert und freundlich ansah, fühlte er sich ermutigt und fuhr fort: »Ich übernehme dabei nicht nur die Hauptrolle, sondern produziere ihn auch. Es ist sozusagen mein Debüt als Produzent, und ich freue mich sehr darauf. Eine schöne Aufgabe!«

Katharine hielt den Atem an; sie wagte kein Wort zu sagen. Ihr Herz klopfte schwer wie ein Hammer.

»Dürfen Sie uns davon erzählen?« fragte Francesca. »Oder ist es ein Geheimnis?«

»Aber sicher darf ich das. Ich mache ein Remake der größten Liebesgeschichte in englischer Sprache: ›Wuthering Heights‹. In zwei Monaten beginnen die Dreharbeiten.« Zufrieden lehnte sich Victor zurück: Nun, da er sich auf vertrautem Boden befand, fühlte er sich wesentlich wohler.

Francesca starrte ihn fassungslos an. »Liebesgeschichte?« wiederholte sie erregt. »Aber ›Wuthering Heights‹ ist doch keine Liebesgeschichte! Es ist ein Roman über Tod, Haß, Rache, Brutalität und Gewalttätigkeit. Vor allem aber über Rache. Wie kommen Sie bloß darauf, daß es eine Liebesgeschichte ist? So etwas Albernes hab' ich noch nie gehört!«

Francesca sagte das so heftig, daß alle erschraken. Kim war fassungslos. Victor wirkte wie vor den Kopf geschlagen. Katharine war aschgrau im Gesicht geworden. Zu leicht konnte Victor sich von dieser Kritik beeinflussen lassen, vor allem, da sie von Francesca kam. Wie viele Amerikaner hielt er alles, was englisch war, für vornehm und überlegen, ja sogar ein wenig einschüchternd. Und Francesca hatte so selbstsicher geklungen. Wenn er sein Projekt nun daraufhin aufgab? Verdammt, dachte sie, starrte stumm auf ihren Teller und – betete. Kim erholte sich als erster. »Wirklich, Francesca, das war ein bißchen hart, meinst du nicht? Und furchtbar unhöflich, wenn du mich fragst!« Sobald ihr Lieblingsthema englische Literatur aufs Tapet kam, war sie entsetzlich voreingenommen, die Erfahrung hatten er und sein Vater schon lange gemacht. Kim funkelte sie böse an und hoffte, daß sie merkte, wie verärgert er war.

Francesca starrte sekundenlang zurück, dann wandte sie sich Victor zu. »Ich bitte Sie um Verzeihung. Ich wollte wirklich nicht unhöflich sein – ehrlich!« Dennoch blitzte in ihren Augen ein Anflug von Trotz. »Für meine Meinung allerdings kann ich mich nicht entschuldigen, da ich sie für richtig halte; übrigens wird sie auch von vielen Gelehrten und Kritikern geteilt. Es ist natürlich ein geniales Buch, doch immerhin ein Lobgesang auf den Tod. Emily Brontë war ihr Leben lang besessen vom Tod. Und wenn Sie meinem Wort nicht glauben, leihe ich Ihnen gern ein paar Bücher über sie und ihr Werk sowie einige kritische Studien über ›Wuthering Heights‹. Dann werden Sie vielleicht verstehen, warum es keine Liebesgeschichte ist. Wissen Sie, ich habe englische Literatur studiert und eine Abhandlung über die Schwestern Brontë geschrieben; daher weiß ich, wovon ich rede.«

Katharine wollte ihren Ohren nicht trauen und wünschte verzweifelt, Francesca würde den Mund halten. Merkte sie denn nicht, wie taktlos sie war? Hektisch suchte sie nach einer Möglichkeit, das betretene Schweigen am Tisch zu durchbrechen, diesmal aber fehlten ihr tatsächlich die Worte, und so starrte sie stumm an die Wand. Kim spielte mit seiner Gabel. Victor saß stirnrunzelnd und nachdenklich da, und nur Francesca schien nicht zu merken, was sie da angerichtet hatte.

Victor jedoch war keineswegs ärgerlich. Ach, diese schreckliche Arroganz der Jugend, dachte er. Sie sind alle so sicher in ihrem Urteil. So absolut! Auf alles haben sie eine Antwort. Er war klug genug einzusehen, daß Francesca wirklich nicht unhöflich sein wollte. Sie war ganz einfach zu offen und ehrlich, um nicht ihre Meinung über ein Thema auszusprechen, das ihr am Herzen lag. Darum sagte er jetzt zu ihr: »Sie brauchen sich nicht zu entschuldigen, und ich respektiere Ihre Meinung. Sie können durchaus recht haben, was das Buch betrifft. Der Originalfilm ›Wuthering Heights‹ jedoch war als Liebesgeschichte angelegt, und das werde ich ebenfalls tun. Ich hoffe nur, daß ich einen ebenso überragenden Film zustande bringe wie Sam Goldwyn 1939.«

»Oh, davon bin ich überzeugt«, versicherte Francesca hastig. Sie hatte jetzt erst Katharines entsetzte Miene und

Kims böse Blicke bemerkt. Irgendwie schien sie die beiden verärgert zu haben. Obwohl Victor seltsamerweise gar nicht betroffen wirkte.

Francesca hob ihr Glas. »Zum Ausgleich für mein voreiliges Urteil möchte ich gern einen Trinkspruch ausbringen.« Zerknirscht lächelte sie zu Katharine und Kim hinüber, die beide stumm und immer noch zornig zum Glas griffen. »Auf das Remake von ›Wuthering Heights‹ und Ihren Erfolg, Victor.«

»Vielen Dank«, sagte Victor und stieß mit ihr an.

»Und wer wird die Catherine Earnshaw spielen, wenn Sie die Rolle des Heathcliff übernehmen, Victor?« fragte Francesca, die sich besondere Mühe gab, freundlich zu sein.

»Die Rolle ist noch nicht vergeben. Natürlich sind alle Schauspielerinnen scharf darauf, aber« – er hielt inne und lachte leise – »ich hoffe sehr, daß diese junge Dame hier sie bekommen wird.« Sein Blick ruhte freundlich auf Katharine. »Ich habe Probeaufnahmen für dich arrangiert. In Farbe. Die ganze Enchilada bekommst du, mein Schatz. Und wenn sie gut ausfallen, werden meine Partner einverstanden sein, daß du die Rolle übernimmst, das weiß ich.«

Katharine wußte nicht, ob sie lachen oder weinen sollte. Ihre Kehle war wie zugeschnürt, und in ihren Augen brannten Tränen. Sie schluckte ein paarmal und sagte mit unsicherer Stimme: »O Victor! Danke! Vielen Dank!« Ein Strahlen breitete sich über ihr Gesicht, und ihre schönen Augen glänzten vor Aufregung. Sie war fast außer sich vor Glück. »Wie kann ich das jemals wiedergutmachen?«

»Indem du einen erstklassigen Test hinlegst.«

Francesca, die allmählich begriff, schämte sich ihrer gedankenlosen Bemerkungen. Arme Katharine! Kein Wunder, daß sie so entsetzt gewesen war. »Sie werden großartig sein in dieser Rolle, Katharine!« sagte sie. »Einfach perfekt. Sie ist Ihnen auf den Leib geschrieben. Nicht wahr, Kim?«

»Allerdings.« Kim lächelte glücklich. »Ich gratuliere.«

Katharine lachte klingend. »Bitte noch keine Glückwünsche! Zuerst muß ich die Probeaufnahmen bestehen!«

»Du wirst einfach hinreißend sein!« sagte Kim strahlend vor Stolz. »Darauf müssen wir trinken. Kommt, wir gehen in den Salon und trinken Brandy zum Kaffee.« Energisch schob er seinen Stuhl zurück und ging voraus.

»Das ist wirklich sehr nett von Ihnen, daß Sie noch geblieben sind, um mir beim Abwaschen zu helfen«, sagte Francesca und ließ Wasser über die letzten Gläser im Spülbecken laufen.

»Nur so konnte ich Katharine bewegen, nach Hause zu gehen. Sie wollte Ihnen unbedingt selbst helfen«, gab Victor zurück. »Aber ich sah, daß sie todmüde war. Zwei Vorstellungen an einem Tag sind furchtbar anstrengend. Sie war völlig fertig.«

»Ja, das ist mir auch aufgefallen.« Francesca reichte ihm ein weiteres Glas zum Abtrocknen. »Aber ich glaube kaum, daß sie schlafen kann. Dazu ist sie viel zu aufgeregt über die Probeaufnahmen.«

»Das stimmt, und ich hoffe, sie werden gut.«

»Was soll das heißen? Wieso sollten sie nicht gut werden? Katharine ist wunderschön und, wie ich gehört habe, eine sehr gute Schauspielerin.«

»Das ist beides richtig, aber...« Victor zögerte. Er hatte keine Lust, jetzt langatmige Erklärungen abzugeben. Er seufzte. »Lassen wir das«, schlug er vor. »Ich bin überzeugt, die Aufnahmen werden gut. War dies das letzte Glas?« Francesca nickte. Er rollte seine Hemdsärmel herunter und befestigte die Manschettenknöpfe. »Dann werde ich mich jetzt verabschieden.«

Mit nachdenklichem Stirnrunzeln folgte Francesca ihm in

die Halle. »Ich möchte Ihnen nicht lästig werden, aber ich würde doch sehr gern wissen, warum Sie diese pessimistische Bemerkung gemacht haben. Wenn Sie sie für die Rolle vorgeschlagen haben – warum glauben Sie dann, daß sie vielleicht nicht gut sein wird?«

Victor fuhr zu ihr herum. »Das habe ich nicht gesagt! Aber es ist jetzt viel zu spät für lange ...« Jetzt bemerkte er ihre besorgte Miene und den bittenden Blick. »Ach, was soll's! Geben Sie mir noch einen Schluck, und ich werde versuchen, es Ihnen zu erklären.«

»Und ich werde mir Mühe geben, Sie zu verstehen«, gab Francesca schnippisch zurück. Wütend ging sie voraus in den Salon. Vorhin, bei Kaffee und Cognac, hatte sie fast begonnen, ihn zu mögen. Jetzt aber hatte er sie schon wieder verärgert.

Victor goß Rémy Martin in zwei große Schwenker und setzte sich zu Francesca an den Kamin. Ihre Miene war verkniffen. Victor mußte unwillkürlich lächeln, beherrschte sich aber und blieb ernst. Er lockerte seine Krawatte, griff zum Glas und überlegte eine Weile. Dann begann er langsam: »Katharine Tempest hat mehr schauspielerische Begabung im kleinen Finger als ich in meinem ganzen Körper, und ich bin schon viel länger dabei. Sie ist eine vollendete Künstlerin. Auf der Bühne. Doch eine große Bühnenaktrice ist nicht unbedingt auch eine große Filmschauspielerin.«

»Und warum nicht?« Francesca beugte sich interessiert vor; ihren Ärger hatte sie vergessen.

»Weil auf der Bühne alles stärker betont, leicht übertrieben wird. Jede Bewegung, jeder Ton. Während beim Film unterspielt werden muß. Wegen der Kamera. Die Filmkamera ist unbarmherzig. Sie fotografiert die Gedanken und zuweilen sogar die Seele. Filmen hat mehr mit Denken und Intelligenz zu tun, wissen Sie, als mit Gesten und übersteigerten Gefühlen. Und das können Schauspieler, die für die Bühne ausgebildet sind, oft nicht begreifen.«

Er trank einen Schluck Cognac, dann fuhr er fort: »Man sagt sogar, die Kamera muß den Schauspieler lieben, und das ist richtig. Wenn der Kontakt mit der Kamera fehlt, ist alles umsonst. Können Sie mir da folgen?«

»Sie erklären das ausgezeichnet. Sie sind also nicht sicher, daß Katharine diesen ... Kontakt mit der Kamera haben wird.«

»Genau. Gewiß, sie hat sehr viel Talent, doch vor der Kamera braucht man eine spezielle Technik. Es ist komisch, aber vor der Kamera kann man nicht lügen. Tut man das, erscheint die Lüge auf dem Film.«

»Aber Katharine kennt doch wohl diese spezielle Technik. Schließlich ist sie ein Profi ...«

»Ich weiß nicht, ob sie die Technik kennt. Ehrlich gesagt, ich habe noch nie mit ihr darüber gesprochen. Vielleicht sollte ich das doch vorher tun. Jedenfalls wird der Regisseur, den ich für den Test ausgesucht habe, alles vorher mit ihr durchgehen.«

»Das hoffe ich sehr!«

Victor musterte sie belustigt. »Und Sie, Francesca, warum interessieren Sie sich so sehr für Katharines Karriere?«

»Weil ich sie mag und weiß, wie wichtig diese Probeaufnahmen für sie sind. Das hab' ich an ihrer Reaktion bei Tisch gesehen. Deswegen schäme ich mich ja auch so über das, was ich gesagt habe. Über das Buch, meine ich. Kein Wunder, daß sie so verärgert war. Und Sie hätten mich sicher auch am liebsten erwürgt.«

»Ganz und gar nicht.« Er grinste schief. »Aber ich werde Sie von meinem Drehbuchautor fernhalten müssen. Damit Sie ihm keine Flausen in den Kopf setzen.«

»Das würde mir im Traum nicht einfallen!«

»Ich mache nur Spaß. So, wie ich Nicky kenne, ist er mit allen Aspekten des Romans bestens vertraut.«

»Nicky?«

»Nicholas Latimer.«

»Der berühmte Schriftsteller?«

»Ganz recht. Amerikas Wunderknabe der Literatur.«

»Ich bewundere ihn sehr.«

»Dann haben Sie einen guten Geschmack.« Victor kippte den Rest seines Cognacs und stand auf. »Nachdem ich Sie nun mehr oder weniger über die Filmschauspielerei aufgeklärt habe, werde ich mich auf den Weg machen.« Er nahm sein Jackett, zog es an, und sie gingen in die Halle hinaus.

Dort holte Victor seinen Trenchcoat aus dem Schrank und legte ihn sich über den Arm. Als er sich umdrehte, um sich zu verabschieden, und Francesca ansah, erlebte er wieder denselben Schock des Erkennens wie zu Beginn des Abends. Sie stand in der Tür zum Salon und wirkte auf ihn in diesem Moment völlig vertraut, obwohl er sie doch gerade erst kennengelernt hatte. Eine Erinnerung regte sich irgendwo in ihm, entzog sich ihm aber wieder, bevor er sie greifen konnte. Er trat auf Francesca zu, um sie deutlicher sehen zu können, und verspürte plötzlich den Wunsch, sie in die Arme zu nehmen und an sich zu drücken. Sekundenlang fürchtete er, sich nicht zurückhalten zu können.

Statt dessen fragte er sie ein wenig heiser: »Francesca, wie alt sind Sie?«

Sie hob den Kopf und blickte mit großen, leuchtenden Augen zu ihm auf. »Neunzehn«, antwortete sie.

»Das hatte ich mir gedacht.« Er streckte die Hand aus. »Vielen Dank für den schönen Abend. Gute Nacht.«

»Gute Nacht, Victor.«

Ruhig wandte er sich um und ging. Stirnrunzelnd sah sie ihm einen Augenblick nach, dann ging sie hinein und löschte die Lichter. Als sie von Zimmer zu Zimmer wanderte, fragte sie sich, warum sie eine so seltsame Enttäuschung empfand.

Zehntes Kapitel

Victor Mason saß im Salon seiner Suite im Claridge am Schreibtisch, brütete über dem Kostenvoranschlag für sein geplantes Remake von »Wuthering Heights« und überlegte, wo man am besten etwas einsparen konnte. Gewissenhaft ging er alles durch, machte sich immer wieder Notizen und hatte die Summe nach zwei Stunden schließlich um vierhunderttausend Dollar reduziert.

Mit zufriedenem Lächeln legte er den Kugelschreiber hin. Es war noch immer nicht genug, aber es war ein Anfang. Die Qualität der Produktion wollte er nicht gefährden, doch das Budget war einfach viel zu hoch – vermutlich nur, weil es in Hollywood aufgestellt worden war, während er den Film in England wesentlich billiger produzieren konnte. Er wollte die Kosten möglichst von drei auf zwei Millionen drücken, und das bedeutete, weitere sechshunderttausend einzusparen.

Er nahm seine Hornbrille ab und rieb sich die Augen; dann stand er auf, um sich die Beine zu vertreten. Seit drei Stunden saß er nun schon am Schreibtisch, und das war für ihn, einen Mann, der sich viel im Freien aufhielt, eine beträchtliche Anstrengung, auch wenn ihn Kostenvoranschläge und Zahlen faszinierten.

Victor Mason hatte sich – im Gegensatz zu den meisten

anderen Schauspielern – gründliche Kenntnisse der geschäftlichen Seite der Filmbranche angeeignet und kannte sich in den komplizierten Mechanismen aus, die anderen Künstlern verschlossen blieben. Seine Hollywoodlaufbahn hatte er mit zwanzig Jahren als Komparse begonnen und sich, während er die schwankende Leiter zum Starruhm Stufe um Stufe erklomm, eingehend mit jedem Aspekt der Filmproduktion vertraut gemacht: Wenn es einmal soweit kam, daß er als Schauspieler nicht mehr gefragt war, wollte er auf eine zweite Karriere als Produzent zurückgreifen können.

Victor Mason war nicht ausgesprochen intellektuell, aber er verstand es, Menschen und Situationen zutreffend einzuschätzen, und er war ein zäher Verhandlungspartner – nicht nur klug und berechnend, sondern auch ehrgeizig und energisch und vor allem mit einem außergewöhnlichen Weitblick begabt.

Schon lange vor seinen Kollegen hatte er eine radikale Wende in der Filmindustrie kommen sehen, die dann 1949 auch tatsächlich eintrat. Das alte Studiosystem befand sich in Auflösung, und nicht nur die Stars, sondern auch Produzenten, Regisseure und Autoren wollten frei arbeiten können und ein Mitspracherecht bei den Projekten haben, an denen sie beteiligt waren. Und, soweit es die Stars betraf, natürlich einen größeren Batzen Geld, einen Anteil am Gewinn, der ihnen ganz zweifellos zustand.

Victor hatte das Studio, das ihn so groß aufgebaut hatte, unmittelbar nach Ablauf seines Langzeitvertrages verlassen und 1952 eine eigene Produktionsfirma gegründet. Bis jetzt hatte er für die Filme, in denen er die Hauptrolle übernahm und die zum Teil von seiner Firma, den Bellissima Productions, finanziert wurden, stets fremde Produzenten engagiert. Bei dem Remake des alten Klassikers jedoch würde er nicht nur der Star, sondern auch der Steuermann sein.

Zum erstenmal bin ich völlig frei, dachte er. Aber die Freiheit bringt eben auch Verantwortung. Er lächelte ein wenig schief. In diesem Moment klingelte das Telefon. Ärgerlich, weil er vergessen hatte, die Telefonistin zu bitten, keine Anrufe durchzustellen, griff er zum Hörer.

»Hallo?« meldete er sich unwillig.

»He, du klingst, als hättest du dir wieder mal die letzte Nacht um die Ohren geschlagen, du alter Streuner. Du bist ja immer noch halb verschlafen – um diese Zeit! Bist du vielleicht zufällig nicht allein?«

Victor, der Nicholas Latimers Stimme erkannte, mußte lachen. Das war ein Standarddialog zwischen ihnen, ein uralter Scherz, denn sie waren beide notorische Frühaufsteher, auch wenn sie sehr spät ins Bett gekommen waren. »Nicky, alter Gauner, wie schön, daß du anrufst! Und natürlich bin ich allein. Was sonst? Was macht Paris? Und wie läuft's bei dir?«

»Paris? Soll das ein Witz sein? Von Paris hab' ich doch nur die Wände meiner Hotelsuite gesehen. Aber dafür läuft es recht gut.«

»Na wunderbar! Wann kommst du her?«

»Bald«, erwiderte Nick ausweichend.

»Was soll das heißen? Nenn mir ein Datum, Nicky, ich muß dich hier bei mir haben, ich muß persönlich mit dir sprechen. Mein alter Sparringspartner fehlt mir.«

»He, was ist los?« gab Nick zurück. »Höre ich da einen Anflug von ... Mutlosigkeit in deinem Ton?«

»Nein, nein, mir geht's gut«, antwortete Victor. »Also, wann kommst du?«

»Hab' ich dir eben doch gesagt. Bald. Wenn ich den zweiten Entwurf fertig habe. Die Probleme habe ich alle ausgeräumt, die Änderungen werden dir sicher gefallen. Keine sehr großen, aber ich finde, sie bringen weit mehr Dramatik in die letzten Szenen, von denen ich das Gefühl hatte, daß sie ein bißchen lahm waren. Hast du übrigens in letzter Zeit mal was von Mike Lazarus gehört?«

Victor bemerkte die leichte Veränderung in Nicks Ton. »Seit Tagen nicht mehr. Warum?« fragte er ein wenig beunruhigt.

»Nur so. Er macht ewig Schwierigkeiten, und ich weiß, daß er dir mit dem zweiten Entwurf in den Ohren liegt.«

»Über Lazarus brauchst du dir keine Gedanken zu machen, Nicky«, versicherte Victor zuversichtlich. »Mit dem werde ich fertig. Und mit dem Drehbuch laß dir nur Zeit. Wir können ohnehin frühestens in zwei Monaten zu drehen anfangen.«

»Na schön, Victor. Aber jetzt muß ich mich beeilen. Wir sehen uns bald. Früher als du denkst, Kleiner.«

»Ich kann's kaum erwarten«, gab Victor lachend zurück und legte auf. Dann bat er die Vermittlung, keine weiteren Anrufe durchzustellen, und ließ sich mit dem Zimmerservice verbinden. Nachdem er sich Kaffee bestellt hatte, wollte er sich wieder mit seinen Zahlen befassen, mußte jedoch an Nicholas Latimer denken. Nick fehlte ihm, und er freute sich auf seine Rückkehr aus Paris, wo sich der Freund eingeigelt hatte, um ungestört arbeiten zu können.

Sie hatten sich sechs Jahre zuvor kennengelernt, als der Autor, damals erst dreiundzwanzig, nach dem Erscheinen seines ersten Romans als neuer Stern der amerikanischen Literaturszene gefeiert wurde. Beide hatten einander auf Anhieb gemocht und waren innerhalb weniger Tage dicke Freunde geworden. Sie hatten begriffen, daß diese enge Verbundenheit vor allem dem großen Unterschied in ihrem Charakter, ihrer Herkunft, ihrer Erziehung und ihrer Laufbahn entsprang. »Ein Wop und ein Jid sind eben ein unschlagbares Team«, hatte Nick damals ironisch gesagt.

Nick war sehr schnell ein fester Bestandteil von Victors Leben geworden. Er besuchte ihn ständig auf der Ranch bei Santa Barbara, fuhr mit ihm zu ausländischen Drehorten und schrieb zwei Drehbücher für ihn, von denen eines ihnen je einen Oscar eintrug. Wenn sie nicht zusammen arbeiteten, reisten sie zusammen. Sie fuhren nach Oregon zur Jagd oder zum Angeln an die Mündung des Rogue River; sie gingen Ski laufen in Klosters; sie tranken und liebten sich von Paris bis zur Cote d'Azur und nach Rom hinunter und hinterließen eine Kette leerer Champagnerflaschen und gebrochener Herzen. Sie amüsierten sich, lachten viel und wurden unzertrennlich. Im Lauf der Jahre entwickelte sich ihre Freundschaft zu jener ganz besonderen Zuneigung, die nur zwei total heterosexuelle Männer füreinander empfinden können.

Nick ist der beste Freund, den ich je hatte, dachte Victor. Der einzige Freund. Bis auf Ellie, korrigierte er sich. Jawohl, Ellie war nicht nur seine geliebte Frau, sondern auch sein aufrichtigster, treuester Freund gewesen, und sie fehlte ihm nach all diesen Jahren noch immer.

Der dumpfe Schmerz, der ihn seit ihrem Tod nicht mehr verlassen hatte, flammte auf einmal wieder auf, und Victor kniff verzweifelt die Augen zu. Würde es denn niemals aufhören, dieses qualvolle Gefühl des Verlustes? Ellie war das einzige wirkliche Wunder in seinem Leben gewesen, das einzig Wertvolle, und nie würde es eine zweite Frau wie Ellie geben – für ihn jedenfalls nicht. Eine zweite so perfekte Verbindung in seinem Leben war unvorstellbar.

Ellie war die einzige, die es verdient gehabt hätte, den Ruhm, den Luxus und die Privilegien mit ihm zu teilen, die der Reichtum mitbrachte, denn sie hatte geschuftet dafür wie ein Pferd. Aber sie hatte nicht mehr erleben dürfen, daß er ein großer Star wurde, und so fühlte er sich auf der Höhe seines Erfolges entsetzlich allein. Denn es war einsam, so hoch oben. Vor Jahren, als er noch Victor Massonetti, der Bauarbeiter, gewesen war, der einfache Italo-Amerikaner aus Cincinnati, Ohio, hatte er ungläubig gelacht, wenn ihm jemand mit diesem Klischee kam. Heute wußte er, daß es zutraf.

Victor seufzte und holte eine Packung Zigaretten aus der Tasche seines weißseidenen Schlafrocks. Während er zu rauchen begann, spürte er zum tausendstenmal, wie leer sein Leben ohne Ellie war. Seine beiden anderen Frauen zählten nicht, hatten ihm immer nur Ärger bereitet und die Erinnerung an seine bezaubernde Ellie nicht löschen können. Aber wenigstens hatte er die Zwillinge. Als er an Jamie und Steve dachte, die noch daheim in den Staaten waren, ließ der Schmerz ein wenig nach. Wo immer Ellie jetzt weilen mochte, sie mußte wissen, daß ihre Söhne geliebt, beschützt und behütet waren und sein würden, solange er lebte. Eine Weile hing er noch seinen Gedanken nach, dann riß er sich energisch aus dieser bedrückten Stimmung heraus. Gerade wollte er sich wieder seinen Kalkulationen zuwenden, da wurde er von einem kräftigen Klopfen gestört. Das ist der schnellste Zimmerservice, den ich jemals erlebt habe, dachte er verblüfft und ging zur Tür. Als er sie aufriß, blieb ihm der Mund offenstehen.

Vor ihm, lässig an den Türrahmen gelehnt und übers ganze Gesicht grinsend, stand Nicholas Latimer.

»Früher als ich glaube – allerdings!« Victor heuchelte Empörung.

»Sag nichts. Ich weiß! Ich bin ein Mistkerl und außerdem kindisch, dir einen so idiotischen Streich zu spielen«, stellte Nick fest. Sie umarmten sich herzlich.

»Nun komm schon rein, du Komiker«, forderte Victor den Freund auf.

»Ich hab' heute morgen die erste Maschine genommen«, fuhr Nick grinsend fort. »Angerufen hab' ich dich schon aus meiner eigenen Suite hier auf der Etage. Ich konnte einfach nicht widerstehen.« Er schlenderte in den Salon, ließ sich im erstbesten Sessel nieder und warf einen dicken Umschlag auf den Couchtisch. »Da ich dich gestern abend von Paris aus nicht erreichen konnte, dachte ich mir, ich flieg' schnell rüber und überrasche dich.«

»Das ist dir gelungen. Ich freue mich, daß du hier bist. Übrigens, ich hab' mir gerade Kaffee bestellt. Möchtest du auch einen? Oder vielleicht lieber Frühstück?«

»Danke, Vic. Kaffee genügt.«

Während Victor zum Telefon ging, erhob sich Nick noch einmal, legte sein graues Tweedjackett ab und nahm wieder Platz. Seine eisblauen Augen, sonst immer so fröhlich, blickten nachdenklich, und das verschmitzte Lächeln, das ihm einen so jungenhaften Ausdruck verlieh, war verschwunden. Zerstreut fuhr er sich mit der Hand durch die blonden Locken. Voll Zuneigung musterte er Victor. Es war richtig gewesen, nach London zu kommen; die Sache war zu wichtig, um sie am Telefon zu besprechen. Er steckte sich eine Zigarette an und fragte sich, wie Victor auf die Neuigkeit reagieren würde, die er ihm brachte. Gleichmütig? Oder mit einem seiner italienischen Temperamentsausbrüche? Möglich war beides.

Victor setzte sich ebenfalls und betrachtete den dicken Umschlag. »Ist das der zweite Drehbuch-Entwurf?« erkundigte er sich neugierig.

»Das ist er, Kleiner. So gut wie fertig. Bis auf ein paar winzige Änderungen auf den letzten Seiten, aber die mache ich morgen. Bis dahin kannst du alles durchlesen.« Er zog an seiner Zigarette. »Ich bin ein paar Tage früher gekommen als geplant, weil ich mit dir sprechen wollte«, erklärte er schließlich mit gedämpfter Stimme.

Victor zog eine Braue hoch. »Das muß ja etwas sehr Wichtiges sein, sonst wärst du nicht hier, solange Nathalie in Paris ist. Oder hast du sie mitgebracht?«

»Nein. Sie mußte an die Westküste zurück, mit ihrem neuen Film anfangen.« Nick musterte den Servierwagen mit den Getränken. »Weißt du was? Ich möchte eigentlich doch keinen Kaffee. Ein Drink wäre mir weitaus lieber. Und du?«

Victor sah auf die Uhr. »Warum nicht? Was hättest du denn gern – Scotch oder Wodka?«

»Wodka mit Tomatensaft. Und du solltest dir auch was Kräftiges einschenken. Du wirst es brauchen.«

Victor, auf halbem Weg zur Bar, fuhr herum und starrte Nick an. »So?« fragte er. »Warum?«

»Wir haben ein Problem, Kleiner. Ein schwerwiegendes Problem.«

»Raus damit!« Victor griff zur Wodkaflasche und mixte Nicks Drink.

»Mike Lazarus ist in Paris ...«

»Lazarus? Aber ich hab' letzten Mittwoch noch mit ihm telefoniert. Da war er in New York«, sagte Victor verdutzt. Er trug die beiden Gläser zur Sitzgruppe vor dem Kamin und nahm Platz.

»Mag sein. Aber jetzt sitzt er im Plaza Athénée.« Als Nick Victors Erstaunen sah, fuhr er hitzig fort: »Du solltest ihn inzwischen kennen, Vic! Ein Mann wie er, Präsident eines multinationalen Konzerns, ist überall gleichzeitig. Er braucht doch nur in seinen Privatjet zu steigen.« Nick hob das Glas. »Na denn prost.«

»Und ex.« Victor sah den Freund aufmerksam an. »Ich habe das Gefühl, du willst mir mitteilen, daß Lazarus auf dem Kriegspfad ist. Wegen des Films. Na und? Ich werde schon mit ihm fertig, das hab' ich dir vorhin schon gesagt. Wirklich!«

Nick hob die Hand. »Einen Moment, Victor. Hör bitte zu.

Du hast recht. Lazarus hat das Kriegsbeil ausgegraben. Und ist auf dem Weg nach London ...«

»Wieso weißt du so genau Bescheid über Lazarus? Und über seine Pläne?«

Nick antwortete langsam: »Das Leben ist manchmal wirklich seltsam. Erinnerst du dich an Hélène Vernaud, das Dior-Mannequin, mit dem ich befreundet war?«

»Klar. Die große Brünette mit der phantastischen Figur und den hinreißenden Beinen.«

Nick mußte lachen. Typisch Victor! »Vergiß die Figur. Sie hat außerdem an der Sorbonne und der London School of Economics studiert und ist ganz schön clever. Na, jedenfalls hab' ich sie angerufen; wie du wohl weißt, sind wir nach unserer Trennung Freunde geblieben. Wir sind zum Mittagessen gegangen, und sie hat mich gefragt, woran ich gerade arbeite. Ich hab' ihr von unserem Drehbuch erzählt, und da wurde sie auf einmal ganz aufgeregt. Sie sei über den Film informiert, denn mit dem Hauptfinanzierer Mike Lazarus sei sie liiert. Mich hat beinahe der Schlag getroffen. Sie bat mich, von unserem Lunch nichts zu erwähnen. Anscheinend ist Lazarus sehr eifersüchtig.« Nick stand auf. »Ich brauche noch eine Bloody Mary. Soll ich dir auch noch einen Scotch bringen?«

Victor lehnte dankend ab, dann fragte er: »Was hat ein schönes, intelligentes Mädchen wie Hélène mit dieser schleimigen Schlange Lazarus zu tun?«

»Weiß der Teufel.« Nick kam zurück. »Jedenfalls hab' ich ihr Diskretion versprochen. Dann kam Nathalie auf ein paar Tage aus Hollywood, und ich vergaß Hélène und ihre Verbindung mit Lazarus. Bis gestern früh. Da rief sie mich nervös und geheimnisvoll aus der Wohnung ihrer Mutter an und bat mich, sofort zu ihr zu kommen. Ich fuhr hin und bin froh darüber. Als sie letzten Freitag bei Lazarus im Plaza Athénée war, bekam er einen Anruf. Entweder aus New York oder von der Westküste, das wußte sie nicht so genau ...«

»Und da hat sie etwas über den Film gehört – stimmt's?«

»Allerdings. Ein weniger helles Mädchen als Hélène hätte wohl kaum zwei und zwei zusammengezählt; was sie gehört hat, war ziemlich bruchstückhaft. Doch einiges, was er da sagte, ließ darauf schließen, daß es um uns und unseren Film ging, obwohl er keinen Namen genannt hat. Er äußerte sich ziemlich bissig über das Drehbuch eines esoterischen Romanciers, eines Rhodes-Stipendiaten. Und einen Filmstar, der sich für einen Produzenten hält und an *la folie des grandeurs* leidet. Das können nur wir beiden sein, Vic.«

Victor richtete sich auf. »Okay, du hast recht. Und nun schieß los.«

Nick holte tief Luft. »Er will ein neues Drehbuch von einem anderen Autor. Er will keine unbekannte Schauspielerin für die weibliche Hauptrolle. Er hält den Kostenvoranschlag für astronomisch, ist überzeugt, daß er bewußt in die Höhe getrieben worden sei und daß er übers Ohr gehauen werden solle. Und schließlich sagte er noch, er werde den Produzenten feuern, wenn er nicht spure, und ihn zwingen, das zu tun, was er am besten könne: schauspielern.«

»Dieses Schwein!« stieß Victor leise, doch mit wütend blitzenden Augen hervor. »Wieso bildet er sich ein, meinen Film an sich reißen zu können? Ein Projekt, an dem ich fast ein Jahr lang gearbeitet habe!«

»Weil er über eine ungeheure Chuzpe verfügt, und weil er die dicke Brieftasche hat. Deshalb. Und das weißt du.«

Victor sah Nick schweigend an. Dann nickte er und sagte ruhig: »Hinsichtlich der Kosten hat Lazarus recht: Der Voranschlag ist zu hoch. Aber nicht, weil er bewußt hochgetrieben wurde, sondern aufgrund eines Irrtums.« Er blickte zum Schreibtisch hinüber. »Ich habe den ganzen Vormittag versucht, die Produktionskosten zu drücken. Ich möchte sie auf zwei Millionen reduzieren.«

»Das müßte Lazarus mehr als zufriedenstellen«, erklärte Nick hastig. »Doch da ist immer noch das Problem mit dem Drehbuch und deine Position als Produzent...«

Victor unterbrach ihn ungewohnt scharf. »Lazarus weiß genau, daß er mich auf gar keinen Fall als Produzent absetzen kann, auf gar keinen Fall! Anscheinend versucht er uns reinzulegen. Und als Produzent hab' ich das letzte Wort über das Drehbuch, und das weiß Lazarus ebenfalls.«

»Wie dem auch sei, hinsichtlich der Besetzung der Catherine Earnshaw mit einer Unbekannten wird er dir mit Sicherheit Schwierigkeiten machen.« Nick unterbrach sich, unsicher, ob er es aussprechen sollte; doch dann fuhr er fort: »Hör mal, Vic, vielleicht ist das wirklich keine so gute Idee. Ich weiß, du brauchst keinen großen Namen zur Unterstützung, aber warum willst du unbedingt Katharine Tempest testen? Nimm eine bekannte Filmschauspielerin und erspar dir die Auseinandersetzung mit Lazarus!«

Victor schüttelte verkniffen den Kopf. »Nein, Nicky. Ich werde Probeaufnahmen von Katharine machen.«

Nick sah ihn forschend an. Er fragte sich, ob Victor wohl etwas mit Katharine hatte. Aber die Zeiten der Besetzungscouch waren vorbei, und für eine flüchtige Affäre würde Victor niemals seine Karriere oder sein Geld aufs Spiel setzen. Trotzdem war Nick neugierig. »Warum bestehst du so hartnäckig darauf?«

»Weil ich es ihr versprochen habe, und vor allem, weil ich überzeugt bin, daß sie für diese Rolle wie geschaffen ist. Wenn die Aufnahmen so ausfallen, wie ich es hoffe, wird sie die Cathy spielen, und zum Teufel mit Lazarus!« Victor lächelte zufrieden. »Außerdem gebe ich ihr einen Vertrag mit Bellissima Productions. Ich habe das sichere Gefühl, daß aus

Katharine Tempest ein großer Star werden wird, und weiß genau, was ich tue. Mich wundert nur, daß du das nicht selbst auch im Gefühl hast.«

»O doch, das habe ich. Aber ...« Nick hob resignierend die Schultern. »Ich sage es noch einmal: Lazarus wird sich niemals drauf einlassen. Er verlangt einen großen weiblichen Star für den Film. Und weißt du noch was? Ich glaube, daß er nach London kommt, bevor du dich versiehst. Es würde mich gar nicht wundern, wenn er inzwischen schon längst hier wäre.«

Victor erhob sich und schlenderte zum Barwagen, um sich noch einen Scotch zu holen. »Dann kann ich's dir ja wohl auch gleich sagen: Ich denke wirklich ernsthaft daran, Lazarus fallenzulassen. Er ist ein tyrannischer Bastard, der sich in alles einmischen muß. Ein Größenwahnsinniger. Und daß er Präsident eines Multis ist, bedeutet noch längst nicht, daß er einen Film produzieren kann! In letzter Zeit komme ich immer mehr zu der Einsicht, daß ich mir einen Haufen Probleme aufhalse, wenn ich gestatte, daß er in meinen Film investiert. Ich bereue jetzt schon, mich überhaupt mit ihm eingelassen zu haben. Und was ich da eben von dir gehört habe, bestärkt mich in meiner Meinung. Ich muß ihn so schnell wie möglich loswerden.«

»Großer Gott, Vic! Das wäre fabelhaft! Aber wie willst du das anstellen? Habt ihr denn nicht einen Vertrag?«

»Der Vertrag wurde zwar entworfen, aber ich habe ihn noch nicht unterzeichnet. Er enthält ein paar Klauseln, die mich stören, deswegen habe ich ihn meinen Anwälten hier und in Beverly Hills geschickt und warte auf ihre Stellungnahme, bevor ich unterschreibe. Ich kann also jederzeit davon zurücktreten. Und Lazarus hat bisher noch keinen Penny investiert, hat also auch keinerlei Ansprüche. Noch bin ich der Herr im Hause.« Selbstgefällig lehnte er sich zurück.

»Aber wie willst du ohne ihn den Film finanzieren?«

»Ah ja, da liegt der Hund begraben! Ehrlich gesagt, ich weiß es noch nicht. Auf die großen Studios hatte ich eigentlich nicht zugehen wollen, aber das werde ich vielleicht müssen. Alles ist besser als Mike Lazarus. Möglicherweise wäre MGM interessiert. Was meinst du?«

Nick runzelte die Stirn. »Keine Ahnung. Aber im Grunde liegt denen doch nichts an einem Remake von ›Wuthering Heights‹. In ›Variety‹ wurde neulich geschrieben, sie hielten Neuverfilmungen für Fehlinvestitionen, weil sich das Publikum nicht dafür interessiert.«

»Ach was! Ich glaube fast, Hélènes Informationen über Lazarus haben dich ein bißchen verschreckt. Mann Gottes, von diesem Mistkerl werden wir uns doch nicht verrückt machen lassen! Ich werde schon eine Möglichkeit finden, die Sache zu regeln. Doch jetzt brauch' ich ein bißchen frische Luft. Wollen wir zum Connaught Hotel rüberlaufen und dort zu Mittag essen? Am Sonntag gibt's da die ganze Enchilada.«

»Großartig!« antwortete Nick bemüht fröhlich.

»Gib mir fünf Minuten zum Anziehen. Und nimm dir inzwischen noch einen Drink.«

»Danke, gern.« Nick erhob sich und ging nachdenklich zum Servierwagen. Er wandte sich um. »Sag mal, Vic – darf ich dich etwas fragen?«

»Aber sicher.« Vic blieb an der Schlafzimmertür stehen.

Nicks Miene war ungewohnt ernst geworden. »Angenommen, du entscheidest dich, Mike Lazarus wirklich nicht als Finanzier zu nehmen – was wirst du tun, wenn keiner der Großen, Metro, Twentieth oder Warners, dich finanzieren will?«

»Dann werde ich die Produktion einstellen müssen«, antwortete Victor langsam, doch ohne lange zu überlegen, denn mit diesem Gedanken hatte er sich schon eingehend befaßt. »Leider. Aber es gibt keine andere Möglichkeit. Zum Glück wird sich das wenigstens nicht auf Bellissima Productions auswirken: Ich kann's als Verlust von der Steuer abschreiben.« Er seufzte leise. »*C'est la guerre,* alter Junge.« Er schenkte Nick ein schiefes Grinsen und verschwand im Schlafzimmer.

Die Produktion einstellen, dachte Nick. Nach all der Arbeit, die sie schon hineingesteckt hatten! Und nicht nur viel Geld, sondern auch Jahre ihres Lebens hätten sie verschwendet! Nick gab es einen Stich, wenn er an das Drehbuch dachte, von dem er wußte, daß es eine seiner besten Arbeiten war; und die Vorstellung, daß es niemals das Licht der Welt erblicken sollte, machte ihn krank.

Du bist egoistisch, sagte er sich. Mit seinem Glas in der Hand trat er ans Fenster und starrte hinaus, ohne die schmutziggrauen Gebäude im winterlichen Sonnenschein richtig zu sehen. Auch viele andere Beteiligte würden zutiefst enttäuscht sein. Victor und er, sie würden zwar leiden, sich aber bald wieder von dem Schlag erholen. Doch was war zum Beispiel mit Katharine Tempest? Sie setzte alles auf die Probeaufnahmen und ihre Rolle in dem Film. Dieser Film war eine einmalige Chance für sie, sich relativ mühelos ins große Geschäft zu katapultieren. Sie konnte überlegen gewinnen. Oder haushoch verlieren. Und wenn sie verlor, würde sie vernichtet sein. Das wußte Nick intuitiv.

Nick verstand sehr gut, warum Victor in Katharine die Anlagen zu einer großen Filmschauspielerin sah. Und dennoch reagierte er selbst vollkommen anders auf sie als alle anderen. Ihre außergewöhnliche Schönheit konnte ihn nicht bezaubern, ihr großer Charme ihn nicht faszinieren. Mit einem Wort: Sie sprach den Mann in ihm nicht an, und er vertraute ihr nicht als Frau. Nick hatte eine grundlegende Kälte in ihr entdeckt, eine Frigidität, die ihrer scheinbaren Sinnlichkeit widersprach. Gewiß, zuweilen strahlte sie Wärme und Fröhlichkeit aus. Doch dann wirkte sie wiederum seltsam fern, als löse sie sich aus sich selbst und beobachte alles mit kalter Gleichgültigkeit. Sie ist isoliert und hat keine menschlichen Bindungen, dachte er.

Dann schüttelte er bestürzt den Kopf. Das bilde ich mir doch nur alles ein, dachte er. Das Mädchen ist wirklich in Ordnung. Vielleicht ein bißchen zu ehrgeizig, aber wer ist das nicht in dieser Branche? Doch auch diese Gedanken konnten seine Vorbehalte ihr gegenüber nicht völlig ausräumen, und ein wenig erschrocken mußte er zugeben, daß er sie ganz einfach nicht mochte. Obwohl er keinen speziellen Grund für diese Abneigung nennen konnte.

Elftes Kapitel

Katharine stand in der winzigen Küche ihrer Wohnung in Lennox Gardens und wartete darauf, daß das Wasser für ihren Frühstückstee kochte. Sie steckte eine Scheibe Brot in den Toaster, holte das Geschirr aus dem Schrank, nahm Butter und Marmelade aus dem Kühlschrank und stellte alles auf ein Tablett.

Ihre Küche war so klein, daß sie kaum Platz genug für eine Person bot, doch da sie blitzblank und aufgeräumt war, wirkte sie nicht ganz so eng und bedrückend. Als Katharine vor zwei Jahren hier eingezogen war, hatte sie die Schränke in einem zarten Hellblau streichen lassen, das gut zu dem marmorierten Linoleumboden paßte. Hellblau waren auch die duftigen Baumwollvorhänge an dem kleinen Fenster, und auf der Fensterbank prangten Geranien, die mit ihrem frischen Rot und satten Grün den Raum belebten.

Katharine trat ans Fenster und sah hinaus. Ihre Wohnung, im obersten Stock, war früher der Dachboden des Hauses gewesen, daher bot sie einen bezaubernden Blick über die Gärten in der Mitte des Halbkreises von viktorianischen Villen. An diesem Februarmorgen waren die Bäume allerdings schwarz und kahl, ihre Äste jedoch reckten sich in den blauesten Himmel, den sie seit langem gesehen hatte. Endlich regnete es nicht mehr!

Fast wie ein Aprilmorgen, dachte Katharine glücklich und beschloß, zu ihrer Lunchverabredung um eins zu Fuß zu gehen. Gerade überlegte sie, was sie dazu anziehen sollte, da riß das Pfeifen des Teekessels sie aus ihren Gedanken. Sie stellte das Gas ab, goß den Tee auf und trug das Frühstückstablett ins Wohnzimmer.

Trotz des hereinströmenden Sonnenlichts strahlte der Raum eine beklemmende Kälte aus, die von den harten Farben und den strengen Möbeln ausging. Alles leuchtete in reinstem Weiß: Glänzend weiß lackierte Wände gingen in einen dicken, weißen Teppichboden über. Weiße Seidenvorhänge rahmten die Fenster, weiße Wolle überzog Sofa und Sessel in ebenso supermodern kargem Stil wie die beiden Beistelltischchen neben dem Sofa, der große, quadratische Couchtisch und eine Etagère an der Wand. Letztere bestanden aus Chrom und Glas und waren mit ihrem Glitzern das I-Tüpfelchen der eisigen Atmosphäre. Schwarzweiße Stiche von Rittern in Rüstungen, chromgerahmt, reihten sich an der einen Wand, während in einer Ecke eine riesige zylindrische Glasvase mit kahlen, schwarzen Zweigen Wacht hielt. Die Etagère trug nur ein paar Grünpflanzen, zwei schwarz lakkierte Kerzenhalter mit weißen Kerzen und eine schwarze japanische Lackschale. Es gab weder Familienfotos noch liebevoll gehütete Andenken an persönliche Erlebnisse; der Raum war so steril wie die kahle, jungfräuliche Zelle einer Nonne. Katharine hatte die Wohnung persönlich eingerichtet, und hätte ihr jemand gesagt, sie wirke eiskalt, leblos und einschüchternd – sie hätte ihn verwundert angestarrt. Sie hielt diese so sorgfältig geschaffene Atmosphäre der Unberührtheit für elegant und vornehm und sah nur Schönheit und Ordnung darin, Eigenschaften, die für ihr Wohlbefinden wesentlich waren.

Katharine stellte das Frühstückstablett auf den Couchtisch

und setzte sich bequem aufs Sofa. Mit verträumter Miene trank sie den Tee und ließ ihre Gedanken wandern. Sie fühlte sich großartig, die ganze Woche schon; und an diesem Donnerstagmorgen hatte sie das Gefühl, daß jeder Tag seit dem vergangenen Samstag ein einziger, großer Erfolg gewesen war. Dem Earl und Francesca hatte sie als Helena von Troja sehr gefallen, das Dinner im Les Ambassadeurs war einmalig und der Earl – am wichtigsten für Katharine – sofort sehr von ihr eingenommen gewesen. Daher sah sie in ihm keine Gefahr mehr für ihre Verbindung mit seinem Sohn.

Am folgenden Tag war Victor mit ihr ins Claridge gegangen, um die Probeaufnahmen mit ihr zu besprechen und ihr den Unterschied zwischen dem Agieren auf einer Bühne und vor einer Kamera zu erklären. Katharine war über seine Fürsorglichkeit sehr gerührt gewesen und dankbar für seinen Rat. Unmittelbar vor dem Test, der Freitag in einer Woche stattfinden sollte, wollte er sich noch einmal mit ihr zusammensetzen. Für morgen abend nach dem Theater hatte der Earl sie mit Kim und Francesca zum Dinner eingeladen und wollte Ende der Woche mit Kim wieder nach Yorkshire zurückkehren.

Katharine lächelte in sich hinein. Alles lief wie geschmiert, all ihre Pläne trugen Früchte. Sie würde Kim heiraten und Viscountess Ingleton sowie ein großer, international bekannter Filmstar werden. Zufrieden kuschelte sie sich in ihren Morgenrock. Bald würden ihre Träume wahr werden. Von nun an würde das Leben herrlich sein! Keine Sekunde kam ihr in den Sinn, daß das alles ein bißchen zu schön sein konnte, um wahr zu sein. Denn Katharine litt an einem Charakterfehler, von den Griechen Hybris genannt: der Tollkühnheit, die Götter herauszufordern. Sogar das Ergebnis der Probeaufnahmen stand bei ihr schon fest: Sie würde fabelhaft sein, und Victor würde ihr die Filmrolle geben.

Victor Mason hatte Katharine erklärt, daß die Dreharbeiten im April beginnen sollten, und das paßte gut in ihr Konzept, denn da ihr Theatervertrag es ihr erlaubte, nach einem Jahr aufzuhören, war sie Ende März frei. Der Aufnahmeplan war auf zwölf Wochen angesetzt, mit Außenaufnahmen in Yorkshire und Innenaufnahmen in einem der großen Londoner Studios. Bearbeitet werden sollte der Film dann sehr schnell, denn Victor wollte die Erstkopie bis September haben. Von dieser Originalkopie sollten zwei weitere Kopien angefertigt werden, damit der Film eine Woche vor Jahresende gleichzeitig in New York und in Los Angeles vorgeführt werden und somit, den Regeln entsprechend, für die Academy Awards 1956 zur Wahl stehen konnte. Obwohl Victor ihn offiziell erst im Frühjahr 1957 anlaufen lassen wollte, mochte er sich die Chance einer Oscar-Nominierung doch nicht entgehen lassen.

Und wenn *sie* nun den Oscar gewann? Diese Aussicht war so atemberaubend, so elektrisierend, daß Katharine beinahe schwindelte. Doch da sie felsenfest an sich selber glaubte, kam ihr diese Möglichkeit gar nicht so abwegig vor. Sogar wenn sie den Preis nicht gewann – sie zweifelte keinen Moment daran, daß sie, sobald der Film angelaufen war, ein Star sein würde. Und dieser Erfolg würde ihr nicht nur weltweiten Ruhm, sondern Geld, viel Geld und eine ganz besondere Macht einbringen.

Ein Schatten huschte über Katharines Gesicht, ihre Miene wurde verkniffen.

Bald, sehr bald würde sie ihren Plan in die Tat umsetzen können! Sie seufzte leise. Ihrer Mutter konnte sie nicht mehr helfen, doch für ihren Bruder war Rettung noch möglich. Ihr geliebter Ryan. Der Wunsch, ihn aus den Händen ihres Vaters zu befreien, war in den letzten Jahren der Hauptbeweggrund für Katharines Handeln gewesen und fast ebenso stark wie ihr beruflicher Ehrgeiz. Ryan war jetzt nahezu neunzehn, und sie fragte sich oft, wie weit er schon von diesem Mann beeinflußt worden war. War er etwa schon ganz die Kreatur seines Vaters? Dieser Gedanke war für sie so widerlich und angsteinflößend, daß sie ihn heftig von sich schob und sich um so entschlossener vornahm, ihren Bruder aus Chicago heraus- und in ihre Nähe zu holen.

Als Katharine jetzt über Ryan nachdachte, wurden ihre Züge ein wenig weicher. Doch wie immer drängte sich ihr auch seine Umgebung auf, und ihre Hände verkrampften sich im Schoß. Vor ihren Augen stand das groteske, düstere Haus, in dem sie aufgewachsen waren und in dem Ryan noch heute lebte, dieses scheußliche Mausoleum, dieser zweifelhafte Tribut an den Reichtum und die erschreckende Macht ihres Vaters. Sie hatte es immer gehaßt, dieses Haus mit den dämmrigen Korridoren, den gewundenen Treppen, den mit Antiquitäten vollgestopften Zimmern. Es war ein Musterbeispiel für schlechten Geschmack, neues Geld und erstikkendes Elend. O gewiß, sie hatten teure Kleider, erstklassiges Essen, Autos und Dienstboten gehabt, denn ihr Vater war mehrfacher Millionär. Aber für Katharine war es dennoch ein armes Haus, denn es beherbergte unendlich wenig Liebe. Seit sechs Jahren hatte sie es nicht mehr betreten und sich geschworen, nie wieder einen Fuß hineinzusetzen.

Katharines Gedanken richteten sich auf ihren Vater, und heute schob sie sie ausnahmsweise nicht beiseite. Sie sah ihn vor sich, Patrick Michael Sean O'Rourke, sein gutaussehendes, schweres Gesicht, das ebenholzschwarze Haar, die saphirblauen, harten Augen. Er war ein furchtbarer Mann, anspruchsvoll, habgierig und skrupellos, ein korrupter Mann, der das Geld zu seiner Geliebten, die Macht zu seinem Gott gemacht hatte. Die Welt kannte ihn allerdings anders. In der Welt draußen war er ein überwältigender Anachronismus: der charmante, lachende, unterhaltsame, redegewandte Ire; in seinem Haus dagegen ein strenger, finsterer, diktatorischer Tyrann. Katharine haßte ihn. Und schaudernd erinnerte sie sich an den schrecklichen Tag, an dem sie erkannt hatte, wie tief und heftig ihr Vater sie haßte. Es war im August 1947 gewesen. Als sie zwölf Jahre war. An jenem Tag vor neun Jahren war Katharine so glücklich gewesen wie seit Monaten nicht mehr, weil ihre Mutter unerwartet zum Lunch herunterkam. Rosalie O'Rourke fühlte sich so viel wohler, daß sie sich zu ihren Kindern setzte. Und wenn sie auch nicht mehr so lebhaft war wie früher, funkelten ihre turmalingrünen Augen vor Lachen, und das volle rote Haar krönte ihr herzförmiges, heute einmal nicht schmerzverzerrtes und leichenblasses Gesicht wie ein kupferner Helm. Sie trug ein hellgrünes, langärmeliges Kleid aus Shantungseide, dessen Schnitt ihren von der Krankheit so furchtbar ausgezehrten Körper verbarg, eine schimmernde, eng um den Hals liegende Perlenkette und dazu passende Ohrstecker. An den schlanken Fingern glitzerten herrliche Brillant- und Smaragdringe.

Katharine, die ihre Mutter über den Tisch hinweg bewundernd ansah, dachte, wie vornehm und elegant sie doch war! Für Katharine war Rosalie der Inbegriff weiblicher Schönheit und Grazie, und plötzlich stieg neu erwachende Hoffnung in ihr auf, weil die Mutter sich von der mysteriösen Krankheit zu erholen schien, an der sie seit zwei Jahren litt und von der nur im Flüsterton gesprochen wurde.

Da Patrick O'Rourke – mitten in der Woche – nicht anwesend war, fehlte die sonst bei den Mahlzeiten herrschende Spannung. Ryan plapperte wie eine Elster, sie lachten viel, und Katharine sonnte sich in der Liebe ihrer Mutter. Nur eines überschattete für sie die fröhliche Runde: daß Rosalie nichts essen wollte und lustlos in all den köstlichen Gerichten stocherte, die Annie für sie gekocht hatte.

Nach dem Lunch war Ryan verschwunden, und als die Mutter Katharine bat, ihr noch eine Stunde Gesellschaft zu leisten, hatte sie glücklich zugesagt. Nichts fand die Zwölfjährige schöner, als allein mit ihrer Mutter in deren kühler, abgelegener Suite zu sitzen, in denen Pastellfarben, hauchzarte Stoffe und provençalische Möbel eine bezaubernde Atmosphäre schufen. Vor allem an kalten Tagen liebte Katharine den hübschen Salon. Dann loderte das Feuer im Kamin, saßen sie beide im Dämmerlicht davor, wärmten sich die Zehen und plauderten über Bücher, Musik und Theater oder schwiegen zufrieden, immer zutiefst erfüllt von gegenseitigem Verstehen, gegenseitiger Liebe. An jenem Nachmittag hatten sie sich an das Fenster gesetzt, das auf den Michigan-See hinausging, nur wenig miteinander geredet und es genossen, endlich wieder einmal beisammen zu sein.

Mit ihren zweiunddreißig Jahren hatte Rosalie O'Rourke in sich selber und in Gott Frieden gefunden, und diese innere Ruhe fand Ausdruck in ihrem Gesicht, das trotz der Krankheit immer noch schön war. Es wirkte heute, als sie versonnen auf den See hinausblickte und neue Kraft zu sammeln suchte, viel zu ätherisch. Das Mittagessen hatte sie angestrengt, aber sie wollte nicht, daß Katharine etwas merkte. Die Kinder waren ihre einzige Freude, und sie wollte sie nicht beunruhigen. Schon bald nach ihrer Eheschließung hatte sie entdeckt, daß sie überhaupt nicht zu Patrick mit seiner ungezügelten Männlichkeit und dem aufbrausenden irischen Temperament paßte, der das Leben in allen Aspekten liebte und dessen Geld- und Machtgier unersättlich war. Sie, eine kultivierte, zarte, künstlerische Frau, zog sich immer mehr von ihm zurück. Sogar an Scheidung hatte sie schon gedacht, aber das war ausgeschlossen, denn sie waren beide Katholiken, und da waren die Kinder, die er auf keinen Fall aufgeben würde. Außerdem liebte sie ihn trotz all seiner Fehler noch immer.

Obwohl Rosalie nie eingehender darüber nachdachte, wußte sie, daß sie bald sterben würde: Die Zeiten, in denen sie sich ein wenig wohler fühlte, wurden immer kürzer und seltener, und täglich dankte sie dem Allmächtigen, daß ihre Kinder nur wenige der negativen Charakterzüge des Vaters geerbt hatten – jedenfalls, soweit sie es feststellen konnte. Sie betrachtete Katharine, die still in ihrem Sessel saß. Sie sah so jung aus in ihrem gelben Baumwollkleidchen und den schwarzen Lackschuhen. Und dennoch wirkte sie manchmal wie eine weise und lebenserfahrene Frau. Was für ein dummer Gedanke, dachte Rosalie. Denn ihre Tochter war im sichern Schoß ihrer Familie aufgewachsen, sorglich behütet und beschützt und umgeben von extremem Luxus. Eines jedoch war nicht zu leugnen: Sie war eine Schönheit, schon in diesem Alter! In dem bezaubernden Gesicht spiegelte sich ihr warmherziges Wesen, darunter jedoch Eigensinn. Sogar einen Anflug von Patricks Skrupellosigkeit glaubte Rosalie in ihr zu entdecken, doch der würde ihr vermutlich helfen, sich in der Welt besser zurechtzufinden und dem Vater Widerstand zu leisten. Dafür war Rosalie dankbar.

Um Ryan dagegen machte sie sich größere Sorgen. Er war zu schüchtern, um sich gegen Patrick zu wehren, der ihn vergötterte, weil er in Ryan den Erben und ein gefügiges Werkzeug für seine eigenen Ambitionen sah. Wie sehr sich Pat einen Sohn gewünscht hatte! Und wie enttäuscht er gewesen war, als Katharine geboren wurde, ein Mädchen. Ryans Geburt war wohl das wichtigste Ereignis in Pats Leben gewesen, und er hatte sofort begonnen, seine Jahre zuvor entworfenen hochfliegenden Pläne in die Tat umzusetzen. Sie konnte nichts dagegen tun, konnte nur beten, daß Ryan die innere Kraft aufbrachte, den Vater eines Tages zu verlassen. Dann würde Patrick ihn zwar sofort enterben, aber er würde ein freier Mensch sein und nicht eine von Patrick O'Rourke manipulierte Marionette.

Bei dem Gedanken an Ryan seufzte Rosalie auf und fragte sich, warum sie trotz allem so tiefe Gefühle für ihren Mann hegte, ihn liebte. Wir Frauen sind doch seltsame Wesen, dachte sie stirnrunzelnd.

»Was hast du, Mutter?« fragte Katharine beunruhigt.

Rosalie zwang ein Lächeln auf ihre Lippen und erwiderte leichthin: »Gar nichts, mein Liebling. Ich dachte nur, wie sehr ich dich in letzter Zeit vernachlässigt habe. Aber du weißt ja, daß ich nicht sehr kräftig bin. Ich wünschte, wir könnten öfter zusammensein, vor allem jetzt, in den Schulferien.«

»Das wünschte ich auch, Mutter«, entgegnete Katharine. »Aber mach dir keine Sorgen um mich. Hauptsache, es geht dir bald besser.« Sie setzte sich neben die Mutter aufs Sofa und sah ihr liebevoll in die Augen. Und entdeckte in ihnen etwas Beunruhigendes. Was, das wußte sie nicht so genau. Trauer vielleicht. Oder Resignation? Ihr Herz verkrampfte sich, und Tränen stiegen ihr in die Augen. »Es wird dir doch bald bessergehen, nicht wahr, Momma?« Katharine zögerte; dann flüsterte sie angstvoll: »Du wirst doch nicht etwa sterben – oder?«

Rosalie lachte ihr mädchenhaftes Lachen. »Aber natürlich nicht, Dummchen! Bald bin ich wieder genauso wie früher.« Ihr Lächeln wurde noch strahlender. »Schließlich muß ich dich ja als Star in deinem ersten Theaterstück bewundern! Du willst doch noch immer Schauspielerin werden, nicht wahr, Liebes?«

Rosalies Worte hatten Katharines Ängste beschwichtigt. Sie strahlte wieder. »O ja, Momma! Das will ich noch immer!« Ihre Kinderstimme verriet eine außergewöhnliche Entschlossenheit. Dann fragte sie: »Glaubst du, er wird etwas dagegen haben?«

»Dein Vater? Bestimmt nicht. Warum sollte er? Du weißt doch, wie Väter sind. Sie wollen, daß ihre Töchter möglichst früh heiraten und möglichst viele Babys kriegen. Vermutlich wird er es für einen netten Zeitvertreib bis zu deiner Hochzeit halten.«

»Aber ich will nicht heiraten!« verkündete Katharine unerwartet heftig. »Ich will eine berühmte Schauspielerin werden wie Sarah Bernhardt und Eleonora Duse. Für Torheiten wie eine Ehe werde ich keine Zeit haben!«

Rosalie unterdrückte ein belustigtes Lächeln. »Nun ja, möglicherweise änderst du eines Tages deine Meinung. Vor allem, wenn du dich einmal verliebst.«

»O nein, bestimmt nicht! Niemals, Momma!«

Rosalie ging nicht weiter auf diese Bemerkung ein, sondern lächelte ihrer Tochter liebevoll zu. Dann sagte sie: »Schade, daß wir in diesem Sommer nicht zu Tante Lucy nach Barrington fahren können. Dort ist es längst nicht so heiß wie hier in Chicago. Aber dein Vater meint, es wäre zu anstrengend für mich. Du magst deine Tante Lucy doch, nicht wahr, Liebes?«

Diese Frage kam überraschend für Katharine. »Aber natürlich, Momma. Ich mag sie sehr.«

Rosalie drückte Katharines kleine Hand. »Sie war mir stets eine Quelle der Kraft und nicht nur meine Schwester, sondern auch meine beste Freundin.« Rosalie hielt inne. Sie mußte dem Kind noch etwas sagen, aber sie wollte Katharine nicht beunruhigen. Daher wählte sie ihre Worte sorgfältig. »Tante Lucy liebt dich von Herzen, Liebling. Du bist wie eine Tochter für sie. Und sie wird immer für dich dasein. Vergiß das nicht, ich bitte dich!«

Katharine richtete sich erschrocken auf und blickte die Mutter forschend an. »Wie merkwürdig, daß du das sagst, Momma. Wieso sollte ich je Tante Lucy brauchen, wo ich doch dich habe?«

»Wir brauchen alle Freunde, mein Kind. Etwas anderes hab' ich damit nicht sagen wollen. Doch jetzt werde ich mich ein wenig hinlegen. Ich bin ein bißchen müde geworden.« Sie neigte sich ihrer Tochter zu und berührte ganz zart ihre Wange. »Du bist wirklich etwas Besonderes, meine schöne Katharine. Und ich liebe dich unendlich.«

»Ich liebe dich auch, Momma.«

Rosalie erhob sich mühsam. »Wirst du mich später noch einmal besuchen, Liebes?«

»Ja, Momma«, antwortete Katharine.

Rosalie nickte, zu erschöpft, um etwas zu erwidern, und ging langsam ins Schlafzimmer.

Katharine machte sich auf die Suche nach Ryan. Die ganze Villa durchforschte sie. Es war stickig und feuchtheiß im Haus, und als sie die Treppe zum zweiten Stock hinaufstieg, merkte sie, daß ihr das Kleid am Körper klebte.

Sie entdeckte den Bruder schließlich in ihrem alten Kinderzimmer, wo er am Tisch saß und, den Kopf mit den rötlichblonden Locken tief über die Arbeit geneigt, eifrig malte. Als sie eintrat, blickte er lächelnd auf.

»Darf ich mal sehen?« fragte Katharine den Bruder.

Ryan nickte. »Ich bin gerade fertig geworden. Aber bitte nicht anfassen. Es ist noch feucht.«

Katharine staunte. Das Aquarell war nicht nur gut, sondern hervorragend, eine Landschaft in zartem Frühlingsgrün und mattem Rosa, blassem Chromgelb und schmelzendem Blau – Farben, die dem Bild eine traumhafte Atmosphäre verliehen. Es war sein bisher bestes Werk, und Katharine erkannte verwundert sein großes Talent. Kaum zu glauben, daß ein Zehnjähriger ein solches Kunstwerk geschaffen hatte!

»Hast du das irgendwo abgemalt?« fragte sie ihn.

»Aber nein!« rief Ryan gekränkt. Dann grinste er. »Erkennst du's wirklich nicht, Schäfchen?«

Katharine schüttelte den Kopf. Ryan kramte auf dem Tisch herum und zeigte ihr dann einen Schnappschuß. »Siehst du? Tante Lucys Garten in Barrington«, sagte er triumphierend.

»Aber du hast ihn weit schöner gemalt, als er ist«, gab Katharine verblüfft zurück. »Du bist wirklich ein echter Künstler, Ryan. Eines Tages wirst du berühmt sein, und ich bin dann wahnsinnig stolz auf dich!«

Ryan grinste, daß die Sommersprossen auf seiner Nase tanzten. »Glaubst du wirklich, Katie?«

»Wirklich und wahrhaftig, Ryan!« sagte sie lächelnd.

In diesem Augenblick wurde die Tür so heftig aufgestoßen, daß die Kinder erschrocken zusammenzuckten. Auf der Schwelle stand Patrick O'Rourke – ein unerwarteter Anblick zu dieser Tageszeit. »Hier steckt ihr also! Was habt ihr hier zu suchen, ihr zwei? Ich hab' euch doch unten ein großartiges Spielzimmer eingerichtet. Habe ich etwa mein Geld umsonst ausgegeben?«

Katharine fühlte, wie Ryans magere Schultern sich unter ihrer Hand spannten. »Nein, Vater, das hast du nicht«, antwortete sie ruhig. »Wir benutzen das Spielzimmer sehr oft«, flunkerte sie rasch.

»Freut mich zu hören.« Patrick ließ sich im Schaukelstuhl nieder. Er war ein hochgewachsener, gutgebauter Mann, dem der Stuhl ein wenig zu klein war, aber das schien ihn nicht weiter zu stören. Er musterte die beiden nachdenklich und aufmerksam. Dann konzentrierte sich sein Blick auf Ryan. »Haben dir heute die Ohren geklungen, mein Sohn?«

»Nein, Da.« Ryan war über die Frage verwirrt und krauste nervös die Nase.

»Das hätten sie aber tun sollen. Ich habe heute beim Lunch mit meinen politischen Freunden über dich gesprochen. Parteiführern. Ich war in der Stadt, um der Demokratischen Partei meine übliche Spende zu überreichen. Wir haben die verdammt beste politische Maschine im Land. Phantastisch!« Er sah Ryan strahlend an. »Und von den Iren beherrscht. Merk dir das, mein Sohn. Ich habe ihnen erklärt, mein Sohn werde der größte Politiker werden, den Chicago jemals gesehen hat. Er werde Congressman und Senator werden, habe ich ihnen versprochen, und der erste irisch-katholische Präsident der Vereinigten Staaten. Jawohl! Und dieses Versprechen werde ich halten!« Zufrieden faltete er die Hände über dem Bauch und lehnte sich abwartend zurück.

Als keiner von beiden etwas sagte, fuhr Patrick fort: »Na, was ist, Ryan? Starr mich nicht an wie ein Idiot! Hast du gar nichts darauf zu erwidern? Wie gefällt dir die Vorstellung, Politiker zu werden? Und der Präsident dieses unseres großen Landes, des größten Landes der ganzen Welt?«

»Ich weiß nicht«, flüsterte Ryan schließlich unsicher. Er war totenbleich geworden, und seine Sommersprossen wirkten auf der fahlen Haut wie häßliche Flecken.

Patrick kicherte. »Kann ich dir nicht verübeln, mein Sohn. Ist wohl ein bißchen zuviel auf einmal. Aber ich hab' große Pläne mit dir. Ehrgeizige Pläne. Was ist daran so verkehrt?« Ohne auf eine Antwort zu warten, fuhr er hastig fort: »Hätte ich keinen Ehrgeiz gehabt, wäre ich jetzt nicht Multimillionär. Du brauchst dir keine Sorgen zu machen, Ryan. Ich werde das Denken für dich übernehmen. Ich werde deine Karriere leiten, und mein Geld, meine Macht und meine einflußreichen Freunde werden dich schon ins Weiße Haus bugsieren. Warte nur ab. Du wirst meine Träume verwirklichen, Ryan, davon bin ich fest überzeugt. Und ich werde dich zum mächtigsten Politiker dieses Jahrhunderts machen. Überlaß das alles nur ruhig mir, mein Sohn!«

Ryan schluckte und öffnete den Mund, aber es kam kein Ton heraus. Flehend sah er zu Katharine auf.

Katharine war entsetzt über die Worte des Vaters. Hätte ein anderer sie gesagt, sie hätte sie als Prahlerei abgetan; von ihrem Vater aber wußte sie, daß er es vollkommen ernst meinte, und sie zitterte innerlich um den Bruder. Ryan war zutiefst verängstigt – mit Recht. Sie zog den Jungen fester an sich.

»Ryan will kein Politiker werden, Vater«, erklärte sie. Das liebevolle »Da«, das Ryan gebrauchte, wollte ihr nicht über die Lippen.

Patrick funkelte sie böse an. »Wie bitte? Willst *du* mir etwa sagen, was mein Sohn will, Katie Mary O'Rourke?« Wütend sprang Patrick auf. Sein Gesicht war dunkelrot, und in seinen harten Augen glitzerte es gefährlich.

»Aber Ryan ist so begabt! Sieh doch nur dieses Aquarell!« So leicht ließ sie sich von ihm nicht einschüchtern.

»Ich denke gar nicht daran! Ich dulde diesen Weiberkram nicht in meinem Haus. Du und deine Mutter! Stopft ihm den Kopf mit diesem Künstlerunsinn voll. Das hört mir auf – und zwar sofort!« Er stürmte zum Tisch, packte das Aquarell und riß es, ohne einen Blick darauf zu werfen, in Fetzen.

Ryan stieß einen kleinen, erstickten Schrei aus und hob die Faust an die zitternden Lippen. Katharine starrte den Vater entsetzt an. Mit einer einzigen, heftigen Bewegung fegte Patrick Farbkasten, Pinsel, Wassertopf und Zeichenblock vom Tisch und stampfte mit den Füßen darauf herum. Mit seinem langen, knochigen Finger deutete er auf Ryan und schrie: »Und jetzt hör mir gut zu, mein Sohn! Mit dieser Malerei ist Schluß. Das ist nichts für einen Jungen wie dich. Und wenn ich dabei draufgehen sollte, Ryan O'Rourke – du wirst Politiker werden. Und später Präsident der Vereinigten Staaten. Auf dieses Ziel wirst du von jetzt an hinarbeiten – mit eiserner Disziplin und Konzentration. Hast du das verstanden, mein Sohn? Hab' ich mich klar genug ausgedrückt?«

»Ja, Da«, antwortete Ryan immer noch angstzitternd.

Patrick wandte sich Katharine zu. »Und dir, mein Fräulein, verbiete ich, dich jemals wieder einzumischen! Du bist ein Unruhestifter, Katie Mary O'Rourke. Und eine Lügnerin. Glaubst du, ich hätte die unverschämten Lügen vergessen, die du über deinen Onkel George erzählt hast? Abscheuliche Dinge! Nie hätte ich mir träumen lassen, daß meine Tochter eine so schmutzige Phantasie besitzt!«

Katharine wich das Blut aus dem Gesicht; sie schwankte und fürchtete, sich übergeben zu müssen. Schweißtropfen traten ihr auf die Stirn, und sie mußte die Fäuste ballen, um sich zu beherrschen. Wie konnte ihr Vater so grausam sein und sie vor Ryan so in Verlegenheit bringen! Sie holte tief Luft und antwortete mit erstaunlich sicherer Stimme: »George Gregson ist nicht mein Onkel. Er ist dein Geschäftspartner. Und ich habe dich nicht belogen!«

»Du gehst jetzt sofort auf dein Zimmer!« donnerte Patrick sie außer sich an. »Wie kannst du es wagen, mir zu widersprechen! Und zum Abendessen brauchst du auch nicht zu erscheinen. Annie wird dir etwas hinaufbringen.«

Katharine stand wie angewurzelt und verstärkte unwillkürlich ihren Griff an Ryans Schulter. Der Vater bemerkte es und schrie: »Weg da von deinem Bruder! Weg! Immer mußt du ihn verhätscheln! Du machst ihn noch zu einem Mädchen. Marsch jetzt, verschwinde endlich auf dein Zimmer!«

»Mit Vergnügen«, gab Katharine trotzig zurück und ging zur Tür. Dort aber blieb sie noch einmal stehen, sah den Vater offen an und sagte schneidend: »Ich soll dir noch etwas ausrichten. Von einer Miss McGready. Du sollst sie im üblichen Lokal anrufen. The Loop.«

Patrick starrte sie sprachlos an und preßte die Lippen zu einem schmalen Strich zusammen. Katharine sah den nackten Haß in seinen Augen. Voller Entsetzen fuhr sie zurück. Doch sie erholte sich schnell wieder von ihrem Schock und funkelte ihn trotzig an. Er ahnte anscheinend, daß sie ihn erkannt hatte: Mit dem Scharfblick der Kinder, der dem Instinkt entspringt, begriff sie, daß ihr das Böse selbst gegenüberstand. In diesem Augenblick schwor sie sich, mit ihrem Vater um Ryan, um Ryans Seele zu kämpfen, und ahnte nicht, daß sie selbst einen so überwältigenden Haß ausstrahlte, daß Patrick unwillkürlich erschauerte.

In dieser Nacht lag Katharine schlaflos in ihrem Bett und hörte Ryan im Nebenzimmer schluchzen. Es drängte sie, hinüberzugehen und ihn zu trösten, und nur der Gedanke an den Zorn des Vaters, wenn er sie bei ihm erwischte, hielt sie zurück. Sie ahnte, daß er dann drastische Maßnahmen gegen ihn ergreifen und ihn ihrem Einfluß vollends entziehen würde. Also mußte sie vorsichtig sein – in Ryans Interesse.

Ihre Gedanken wanderten zu jenem widerwärtigen Tag zurück, an dem George Gregson ihren Vater besuchen wollte. Es war ein Sonntag gewesen. Alle Dienstboten hatten frei, nur Annie, die Haushälterin, war dageblieben, hielt aber jetzt ihren Mittagsschlaf. Ryan war mit Tante Lucy ausgegangen, ihr Vater spielte Golf, und ihre Mutter lag im Krankenhaus. So war Katharine praktisch allein im Haus. Sie versuchte die ekelhaften Einzelheiten zu verdrängen, doch es wollte ihr nicht gelingen; zitternd und schweißüberströmt lag sie in ihrem Bett und sah ein häßliches, aufgedunsenes Gesicht vor sich, das sich ihr immer weiter näherte, spürte seine Hand auf ihrer kleinen Brust, während die andere sich unter ihren Rock stahl und zwischen ihren Beinen herumtastete.

Unvermittelt empfand Katharine jetzt denselben Ekel wie damals, als George Gregson sich die Hose aufgeknöpft und ihr Gesicht auf seinen Schoß hinuntergedrückt hatte. Sie sprang aus dem Bett, hastete ins Bad hinüber und übergab sich immer wieder – genauso, wie sie sich damals über George Gregsons Hose übergeben hatte.

Katharine erzählte niemandem, daß Gregson sie belästigt hatte, dazu schämte sie sich zu sehr und empfand überdies eine unerklärliche Angst. Doch als er ihr noch mehrmals aufzulauern versuchte, wandte sie sich, wenn auch sehr zögernd, an ihren Vater, denn die Mutter war viel zu krank, um ihr zu helfen. Mit sorgfältig gewählten Worten schilderte Katharine ihm den Vorfall so taktvoll wie möglich. Zu ihrem Entsetzen weigerte sich der Vater, ihr zu glauben, beschuldigte sie der Lüge und Verleumdung.

Katharine erschauerte, wusch sich das Gesicht und trank ein Glas Wasser. Sie ließ sich ein Bad einlaufen, kippte Unmengen von Badesalzen hinein, blieb lange im Wasser liegen, puderte sich, nachdem sie sich abfrottiert hatte, den ganzen Körper ein und putzte sich dreimal die Zähne. Erst dann war es ihr wieder möglich, ins Bett zu gehen und, als schon der Tag graute, endlich richtig einzuschlafen.

Entgegen Katharines Erwartungen erwähnte der Vater am Morgen beim Frühstück den Zwischenfall vom Tag zuvor mit keinem Wort, und Katharine glaubte schon aufatmen zu können. Am Ende der Ferien jedoch schlug er dann blitzartig und unwiderruflich zu: Ryan wurde auf die Militärakademie an der Ostküste geschickt und sie selbst ins Internat der Klosterschule, die sie bisher tagsüber besucht hatte. Ein Jahr später starb Rosalie. Katharine war so untröstlich, daß sie regelrecht krank wurde. Erst Tante Lucy brachte der Dreizehnjährigen durch ihr Verständnis, ihr Mitgefühl und ihre Liebe wieder einen gewissen Frieden und relative Sicherheit. Die beiden kamen einander immer näher. Als Katharine sechzehn war, bewegte Lucy Patrick dazu, sie in England zur Schule gehen zu lassen.

Nach Abschluß dieses Internats durfte Katharine dann,

wiederum durch Tante Lucys Vermittlung, an der Royal Academy of Dramatic Arts studieren. Ryans Schweigen schrieb sie der Angst vor der Strafe des Vaters zu, doch Tante Lucy ließ regelmäßig von sich hören und hielt sie über alles auf dem laufenden. Von ihrem Vater kam jeden Monat pünktlich ein Scheck.

Blinzelnd richtete Katharine sich auf dem weißen Sofa auf. Der Vater bezahlte sie eindeutig dafür, daß sie sich von Chicago fernhielt: Abgesehen davon, daß sie zuviel wußte, fürchtete er ihren Einfluß auf Ryan. Er wollte sich, koste es, was es wolle, von niemandem seine ehrgeizigen Pläne durchkreuzen lassen, denn er gierte noch immer nach Macht und war überzeugt, Ryan sei für ihn der Schlüssel zur größten Machtstellung des Landes, dem Posten des Präsidenten der Vereinigten Staaten.

Verächtlich verzog Katharine den Mund. Ich werd's ihm schon zeigen, dachte sie. Wenn ich erst ein Star bin und genug Geld habe, werde ich Ryan zum Kunststudium nach Paris schicken! Sie selbst hatte ebenfalls große Pläne: Der Wunsch, Ryan zu retten und ihrem Vater die Stirn zu bieten, war zum unabdingbaren Bestandteil ihres Ehrgeizes geworden.

Katharine trug das Frühstückstablett in die Küche zurück, spülte das Geschirr und stellte es fort. Dann badete sie und zog sich für ihre Lunchverabredung an. Dabei wandten sich ihre Gedanken unwillkürlich den bevorstehenden Probeaufnahmen zu, von denen so unendlich viel abhing. Eine Woche Zeit hatte sie noch bis dahin. Um ihre schauspielerischen Fähigkeiten machte sie sich keine Sorgen. Was sie viel mehr beschäftigte, war der Text. Zwar wußte sie schon jetzt genau, welchen sie nehmen wollte, aber er mußte noch adaptiert werden, und dazu brauchte sie einen Profi-Autor. Nun ja, dieses Problem konnte sie zweifellos beim Mittagessen lösen. Vorausgesetzt, ihre Überredungskunst wirkte.

Zwölftes Kapitel

Auf der anderen Seite von London saß an diesem schönen Februarmorgen David Cunningham, Earl of Langley, am Schreibtisch der Bibliothek in seinem Mayfair-Stadthaus und bearbeitete bei einer Tasse Tee seine Post. Seufzend erledigte er zuerst das Unangenehmste: die dringendsten Rechnungen.

Nachdem er mehrere Schecks ausgestellt hatte, wandte er sich den übrigen Eingängen zu, die alle nicht weiter wichtig waren. Nur ein Brief von Doris Asternan interessierte ihn. Sie weilte noch immer in Monte Carlo und schrieb, sie werde Anfang der folgenden Woche nach London zurückkehren, da sie endlich auf Cap Martin eine geeignete, wunderschöne Villa gefunden habe. Sie lag in Roquebrune, nahe der italienischen Grenze, und schien, Doris' Beschreibung nach zu urteilen, beinahe ein Palast zu sein. Sie biete Ausblick aufs Mittelmeer, Privatstrand, Swimmingpool und Tennisplatz. Der Mietvertrag – Juni bis einschließlich September – sei bereits unterzeichnet, sie müsse nur noch mit dem Personal sprechen, das man für die Sommermonate behalten könne. Zum Schluß wiederholte Doris ihre großzügige Einladung an ihn und seine Kinder. Sie würde sich freuen, wenn sie alle im Sommer möglichst viel Zeit dort bei ihr verbringen könnten.

David legte das Schreiben hin, erhob sich und ging mit langen Schritten zum Kamin hinüber. Hochgewachsen, kerzengerade und elegant, wirkte David mit seinen siebenundvierzig Jahren erstaunlich jung. Seine sensiblen, feinen Züge waren typisch angelsächsisch, die grauen Augen ausdrucksvoll, die Haut sehr hell und die Haare blond. Er sah gut aus und wirkte auf Frauen überaus anziehend. Da er jedoch sehr anspruchsvoll war, machte er kaum Gebrauch von den zahllosen Möglichkeiten, die sich ihm immer wieder boten; Abenteuer interessierten ihn nicht.

Vor dem Kamin stehend, starrte er auf die Bücherwand gegenüber und dachte über Doris nach. Sie hatte viele Veränderungen in seinem Leben bewirkt, und nur positive, wie er zugeben mußte. Sie war ihm eine Gefährtin, wie er sie seit dem Tod seiner Frau nicht mehr gefunden hatte, schenkte ihm tiefes Verständnis, Fürsorge, Liebe und – nicht zuletzt – körperliche Freuden. Er mußte sich eingestehen, daß Doris ihm unentbehrlich geworden war. Natürlich war er nicht so naiv zu glauben, daß dieses Verhältnis sich zufällig entwikkelt hatte; Doris hatte bewußt darauf hingearbeitet, von ihm begehrt und gebraucht zu werden. Aber das war in seinen Augen typisch weiblich, da ja wohl jede Frau bestrebt war, den Mann, den sie liebte, unwiderruflich an sich zu binden.

Er sollte Doris wirklich heiraten. Es wäre töricht, es nicht zu tun, und im Grunde wollte er es auch tun. Dennoch schob er die Entscheidung immer wieder hinaus – warum, wußte er allerdings selbst nicht so recht. Sie hatte alles, was ihm an einer Frau gefiel, seine Kinder liebten sie sehr, und – nicht zu vergessen – sie hatte viel Geld, womit seine finanziellen Probleme ein für allemal gelöst sein würden. Doris, die fünfunddreißigjährige kinderlose Witwe eines amerikanischen Fleischkonserven-Tycoons, hatte ihm unmißverständlich klargemacht, daß ihr immenses Vermögen ihm bei einer Heirat voll und ganz zur Verfügung stehen werde. Doch David Cunningham war nicht der Mann, der sich von Geld beeinflussen ließ, wenn es um eine so wichtige Angelegenheit wie die Ehe ging. Bei ihm hatten Liebe und gemeinsame Interessen den absoluten Vorrang. Nun ja, er liebte Doris, und sie paßten ungewöhnlich gut zueinander. Aber ...

Da die Tür zur Bibliothek offenstand, hörte David Francescas leichten Schritt in der Halle. Er eilte zur Tür und rief ihr fröhlich und mit freudigem Strahlen zu: »Guten Morgen, mein Schatz!«

»Guten Morgen, Daddy«, gab sie liebevoll lächelnd zurück und küßte ihn auf die Wange.

Der Earl umarmte sie und trat dann zurück. »Du bist ja heute ungewöhnlich früh unterwegs! Wo soll's denn hingehen?«

»Ins British Museum.«

»Ach ja, natürlich! Gordon wartet, nehme ich an. Ich hätte dich gern gesprochen, Frankie, wenn du einen Moment Zeit für mich hast.«

»Aber natürlich, Daddy. Gern.«

»Dann komm doch herein und mach bitte die Tür hinter dir zu.« Er kehrte an seinen Schreibtisch zurück, setzte sich und steckte sich nachdenklich eine Zigarette an.

Francesca beobachtete ihn aufmerksam. Die plötzliche Veränderung in seinem Verhalten und sein ernster Ton beunruhigten sie. Da ist ein Ungewitter im Anzug, dachte sie und sagte sich, es könne sich nur um eines von zwei Problemen handeln: Kim oder Geld. Vermutlich letzteres, entschied sie und fragte behutsam: »Du scheinst Sorgen zu haben, Daddy. Was ist denn los? Geht es ums Geld?«

»Darum geht es eigentlich immer, Liebes. Und trotzdem mogeln wir uns jedesmal durch, meinst du nicht?« Er wartete ihre Antwort nicht ab. »Nein, darüber wollte ich nicht mit dir sprechen. Sondern über diese neue Entwicklung.«

Francesca erstarrte. »Neue Entwicklung?« wiederholte sie. »Ich weiß nicht recht, was du meinst, Daddy.«

»Komm, komm, Frankie – du weißt genau, wovon ich spreche: Kim und Katharine.«

Sie begegnete dem leichten Vorwurf in seinem Ton mit Schweigen, wollte Zeit gewinnen, erst einmal abwarten, bis der Vater seinen Gefühlen Ausdruck verlieh. Der Earl musterte seine Tochter aufmerksam. »Ich nehme an, dein Schweigen ist als Bestätigung der Fakten auszulegen«, fuhr er dann fort. »Und ich nehme weiterhin an, du weißt, daß Kim mit diesem Mädchen ernste Absichten hat.«

Francesca, die einsah, daß sie nicht ewig stumm bleiben konnte, hielt es für das sicherste, Kims eigene Worte zu wiederholen. »Nun ja, Daddy, ›ernste Absichten‹ ist wohl nicht so ganz das richtige Wort, aber interessiert ist er natürlich.«

Der Earl lachte verständnisinnig. »Das ist das Understatement des Jahres! Dein Bruder ist bis über beide Ohren verliebt, das sieht ein Blinder.« Er beugte sich vor und sah seine Tochter durchdringend an. Dann fragte er ruhig: »Und was hältst du von Katharine, Frankie?«

Francescas Miene leuchtete auf. »Ich mag sie sehr! Ich habe sie auf den ersten Blick gemocht. Ich finde sie fabelhaft!« antwortete sie voll Begeisterung. »Und ich dachte, dir wär's genauso ergangen, Daddy. Am Montagabend schienst du ... na ja, hingerissen zu sein, wenn ich das mal so ausdrücken darf.« Ihr Blick wirkte ein wenig herausfordernd.

»Da hast du allerdings vollkommen recht«, gab der Earl gelassen zu. »Katharine hat eine Reihe von Vorzügen aufzuweisen, die alle unübersehbar sind. Und sie ist wirklich eine Dame...«

»Ja, aber warum bist du dann so besorgt?« unterbrach Francesca ihn erstaunt.

David ignorierte ihre Frage und fragte statt dessen zurück: »Was weißt du eigentlich von ihr, mein Liebes?«

Francesca sah ihn verwundert an. »Ja, hast du denn nicht mit Kim über sie gesprochen? Ich finde, es ist seine Sache, dir von seiner neuen Freundin zu erzählen, nicht meine – findest du nicht?«

»Doch, mein Liebes, das finde ich auch. Und ich habe mit ihm gesprochen. Leider drückte er sich äußerst vage aus, machte sogar Ausflüchte. Deswegen hielt ich es für das beste, vorerst nicht weiter darauf zu bestehen. Da ich andererseits aber überzeugt bin, daß er ernste Absichten hat, halte ich es für nötig, mehr über Katharine in Erfahrung zu bringen. Sowie wir wieder in Langley sind, werde ich mir Kim ernsthaft vorknöpfen, aber zunächst dachte ich, daß du mir vielleicht etwas sagen könntest.« Er hielt inne, doch als er ihre Miene sah, fuhr er liebevoll fort: »Du meinst, ich bringe dich in eine unangenehme Lage, aber dem ist nicht so. Niemals würde ich von dir verlangen, daß du ein Vertrauen brichst, das dir geschenkt wurde. Unter den gegebenen Umständen jedoch halte ich es nicht für einen Vertrauensbruch, wenn du mir berichtest, was Kim oder was Katharine selbst dir gesagt hat. Es wird sich wohl kaum um ein Staatsgeheimnis handeln«, schloß er mit leichtem Auflachen.

Francesca starrte auf ihre Hände. Ihr Vater hatte natürlich recht: Es war nichts Unrechtes daran, ihm zu erzählen, was sie wußte. Doch dann wurde ihr auf einmal klar, daß es fast gar nichts zu erzählen gab. »Kim hat sich mir nicht anvertraut und Katharine auch nicht«, antwortete sie. »Im Grunde hat sie fast gar nichts von sich erzählt.«

»Ich verstehe.« David versuchte sein Erstaunen zu verbergen. Bis jetzt hatte er geglaubt, seine Tochter könne ihn aufklären. Sie und Kim standen einander sehr nahe. Aber anscheinend hatte man sie im dunkeln gelassen. Wirklich sehr merkwürdig!

»Wie Kim mir sagte, stammt Katharine aus Chicago und hat keine Eltern mehr, die Ärmste«, berichtete Francesca.

»Ja, das hat er mir auch gesagt. Und daß sie hier die Schule und anschließend die RADA besucht hat.« Der Earl schüttelte sinnend den Kopf. »Nicht besonders aufschlußreich, wie?«

»Nein«, gab Francesca zu. Sie fragte sich, warum ihr Bruder dem Vater gegenüber nicht freimütiger gewesen war. Diese Geheimnistuerei brachte nur Ärger!

»Glaubst du, daß sie überhaupt noch Verwandte hat?« erkundigte sich der Earl und nahm sich eine neue Zigarette.

»Ich glaube nicht...« Francesca unterbrach sich. »Nein, das sollte ich wohl nicht sagen, denn ich weiß es wirklich nicht«, berichtigte sie sich schnell.

David Cunningham starrte mit bedrückter Miene vor sich hin. Dann wandte er sich wieder an Francesca. »Hör zu, Liebes, ich will nicht vorschnell über Katharine urteilen und Kim auch nicht unnötig Schwierigkeiten machen. Ich bin nur um sein Wohl besorgt. Ich habe nichts gegen das junge Mädchen, finde sie bewundernswert, und vielleicht ist sie ideal für ihn. Aber als Kims Vater meine ich, Informationen über Katharines Herkunft fordern zu können. Das ist doch wohl nicht zuviel verlangt, oder?« – »Nein, Daddy.« Francesca hatte Verständnis für seine Sorge. Und er verhielt sich tatsächlich sehr fair. Vorsichtig brachte sie das einzige Thema zur Sprache, das ihr selbst Unruhe bereitete: »Dann hast du also nichts dagegen, daß Katharine Schauspielerin ist?«

»Nein, so altmodisch bin ich nun wirklich nicht, Liebes!« David war leicht amüsiert. »Und die Zeiten haben sich geändert. Selbstverständlich wäre es mir lieber gewesen, Kim hätte sich in ein Mädchen aus seiner eigenen Welt verliebt, doch über seine Gefühle kann ich ja nicht bestimmen, nicht wahr?«

»Nein, sicher nicht.«

»Und außerdem würde sie automatisch ihren Beruf aufgeben, wenn sie Kim heiratet. Das müßte sie tun, und das hat Kim ihr hoffentlich klargemacht.« David stützte die Ellbogen auf den Schreibtisch und legte die Fingerspitzen aneinander. »Glaubst du, daß Tempest Katharines richtiger Name ist oder ein Bühnen-Pseudonym?« fragte er.

»Keine Ahnung, Daddy. Warum?«

»Doris ist auch aus Chicago...«

»Ich dachte, sie ist aus Oklahoma.«

»Ist sie, doch als sie Edgar Asternan heiratete, ist sie nach Chicago gezogen und hat dort jahrelang gelebt. Wenn Katharines Familie prominent ist, müßte Doris sie kennen oder wenigstens von ihr gehört haben, denn gesellschaftlich ist sie ja stets sehr aktiv gewesen. Ich dachte, sie könnte mir vielleicht ein paar Hinweise geben.«

»Das wäre möglich.« Francesca erhob sich und trat ans Fenster. Armer Dad, dachte sie, er ist wirklich beunruhigt. Und das bei seinen vielen anderen Sorgen. Sie drehte sich um und sagte impulsiv: »Du solltest Doris sofort anrufen! Vielleicht kann sie dich ja beruhigen. Die Welt ist klein.«

»Nein, Liebes, besser nicht. Ich warte, bis Doris nächste Woche nach London kommt. So dringend ist das Problem ja nun auch wieder nicht.«

»Wie du meinst. Und mach dir bitte keine Sorgen. Doris wird dir bestimmt helfen können, mehr über Katharines Herkunft zu erfahren«, gab Francesca lächelnd zurück.

Der Earl sah sie nachdenklich an. »Weißt du, ich wäre gern bereit, Kim und Katharine meinen Segen zu geben, wenn ich nur wüßte, ob sie sich für die Rolle als Kims Ehefrau eignet. Weiß sie denn überhaupt, was da auf sie zukommt? Sie wird den größten Teil des Jahres auf dem Land verbringen müssen – als Frau eines Farmers! Eines aristokratischen Farmers, gewiß, aber das Landleben ist schließlich nicht sehr aufregend. Du, mein Liebes, hast selber nie viel davon gehalten. Dazu kommen dann die vielen Pflichten den Gutsarbeitern und Dorfbewohnern gegenüber, vom Vikar ganz abgesehen. Von all diesen Dingen hat Kim ihr bestimmt nichts erzählt, dafür ist er viel zu verliebt in sie. Das hast du ja neulich im Les Ambassadeurs gesehen. Regelrecht blind vor Liebe ist er, stimmt's?«

»Vermutlich hast du recht, Daddy«, gab sie zu.

Jetzt schlug David einen milderen Ton an. »Ich hatte gehofft, Kim und du, ihr hättet genügend Vertrauen zu mir, um mir gegenüber ganz offen zu sein. Ich dachte, ihr wüßtet, daß ich immer versuche, mich fair zu verhalten und Verständnis für euch aufzubringen.«

»Aber das wissen wir doch, Daddy! Ehrlich!« protestierte Francesca mit Tränen in den Augen.

David musterte seine Tochter aufmerksam. »Bitte, mißversteh mich nicht, Frankie. Ich will nicht den Herrgott in eurem Leben spielen, das liegt mir nicht. Aber ich habe euch einige Lebenserfahrung voraus, die ich euch zugute kommen lassen möchte.« Er hielt inne, steckte sich eine neue Zigarette an und fuhr dann fort: »Und noch ein sehr wichtiger Faktor: Vor Jahren habe ich mir geschworen, niemals denselben Fehler zu machen wie mein Vater.« Francescas Blick wanderte zu dem Foto der älteren Schwester ihres Vaters. »Du denkst an Tante Arabella, nicht wahr, Dad?«

David betrachtete ebenfalls die anläßlich ihrer Vorstellung bei Hof gemachte Aufnahme und nickte. »Ja, Liebes. Wie du ja weißt, war er, obwohl Kurt von Wittingen den Fürstentitel und große Reichtümer besaß, strikt gegen ihn, weil er ein Deutscher war. Doch Arabella hat ihn trotzdem geheiratet. Und Vater hat seine Einstellung später dann bitter bereut: Er hat es nie verwinden können, daß er seine Tochter nie wiedersah.« Ja, dachte er traurig, wäre er damals vernünftiger gewesen, hätte sie nicht so überstürzt gehandelt. Das ist eine negative Familieneigenschaft, diese Unbesonnenheit, sobald man auf Widerstand stößt, ein Zug, den leider auch Kim geerbt hat. »Entschuldige, Frankie, ich habe nicht zugehört. Was hattest du gerade gesagt?«

»Daß das alles sehr tragisch war, mit Arabella und Kurt. Immerhin haben wir dadurch jetzt Diana und Christian, nicht wahr?«

»Ja, mein Liebes. Und da fällt mir ein, daß ich letzte Woche einen Brief von Diana bekommen habe. Aus Königssee. Sie und Christian wollen uns im Sommer ein paar Wochen besuchen. Hoffentlich ist es dir dann ebenfalls möglich, zu uns nach Langley zu kommen.«

»Aber Daddy, du weißt doch genau, daß ich mir diesen Besuch um nichts in der Welt entgehen lassen würde! Ich kann's bis dahin kaum erwarten!« Liebevoll drückte Francesca den Arm des Vaters. Dann sah sie plötzlich auf ihre Uhr. »Großer Gott, so spät ist es schon? Ich muß schnell los. Hast du was dagegen, wenn ich dich jetzt allein lasse?«

»Nein, nein, Kleines. Lauf nur.«

Francesca gab ihm einen Kuß. »Einen schönen Tag wünsche ich dir. Bis heute abend.«

»Bis heute abend, Liebes.«

Nachdem Francesca gegangen war, blieb David nachdenklich in der Bibliothek sitzen. Als absolut integrem Mann war es ihm zutiefst zuwider, Nachforschungen über Katharine Tempest anstellen zu müssen. Viel lieber hätte er Näheres von seinem Sohn selbst erfahren. Bisher war er der Meinung gewesen, daß Kim ihm gegenüber nicht offen war; nach der Unterredung mit Francesca jedoch mußte er einsehen, daß sich Kim nur so unbestimmt gegeben hatte, weil er nichts wußte. Und das war höchst ungewöhnlich, denn Menschen, die sich liebten, vertrauten einander alles an. Es sei denn... Es sei denn, sie hätten etwas zu verbergen. War das bei Katharine der Fall? Ach was, alles Unsinn, schalt er sich ärgerlich. Schließlich war er selbst auch von ihr hingerissen gewesen – bis zu seinem ergebnislosen Gespräch mit Kim gestern. Seitdem hatte er bei Katharine nach Fehlern gesucht und keinen einzigen gefunden. Katharine Tempest schien in jeder Hinsicht perfekt zu sein.

In diesem Augenblick fiel es ihm wie Schuppen von den Augen: Das war's! Sie war einfach zu perfekt. Ihre Schönheit war eine Gabe von Mutter Natur, doch was war mit ihrem Wesen, ihrem überwältigenden Charme und ihren ausgezeichneten Manieren? War das alles bewußt einstudiert? Außerdem wirkte Katharine außergewöhnlich glatt für ihr Alter. Ohne die üblichen Ecken und Kanten der Jugend. Viel zu glatt!

Verflixt! fluchte er innerlich. Wenn ich doch mit jemandem über Katharine sprechen könnte, der ihr gegenüber nicht so voreingenommen ist wie meine kleine Francesca, mit einem etwas reiferen Menschen! Doris. Natürlich, Doris. Niemand konnte besser zuhören als sie, außerdem war sie aufrichtig, klug und vernünftig. Ohne lange zu überlegen, griff David zum Telefon, gab der Vermittlung die Nummer des Hôtel de Paris in Monte Carlo und wartete.

»*Madame Asternan, s'il vous plaît*«, verlangte er, als sich das Hotel schließlich meldete.

Gleich darauf vernahm er Doris' verschlafene Stimme. »Hallo?«

»Guten Morgen, Doris. Hier David. Hoffentlich hab' ich dich nicht geweckt.«

»Doch, hast du«, antwortete sie lachend. »Aber ich wüßte nicht, von wem ich lieber geweckt werden würde. Wie geht's dir, Liebling?«

»Danke, gut. Ich habe deinen Brief bekommen und freue mich über das Haus.«

»Ach, David, die Villa Zamir ist einfach himmlisch! Sie wird dir gefallen und Kim und Francesca sicherlich auch.«

David mußte lächeln. Doris mochte zwar Millionärin sein, war aber alles andere als übersättigt, sondern hatte sich ihre Begeisterungsfähigkeit und unbeschwerte Fröhlichkeit bewahrt. »Ich bin schon sehr gespannt darauf, Liebes. Aber um zur Sache zu kommen: Ich rufe an, weil ich dich etwas fragen wollte: Ist dir in Chicago eine Familie Tempest bekannt?«

»Nein, ich glaube nicht«, antwortete Doris zögernd. Und nach einer kurzen Pause: »Nein, bestimmt nicht. Den Namen hätte ich mir gemerkt. Aber warum möchtest du das wissen, Liebling?«

»Weil Kim seit ein paar Wochen eine Freundin hat, die aus Chicago ist und Tempest heißt.« Er berichtete ihr ausführlich von den Ereignissen und schilderte ihr seine Befürchtungen.

Doris hörte aufmerksam zu. Dann erkundigte sie sich: »Glaubst du wirklich, daß Kim sie heiraten will, David?« Ihr Ton war auf einmal sehr nüchtern geworden.

»Ja, Liebes. Und da er zweiundzwanzig ist, braucht er auch meine Erlaubnis nicht mehr. Aber ich möchte verhindern, daß er einen Fehler begeht, den er später bereuen wird.« Er seufzte tief auf und fuhr dann um einiges schärfer fort: »Möglicherweise irre ich mich, aber ich finde es äußerst merkwürdig, daß er so wenig über das Mädchen weiß, und ...«

»Das finde ich auch«, unterbrach Doris ihn. »Du kanntest nach einer Woche meine gesamte Lebensgeschichte.«

»Ja, und du meine.« Er war erleichtert, daß sie seine Meinung teilte.

»Hör zu, Liebling, ich hab' eine Idee. Warum sprichst du nicht persönlich mit ihr? Fragst sie offen nach ihrer Herkunft? Wenn sie ein bißchen Intelligenz besitzt, wird sie deine Beweggründe verstehen.«

»Das stimmt schon, Doris, doch andererseits möchte ich nichts überstürzen und will Kim nicht merken lassen, daß ich die Angelegenheit so ernst nehme. Eine Einmischung der Eltern bewirkt nicht selten, daß sich zwei Menschen noch enger aneinanderbinden, als sie es sonst getan hätten. Aus Trotz, sozusagen.« Er rieb sich das Kinn. Dann stieß er ungeduldig hervor: »Verflixt, Doris, vielleicht bausche ich das Ganze auch viel zu sehr auf!«

»Das könnte sein, Liebling«, gab sie zurück. »Du weißt doch, wie junge Menschen sind. Bis über beide Ohren verliebt, und am nächsten Tag können sie sich schon nicht mehr ausstehen. Kim hat dir doch sicherlich noch nicht erklärt, daß er tatsächlich ernste Absichten hat – oder?«

»Nein«, mußte David zugeben. Aber das wird er bald tun, dachte er.

»Dann solltest du dich vorerst zurückhalten. Vielleicht ändert Kim seine Meinung wieder. Oder das Mädchen. Übrigens«, fragte sie neugierig, »wie ist sie denn, diese geheimnisvolle junge Dame aus Chicago?«

»Wirklich sehr hübsch, ehrlich gesagt. Ich kann verstehen, daß der Junge sich in sie verliebt hat. Auch Francesca scheint von Katharine fasziniert zu sein – genau wie ich. Sie ist wirklich ein ganz außergewöhnliches junges Mädchen.«

Doris schwieg. Dann sagte sie langsam: »Augenblick mal, David. Sprichst du etwa von Katharine Tempest, der jungen Schauspielerin? Die im West End in diesem griechischen Stück die Hauptrolle spielt?«

»Allerdings. Aber dann kennst du sie ja doch, Doris!« Er schöpfte Hoffnung.

»Nein, leider nicht. Aber man hat sie mir letzten Sommer im Mirabelle gezeigt. Ein bezauberndes Mädchen, das muß ich sagen. Ich wußte gar nicht, daß sie Amerikanerin ist. Und noch dazu aus Chicago ...« Doris zögerte. Dann fuhr sie mit einem kleinen Auflachen fort: »Eines kann ich dir jedenfalls mit Sicherheit sagen: Sie ist so irisch, wie es irischer nicht geht!«

»Wie in aller Welt kommst du nur darauf?«

»Das dunkle Haar, die weiße Haut, die tiefblauen Augen. In Chicago hab' ich genug Iren kennengelernt. Die Frauen sind häufig hinreißende Schönheiten.« Sie lachte. »Die Männer sind aber auch nicht ohne.«

»Dann ist sie vermutlich Katholikin.«

»Spielt das eine Rolle, David?« fragte sie verblüfft.

»Nein, sicher nicht. Aber wir sind von jeher eine sehr protestantische Familie ...« Er unterbrach sich. Eine dumme Bemerkung! Er fand religiöse und rassische Vorurteile unerträglich. Hoffentlich hatte Doris ihn nicht mißverstanden.

Bevor er ihr seine Worte erklären konnte, sagte Doris: »Kopf hoch, Liebling! In zwei Tagen bin ich bei dir, dann können wir eingehend darüber sprechen. Bis dahin ...« Sie hielt inne, um nach einer Pause vorsichtig fortzufahren: »Hör zu, ich wage es kaum zu sagen, doch wenn du willst, rufe ich ein paar Leute in Chicago an. Vielleicht bringe ich über die Familie Tempest etwas in Erfahrung. Ganz diskret natürlich und ohne deinen Namen zu nennen.«

»Nein, danke, Doris. Das ist nicht nötig. Wenn Kim davon erfahren würde, wäre er mit Recht böse auf mich und tief gekränkt. Aber ich werde deinen Rat befolgen und werde die schlafenden Hunde vorerst nicht wecken. Kim und ich werden mehrere Wochen in Langley zusammensein; dabei werde ich sicher Gelegenheit haben, alles mit ihm durchzudiskutieren.« Er hielt inne, um sich eine Zigarette anzustecken. »Jetzt, nachdem ich mit dir gesprochen habe, fühle ich mich schon sehr viel wohler«, sagte er dann und fuhr mit gedämpfter Stimme fort: »Übrigens, was immer das wert sein mag: Du fehlst mir sehr, Liebling.«

»Das ist mir eine Menge wert, du dummer Kerl!«

Sie unterhielten sich noch ein bißchen, verabschiedeten sich dann und legten auf. Das Lächeln, das sie auf seine Züge gezaubert hatte, verweilte noch einen Moment. Doris besaß die wunderbare Gabe, alle Sorgen zu vertreiben. Vielleicht hatte sie ja auch recht, mit Kim und Katharine. Vielleicht war es wirklich eine jugendliche Verliebtheit, die sich bald wieder abkühlte. Und morgen abend würde er Katharine und die Kinder zum Essen ausführen. Mit ein bißchen Glück konnte er ihr dann ein paar Informationen entlocken, vor allem, wenn er seine Fragen geschickt formulierte.

Dreizehntes Kapitel

Wo immer sie auftauchte – überall erregte Katharine Tempest Aufsehen: nicht nur durch ihre bezaubernde Schönheit, sondern ebensosehr durch ihren persönlichen Stil, durch ihre Gabe, mit sicherem Instinkt die aufregendsten Kleider zu wählen und mit größter Selbstverständlichkeit zu tragen, und schließlich durch die vornehme Würde, die in ihrer ganzen Haltung lag. All diese Eigenschaften vereinigten sich zu einer unwiderstehlichen Anziehungskraft, und so war es durchaus natürlich, daß sich die allgemeine Aufmerksamkeit sofort auf sie richtete, als sie den Arlington Club betrat.

Katharine hielt sich nie sklavisch an die herrschende Mode, daher war ihre Kleidung stets Ausdruck ihres ganz persönlichen Geschmacks. An diesem Tag trug sie ein weites, schwingendes Cape aus einem weichen, leuchtendroten Wollstoff, einen ebenfalls weiten, in der Taille durch einen schwarzen Wildledergürtel gehaltenen Rock aus demselben Material und einen schwarzen Kaschmirpullover, auf dem an einer schweren Goldkette ein großes goldenes Malteserkreuz hing. Ergänzt wurde diese sehr elegant und dennoch jugendlich wirkende Garderobe durch schwarze Wildlederstiefel, eine schwarze Handtasche und die unvermeidlichen weißen Glacéhandschuhe.

Das kastanienbraune Haar, das sie sich straff aus der Stirn gekämmt hatte, fiel ihr, von einem roten Samtband gehalten, in einer schimmernden Pagenfrisur beinahe bis auf die Schultern. Nach ihrem raschen Fußmarsch lag ein zarter rosa Hauch auf ihren sonst so blassen Wangen, und die strahlenden Augen wurden durch türkisfarbenen Lidschatten hervorgehoben. Mit ihren dichten, dunklen Wimpern wirkten sie größer und zwingender denn je.

Katharine kam zu früh zu ihrer Lunchverabredung, deswegen nahm sie zunächst an der kleinen Bar neben dem Restaurant Platz, wo ihr der Barkeeper vom anderen Ende der Theke her zuwinkte. »Hallo, Joe!« sagte sie mit ihrem strahlendsten Lächeln, als er zu ihr herüberkam. »Einen besonders schönen guten Tag, Miss Tempest.« Und mit einem bewundernden Blick: »Was darf's denn heute sein?«

Katharine krauste die Nase. »Am liebsten eine von Ihren Erfindungen, glaube ich.«

»Wie wär's mit einer Mimose, Miss Tempest? Genau das Richtige für einen so herrlichen Tag.«

»Klingt köstlich. Vielen Dank, Joe.«

Während sich Joe ans Mixen machte, zog Katharine ihre Handschuhe aus und sah sich um. Der Arlington Club, ein intim wirkendes Restaurant, war Treffpunkt vieler bekannter Journalisten, Schriftsteller und Filmleute und wurde aufgrund seiner Lage in der Arlington Street unmittelbar gegenüber dem Caprice von Stars, Regisseuren und Produzenten frequentiert, die vor oder nach dem Lunch im Caprice auf einen Drink hereinschauten. Ein ausgezeichneter Platz also, fand Katharine, um zu sehen und gesehen zu werden.

»So, bitte sehr, Miss Tempest«, sagte Joe, als er ihr die Mimose servierte. »Und vielen Dank auch für die Theaterkarten. Ihr Stück hat mir großartig gefallen. Sie waren einfach wunderbar!«

»Vielen Dank, Joe. Freut mich, daß es Ihnen Spaß gemacht hat«, gab Katharine liebenswürdig zurück.

Während Joe davonging, um andere Gäste zu bedienen, drehte sich Katharine ein wenig zur Seite, um sich ein bißchen umzusehen und Grüße von Bekannten zu erwidern. Doch bald war sie mit ihren Gedanken wieder bei dem Text, den sie für die Probeaufnahmen gewählt hatte. Sie mußte versuchen, überzeugender und unwiderstehlicher zu wirken denn jemals zuvor, das war ihr klar. Davon hing alles ab. Verdammt, sagte sie sich, wenn Nicholas Latimer nicht so schwierig wäre, stünde ich heute nicht vor diesem Problem! Gerade überlegte sie, welche Überredungstaktik sie anwenden sollte, um sich den Text adaptieren zu lassen, da sagte hinter ihr plötzlich jemand: »Sie sind doch Katharine Tempest, nicht wahr?«

Als Katharine sich umwandte, sah sie eine dickliche junge Frau mit rotem Gesicht und karottenfarbenen Haaren vor sich, die in ihrem leuchtend purpurnen Kostüm und dem kleinen, smaragdgrünen Filzhut mit der langen roten Feder einen wirklich seltsamen Anblick bot. Komische Aufmachung, dachte Katharine und sagte: »Ja, die bin ich.« Eine nachdenkliche Falte erschien auf ihrer Stirn. Sekundenlang konnte sie die junge Frau nicht einordnen, dann rief sie überrascht: »Aber natürlich, Estelle Morgan! Guten Tag!« Mit freundlichem Lächeln reichte sie ihr die Hand. Jederzeit auf Publicity bedacht, würde sie nie einen Journalisten verärgern, und selbst jene, die sie für unbedeutend hielt, bekamen den unwiderstehlichen Tempest-Charme zu spüren, denn man wußte ja nie, ob sie nicht eines Tages nützlich sein würden.

Die Karottenhaarige ergriff breit lächelnd Katharines Hand und drückte sie fest. »Wie zauberhaft von Ihnen, sich an mich zu erinnern, wo Sie doch eine so berühmte Schauspielerin sind!«

Wie könnte man einen Menschen wie dich vergessen, dachte Katharine und sagte zuvorkommend: »Sie sind ein bemerkenswerter Mensch.«

Estelle glühte vor Stolz und sprudelte los: »Haben wir uns auf Lady Winners Party getroffen oder beim Duke of Bedfort?«

Katharine lachte, amüsiert über diese unverfrorene Angeberei mit bekannten Namen, und schüttelte den Kopf. »Nein, ich glaube, wir wurden auf der Party, die John Standish vor ein paar Monaten für Terry Ogden gab, miteinander bekannt gemacht.«

»Ach ja! Und Sie sahen einfach phantastisch aus in Ihrem kleinen Schwarzen mit den vielen Perlen. Das hab' ich auch zu Hilary Pierce gesagt – ein sehr nettes Mädchen übrigens, obwohl ich fand, daß sie sich an dem Abend ein bißchen verrückt benommen hat. Ist Ihnen das nicht auch aufgefallen?«

Katharine machte große Augen und starrte Estelle verständnislos an. »Nein, kann ich nicht sagen.«

Voll unverkennbarer Schadenfreude erzählte Estelle: »Oh, aber ich hab' alles gesehen! Den ganzen Abend hat Hilary Terry angehimmelt. Bitte sehr, ich kann's ihr nicht übelnehmen, er ist wirklich umwerfend, aber da dachte ich nur, wie gut, daß Mark irgendwo unten im tiefsten Afrika oder in Indien filmt. Denn wenn er das gesehen hätte, wäre er zweifellos ganz schön eifersüchtig gewesen.«

Als Estelle Hilary in Verbindung mit Terry erwähnte, spitzte Katharine die Ohren. Sie hätte gern Näheres über den Zwischenfall erfahren, fand es jedoch klüger, sich ihr Interesse nicht anmerken zu lassen. Also verstaute sie die Information in ihrem Gedächtnis und sagte: »Diese Szene muß mir entgangen sein. Eines aber habe ich nicht vergessen: Wenn ich mich recht erinnere, sind Sie Kolumnistin bei einer amerikanischen Zeitschrift, nicht wahr?«

»Was für ein fabelhaftes Gedächtnis Sie haben! Ja, ich schreibe freiberuflich für mehrere amerikanische Zeitschriften. Hauptsächlich über die Café Society, die *beau monde*, wissen Sie. Und über das Showbusineß.«

Katharine mußte einsehen, daß Estelle nicht mehr von ihrer Seite weichen wollte. Daher fragte sie freundlich: »Möchten Sie vielleicht etwas trinken?«

»Oooh, wie reizend von Ihnen! Vielen Dank, ja.« Sie stemmte sich auf den Nebenhocker, zeigte mit smaragdgrün behandschuhter Hand auf Katharines Drink und fragte schrill: »Was ist das?«

»Eine Mimose. Champagner mit Orangensaft«, erklärte Katharine, innerlich zusammenzuckend. »Versuchen Sie's doch. Es schmeckt köstlich.«

»Fabelhafte Idee! Das mach' ich.«

Katharine bestellte bei Joe noch zwei Mimosen, dann konzentrierte sie ihren Charme wieder auf Estelle. Mit ihrem strahlendsten Lächeln sagte sie: »Ihr Job macht Ihnen doch sicher viel Spaß, nicht wahr? Finden Sie hier in London viel Material?«

»Na klar. Aber London ist im Augenblick nur meine Basis; ich flitze ziemlich viel in der Gegend herum.« Sie kicherte. »Paris. Monte. Biarritz. Rom. Venedig. Immer auf der Jagd nach der *beau monde*, Katharine.« Wieder kicherte sie und fragte dann: »Ich darf Sie doch Katharine nennen – oder?«

»Selbstverständlich, Estelle«, gab Katharine hastig zurück, denn sie fand es klug, dem allzu offensichtlichen Wunsch der Journalistin nach Vertraulichkeit entgegenzukommen.

»Ich fand Sie himmlisch in ›Trojan Interlude‹. Einfach göttlich!« behauptete Estelle mit bewundernden Blicken. »Vermutlich wird es sehr lange laufen, doch als ich Sie auf der Bühne sah, fand ich, Sie müßten eigentlich zum Film gehen.« Sie musterte Katharine mit kurzsichtigem Blick und fragte neugierig: »Wird's vielleicht bald einen schönen Film geben?«

»Ich glaube nicht. Aber man weiß ja nie, in dieser Branche, nicht wahr?« Katharine nahm sich vor, Estelle gegenüber zurückhaltend zu sein.

»Nein, das stimmt.« Unvermittelt zwinkerte sie Katharine verschwörerisch zu. »Vor ein paar Wochen habe ich Sie mit Victor Mason im River Club gesehen und mich gefragt, ob Sie vielleicht mit ihm einen Film drehen. Werden Sie seine nächste Partnerin sein? Oder ist das top secret?«

Katharine erstarrte bei dieser letzten Bemerkung, blieb aber weiterhin freundlich und neutral.

»Wir sind nur gute Freunde«, antwortete sie mit nichtssagendem Lächeln.

»Das sagen alle«, kicherte Estelle. »Ich bin zwar von Berufs wegen neugierig, Katharine, aber Sie brauchen sich keine Sorgen zu machen – ich arbeite nicht für ›Confidential‹.«

»Ich mache mir keine Sorgen«, gab Katharine ein wenig frostig zurück. »Und Victor und ich sind wirklich nur gute Freunde. Oh, vielen Dank, Joe«, setzte sie hinzu, als ihre beiden Drinks serviert wurden.

Estelle nahm ihr Glas. »Skål!«

»Prosit, Estelle.« Katharine trank einen Schluck und musterte die Journalistin aufmerksam. Nach einer kurzen Pause fragte sie vorsichtig: »Wieso erwähnen Sie ›Confidential‹? Das ist eine widerwärtige Zeitschrift, voller ›Enthüllungen‹ über Filmstars und andere Prominente. Über mich gibt es aber nichts zu enthüllen. Und über Victor ebenfalls nicht. Und schon gar nicht über uns beide zusammen.« Den letzten Satz hätte Katharine am liebsten wieder zurückgenommen. Es war nicht gut, allzu heftig zu protestieren.

Estelle hörte einen Anflug von Sorge und aufrichtiger Verwunderung in Katharines Ton und entgegnete mit vertraulichem Flüstern: »Sie wissen es vermutlich nicht, aber Arlene Mason hat gegen Victor die Scheidungsklage eingereicht. Sie ist ein ausgemachtes Biest, wie ich gehört habe, und verlangt ein Vermögen von Victor. Wie es scheint, hat sie eine Menge pikanter Details über Victors außereheliche Affären zu berichten – äußerst pikant! Die erzählt sie jedem, der sie hören will, vor allem aber den Journalisten. Sie will Victor unbedingt einen Skandal anhängen, aber zufällig hat er 'ne Menge gute Freunde bei der Presse, also wird sie wohl kaum was erreichen. Trotzdem sollten Sie ihn warnen und ihm sagen, daß ›Confidential‹ anscheinend sehr interessiert an ihr ist. Man munkelt, daß die einen Journalisten suchen, der einen Bericht über ihn und seine Liebesaktivitäten in Merry Old England schreibt.«

Katharine war bestürzt. Da sie jedoch Estelles Beweggründe nicht kannte, gab sie sich unbeeindruckt und sagte nach kurzem Zögern: »Von seiner Scheidung wußte ich, aber nicht von den Einzelheiten. Es ist überaus liebenswürdig von Ihnen, mir diese Information über die Zeitschrift zu geben. Ich werde Victor warnen und bin sicher, daß er dafür sehr dankbar sein wird.«

»Gern geschehen.« Estelle hob ihr Glas. Sie beglückwünschte sich zu der Geschicklichkeit, mit der sie sich an Katharine herangemacht hatte, und überlegte, wie sie sich fest in Katharines Kreisen etablieren konnte.

Katharine schenkte Estelle ein entwaffnendes Lächeln, während ihre Gedanken mit eiskalter Präzision arbeiteten. War Estelle aufrichtig? Oder arbeitete sie vielleicht selbst für »Confidential«? Ihr Instinkt sagte jedoch nein. Estelle war eine etwas unappetitliche Schmeichlerin, die sich Prominente niemals zu Feinden machen würde. Am besten, sie fand eine

Möglichkeit, sie zu neutralisieren und gleichzeitig auszunutzen. So etwas störte Menschen von ihrem Schlag nie; im Gegenteil, sie kamen sich dadurch noch wichtig vor.

Katharine änderte ihre Position auf dem Barhocker, schlug die Beine übereinander und neigte sich der anderen vertraulich zu. »Wissen Sie was, Estelle?« sagte sie honigsüß. »Ich hab' mir die Dinge durch den Kopf gehen lassen, die Sie mir erzählt haben, und finde, Sie sollten selber mit Victor sprechen. Er gibt am kommenden Sonnabend ein kleines Essen und würde sich bestimmt freuen, wenn ich Sie mitbrächte. Dabei könnten Sie einige sehr interessante Leute kennenlernen.« Katharine wußte zwar nicht, wer diese Leute sein würden, denn die Dinnereinladung hatte sie sich gerade erst ausgedacht, aber sie würde schon welche auftreiben.

Estelle strahlte. »Also, das ist wahrhaftig super von Ihnen, Katharine. Ich komme wahnsinnig gern!« Ihre kleinen dunklen Augen glitzerten wie Jettperlen. »Ich glaube, ich sollte eine Story über Sie schreiben. Irgendwo hörte ich, daß Sie Amerikanerin sind. Stimmt das? Sie haben aber gar keinen Akzent.«

»Doch, ich bin Amerikanerin«, versicherte Katharine. »Daß Sie über mich schreiben wollen, ist sehr liebenswürdig, aber im Augenblick habe ich andere Verpflichtungen.« Als sie jedoch Estelles niedergeschlagene Miene sah, setzte sie, um sie zu beruhigen, rasch hinzu: »Warum machen Sie nicht ein Interview mit Victor? Er will ein Remake von ›Wuthering Heights‹ machen, und da noch nichts davon bekannt ist, könnten Sie einen Exklusivbericht bringen. Das würde ein echter Knüller sein.«

»He, das ist eine phantastische Idee!« Estelle fischte eine Karte aus ihrer Tasche. »Hier, meine Nummer. Sagen Sie mir Bescheid, wegen der Dinnerparty. Um wieviel Uhr und wo und so weiter ...« Sie unterbrach sich und blickte zum Clubeingang hinüber. »Ich glaube, da ist Ihre Verabredung«, sagte sie dann. »Jedenfalls steht da vorn ein junges Mädchen, das zu uns herübersieht.«

Katharine drehte sich um. An der Tür stand Francesca. Katharine winkte, glitt vom Hocker und ging ihr entgegen. »Da sind Sie ja, Francesca«, grüßte sie erfreut.

Sie schüttelten sich herzlich die Hand. »Hallo, Katharine«, antwortete Francesca. »Tut mir leid, daß ich so spät komme.« Ihre Wangen waren gerötet, und sie war außer Atem.

»Aber das macht doch nichts! Ich bin auch noch nicht so lange hier. Kommen Sie nur, ich möchte Sie mit Estelle Morgan bekannt machen, sie ist Journalistin und eine sehr liebe Freundin von mir. Estelle, das ist Lady Francesca Cunningham.«

Estelle, überglücklich, als liebe Freundin bezeichnet zu werden, ergriff Francescas Hand. »Freut mich sehr, Sie kennenzulernen«, gurrte sie. »Wie ich sehe, ist endlich auch meine Verabredung eingetroffen, deswegen muß ich mich leider verabschieden. Vielen Dank für den Drink, Katharine. Und bis Sonntag.«

Besitzergreifend nahm Katharine Francescas Arm und führte sie zu dem Barhocker, den Estelle freigemacht hatte. »Ich trinke Champagner mit Orangensaft – sehr erfrischend. Möchten Sie auch einen?«

»Danke, gern. Genau das, was ich jetzt brauche.« Francesca setzte sich und sah Katharine lächelnd an. Wieder einmal staunte sie über die Schönheit der Schauspielerin und war überwältigt von ihr.

Nachdem Katharine die Mimose bestellt hatte, wandte sie sich wieder Francesca zu. »Ich freue mich sehr, daß Sie heute Zeit für mich haben. Ich wollte Sie so gern wiedersehen und mich mit Ihnen unterhalten!«

»Ich ebenfalls«, gab Francesca ebenso herzlich zurück.

Dann musterte sie ihre Umgebung. »Hübsch ist es hier«, erklärte sie. »Ganz anders als das eher primitive Restaurant, in dem ich sonst schnell ein scheußliches Sandwich esse, wenn ich im B. M. arbeite.«

»B. M., was ist das?« erkundigte sich Katharine neugierig.

»Das Britische Museum. Meine zweite Heimat, wie Kim es nennt.«

»Ach ja, natürlich! Waren Sie heute vormittag dort?«

»Ja, aber mitten in meinen Recherchen über Gordons Belagerung von Khartoum bin ich plötzlich steckengeblieben.« Sie seufzte. »Je mehr ich recherchiere, desto klarer erkenne ich, was für eine monumentale Aufgabe ich mir da vorgenommen habe. Manchmal habe ich das Gefühl, das Buch wird niemals geschrieben werden.« Sie schwieg, weil Joe ihren Drink brachte. Im Grunde war sie selber erstaunt, daß sie diesen beunruhigenden Gedanken so leichthin aussprach; er nagte bereits seit Tagen an ihr, aber sie hatte ihn immer weit von sich geschoben.

»Selbstverständlich werden Sie es schreiben!« widersprach Katharine energisch und hob ihr Glas. »Probieren Sie Ihre Mimose. Sie wird Ihnen guttun. Zum Wohl.«

»Zum Wohl.« Francesca versuchte erfolglos, zu lächeln, dann trank sie.

Während Katharine sie aufmerksam ansah und überlegte, wie man sie aufheitern konnte, kam plötzlich der Oberkellner und überreichte ihr einen Zettel. Verdutzt entfaltete sie ihn. Er war von Estelle. Sie las: »Ich habe wichtige Infos über besagte Zeitschrift und V. M. Gehen Sie beim Lunch auf die Damentoilette. Ich komme nach und erzähle Ihnen alles. E.«

Katharine unterdrückte ihre Besorgnis und steckte den Zettel in die Rocktasche. »Estelle möchte, daß ich ihr ein Interview mit Victor vermittle«, erklärte sie lachend. »Sie will in der amerikanischen Zeitschrift, die sie vertritt, einen Artikel über ihn schreiben.«

»Aha«, murmelte Francesca desinteressiert.

Katharine schwieg eine Weile, weil der Gedanke an Victor sie beschäftigte. Dann jedoch sagte sie sich, daß sie sich im Augenblick auf Francesca konzentrieren müsse, deren deprimierte Stimmung noch immer nicht gewichen war. Verständnisvoll sagte sie: »Sie machen sich Sorgen um Ihr Buch, Francesca. Möchten Sie mit mir darüber sprechen?«

»Ich weiß nicht recht...«, antwortete Francesca unsicher. In Wirklichkeit jedoch sehnte sie sich danach, jemandem ihr Herz auszuschütten. Kims Bemerkung, kein Mensch werde das Buch kaufen, bedrückte sie immer mehr, und nun zweifelte sie sogar an ihrer Fähigkeit, diese Biographie überhaupt zu schreiben. Überdies hatte sie das Gefühl, ein bißchen Geld für den Haushalt verdienen zu müssen, statt ihren eigenen Plänen nachzugehen. Katharine zeigte sich sehr besorgt und mitfühlend und schien daher genau die richtige Zuhörerin zu sein und mehr Verständnis für ihren Kummer zu haben als andere Menschen.

Mit einem tiefen Seufzer begann Francesca: »Ehrlich gesagt, Katharine, habe ich heute früh überlegt, ob ich die Idee mit dem Buch nicht ganz einfach aufgeben soll. Ich bin völlig entmutigt, und möglicherweise wäre das eine Erleichterung.«

»Aber das dürfen Sie nicht tun!« rief Katharine ungewöhnlich scharf und starrte Francesca entgeistert an. Dann beugte sie sich eindringlich vor und fuhr in überredendem Tonfall fort: »Sie dürfen jetzt nicht den Mut verlieren. Sie müssen weitermachen, jetzt erst recht!«

Francesca schüttelte bedrückt den Kopf. »Ich weiß ja nicht mal, ob es jemals veröffentlicht wird. Wenn keiner es kauft, habe ich Jahre meines Lebens verschwendet.«

»Aber Sie werden es verkaufen!« behauptete Katharine überzeugt. »Die Verleger werden Ihnen die Tür einrennen, um das Buch zu kriegen.«

»Das möchte ich bezweifeln.« Francesca lachte humorlos auf. »Ich glaube vielmehr, daß ich mir nur etwas vormache, wenn ich mir einbilde, Schriftstellerin werden zu können. Ich sollte mir lieber einen Job suchen, damit ich Geld verdiene und mich an den Haushaltskosten beteiligen kann.«

Katharine war so verblüfft über diese Bemerkung, daß sie Francesca sprachlos anstarrte. »Aber Kim hat mir erklärt, Sie hätten eine natürliche Begabung fürs Schreiben, und ...«

»Das ist nur seine Loyalität«, gab Francesca zurück.

Katharine legte ihr beruhigend die Hand auf den Arm. »Gut, aber er ist schließlich nicht dumm. Wie er sagte, haben Sie schon mehrere Zeitschriftenartikel verkauft, das ist doch ein Beweis für Ihr Können.« Und als Francesca nicht antwortete, ergänzte sie trotzig: »Für mich jedenfalls. In meinen Augen sind Sie eine sehr gute Schriftstellerin!«

»Ach, Katharine«, widersprach Francesca traurig, »Artikel in Zeitschriften haben nicht viel zu bedeuten. Ein Buch ist etwas ganz anderes, vor allem eine historische Biographie. Ich weiß, daß es Jahre dauern wird, und frage mich, ob es sich lohnt, so viel Zeit und Mühe zu investieren.« Sie seufzte. »Ich bin heute total negativ und sollte Sie wohl doch lieber nicht mit meinen Depressionen belasten.«

»So ein Unsinn! Ich möchte Ihnen gern helfen«, protestierte Katharine. Sie überlegte einen Moment, dann sagte sie langsam: »Ich glaube, ich weiß, was mit Ihnen los ist. Sie haben plötzlich Angst bekommen. Aber das dürfen Sie nicht, Francesca. Ich weiß, daß Sie das Buch schreiben können. Und ich habe das Gefühl, daß es ein großer Erfolg werden wird. Ein Bestseller. Ich bin fest überzeugt – ganz fest!«

Katharine räusperte sich. »Wissen Sie, mir geht es zuweilen genauso wie Ihnen. Dann bin ich unsicher hinsichtlich meiner Rolle, fürchte zu versagen und habe entsetzliches Lampenfieber. Das ist so eine Art Selbstzweifel, doch wenn man dann einfach weitermacht, geht das vorbei. Ehrlich!« Sie musterte Francesca, die ihr aufmerksam zuhörte, und fuhr mit großer Sicherheit fort: »Sie dürfen Ihre Träume nicht aufgeben, denn ohne unsere Träume haben wir gar nichts mehr. Und dann ist das Leben nicht mehr lebenswert.« Francesca schüttelte bekümmert den Kopf. »Ich weiß, was Sie sagen wollen, Katharine, aber ich glaube einfach nicht mehr an mich selbst. Ich finde, ich habe mir zuviel vorgenommen.«

»Niemals negativ denken!« Katharine lächelte tröstend. »Sie sind jetzt zweifellos überarbeitet, da neigt man immer zum Schwarzsehen. Ich glaube, Sie sollten von Ihrem Buch ein bißchen Abstand gewinnen und sich einige Tage ausruhen. Etwas unternehmen, was überhaupt nichts mit dem Buch zu tun hat. Danach werden Sie sich wesentlich wohler fühlen.« Ein neuer Gedanke kam Katharine. Rasch fuhr sie fort: »Sagen Sie, kann ich Ihnen nicht irgendwie helfen? Bei den Recherchen oder so? Das würde ich wirklich furchtbar gern tun, wenn es Ihnen die Sache erleichtert.«

Francesca richtete sich auf und starrte Katharine verwundert an. Wie großzügig und fürsorglich sie doch war! Unwillkürlich dachte sie an die Vorbehalte ihres Vaters. Nein, er hatte wirklich keinen Grund zur Sorge, davon war sie jetzt fest überzeugt. Katharine war genauso, wie sie zu sein schien, und sogar noch besser. Francesca war froh, daß sie ihr keine Fragen über die Zeit in Chicago gestellt hatte. Wie unhöflich, mißtrauisch und unfreundlich wäre das doch von ihr gewesen! Laut sagte sie: »Das ist sehr lieb von Ihnen, Katharine. Doch die Recherchen muß ich ganz allein machen, denn ich allein weiß, wonach ich suche.« Das Lachen, das um ihre

Mundwinkel zuckte, war echt, als sie schloß: »Jedenfalls bilde ich mir ein, es zu wissen. Trotzdem vielen Dank für Ihr Angebot. Das ist wirklich sehr lieb von Ihnen.«

»Wenn Sie mich brauchen – rufen Sie nur«, gab Katharine fröhlich lachend zurück. Dann wurde ihre Miene ernst, und sie ergriff Francescas Arm. »Versprechen Sie mir, das Buch zu schreiben und zu mir zu kommen, wenn Sie sich wieder mal deprimiert fühlen? Versprechen Sie mir das?«

»Ich verspreche es Ihnen.«

»Ich werde Sie beim Wort nehmen. Und nun sollten wir wohl zum Essen gehen.«

Als sie an ihrem Tisch saßen, warf Katharine einen kurzen Blick auf die Speisekarte und fragte: »Was nehmen Sie?«

»Ich weiß nicht recht.« Francesca war entsetzt über die Preise und beschloß, Katharine als erste wählen zu lassen. »Was nehmen Sie denn?«

»Gegrillte Dover-Seezunge mit grünem Salat, glaube ich.«

Francesca nickte. »Ich ebenfalls.«

»Und wie wär's mit Wein?«

»O Gott, nein! Dann schlaf' ich sofort ein.«

Katharine ließ ihr klingendes Mädchenlachen ertönen. »Ich auch. Also verzichte ich wohl lieber ebenfalls – um meinen Auftritt heute abend nicht zu gefährden.« Der Kellner kam an ihren Tisch, und Katharine bestellte bei ihm; dann wandte sie sich an Francesca: »Würden Sie mich einen Moment entschuldigen? Ich muß mir die Nase pudern.«

»Selbstverständlich.«

Ohne auf die bewundernden Blicke zu achten, die ihr folgten, wand Katharine sich durch das Gewirr der Tische. Im Waschraum holte sie einen Lippenstift aus ihrer Handtasche und zog sich die Lippen nach. Wenige Sekunden später wurde die Tür aufgestoßen, und Estelle platzte herein – mit einem Gesicht, als könne sie sich kaum noch beherrschen.

»Wissen Sie was, Katharine?« plapperte sie sofort aufgeregt los. »Ich hab' eben was wahnsinnig Wichtiges gehört! Der Mann, mit dem ich am Tisch sitze, hat mir erzählt, daß es in London tatsächlich jemanden gibt, der Material für ›Confidential‹ sammelt!«

»Großer Gott!« Katharine starrte Estelle fassungslos an. »Weiß er das genau?«

»Ja. Er ist sich ziemlich sicher.«

»Und woher weiß er das?«

»Peter – so heißt er – leitet das Londoner Büro einer großen Werbefirma in Hollywood, die einige Spitzenstars und -filme betreut. Von dem ›Confidential‹-Reporter hat er über sein Los-Angeles-Büro erfahren. Augenblicklich filmen einige der wichtigsten Klienten dieser Firma hier in London und in Europa, und Peter soll sie warnen, damit sie keine Dummheiten machen.« Estelle verdrehte kichernd die Augen. »Außerdem soll er alle freien Journalisten, die Interviews erbitten, genauestens unter die Lupe nehmen, um sicherzugehen, daß sie auch tatsächlich für die Zeitschriften arbeiten, die sie angeben.«

»Soll das heißen, daß er gar nicht weiß, wer der Reporter von ›Confidential‹ ist?«

»Sie glauben doch wohl nicht, die Leute, die für dieses Blatt arbeiten, wären so dumm, das auch noch an die große Glocke zu hängen! Dann würden ihnen sofort sämtliche Türen vor der Nase zugeschlagen. Außerdem schreiben sie nur unter falschem Namen, damit man ihnen nicht so schnell auf die Schliche kommt.«

»Ach, so ist das!« sagte Katharine leise. »Weiß Ihr Freund wenigstens, ob es sich um einen Mann oder eine Frau handelt?«

»Er glaubt, daß es ein Mann ist, aber mehr weiß er auch nicht. Nur deswegen hat er es mir gegenüber erwähnt: weil er dachte, ich hätte vielleicht etwas gehört. Aber ich wußte ja nicht mal, daß sie überhaupt jemanden hier haben. Auf jeden Fall sollten Sie Victor sofort ins Bild setzen. Er ist mit größter Wahrscheinlichkeit eins der anvisierten Opfer, weil seine Frau, dieses Biest, den Mund so weit aufreißt.«

»Das werde ich tun. Danke, Estelle.« Katharine lächelte ihr gewinnend zu. »Sie sind ein Schatz, daß Sie mich gewarnt haben. Das werde ich Ihnen nicht vergessen und Victor auch nicht. Aber jetzt muß ich an meinen Tisch zurück. Morgen rufe ich Sie dann wegen Sonntag an. Nochmals ganz herzlichen Dank, Estelle!«

»Gern geschehen, Katharine.« Estelle strahlte, höchst zufrieden, daß sie diesen Kontakt so geschickt gefestigt hatte. »Ich stehe Ihnen jederzeit zur Verfügung.«

Wieder am Tisch, erklärte Katharine mit entschuldigendem Lächeln: »Tut mir leid, daß es so lange gedauert hat, Francesca. Estelle hat mich aufgehalten. Sie kann furchtbar geschwätzig sein, ist aber im Grunde ein guter Kerl, deswegen wollte ich sie nicht kränken.«

»Oh, das macht überhaupt nichts«, gab Francesca zurück. »Ich danke Ihnen nochmals fürs Zuhören, Katharine. Sie haben mir wieder Mut gemacht, und Ihren Rat werde ich befolgen: Ich habe beschlossen, mich ein paar Tage auszuruhen und nächste Woche erst wieder ans Werk zu gehen.«

Hocherfreut sagte Katharine: »Das ist schön! Und wenn Sie jemals wieder einen Zuhörer brauchen – verfügen Sie über mich. Übrigens ist mir eingefallen, daß Sie sich einen Literaturagenten zulegen sollten. Den haben Sie doch noch nicht, oder?«

»Nein. Ich wüßte auch nicht, wo ich einen hernehmen sollte. Außerdem hab' ich ja noch nicht mal ein Manuskript.«

»Das ist mir klar. Aber Sie sollten sich lieber jetzt schon nach jemandem umsehen, der später das Buch für Sie verkaufen kann.« Sie überlegte. Dann leuchteten ihre Augen auf. »Ich weiß, was wir tun! Wir bitten Victor, Ihnen einen zu besorgen.«

»Nein!« rief Francesca und errötete, als ihr klar wurde, daß sie Katharine regelrecht angefahren hatte – ohne jeden Grund.

Katharine warf ihr einen erstaunten Blick zu und zuckte die Schultern. »Dann könnte ich Nicholas Latimer fragen. Für mich persönlich würde er zwar nie etwas tun, aber bei Ihnen hat er bestimmt nichts dagegen.«

»Warum würde er nichts für Sie tun?« fragte Francesca mit verwundertem Stirnrunzeln. »Er war doch sehr liebenswürdig im Les Ambassadeurs. Ich hatte den Eindruck, daß er Sie mag.«

»O nein, das tut er nicht!« Katharine lächelte kühl und überlegen. »Er gibt sich freundlich, aber haben Sie dabei seine Augen gesehen? Er kann mich nicht ausstehen. Er haßt mich sogar.«

Francesca war bestürzt. »Aber Sie müssen sich irren, Katharine! So etwas hätte ich doch gemerkt. Außerdem kann ich mir nicht vorstellen, daß irgendein Mensch Sie hassen sollte!« erklärte sie feierlich. »Und bitten Sie ihn lieber nicht um eine Gefälligkeit für mich. Ich möchte Sie nicht in Verlegenheit bringen! Außerdem brauche ich vorläufig wirklich noch keinen Agenten.«

»Nun ja, wir können ihn uns ja in Reserve halten«, gab Katharine nach. »Übrigens, da wir von Gefälligkeiten sprechen – ich würde gern eine von Ihnen erbitten ...«

Der Kellner kam, um den Fisch zu servieren, und sie verstummte.

Als er wieder fort war, erkundigte sich Francesca eifrig: »Was für eine Gefälligkeit, Katharine?«

Katharine beugte sich über den Tisch und erklärte: »Ich

brauche jemanden, der mir einen Text für die Probeaufnahmen verfaßt, und da dachte ich, ob Sie das nicht übernehmen würden.«

Francesca sah sie überrascht an.

»Mein Gott, Katharine, ich wüßte nicht, wie ich das anfangen sollte! Ich meine, von Dialogen und so habe ich nicht die geringste Ahnung. Ehrlich!« versicherte sie und kam sich gemein vor, weil sie Katharines Bitte abschlagen mußte, nachdem die Schauspielerin so lieb, geduldig und verständnisvoll gewesen war. »Bitte, seien Sie mir nicht böse. Das könnte ich nicht ertragen. Wir könnten ja wenigstens mal darüber sprechen«, lenkte sie ein.

Katharine hob rasch den Kopf und lächelte einschmeichelnd. »Ich weiß, daß Sie ihn schreiben können. Wirklich! Weil es sich nämlich um eine längere Passage aus ›Wuthering Heights‹ handelt. Und am Samstag erwähnten Sie, daß Sie das Buch in- und auswendig kennen.«

»Das stimmt, aber ...« Francesca zog die Brauen hoch. »Aber warum soll ich etwas für Sie schreiben? Ich dachte, Victor Mason hätte bereits ein fertiges Drehbuch.«

»Als ich Victor um die entsprechenden Seiten bat, hat er sie mir zugesagt. Aber später rief er mich an und behauptete, es ginge doch nicht, weil Nicholas Latimer diesen gesamten Teil des Drehbuchs umschreiben wolle.« Katharine beugte sich weiter zu Francesca hinüber und fuhr mit gesenkter Stimme fort: »Aber das glaube ich einfach nicht. Bitte, mißverstehen Sie mich nicht, Francesca. Nicht Victor macht die Schwierigkeiten, sondern Nick. Er will mir diese Seiten nicht überlassen.«

»Wie abscheulich von ihm! Aber Victor kann doch sicher ...«

»Victor steht unter Latimers Einfluß und tut alles, was Nick sagt. Außerdem hat Nick bestimmt gelogen, als er Victor sagte, er arbeite noch am Drehbuch, und zwar nur, weil er mir Steine in den Weg legen will. Deswegen schlug Victor eine Stelle aus ›Trojan Interlude‹ vor.« Katharine zuckte resigniert die Achseln. »Was sollte ich machen? Als ich ihm sagte, ich würde etwas Neues vorziehen, antwortete er, ich könnte selbst wählen und alles nehmen, was etwa dreißig Minuten lang sei. Ich habe ›Wuthering Heights‹ noch einmal durchgelesen und die Szene, die mir am besten gefällt, gründlich studiert. Ehrlich, Francesca, sie ist nicht schwer zu adaptieren.«

»Welche Szene meinen Sie denn?« Francescas Interesse war geweckt.

»Die Szene, wo ...« Katharine legte Messer und Gabel hin. Sie konnte plötzlich nicht weiteressen. »Ach, Francesca! Jedesmal, wenn ich an diese Szene denke, werde ich furchtbar aufgeregt. Sie ist genau das Richtige für die Probeaufnahmen. Es ist die hochdramatische Szene, wo Cathy aus Thrushcross Grange zurückkommt und Nelly Dean mitteilt, daß Edgar Linton um ihre Hand angehalten hat. Dann folgt eine lange Diskussion über ihre Gefühle für Linton im Gegensatz zu ihren Gefühlen für Heathcliff. Nelly versucht sie zum Schweigen zu bringen, weil sie weiß, daß Heathcliff vor der Tür steht und lauscht. Doch Cathy ist nicht zu bremsen und sagt, daß es demütigend für sie sei, Heathcliff zu heiraten, weil ihr Bruder ihn so erniedrigt hat ...«

»Und dann spricht Cathy von ihrer Liebe zu Heathcliff«, unterbrach Francesca sie mit leuchtenden Augen. »Da kommen dann diese wunderbaren Worte über ihre Seelen. Ich kann die Stelle fast wörtlich zitieren. Cathy sagt: ›Er wird nie erfahren, wie sehr ich ihn liebe, und nicht, weil er gut aussieht, Nelly, sondern weil er mehr ist als ich selbst. Woraus unsere Seelen auch bestehen mögen, seine und meine gleichen sich, während Lintons sich von den unseren so sehr unterscheidet wie Eis von Feuer.‹ Natürlich kenne ich die Stelle, und Sie haben recht, Katharine. Sie ist hochdramatisch und sehr gefühlvoll.«

Katharine hatte erfreut Francescas Begeisterung gesehen und nutzte sie aus. »Diese Szene enthält, wie Sie sehen werden, einen ausreichenden Dialog für gut dreißig Minuten. Hören Sie, Francesca, ich weiß, daß Sie den Text schreiben können, und auch in relativ kurzer Zeit. Außerdem wäre es doch eine schöne Abwechslung für Sie und würde Sie von Ihrem Buch ablenken. Ach bitte, sagen Sie doch ja! Ich brauche Sie wirklich. Dieser Text ist so ungeheuer wichtig für mich!« Katharines Blick wich nicht von Francescas Gesicht.

Francesca schwankte. Unsicher biß sie sich auf die Lippe. Aber sie wollte Katharine helfen, wollte ihr gefällig sein und unterdrückte ihre Zweifel.

»Na schön«, sagte sie. »Wenn Sie meinen, daß ich es kann, werde ich es versuchen.«

»O danke, Francesca – vielen Dank! Ich bin Ihnen ja so dankbar!« rief Katharine glücklich.

»Möglicherweise wird es nicht gut – nicht so, wie Sie es sich vorgestellt haben; aber ich werde mir die größte Mühe geben. Sie müssen mir nur sagen, wie viele Seiten Sie brauchen und wo die Szene beginnen und enden soll. Ich brauche unbedingt ein bißchen Anleitung.«

»Ich helfe Ihnen. Ich werde Ihnen jetzt gleich schon einiges erklären, aber Sie werden kaum Schwierigkeiten haben. Im Grunde steht ja alles im Buch.«

Francesca nickte und starrte auf ihren Teller. Als sie den Kopf hob, wirkte ihre Miene ein wenig erstaunt. »Sie scheinen sehr viel Vertrauen zu mir zu haben, Katharine. Warum?«

Katharine überlegte einen Moment; dann lächelte sie strahlend. »Instinkt«, antwortete sie.

Vierzehntes Kapitel

Als Katharine sich dem St. James's Theatre näherte, begann ihr Herz ein wenig schneller zu schlagen; kribbelnde Erregung rann in kurzen, scharfen Wellen durch ihren Körper. So war es immer, wenn sie zur Arbeit ging, und nie wurden diese Gefühle schwächer oder blieben aus. Die Spannung und die freudige Erwartung machten ihren Gang federnd und zauberten ein fröhliches, eifriges Lächeln auf ihr Gesicht. Sie beschleunigte ihren Schritt und eilte die Seitengasse entlang auf den Bühneneingang zu.

Charlie, der Portier, begrüßte sie freudig, sie wechselte ein paar freundliche Worte mit ihm und lief die Seitentreppe zu ihrer Garderobe hinab. Aufseufzend vor Erleichterung, drückte sie die Tür hinter sich zu und machte Licht. Sie war wieder zu Hause! Heil und sicher. Hier konnte ihr nichts geschehen.

Katharine ging stets mehrere Stunden vor dem ersten Läuten ins Theater, denn sie brauchte diese Zeit, um sich zu entspannen, ihren Kopf von irrelevanten Problemen zu befreien und sich auf die Rolle der Helena zu konzentrieren. An diesem Nachmittag war sie sogar noch früher als sonst gekommen; sie hatte über vieles nachzudenken und mußte ihre Strategie für die nächsten Tage planen. Bis zu den Probeaufnahmen gab es noch viel zu erledigen. Nach ihrem Lunch mit

Francesca war sie gar nicht mehr in ihre Wohnung gefahren, sondern war zum Piccadilly gegangen, hatte bei Hatchard's ein paar Bücher gekauft und sich dann auf den Weg zum Haymarket gemacht. Von einer Telefonzelle aus hatte sie Victor Mason zu erreichen versucht, um ihn von Estelles Warnung vor »Confidential« zu unterrichten, aber er war nicht im Hotel, und sie hatte nur hinterlassen, daß sie sich später noch einmal melden werde.

Als sie jetzt Cape, Rock und Pullover ablegte, konzentrierte sie sich auf das Abendessen, das sie im Arlington Club spontan erfunden hatte. Victor würde mit Sicherheit nichts dagegen haben, denn die Entscheidungen über seine gesellschaftlichen Termine überließ er weitgehend ihr, und außerdem hatte er angedeutet, daß er sie und Francesca am Sonntagabend zum Dinner ausführen wolle. Dann gibt es stattdessen eben eine kleine Party, dachte Katharine, während sie in ihren Bademantel schlüpfte und sich auf die Couch setzte, um die Stiefel auszuziehen. Sie hängte ihre Kleider in den Schrank, holte sich Notizblock und Bleistift und nahm an ihrem Schminktisch Platz, um eine provisorische Gästeliste zusammenzustellen. Außer Victor wird natürlich Nick Latimer kommen, dachte sie mit sarkastischem Lächeln. Dann Francesca, Estelle und sie selbst. Also brauchte sie für eine interessante Gruppe mindestens drei, vielleicht sogar fünf weitere Gäste. Kim und der Earl kehrten schon am Sonntagnachmittag nach Yorkshire zurück, kamen also nicht in Frage. Mit gezücktem Bleistift ließ sie verschiedene Freunde Revue passieren. John Standish, gewandt und amüsant, war für ein Jahr nach New York gegangen, um in Nelson Averys Privatbank zu arbeiten. Aber die Shand-Elliotts würden passen, falls . . .

An der Tür ertönte ein leises Klopfen. Überrascht hob sie den Kopf. »Wer ist da?« fragte sie.

»Ich bin's, Katharine. Norman«, antwortete Terrys Garderobier.

»Bitte kommen Sie doch herein, Norman!« rief sie und blickte ihm lächelnd entgegen. Doch als sie seine Miene sah, war ihr Lächeln wie weggeblasen. Norman, sonst immer fröhlich, liebenswürdig und so blankäugig wie ein frecher Cockney-Spatz, blickte heute finster drein, und in seinen hellbraunen Augen stand tiefe Sorge. Beinahe verstohlen kam er herein, schloß die Tür hinter sich und lehnte sich dagegen.

»Was ist denn los, Norman?« erkundigte sich Katharine beunruhigt. »Sie sehen ja furchtbar verärgert aus.«

Er nickte. »Bin ich auch. Und froh, daß ich Sie endlich gefunden habe. Seit Ewigkeiten versuche ich Sie anzurufen. Bis ich ins Theater gekommen bin, auf die Chance hin, daß Sie schon da sind.«

»Was ist denn nun, Norman? Erzählen Sie doch!« verlangte Katharine ungeduldig. Ein Anflug von Furcht stieg in ihr auf.

»Pssst! Nicht so laut«, warnte Norman verstört. »Es geht um Terry. Er ist in einer unangenehmen Situation, und ich brauche Ihre Hilfe. Jetzt sofort, Katharine.«

»In was für einer Situation?« erkundigte sich Katharine.

»Na ja, erstens ist er stockbetrunken. Blau wie'n ganzes Dutzend Strandhaubitzen«, berichtete Norman mit kaum vernehmlicher Stimme. »Könnten Sie sich anziehen und ins Albany mitkommen? Unterwegs erzähle ich Ihnen dann alles.«

»Aber sicher«, antwortete Katharine. Sie stand auf, holte ihre Kleider aus dem Schrank, verschwand hinter dem Wandschirm und zog sich an. Eine halbe Minute später kam sie heraus, stieg eilig in ihre Stiefel und fragte: »Terry will heute unbedingt auftreten, stimmt's?«

»Ja, dieser Dummkopf!« bestätigte Norman mit einer Grimasse. »Und das darf er auf keinen Fall. Nicht in seiner augenblicklichen Verfassung.« Er sah auf die Uhr. »Kurz vor vier. Wir haben drei Stunden, um ihn nüchtern zu kriegen. Wenn wir das nicht schaffen, muß ich ihn irgendwie zurückhalten. Dann muß sein Ersatzmann einspringen.« Norman musterte Katharine aufmerksam. Nach kurzer Pause fuhr er bedrückt fort: »Wenn Terry auftritt, wird er eine große Last für Sie sein, Katharine, und jede Hilfe brauchen, die Sie ihm bieten können. Sie werden ihn führen, decken und durch die ganze Vorstellung ziehen müssen, und das wird nicht leicht sein.« Er lächelte schwach. »Sie werden Ihre gesamte Kraft, Ihr gesamtes Können und all Ihre Erfindungsgabe aufbieten müssen, damit das Publikum nichts merkt.«

Katharines Herz wurde schwer, aber ihr Ton war unbekümmert, als sie antwortete: »Ja, ich verstehe, Norman. Aber mit dieser Möglichkeit werden wir uns später befassen. Kommen Sie!«

Fünfzehntes Kapitel

Nicholas Latimer spielte – durch und durch Romancier – immer wieder gern den Zuschauer. Er saß schweigend dabei, lauschte, beobachtete und speicherte alles in seinem Gedächtnis, um es irgendwann einmal zu verwenden. Vor einigen Jahren hatte ihm eine Bekannte gestanden, sie hasse es, mit Schriftstellern befreundet zu sein, denn: »Sie stehlen einem einfach alles und verarbeiten es in ihren Büchern.«

Wieder einmal spielte er diese Rolle und freute sich auf die Szene, die gleich vor seinen Augen ablaufen würde. Die Akteure – Victor Mason und Mike Lazarus – waren faszinierende Gegenspieler. Sie wirkten wie Gladiatoren, die bereit sind, einander bis zum Tod zu bekämpfen. Nick lächelte über diesen melodramatischen Vergleich, aber es stand sehr viel auf dem Spiel, und wenn auch die Schwerter noch in der Scheide steckten, so waren sie doch griffbereit gelockert. Bildlich gesprochen, selbstverständlich.

Sein Instinkt sagte ihm, daß Victor als Sieger aus diesem Kampf hervorgehen würde. Victor hatte schon die Oberhand gehabt, bevor sie sich mit Lazarus trafen, nur hatte Lazarus nichts davon geahnt, weil er nicht wußte, daß Hélène Vernaud ihm, Nick, einige wesentliche Informationen geliefert hatte. Vermutlich glaubte Lazarus, selber im Vorteil zu sein, da es ja seine Hand war, die das Scheckbuch hielt.

Nick war bestürzt gewesen, als Victor ihm mitteilte, daß sie sich mit Lazarus in der Halle des Hotel Ritz treffen würden. Zum Tee! Als er Victor nach seinen Gründen für diese seltsame Wahl fragte, hatte Victor ironisch lachend erwidert: »War es nicht Napoleon, der gesagt hat, wenn er sich einem Feind zum Kampf stelle, bestimme er gern Zeit und Ort? Weil er sich dadurch im Vorteil befinde? Das gilt auch für mich.«

Nick, der immer wieder über Victors Wissen staunte, hatte genickt. »Ja, das war Napoleon. Aber warum eine Hotelhalle?« Immer noch ironisch lächelnd hatte Victor erklärt: »Wenn wir bei einem Patt angelangt sind, wie es zu erwarten ist, möchte ich ihn nicht aus meiner Hotelsuite werfen müssen oder mich aus seinem Büro weisen lassen. Außerdem wird er auf neutralem Boden sein Temperament zügeln müssen. Mitten im Ritz wird er wohl kaum einen seiner berühmten Wutanfälle hinlegen.« Nicholas hatte genickt, bei sich aber gedacht: Wenn du dich da nur nicht täuschst, mein Junge. Nach allem, was ich gehört habe, ist Lazarus unberechenbar.

So saßen sie also hier zu dritt, um vier Uhr nachmittags, in einer abgeschirmten Ecke des Ritz, inmitten von vergoldeten Stilmöbeln, Topfpalmen und eleganten Damen. Alles höchst vornehm und kultiviert, dachte Nick amüsiert. Denn trotz seiner untadeligen Erscheinung war in Mike Lazarus überhaupt nichts Vornehmes und Kultiviertes. Es war allgemein bekannt, daß er bei der geringsten Provokation dem anderen an die Kehle ging. Eiskalt und rücksichtslos.

Nick beobachtete sie beide, seinen besten Freund und den Gegner seines besten Freundes, und mußte zugeben, daß etwas Außergewöhnliches an Lazarus war. Er war kein besonders gutaussehender Mann, untersetzt und muskulös, mit kantigen Gesichtszügen und dunklem, leicht graumeliertem Haar. Wie man hörte, sollte er, wie Nick selbst, deutsch-jüdischer Abstammung sein. Aber das war es nicht, was an ihm irgendwie faszinierte, sich dem Beobachter langsam, doch unaufhaltsam aufdrängte. Plötzlich, wie ein Blitz aus heiterem Himmel, ging Nick ein Licht auf, und er erkannte das Geheimnis: Lazarus verströmte den Geruch der Macht. Einer grenzenlosen Macht. Er stank förmlich nach Macht. Sie lag in seiner Haltung, gespannt wie ein sprungbereiter Panther, sie stand in seinen blaßblauen Augen, die leblos und doch seltsam zwingend wirkten. Nick hatte plötzlich das Gefühl, daß diese Augen wie Laserstrahlen in sein Gehirn eindrangen und seine innersten Geheimnisse bloßlegten. Voll Unbehagen wandte er sich ab.

Nach allem, was er über Lazarus gehört und gelesen hatte, besaß dieser Mann eine unglaubliche Disziplin, eine entnervende Energie und einen ruhelosen Ehrgeiz. Und er war brillant, mußte es wohl auch sein, um einen multinationalen Konzern von der Größe der Global-Centurion aufzubauen, der die ganze Welt in seinen Klauen hielt. Dabei war Lazarus erst etwa fünfundvierzig Jahre alt. Seltsam, dachte Nick, daß man trotz allem, was über ihn geschrieben wurde, überhaupt nichts von seinen Anfängen wußte. Wieviel wohl Hélène Vernaud von seiner Vergangenheit wußte? Irgendwann einmal mußte er sie danach fragen.

Nick konzentrierte sich wieder auf die beiden Männer, die einander an dem kleinen Teetisch gegenübersaßen. Noch hatte das Duell nicht begonnen, aber sie umkreisten einander bereits sprungbereit. Daß Victor Mike Lazarus haßte, wußte Nick. Die Gefühle des anderen einzuschätzen war jedoch schwierig. Vorerst gab er sich jovial. Um seinen Mund lag ein wohlwollendes Lächeln. Doch seine Augen blickten wach und aufmerksam.

Vorerst unterhielten sich die beiden Gegner noch über die

Börse. Lazarus machte eine Bemerkung über die Probleme im Mittleren Osten, ließ sich einige Minuten lang über Öl und die Politik der arabischen Staaten aus und wechselte dann unvermittelt das Thema.

»Nun, Victor«, sagte er, »Sie haben diese Besprechung seit Tagen hinausgeschoben, weil Sie den Vertrag vermutlich von Ihren verschiedenen Anwälten prüfen ließen. Da Sie jetzt hier sind, nehme ich an, daß alles in Ordnung ist. Und hoffe, Sie haben den Vertrag mitgebracht. Unterschrieben. Ich kann meine Rückkehr nach New York nicht länger aufschieben. Ich fliege morgen und möchte vorher alles mit Ihnen ins reine bringen.«

»Ja, ich habe ihn mitgebracht«, antwortete Victor liebenswürdig. Er schlug die langen Beine übereinander und lehnte sich, äußerlich völlig entspannt, zurück.

»Sehr gut«, sagte Lazarus. »Offenbar kommen wir endlich weiter. Und nun, da wir beide Partner sind – oder jedenfalls gleich sein werden, wenn ich den Vertrag unterzeichnet habe –, möchte ich Ihnen meine Vorstellungen und Konditionen erläutern. Zunächst kann ich den Kostenvoranschlag für den Film nicht sanktionieren. Er ist überhöht. Drei Millionen Dollar sind meinen Berechnungen nach eine Million zuviel.«

»Einverstanden«, sagte Victor kühl lächelnd.

Falls Lazarus über diese unerwartete Zustimmung überrascht war, so zeigte er es nicht. »Und darf ich fragen, wie Sie die Produktionskosten senken wollen?« Sein Ton war sarkastisch. Obwohl Victor Mason in dem Ruf stand, ehrlich zu sein, war er offenbar kein bißchen anders als die übrigen. Alle wollten ihn bestehlen, wenn sie mit ihren großen Plänen und fragwürdigen Vorschlägen zu ihm kamen. Aber keiner war ihm gewachsen. Letztlich überlistete er sie doch alle.

»Oh, da gibt es Mittel und Wege«, antwortete Victor vage.

»Ich verstehe.« Lazarus saß reglos in seinem Sessel und unterdrückte seinen Zorn. Mason war dumm, ihm so ungeschickt auszuweichen. Er verschwendete nur seine Zeit, denn einmal würde er seine Karten ja doch auf den Tisch legen müssen. Aber Lazarus beschloß, ihn vorerst noch nicht zu drängen. »Wieviel werden Sie einsparen können?« erkundigte er sich gelassen.

»Ungefähr eine Million Dollar.«

Lazarus musterte Victor durchdringend. Ein zynisches Lächeln spielte um seinen Mund. »Dann habe ich also doch recht gehabt: Der Produktionsetat war künstlich in die Höhe getrieben. Der alte Fehler der Filmindustrie: zuviel Verschwendung. Eine unfähige Geschäftsführung, in meinen Augen.«

»Sie irren sich. Der Produktionsetat war nicht künstlich in die Höhe getrieben, sondern beruhte auf einem Fehler«, gab Victor scharf und gereizt zurück. »Ein entschuldbarer Fehler für einen Produktionsmanager, der in Hollywood sitzt.«

»Dann haben Sie den falschen Produktionsmanager eingestellt, Victor«, sagte Lazarus mit bedrohlich leiser Stimme. Er seufzte und trank einen Schluck Tee. »Ein guter Produktionsmanager irrt sich nicht, Victor, ganz gleich, wo er sitzt. Mangelndes Urteilsvermögen Ihrerseits. Das hoffentlich auf anderen Gebieten besser ist.«

»Er war noch nicht fest angestellt«, erklärte Victor. »Unser gesamtes Produktionsteam wird aus Engländern bestehen.« Ärgerlich über sich selbst, weil er versucht hatte, sich vor Lazarus zu rechtfertigen, steckte er sich eine Zigarette an. Lazarus verstand es doch immer wieder, alle anderen ins Unrecht zu setzen.

»Ein kleiner Schritt auf dem Weg zur Besserung«, antwortete Lazarus gönnerhaft. »Sprechen wir jetzt über die Besetzung. Ich habe lange darüber nachgedacht, und meine Entscheidung hinsichtlich der weiblichen Hauptrolle steht fest:

Ava Gardner. Sie wäre fabelhaft als Catherine Earnshaw, und ich ...«

»Nein!« sagte Victor ruhig, aber nachdrücklich. »Ich mache Probeaufnahmen mit Katharine Tempest. Und wenn sie so ausfallen, wie ich es vermute, werde ich ihr die Rolle geben.«

Lazarus starrte Victor verächtlich an. »Wer zum Teufel ist Katharine Tempest? Ich habe nie von ihr gehört, und das amerikanische Publikum ebenfalls nicht, darauf können Sie Ihren letzten Dime verwetten. Ich will keine Unbekannte in meinem Film. Ich will einen berühmten, internationalen Filmstar. Ich brauche Namen, die einen Kassenerfolg garantieren, mein Freund.«

Ich bin nicht dein Freund, dachte Victor aufgebracht, hielt sich aber zurück, ohne ihn darauf hinzuweisen, daß sein eigener Name allein schon zugkräftig genug sein würde. Laut sagte er: »Katharine Tempest ist eine glänzende junge Schauspielerin, die augenblicklich im West End die Hauptrolle in ›Trojan Interlude‹ spielt. Sie ist die perfekte Cathy, genauso, wie man sie sich vorstellt, das müssen Sie zugeben.«

»Ich sagte doch, ich kenne sie nicht«, erwiderte Lazarus unwirsch.

Ein träges Lächeln spielte um Victors Mundwinkel. »Am Montagabend konnten Sie den Blick nicht von ihr lassen. Im Les Ambassadeurs«, erklärte er. »Sehr zum Ärger Ihrer Begleiterin. Wenn Blicke töten könnten, wären Sie jetzt ein toter Mann – mein Freund.«

Nick sah aufmerksam von einem zum anderen. Er erinnerte sich nicht, Lazarus am Montagabend gesehen zu haben. Aber er war erst eingetroffen, als Victor und die anderen Gäste bereits bei Tisch saßen. Jetzt beugte Mike Lazarus sich mit einem Aufblitzen von Interesse im Blick zu Victor und sagte langsam: »Sie meinen wahrscheinlich das dunkle Mädchen mit den außergewöhnlichen Augen.« Bei der Erinnerung an ihre Schönheit stieg eine gewisse Erregung in ihm auf, die er aber sofort kaschierte. »Daß Sie von dieser faden Blondine sprechen, diesem Debütantinnentyp, den Sie dabeihatten, kann ich mir nicht vorstellen.«

»Ganz recht.« Die abfällige Bemerkung über Francesca ärgerte Victor, aber er beherrschte sich. »Ein hinreißendes Gesicht hat Katharine, nicht wahr? Mindestens ebenso schön wie Ava Gardner.«

Lazarus schien in Gedanken versunken zu sein. Nach einer Pause sagte er: »Ich werde mir die Entscheidung bis nach den Probeaufnahmen vorbehalten. Doch selbst wenn sie gut sind, bin ich immer noch nicht ganz sicher, ob wir eine Unbekannte brauchen können. Ich muß alles genau abwägen. Und jetzt zum Drehbuch. Offen gesagt, ich mag es nicht. Viel zu künstlerisch für meinen Geschmack. Nicht kommerziell genug – bei weitem nicht. Wir sollten einen neuen Filmautor dransetzen. Sofort. Wir dürfen keine Zeit mehr verlieren.«

Betretenes Schweigen. Nick dachte: Dieses Schwein! Er tut, als sei ich nicht vorhanden. Vor Empörung wäre er fast explodiert. Er wollte sich und seine Arbeit verteidigen, Lazarus sogar eines auf die Nase geben. Doch Victor hatte ihn gebeten, schweigend dabeizusitzen, ganz gleich, was geschah. Also ballte Nick nur heimlich die Fäuste und wartete.

Victor, dessen Miene steinern blieb, entgegnete fest: »Es ist ein verdammt großartiges Drehbuch, Mike. Nicht einfach gut, sondern großartig. Ich werde es auf jeden Fall benutzen. Und überdies: Niemand wird Nick durch einen anderen Autor ersetzen. Nicht heute. Nicht nächste Woche. Niemals.«

»Jetzt hören Sie mal gut zu, Victor! Kein Mensch schreibt mir vor, wie ich meinen Film produziere, den Film, den ich mit zwei Millionen Dollar finanziere. Ich muß schon sagen, ich …«

»Ach, halten Sie doch den Mund!« murmelte Victor.

Lazarus war so verblüfft, daß er genau das tat. Ungläubig starrte er Victor an.

Nick mußte sich beherrschen, um nicht laut loszulachen. Mike Lazarus wirkte, als hätte man ihm einen nassen Lappen um die Ohren geschlagen.

Doch er erholte sich sofort wieder. »Wir sollten etwas klarstellen, mein Freund. Niemand, kein einziger Mensch befiehlt mir, den Mund zu halten!«

»Ich hab's aber soeben getan.« Victor nahm seinen Aktenkoffer, stellte ihn auf den Schoß und öffnete ihn. »Hier ist der Vertrag.« Er überreichte Lazarus ein großes Kuvert und klappte den Aktenkoffer zu.

Trotz aller Wut, die in ihm kochte, konnte Mike Lazarus nicht widerstehen und machte den braunen Umschlag auf. Der Vertrag war mitten durchgerissen worden. Sprachlos hielt Lazarus die beiden Teile in den Händen. Er war wie erstarrt. Noch nie war er so sehr gedemütigt, so tief gekränkt worden! Dunkles Rot stieg ihm ins Gesicht; als er den Kopf hob, glichen seine Augen zwei Stahlklingen.

Bevor er ein Wort äußern konnte, fuhr Victor fort: »Da sehen Sie, was ich von Ihrem Vertrag halte. Sie wissen, was Sie damit tun können. Und obwohl Sie es kaum glauben werden – ich will Ihr Geld nicht, und ich will Sie nicht an der Herstellung meines Films beteiligt sehen.« Victor nahm seinen Aktenkoffer und erhob sich. »Auf Wiedersehen, Mike«, schloß er mit grimmigem Lächeln.

Nick war ebenfalls aufgestanden. Lazarus starrte beide wütend an; die Farbe war aus seinem Gesicht gewichen. Leise, aber mit tödlicher Schärfe sagte er: »Das werden Sie noch bereuen, Victor. Tief bereuen. Dafür werde ich ganz persönlich sorgen, mein Freund.«

Victor antwortete nicht, sondern zog Nick mit sich hinaus.

Schweigend holten sie sich ihre Mäntel, und erst als sie draußen auf dem Piccadilly standen, zwinkerte Victor dem Freund zu und stellte fest: »Das war eine kurze, aber süße Rache. Eine sehr süße.«

Nick konnte sich kaum beherrschen. Er tänzelte wie ein Boxer und versetzte Victor einen Knuff gegen den Arm. »Du hast's ihm aber gegeben, Vic! Die ganze Enchilada hast du ihm gegeben!«

»Ich kann von Glück sagen, daß ich mir das leisten konnte«, antwortete Victor grinsend. »Wenn ich sein lausiges Geld gebraucht hätte, müßte ich jetzt dasitzen und mir die ganze Enchilada von ihm gefallen lassen.«

»Dann hast du mit einem der Großen abgeschlossen?« fragte Nick neugierig.

Victor schüttelte den Kopf. »Noch nicht, aber Metro ist ernsthaft interessiert. Und selbst wenn sie ablehnen, werde ich die Produktion nicht einstellen. Ich mache weiter. Du und ich, wir haben beide viel zuviel Schweiß in dies Projekt gesteckt, um es jetzt einfach fallenzulassen.«

Nick seufzte erleichtert auf. »He, das ist ja großartig, Vic! Aber kann Bellissima den Film allein finanzieren?«

»So gerade eben. Wenn ich meine Gage zurückstelle und wenn ich weitere Möglichkeiten zum Absenken des Herstellungsetats finde, was Jerry Massingham für wahrscheinlich hält. Aber ich bin fast sicher, daß Metro mitmacht. Sie wollen mich für einen anderen ihrer Filme und sind daher bereit, bei diesem hier einzusteigen.«

Nick kicherte und boxte Victor gegen den Arm. »Hast du Mikes Gesicht gesehen, als er entdeckte, daß du seinen Vertrag zerrissen hast? Ein herrlicher Anblick, den ich unendlich genossen habe.«

Victor nickte. »Ich auch. Und genau deswegen hab' ich ihm nicht schon viel eher gesagt, daß ich den Film im Alleingang machen will. Es war mir eine große Genugtuung, ihn so abrupt fallenzulassen.«

»Ja, aber das, was er zuletzt sagte, gefällt mir trotzdem nicht. Daß du das noch bereuen wirst. Er ist berüchtigt für seine Rachsucht. Und er ist skrupellos.« Nicks Ton wurde nervös. »Ich finde ihn unheimlich. Ehrlich, ich habe Angst vor ihm. Du nicht?«

»Überhaupt nicht. Meinst du nicht, daß da deine Phantasie ein bißchen mit dir durchgeht?«

»Mag sein. Übrigens, hast du seinen interessierten Blick gesehen, als du ihm erklärtest, wer Katharine ist?«

»Sicher. Und denselben Blick, nur intensiver, hab' ich am Montagabend im Les Ambassadeurs gesehen, als er Katharine entdeckte. Von da an war die brillantenbehangene Blondine, die sich wie ein Oktopus an ihn klammerte, einfach nicht mehr vorhanden. Sie gingen schon nach dem ersten Drink, kurz bevor du kamst.« Victor verstummte, auf einmal sehr nachdenklich. »Hast du was dagegen, wenn wir einen langen Spaziergang machen, Nicky? Ich bin ein bißchen nervös und brauche Bewegung.«

»Von mir aus gern, Kleiner.«

Schweigend schlugen sie ein recht flottes Tempo an und marschierten, jeder in seine Gedanken versunken, am Green Park vorbei in Richtung Hyde Park Corner.

Victor dachte an die mit MGM laufenden Verhandlungen und erwog sämtliche Argumente, die das Geschäft für die Filmgesellschaft noch attraktiver machen konnten. Sein Name sorgte für die geforderte Einspielgarantie, daher hatten sie nichts dagegen, daß er für die weibliche Hauptrolle eine unbekannte Schauspielerin wählte. Er zweifelte jedoch nicht daran, daß er ein Team guter, solider englischer Schauspieler mit großen Namen brauchte, vor allem Terry Ogden in der so wichtigen Rolle des Edgar Linton. Ein Muß war außerdem der richtige Regisseur. Mark Pierce. Leider hatte Mark bereits abgelehnt, weil er kein Remake machen wollte. Sagte er jedenfalls. Doch weder um Mark Pierce noch um Terry Ogden brauchte Victor sich Gedanken zu machen. Dieses Problem war in guten Händen und würde binnen kurzem gelöst sein. Wenn er nun noch Ossie Edwards bekäme, wäre er wunschlos glücklich. Edwards war der beste Kameramann Englands und begann sich bereits einen internationalen Ruf zu erwerben. Dann war da noch die Fertigstellungsgarantie. Die mußte er sich möglicherweise von einem der Finanzleute in New York holen, doch darin konnte ihn Jake Watson beraten. Jake wollte Anfang nächster Woche eintreffen und möglichst sofort mit dem Drehen beginnen. Jawohl, alles lief bestens jetzt, da er ein paar wichtige Entscheidungen getroffen hatte.

Nick warf Victor von Zeit zu Zeit einen Blick zu, sagte aber nichts, weil er ihn nicht stören wollte. Seine eigenen Gedanken verweilten noch immer bei Mike Lazarus und seiner Drohung. Was konnte er Victor anhaben? Männer wie er, die eine so ungeheure Macht besaßen, hatten da vielerlei Möglichkeiten und konnten ihren Einfluß auch in der Filmindustrie geltend machen. Beunruhigt suchte er das Problem von allen Seiten zu betrachten, gab es aber dann schließlich auf, weil dadurch keine Lösung zu finden war. Victor schien durchaus zuversichtlich zu sein, und Nick wollte ihm nichts einreden.

Nick fröstelte und wickelte sich fester in seinen Trenchcoat. Die Luft war frisch, und es war windig. Blinzelnd sah er zum Himmel auf, der immer düsterer wurde und offenbar ein Gewitter ankündigte. Nick hatte nichts gegen Regen und Nebel und das ewige Londoner Grau – vielleicht, weil ihn das englische Wetter an New York und seine Kindheit sowie an seine Jahre in Oxford an der Universität erinnerte. Die Tage der Jugend, dachte er sehnsüchtig. Und dann wanderten seine Gedanken plötzlich ohne ersichtlichen Grund zu Francesca Cunningham. Also die war wirklich etwas Besonderes! In der steckt mehr, als auf den ersten Blick zu sehen ist, dachte er.

Mit leichtem Auflachen tippte Nick Victor auf die Schulter und sagte: »Lazarus war wirklich ein bißchen ungerecht gegen Francesca, nicht wahr? Ich würde sie wahrhaftig nicht als fade bezeichnen. Ich finde sie bezaubernd.«

»Das ist sie auch!« Victor sah ihn von der Seite an. »Ich hatte den deutlichen Eindruck, daß Lazarus mich mit dieser Bemerkung reizen wollte.«

Nick krauste die Stirn. »Ach, wirklich? Aber wieso sollte er glauben, dich mit einer negativen Bemerkung über Francesca treffen zu können? Weiß er etwas, wovon ich nichts weiß? He, schieß los, Victor! Gestehe!« forderte er grinsend.

Victor lachte gutmütig. »Ich glaube, das war eine Freudsche Fehlleistung von mir. Nein, er weiß nichts. Weil es nichts zu wissen gibt. Aber vielleicht hat er in der Bar gemerkt, daß ich mich besonders intensiv um Francesca gekümmert habe, um ihr die Befangenheit zu nehmen.«

»O nein, mein Freund, so leicht kommst du mir nicht davon! Wieso Freudsche Fehlleistung? Los, nun sag schon!«

»Wenn du's genau wissen willst: Ich war tatsächlich äußerst beeindruckt von ihr, als ich sie kennenlernte ... Na ja, sie ist mir wohl ziemlich im Kopf rumgegangen. Aber das hat wirklich nichts zu bedeuten. Sie ist noch ein Kind, Nicholas. Auch wenn sie neunzehn ist.«

»Zu jung für dich, Maestro.«

»Allerdings. Zwanzig Jahre zu jung.«

Nick warf Victor einen skeptischen Blick zu. »Willst du

damit sagen, daß du im Hinblick auf sie nichts unternehmen wirst?«

»Selbstverständlich. Sie ist tabu. Außerdem glaube ich kaum, daß sie sich für mich interessiert. Also ist diese ganze Diskussion hinfällig.«

Nick warf den Kopf zurück und lachte laut. »Wollen wir wetten, alter Freund? Was willst du setzen?« Und als nicht gleich eine Antwort kam: »Hundert zu eins, daß sie mehr als interessiert an dir ist!«

»Wenn das stimmt, werde ich's niemals erfahren, weil ich sie nie danach fragen werde. Sie ist zu jung und zu naiv, und wir stammen aus zwei völlig verschiedenen Welten. Wir passen nicht zueinander. Und Probleme hab' ich auch schon genug.«

»Das stimmt«, gab Nick zu. Nach einer Weile ergänzte er: »Ich habe den Eindruck daß Francesca Angst vor dir hat.«

»Angst? Vor mir?« fragte Victor verdutzt. »Das ist doch ein Witz! Wie kommst du darauf?«

»Oh, nicht so wie die meisten Frauen, die Angst haben vor deinem Charme. Ganz im Gegenteil. Ich halte sie für überaus selbstbewußt und kühl. Aber als ich mich neulich mit ihr unterhielt und mich erkundigte, was sie von ›Wuthering Heights‹ halte, antwortete sie mir, du hättest ihr verboten, mit mir darüber zu sprechen.« Er warf dem Freund einen fragenden Blick zu. »Hast du das wirklich?«

Victor mußte laut auflachen. »Natürlich nicht! Ich habe nur scherzhaft gesagt, daß ich sie wohl besser von dir fernhalten sollte. Denn sie vertritt ihre Meinung überaus energisch, unsere kleine Lady Francesca. Sie klärte mich auf, es sei gar keine Liebesgeschichte, sondern ein Roman über Rache.«

»Da hat sie recht.«

»Wirklich?« fragte Victor zweifelnd.

»Natürlich. Aber es ist auch eine Liebesgeschichte, und

zwar eine rührende und herzzerreißende.« Nick grinste. »Intelligent also auch noch, wie? Eine tödliche Kombination für dich, mein Freund. Sieh dich vor!«

»Geh zum Teufel!« entgegnete Victor, dann lachte er. »Ich habe viel zuviel mit dem Film zu tun, um mich zu verlieben, vor allem in einen Teenager mit romantischen Vorstellungen.«

Nick antwortete nicht, und so gingen sie weiter, bis sie die lärmende Oxford Street hinter sich gelassen hatten und die ruhigen Straßen von Mayfair erreichten. Nick mußte an seinen Vater denken, der mit ihm und seiner Schwester, als sie noch klein waren, nach London gekommen war und ihnen so viel Interessantes über die Stadt erzählt hatte. Heute fragte er sich, wie er die schrecklichen Jahre nur überstanden hatte, in denen sein Vater ihm zürnte, weil er nicht in die Bank eintreten, sondern Schriftsteller werden wollte. In letzter Zeit waren sie einander wieder nähergekommen, und dafür war Nick sehr dankbar. Er hatte den Vater immer geliebt.

Unvermittelt blieb Victor stehen und starrte an einem Baugerüst empor, auf dem ganz oben zwei Arbeiter hockten und die letzten Handgriffe vor Feierabend erledigten. Erinnerungen quälten ihn. Als er den Blick wieder senkte, spielte ein schmerzliches Lächeln um seinen Mund, und er sagte leise: »Was Angst ist, das weißt du erst, wenn du da oben in der Luft hängst, mit nichts anderem zwischen dir und dem Boden als einem schmalen Stahlträger und eine Menge gähnender Leere. Wenn du gesehen hast, wie einer von deinen Freunden abstürzt, mit wirbelnden Gliedern abstürzt wie eine Stoffpuppe. Da kannst du erleben, daß du starr vor Angst wirst und glaubst, nie wieder da hinaufklettern zu können. Das ist die Starre, die zuerst kommt. Das große Zittern, das kommt später – ein Zittern, gegen das das Delirium tremens ein Kinderspiel ist.«

Nick las den Schmerz in Victors Gesicht und schwieg. Nach einer Weile fragte er leise: »Hast du so etwas erlebt, Victor?«

»Das habe ich. Aber das Komische war, daß ich nicht erstarrte, als Jack tatsächlich abstürzte, sondern erst achtundvierzig Stunden später.« Er schüttelte den Kopf. »Jeder Bauarbeiter fürchtet diese Starre, denn von da an sind deine Tage auf dem Bau gezählt. Du versuchst sie natürlich zu kaschieren, weil du die Arbeit brauchst, aber du bringst es nicht fertig, mit ihr zu leben. Denn immer wieder mußt du hinauf, und wenn du das nicht tust, wirst du gefeuert. Fristlos. Außerdem können die Kollegen sie riechen – die Angst.«

»War das der Grund, warum du aufgehört hast?«

»Ja, nach ein paar Wochen. Ellie roch diese Angst an mir. Ihr Vater und ihre Brüder waren ebenfalls Bauarbeiter. Dadurch hab' ich sie kennengelernt, durch Jack, ihren jüngsten Bruder. Ein Kind war er noch, als er abstürzte. Verdammt, Nicky, sie wußte es. Aus Erfahrung ... mit ihnen. Und flehte mich an aufzuhören. Zuerst wollte ich nicht. Ich war ja anders. Selbstverständlich. Ich konnte diese Angst besiegen. Und das tat ich. Eine Woche nach Jack blieb ein anderer Junge hoch oben in einem sechzig Stock hohen Bau hängen. Es regnete, Wind kam auf. Ein Wahnsinnssturm. Der Junge dachte an Jacks Unfall und erstarrte. Er konnte nicht mehr herunter. Ich mußte ihn holen. Ungefähr eine Woche darauf gab ich meinen Job zu Ellies großer Erleichterung endgültig auf. Damals packten wir alles zusammen und zogen von Ohio nach Kalifornien. Die Zwillinge waren ein Jahr alt. Wir kauften uns einen alten Lieferwagen und ratterten quer durchs Land, zusammengedrängt wie die Sardinen. Aber ich will dir was sagen, Nick: Es waren schöne Zeiten. Ich hatte Ellie und die Kinder, und mehr brauchte ich nicht.«

Victor lachte. »Mein Gott, ich war noch nicht einmal zwanzig.«

»Und Jack, Ellies Bruder? War er tot, nach dem Unfall?«

»Nein, querschnittsgelähmt. Er sitzt im Rollstuhl. Zum Glück habe ich's dann ja bald geschafft und kann ihn seither entsprechend versorgen.«

Nick konnte sekundenlang nichts sagen, weil ihm ein Kloß in der Kehle saß. Einen Menschen wie Victor gibt es kein zweitesmal auf der Welt, dachte er. Jetzt versorgt er, soweit ich weiß, acht Personen – ganz zu schweigen von den Freunden, denen er ständig hilft. Er hat ein Herz, so groß wie ein Berg!

Mit verkniffenen Lippen und steinerner Miene betrachtete Victor das Baugerüst. Als er den Blick wieder senkte, sagte er mit halbem Lächeln zu Nick: »Wie du siehst, Nicky, weiß ich, was richtige Angst ist. Und habe sie besiegt. Du kannst es mir glauben: Ich habe keine Angst vor Mike Lazarus.«

»Ich glaube dir, Vic.«

Sechzehntes Kapitel

Norman Rook, Terrys Garderobier, ging so schnell, daß Katharine kaum mithalten konnte. Als sie sich dem Haymarket näherten, holte sie ihn endlich ein und hielt ihn fest. Atemlos keuchte sie: »Bitte, Norman, können Sie nicht ein bißchen langsamer gehen? Ich kann nicht mehr!«

»Oh, tut mir leid, Herzchen! Ich wollte nur möglichst schnell ins Albany zurück.« Er setzte sich wieder in Bewegung – kaum weniger nervös zwar, aber doch so, daß Katharine sein Tempo halten konnte. Verstohlen musterte sie sein Gesicht, das zwar immer noch bedrückt wirkte, aber längst nicht mehr so finster wie vorhin, als er in ihre Garderobe gekommen war.

Der flotte Marsch hatte Katharine Gelegenheit zum Nachdenken gegeben, und dabei hatte sie einen Punkt besonders seltsam gefunden: Normans übertriebene Reaktion auf Terrys Betrunkenheit. Gewiß, ein Schauspieler verpaßte nicht gern eine Vorstellung, doch manchmal war das eben nicht zu vermeiden, gewöhnlich aus Gesundheitsgründen. Terry war seit der Premiere nur ein einziges Mal krank gewesen, und das war ein unerhörter Rekord. Sie selbst hatte wegen einer Erkältung drei Abende versäumt, und John Layton, der zweite männliche Hauptdarsteller, aufgrund einer herausgesprungenen Kniescheibe zwei ganze Wochen.

Die Welt würde also nicht untergehen, nur weil Terry heute abend nicht auftrat. Warum also war Norman so hektisch, fragte sie sich und kam zu dem Schluß, daß es unlogisch war.

Sie packte den Garderobier so fest am Arm, daß er gezwungen war stehenzubleiben. »Ich begreife Sie nicht, Norman«, sagte sie hitzig. »Warum sind Sie so außer sich darüber, daß Terry heute nicht auftreten kann?«

»Bin ich ja gar nicht«, protestierte Norman. »Ich wollte, er würde nicht mal den Versuch machen. Terry weiß, daß ich für ihn lügen würde. Ich könnte ohne weiteres behaupten, daß er eine Halsentzündung hat. Aber er will unbedingt auftreten, und ich weiß nicht, wie ich ihn zurückhalten soll, Herzchen. Er ist schließlich doppelt so groß wie ich.«

»Warum können Sie ihn dann nicht einfach in der Wohnung einsperren?«

»Glauben Sie, daran hätte ich nicht auch schon gedacht? Aber ... na ja, Terry kann ziemlich schwierig sein, wenn er alkoholisiert ist. Kampflustig vor allem.«

Katharine hatte allmählich das Gefühl, daß es viel schlimmer um Terry stehen mußte, als sie gedacht hatte. Sie fragte sich, wie es dazu gekommen war. Aber Nachdenken war sinnlos. Man mußte handeln.

»Vielleicht finden wir jemand, der uns hilft«, schlug sie vor. »Ich könnte Victor Mason bitten, schnell herzukommen. Der ist sogar noch größer als Terry und viel stärker. Der wird auf jeden Fall mit ihm fertig.«

Norman warf ihr einen schiefen Blick zu. »Seien Sie nicht dumm, Herzchen. Wir können unmöglich andere Leute da hineinziehen.« Damit lief er wieder los. Katharine sah ihm verärgert nach, entschloß sich aber, ihm zu folgen.

Der kleine, agile Garderobier schoß mit wehendem Regenmantel so flink durch das Gewühl der Fußgänger, daß Katharine ihn mehrmals fast aus den Augen verlor. Mein Gott, der benimmt sich wie ein Verrückter, dachte sie ärgerlich. Dann sagte sie sich, daß Norman vielleicht befürchtete, Terry sei irgendwie aus der Wohnung gelangt und schwanke in seinem Zustand ins Theater. Aber sie kannte John Standishs Wohnung, in der Terry augenblicklich wohnte. Sie hatte nicht nur eine feste Eichentür, sondern wegen der vielen wertvollen Kunstgegenstände auch drei dicke Schlösser, um einen Einbruch unmöglich zu machen. Katharine beschleunigte ihren Schritt, um Norman einzuholen, und sah, als sie das Piccadilly Hotel erreichte, daß Norman haltgemacht hatte, um auf sie zu warten.

»Sie sind unfair«, keuchte sie. »Sie wollten mir alles erklären, haben das bisher aber mit keinem Wort getan. Und jetzt benehmen Sie sich so seltsam, daß ich annehmen muß, Sie verheimlichen mir etwas. Was ist passiert, Norman?« fragte sie nervös.

Norman schluckte und versuchte sich zu beherrschen. Schließlich sagte er: »Sie haben recht, ich habe Ihnen nicht alles erzählt, Katharine.« Bedrückt schüttelte er den Kopf. »Ich wollte damit warten, bis wir beim Albany sind. Auf keinen Fall hätte ich Sie unvorbereitet in dieses ... dieses Chaos hineinlaufen lassen, aber so auf offener Straße wollte ich nicht...« Er ergriff ihre Hand und fuhr fort: »Terry ist nicht nur betrunken, Katharine. Er ist ... niedergestochen worden.«

Sekundenlang starrte Katharine ihn verständnislos an, dann begriff sie, was er gesagt hatte, und ihre Miene war zutiefst entsetzt. »Niedergestochen?« wiederholte sie mit zitternder Stimme. »Wie schlimm ist es?«

»Nicht weiter schlimm«, beruhigte Norman sie sofort. »Eine Fleischwunde am Oberarm. Zum Glück nicht sehr tief. Meine Frau ist bei ihm. Sie war Krankenschwester und hat die Blutung zum Stillstand gebracht.« Norman holte Luft und ergänzte hastig: »Einen Arzt habe ich nicht gerufen.«

Er las Zorn und Angst in Katharines kalkweißem Gesicht und erklärte schnell: »Es war unmöglich, Katharine! Ein Arzt müßte die Stichwunde der Polizei melden, und dann gäbe es eine Untersuchung und viel negative Publicity. Sie wissen doch, wie die Zeitungen sind, wenn sie eine derartige Meldung bekommen!«

»Aber sind Sie ganz sicher, daß es nicht schlimm ist?« wollte Katharine wissen. »Wirklich?«

»Wirklich, ganz ehrlich, Herzchen. Und Penny auch. Ich hoffe, sie hat ihn inzwischen ein bißchen nüchterner gekriegt.«

Sekundenlang brachte Katharine kein Wort heraus, so heftig wurde sie von den verschiedensten Gefühlen gebeutelt. Dann sagte sie langsam: »Er kann wirklich heute abend nicht auftreten, Norman. Selbst wenn er wieder nüchtern wäre. Er würde die Vorstellung nie durchstehen.«

»Ja«, bestätigte Norman. »Deswegen habe ich Sie ja hauptsächlich geholt, damit Sie ihm gut zureden. Auf Sie wird er hören. Sie werden es doch versuchen, nicht wahr?«

»Ich werde alles tun, was in meiner Macht steht, das wissen Sie, Norman.« Sie zögerte; dann faßte sie Mut und fragte leise: »Was meinen Sie, Norman – wer hat auf ihn eingestochen? Doch nicht etwa Alexa Garrett, oder?«

Norman schüttelte den Kopf. »Nein, die bestimmt nicht«, versicherte Norman, aber es klang sehr wenig überzeugend, und er konnte ihr nicht in die Augen sehen.

»Wer denn dann?« drängte sie ihn.

»Ich... Ehrlich, ich weiß es wirklich nicht.« Norman überlegte einen Moment, dann sagte er grimmig: »Aber es hat eine Auseinandersetzung gegeben. Dabei ist alles mögliche kaputtgegangen. John wird ganz schön sauer sein, wenn er davon erfährt. Er hat Terry aus Gutmütigkeit seine Wohnung überlassen, und jetzt ist die Hälfte von seinen Sammelstükken hinüber.«

»Sie meinen doch nicht etwa die Jadesteine und das Porzellan im Salon, Norman?« fragte Katharine ungläubig.

Norman nickte nur stumm.

»Aber das ist ja furchtbar, Norman! Schrecklich! John hat viele Jahre gebraucht, um diese wunderschönen Sachen zu sammeln, und er war immer so stolz darauf. Terry wird ihm alles ersetzen müssen.«

»Ja«, antwortete Norman. Nur womit, dachte er. Terry ist total pleite und bis über die Ohren verschuldet. Laut sagte er: »Kommen Sie, wir sollten uns beeilen. Erschrecken Sie aber nicht, wenn Sie ihn sehen, Katharine. Er sieht ganz schön mitgenommen aus.«

Bis zum Albany House war es nicht mehr weit, und als sie John Standishs Wohnungstür erreichten, schloß Norman auf, und sie traten ein. In der Diele wurden sie leise von Normans Frau Penny begrüßt, die sichtlich erleichtert war, sie zu sehen. Penny, eine zierliche, hübsche Blondine, war blaß und bekümmert.

»Wie geht's ihm?« erkundigte sich Norman sofort.

»Nicht allzu gut; er ist ziemlich zittrig. Aber zum Glück hat sein Arm nicht wieder zu bluten begonnen.« Penny deutete zum Salon hinüber. »Kommen Sie einen Moment mit dort hinein, bevor Sie zu ihm gehen, damit ich Ihnen alles erklären kann.«

Im Salon sah Katharine auf den ersten Blick, daß Norman nicht übertrieben hatte. Der sonst so schöne, elegante Raum sah aus, als hätte ein Orkan darin gewütet. Zwei große chinesische Porzellanlampen waren zerbrochen und mit ihren verbogenen Seidenschirmen in eine Ecke geräumt worden. Mehrere kleine antike Tischchen lagen mit abgebrochenen

Beinen daneben. Ein großer, ungewöhnlich schöner venezianischer Spiegel über dem weißen Marmorkamin war zersplittert, und Johns kostbare Sammlung von rosa und grünen Jadesteinen war in zahllose winzige Stücke zerbrochen. Wie die Teile eines Puzzles lagen sie auf einem runden georgianischen Tisch. Der hellblaue Teppich hatte mehrere Brandlöcher von Zigaretten und dunkle Rotweinflecke.

Katharine war entsetzt. Zwar schienen Penny und Norman ein wenig aufgeräumt zu haben, aber man sah auch so, daß der Schaden beträchtlich war. Wie hatte es nur dazu kommen können?

Sie wandte sich an Penny. »Er ist zittrig, sagten Sie. Meinen Sie denn, er kann heute auftreten?«

Penny schüttelte den Kopf. »Völlig unmöglich, Katharine. Es geht ihm inzwischen zwar wesentlich besser, aber nun setzt ein mordsmäßiger Kater ein.«

Norman stöhnte. »Jetzt müssen Sie ran, Katharine. Vielleicht können Sie ihn überreden, vierundzwanzig Stunden im Bett zu bleiben. Er braucht unbedingt ausreichend Schlaf.«

»Ich will's versuchen«, sagte sie. »Wollen wir zu ihm gehen?« Katharine folgte Norman und Penny hinaus.

Vor der Schlafzimmertür am anderen Ende des kleinen Flurs blieb Norman stehen. »Vielleicht sollte ich ihm lieber sagen, daß Sie hier sind, Katharine. Er weiß nicht, daß ich Sie holen wollte.« Er trat ein, während Penny und Katharine vor der angelehnten Tür warteten.

Sie hörten Normans leise Stimme, auf die Terry empört antwortete: »Herrgott noch mal, Norman! Warum haben Sie das getan, Sie dämlicher Hund!« Dann suchte Norman Terry zu beruhigen, und schließlich holte er sie herein.

Katharine zögerte ein wenig, doch Penny versetzte ihr einen kleinen Stoß, und plötzlich konnte sie Terry sehen. Sie erschrak, doch es gelang ihr, sich den Schreck nicht anmerken zu lassen. Terry lag, nur mit einer schwarzseidenen Pyjamahose bekleidet, in einen Berg von Kissen gelehnt auf dem Bett. Der verletzte linke Arm war fast von oben bis unten verbunden, und sie sah sofort, daß Terry noch weitere Verletzungen davongetragen hatte. Die rechte Schulter und der rechte Arm wiesen dunkle Blutergüsse auf, am Hals leuchteten blutrote Kratzer. Und überdies sah er mit seinem aufgedunsenen Gesicht viel schlimmer aus, als sie es sich vorgestellt hatte, so daß ihre Besorgnis wuchs. Unter den blauen Augen, blutunterlaufen und mit roten Rändern, lagen dicke, dunkle Ringe. Er wirkte benommen, sein glasiger Blick hatte Mühe, sich auf Katharine zu konzentrieren.

»Hallo, Puss«, sagte Terry mit schwacher, heiserer Stimme, als hätte sein lautes Schimpfen Sekunden zuvor ihn völlig entkräftet. »Schöne Patsche, in der ich sitze, nicht wahr?«

»Ja, Terry, das kann man wohl sagen.« Katharine zeigte ihr strahlendstes, liebevollstes Lächeln und fuhr tröstend fort: »Aber es könnte schlimmer sein. Einmal richtig ausschlafen, und du wirst dich wesentlich besser fühlen.« Wieder lächelte sie und ergänzte dann in etwas trockenerem Ton: »Morgen abend stehst du bestimmt wieder auf der Bühne.«

Die letzten Reste seiner Energie zusammennehmend, stemmte sich Terry aus den Kissen hoch und funkelte sie wütend an. »Heute abend! Ich werde keine Vorstellung schwänzen. Nicht wegen dem kleinen Kratzer hier. Kommt nicht in Frage, Puss!«

Zu Katharines Verwunderung artikulierte Terry klar und deutlich; andererseits war nicht zu übersehen, daß er den Anforderungen seiner Rolle auf keinen Fall gewachsen war. Seine Hände zitterten; der Alkohol, der Schlafmangel, der Messerstich und der Kampf im Salon hatten ihn eindeutig viel Kraft gekostet.

Katharine stellte sich ans Fußende des Bettes. So energisch, wie sie nur konnte, sagte sie: »Du kannst nicht auftreten, Terry, Liebling. Das wäre Wahnsinn. Du würdest nicht mal den ersten Akt überstehen, geschweige denn das ganze Stück. Also sei bitte jetzt vernünftig.«

»Ich trete auf!« Terry schrie beinahe, mit einer auf einmal wieder erstaunlich kräftigen Stimme. »Ich danke dir, daß du gekommen bist, Puss«, fuhr er dann etwas leiser fort, »aber es wäre nett von dir und Penny, mich jetzt mit Norman allein zu lassen, damit ich mich endlich anziehen kann.« Er sank in die Kissen zurück und griff nach dem Glas Wasser auf dem Nachttisch. Dabei zitterte seine Hand so sehr, daß er die Hälfte verschüttete, bevor er es an seine trockenen Lippen brachte.

»Sieh dich doch an!« Katharine wurde jetzt ebenfalls lauter. »Du zitterst wie ein Lämmerschwanz. Du schaffst es nie!«

Grimmig lächelnd antwortete Terry: »O doch! Ich hab' eine viel größere Bühnenerfahrung als du, mein Schatz. Sobald ich Make-up und Kostüm trage, bin ich bereit fürs Rampenlicht. Ich bin ein uralter Hase, das weißt du doch!«

»Jetzt hör mir mal zu«, entgegnete Katharine in ihrem strengsten Ton. »Nicht mal ins Theater werde ich dich lassen, Terrence Ogden, geschweige denn auf die Bühne. Du bist deinem Publikum verpflichtet. Und deinen Kollegen. Es wäre unfair, uns andere mit deinen Problemen zu belasten. Du weißt genau, daß wir dich alle durchschleppen müßten. Mir macht das nichts aus, aber die anderen hätten bestimmt was dagegen. Und stell dir vor, wie du dich nachher fühlen wirst, wenn du eine schlechte Vorstellung gegeben hast! Du könntest den Gedanken, dich auf der Bühne blamiert zu haben, nicht ertragen. Und schon gar nicht die Demütigung.« Zornig funkelte sie ihn an.

Terry lachte hysterisch. »Ach, meine süße Katharine, du bist so jung, so idealistisch, so voll nobler Vorstellungen ...« Er unterbrach sich, um nach dem Glas zu greifen, und schüttete das Wasser diesmal über die Kissen. Nachdenklich betrachtete er den nassen Fleck, lag ganz still in den Kissen und murmelte: »Tränen. Ach ja, Tränen. Weinen lindert den tiefen Schmerz. Heinrich VI. Der große Barde trifft stets den Kern der Sache, nicht wahr, süße Katharine?« Er schloß die Augen. Katharine sah Norman an, doch der zuckte nur hilflos die Achseln. Penny sagte: »Ich glaube, Terry schläft jetzt ein. Wir sollten ihn eine Weile in Ruhe lassen.«

»O nein, Penelope! Weise und wunderbare Pe-ne-lo-pe«, rief Terry, öffnete ein gerötetes Auge und grinste ironisch.

Katharine wandte sich an Norman. »Penny hat recht«, sagte sie sehr betont. »In einer halben Stunde wird Terry sich besser fühlen. Dann können Sie ihm beim Ankleiden helfen.« Mit ihren ausdrucksvollen Augen gab sie Norman, der protestieren wollte, ein Zeichen und fuhr schnell fort: »Sie könnten ihm inzwischen ein Bad einlaufen lassen.« Ihr kühler Blick ruhte auf Terry, als sie anschließend gelassen erklärte: »Wenn du fertig bist, werden Norman und ich dich ins Theater bringen. Kommen Sie mit, Norman, Penny.« Sie machte kehrt und marschierte mit energischen Schritten zur Tür.

»Danke, Puss! Ich wußte ja, daß du mich verstehst«, murmelte Terry, der wieder versuchte, sich hochzustemmen, und wieder, kraftloser als zuvor, sofort in die weichen Kissen zurückfiel.

Draußen warf Norman Katharine einen fragenden Blick zu, und Penny begann ärgerlich: »Was soll das ...«

»Psst!« warnte Katharine und zog Penny in den Salon. Norman folgte ihnen, schloß die Tür und lehnte sich von innen dagegen. »Wenn Sie vielleicht einen Plan haben, Katharine, muß das aber schon ein verdammt guter Plan sein.«

Katharine setzte sich in einen Sessel. »Nicht direkt einen Plan, aber gesunden Menschenverstand. Solange wir uns mit Terry streiten, ob er auftreten darf oder nicht, kommen wir mit ihm keinen Schritt weiter. Deswegen dachte ich, wir sollten so tun, als ließen wir zu, daß er badet und sich ankleidet. Haben Sie nicht bemerkt, wie fügsam er wurde, als ich vorschlug, Sie sollten ihm helfen?«

Die beiden nickten. »Meiner Ansicht nach ist Terry körperlich total erledigt und immer noch ein bißchen betrunken. Deswegen wird er, wenn er rasiert, gebadet und angezogen ist, überhaupt keine Kraft mehr haben. Und nach dem Bad wird er bestimmt todmüde sein, vor allem wenn es ein heißes ist. Er wird dann, glaube ich, völlig absacken, und wir können ihn widerstandslos zu Bett bringen.«

Zum erstenmal an diesem Tag lächelte Norman. »Schätzchen, Sie sind ein kleines Genie! Das ist wirklich die einzige Lösung. Verdammt, ich wünschte, wir hätten K.-o.-Tropfen.«

»Ich hab' ein paar Schlaftabletten mitgebracht«, erklärte Penny. »Als du mich wegen Terry anriefst, habe ich alles mögliche in meine Tasche gesteckt. Erste-Hilfe-Kasten, Verbandszeug, Aspirin und Schlaftabletten. Allerdings hatte ich ihm die nicht geben wollen – weil er Alkohol getrunken hat.«

»Aber eine würde ihm doch nicht schaden – oder?« fragte Norman eifrig.

»Ich glaube kaum.« Penny holte das Fläschchen aus ihrer Tasche. »Aber freiwillig wird er die niemals nehmen. Ich werde sie zerstoßen und in einem Glas heißer Milch auflösen müssen. Wenn ich genug Zucker reingebe, wird er bestimmt nichts schmecken.«

»Gute Idee, Liebling!« Norman warf seiner Frau einen zärtlichen Blick zu und sprang auf. »Dann werde ich ihm jetzt das Bad einlassen. Bin gleich wieder da.«

Nachdem Norman verschwunden war, wandte Katharine sich an Penny. »Scheußliche Situation, nicht wahr? Was ist eigentlich los, Penny?«

Penny biß sich auf die Lippe. »Ich habe leider keine Ahnung«, sagte sie vorsichtig.

Katharine musterte sie durchdringend. »Hat Norman Ihnen denn nichts erzählt?«

»Nein.« Penny erwiderte ihren Blick ebenso fest.

»Wie hat Norman von dem Messerstich erfahren?«

»Terry hatte ihn gebeten, seinen Anzug vom Schneider zu holen, und Norman brachte ihn heute nachmittag hierher. Er fand Terry blutüberströmt und stockbetrunken auf dem Bett. Daraufhin rief er mich an und bat mich, sofort herzukommen, und dann hat er anscheinend versucht, Terry auszufragen, aber von ihm nichts erfahren können. Zu der Zeit war Terry, wie Norman mir sagte, in einer noch weit schlechteren Verfassung als jetzt. Völlig wirr. Ja, und mehr weiß ich nicht.«

»Nur gut, daß Norman einen Grund hatte, heute hierherzukommen«, sagte Katharine, leicht schaudernd bei der Vorstellung, was sonst wohl passiert wäre. Dann sah sie Penny nachdenklich an. »Ich habe Norman vorhin gefragt, ob es Alexa Garrett gewesen sein kann, und er verneinte. Aber so ganz überzeugt hat er mich nicht. Ich habe das bestimmte Gefühl, daß Norman sie verdächtigt. Was meinen Sie?«

»Ich weiß es nicht«, antwortete Penny zweifelnd. »Aber ich verdächtige sie auf jeden Fall. Der würde ich alles zutrauen. Seit sie da ist, hat Terry nur Pech gehabt. Richtig verhext hat ihn dieses Biest. Sie hat einen schlechten Einfluß auf ihn, Katharine. Einen sehr schlechten. Aber Terry hat ja im Hinblick auf Frauen noch nie viel Geschmack bewiesen. Nur bei Hilary Rayne. Die hätte er heiraten sollen statt seiner letzten Frau Megan. Die war auch immer so hochnäsig. Genau wie Alexa. Beides dieselbe Sorte.«

Katharine war verblüfft über diesen zweiten Hinweis auf Hilary an einem Tag. »Ja, Penny. Über Hilary bin ich mit Ihnen einer Meinung. Sie ist bezaubernd. Aber leider jetzt mit Mark Pierce verheiratet, also unerreichbar für Terry.«

Penny erschrak. »Ach, ich wußte gar nicht, daß Sie Hilary kennen! Kennen Sie sie denn schon lange?«

»Nicht sehr lange, aber sie ist ...« Katharine unterbrach sich, weil Norman hereinkam. Er wirkte erleichtert, grinste und machte das V-Zeichen. »Ich glaube, es klappt. Ich mußte Terry wecken, um ihm ins Bad zu helfen. Jetzt hockt er in der Badewanne und ist schwach wie ein Baby. Er wollte nicht mal, daß ich ihn rasiere. Wenn du jetzt die Milch heiß machen würdest, Penny-Liebling, werde ich dann versuchen, sie ihm einzutrichtern. Danach wird er hoffentlich süß träumen.«

Penny lief hinaus, und Norman sah auf die Uhr. »Genau halb sechs, Katharine. Möchten Sie allmählich los, ins Theater?«

»Nein, Norman. Ich warte auf Sie. Ich möchte mich vergewissern, daß alles in Ordnung ist«, antwortete sie.

Norman stand in den Kulissen des St. James's Theatre und sah sich den letzten Akt von »Trojan Interlude« an. Er beglückwünschte Katharine in Gedanken zu ihrer Leistung. Sie war hinreißend. Sie hatte die ganze Vorstellung brillant gerettet, denn Peter Malloy, Terrys Ersatzmann, war zwar gut, spielte aber ohne Terrys Begeisterung und Hingabe.

Langsam schlenderte Norman zu den Garderoben zurück, wo er sich heute um Malloy kümmern mußte, der keinen eigenen Garderobier hatte. Doch er war froh gewesen, die Wohnung verlassen zu können; so war sein Kopf wieder klarer geworden. Terry war eingeschlafen, bevor Norman mit Katharine ins Theater ging, und Penny hatte ihm versichert, sie sei in der Lage, mit allen Eventualitäten allein fertig zu werden. Während der Vorstellung hatte Norman seine Frau mehrmals angerufen, doch zu seiner Erleichterung hatte sie ihm berichtet, Terry schlafe wie ein Toter und werde vermutlich erst am folgenden Morgen erwachen. Vorsichtshalber wollten Penny und er jedoch auch die Nacht bei Terry verbringen.

Und morgen mußte er ernsthaft mit Master Terrence sprechen. Das war längst fällig. Norman war Terry treu ergeben, und beide waren sich in den sechs Jahren, die er nun schon sein Garderobier war, außerordentlich nahegekommen. Norman empfand sich als Terrys Beschützer, als Wahrer und Hüter seines Talents, das als Nationalschatz ganz England gehörte und gehegt und gepflegt werden mußte.

Norman blieb vor Terrys Garderobe stehen und wartete auf Katharine. Er hatte in den letzten Stunden viel nachgedacht und beschlossen, sich ihr anzuvertrauen. Sie war der einzige Mensch, bei dem er das wagte. Terrys Probleme wurden allmählich eine zu große Belastung für ihn, und nach diesem furchtbaren Tag mußte er sie sich von der Seele reden, sich bei jemandem Rat holen – und zwar schnell, wenn er weitere Katastrophen verhindern wollte. Vielleicht konnte Katharine Terry ein bißchen Vernunft eintrichtern.

Jetzt hörte er ihr klingendes Lachen, und gleich darauf kam sie die Steintreppe herunter. Mit breitem Lächeln ging er ihr entgegen, um sie ein wenig rauh, aber sehr herzlich zu umarmen. »Sie waren überwältigend, Herzchen«, lobte er mit aufrichtiger Bewunderung. »Alle haben Sie mitgerissen.«

»Danke, Norman.« Katharine atmete mehrmals tief durch. »Ich hab's für Terry getan«, erklärte sie mit liebevollem Lächeln. Dann verzog sie das Gesicht. »Aber es war ganz schön hart, stellenweise. Sehen Sie nur – ich bin klatschnaß.«

»Dann sollten Sie sich aber schnell umziehen«, warnte Norman väterlich und schob sie zu ihrer Garderobentür. »Übrigens, darf ich Sie nachher zu einem Drink einladen?«

»Das ist ganz reizend von Ihnen, Norman, aber ich bin leider verabredet.«

»Nur auf einen. Zehn Minuten. Es ist wichtig, Katharine.«

Sie hörte die Sorge in Normans Ton und fürchtete, es sei etwas mit Terry passiert. Rasch fragte sie: »Geht es ihm schlechter?«

»Nein, nein, er schläft. Aber ich ... ich brauche einen Rat ... wegen Ter... unserem Freund ...« Norman sah sie vielsagend an. »Verstehen Sie?«

»Ja, ich verstehe.« Sie hatte nicht das Herz, ihn abzuweisen. Außerdem machte sie sich selbst Sorgen um Terry und starb fast vor Neugier hinsichtlich des Geschehenen. Also sagte sie: »Kim Cunningham bringt mir nachher eine Art Picknick in die Wohnung. Ein Mitternachtsdinner, sozusagen.« Sie krauste die Nase. »Er ist so wahnsinnig romantisch. Jedenfalls können wir dort etwas trinken, Norman. Wir haben reichlich Zeit, bis er erscheint.«

Norman zögerte. In Gegenwart von Aristokraten fühlte er sich als einfacher Mann stets unsicher. »Aber wenn Seine Lordschaft kommt, sollten wir's doch lieber aufschieben.«

»Ach Unsinn, Norman! Ich möchte, daß Sie kommen. Und vor allem möchte ich Ihnen und Terry helfen.«

»Okay. Dann vielen Dank, Katharine. Sie sind ein Schatz.« Norman strahlte. »Jetzt muß ich nur noch schnell Peter helfen, dann bin ich fertig. Klopfen Sie, wenn Sie soweit sind.«

»Ich werd' mich beeilen. Fünfzehn Minuten höchstens«, versprach sie und verschwand in ihrer Garderobe.

Siebzehntes Kapitel

»Ich hätte gern einen Pink Gin«, sagte Norman, steckte sich eine Zigarette an und lehnte sich in das weiße Sofa zurück.

»Ach, du liebe Zeit! Ich hab' gar keinen Angostura Bitter«, antwortete sie stirnrunzelnd. »Aber Gin habe ich. Soll ich einen Schuß Tonic reintun?«

»Danke, Katharine. Das wäre fein.«

Katharine nickte lächelnd und kehrte in die Küche zurück. Norman sah sich interessiert um. Ziemlich vornehm, dachte er. Und teuer. Aber überhaupt nicht mein Geschmack. Viel zu kalt, zu steril und zu ... hygienisch. All das Weiß. Wie im Krankenhaus. Fehlt nur der Desinfektionsgeruch. Norman fröstelte trotz der elektrischen Heizung. Als Katharine ihn im Theater in ihre Wohnung einlud, hatte er sich darunter etwas ganz anderes vorgestellt. Sie war ein so fröhliches, offenherziges, lebendiges Mädchen, mit so viel Herzlichkeit und Wärme. Diese ... jawohl, leblose Umgebung paßte überhaupt nicht zu ihr.

Katharine kam mit den Drinks herein und unterbrach ihn in seinen Gedanken. Sie reichte ihm den Gin Tonic und setzte sich ihm gegenüber in einen Sessel.

»Prost«, sagte sie lächelnd und trank von ihrem Wodka on the rocks.

»Prost«, antwortete Norman. »Ich bin Ihnen wirklich

dankbar, Katharine.« Er wandte den Blick ab, wußte nicht, wie er beginnen, die Schwierigkeiten schildern sollte, die er nicht länger unter den Teppich kehren konnte.

Katharine wartete geduldig und auch ein wenig neugierig. Sie hatte gedacht, er werde schon auf dem Weg vom Theater hierher etwas erzählen, aber er hatte nur von der Vorstellung gesprochen.

Als hätte er ihre Gedanken erraten, räusperte sich Norman und stieß hervor: »Terry richtet sich völlig zugrunde! Ich weiß nicht, wie ich ihn vor sich selbst retten soll, Katharine. Ich komme um vor Sorgen. Ehrlich, ich weiß nicht mehr, was ich machen soll!«

Katharine richtete sich auf. »Was soll das heißen, er richtet sich zugrunde?«

»So, wie er sich verhält, die Klemmen, in die er sich manövriert, und zwar immer häufiger. Er ist zu labil.« Sofort sah er den Protest in ihren Augen, den ungläubigen Ausdruck auf ihrem hübschen jungen Gesicht, und erklärte ernst: »Ich übertreibe nicht, glauben Sie mir! Ich war schon lange der Meinung, daß er eines Tages die Quittung kriegt, aber nun kam es doch eher, als ich es erwartet hatte. Und weit schlimmer. Mein Gott, er hätte tot sein können! Daß er noch lebt, ist reiner Zufall!«

»Ich weiß.« Katharine beugte sich neugierig vor. »Erzählen Sie mir von der Messerstecherei, Norman. Danach ist Ihnen bestimmt viel leichter.«

Norman lachte bitter auf. »Darüber gibt es nicht viel zu erzählen. Ich hab' versucht, aus dem wenigen schlau zu werden, was ich von Terrys Gefasel verstehen konnte, und mir eine Theorie zurechtgelegt. Ich wünschte, ich hätte eher mit Ihnen gesprochen, dann wäre es vielleicht gar nicht so weit gekommen. Aber ich wollte nicht über Terrys Probleme reden. Ich ... ich hatte das Gefühl, das wäre loyal. Aber

Ihnen kann ich ja trauen. Ich meine, Sie werden begreifen, daß alles, was ich Ihnen jetzt über Terry erzählen werde, streng vertraulich ist...«

»Ich werde mit niemandem darüber sprechen«, fiel Katharine ihm ins Wort. »Das versichere ich Ihnen, Norman.«

»Danke, Katharine.« Er sah sie an und begann sehr langsam: »Ich weiß, Sie verdächtigen Alexa, das tut Penny auch. Aber Terry sagte mir neulich, daß sie nach Zürich zu ihrem Vater fahren wollte, und soweit ich weiß, ist sie noch dort. Nein, ich bin sicher, daß es ein Mann war.« Sein Ton wurde fester. »Haben Sie Terry jemals mit einem jungen, gutaussehenden Burschen zusammen gesehen? Dunkelhaarig, sehr gut gekleidet, fast wie ein Dandy?«

»Ich glaube, ja.« Katharine zog die Brauen zusammen. »Fährt er einen gelben Jaguar, den er am Haymarket parkt?«

»Das ist er!« bestätigte Norman. Er trank einen großen Schluck Gin Tonic und sagte dann ruhig: »Ich bin überzeugt, daß der es getan hat.«

»Sind Sie da ganz sicher, Norman?« fragte Katharine nervös.

»Natürlich nicht! Ich war ja schließlich nicht dabei!« fuhr Norman auf. Etwas gemäßigter sprach er weiter: »Aber nach dem, was Terry zu mir gesagt hat, und dem, was ich selbst weiß, deutet alles darauf hin.«

»Und wer ist dieser Mann, Norman?« Katharines Hand krampfte sich um ihr Glas.

»Rupert Reynolds nennt er sich.«

»Nennt er sich? Ist das nicht sein richtiger Name?«

»Nein. Er ist der Sohn eines sehr bekannten Mannes.«

Katharine musterte Norman scharf. »Woher wissen Sie, daß er einen falschen Namen benutzt? Hat Terry Ihnen das gesagt?«

»Nein. Terry ahnte nicht, wer er war, bis ich ihn aufgeklärt habe. Ich hatte nämlich Erkundigungen über den Burschen eingezogen, weil er Terry ständig belästigte.« Norman lachte grimmig auf. »Er ist das schwarze Schaf einer prominenten Familie und hat Krach mit seinem Vater. Jedenfalls glaube ich, daß er heute mit Terry in der Wohnung zu Mittag gegessen hat, und da ist es dann wohl zum Streit gekommen. Und Rupert hat Terry mit einem Messer angegriffen.« Norman nickte, als müsse er sich seinen Verdacht selbst bestätigen.

»Aber warum?« fragte Katharine entsetzt.

»Aus Eifersucht«, erklärte Norman.

»Soll das heißen, daß Terry ihm eine Freundin ausgespannt hat?« fragte Katharine mit nervösem Lachen.

»Nun – ja und nein. Es ist viel komplizierter ...« Norman fuhr sich mit der Hand durch das schüttere Haar. »Vor ungefähr sechs Monaten lernte Terry diesen Rupert auf einer Party kennen, und der behauptete, Theaterautor zu sein. Jedenfalls hängte er sich wie eine Klette an Terry. Ich warnte Terry, der Mann sei ein Schmarotzer der schlimmsten Sorte, aber Terry lachte mich nur aus. Er schien beeindruckt von Rupert zu sein, fand ihn unterhaltsam. Rupert versuchte, Terry ein Stück aufzudrängen, das er geschrieben hatte. Terry sollte es zur Aufführung bringen und die Hauptrolle darin spielen. Frechheit! Ein schöner Mist war das! Einfach unmöglich. Zum Glück war Terry vernünftig genug, das Ansinnen abzulehnen, aber Rupert wurde er damit noch immer nicht los. Allmählich hatte er jedoch die Nase voll von ihm, und sie gerieten sich in die Haare. Ein paar Wochen machte Rupert sich rar. Dann tauchte er mit Alexa Garrett im Schlepp unvermittelt wieder auf. Er stellte sie als seine Freundin vor, und sie schienen wirklich auf äußerst intimem Fuß zu stehen. Und dann, verdammt noch mal, waren sie und Terry plötzlich ineinander verliebt, wohnten zusammen und redeten von Heirat. Ich dachte wirklich, mich trifft der Schlag!«

»Und deswegen hat Rupert auf Terry eingestochen? Weil er eifersüchtig auf ihn war?«

»Nein, ich glaube nicht...« Norman warf Katharine einen vorsichtigen Blick zu und sagte mit gedämpfter Stimme: »Ich glaube, der Kerl war eifersüchtig auf Alexa. Ich glaube... Nun ja, Katharine, um ehrlich zu sein, er ist ein bißchen dekadent. Sie wissen schon, läßt sich hierhin und dahin treiben. Wie eine Wetterfahne.«

Katharine starrte ihn verständnislos an. Schließlich fragte sie ungläubig zurück: »Wollen Sie etwa behaupten, dieser Rupert hat sich in Terry verliebt?«

Norman nickte. »Allerdings. Aber he, Katharine, das beruht nicht auf Gegenseitigkeit! Terry ist völlig normal. Dafür schätzt er die Damen viel zu sehr. Und ich weiß genau, daß er den Kerl kein bißchen ermutigt hat. Nur freundlich hat er sich verhalten. Terry kann wirklich allzu großzügig sein.«

»Aber hat Terry denn nicht gemerkt, daß dieser Rupert...«

»Stockschwul war?« fiel Norman ihr ins Wort. Er lachte sarkastisch. »Anfangs nicht. Rupert Reynolds ist ganz schön gerissen. Hatte ständig Mädchen um sich herum und langweilte uns mit Prahlereien über seine Eroberungen. Aber ich begann so etwas zu ahnen, als er vor ein paar Monaten allzu besitzergreifend mit Terry umging. Terry hat nur gelacht, als ich eine Bemerkung darüber machte. Aber er war wenigstens gewarnt. Dann bestätigte Alexa meinen Verdacht, und auf sie mußte Terry dann hören. Sie können sich seine Reaktion vorstellen. Hat Rupert fallengelassen wie 'ne heiße Kartoffel. Jawohl, von da an war Master Reynolds Persona non grata bei uns. Wochenlang haben wir nichts von ihm gehört.«

»Bis heute«, warf Katharine ein.

»Jawohl. Als ich Terry fand, murmelte er irgendwas, Rupert habe durchgedreht, oder so ähnlich. Zuerst verstand ich nicht, was er sagte, aber verdammt noch mal, Katharine – man braucht nicht viel, um zwei und zwei zusammenzuzählen, nicht wahr?«

»Ach, Norman ... Es ist doch eigentlich viel zuwenig, um ...«

»Das hier habe ich gefunden.« Norman zog einen goldenen Manschettenknopf aus der Tasche und reichte ihn Katharine, die ihn neugierig betrachtete.

»Da ist eine Art Wappen drauf.« Fragend sah sie Norman an.

»Ganz recht. Ein Familienwappen, und zwar Ruperts. Ich kenne es. Das Ding lag mitten im Salon auf dem Fußboden. Und die Aschenbecher quollen über von den Zigaretten, die er immer qualmt. Irgend so eine stinkende französische Marke.«

»Wollen Sie in diesem Zusammenhang meinen Rat?« erkundigte sich Katharine. »Wegen diesem Rupert?«

»Nein, eigentlich nicht ...«

»Aber ein solcher Mensch könnte noch immer gefährlich werden«, rief Katharine angstvoll. »Fürchten Sie nicht, daß er Terry noch einmal anzugreifen versucht?«

»Großer Gott, nein!« Norman lachte laut auf, aber es lag ein Anflug von Bitterkeit darin. »Der ist bestimmt längst über den Kanal ins Ausland entwischt. Ich glaube kaum, daß ihm der Gedanke zusagt, im Old Bailey unter Mordanklage vor Gericht zu stehen. Oder wegen Mordversuchs. Nein, von dem werden wir nichts mehr hören. Und wenn er so dumm sein sollte, hier wieder aufzukreuzen, drohe ich ihm, zu seinem Vater zu gehen. Dann kriegt er sofort Hosensausen.«

»Na ja, Sie müssen's ja wissen, Norman«, murmelte

Katharine zweifelnd. Obwohl Norman ihre Angst um Terrys Sicherheit einigermaßen beschwichtigt hatte, war sie noch immer verwirrt und fragte ungeduldig: »Weswegen brauchen Sie denn nun meinen Rat?«

»Weil ich wissen möchte, wie man Terry aus den Schwierigkeiten helfen kann, in denen er steckt, und zwar so schnell wie nur eben möglich.«

»Was für Schwierigkeiten?« erkundigte sich Katharine beunruhigt. Was konnte denn noch geschehen sein?

»Alle möglichen... Vor allem ist Terry bis über die Ohren verschuldet. Haushoch. An Glenda, seine erste Frau, muß er Alimente und Unterhalt für die Kinder zahlen, und sobald er von Megan geschieden ist, sind dort ebenfalls Alimente fällig. Die wird ihn nicht so billig davonkommen lassen. Und dann Terry selbst. Er lebt wie ein Pascha. Die besten Savile-Row-Anzüge, Hemden von Turnbull, Schuhe von Maxwell. Ewig teure Restaurants, und dort nur vom Besten... Und Einladungen gibt er mehr als reichlich und mehr als üppig. Dazu kommt jetzt noch der Schaden in Johns Wohnung. Der kostet auch nicht gerade wenig. Ich hab' ein bißchen rumgerechnet und festgestellt, daß Terry mindestens fünfzig- bis sechzigtausend Pfund braucht, um alle Schulden abzuzahlen. Aber fragen Sie mich nicht, woher er die nehmen soll, denn ich habe wirklich keine Ahnung. Ich sehe keinen Ausweg.«

Katharine hatte aufmerksam zugehört und war überzeugt, daß Norman nicht übertrieb. Daß Terry auf großem Fuß lebte, wußte sie sogar aus eigener Erfahrung, obwohl sie sich bis jetzt noch keine Gedanken darüber gemacht hatte. »Könnte er bei der Bank nicht einen Überziehungskredit beantragen?«

»Den hat er längst.« Norman seufzte. »Mein Gott, Katharine, Terry wirft das Geld zum Fenster raus wie ein besoffener Matrose auf Landgang. Doch abgesehen von seinen finanziellen Problemen ist da noch Alexa. Penny hat recht, sie hat einen sehr schlechten Einfluß auf ihn. Erstens säuft er sehr viel, seit er sie kennt ... Na ja, ein echtes Alkoholproblem hat er nicht – wenigstens noch nicht. Aber er kippt eben mehr als üblich. Wäre das nicht der Fall, hätte es heute bestimmt diesen Zwischenfall mit Reynolds nicht gegeben. Ehrlich, ich wünschte, ich könnte Terry aus London rausholen, fort von Alexa und ihrer leichtsinnigen Clique. Dann würde er sich schnell wieder fangen. Aber so ...« Norman verstummte bedrückt.

Katharine lehnte sich nachdenklich zurück. Norman hatte mit seiner Einschätzung der Lage recht. Und sie wußte, daß er sich aufrichtig Sorgen um Terry machte. Norman war der selbstloseste Mensch, den sie kannte, und Terry konnte froh sein, einen so treuen, ergebenen Freund zu haben. Katharines Gehirn, das einer gut geölten Schweizer Uhr glich, begann auf Hochtouren zu laufen.

Urplötzlich, wie ein Blitz aus heiterem Himmel, fand sie die Lösung – so einfach, daß sie vor Freude fast aufgesprungen wäre. Aber sie nahm sich zusammen und begann nur glücklich zu lächeln. »Ich hab's, Norman! Die Lösung für alle Probleme, die Terry hat.« Sie richtete sich kerzengerade auf, faltete fest die Hände im Schoß und sah Norman voller Zuversicht an.

»Für alle?« fragte er ungläubig.

Katharines strahlendes Lächeln wurde noch strahlender, und sie lachte fröhlich. »Ja. Jawohl, ich weiß jetzt, wie wir Terrys Leben verändern können, und zwar fast sofort.«

»Wenn das stimmt, dann wäre das wahrhaftig ein Wunder«, knurrte Norman, immer noch zweifelnd. »Erzählen Sie!«

»Erinnern Sie sich, daß ich vor ein paar Wochen mit Terry über die Rolle des Edgar Linton in Victor Masons Remake von ›Wuthering Heights‹ gesprochen habe?‹

Norman nickte wortlos.

Katharine fuhr eifrig fort: »Wie Sie wissen, hat Terry das Angebot abgelehnt. Damals hielt ich das für dumm, heute halte ich es für noch weitaus dümmer. Terry kann laut Vertrag ohne weiteres aus ›Trojan Interlude‹ aussteigen, und ich weiß, daß Victor ihm eine gute Gage bezahlen würde, weil er ihn wirklich gern in seinem Film haben möchte. Bis zu siebzigtausend Pfund würde er wahrscheinlich zahlen, möglicherweise sogar noch mehr ...«

»Großer Gott!« stieß Norman erregt hervor. »So viel?« Er war überwältigt und steckte sich schnell eine Zigarette an. Dann trank er einen großen Schluck Gin Tonic. »Nur weiter«, forderte er Katharine auf.

»Verstehen Sie, Norman? Wenn Terry den Film machen würde, könnte er seine Finanzprobleme praktisch sofort lösen und bräuchte nur ein paar Monate dafür zu arbeiten. Er würde sogar Geld übrig haben. Und noch etwas: Der Film wird zum größten Teil in Yorkshire gedreht, das heißt, Terry würde für mehrere Wochen aus London herauskommen. Weit weg sein von Alexa und ihrer Clique; außerdem würde ihm das vielleicht bei seinem Alkoholpro...«

»Sie kennen Alexa nicht, Katharine«, unterbrach Norman sie mit bitterem Lachen. »Wie ein geölter Blitz würde die hinter ihm hersausen. Die läßt ihn nicht aus ihren Fängen. Die kann er nicht so leicht abschütteln.«

»Warten Sie ab, Norman. Aber das ist nicht unser dringendstes Problem. Das Geld ist vorerst wichtiger ...« Katharine ließ den Satz in der Luft hängen. Sie sah den Garderobier nachdenklich an, weil ihr eine neue Idee gekommen war. »Norman ...«, begann sie. »Und wenn Terry nun von jemand anderem beeinflußt würde ... von jemandem, vor dem er große Hochachtung hat?«

»Zum Beispiel?«

»Hilary.«

Norman starrte sie mit offenem Mund an. »Hilary! Donnerwetter, Katharine, Sie sind verrückt! Hilary ist mit Mark Pierce verheiratet.«

»Das ist mir klar«, gab Katharine kühl zurück. »Aber Victor möchte, daß Mark die Regie des Films übernimmt. Hilary wird ihn dann zweifellos zu den Drehorten begleiten, und dabei kann sie ein Auge auf Terry haben. Ich halte Hilary für einen sehr ausgeglichenen, vernünftigen Menschen.« Sie warf Norman ein verständnisinniges Lächeln zu und wagte einen Schuß ins Blaue. »Sehen Sie, Norman, ich weiß nämlich zufällig, daß Hilary Terry noch immer sehr gern hat. Und umgekehrt.«

Woher, zum Teufel, hat sie nur ihre Informationen? dachte Norman verblüfft.

»Na, was ist – stimmt's?« drängte Katharine.

»In gewisser Weise, ja«, gab Norman nach kurzem Zögern zu. »Aber nur rein platonisch«, erläuterte er hastig, weil er nicht mißverstanden werden wollte und weil es stimmte. »Aber es könnte immerhin sein, daß Hilary zu den Außenaufnahmen nicht mitkommt.«

»Auch dafür gibt es eine Lösung«, behauptete Katharine selbstsicher. »Victor sucht eine gute Kostümbildnerin, und Hilary ist eine. Wenn ich sie ihm empfehle, wird er sie ebenfalls engagieren«, schloß Katharine triumphierend. Sie wünschte, schon früher daran gedacht zu haben, und konnte es kaum erwarten, Victor ihren Vorschlag zu unterbreiten.

Norman konnte nicht umhin, Katharine zu bewundern. »Weiß Gott, Sie haben tatsächlich an alles gedacht!« Er grinste erleichtert. Doch dann zog er ein langes Gesicht. »Aber Hilary ist nicht da. Und ich weiß nicht, wann sie wiederkommt. Ich habe heute nämlich versucht ... versucht, sie zu erreichen.«

»Ich verstehe, Norman. Um Terry zu helfen. Aber wir können sicher herausfinden, wann sie wieder in London ist, nicht wahr? Ich habe ihre Privatnummer; wenn Sie wollen, rufe ich dort an«, schlug Katharine vor. »Ich bin überzeugt, sie wird sofort zugreifen. Schließlich wird es ein großer Film, und außerdem würde sie mit ihrem Mann zusammenarbeiten. Und mit Terry.« Sie warf Norman einen schalkhaften Blick zu und ergänzte mit spitzbübischem Lächeln: »Ihrem Lieblingsschauspieler, ganz zweifellos.«

Norman mußte lachen. Er rieb sich das Kinn und lachte noch herzlicher bei dem Gedanken daran, wie herrlich Alexa Garrett ausmanövriert werden würde. »Ziemlich gewagt, das Ganze, aber es könnte klappen. Wenn wir Glück haben.«

Katharine lehnte sich zurück und beglückwünschte sich zu ihrem Einfall. »Dann werden Sie mir also helfen, Terry zu diesem Film zu überreden?«

»Worauf Sie sich verlassen können!« gab Norman energisch zurück.

»Darauf sollten wir noch etwas trinken«, schlug Katharine vor. »Sozusagen den Handel begießen.«

»Gute Idee. Aber nur einen kleinen. Penny wartet auf mich bei Terry.«

Katharine nahm die Gläser, stand auf und ging zur Tür. Unterwegs blieb sie auf einmal stehen und drehte sich um. »Übrigens, ich glaube, es gibt noch etwas, wobei ich Ihnen helfen kann – vielleicht. Es wäre nett, wenn Sie noch ein paar Minuten bleiben könnten, wenn Kim eintrifft. Mir ist gerade eingefallen, daß er Ihnen helfen könnte, den Schaden in Johns Wohnung einzuschätzen. Er kann Ihnen sagen, wo Sie die Möbel, den Teppich und die Vorhänge reparieren lassen können. Und wo es Ersatz für die zerbrochenen Gegenstände gibt, ohne daß es gleich die halbe Welt kostet. Er kennt sich aus mit Antiquitäten und Kunstschätzen.«

»Okay«, antwortete Norman lakonisch. »Aber Moment mal! Wie wollen Sie ihm den entstandenen Schaden erklären?«

»Oh, ich werde ihm sagen, daß Terry eine Party gegeben hat und zwei betrunkene Gäste sich in die Wolle geraten sind. Von den blutigen Details braucht Kim nichts zu wissen. Und wird vermutlich auch nicht danach fragen.«

»Gut.« Zum erstenmal an diesem Tag konnte sich Norman entspannen. Er lehnte sich bequem zurück und betete, daß Katharines Plan gelang.

Achtzehntes Kapitel

Kim Cunningham, der gerade in einen Hühnerschenkel beißen wollte, ließ ihn wieder sinken. »Was ist so komisch?« fragte er Katharine, während er sich die Finger an der Serviette abwischte.

Katharine kicherte fröhlich weiter. »Dein Gesicht, als du hereinkamst und Norman Rook hier sitzen sahst. Du hast ausgesehen, als hättest du mich beim Naschen erwischt.«

»Wie meinst du das?« Kim runzelte verdutzt die Stirn.

»Als hätte ich etwas Verbotenes getan. Dich hintergangen vielleicht.« Darüber mußte sie noch mehr lachen, und ihre Augen funkelten vergnügt. Katharines gute Laune war nicht aufgesetzt, sondern entsprang ihrer Erleichterung darüber, daß Terrys Verletzung wirklich nicht schwer war und daß sie und Norman alles unter Kontrolle hatten. Norman war ihr Verbündeter, er würde ihr helfen, ihre Pläne zu verwirklichen, und so würde sie dann in der Lage sein, ihre Versprechen Victor gegenüber einzuhalten. Der Schlüssel zu allem war natürlich Hilary.

Unter Kims aufmerksamen Blicken riß Katharine ihre Gedanken von dem Film und ihren komplizierten Plänen los und lächelte ihm zu. Sie saß auf einem Kissenberg auf dem Fußboden vor dem Couchtischchen aus Glas, die nackten Füße unter sich gezogen. »Keine Angst, Norman ist keine

Konkurrenz für dich«, versicherte sie Kim, der ihr gegenüber auf dem Sofa saß.

»Das hatte ich auch nicht angenommen«, antwortete Kim gutmütig und lachte ebenfalls, weil er merkte, daß sie ihn neckte. »Er ist schließlich nicht Terrence Ogden, Liebling. Ich war ganz einfach überrascht und fragte mich, ob wir denn niemals wirklich allein sein würden.«

»Norman ist viel zu höflich, um länger zu stören«, entgegnete Katharine, die zu ihrem Weinglas griff. »Er machte sich heute abend im Theater so große Sorgen wegen des Schadens, den diese Idioten in Johns Wohnung angerichtet hatten, daß ich ihm helfen wollte und ihn mitnahm, damit du ihm ein paar Tips geben konntest. Danke, daß du so liebenswürdig warst.«

»Oh, keine Ursache. Er wird mich morgen anrufen und von mir die Namen einiger Händler für chinesische Antiquitäten bekommen, wo Terry vermutlich Ersatz für die Lampen und einiges andere finden wird. Die Jadesteine werden aber recht teuer werden, das kann ich dir jetzt schon versichern.«

Katharine nickte. »Kann ich mir vorstellen. Aber Terry möchte die Wohnung unbedingt wieder in Ordnung bringen.«

Kim griff zu seinem Hühnerschenkel und biß hinein. Dann fragte er sie: »Schmecken dir die Sachen nicht, die ich für unser Mitternachtspicknick mitgebracht habe? Du ißt gar nichts.«

»Aber natürlich esse ich! Ein bißchen Huhn und ein hartes Ei hab' ich verdrückt. Nach der Vorstellung habe ich nie großen Hunger – das solltest du inzwischen wissen. Ich brauche ewig, bis ich ganz abgeschaltet habe, vor allem heute, bei den Problemen durch Terrys Halsentzündung. Ich mußte alle anderen mitschleppen.«

»Das hat Norman mir erzählt, als du dich umzogst. Und auch, daß du ganz einfach hinreißend warst, Liebling.« Kim musterte sie bewundernd. »Zum Anbeißen siehst du wieder aus!«

»Vielen Dank, mein Herr«, gab sie lächelnd zurück. Sie trug ein Kaminkleid aus einem weichen, fließenden Stoff mit langen, weiten Ärmeln. Das türkisfarbene, mit winzigen Goldblättchen bestickte Gewand paßte hervorragend zu ihren Augen, deren Farbe es betonte.

Kim meinte, sie noch nie so schön gesehen zu haben mit ihrer zarten, weißen Haut und den jetzt lose herabhängenden kastanienbraunen Haaren. Katharine hatte schon mehrfach geklagt, sie sei todmüde, und das mochte stimmen, doch in ihrem feinen Gesicht – dem perfektesten Gesicht, das er jemals gesehen hatte – fand Kim nicht den geringsten Hinweis darauf.

Er wandte den Blick ab, weil er sie nicht unhöflich anstarren wollte, aß seinen Hühnerschenkel, trank seinen Wein aus, schenkte sich noch einmal ein, steckte sich eine Zigarette an und lehnte sich in die Sofakissen zurück. Er war tatsächlich ein wenig enttäuscht gewesen, als er Norman hier vorfand, aber Katharine hatte ihm sofort klargemacht, daß er nicht zum Essen bleiben würde. Erst da hatte sich Kim richtig entspannen können. Er seufzte. Sie waren in letzter Zeit sehr wenig allein gewesen, und diese Tatsache bedrückte ihn, ärgerte ihn mehr als notwendig. Über so vieles wollte er mit Katharine sprechen, vor allem über ihrer beider Gefühle und über die Zukunft. Und Francesca hatte ihm behutsam angedeutet, daß es wohl Zeit sei, sie nach ihrer Einstellung zu ihrem Beruf und nach ihrer Familie zu fragen – wahrscheinlich, weil der Vater sie dazu gedrängt hatte. Irgendwie habe ich nie Gelegenheit, ernsthaft mit Katharine zu sprechen, sagte er sich. Nun ja, vielleicht heute abend.

Katharine unterbrach seine Gedanken. »Wenn du nichts mehr essen möchtest, werde ich jetzt abräumen, Kim.« Sie machte Miene, sich zu erheben.

»Nein, nein, das mache ich!« Kim drückte seine Zigarette aus und sprang auf. »Du ruhst dich aus. Ich bin sehr geschickt im Abräumen: Francescas Drill.«

Während er in der Küche war, lehnte sich Katharine bequem zurück und schloß die Augen. Aber sie konnte sich nicht entspannen; ihre Gedanken ließen ihr keine Ruhe. Ganz tief im Herzen war sie Kim wirklich sehr zugetan, mehr als jemals einem anderen Mann, in diesem Moment jedoch wünschte sie sich, er würde gehen. Es war inzwischen halb zwei geworden, deswegen hatte sie auch den Tisch abräumen wollen. Verdammt, dachte sie, er scheint wirklich auf einen langen Abend aus zu sein und wird, wie ich ihn kenne, wohl mindestens noch eine Stunde bleiben. Mit Takt würde sie ihn niemals loswerden, denn was sie auch sagen würde, er würde so lange sitzen bleiben, bis sie ihn, wie immer, energisch hinausbeförderte, indem sie Müdigkeit vorschützte.

Heute brauchte sie nichts vorzuschützen: Sie war todmüde. Ihr ganzer Körper war verkrampft und schmerzte. Außerdem brauchte sie Ruhe, um gründlich über den heutigen Tag nachzudenken. Und womöglich würde Victor anrufen, den sie noch immer nicht erreicht hatte, mit dem sie vor Kim aber unmöglich sprechen konnte, weil diese Angelegenheit vertraulich war. Sie lächelte. Victor würde mit ihr zufrieden sein. Norman hatte zwar gemeint, ihre Pläne seien ziemlich gewagt, aber sie selbst war da anderer Ansicht.

»So, alles fertig!« rief Kim, als er aus der Küche kam. »Das Essen hab' ich in den Kühlschrank gestellt, das schmutzige Geschirr in den Spülstein.«

Träge öffnete Katharine die Augen. »Danke, Kim. Das ist lieb von dir.«

»Noch eine Tasse Kaffee, Liebes?«

»Nein, danke. Wirklich nicht.«

»Dann trinke ich auch keinen. Wir bleiben beim Wein und ruhen uns aus. Soll ich eine Platte auflegen – ein bißchen romantische Musik?« erkundigte er sich tatendurstig.

»Bitte nicht, Kim! Ich bin furchtbar müde.« Katharine sagte es leise, bedachte ihn aber mit einem kühlen, vorwurfsvollen Blick.

»Oh, das tut mir leid«, entschuldigte er sich. »Dann werden wir uns einfach ein bißchen unterhalten. Ich hab' dich seit Ewigkeiten nicht mehr für mich allein gehabt.«

Und ehe Katharine Zeit zu der Bemerkung hatte, er müsse jetzt gehen, war Kim zu ihr herübergeeilt und ließ sich neben ihr auf dem Fußboden nieder. Zärtlich lächelnd sah er auf sie hinab, und all die Fragen, die er ihr hatte stellen wollen, waren vergessen, als er in ihre verführerischen Augen blickte, die ihn immer wieder verzauberten.

Behutsam berührte er mit dem Zeigefinger ihre Wange. »Meine liebste, meine süße Katharine«, murmelte er so leise, daß sie ihn kaum verstand. Dann beugte er sich über sie, nahm sie in die Arme und küßte sie so unerwartet, daß sie ihn nicht mehr abwehren konnte.

Zuerst war es ein leichter, zärtlicher Kuß, doch dann verstärkte sich der Druck von Kims Lippen. Seine Leidenschaft erwachte, er drückte Katharine tief in die Kissen, suchte mit seiner Zunge gierig die ihre und streichelte mit einer Hand ihren Hals. Sekunden darauf lag seine andere Hand auf ihrer Brust, wanderte über die Hüfte bis zum Schenkel hinab. Kim veränderte seine Lage so, daß er halb auf ihr lag; sie spürte seine Erregung; sein Herz raste, sein Atem ging in den Pausen zwischen den immer stürmischeren Küssen mühsam und schwer.

Panik und Angst durchfuhren Katharine; sie hielt die Luft

an, kniff beide Augen zu und suchte nach einer Möglichkeit, ihn zurückzuweisen, ohne ihn zu kränken. Ihr Körper erschauerte in Abwehr; Kim jedoch, überwältigt von seinen heftigen Emotionen und getrieben von seiner jungen Männlichkeit und Leidenschaft, deutete dieses Erschauern falsch, hielt es für ein Echo des eigenen Verlangens, sie ganz zu besitzen, eins mit ihr zu werden – unwiderruflich. So lange sehnte er sich nun schon nach ihr, all diese endlosen Monate lang; und ihr ging es eindeutig ebenso. Obwohl sie es bisher noch niemals gezeigt hatte. Nicht so direkt wie jetzt.

Sein Herz hämmerte vor jubelnder Freude, und die Schauer, die sie überliefen, steigerten seine Erregung. Er lag jetzt ganz ausgestreckt auf ihr, schmiegte sich eng an ihre Beine, ihre so bezaubernden Brüste, ihren Bauch. Hungrig suchte er wieder nach ihren Lippen und preßte seinen Mund auf den ihren. Und glaubte fast, explodieren zu müssen.

Katharine lag unentrinnbar gefangen unter seinem Gewicht, unfähig, sich zu bewegen, von Angst erfüllt. Ich will nicht, ich will nicht! schrie es in ihr. O mein Gott, was soll ich nur tun? Jetzt berührte diese liebevolle, zärtliche Hand zu ihrem abgrundtiefen Entsetzen ihren nackten Unterschenkel, schob sich unter dem Hausgewand ganz langsam das Bein hinauf, hielt beim Knie inne und wanderte an der Innenseite ihres Oberschenkels hinauf, zeichnete kleine Kreise auf ihre Haut, so behutsam, daß es kaum spürbar war. Katharine drehte den Kopf weg, um atmen zu können; dann unterdrückte sie einen Schrei und erstarrte unvermittelt zu Eis: Kims Hand strich von ihrem Bauch aus langsam, aber unaufhaltsam abwärts.

Diese urplötzliche, tiefe Kälte spürte Kim sofort. Hastig, als hätte er sich verbrannt, zog er die Hand zurück und richtete sich auf einen Ellbogen auf. Verständnislos, zutiefst gekränkt, starrte er Katharine an.

Es dauerte eine Weile, bis er sich von seiner Betroffenheit erholte; dann murmelte er mit erstickter Stimme: »Was ist?« Er errötete tief. »Magst du dich von mir nicht küssen lassen? Berühren lassen?«

»Nein, nein, das ist es nicht!« Katharine unterbrach sich, beunruhigt von dem Zorn in seinem Blick. »Ich sagte dir doch, daß ich todmüde bin, Kim. Und außerdem . . .«

»Jetzt komm mir bloß nicht wieder mit deiner Müdigkeit!« Zu seinem eigenen Erstaunen begann Kim unkontrolliert zu zittern. Wutentbrannt sprang er auf, holte sich eine Zigarette vom Couchtisch, steckte sie an und trat an den Kamin. In ungewohnt kühlem Ton sagte er: »Ich verstehe dich nicht mehr, Katharine. Du bist launenhaft, mal heiß, mal kalt. Und das ist, gelinde gesagt, ganz schön entnervend.«

»Ich bin nicht launenhaft«, entgegnete Katharine trotzig. Sie erhob sich vom Fußboden, strich ihr Kleid glatt und setzte sich aufs Sofa, wo sie sich nicht so sehr im Nachteil fühlte.

»O doch, das bist du.« Kims Zorn hielt an. »Wenn wir mit anderen zusammen sind, bist du lieb und süß und bezaubernd. Und kaum sind wir allein, bist du so fern und eisig wie der Mount Everest. Heute dachte ich nun, du würdest anders sein – wie dumm von mir! Mein Gott, du hast dich von mir küssen und streicheln lassen, ja, hast meine Küsse sogar erwidert, und ich glaubte, du teilst meine Gefühle. Und dann hast du dich plötzlich in einen Eisblock verwandelt!« Sein Gesicht wurde tiefrot vor Wut. »Du bist unfair, Katharine. Ich bin nicht aus Stein! Wie lange, glaubst du, kann ich das noch aushalten, all diese . . . Zärtlichkeiten, ohne . . . Erfüllung?«

Katharine nahm sich eisern zusammen; ihre Miene war geduldig, und sie antwortete beschwichtigend: »Siehst du, Kim, deswegen bin ich dir gegenüber ja stets so zurückhaltend gewesen. Du behauptest, ich sei nicht fair, aber ich finde, daß ich besonders fair gewesen bin, indem ich niemals geduldet habe, daß unsere Zärtlichkeiten so weit gingen wie heute – niemals!«

»Und warum hast du es heute geduldet?« Er war immer noch wütend auf sie, hatte aber aufgehört zu zittern.

Es war das erstemal, daß Kim ihr gegenüber zornig geworden war, daher hielt Katharine es für klüger, seine gesträubten Federn zu glätten, statt sich auf eine lange Diskussion über Sex einzulassen. Sie lächelte sanft. »Geduldet habe ich es eigentlich nicht. Es ... nun ja, es ist einfach passiert. Ich habe wohl nicht aufgepaßt, weil ich so furchtbar müde bin und keinen klaren Gedanken mehr fassen kann. Und ob du's glaubst oder nicht, diese letzten Wochen waren wirklich sehr anstrengend für mich. Ich nehme die Probeaufnahmen sehr, sehr ernst«, versuchte sie ihn abzulenken. »Und der heutige Tag war besonders ermüdend. Ich hatte ein sehr wichtiges Mittagessen, dann kam Norman mit der Nachricht, daß Terry krank ist, anschließend die schwierige Vorstellung und Normans ...«

»Mir scheint, du bist immer nur müde und überanstrengt, wenn du mit mir allein bist. Und Norman hierher einzuladen, wo wir beide doch verabredet waren! Die Informationen über diese verdammten Antiquitäten hätte ich ihm auch telefonisch geben können. Und was ist so wichtig an einem Lunch mit meiner Schwester?«

»Hat Francesca dir nicht gesagt, daß sie eine Szene aus ›Wuthering Heights‹ für mich adaptieren wird? Nun, das ist eben für mich sehr wichtig. Hör zu, Kim – es tut mir leid, daß ich dich verärgert habe. Wirklich. Ganz ehrlich!«

Kim schwieg. Er steckte sich noch eine Zigarette an, schenkte sich ein Glas Wein ein und kehrte dann schnell wieder an den Kamin zurück. Er war immer noch tief gekränkt. Vor allem darüber, daß sie ihn, wie er vermutete, an der Nase herumgeführt hatte, um ihn letztlich doch wieder zurückzustoßen. Und Kim Cunningham war es nicht gewohnt, zurückgestoßen zu werden.

Im Gegenteil: Bis er Katharine Tempest kennenlernte, waren die Frauen stets ihm nachgelaufen, denn er war ein junger, unwiderstehlich attraktiver Mann mit bemerkenswerter sexueller Erfahrung und einem beträchtlichen Appetit in dieser Hinsicht. Bevor Katharine in sein Leben trat, hatte er eine ganze Anzahl flüchtiger Abenteuer und ein sehr intensives Verhältnis gehabt – mit einer verheirateten Prinzessin, die er beim Skilaufen in Königssee, bei Diana und Christian, seinen deutschen Verwandten, kennengelernt hatte. Astrid hatte seine bis dahin latente Sinnlichkeit geweckt und ihn all ihre Künste gelehrt, die dann später seinen jüngeren Verehrerinnen zugute kamen.

Trotz dieser lebhaften sexuellen Bedürfnisse hatte Kim Katharine nie bedrängt, sondern sich erstaunlich diszipliniert gezügelt – ein Verhalten, das seinem Wesen fremd war. Kam das daher, daß sie selbst auch immer so zurückhaltend war? Nein, beherrscht war wohl der treffendere Ausdruck. Er wußte es nicht und war verwirrt. Warum hatte er sie immer nur mit Glacéhandschuhen angefaßt?

Katharine, die ihn aufmerksam beobachtete, merkte zu ihrem Schrecken, daß Kim sich nicht so schnell wieder beruhigen würde. So extrem hatte er noch nie auf ihre geschickten Ausweichmanöver reagiert. Sie fragte sich, ob Kim ebenso zu einem Problem für sie werden würde wie die anderen. Auf ihre Art liebte Katharine Kim und wollte ihn unbedingt heiraten. Ihr war klar, daß sie es sich nicht leisten konnte, ihn noch einmal so zu verletzen und ihn zu verlieren, nur weil sie die körperliche Liebe nicht ertragen konnte.

»Kim ...«, begann sie mit besonders weicher Stimme.

»Ja?« gab er frostig zurück.

Sie ignorierte seinen Ton und schenkte ihm einen Blick, der auch das härteste Herz erweicht hätte. »Morgen ist doch auch noch ein Tag, mein Liebling. Bis dahin geht es mir wieder besser, und ...«

»Morgen ist für uns eben kein Tag mehr«, unterbrach er sie schroff. »Mein Vater hat das Dinner absagen müssen.«

Katharine starrte ihn überrascht an. »Ach ...«, sagte sie. Und dann, sehr vorsichtig: »Darf ich vielleicht erfahren, warum?«

»Mein Alter Herr hat heute einen Anruf von unserem Gutsverwalter bekommen. In Langley hat es einen Wasserrohrbruch gegeben, und nun ist ein Teil der Wandverkleidung in der Witwengalerie beschädigt, wo eine Menge Familienporträts von Gainsborough, Lely und Romney hängen. Zum Glück sind die Bilder noch alle in Ordnung, aber mein Vater befürchtet, der Schaden könnte sich unter der Täfelung weiter ausbreiten. Deswegen müssen wir so schnell wie möglich nach Yorkshire fahren. Morgen früh, bei Tagesanbruch.«

»O Kim, das tut mir aber leid!« sagte Katharine aufrichtig. »Wie furchtbar unangenehm für deinen Vater ... und für dich, natürlich.« Trotz ihrer Enttäuschung zwang sie sich zu einem Lächeln und gestand: »Ich dachte schon, dein Vater mag mich nicht, hält nichts von mir.« Ihre Stimme, sehr leise und ruhig, klang so klagend, und sie sah Kim so niedergeschlagen an, daß er seinen Zorn plötzlich vergaß.

»Sei doch nicht albern! Er findet dich hinreißend. Genau wie ich. Das ist ja gerade das Problem.« Kim lächelte ihr liebevoll zu und schämte sich plötzlich. »Tut mir leid, daß ich so ärgerlich war. Das kommt nur daher, daß ich dich so unendlich liebe und du mich immer auf Abstand hältst. Als wir uns kennenlernten, warst du viel ... aufgeschlossener. Das ist der Grund, warum ich heute so wütend geworden bin.«

Katharine antwortete nicht sofort. Sie überlegte, wie sie ihn endgültig beruhigen und weiterhin an sich binden konnte. Die Wahrheit konnte sie ihm nicht sagen, doch Halbwahrheiten taten fast immer ihre Wirkung. Sie klopfte aufs Sofa. »Bitte, Kim – komm her zu mir. Ich möchte dir mein Verhalten heute erklären. Oder wenigstens zu erklären versuchen.«

Als er neben ihr saß, ergriff sie seine Hand und streichelte sie nachdenklich. »Ich liebe dich auch, weißt du. Das habe ich dir in letzter Zeit des öfteren klarzumachen versucht. Und eben weil ich dich liebe, kann ich nicht mir dir herumspielen, dich in Erregung versetzen und dann zurückweisen. Das wäre grausam. Deswegen habe ich dich auf Abstand gehalten.« Sie schlang die Arme um seinen Hals und blickte ihm tief in die Augen. Dann küßte sie ihn lange und leidenschaftlich auf den Mund. Als sie sich wieder von ihm löste, berührte sie liebevoll seine Wange. »Ich möchte einfach hundertprozentig sicher sein – über uns selbst und unsere Gefühle –, bevor ich den letzten Schritt wage. Ich ... ich bin nicht leichtfertig, Kim.«

»Aber Katharine, das habe ich auch nie gedacht«, protestierte er heftig.

»Dich auf Abstand zu halten fällt mir genauso schwer wie dir, Kim«, behauptete sie. »Als du vorhin so zornig wurdest, war das fürchterlich für mich. Ich... Ich...« Katharine machte eine dramatische Pause. Sie senkte den Kopf, und als sie ihn wieder hob, glitzerten Tränen an ihren dichten, schwarzen Wimpern. »Ich könnte es nicht ertragen, dich zu verlieren, mein Liebling!« Sie holte tief Luft, und die Tränen rollten über ihre Wangen. »Wenn du also noch immer willst... jetzt, meine ich...« Sie rückte näher an ihn heran, schmiegte sich an ihn und küßte ihn hingebungsvoll.

Kim wunderte sich über diese unvermittelte Kehrtwendung, wurde jedoch sofort von ihrer außergewöhnlichen sexuellen Ausstrahlung überwältigt. Sein Herz hämmerte, das Blut schoß ihm in den Kopf, und wieder verlor er die Kontrolle über sich. Und dann, als er sie gerade aufheben und ins Schlafzimmer tragen wollte, befahl ihm ein tief eingewurzelter Instinkt, diesem Impuls zu widerstehen.

Sehr sanft löste er sich von ihr. »Nein«, sagte er mit rauher Stimme. »Du willst es nur meinetwegen. Aber ich will es wirklich nur so, wie du es willst: dann erst, wenn du bereit dazu bist. Es muß perfekt sein mit uns beiden ...« Er blickte auf ihr süßes und unschuldiges Gesicht hinab, und das Herz wurde ihm weit. »Und perfekt wird es erst dann sein, wenn wir verheiratet sind.« Seine Worte überraschten ihn selbst. Er hatte nicht die Absicht gehabt, ihr jetzt schon einen Antrag zu machen, doch nun, da es geschehen war, machte es ihn glücklich. Katharines Herz jubelte bei seinen Worten. Sekundenlang war sie sprachlos und sah ihn mit ihren immer noch tränenglitzernden Augen an.

Mit den Fingerspitzen trocknete Kim ihr die Wangen. »So, jetzt hab' ich's gesagt. Jetzt weißt du, wie sehr ich dich liebe.« Er lächelte ein bißchen schief. »Ich liebe dich, Katharine.« Er wartete.

»Ich liebe dich auch«, flüsterte sie schließlich.

»Und du wirst mich doch heiraten, Liebling – oder?« fragte er eifrig.

»Aber ja«, antwortete Katharine. »Sehr, sehr gern, Kim!« Sie biß sich auf die Lippe; dann fuhr sie zögernd fort. »Aber ich möchte auch sehr, sehr sicher sein, was uns beide betrifft.«

»Ich bin sicher – du nicht?« rief er beunruhigt.

Sie nickte strahlend. »O doch. Ziemlich sicher.«

Kim war erleichtert. »Bevor wir uns offiziell verloben, muß ich mit meinem Alten Herrn sprechen.«

»Nein, bitte nicht! Noch nicht!«

»Aber warum denn nicht? Wir müssen ihn doch von unseren Absichten in Kenntnis setzen.« Kim war verwirrt.

»Ja, natürlich müssen wir das«, erklärte Katharine sanft. »Aber ich finde, wir sollten warten, bis er mich ein bißchen besser kennt. Sieh mal, Kim, wir beide kennen uns erst seit ein paar Monaten, und davon hast du die meiste Zeit in Yorkshire verbracht. Laß uns noch ein bißchen warten, unsere Gefühle füreinander geheimhalten, ja! Versprochen?«

»Darf ich's denn nicht mal Francesca erzählen?«

Katharine schüttelte den Kopf.

»Na schön, versprochen«, sagte er zögernd.

»Wie lange wirst du denn diesmal in Yorkshire bleiben?« erkundigte sie sich mit schmollender Kleinmädchenstimme und großen, geweiteten Kinderaugen.

»Ein paar Wochen. Übrigens, da fällt mir ein: Vater wird dich morgen vormittag anrufen, um sich bei dir für das ausgefallene Dinner zu entschuldigen und dich fürs Wochenende nach Langley einzuladen. Du kommst doch – oder? Du mußt endlich sehen, wo du mit mir leben wirst, und zwar, wenn's nach mir geht, in nicht allzu langer Zeit.«

»Aber natürlich, Kim! Furchtbar gern. Für wann ist dieser Besuch denn geplant?«

»Ach, weißt du, irgendwann im nächsten Monat. Er will übrigens auch Victor und Nicholas Latimer einladen. Die beiden haben ihm gefallen – Victor vor allem. Und Doris Asternan wird ebenfalls dasein. Der Alte Herr will so ein richtig schönes, vergnügtes Wochenende veranstalten. Gus kann euch am Samstagabend nach dem Theater alle zusammen rüberfahren. Wie du es Victor ja schon vorgeschlagen hast.«

»Ja«, antwortete Katharine leise. »Wie liebenswürdig von deinem Vater.«

»Dann ist das also abgemacht.« Kim nahm sie in den Arm und strich ihr zärtlich übers Haar. Er hob ihr Kinn, um sie zu küssen, löste sich aber wieder von ihr und sagte lachend: »Ich glaube, du solltest mich jetzt rauswerfen, sonst vergesse ich noch, daß ich ein Gentleman bin, und komme auf das Angebot zurück, das du mir vorhin liebenswürdigerweise gemacht hast.«

Jede andere junge Frau hätte sich vermutlich sofort mit Kim verlobt, aber nicht Katharine. Sie war viel zu klug und berechnend, um sich ohne den Segen des Earls in eine Verlobung zu stürzen. Ohne seine Zustimmung keine Verlobung, das war ihr klar. Deshalb hatte sie geschickt vorgeschlagen, der Earl solle sie erst besser kennenlernen. Sie war überzeugt, ihn mühelos für sich gewinnen zu können, war sich aber auch bewußt, daß die Verlobung des einzigen Sohnes alle möglichen gesellschaftlichen Verpflichtungen mit sich brachte. Und derartige Ablenkungen konnte sie sich jetzt nicht leisten. Zuerst kam der Film; der hatte unbedingten Vorrang. Ein kleiner Aufschub würde Kims Zuneigung zu ihr mit Sicherheit keinen Abbruch tun, also kein Vabanquespiel sein.

Völlig entspannt in der Badewanne liegend, lächelte sie. Auch als sie sich ihm vorhin angeboten hatte, hatte sie nichts aufs Spiel gesetzt. Sie kannte Kim inzwischen so gut, daß sie sich auf sein Anstands- und Ehrgefühl verlassen konnte, das ihm verbieten würde, ihr Angebot anzunehmen. Sein Gewissen würde es nicht zulassen, ein unberührtes Mädchen auszunutzen. So, wie sie es formuliert hatte, mit Tränen und Zögern, war das Ergebnis vorauszusehen gewesen. Sonst hätte sie ihm das Angebot niemals gemacht.

Sie rutschte tiefer in die Wanne hinein und schloß die Augen. Es war ein unglaublicher Tag gewesen! Unvergeßlich sogar, wegen Kims Heiratsantrag. Unwillkürlich dachte sie an ihren Vater. Was würde der sagen, wenn er erfuhr, daß sie einen Engländer geheiratet hatte, und überdies einen Adligen? Sie lachte zynisch, wenn sie daran dachte, wie er immer gegen die Engländer, die »Sassenachs« getobt hatte, die den Iren soviel Leid zufügten. Obwohl er selbst schon in Chicago geboren war. Jawohl, ihr Vater würde toben – aus Prinzip. Der Gedanke an seine Wut war ihr eine ungeheure Genugtuung.

Nun, ihr Leben würde bald ganz anders aussehen mit dem Erfolg, dem Ruhm, dem Geld und dem Titel. Und Kim natürlich. Ein herrliches Leben. Was für ein Chaos hat Terry nur aus seinem Leben gemacht, dachte sie mit einem Anflug von Mitleid. Aber sie würde ihn retten. Sie würde wieder Ordnung in sein Leben bringen. Er würde das Rollenangebot für den Film annehmen, aufgrund seiner Finanzprobleme blieb ihm eigentlich gar nichts anderes übrig.

Hilary. Sie war der Angelpunkt der ganzen Sache – nicht nur wegen Terry, sondern auch wegen Mark. Wenn sie die Kostüme entwarf – und warum sollte sie diese Chance nicht ergreifen –, konnte sie Mark leicht überreden, Regie zu führen. Katharine wünschte, sie hätte schon eher an Hilary Pierce gedacht. Dann hätte Mark den Vertrag zweifellos schon unterschrieben, und ihr wären zahllose schlaflose Nächte erspart geblieben, in denen sie gerätselt hatte, wie sie an ihn herankommen konnte. Er betete seine zweiundzwanzig Jahre jüngere Frau an und würde alles für sie tun. Und Hilary wiederum würde für Terry alles tun.

Oder?

Aber natürlich, beruhigte sich Katharine. Welche Frau würde die Gelegenheit nicht ergreifen, die Karriere ihres ehemaligen Liebhabers zu retten und ihn zugleich aus den Klauen einer anderen Frau zu erlösen. Aber ich muß ernsthaft mit

Hilary sprechen, nahm Katharine sich vor. Sie muß begreifen, daß Mark die Regie übernehmen muß, weil Victor sie sonst nicht als Kostümbildnerin einstellt.

Ja, Victor. Mit ihm hatte sie eine Übereinkunft getroffen. Einen Handel geschlossen. Ihre Probeaufnahmen gegen Terrence Ogden und Mark Pierce. Auf einem Silberteller präsentiert. Victor selbst hatte es nicht geschafft, sie zu überreden, deswegen sollte sie das tun. Nicht mal die Rolle hatte er ihr dafür versprochen. Nur die Probeaufnahmen. Also hing alles von ihrem Erfolg bei diesen beiden Männern ab. Und bis Norman ihr zufällig die richtigen Argumente zum Einhaken lieferte, hatte sie sich vergeblich den Kopf zerbrochen, wie sie sie herumkriegen sollte.

Mit triumphierendem Lächeln stieg Katharine aus der Wanne, trocknete sich ab und schlüpfte ins Nachthemd. Dann begann sie sich die Haare zu bürsten. Terry würde unendlich dankbar dafür sein, daß sie alles so großartig für ihn geregelt hatte. Und Hilary würde begeistert sein, daß sie mit einem weltberühmten Filmstar wie Victor Mason arbeiten durfte. Das würde sicherlich weitere Aufträge nach sich ziehen. Und auch Mark würde sich freuen. Sein letzter Film war nicht besonders gut angekommen, daher brauchte er »Wuthering Heiths« sogar, denn es würde ein künstlerischer Triumph für ihn werden. Selbstgefällig betrachtete Katharine ihr Spiegelbild – mit einem Hochmut, der ihrer aufrichtigen Überzeugung entsprang, eine wunderbare Freundin zu sein, treu, lieb und teilnahmsvoll. Ein guter Samariter für Terry, ein Wohltäter für Hilary und Mark Pierce. In ihren Augen war ihr Handeln so selbstlos, daß es ihr ewige Dankbarkeit eintragen würde. Und so pflegte sie sich, ohne Rücksicht auf die Folgen und getrieben von ihrem Egoismus, ständig ins Leben anderer Menschen einzumischen. Ein überaus gefährliches Spiel.

Als Katharine zu Bett ging und das Licht löschte, sah sie sich als unangefochtene Heldin des Tages und schlief mit diesem Gedanken beruhigt ein.

Neunzehntes Kapitel

In wenigen Minuten würde das Licht in dem privaten Vorführraum ausgehen, und Victor Mason würde die Probeaufnahmen von Katharine Tempest als Catherine Earnshaw in einer Szene aus »Wuthering Heights« präsentieren.

Francesca, die neben Katharine saß, war von erwartungsvoller Erregung und auch ein bißchen Angst erfüllt, und diese Angst vertiefte sich im Laufe der Minuten immer mehr. Doch sie galt nicht ihr selbst oder dem Text, den sie für Katharine geschrieben hatte. Francesca war der Ansicht, nicht viel zu dem Text beigetragen zu haben; in ihren Augen hatte sie lediglich einige der unsterblichen Worte aus Emily Brontës Meisterwerk genommen und zu einem Dialog umgeschrieben, ohne etwas hinzuzufügen oder wegzunehmen. Infolgedessen sollte nicht über sie jetzt das Urteil gesprochen werden, sondern über Katharine, und das war der Grund für Francescas Angst. Alles, was Victor über das Agieren vor der Kamera gesagt hatte, hallte in ihren Ohren nach, und sie betete, daß Katharine nicht überspielt hatte oder ins Gegenteil verfallen und zu wenig eindrucksvoll gewesen war.

In den letzten Wochen hatte sich zwischen Francesca und Katharine eine sehr enge Freundschaft entwickelt, voll spontanem Vertrauen und tiefem Verständnis. Und daher bedeutete das Ergebnis der Probeaufnahmen für Francesca genausoviel wie für Katharine. Verstohlen musterte Francesca die Freundin. Das schöne Profil wirkte so aufregend wie immer, doch Katharine saß so steif aufgerichtet, daß Francesca ihre Spannung, ihre hochgradige Nervosität fast greifbar spürte. Impulsiv berührte sie die Hand der Freundin, die eiskalt und reglos auf dem Schoß lag.

Katharine warf Francesca ein schwaches Lächeln zu und zuckte die Achseln.

»Es wird schon gutgehen, nur keine Angst«, sagte Francesca zuversichtlich und liebevoll. Wieder drückte sie Katharines Hand und hielt sie ganz fest, um die eiskalten Finger zu wärmen, die Freundin zu beruhigen und zu ermutigen.

Katharine nickte und starrte wieder auf die dunkle Leinwand, die mit der Zeit regelrecht bedrohlich wirkte. Vor Nervosität brachte sie kein Wort heraus. Bis jetzt war sie vollständig sicher gewesen, eine großartige Leistung erbracht zu haben, und mit Bruce Nottley, dem für die Probeaufnahmen engagierten Regisseur, hatte sie hervorragend arbeiten können. Er war lieb und geduldig gewesen, hatte Verständnis für ihre Nervosität vor der Kamera gehabt und sie später freundlich gelobt. Doch in den beiden letzten Tagen war ihre gewohnte Selbstsicherheit in sich zusammengefallen und hatte furchtbaren Selbstzweifeln und wachsender Unruhe Platz gemacht.

Katharine war sich klar darüber, daß Victor diese Zweifel in ihr geweckt hatte. Er selbst hatte den Testfilm schon gesehen, doch als sie ihn danach gefragt hatte, war er ihr ausgewichen, und das beunruhigte sie furchtbar. Wenn der Film gut war, wäre Victor doch freudig erregt gewesen und hätte sie sofort engagiert. Andererseits, überlegte sie, wenn der Film schlecht war, warum hatte Victor dann heute zu der Vorführung ein halbes Dutzend Gäste geladen? Es sei denn, daß er sich nicht sicher war und hören wollte, was die anderen sagten. Katharine seufzte müde. Vor Verzweiflung brach sie mit ihrem jüngsten Vorsatz, tagsüber nicht mehr zu rauchen, und steckte sich eine Zigarette an.

Francesca sah sich neugierig im Vorführraum um. Sie war fasziniert. In den letzten Wochen hatte sie viel über die Herstellung von Filmen gelernt und war ungeheuer interessiert. Victor und Nicholas Latimer saßen in der Reihe hinter ihnen und unterhielten sich mit Jake Watson, dem Line Producer, der vor kurzem aus Hollywood herübergeflogen war: dem Mann, der dafür sorgte, daß die Produktion reibungslos ablief. Wogegen der Executive Producer, wie sie von Nicky gelernt hatte, für Finanzierung, Besetzung, Drehbuch, Regisseur und Vertrieb verantwortlich war.

Einige Reihen weiter vorn hing Jerry Massingham, der englische Produktionsleiter, in seinem Sessel, biß auf seiner Bruyère-Pfeife herum und nickte von Zeit zu Zeit, während Ginny, seine schlanke, silbrigblonde Assistentin, einige Aufzeichnungen mit ihm besprach.

Francesca setzte sich gerade bequemer zurecht, da tippte ihr jemand auf die Schulter. Als sie sich umdrehte, sah sie, daß Nicholas Latimer sich zu ihr vorbeugte. »Haben Sie meine Ratschläge hinsichtlich der Zeitüberbrückung bei Gordons Anfangsjahren befolgt?« fragte er sie.

Sie lächelte. »Ja, Nicky. Und vielen Dank.«

»Machen Sie weiter, Kleines. Eines Tages werden Sie auch die letzte Seite schreiben.«

»Na, hoffentlich! Übrigens, warum fängt es nicht an?«

Nick grinste. »Wir warten auf Gottvater persönlich. Ohne ihn kann's nicht losgehen.«

»Gottvater?«

»Ja. Den Mann von Monarch Pictures. Der hält unser Schicksal in der Hand, denn seine Firma wird den Verleih von ›Wuthering Heights‹ übernehmen und, noch wichtiger, finanzieren. Für die ist es ein gelungener Coup, daß Victor mit ihnen abgeschlossen hat, denn der Film wird ihnen ganz schön Prestige verschaffen. Metro wollte ihn ebenfalls haben. Wie dem auch sei, Vic fand, Hilly Street solle sich Katharines Probeaufnahmen ansehen. Eine Höflichkeitsgeste.«

»Hilly Street? Das ist doch nicht sein richtiger Name!« Francesca kicherte. »Den haben Sie doch erfunden!« Sie kannte Nicks Gewohnheit, sie immer wieder auf die Schippe zu nehmen.

Nick lachte. »Natürlich! Aber vor Jahren. Weil die Verhandlungen mit ihm so sind wie das Radfahren auf einer hügeligen Straße. Unbequem. Eigentlich heißt er Hillard Steed und ist gar kein so übler Kerl, der sich nur leider ständig verspätet.«

Victor, der ihr Gespräch mit angehört hatte, richtete sich auf. »Ich warte noch zehn Minuten; dann gebe ich dem Filmvorführer das Zeichen zum Anfangen«, sagte er zu Nick. Er sah auf die Uhr. »Kurz vor elf. Er kommt, wie üblich, eine halbe Stunde zu spät.« Victor stand auf. »Ich muß in die Vorführkabine, Nick. Entschuldige.« Er nickte Francesca, die sich ein kleines, trauriges Lächeln abrang, flüchtig zu und verschwand.

Nick beobachtete diese kühle, knappe Verabschiedung interessiert. Francesca war zu einer ständigen Einrichtung in ihrem Leben geworden, und Nick amüsierte sich königlich über Victors Verhalten ihr gegenüber. Katharine Tempest verbrachte einen großen Teil ihrer Freizeit mit Victor, vor allem, wenn Kim in Yorkshire war. Sie führte ihn in der Crème de la crème der Londoner Gesellschaft ein und hatte seit einiger Zeit dabei ständig ihre neue Busenfreundin im Schlepp. Auf Nick wirkte Francescas Gegenwart ebenso stark wie auf Victor. Sie war erstaunlich intelligent, sie war fröhlich und aufrichtig, ja zuweilen sogar regelrecht unverblümt, ungewöhnlich selbstbewußt für ihr Alter und überaus hübsch. Nein, wirklich schön, auf diese zurückhaltende englische Art. So leicht konnte man Lady Francesca wirklich nicht ignorieren!

Victor schien sich stets auf die Gesellschaft der beiden Mädchen zu freuen – bis sie dann eintrafen; im selben Moment veränderte sich sein Verhalten Francesca gegenüber radikal. Er gab sich unbeteiligt und vage, versank in Schweigen oder wurde übertrieben vergnügt und jovial. Nick hatte dieses Phänomen schnell durchschaut. Für einen Schauspieler brachte Victor eine sehr schlechte Leistung, und sein seltsames Benehmen ließ die Tatsache, daß er sich zu Francesca hingezogen fühlte, um so deutlicher zutage treten. Sie selbst verhielt sich völlig natürlich und schien von Victors unleugbarem Interesse für sie nichts zu bemerken. Wäre es möglich, fragte sich Nick, daß Victor selbst seine Gefühle für sie nicht erkannte? Wohl kaum. Aber vielleicht hat er sie absichtlich so tief in seinem Unterbewußtsein vergraben, damit er sich ihnen nicht stellen mußte.

Nicholas Latimer mußte zugeben, daß er selbst von Francesca sehr eingenommen war. In der kurzen Zeit ihrer Bekanntschaft hatte er sie ins Herz geschlossen, und in mancher Hinsicht erinnerte sie ihn an seine Schwester Marcia. Sie war ein guter Kamerad und nahm seine geistreichen Spötteleien in dem Sinn hin, in dem sie gemeint waren. Francesca war warmherzig und liebevoll, besaß einen hervorragenden Sinn für Humor, und ihre Geschichtskenntnisse konnte er nur bewundern.

An jenem langweiligen Sonntagabend vor zwei Wochen, als Victor, von Katharine überredet, eine Dinnerparty in seiner Suite gab, hatte Francesca genauso gelangweilt ausgesehen, wie er sich fühlte. Beim Cocktail hatte sie sich ihm angeschlossen, und Nick hatte ihr nur allzu gern Gesellschaft geleistet. Ihr Ärger über Estelle Morgans lächerlich affektierte Geistlosigkeiten spiegelte seine eigene Einstellung und zunehmende Abneigung gegen die Journalistin, die Nick im stillen als aufdringliches New Yorker Frauenzimmer der schlimmsten Sorte einstufte.

An jenem Abend hatte er mit Francesca stundenlang über historische Gestalten der Weltgeschichte geplaudert und entdeckt, daß sie die erstaunliche Gabe besaß, Menschen und Ereignisse so lebendig zu schildern wie ein geborener Märchenerzähler. Seitdem hatte er ihre schriftstellerischen Ambitionen gefördert und sich erboten, ihr in jeder nur möglichen Form zu helfen. Über ihr Buch hatte er schon mit seinem englischen Verleger gesprochen.

Seit langer Zeit hatte Nick keinen so netten Abend mehr verbracht. Francesca Cunningham war wirklich einmalig. Schade nur, daß sie so jung war. Sonst hätte sie perfekt zu Victor gepaßt. Verdammt! murmelte Nick leise; dann runzelte er nachdenklich die Stirn. Wer hatte zuerst behauptet, sie sei zu jung? Victor natürlich. Aber ich hab' ihn mit ihrem Alter aufgezogen, dachte Nick. Er bedauerte es jetzt und fragte sich, ob er etwa mißbilligend geklungen hatte. Ich muß diesen Eindruck unbedingt korrigieren, beschloß er.

Nicks Gedanken wanderten zu Katharine Tempest und ihrem Testfilm. Ob er wirklich gut geworden war? Victor hatte sich nicht darüber ausgelassen und, als Nick ihn drängte, nur gesagt: »Du mußt ihn dir ansehen und selbst urteilen. Ich möchte dich nicht beeinflussen. Und eines merk dir, mein lieber Freund: Ich will deine ehrliche Meinung hören!«

Nick nahm sich vor, sein Urteil über Katharines schauspielerische Leistung nicht von seiner Abneigung gegen sie trüben zu lassen. Manchmal fragte er sich, warum Victor so sehr an ihr hing.

Endlich erschien Hillard Steed und begrüßte zuerst Victor. Auch Nick schlenderte zu ihm hinüber. Gleich darauf jedoch sagte Victor scharf: »Okay, Boys, laßt uns anfangen. Diskutieren könnt ihr später.« Nick zwinkerte Hilly zu, bedachte Victor mit einem militärischen Gruß und kehrte an seinen Platz zurück. Sekunden später ließ Victor sich neben ihm nieder, drehte sich um und winkte dem Vorführer in seiner Kabine, den Film laufen zu lassen.

Francesca drückte Katharines Hand, ohne die Freundin anzusehen. Ihr Blick hing an der Leinwand, und sie saß ganz still. Katharine selbst war wie erstarrt und wäre am liebsten hinausgelaufen. Sie war froh, Francesca neben sich zu wissen. Katharine machte die Augen zu, und dann begann sie, die keineswegs fromm war, lautlos ein kleines Gebet zu sprechen: Bitte, lieber Gott, mach, daß ich gut bin. Es hängt so vieles davon ab. Meine Zukunft und Ryans auch. Dann lehnte sie sich in den Sessel zurück und zwang sich zur Ruhe.

Das Licht verlosch, und auf der Leinwand erschien ein Flackern. Gleich darauf begann die Filmrolle zu laufen. Der Titel lautete:

PROBEAUFNAHMEN
MISS KATHARINE TEMPEST
WUTHERING HEIGHTS

Dann begann die Szene.

Ann Patterson, die die Nelly Dean spielte, saß in der Küche von Wuthering Heights, der Farm der Earnshaws, und wiegte den Säugling Hareton im Arm. Im Roman war Heathcliff kurz zuvor dagewesen, hatte sich mit Nelly unterhalten und sich dann, von einer großen Truhe verdeckt, lässig auf eine Bank geworfen. Victor jedoch hatte die Kosten niedrig gehalten und einen Schauspieler einsparen wollen, daher hatte Bruce Nottley die ersten Seiten von Francescas relativ kurzem Drehbuch gestrichen und der besorgten Katharine erklärt, Ann könne dem Zuschauer den Eindruck vermitteln, daß ein Lauscher anwesend sei, indem sie besorgte Blicke ans andere Ende der Küche warf und mehrfach versuchte, Cathy zum Schweigen zu bringen.

Die ältere Schauspielerin sang leise ein Wiegenlied, während es im Vorführraum totenstill wurde. Alle waren aufgeregt und fragten sich, ob sie einen katastrophalen Reinfall oder die Geburt eines neuen Stars miterleben würden. Einzig Victor kannte die Antwort, und der hatte sich auch nicht den kleinsten Hinweis abringen lassen.

Die Küchentür flog auf, und Katharine Tempest erschien. Ihr erster, leise geflüsterter Satz lautete: »Bist du allein, Nelly?« Alle Blicke hingen gebannt an ihr, als sie auf Nelly zu in den Vordergrund kam. Wie ein Traum wirkte sie in ihrem schlichten, aber bezaubernden, mit winzigen Kornblumen bestreuten Musselinkleid. Es war im Stil der Zeit geschnitten, mit langem, von einer blauen Samtschärpe in der Taille gehaltenem Rock, U-Boot-Ausschnitt und kurzen Puffärmeln, die sehr weiblich und schmeichelnd wirkten. Ihr dichtes, kastanienbraunes Haar war in der Mitte gescheitelt, an beiden Seiten mit kleinen blauen Samtschleifen zurückgesteckt und fiel ihr offen auf die Schultern. Die Kamera fuhr zu einer Naheinstellung heran, und es folgte ein hörbares Luftholen im Raum, als sie die perfekt geschnittenen Züge, die Unschuld in diesen einmaligen Augen ganz nah heranholte.

Katharine schien aus der Leinwand herauszuspringen, von Leben erfüllt, jeder Aspekt ihrer Schönheit unglaublich gesteigert und atemberaubend. Ihr Spiel war wunderbar, aber die Faszination, die sie ausstrahlte, ging weit darüber hinaus, so machtvoll und magnetisch, daß sie fast betäubend wirkte. Es war die reine Kraft ihrer Persönlichkeit. Katharine verkörperte Präsenz, Glamour und Charisma zugleich. All das zusammen verkündete das Wort »Star«. Und die Kamera liebte sie.

Im Verlauf der Szene zeigte Katharine eine ganze Palette von Emotionen. Die anfängliche leichte Besorgnis wurde schnell abgelöst von unbeschwerter Fröhlichkeit, die überging in Entrüstung und einen Anflug von Anmaßung. Sie war trotzig, einschmeichelnd und liebevoll und zuletzt von einer so heftigen, so beredt dargestellten Leidenschaft, daß sie jedem ans Herz griff. Francesca saß mit verkrampften Händen wie gebannt auf ihrer Sesselkante. Eine Gänsehaut lief ihr die Arme hinauf, als Katharine mit Cathy Earnshaws berühmtem Geständnis ihrer überwältigenden Liebe zu Heathcliff begann. Sie war gerührt und bewegt wie noch niemals in ihrem Leben und wußte, daß sie einem Genie zusah. Katharine Tempest war atemberaubend.

Zuletzt barg Katharine schluchzend den Kopf in Nellys Rock; die Kamera blendete langsam aus, die Leinwand wurde schwarz, und die Szene, die vierundzwanzigeinhalb Minuten gedauert hatte, war zu Ende.

Die Probeaufnahmen waren nicht nur brillant, sie waren elektrisierend!

Im Vorführraum herrschte atemlose Stille. Niemand rührte sich, bis das Licht anging. Dann jedoch begannen alle aufgeregt durcheinanderzureden. Francesca, die sich eine Träne abwischte, sah Hillard Steed dasselbe tun. Verlegen putzte er sich laut schnaubend die Nase.

Mit nassen Augen wandte Francesca sich rasch zu Katharine, warf ihr die Arme um den Hals und drückte sie fest an sich. »Ach, Katharine, Katharine, du warst einfach wunderbar!«

Katharine blinzelte ein paarmal, weil sie sich merkwürdig benommen fühlte, und ehe sie sich ganz gefaßt hatte, war sie dicht umlagert. Ganz langsam, unsicher lächelnd und plötzlich sehr schüchtern, erhob sie sich. Die hingerissenen Zuschauer begannen ihr alle auf einmal mit überschwenglichen Worten zu gratulieren, so daß sie die begeisterten Lobsprüche, die über sie hereinbrachen, kaum verstehen konnte. Victor selbst hielt sich am äußersten Rand der Gruppe, strahlend vor Freude und mit einer Andeutung von Besitzerstolz. Nur Nicholas Latimer blieb sitzen. Als anständiger und fairer Mensch, der außerdem Profi war, verweigerte er sein Lob keineswegs, wenn ein Lob angebracht war, und beabsichtigte Katharine auch durchaus zu gratulieren – sobald er seinen Gleichmut wiedergewonnen hatte.

Denn noch war er von ihrer Darstellung viel zu erschüttert. Von den ersten Minuten der Probeaufnahmen an hatte er gewußt, daß sie ein Wunder war. Und ein ganz großer Star werden würde, vielleicht der größte. Denn sie verstand es unübertrefflich, den Stoff romantischer Träume zu vermitteln, und einzig darum ging es bei Filmen für große Zuschauermassen.

In Gedanken ließ er den Streifen noch einmal ablaufen. Er staunte über ihr Gefühl für Timing. Sie hatte dramatische Pausen eingelegt, wo er es nicht erwartet hatte, ihr Tempo gesteigert, wo er etwas langsamer geworden wäre. Aber sie hatte recht gehabt. Sie verfügte über einen unfehlbaren Instinkt, und den konnte kein Schauspieler erlernen. Und sie war Cathy gewesen! Sie spielte nicht, sie lebte ihre Rolle, mit jeder Faser ihres Seins. Sie ist eine Naturbegabung, dachte er, genau wie Vic; und genau wie er versteht sie es auf geheimnisvolle Weise, innigen Kontakt mit der Kamera herzustellen. Für Nick war es, als hätte sie eine Liebesbeziehung mit dem Objektiv, das so viele Eigenschaften eingefangen hatte, die ihm an ihr nie aufgefallen waren: Verletzlichkeit, eine schmerzliche Besinnlichkeit, die ans Herz rührte, rastloses Ungestüm und verborgenes Feuer.

In seinem Drehbuch hatte er Heathcliff einmal in seiner Liebesqual aufschreien lassen: »Meine wilde, süße Cathy! Mein wildes Herz!« Wie zutreffend diese Worte in den letzten fünfundzwanzig Minuten geworden waren! Sie charakterisierten nicht nur Catherine Earnshaw, sondern auch Katharine Tempest, die sie aufs vollkommenste verkörperte.

Endlich erhob sich Nick, ging zu Katharine hinüber, die von Jake, Jerry, Hilly und Ginny umringt war, während Francesca und Victor daneben standen. Sie lachte fröhlich, doch als sie ihn kommen sah, brach ihr Lachen ab, und ihre Miene wurde steinern und feindselig.

Seltsamerweise spürte Nick, wie sich in seiner Brust etwas zusammenzog; er erschauerte, fühlte sich plötzlich kalt und erschöpft. Er verstand sich selber nicht mehr. Vor Katharine machte er halt und blickte auf sie hinab. Wie klein und zierlich sie doch war! Warum war ihm das bisher nie aufgefallen?

Sich der Blicke aller Umstehenden bewußt, die auf ihm ruhten, sagte er leise: »Sie sind Cathy. Von heute an werde ich keiner anderen mehr die Rolle glauben. Jetzt nicht mehr.«

Von Katharine kam keine Reaktion. Nick lachte nervös, um seine innere Konfusion, sein starkes Unbehagen zu kaschieren, und setzte hinzu: »Um Vics Lieblingsausdruck zu benutzen: Sie sind die ganze Enchilada.«

Verdutzt über dieses ungewohnte und unerwartete Lob von Nicholas Latimer, erwiderte Katharine seinen Blick ungläubig, wußte nicht, ob sie ihn richtig verstanden hatte. Sie wurde mißtrauisch und machte sich auf eine Stichelei gefaßt, doch zu ihrer größten Verwunderung schwieg er und sah sie mit einer so warmen Herzlichkeit an, daß sie vollkommen entwaffnet war. Ganz langsam schmolz das Eis in ihren Augen.

Katharine erwiderte Nicks Lächeln; es war ihr erstes aufrichtiges Lächeln für ihn, seit sie ihn kannte. Dann sagte sie zögernd: »Soll das heißen, daß Sie mich tatsächlich gut fanden?«

»Nicht gut, Katharine. Brillant.«

Abermals entstand eine kleine Pause, dann fragte sie: »Sind Sie sicher, Nick? Wirklich ganz sicher?«

»Das bin ich, Katharine«, erwiderte er leise und ernst. Doch als er sich dann Francesca zuwandte, blitzte wieder sein übermütiges Lächeln auf. »Und Sie haben mit dieser Szene verdammt gute Arbeit geleistet, Kleine. Ich muß mich sehr vorsehen, sonst bin ich bald arbeitslos. Himmel, die Amateure werden zu echten Profis hier. Dabei stecken einige davon noch in den Windeln!«

Glücklich brach Francesca in Lachen aus und ergriff seinen Arm. »Ich war schon neugierig, was Sie sagen würden, und von einem Schriftsteller wie Ihnen sind diese Worte das höchste Lob. Danke.« Nick nahm die Gelegenheit wahr, um sich mit Francesca von der Gruppe zu entfernen, innerlich versuchte er aber noch immer, dem Grund für sein Unbehagen, für das Frösteln in seinen Gliedern, auf die Spur zu kommen. Es mußte doch die Grippe sein.

Nachdenklich sah Katharine den beiden nach, und ihr Blick verweilte kurz bei Nicholas Latimer. Wenn dieser Mann, der sie so sehr haßte, erklärte, sie sei brillant gewesen, dann mußte es stimmen. Sie stellte sich vor, was ihr Bruder Ryan wohl sagen würde, wenn er sie auf der Filmleinwand sah und hörte, daß sie ein Star war. Oder bald werden würde. Sie wünschte, er wäre jetzt hier, bei ihr. Ihr Herz schlug schneller. Ihr großer Ehrgeiz, diese feste Entschlossenheit, Erfolg zu haben, verstärkte sich jetzt wie nie zuvor, und zum tausendsten Mal nahm sie sich vor, Ryan vor seinem Vater zu retten.

»Daß du die Rolle bekommst, brauche ich wohl nicht erst zu sagen«, erklärte Victor.

Katharine zuckte erschrocken zusammen und starrte ihn an. Nach einer Weile antwortete sie: »Das hoffe ich. Danke, Victor.« Sie lachte. »Dann bin ich also definitiv engagiert?«

»Das bist du. Dein Vertrag ist schon fertig. Ich werde ihn heute noch deinem Agenten zuleiten.«

»Danke...« Sie zögerte stirnrunzelnd und fuhr dann fort: »Darf ich dich etwas fragen, Victor? Warum warst du so vage, so zurückhaltend im Hinblick auf den Test?«

Ein Lächeln glitt über Victors Gesicht. »Dafür hatte ich gute Gründe. Ich wollte sicherstellen, daß ich eine hundertprozentig unbeeinflußte, ehrliche Meinung von allen Zuschauern bekam. Hätte ich euch merken lassen, wie begeistert ich war – und ich war mehrmals kurz davor –, hätte sich das auf euch ausgewirkt. Viermal habe ich mir den Film angesehen, immer wieder nach Schwächen gesucht, aber es gab keine. Im Gegenteil, er wurde mit jedem Mal besser. Da wußte ich, daß mein Urteil nicht falsch sein konnte, wollte aber dann doch gern sehen, ob ihr auch alle so hingerissen sein würdet wie ich.«

»Das waren wir allerdings!« rief Francesca errötend. Alle nickten, und Hilly Steed sagte: »Ich glaube, Monarch würde gern einen Vertrag mit Katharine machen.« Er blickte von Victor zu Katharine und fragte ein bißchen großspurig: »Na, junge Dame, was meinen Sie?«

Bevor sie jedoch den Mund aufmachen konnte, fuhr Victor auf: »Immer mit der Ruhe, Hilly! Nicht so voreilig. Bellissima Productions hat eine mündliche Zusage von Katharine, und der Vertrag steckt hier in meiner Tasche.« Er klopfte sich aufs Jackett und zog, als er Hillys ungläubige Miene sah, ein großes Kuvert heraus. »Willst du ihn sehen?«

Hilly schüttelte enttäuscht den Kopf. »Nein, Vic. Ich glaube dir. Meinen Glückwunsch. Du hast dir einen großen neuen Star an Land gezogen.« Dann kam ihm eine andere Idee. »Wärst du vielleicht an einem Leihvertrag interessiert? Das heißt, wenn du nach ›Wuthering Heights‹ nicht schon einen anderen Film für Katharine hast.«

Victor war interessiert. »Hast du ein bestimmtes Projekt im Sinn, Hilly?«

»Aber gewiß doch, Victor.« Hilly verstummte, wollte Victors Fragen abwarten, damit seine Antwort um so größeres Gewicht bekam.

Doch Victor kannte Hillys Taktieren zu gut und dachte gar nicht daran, ihm in die Falle zu gehen. Zu Nick gewandt fragte er: »Da wir gerade von Projekten sprechen: Hast du das Skript von Frank Lomax gelesen? Das uns das Morris-Büro geschickt hat? Also, das wäre ein guter Film für Katharine.«

Nick begriff Victors Absicht sofort. »Es ist großartig! Ich finde, wir sollten sofort zugreifen. Bellissima kann ihn produzieren, und ...«

»He, nicht so schnell!« fiel Hilly ihm scharf ins Wort. »Hört mir doch erst einmal zu!« Er räusperte sich. »Ich möchte Katharine für ... den neuen Beau-Stanton-Film.« Er ließ seine Worte wirken und fuhr dann schnell fort: »Wir sind alle startbereit, bis auf die weibliche Hauptrolle. Natürlich haben wir ein paar Spitzenstars in petto, aber ich persönlich finde, Katharine würde fabelhaft zu Beau passen. Drehbuch von Henry Romaine, dem Besten der Branche. Regie Willy Adler. Produzent Morton Lane. Kostüme von Edith Head. Drehbeginn Oktober. In Hollywood. Außenaufnahmen in San Francisco und New York. Drehzeit zwölf Wochen.«

Victor schluckte. Das hatte er nicht erwartet. Er war überwältigt von den großen Namen und dem männlichen Star. Richard Stanton, in der Branche bekannt als Beau, war ein ebenso großer Kassenmagnet wie er selbst, und das seit ungefähr zwanzig Jahren. Der englische Schauspieler, der im Hollywood der dreißiger Jahre zu Ruhm gelangt war, besaß einen unwiderstehlichen Charme, einen unnachahmlichen Stil und eine unübertroffene Eleganz. Seine Stärke war die spritzige, geistreiche Komödie, und seine Filme waren ausnahmslos große Erfolge. Wenn Katharine unmittelbar nach einem Film mit ihm Beaus Partnerin wurde, war ihre Karriere gesichert, würde ihr Name sofort international bekannt werden.

Mein Gott! dachte Victor. Doch er verbarg seine Erregung und sagte kühl: »Zunächst muß ich Katharine mal über die Leihverträge aufklären. Und mir das Drehbuch ansehen. Aber ich bin nicht abgeneigt, Hilly, keineswegs. Ich finde, wir sollten uns in ein paar Tagen zusammensetzen und alles durchsprechen. Aber jetzt wollen wir erst zu Mittag essen. Und feiern. Ich hab' einen Tisch im Les Ambassadeurs gebucht. Mit Champagner und der ganzen ...«

»Enchilada«, ergänzte Katharine. Ihre gelassene Miene verriet nichts, aber ihr Herz hämmerte, ihre Gedanken rasten, und sie konnte kaum atmen. Mit einem ganz winzigen Lächeln schob sie die Hand unter Victors Arm und dirigierte ihn zur Tür.

Zwanzigstes Kapitel

»Und mach dir keine Sorgen um den Alten Herrn, der wird schon wieder«, sagte Kim, als er Francescas Koffer ins Gepäcknetz hievte. »Schließlich flattert Doris um ihn herum wie ein Schutzengel und verwöhnt ihn wie ein Baby. Und er genießt das ebensosehr wie sie.« Kim grinste spitzbübisch. »Eine moderne Florence Nightingale in Christian Dior und mit dicken Brillanten.«

Trotz ihrer Sorge um den Vater mußte Francesca lachen. »Genau!« sagte sie, wurde dann aber gleich wieder ernst. »Ich kann allerdings das Gefühl nicht loswerden, daß das Ganze nur meine Schuld war ...«

»Das ist doch Unsinn!« fiel Kim ihr ins Wort. »So etwas passiert eben. Du brauchst dich wirklich nicht schuldig zu fühlen.«

»Immerhin, hätte er nicht auf der Leiter in der Bibliothek gestanden, um nach dem Buch für mich zu suchen, wäre er nicht runtergefallen.«

Kim stöhnte. »Aber er *ist* gefallen, Frankie, und daran ist nichts mehr zu ändern.« Angesichts ihrer bedrückten Miene versuchte er sie ein bißchen aufzumuntern. »Hör zu, Liebes, Doktor Fuller hat gesagt, er wird bald wieder gesund, vorausgesetzt, er bleibt ein bis zwei Wochen im Bett, und Fuller gibt ihm auch schmerzstillende Medikamente. Ein Beckenbruch ist verdammt unangenehm, weil er nicht geschient werden kann, doch wenn er schön brav Ruhe hält, wird alles sicher wunderbar heilen.«

»Ich weiß. Aber es muß furchtbar unbequem für ihn sein.«

»Sicher, aber es geht ihm recht gut im Moment, weil die gute Doris sich so lieb um ihn kümmert. Und natürlich auch wegen dem unerwarteten kleinen Geldsegen, den er dir und Katharine zu verdanken hat.«

»Katharine, meinst du wohl. Ich hatte wirklich nichts damit zu tun«, behauptete Francesca. Ihre Miene hellte sich ein wenig auf, und ihre haselnußbraunen Augen leuchteten voll Wärme. »Sie ist wunderbar, nicht wahr, Kim?«

»Einsame Spitze. Super«, bestätigte er nachdrücklich. »Und vergiß nicht, sie ganz lieb von mir zu grüßen, hörst du? Ruf sie bitte sofort an, wenn du wieder zu Hause bist.«

»Wie könnte ich das vergessen! Nachdem du es mir mindestens ein dutzendmal ans Herz gelegt hast«, antwortete sie lachend.

Jetzt wurden Wagentüren zugeschlagen, und der Bahnhofsvorsteher blies in seine Pfeife. Francesca sah zum Fenster hinaus. »Du solltest lieber aussteigen, Kim. Sonst landest du noch mit mir zusammen in London.«

»Ich hätte nichts dagegen«, sagte er sehnsüchtig und zog ein Gesicht. »Leider aber ruft die Pflicht – jetzt mehr denn je.« Er erhob sich, küßte sie auf die Wange und drückte ihr liebevoll die Schulter. »Gute Reise, Frankie, und tu was gegen diese scheußliche Erkältung.« An der Tür drehte er sich noch einmal um. »Dad ist wirklich in guten Händen, also beruhige dich bitte. Vergiß nicht, daß ich in Langley bin. Ich werde schon dafür sorgen, daß er die Vorschriften von Doktor Fuller befolgt.«

»Das weiß ich. Wiedersehn, Kim.«

»Wiedersehn«, gab er lächelnd zurück, sprang auf den Bahnsteig und schlug die Wagentür zu. Gleich darauf rollte der Zug zum Bahnhof von Harrogate hinaus nach Süden.

Francesca lehnte sich bequem zurück und wickelte sich fester in ihren erikafarbenen Tweedmantel. Sie fror ein wenig, obwohl sie darunter einen Tweedrock mit wollenem Twinset, Kaschmirschal und Stiefel trug. Aber es war kühl im Abteil; die Dampfheizung arbeitete zu langsam. Außerdem hatte sie sich Anfang der Woche eine Erkältung geholt, die sie einfach nicht loswerden konnte.

Sie holte eines der Hustenbonbons heraus, die Melly, ihr altes Kindermädchen, ihr aufgedrängt hatte, und schob es nachdenklich in den Mund. Der Zug ratterte durch die Dales in Richtung Leeds. Die Felder draußen waren noch kahl und leer, nur bedeckt mit silbrigem Reif. Der Frühling ließ in diesem Jahr auf sich warten, obwohl der März schon begonnen hatte. Ein Telegrafenmast flog vorbei; sein Anblick erinnerte Francesca an die Probleme der vergangenen Woche, in der sie Jerry Massingham und Ginny in Yorkshire herumgeführt, ihnen geholfen hatte, geeignete Drehorte für den Film zu suchen.

Die ersten paar Tage waren sehr anstrengend gewesen. Jerry war immer nervöser geworden, während sie durch die größte Grafschaft Englands fuhren. Denn jedesmal, wenn sie einen schönen Platz für die Außenaufnahmen fanden, gab es einen häßlichen, von Menschen in die Landschaft gesetzten Tribut an die Technologie des zwanzigsten Jahrhunderts, der ihn für einen Film, der im neunzehnten Jahrhundert spielte, unbrauchbar machte: Telegrafenmasten, Hochspannungsleitungen und Wassertürme hatte es im victorianischen England bestimmt nicht gegeben.

Schließlich hatte Francesca sie viel weiter hinausgeführt als ursprünglich geplant. Sie waren über Ripon, Middleham und Leyburn hinaus nach Swaledale, Wensleydale und Coverdale gefahren, wo die endlosen, unbewohnten Moore sich mit tiefen Tälern abwechselten, durchschnitten von flinken, sprudelnden Bächen und schäumenden Wasserfällen, die im klaren, durchsichtigen Licht des Nordens schimmerten. In Wain Wath Force, Gunnerside und Healaugh hatten sie sich umgesehen. Es waren atemberaubend schöne Orte, völlig frei von moderner Technik; und am höchsten Punkt von Bellerby Moor, hoch über dem malerischen Dörfchen Grinton, hatte Jerry einen erleichterten Seufzer ausgestoßen. Ungläubig hatte er die durch nichts unterbrochene Weite betrachtet, so öde, so trostlos, betupft mit Resten von Winterschnee, und dennoch sonderbar schön, ja sogar ehrfurchtgebietend in ihrer Strenge. Hier herrschte ungezähmte Wildnis und eine unendliche Einsamkeit, und in den hoch zum wolkenschweren Himmel aufragenden Bergen lag eine gewaltige Größe. Das Tal dagegen, tief unten, bot mit seinem sauberen Flickenteppich der Felder und dem Swale-Fluß, der sich in sanften Kurven auf Richmond zuschlängelte und kristallklar in der Sonne blitzte, die gelegentlich durch die Kumuluswolken brach, einen lieblichen Kontrast dazu. Jerry hatte es vor Staunen die Sprache verschlagen. Binnen kurzem hatten sie eine Anzahl von Punkten gefunden, an denen gedreht werden sollte, und gleichzeitig die Logistik festgelegt.

Francesca hatte die Arbeit mit dem Produktionsleiter und seiner reizenden Assistentin viel Freude gemacht, daher hatte sie ein schlechtes Gewissen, als sie den Scheck über zweihundert Pfund entgegennahm, denn sie hatte das Gefühl, dieses Geld nicht verdient zu haben. Aber Jerry hatte darauf bestanden, genauso wie er darauf bestanden hatte, ihrem Vater fünftausend Pfund für die Benutzung einiger Räume im Schloß zu bezahlen, in denen mehrere wichtige Innenaufnahmen gedreht werden sollten. Das alles hatte sich am Tag der Vorführung von Katharines Probeaufnahmen ganz zufällig ergeben. Während des Essens im Les Ambassadeurs hatte sich das Gespräch nach zahlreichen Toasts und endlosen Flaschen Dom Pérignon den verschiedenen Aspekten der Produktion zugewandt. Jerry hatte über die Kosten gestöhnt, die eine Kulisse für die elegante Ballsaalszene in Thrushcross Grange verursachen würde, eine Schlüsselszene von »Wuthering Heights«, vor allem in der Filmversion. Katharine, die aufmerksam zuhörte, hatte Jerry plötzlich unterbrochen. »Warum drehen Sie nicht einfach in einem Saal, den es schon gibt, in einem Landsitz oder Schloß?« hatte sie vorgeschlagen. »In Langley Castle zum Beispiel. Ich hab' ein Foto von dem Ballsaal dort gesehen und finde ihn perfekt.«

Eine kleine Pause war entstanden, in der Francesca das Gefühl hatte, alle sähen sie erwartungsvoll an. Dann hatte Victor sich geräuspert und sie gefragt: »Was meinen Sie, Francesca? Wenn der Ballsaal wirklich geeignet ist – würde Ihr Vater uns erlauben, dort zu drehen?«

»Ich ... ich glaube schon«, hatte sie ein wenig unsicher geantwortet.

»Ich wette, das wäre viel billiger als eine Kulisse«, hatte Katharine rasch eingeworfen. »Der Earl wird bestimmt keine exorbitante Summe fordern.«

Entgeistert hatte Francesca angefangen zu protestieren. »Himmel, Daddy würde sich niemals bezah...« Den Rest hatte sie schnell verschluckt, denn Katharine hatte ihr einen kleinen Tritt versetzt, und sie war errötend verstummt, weil sie nicht wußte, was sie sagen sollte.

Victor hatte sie gerettet. »Selbstverständlich wird die Filmgesellschaft Ihrem Vater für die Benutzung der Räume etwas bezahlen«, hatte er ruhig erklärt. »Etwas anderes kommt nicht in Frage.«

Katharine hatte zufrieden vor sich hin gelacht, aber an ihren funkelnden Augen war zu erkennen, daß ihr schon wieder eine Idee gekommen war: Mit größter Selbstverständlichkeit hatte sie erklärt, Francesca müsse engagiert werden, um Jerry, der auf Motivsuche nach Yorkshire fahren wollte, zu begleiten. »Bei allem Respekt, Jerry, aber Francesca kennt sich dort ganz zweifellos viel besser aus als Sie, denn schließlich ist sie dort aufgewachsen. Bedenken Sie doch, wieviel Zeit Sie sparen können, wenn sie Sie führt. Und sicher kennt sie einige wunderschöne, abgelegene Plätze, die Sie allein niemals finden würden.«

Victor und Jerry hatten einen kurzen Blick getauscht und Katharines Vorschlag sofort akzeptiert. Francesca wurde von ihrer Begeisterung mitgerissen und fühlte sich geschmeichelt, weil sie so erpicht darauf waren, sich ihrer Mitarbeit zu versichern. Sie hatte ebenfalls sofort zugestimmt, denn sie wollte nicht der einzige Außenseiter bleiben, wollte an dieser aufregenden Welt teilhaben und außerdem Jerry bei der Lösung seiner Probleme helfen.

Victor helfen, an *seiner* Welt teilhaben, meinst du wohl, murmelte Francesca jetzt vor sich hin. Sie wandte sich vom Fenster ab und starrte auf ein Werbeplakat der British Railways für das sonnige Brighton. Aber sie sah es gar nicht richtig, denn Victors Gesicht schob sich dazwischen. Ihre kritische Einstellung ihm gegenüber hatte sie längst ad acta gelegt, begraben unter aufkeimenden Gefühlen einer ganz neuen, ihr bisher unbekannten Art. Während der Woche in Yorkshire hatte sie zu ihrem Erstaunen entdeckt, daß er ihr fehlte; er war ihr kaum aus dem Kopf gegangen. Gestern abend hatte sie in ihrem Zimmer stundenlang vor dem Kaminfeuer gesessen, hatte versucht, ihre Gefühle zu analysieren, und war schließlich zu dem Ergebnis gekommen, daß sie in Victor Mason verschossen war. Erschrocken über ihren mit panischer Angst vermischten inneren Aufruhr, war sie vor dem Wort »Liebe« zurückgescheut, wollte sich einreden, daß das, was sie für ihn empfand, ausschließlich vorübergehender Natur und daher nicht ernst zu nehmen sei.

Nun aber fragte sie sich, ob das stimmte. Seufzend schloß sie die Augen und lehnte sich wieder zurück. Im Grunde war ihre Lage hoffnungslos. Victor akzeptierte sie nur wegen Katharine, und sie wußte genau, daß es nie etwas anderes als Freundschaft zwischen ihnen geben konnte. Er behandelte sie, wenn auch tolerant und freundlich, wie ein kleines Mädchen. Doch trotz der Einsicht, daß er sich für sie als Frau nicht interessierte, begriff Francesca plötzlich, daß es ihr schwerfallen würde, ihre Gefühle für ihn zu unterdrücken. Bisher hatte es ihr genügt, in seiner Nähe zu sein. Aber wie sollte es weitergehen? Würde sie es ertragen können, bei ihm und ihm doch unendlich fern zu sein? Sie bezweifelte es. Es würde qualvoll sein.

In der letzten Nacht hatte sie kaum schlafen können, so sehr hatten ihr Verstand, ihr Herz und ihr Körper sich nach ihm gesehnt, und beim Aufwachen hatte sie feststellen müssen, daß sie ihr Kopfkissen so fest in beiden Armen hielt, als sei es Victor.

Und jetzt, während der Zug London entgegenrollte, war sie zwischen Melancholie und Euphorie, zwischen ihrem kühlen, nüchternen Verstand und ihrem flatternden heißen Herzen hin- und hergerissen. Und da sie jung und vom Leben mit seinen unvermeidlichen Enttäuschungen noch nicht gebeutelt war, war sie voller Hoffnung: Vielleicht änderte er seine Einstellung zu ihr und begann sie zu lieben, wie sie ihn liebte ...

Francesca erschrak. Ich liebe ihn nicht! schalt sie sich. Wirklich nicht! Ich bin nur ein bißchen in ihn verknallt ... Es ist nichts weiter als Schwärmerei.

Die Abteiltür wurde geöffnet, und der Schaffner teilte ihr freundlich mit, daß gleich das Frühstück serviert werde. Francesca nahm ihre Handtasche und Nicks Buch vom Sitz und ging in den Speisewagen.

Da sie keinen Hunger hatte, bestellte sie sich nur heißen Tee mit Toast und widmete sich dann dem Buch, einem von Nicks ersten Romanen. Er hatte es ihr mit einer liebevollen Widmung geschenkt. Zwar hatte sie es schon mehrmals gelesen, aber es gab eine bestimmte Stelle, die ihr ganz besonders gefiel, und die las sie jetzt noch einmal durch.

Als der Kellner Tee und Toast brachte, legte sie das Buch beiseite, doch ihre Gedanken blieben bei Nick. Sie waren dicke Freunde geworden. Francesca schätzte seine Meinung, hörte auf jeden Rat, den er ihr im Hinblick auf ihre Schriftstellerei gab, und war dankbar für sein Interesse an ihr. Vor zehn Tagen hatte sie ihn – ein wenig ängstlich – gebeten, die ersten Seiten ihres Buches über Chinese Gordon zu lesen, und seine Kritik war recht ermutigend ausgefallen.

Sie glaubte jetzt noch Nicks Worte zu hören. »Die Seiten sind hervorragend. Nur weiter so! Niemals zurückblicken«, hatte er zu ihr gesagt. Und dann, etwas nachdenklicher: »Hör zu, Kleines, du bist talentiert. Aber Talent allein ist nicht genug. Man braucht dazu Hingabe, Disziplin, Entschlußkraft und Begeisterung. Du mußt besessen sein von deinem Buch. Sonst wird es nichts. Und noch etwas brauchst du: Verlangen. Dein Wunsch zu schreiben muß stärker sein als alles andere, und du mußt bereit sein, einiges dafür zu opfern.« Dann hatte er sein spitzbübisches Lächeln gezeigt. »Aber es gibt da noch einen sechsten Punkt, und zwar einen sehr wesentlichen: die Ablenkung, den Feind jedes Autors. Du mußt eine unsichtbare Wand um dich errichten, damit niemand und nichts zu dir durchdringen kann. Verstehst du mich, Kleines?«

Nick nannte sie oft »Kleines«, genau wie er Victor »Kleiner« nannte, ein Ausdruck, mit dem er, wie sie erkannt hatte, nur wenige Menschen auszeichnete, Menschen, die er besonders liebgewonnen hatte. Von Zuneigung zu Nick erfüllt, lächelte Francesca in sich hinein. Unvermittelt fiel ihr auf, daß er Katharine niemals »Kleines« nannte, sondern immer nur Katharine. Aber vielleicht tat er das aus Respekt vor ihrer Schönheit und ihrem schauspielerischen Talent. Auf keinen Fall glaubte Francesca, daß Nicky ihre Freundin haßte, wie diese behauptete. Und Kim glaubte das auch nicht. Sie waren beide der Ansicht, daß Katharine da etwas zu sehen meinte, das es nicht gab. Wie Francesca sich erinnerte, behandelte Nick Katharine genauso, wie er sie selbst behandelte: mit Herzlichkeit und leicht ironischer Belustigung. Allerdings mußte sie zugeben, daß er zuweilen etwas verkrampft wirkte, fast so, als müsse er sich sehr beherrschen. Sogar bei dem Festlunch hatte er sich, obwohl er Katharine zuvor so große Komplimente über die Probeaufnahmen gemacht hatte, hinter eine Maske zurückgezogen. Aber er hatte ihr, Francesca, schließlich auch anvertraut, daß er sich wahrscheinlich eine Grippe geholt habe. Hoffentlich hatte er damit nicht recht gehabt!

Nach dem Frühstück kehrte Francesca in ihr Abteil zurück, kuschelte sich, in ihren Mantel gewickelt, in die Ecke und versuchte zu schlafen. Sie schlummerte tatsächlich ein bißchen ein, mußte aber die ganze Fahrt hindurch husten und schniefen.

Als der Zug in der King's Cross Station einlief, hatte sie Fieber, und ihre Augen tränten.

Draußen goß es in Strömen; mit dem Koffer in der Hand hastete Francesca durch den schmutzigen Bahnhof und erwischte zum Glück sofort ein Taxi. Während der Fahrt durch den dichten Verkehr fühlte sie sich zunehmend elender. Alle Knochen taten ihr weh, sie bekam Schüttelfrost und immer wieder Husten- und Niesanfälle. Als der Wagen hielt, stieg sie erleichtert aus und eilte ins Haus. Aus dem Eßzimmer kam, den Staubwedel in der Hand, ihren unverwüstlichen, schrecklichen Blumenhut auf dem Kopf, breit lächelnd Mrs. Moggs zum Vorschein. Zerstreut fragte sich Francesca, ob sie ihn wohl je absetzte.

»Da sin Sie ja, Euer Ladyschaft«, rief Mrs. Moggs und nickte so heftig, daß sämtliche Mohnblumen wippten. »Jetzt aber schnell raus aus dem nassen Zeug un' in die Badewanne! Un dann hab' ich 'ne schöne heiße Suppe für Sie; die könn' Sie dann im Bett essen.« Ihr Ton ließ keinen Widerspruch zu. »Bei diesen Erkältungen muß man aufpassen, M'lady, damit ist nicht zu spaßen!«

»Guten Tag, Mrs. Moggs«, konnte Francesca schließlich doch noch einwerfen. Sie stellte den Koffer ab, zog den nassen Mantel aus und hängte ihn in den Garderobenschrank. Dabei fragte sie erstaunt: »Und woher wissen Sie, daß ich erkältet bin?«

»Von Mrs. Asternan«, erklärte Mrs. Moggs wichtig. »Sie hat mich heute morgen angerufen. Un mir gesagt, was ich tun soll. 'ne wirklich feine Dame is' das. Jawohl, un daß Seine Lordschaft 'n ganz schlimmen Unfall gehabt hat.« Mrs. Moggs schnalzte teilnahmsvoll mit der Zunge. »Diese Stehleitern – fürchterlich gefährlich sin die! Aber es hätt' ja auch schlimmer kommen könn', nicht wahr? Seine Lordschaft hätt' sich ja auch den Hals brechen könn'.« Sie nickte nachdrücklich. »Jawohl, Euer Ladyschaft.«

Francesca unterdrückte ein Lachen. »Richtig, Mrs. Moggs, dieser Gedanke ist wirklich tröstlich.« Sie fröstelte, nahm ihren Koffer und ging zur Treppe, wandte sich aber noch einmal um, als Mrs. Moggs ihr nachrief: »Ach ja, das hätt' ich ja fast vergessen! Diese Mrs. Temple hat auch angerufen. Ungefähr vor 'ner Stunde.«

»Miss Tempest«, korrigierte Francesca geduldig. »Hat sie eine Nachricht für mich hinterlassen?«

»Jawohl, Euer Ladyschaft. Miss Temple wollte Sie an das Dinner erinnern. Aber als ich gesagt hab', daß es Ihn' so schlecht geht, un von dem Unfall von Seiner Gnaden, war sie furchtbar aufgeregt, die Miss Temple. Sie will später noch mal anrufen, weil sie's gerade so eilig hatte. Sie solln sich keine Sorgen machen wegen dem Dinner, das will sie absagen. Gott sei Dank, wenn ich mal so sagen darf!«

»Also wirklich, Mrs. Moggs!« Francesca war ärgerlich über diese Einmischung, sagte sich aber, daß Mrs. Moggs es nur gut gemeint hatte. »Sie haben recht, Mrs. Moggs«, fuhr sie fort. »Ich werde die nächsten vierundzwanzig Stunden im Bett bleiben, bei diesem widerlichen Wetter.«

»Das ist das beste, Euer Ladyschaft. Un jetzt gehn Sie rauf, ich bring' Ihn' bald Ihre Suppe nach oben. Ins Bett hab' ich Ihnen 'ne Wärmflasche gelegt.«

»Das ist sehr freundlich von Ihnen, Mrs. Moggs. Bis nachher.« Während sie die Treppe hinaufstieg, dachte Francesca ein wenig enttäuscht daran, daß sie Victor Mason heute abend nun doch nicht sehen würde.

Einundzwanzigstes Kapitel

Victor Mason warf Jerry Massingham einen langen, strengen Blick zu und sagte energisch: »Du mußt unbedingt dafür sorgen, daß wir, von der Gesamtversicherung für den Film abgesehen, eine ausreichende Versicherung für Langley Castle abschließen. Und wenn ich sage ausreichend, dann meine ich ausreichend, Jerry. Ich wünsche keinerlei Probleme, falls es Unfälle oder Schäden an irgendwelchen Wertsachen geben sollte. Im Grunde ist es mir sogar lieber, wenn wir überversichert sind.«

»Keine Angst, ich hab' schon mit Jake darüber gesprochen«, gab Jerry rasch zurück. Ob Victor ihn für einen Dummkopf hielt? Seit einer Stunde tat er jedenfalls so. Und Jake Watson war es nicht besser ergangen. Jerry grinste in sich hinein. Victor war heute ganz einfach in seiner Manager-Stimmung, mußte ihnen allen zeigen, daß er mit jedem Aspekt der Produktion vertraut war und sich um die kleinste Einzelheit kümmerte.

Den Blick bemerkend, mit dem Victor ihn ansah, fuhr Jerry fort: »Außerdem werd' ich die meisten Lampen, Vasen und Ziergegenstände aus den Zimmern entfernen lassen, in denen wir drehen, und sie sicherheitshalber durch Reproduktionen ersetzen ...«

»Das möchte ich dir auch geraten haben«, unterbrach Victor ihn. Dann lehnte er sich zurück, schnippte ein Stäubchen vom Ärmel seiner dunkelblauen Jacke und sagte: »Es gibt da offenbar überall kostbare Teppiche, nicht wahr?«

»Ja. Der Earl hat mir einen Aubusson gezeigt, mehrere Savonneries und ein paar antike Perser. Schien sich ein bißchen Sorgen deswegen zu machen, aber ich hab' ihm erklärt, daß wir durchsichtige Plastikplanen unter die Kameras und die übrige Ausrüstung legen, auch dort, wo es keine Teppiche gibt. Und die ganz wertvollen nehmen wir weg. Das Schloß ist bis obenhin voll von den unglaublichsten Kostbarkeiten, also dürfen wir nicht das kleinste Risiko eingehen.« Staunend schüttelte er den Kopf. »Mein Gott, da steckt ein Vermögen drin! Aber nur keine Angst, ich hab' alles gut abgesichert. Ich kenne mich aus.«

»Ich weiß, daß du gewissenhaft bist, Jerry. Aber ich muß hundertprozentig sichergehen, und für Überraschungen hab' ich nichts übrig. Vor allem für unangenehme.« Er lächelte Jerry kurz zu und vertiefte sich dann in die vielen Schwarzweißfotos, die Jerry in der Woche zuvor in Yorkshire gemacht hatte. Er breitete sie auf der Tischplatte aus und betrachtete sie mit Kennerblick. »Wann kommen die Farbfotos?« erkundigte er sich.

»In ein paar Tagen. Und du wirst Augen machen! Yorkshire ist wunderschön! Das war mir bisher noch nie aufgefallen. Eine atemberaubende Landschaft.«

»Ja, das erkenne ich schon an den Schwarzweißfotos. Ihr habt da ein paar fabelhaft fotogene Plätze entdeckt. Wirklich.«

»Das finde ich auch.« Jerry strahlte über das unerwartete Lob. »Aber das kam natürlich nicht von ungefähr. Es ist ausschließlich Francescas Verdienst. Zauberhaftes Mädchen. Kein bißchen hochnäsig, nicht wie die üblichen Debütantinnen.« Victor spitzte interessiert die Ohren, unterdrückte aber die vielen Fragen, die ihm auf der Zunge lagen. Statt dessen erkundigte er sich vorsichtig: »Dann hat sie also gut gearbeitet? Und es hat sich gelohnt, sie zu engagieren?«

»O Gott, ja! Ohne sie wäre ich verloren gewesen. Sie hat uns eine Menge Zeit erspart und endlose Schwierigkeiten.«

»Freut mich zu hören«, murmelte Victor und fragte sich, ob sie schon wieder in London war. Aber er schob diesen Gedanken beiseite und griff nach dem zweiten Bild. »Diese Räume scheinen für die Innenaufnahmen von Thrushcross Grange genau das richtige zu sein. Wir werden ein Vermögen an Aufbauten sparen. Der Preis, den wir dem Earl zahlen, ist wirklich niedrig.«

»Ja, ja, mag sein«, stimmte Jerry zögernd zu. Er war der Ansicht, man hätte die Dreharbeiten auch kostenlos haben können. »Unser Budget wird's schon tragen. Schließlich habe ich überall kräftig gespart.«

»Und dafür bin ich dir sehr dankbar, Jerry«, sagte Victor ernsthaft. »Jake Watson übrigens ebenfalls. Du machst ihm das Leben wirklich leicht, das muß ich sagen. Und da wir gerade von unserem brillanten Line Producer sprechen – wo, zum Teufel, steckt er eigentlich?«

»Als ich vorhin Kaffee holte, sprach er gerade mit Harry Pendergast. Dem Filmarchitekten. Übrigens, Pendergast ist verdammt gut.«

»Und verdammt teuer«, ergänzte Victor. »Da fällt mir ein, ich hab' am Wochenende mit Jake gesprochen, und wir sind beide zu dem Ergebnis gekommen, daß wir für die Jupiterlampen möglicherweise einen zusätzlichen Generator brauchen. Hast du das zufällig überprüft?«

»Hab' ich. Am Freitag, unmittelbar vor der Rückfahrt nach London, hab' ich noch mit dem Earl gesprochen. Er schien über die Kapazität des Schloßgenerators nicht so recht

Bescheid zu wissen, aber Francesca hat mir versprochen, sich darum zu kümmern.« Er sprang auf. »Gut, daß du fragst, Victor. Sie wollte das Wochenende noch mit ihrem Vater verbringen, heute früh aber wieder hier sein. Ich werde sie gleich mal anrufen. Entschuldige mich eine Minute, ja? Ich werde vom Produktionsbüro aus telefonieren. Da hab' ich nämlich ein paar Notizen vergessen.«

Victor stand auf, ging zu einem Tischchen am anderen Ende des Konferenzsaales, schenkte sich noch einmal Kaffee ein, rührte zerstreut in seiner Tasse und dachte an Francesca. Sie war also doch nach London zurückgekehrt. Vor ihrer Abreise war sie noch nicht sicher gewesen, ob sie heute abend mit ihnen essen konnte. Heute abend. Er lächelte, freute sich darauf, sie wiederzusehen. Es hatte keinen Sinn, sich etwas vorzumachen: Er hatte sie sehr vermißt.

Fröhlich pfeifend nahm er den Kaffee mit zum Tisch, setzte sich und beschäftigte sich wieder mit den Fotos. Dort ist sie also geboren und aufgewachsen, sinnierte er und sah die Aufnahmen jetzt nicht mehr ausschließlich als eventuelle Drehorte für den Film, sondern als Zimmer, in denen jemand lebte. In denen sie lebte. Ich wette, sie hat eine völlig andere Kindheit verlebt als ich, dachte er lächelnd und sah die enge Küche in dem kleinen Haus in Cincinnati vor sich, in der seine stets fröhliche Mutter köstlich duftende italienische Speisen gekocht hatte. Nein, sie war bestimmt als privilegiertes, behütetes und bestens erzogenes Kind aufgewachsen. Und mit Sicherheit das bezauberndste kleine Mädchen gewesen, das es auf der Welt gab.

Verdammt noch mal, sie ist immer noch ein Kind! Zornig steckte sich Victor eine Zigarette an. In letzter Zeit hatte er viel zu oft an sie gedacht. Aber Francesca Cunningham war tabu. Zu diesem Standpunkt war er vor Wochen gelangt, und den würde er auch nicht wieder verlassen. Er teilte Nicks

Meinung über sie. Sie war bezaubernd, liebenswert und klug, ein netter Kamerad. Aber nicht mehr. Und so würde es auch bleiben. Er würde sich am Riemen reißen. Er konnte sich keine Ablenkung leisten, weiß Gott nicht. Vor allem keine Liaison mit einem Mädchen wie ihr. Vorerst, dachte er sich, habe ich keine Chance. Nun gut. Vorerst hab' ich ja auch meine Arbeit.

Auf einem Notizblock begann Victor sich Stichworte für die Punkte zu notieren, die er mit Jerry und Jake noch besprechen wollte. Nach zehn Minuten jedoch packte ihn wieder die Unruhe. Er stand auf und trat ans Fenster. Wie gewöhnlich, dachte er resigniert, als er den Regen strömen sah. Er sehnte sich nach Kalifornien – nicht unbedingt nach seiner Ranch, aber nach irgendeinem Ort, an dem jetzt die Sonne schien. Als er die Tür klappen hörte, fuhr er herum. Es war Jerry, mit Jake Watson dicht auf den Fersen.

Beide waren so ernst, daß Victor sofort überzeugt war, es habe Schwierigkeiten gegeben, wie es bei Filmproduktionen fast immer zu erwarten war. »Was gibt's denn, Leute? Hat etwa der Earl seine Genehmigung zurückgezogen?«

»Nein, nein, alter Junge. An dem Ende ist alles okay. Obwohl der Earl, da wir gerade von ihm sprechen, einen Unfall gehabt hat. Ach ja, und Francesca ist auch krank«, setzte Jerry beiläufig hinzu. »Aber wir kriegen den zusätzlichen Generator«, fuhr er zufrieden fort. »Francesca hat mit dem Verwalter gesprochen. Der Generator im Schloß ist in Ordnung, aber der Verwalter meint, es sei riskant, ihn so zu überlasten. Jake und ich finden das auch. Diese Kliegs sind verdammt stark. Übrigens, sie hatte da eine Idee, wie man die Produktionskosten ganz schön herabsetzen könnte...«

»Mein Gott, Jerry! Was ist mit dir los?« fuhr Victor auf, wütend über die Gedankenlosigkeit des Produktionsleiters. »Was soll das heißen, Francesca ist krank und der Earl hat einen Unfall gehabt? Verdammt noch mal, ich will informiert werden, wenn meinen Freunden etwas zugestoßen ist!«

»Tut mir leid, Victor«, entschuldigte sich Jerry beschämt. »Ich denke anscheinend immer nur an mein Budget. Aber du brauchst dir wirklich keine Sorgen zu machen. Der Earl ist gestürzt und hat sich das Becken gebrochen. Kein Problem. In ein paar Wochen ist er wieder auf den Beinen. Die arme Francesca hat sich erkältet. Im schlimmsten Fall hat sie sich eine Grippe geholt.«

Erstaunt über die Erleichterung, die er empfand, setzte sich Victor an den Konferenztisch. »Freut mich zu hören, daß keiner von beiden auf dem Sterbebett liegt«, bemerkte er sarkastisch. Er lehnte sich im Sessel zurück, formte mit den Händen ein Dach und sah seine Mitarbeiter mit kaltem Blick an. »Und da alles in schönster Ordnung ist – warum macht ihr dann ein Gesicht, das auf eine ernste Krise schließen läßt?«

»Eine kleine Krise«, antwortete Jake rasch. »Um genau zu sein: Hilly Street. Wir haben ihn eben im Korridor getroffen, und er behauptet, wir könnten nur zwei zusätzliche Büros für den Produktionsstab bekommen. Also haben wir eins zuwenig.«

»Und das ist alles?« fragte Victor herablassend. »Ich wollte, unsere Probleme wären alle so leicht zu lösen. Jake, du sagst Hilly Street, daß Bellissima für den Rest des Produktionsstabs eine Suite im Claridge nimmt und die Rechnung dafür an Monarch geht. Wartet mal ab, wie schnell wir dann unser drittes Büro haben!«

Jake lachte. »Mit Vergnügen. Mach' ich sofort.«

Als er gegangen war, warf Jerry sich in einen Sessel. Mit bedrückter Miene sagte er leise: »Verflixt, Victor, ich wollte nicht herzlos sein ...« Er fuhr sich mit der Hand durch das widerspenstige rote Haar. »Ich bin bestimmt nicht gedankenlos oder gleichgültig, ich bin bloß auf diesen Film fixiert und fürchte, das macht mich ein bißchen blind. Trotzdem ist das keine Entschuldigung, das ist mir klar«, schloß er lahm. Er wußte nicht, was er noch sagen sollte. Victor, der spürte, wie peinlich dem anderen der Ausrutscher war, lächelte beruhigend. »Schon gut, Jerry. Ich weiß, daß du's nicht böse gemeint hast. Ich bin wohl ein bißchen empfindlich in mancher Hinsicht.« Dann fragte er sachlich: »Aber du wolltest mir etwas von einer Idee erzählen, die Francesca hatte.«

Erleichtert, daß dieser Zwischenfall beigelegt war, antwortete Jerry: »Ach ja, Francesca. Wie es scheint, sind die Dachbodenräume des Schlosses vollgestopft mit alten Möbeln, Lampen und endlosem Kleinkram. Alles nach Francescas Ansicht nicht besonders wertvoll. Deswegen meinte sie, wir könnten einiges davon für den Film gebrauchen. Sie schlägt vor, wir sollten uns den Schrott – ihr Ausdruck, nicht meiner – mal ansehen und uns heraussuchen, was wir verwenden können.«

»Das ist äußerst gescheit und einfallsreich von ihr.« Victor unterdrückte ein amüsiertes Lächeln, während er sie in Gedanken zu ihrer Klugheit beglückwünschte. »Das wird uns tatsächlich einiges Geld sparen, vorausgesetzt, das Zeug ist brauchbar. Sobald wir uns für einen Filmarchitekten entschieden haben, schicken wir ihn nach Langley, damit er sich dort umsehen kann.« Er griff nach seinem goldenen Feuerzeug, spielte ein wenig damit und fragte dann vorsichtig: »Was ist denn nun mit Francesca? Geht es ihr sehr schlecht? Ich mache mir ein bißchen Vorwürfe, Jerry. Schließlich hat sie sich diese Erkältung doch wohl geholt, während sie für uns arbeitete.«

»Sie sagt, sie klingt schlimmer, als sie sich fühlt, doch ich persönlich habe das Gefühl, daß sie eine ganz schön dicke Grippe hat.«

»Aber sie ist in London, ja? Du hast sie hier in ihrem Haus erreicht?«

»Ja, und keine Angst, alter Junge. Sie wird gut gepflegt. Von der Putzfrau, die jeden Tag kommt. Einer Mrs. Moggs. Sie war auch am Telefon. Klang überaus mütterlich und tüchtig.« Jerry rieb sich das Kinn. »Armes Kind! Hat sich bestimmt da oben auf dem Hochmoor erkältet. Vielleicht sollte ich ihr einen Obstkorb von Bellissima Productions schicken. Wäre doch eine nette Geste. Was meinst du?«

»Gute Idee, Jerry. Nimm einen von diesen Superluxuskörben von Harte in Knightsbridge. Hat Jake dir von unserer Sitzung heute nachmittag erzählt? Ich würde dich gerne dabeihaben.«

Jerry fühlte sich geschmeichelt. Breit lächelnd antwortete er: »Von der Sitzung hat er mir erzählt, aber nicht, daß ich daran teilnehmen soll. Mach' ich gern, alter Junge. Übrigens, ich gratuliere dir zu Mark Pierce. Offen gesagt, ich hätte nicht gedacht, daß du ihn kriegst. Schwieriger Bursche.« Jerry sah Victor neugierig an. »Wie hast du das bloß angestellt?«

Victor lächelte träge zurück. »Ich habe ihn becirct.« Mehr sagte er nicht. Wie sollte er Jerry die komplizierte Geschichte von Katharines Machenschaften erklären? Für einen phantasielosen, prosaischen Menschen wie Jerry Massingham mußten diese Manipulationen doch wohl sehr merkwürdig klingen. »Tut mir leid, Jerry, ich hab' gerade nicht zugehört. Was hast du gesagt?«

»Ich habe nur laut überlegt, um was es bei der Sitzung geht und wer alles kommt.«

»Du, Jake, Mark und der Besetzungsregisseur. Wir müssen heute die endgültigen Entscheidungen treffen ... hinsichtlich der Gesamtbesetzung«, erklärte Victor. »Außerdem habe ich Nicholas Latimer dazu gebeten – für den Fall, daß Mark Fragen über das Drehbuch hat. Ich möchte heute alles festlegen. Weißt du, daß ich Terrence Ogden für den Edgar Linton verpflichtet habe?«

»Das sagte Jake mir bereits. Er wird bestimmt gut sein. Ich hab' schon immer gesagt, er sei geeignet für den Film.«

Beide Männer drehten sich um, als Jake Watson mit breitem Grinsen hereingeplatzt kam. Er schloß die Tür und lehnte sich dagegen. »Ich dachte, Hilly trifft der Schlag, als ich ihm das mit der Suite im Claridge sagte, Victor. Er saust jetzt gerade überall rum und versucht, ein zusätzliches Büro für uns aufzutreiben.«

Victors Mundwinkel zuckten. »Hoffentlich ist es groß genug.«

Jake starrte ihn an. »O Gott, nein, Victor! Du wirst doch nicht...« Er lachte. »Du wirst es doch wohl nicht ausschlagen, weil es zu klein ist, und auf der Suite beharren, oder?« Jake kannte die Antwort, noch ehe er ausgesprochen hatte. Er und Victor waren alte Freunde, daher war ihm Victors schlitzohriger Humor bestens vertraut, vor allem jenen gegenüber, die sich so tyrannisch und pompös gaben wie zuweilen Hilly.

»Es wäre möglich.« Victors schwarze Augen blitzten vergnügt. »Bieten wir ihm was für sein Geld. Er hat mich praktisch angefleht, ihm den Film zu geben, und seitdem nicht mehr aufgehört, über die hohen Kosten zu stöhnen. Er sollte zuerst mal vor seiner eigenen Tür kehren. Himmel, die Geldverschwendung hier ist unglaublich!« Flüchtig dachte er an Mike Lazarus. Dieser Kerl hatte in vielem recht, was seine Kritik an der Filmindustrie betraf. Victor sah Jake an. »Aber die Leitung des Londoner Büros der Monarch Picture Corporation of America ist Hillys Problem, nicht das unsere. Stimmt's?« Er schob seine Manschette zurück und sah auf die Uhr. »Ich hab' mir ein paar Notizen gemacht, während ihr fort wart, und würde gern einige Punkte mit euch besprechen, bevor ich gehe.«

Während der nächsten halben Stunde diskutierten sie zu dritt über Fragen, die die Produktion betrafen. Dann sagte Victor: »Nun, das wäre wohl alles. Ich finde, wir sind jetzt recht gut auf die Sitzung heute nachmittag vorbereitet. Außerdem hoffe ich, bis dahin die endgültige Entscheidung von Ossie Edwards zu haben. Mark Pierce hat mehrmals mit ihm gesprochen, und ich glaube, er wird mitmachen. In meinen Augen ist er der perfekte Kameramann für unseren Film.« Er stand auf und reckte sich.

Jerry stimmte ihm zu. »Und in Yorkshire wird er ganz in seinem Element sein. Er hat das Auge eines Malers, für Landschaften.«

»Und für schöne Frauen«, ergänzte Victor. »Also, ich fahre jetzt ins Hotel zurück. Muß noch ein paar Dinge in den Staaten klären.« Er durchquerte den Raum, nahm seinen Trenchcoat und legte ihn sich über den Arm. »Im Claridge, dann. Um fünfzehn Uhr. Wiedersehn, Boys.« Er grinste ihnen fröhlich zu und ging.

Als Victor auf die Straße hinaustrat, sah er zu seiner Erleichterung, daß es aufgehört hatte zu regnen. In einiger Entfernung vom Eingang lehnte Gus an dem neuen Bentley-Coupé, das Victor sich vor kurzem gekauft hatte. Als er Victor kommen sah, richtete er sich auf, riß den Wagenschlag auf und fragte: »Wohin, Guv?«

»Ins Claridge zurück. Danke, Gus.« Victor war bereits halb eingestiegen, da überlegte er es sich jedoch anders. »Warten Sie, ich glaube, ich gehe lieber zu Fuß. Ich muß unbedingt ein bißchen frische Luft schnappen. Bis heute abend werde ich Sie nicht mehr brauchen, Gus. Aber melden Sie sich doch bitte gegen vier Uhr, dann kann ich Ihnen Genaueres sagen.«

»Wird gemacht, Guv'nor.«

Victor trat zurück und machte sich auf den Weg. Gemächlich schlenderte er die Curzon Street entlang in Richtung Berkeley Square, um einen großen Bogen um Mayfair zu schlagen, bevor er ins Hotel zurückkehrte. Das erste, was ihm in die Augen fiel, als er den Berkeley Square erreichte, waren die Schaufenster von Moyses Stevens, dem berühmten Floristen. An ihrer Innenseite rann flächig klares Wasser herab, und da ihn technische Neuerungen interessierten, blieb er stehen.

Wie ein richtiger Vorhang strömte das Wasser offenbar aus verborgenen Düsen an der Decke über die Scheiben, wurde unten aufgefangen und durch ein kompliziertes Rohrsystem wieder hinaufgepumpt. Fasziniert beobachtete er die Anlage ein Weilchen und trat dann näher, weil sein Blick auf die schönsten Blumenarrangements fiel, die er seit langer Zeit gesehen hatte. Eine Fülle von Farben leuchtete ihm entgegen, die verschiedensten Rot- und Orangetöne, vermischt mit Purpur, sanftem Gelb und schneeigem Weiß. Und alles durchsetzt mit einer ganzen Skala von Grünschattierungen, von tiefstem Dunkel bis ganz hell. Victor lächelte, und seine Stimmung hob sich. Unwillkürlich dachte er wieder an die kranke Francesca. Die Blumen sind ein Hauch von Frühling, ein wunderschöner Kontrast zu diesem trüben, verregneten Märztag. Und wenn sie mich aufmuntern können, sagte er sich, werden sie sicher auch sie fröhlich machen. Entschlossen stieß er die Ladentür auf.

Im Hotel warteten ein ganzer Stoß Post und eine Anzahl telefonischer Mitteilungen auf Victor. Als er seine Suite betrat, warf er den Mantel auf einen Stuhl, legte die Post auf den Schreibtisch, griff zum Telefonhörer und ließ sich mit Nicks Suite verbinden. Es meldete sich niemand. Victor setzte die Brille auf und begann die Post durchzusehen.

Drei Briefe aus Beverly Hills interessierten ihn vor allem. Sie stammten von seinem Filmmanager, seinem Agenten und seinem Anwalt. Das Anwaltsschreiben öffnete er beklommen, zu seiner Erleichterung betraf es jedoch nicht Arlene und die bevorstehende Scheidung, sondern Lilianne, seine zweite Frau. Offenbar wollte sie den Dali verkaufen und ließ ihn durch Ben Challis, seinen Anwalt, fragen, ob er eventuell interessiert sei. Er lachte laut auf. Das Bild hatte er ihr bei ihrer Scheidung überlassen. Die hat Nerven, dachte er belustigt. Ich soll etwas zurückkaufen, was ursprünglich mein Eigentum war! Anscheinend brauchte sie dringend Geld. Wie üblich. Unbestimmt fragte er sich, was sie mit dem vielen Geld machte. Er hatte sie mehr als großzügig abgefunden.

Flüchtig sah er die anderen beiden Briefe aus Beverly Hills durch, die jedoch weniger wichtig waren, und griff dann eifrig nach dem Kuvert des Reisebüros in der Bond Street. Es enthielt zwei Flugtickets erster Klasse nach Zürich. Seine Miene hellte sich auf.

In der folgenden Woche wollte er mit Nick für fünf Tage zum Skilaufen nach Klosters fahren, und sie beide freuten sich auf diesen Urlaub wie kleine Kinder. Als sehr sportlicher Mensch, der sich gern vorwiegend im Freien aufhielt, fühlte sich Victor in London zunehmend eingeschlossen und wurde immer ruheloser. Davon abgesehen, war er inzwischen nicht mehr fit, deshalb würde ihm ein bißchen körperlich anstrengende Bewegung nur guttun. Jake hatte ihm diese Reise ausreden wollen, weil er fürchtete, Victor könne sich ein Bein oder einen Arm brechen und somit den Drehplan durcheinanderbringen. Aber Victor hatte den Line Producer überzeugen können, daß er allein schon aus therapeutischen Gründen fahren müsse. Überdies hatte er ihm feierlich gelobt, sich ausschließlich an die leichteren Abfahrten zu halten.

Nun, das werden wir sehen, dachte er lächelnd. Er und

Nick hatten Klosters zwei Jahre zuvor durch Harry Kurnitz, einen Schriftstellerkollegen von Nick, kennengelernt, und Victor konnte es kaum erwarten, endlich wieder in den Bergen zu sein. Er erinnerte sich deutlich, wie großartig er sich gefühlt hatte, wenn ihm bei der rasenden Abfahrt die frische, eiskalte Luft im Gesicht brannte. Außerdem freute er sich auch auf die Abende, wenn man gemütlich in einer Kneipe zusammenhockte, Schweizer Spezialitäten aß, vor dem Kamin saß und plauderte und bis zum Morgengrauen Kirschwasser trank.

Der Gedanke an seine Lieblingsgerichte in der Schweiz ließ ihm das Wasser im Mund zusammenlaufen, und plötzlich merkte er, daß er hungrig war. Wieder versuchte er Nick zu erreichen, um ihm zu sagen, daß für ihre Reise alles vorbereitet sei, und um ihn zu fragen, was er zum Lunch essen wollte. Aber auch dieses Mal meldete sich niemand. Victor versuchte sich zu erinnern, ob sie sich definitiv zu einem Imbiß vor der Sitzung verabredet hatten, und hätte schwören können, daß es so war. Vielleicht hatte Nick ihn falsch verstanden oder die Verabredung vergessen. Er rief den Zimmerservice an und bestellte sich ein Sandwich und ein kaltes Bier. Dann ging er zum Barwagen, schenkte sich einen Scotch mit Soda ein und sah die Telefonmitteilungen durch.

Nachdem der Kellner das Sandwich gebracht hatte – genauso zubereitet, wie er es wünschte, und sogar das Bier war wirklich kalt –, erwiderte Victor die Anrufe, sprach kurz mit seinem Börsenmakler in New York, erreichte schließlich auch seinen Verwalter auf der Ranch in Santa Barbara und vergewisserte sich, daß auf Che Sarà Sarà alles in Ordnung war. Anschließend ging er ins Bad, um sich für die Sitzung frisch zu machen.

Jerry und Jake kamen als erste. Gleich hinter ihnen erschien Ted Reddish, der Besetzungsregisseur, und Punkt drei Uhr klopfte Mark Pierce. Gemeinsam saßen sie herum, plauderten und warteten auf Nick. Um zwanzig nach drei entschuldigte sich Victor und ging ins Schlafzimmer. Wieder versuchte er Nick anzurufen. Diesmal war die Leitung besetzt. Verdammt! Fluchend eilte Victor in den Salon zurück.

»Ich glaube, ich habe Nick nicht nachdrücklich genug erklärt, daß ich ihn bei dieser Sitzung brauche«, sagte er, an alle Anwesenden gewandt. »Jetzt telefoniert er gerade. Ich werde schnell rüberlaufen und ihn holen. Könnt ihr nicht inzwischen das rekapitulieren, was wir heute vormittag besprochen haben, Jake? Und du, Jerry, läßt Mark bitte einen Blick auf die Drehort-Fotos werfen. Ich bin gleich zurück.«

Zweiundzwanzigstes Kapitel

Der Schlüssel steckte. Victor klopfte und öffnete die Tür. »Ich bin's, Nicky«, rief er, dann trat er ein.

Nick stand mit dem Rücken zur Tür im Salon und sprach ins Telefon. »Ja, gut. Danke. Auf Wiederhören.« Er legte auf.

»Hast du unsere Sitzung vergessen, alter Junge? Die anderen sind alle schon da, und wir warten nur noch auf...«, begann Victor, unterbrach sich jedoch, als Nick sich umdrehte. Denn irgend etwas schien nicht zu stimmen: Nicks Gesicht war eingefallen und trotz der Sonnenbräune aschgrau.

»Was ist passiert, Nicky?« erkundigte sich Victor besorgt. Die Qual, die in Nicks Augen stand, war nicht zu übersehen.

Nick schüttelte den Kopf, hob hilflos die Hände und setzte sich schweigend aufs Sofa. Er sah aus, als wolle er etwas sagen, aber er nahm sich nur eine Zigarette, die er mit zittrigen Fingern anzündete.

»Herrgott im Himmel, Nick, was ist?« Rasch ging Victor zu ihm hinüber.

Nach einer Weile hob Nick tief aufseufzend den Kopf und sagte mit erstickter Stimme: »Ich hab' hier gesessen. An meinem neuen Roman gearbeitet. Mich großartig gefühlt. Einfach nur dagesessen. Gearbeitet. Und dann ... und dann kam der Anruf ...« Er konnte nicht fortfahren; seine leuchtendblauen Augen wurden dunkel. Er fuhr sich mit der Hand übers Gesicht und wandte sich ab. Atmete tief durch. »Es geht um Marcia, Vic. Sie ...« Wieder versagte ihm die Stimme.

Victor hatte Nick nicht aus den Augen gelassen; eine schreckliche Ahnung stieg in ihm auf. »Was ist mit deiner Schwester, Nicky? Ist ihr etwas zugestoßen?«

Nick schüttelte ganz langsam den Kopf, als wolle er eine für ihn nicht akzeptable Tatsache leugnen. Wieder schwieg er eine Weile, bevor er mit unsicherer Stimme antwortete: »Sie ist tot, Victor. Marcia ist tot.«

»O mein Gott, nein!« Victor starrte den Freund fassungslos an. Wortlos ließ er sich in einen Sessel sinken und sagte zögernd: »Ich ... ich verstehe nicht ganz ... Wir haben doch erst vor kurzem mit ihr gesprochen.« Victor erkannte seine eigene Stimme nicht und hustete. »Was ist passiert?«

Dumpf berichtete Nick: »Ein Unfall. Marcia war auf dem Weg zu meiner Mutter. Auf dem Gehsteig der Park Avenue, am Sonntagnachmittag. Gestern. Ein verdammter, beschissener Wagen geriet außer Kontrolle und schleuderte auf den Gehsteig. Rammte Marcia mit voller Kraft. Sie wurde sofort ins Krankenhaus gebracht. Da lebte sie noch. Aber die schweren inneren Verletzungen ...« Er schüttelte den Kopf. »Heute morgen um fünf Uhr ist sie gestorben«, schloß er. Und setzte hinzu: »New Yorker Zeit.«

Victor war der schwere Schock anzusehen. »O Gott, Nick, Nick! Es tut mir so leid. So unendlich leid! Ein so tragischer, sinnloser Unfall!«

»Warum sie, Vic?« wollte Nick zornig wissen. »Warum, bei Gott, ausgerechnet sie?« Seine Stimme wurde lauter. »Zweiundzwanzig war sie erst – zweiundzwanzig! Ihr Leben hatte gerade erst begonnen. Ein Kind war sie noch, und so voll Leben, so gut und liebevoll und großzügig in jeder Hinsicht. Und nie hat sie einem Menschen weh getan. Das ist unfair, Vic, ganz einfach unfair!«

»Ich weiß, Nick, ich weiß.« Victor sagte es sanft und verständnisvoll. Er beugte sich vor. »Was kann ich für dich tun? Wie kann ich dir helfen, damit du ...«

Nick schien ihn gar nicht zu hören. »Verdammt«, schrie er. »Verdammt, verdammt, verdammt!« Mit der Faust hämmerte er gegen die Sofalehne. »Ich kann's nicht glauben! Ich denke immer noch, daß es ein dummer Irrtum ist.« Er sprang auf, starrte Victor an und sagte: »Meine kleine Schwester. Tot ... sie ist tot.« Er lief ins Bad. Victor folgte ihm.

Nick stand an der Wand, die Stirn an die kühlen Kacheln gepreßt, die Schultern hochgezogen, daß sich die schmalen Schulterblätter unter dem dünnen Hemd abzeichneten. Er wirkte so verletzbar, so jung und wehrlos, daß Victor ihn am liebsten in die Arme genommen und wie ein Kind getröstet hätte.

»Laß deinen Kummer raus, Nicky«, sagte er schließlich. »Versuch ihn nicht zu unterdrücken. Bitte, Nicky!« Er ging hinüber und legte ihm die Hand auf die Schulter.

Nick gab einen dumpfen Laut von sich; dann fuhr er unvermittelt herum und sah Victor flehend, hilflos an. Schluchzend schlug er beide Hände vors Gesicht. Victor legte ihm den Arm um die Schultern; er wußte nichts weiter zu sagen als: »Ich bin hier, Nicky; ich bin ja hier, alter Junge.«

Nach einer Weile beruhigte sich Nick wieder ein wenig. Er löste sich von Victor und preßte ein Handtuch an sein Gesicht. Ganz leise sagte er: »Laß mich bitte ein bißchen allein.«

»Aber sicher, Nicky.« Victor kehrte in den Salon zurück, warf sich bedrückt in den nächstbesten Sessel und steckte sich eine Zigarette an. Marcia, dieses bezaubernde Mädchen, Nicks Ebenbild, mit dem gleichen blonden Haar und den gleichen klaren, lustigen blauen Augen, erfüllt von Fröhlichkeit und Optimismus. Nicht nur er hatte sich sehr zu ihr hingezogen gefühlt, wenn sie mit Nick in den Sommerferien auf seine Ranch kam, sondern auch Steve und Jamie, seine Söhne, die ihr wie kleine Hunde überallhin nachgelaufen waren. Am Samstag hatte er noch mit ihr gesprochen! Von dieser Suite aus. Er mußte die brennenden Augen schließen.

Nicoletta, nach ihrem Patenonkel Nick getauft, war am Samstag ein Jahr alt geworden, und die Familie hatte ihren Geburtstag gefeiert. Nick hatte wenigstens per Telefon an der Feier teilnehmen und sich erkundigen wollen, ob sein Geschenk pünktlich eingetroffen war. Wie fröhlich alle gewesen waren! Mit Trauer dachte Victor an das nun mutterlose Kind, an Hunter, Marcias Ehemann, an Nicks und Marcias Eltern.

Schließlich löste er sich aus seinen Gedanken und hob den Kopf. Das Zimmer war in wechselnde Schatten getaucht. Der Himmel draußen war dunkler geworden, und es regnete wieder in Strömen. Es war ganz still, nur das Trommeln der Tropfen am Fenster verursachte ein metallisches Geräusch.

Victor sprang auf, schüttelte sich, wanderte im Zimmer umher und schaltete alle Lampen ein. Trotz seiner Trauer mußte er praktisch denken. Nick stand unter einem schweren Schock, also mußte ein anderer die Initiative ergreifen und alles veranlassen, damit er sofort in die Staaten zurückfliegen konnte. Victor legte die Prioritäten fest: Flug buchen. Packen. Gus für die Fahrt zum Flughafen bestellen. Für die Ankunft in Idlewild Mietwagen für Nick bestellen. O Gott, die Produktionssitzung! Victor verzog das Gesicht. Er mußte sofort mit Jake sprechen. Gerade wollte er zum Telefon, da kam Nick wieder herein. Victor musterte ihn prüfend.

Nicks Augen waren rot, aber trocken, und äußerlich wirkte er jetzt ruhiger. »Tut mir leid, daß ich so zusammengebrochen bin, Victor. Ich hatte mich mehrere Stunden lang furchtbar beherrscht. Du erst hast den Damm eingerissen.«

Victor nickte verständnisvoll. »War vielleicht ganz gut so, Nicky.« Er trat ans Sideboard, goß Scotch in zwei Gläser und trug sie zum Couchtisch. »Komm, setz dich erst mal und trink das aus. Und dann sollten wir uns ans Organisieren machen. Wann willst du fliegen? Hast du schon einen Platz gebucht?«

»Das ist ja gerade das Problem«, antwortete Nick. »Pan Am, TWA und BOAC sind vollständig ausgebucht. Ich muß auf einen freien Platz warten.« Er griff nach seinem Scotch und trank ihn aus.

»Dann soll sich Jerry um die Reservierung kümmern. Und Jake werde ich bitten, mit der Sitzung allein weiterzumachen.«

»Verflixt, Victor, die Sitzung hatte ich ganz vergessen. Tut mir leid ...«

»Schon gut«, fiel Victor ihm ins Wort. Er nahm den Hörer und ließ sich mit seiner Suite verbinden. Jake meldete sich. »Ihr müßt leider ohne mich weitermachen, Jake«, erklärte er. »Nick hat eine sehr traurige Nachricht bekommen. Seine Schwester ist an den Folgen eines Unfalls gestorben. Ich werd' bis zum Abflug bei ihm bleiben.« Victor lauschte auf die Antwort, dann sagte er: »Ja, ja, Jake. Danke. Ich werd's ihm sagen. Und jetzt möchte ich noch mit Jerry sprechen.

Hallo Jerry«, sagte Victor. »Hat Jake dir mitgeteilt, was los ist? Ja, danke. Hör zu, Jerry. Nick muß heute noch nach New York, aber die Maschinen sind alle ausgebucht. Er steht bei Pan Am, TWA und BOAC auf der Warteliste. Kannst du was tun? Ihm einen Platz besorgen?« Victor wartete, nickte vor sich hin. »Wunderbar. Häng dich gleich dran. Ach ja, Gus wird sich jeden Moment melden. Sag ihm, er soll ins Hotel kommen und warten. Er muß uns später zum Flughafen fahren, aber bis dahin soll er sich für eventuelle Besorgungen zur Verfügung halten.« Er legte auf.

»Bitte, Vic«, sagte Nick zu ihm, »geh zu deiner Sitzung zurück. Es geht mir jetzt besser.«

»Bist du verrückt? Ich bleibe bei dir, bis du in deiner Maschine sitzt. Jerry und Jake lassen dir ihr herzliches Beileid ausrichten. Jerry hat einen fabelhaften Kontakt bei der BOAC, den er jetzt anruft. Wir kriegen dich schon raus aus London, keine Sorge. Also: Hast du heute überhaupt schon was gegessen?«

»Nein.« Nick schnitt eine Grimasse. »Ich krieg' nichts runter.«

»Du solltest es wenigstens versuchen. Das ist für die nächsten Stunden möglicherweise die letzte Gelegenheit. Ein bißchen Suppe, das müßte doch gehen!«

»Na schön.« Nick wollte nicht diskutieren, und außerdem hatte Victor recht. Der Flug würde lange werden, in New York mußte er seine Eltern und Hunter trösten und stützen. Und dann würde die rituelle Trauerzeit beginnen. Er schloß die Augen.

Victor sah ihn mitleidig an; dann griff er zum Telefon und bestellte heiße Fleischbrühe, zwei weiche Eier, Toast und Kaffee. Anschließend brachte er Nick noch einen Scotch. »Hier, trink das aus, alter Junge. Sag mal, möchtest du, daß ich dich nach New York begleite?«

»O Gott, nein, Vic! Vielen Dank, das ist sehr lieb von dir, aber ich werd's schon schaffen.« Nicks Miene verdunkelte sich ein wenig, und er fuhr sehr langsam fort: »Wird es je leichter zu ertragen sein?«

»Ja. Mit der Zeit. Weil man's ertragen muß«, antwortete Victor und sah nachdenklich zum Fenster hinaus. »Der Tod ist der absolute Verlust, Nick. Daher muß man ihn akzeptieren.« Er ballte die Fäuste und sah Nick voll Liebe, Freundschaft und Mitgefühl an. »Nach Ellies Tod bin ich fast wahnsinnig geworden vor Kummer, und jahrelang hab' ich an nichts anderes gedacht als an sie. Auch heute denke ich noch sehr viel an sie; irgendwie lebt sie in mir und den Jungen fort, das ist mir in gewisser Weise ein Trost, obwohl du das jetzt noch nicht begreifen wirst. Dein Leid ist noch viel zu frisch, und vielleicht hätte ich gar nicht davon sprechen sollen ...« Er verstummte, unsicher, ob er nicht zu früh zuviel gesagt hatte.

Nick starrte geistesabwesend an die Wand. Schließlich trank er einen Schluck, riß sich zusammen und sagte: »Ich danke dir, daß du mir geraten hast, meinen Kummer rauszulassen, Vic, denn von jetzt an muß ich ihn vorläufig unterdrücken. Meine Eltern und Hunter sind völlig verzweifelt. Sie werden meinen Mut brauchen. Für sie muß ich stark sein, damit ich ihnen helfen kann, alles, was jetzt kommt, durchzustehen.«

»Ja«, antwortete Victor. »Ja, ich weiß.«

Nick erhob sich. »Ich glaube, ich sollte wohl besser packen.« Er ging ins Schlafzimmer.

Auf der Fahrt zum Londoner Flughafen sprachen sie nur wenig. Gelegentlich musterte Victor den Freund verstohlen, sagte aber nichts, weil er ihn nicht in seinen Gedanken stören wollte.

Dann fragte Nick ihn kurz vor dem Ziel in mattem und doch seltsam beherrschtem Ton: »Religion ist lächerlich, nicht wahr?«

Interessiert gab Victor zurück: »Wie meinst du das?«

»Im Grunde wollte ich damit sagen, religiöse Vorurteile sind lächerlich. Ich dachte gerade an meinen Vater und seine Einwände gegen Hunter, weil er kein Jude ist. Deshalb wollte er nicht, daß Marcia ihn heiratete. Doch letzten Endes stellte es sich heraus, daß Hunter Davidson III., der Nichtjude, meinem Vater ein besserer Sohn ist als ich ...«

»Das würde ich nicht behaupten«, warf Victor ein.

»Nun ja, Hunt ist in die Bank eingetreten, was ich nicht getan habe, und hält sich an alle Traditionen, an denen meinem Vater soviel liegt, führt ein höchst anständiges, konservatives Leben, liebt seine Arbeit, verehrt meine Eltern. Er ist nicht nur ein großartiger Ehemann, sondern hat meinem Vater ein Enkelkind geschenkt, was ich unter anderem auch nicht getan habe.«

»Aber dein Vater ist sehr stolz auf dich und deine Erfolge, Nick.«

»Ja, mag sein; doch wenn ich in seine Fußstapfen getreten wäre, wäre er jetzt glücklicher. Nachdem mein Bruder Ralph auf Okinawa gefallen war, mußte ich an seine Stelle treten. Und Dad wünschte sich, daß ich Banker werde, die Familientradition fortführe und eines Tages unsere Familienbank leite. Er erwartete von mir, daß ich ein nettes, jüdisches Mädchen heirate, ein paar liebenswerte Kinder bekomme, all den richtigen Clubs beitrete ...« Er zuckte die Achseln. »Ich hab' ihn in so vieler Hinsicht enttäuscht!«

»Aber du bist deinen eigenen Weg gegangen, Nick«, wandte Victor ein. »Eltern erwarten immer sehr viel von ihren Kindern, doch diese Erwartungen sind meistens kaum zu erfüllen, und das führt zu Bitterkeit und sogar Haß. Anfangs mag dein Vater ja enttäuscht gewesen sein, aber er ist klug genug, um zu begreifen, daß er, indem er dich tun ließ, was du gern wolltest, dich glücklich gemacht hat. Und das ist es doch, was alle Eltern im Grunde wollen: daß ihre Kinder glücklich sind.«

»Vielleicht hast du recht.« Nick beugte sich vor und sah hinaus. »Wir sind gleich da«, sagte er. »Ich weiß noch nicht, wann ich nach London zurückkomme, Vic. Nach der Beerdigung müssen wir mindestens drei Tage lang *shivah* sitzen, und dann sollte ich wohl noch ein paar Wochen bei meinen Eltern bleiben.«

»Ja, Nick. Und mach dir keine Sorgen um den Film. Dein Drehbuch hat Mark Pierce gut gefallen, und wenn er kleine Änderungen wünscht, kann er dich anrufen. Ich kann ...«

»Großer Vott, Vic, unsere Reise nach Klosters!« unterbrach ihn Nick erschrocken. »Die hab' ich völlig vergessen. Du hast dich so sehr darauf gefreut.«

»Das ist doch jetzt absolut unwichtig! Wir fahren später. Kümmer dich bitte nicht um mich. Du hast genug Sorgen. Und wenn du was brauchst, rufst du mich an. Bist du sicher, daß du in Idlewild keinen Mietwagen brauchst?«

»Ganz sicher. Als ich Hunt meine Ankunftszeit durchsagte, hat er versprochen, mir Vaters Wagen mit Chauffeur rauszuschicken.«

»Okay.«

Als der Bentley vor dem Eingang hielt, wandte sich Nick zu Victor um. »Komm bitte nicht mit hinein. Du mit deiner Visage wirst ja doch nur sofort von allen umlagert.« Er ergriff Victors Hand. »Vielen Dank, Vic – für alles.«

Victor packte Nick bei den Schultern und umarmte ihn liebevoll. »Mach's gut, alter Junge.«

»Bis bald, Kleiner.«

»Bis bald.«

Dreiundzwanzigstes Kapitel

Francesca, die behutsam die Küchentür aufdrückte, wurde von einer dicken Hitze- und Dampfwoge begrüßt. Sie fuhr zurück, schob sich dann jedoch vorsichtig hinein und versuchte, durch den dichten Dunst etwas zu erkennen. »Ich wollte, du würdest mich ein bißchen helfen lassen«, verkündete sie.

Victor, in konzentrierter Haltung über den Küchenherd gebeugt, fuhr zu ihr herum. Mit seinem geröteten Gesicht war er der Inbegriff der Häuslichkeit hier in der Küche. Er hatte seine Krawatte abgelegt, die Hemdsärmel hochgekrempelt und sich eine ihrer zierlichen Schürzen umgebunden. Ein Lächeln unterdrückend, fuhr sie fort: »Darf ich nicht wenigstens in einem Topf rühren?«

Energisch schüttelte er den Kopf. »Nein. Du weißt ja, viele Köche verderben den Brei. Außerdem werd' ich doch keine Engländerin an meine Spezialitäten heranlassen!« neckte er sie. »Also verschwinde und überlaß mich meinen kulinarischen Kreationen.« Grinsend legte er den Kochlöffel hin. »Aber eins kannst du tatsächlich für mich tun.« Er ging zum Kühlschrank und holte eine Flasche Champagner heraus. »Den steckst du jetzt in den Eiskübel da drüben. Und dann gehst du damit ins Wohnzimmer zurück. Ich komme in wenigen Minuten nach. Hier ist es viel zu feucht für dich; ich möchte nicht, daß du dir schon wieder eine Erkältung holst, nachdem ich dich gerade erst von der letzten kuriert habe.«

Francesca fröstelte tatsächlich, als sie durchs angrenzende Eßzimmer ging. Victor hatte recht! Als er an diesem Abend kam, hatte er es als viel zu kalt bezeichnet, als ungeeignet für ein Dinner, nachdem sie tagelang das Bett hüten mußte. Statt dessen hatte er vorgeschlagen, im Wohnzimmer zu essen, und den Klapptisch, den sie hereingeholt hatte, mit einem roten Baumwolltuch aus dem Küchenschrank gedeckt und zwei Stühle aus dem Eßzimmer hereingetragen.

Francesca musterte den Tisch. Victor hatte ihn seitlich vor den Kamin gestellt und auch allein gedeckt; ja sogar einen Silberleuchter mit roter Kerze und eine einzelne Tulpe in einer schmalen Vase hatte er nicht vergessen – romantisches Beiwerk, das sie von einem Mann nicht erwartet hatte, jedenfalls nicht von ihm. Dann hatte er sich in die Küche zurückgezogen und ihr praktisch die Tür vor der Nase zugemacht. Francesca hatte inzwischen begriffen, daß Victor Mason äußerst energisch sein konnte. Anfang der Woche hatte ihr seine dominierende Art noch ein wenig zu schaffen gemacht, heute jedoch war sie viel zu glücklich, um sich dagegen aufzulehnen.

Sie beschloß, das Öffnen der Flasche Victor zu überlassen, setzte sich in den Ohrensessel, legte die Füße auf den Kaminvorsetzer und wartete. Die Wärme, die vom Kaminfeuer ausging, hatte den Duft der vielen verschiedenen Blumen noch intensiviert, und so roch es im Zimmer wie in einem Sommergarten nach Tulpen, Narzissen und Hyazinthen, die in einer Schale auf dem Couchtisch standen. Die Mimosen waren ebenfalls bezaubernd gewesen, leider aber sehr schnell verblüht, und so hatte sie sie am Donnerstag widerstrebend in den Mülleimer geworfen. Francesca erinnerte sich an ihre

Freude, als am Montagnachmittag der Lieferwagen von Moyses Stevens gekommen war. Atemlos hatte sie das begleitende Kuvert geöffnet und die Karte herausgezogen, weil sie glaubte, sie sei von Victor, denn wer anders als er würde so verschwenderisch sein und ihr buchstäblich eine Wagenladung von Blumen schicken. Enttäuscht hatte sie dann die Unterschriften gelesen. Sie war überzeugt, daß Nick der Initiator dieser netten Geste gewesen war, daß die Blumen im Grunde allein von ihm kamen und er Victors Namen aus reiner Höflichkeit hinzugefügt hatte.

Als sie an Nicholas Latimer dachte, wurde Francescas Miene bedrückt. Wenn sie sich vorstellte, daß ihr geliebter Kim durch einen so tragischen Unfall gestorben wäre, konnte sie Nicks Trauer nachempfinden. Als Victor ihr von Marcias Tod erzählte, hatte sie Nick sofort einen mitfühlenden, von aufrichtiger Zuneigung erfüllten Kondolenzbrief geschrieben, den Victor am folgenden Tag zur Post gebracht hatte. Überhaupt hatte Victor in dieser vergangenen Woche so vieles für sie getan, daß sie überzeugt war, ihre schnelle Genesung nur seiner liebevollen Pflege zu verdanken. Richtig bemuttert hatte er sie, und im tiefsten Herzen wünschte sie sich, daß dieser Zustand nie enden werde. Aber das würde er natürlich doch, denn ihre Gesundheit war fast ganz wiederhergestellt.

Seit Dienstag machte sich Victor nun schon unentbehrlich. Da hatte er vormittags angerufen und sich nach ihrem Ergehen erkundigt. Francesca hatte zwar erklärt, es gehe ihr besser, hatte mit ihrer rauhen, heiseren Stimme und dem hohlen Husten jedoch so fürchterlich geklungen, daß er kurz darauf mit Antibiotika und Hustenmedizin, verschrieben vom Hausarzt der Monarch Pictures, Zitronen, Orangen und zwei großen Gläsern Hühnersuppe vom Les Ambassadeurs bei ihr erschienen war.

Verlegen, weil sie wußte, wie furchtbar sie aussah, hatte Francesca ihn in der Halle begrüßt. Doch Victor schien ihre rote Nase, die geschwollenen Augen und das wirre, ungepflegte Haar gar nicht zu bemerken, sondern hatte sie nach einem ersten Blick in ihr blasses Gesicht kurzerhand wieder ins Bett befördert. Anschließend hatte er in der Küche gewerkelt und ihr einen Krug frisch gepreßten Orangensaft, eine Thermosflasche heißen Tee mit Zitrone und Honig sowie die verschiedenen Medikamente ins Schlafzimmer gebracht. Streng hatte er ihr befohlen, dreimal am Tag die Antibiotika einzunehmen und dazu möglichst viel Orangensaft und heißen Tee zu trinken; und als er ging, hatte er ihr erklärt, der Topf mit Hühnersuppe für abends stehe zum Aufwärmen bereit auf dem Herd.

Zu Francescas Überraschung hatte Victor sie dann täglich besucht und war kein einziges Mal mit leeren Händen gekommen. Während er sie versorgte, neigte er zwar dazu, ein wenig tyrannisch zu sein, war aber andererseits auch wieder sanft, freundlich und sehr um ihr Wohl besorgt. Sein Verhalten ihr gegenüber war von so großer Selbstverständlichkeit, daß sie ihr unattraktives Aussehen tatsächlich vergaß. Außerdem fühlte sie sich in jenen ersten Tagen so fürchterlich, daß es ihr gleichgültig war, was er von ihr hielt, denn an ihr als Frau hatte er ja ohnehin kein Interesse.

Auch Katharine war sehr lieb und fürsorglich gewesen. Sie hatte sie täglich angerufen, von einem Besuch jedoch Abstand genommen, da sie auf ihren Beruf Rücksicht nehmen mußte und keinesfalls krank werden durfte. Dafür hatte sie ihr von Hatchard's eine Auswahl der neuesten Bücher schikken lassen, begleitet von einem bezaubernden, lustigen Briefchen, über das sich Francesca sehr gefreut hatte. Am selben Nachmittag hatte Katharine sich bei ihrem Anruf erboten,

Francesca Suppe und andere Lebensmittel zu bringen. »Ich stelle alles vor die Tür und verschwinde wieder, dann kann mir überhaupt nichts passieren«, hatte Katharine lachend erklärt. »Bitte, laß mich das für dich tun, Liebes – ich mache mir große Sorgen um dich!«

»Vielen Dank, Katharine, aber ich brauche wirklich nichts«, hatte Francesca rasch erwidert. »Victor war heute vormittag hier und hat mir Obst, Hühnersuppe und Medikamente gebracht.«

Ein kurzes Schweigen war entstanden, dann hatte Katharine hitzig erklärt: »Das kann man ja wohl auch von ihm verlangen! Schließlich hast du dich erkältet, weil du für ihn gearbeitet hast. Eigentlich hätte er sogar jemanden engagieren müssen, der sich um dich kümmert. Er weiß doch, daß du ganz allein bist.«

Ihre Worte hatten Francesca bestürzt. »Aber er hat doch gar keine Veranlassung dazu«, hatte sie langsam erwidert. »Er ist für mich nicht verantwortlich. Und seine Schuld ist es wirklich nicht, daß ich bei der Motivsuche in Yorkshire krank geworden bin. Mein Gott, Katharine, vielleicht hat mir die Grippe schon vor meiner Abreise aus London in den Knochen gesteckt.«

Katharine hatte einen Widerspruch gemurmelt, aber sofort das Thema gewechselt. Nach diesem Gespräch war Francesca ungewöhnlich deprimiert gewesen. Katharines Worte wollten ihr nicht aus dem Kopf. Gewiß hatte sie recht: Victor war lediglich ein besorgter Arbeitgeber, mehr nicht. Francescas Hoffnung, daß seine Gefühle für sie sich irgendwie drastisch geändert hatten, war gründlich zerschlagen. Von da an zügelte sie ihre lebhafte Phantasie und ihre Gefühle, soweit ihr das möglich war, denn körperlich fühlte sie sich sehr zu ihm hingezogen, und er beherrschte all ihre Gedanken. Aber sie war aufrichtig bemüht, sich einzureden, daß er, wenn schon aus keinem anderen Grund, aus echter Freundschaft zu ihr kam.

Einen Trost hatte Francesca jedoch: Er hatte seine leutselige, väterliche Art ihr gegenüber aufgegeben und war auch nicht mehr so auf Abstand bedacht. Sie hatte festgestellt, daß eine ganz neue Ungezwungenheit zwischen ihnen herrschte, einige Barrieren gefallen waren. Aber das war ja wohl ganz natürlich. Schließlich brachte die Pflege eines Kranken immer eine gewisse Vertrautheit und Verbundenheit mit sich. Francesca war unendlich gerührt über seine Fürsorglichkeit und hatte begonnen, mit seinen Besuchen zu rechnen, obwohl er nie lange blieb. Bis gestern.

Als er am Freitag kurz nach dem Lunch eintraf, hatte er sich gefreut, sie vollständig angekleidet und beinahe wie früher vorzufinden. Mrs. Moggs, überwältigt von der Begegnung mit einem berühmten Filmstar, hatte ihnen Kaffee gebracht, sie hatten fast zwei Stunden lang im Salon gesessen und von den Fortschritten gesprochen, die der Film machte. Und dann, kurz bevor er sich verabschiedete, hatte er ihr erklärt, sie sei nun gesund genug, um ein hervorragendes italienisches Essen verkraften zu können, das er für sie am Samstagabend zubereiten werde, denn er sei ein genialer Koch. Francesca hatte den Vorschlag fröhlich lachend akzeptiert, ihre freudige Erregung über die Aussicht, einen ganzen Abend mit ihm allein verbringen zu dürfen, energisch unterdrückt und seitdem an nichts anderes mehr gedacht.

Du bist doch ein absoluter Idiot, gibst dich nur Illusionen hin, dachte Francesca unvermittelt. Wehmütig starrte sie in die Flammen. Heute beginnt das Ende unserer neuen Beziehung, sagte sie sich resigniert und machte sich gefaßt auf den Schmerz, den ihr das bereiten würde. Sie würden essen, was er so liebevoll gekocht hatte, er würde bezaubernd und liebenswürdig sein, und dann würde er gehen, und alles würde wieder so sein wie zuvor. Er würde wieder herablassend zu ihr sein, und sie ... Was würde sie in seinen Augen sein? Nicht mehr als ein Anhängsel von Katharine, ein kleines Mädchen, das man nicht ernst nehmen kann.

Aber ich bin eine Frau, seufzte sie. Wenn er das doch nur einsähe! Francesca stand auf und trat vor den Spiegel zwischen den beiden hohen Fenstern. Wenigstens war sie schick angezogen. Ihr Pullover war teuer und elegant. Er war am Vormittag von Harte's Department Store in Knightsbridge geschickt worden: ein Geschenk der stets großzügigen Katharine. »Ein Dankeschön für Deine Hilfe bei meinen Probeaufnahmen«, hatte sie geschrieben. Es war ein roter Kaschmirpullover mit weiten, dreiviertellangen Ärmeln und weich drapiertem Kapuzenkragen, den Francesca mit einer antiken Goldbrosche befestigt hatte. Dazu trug sie vergoldete Ohrringe und einen vergoldeten Metallgürtel, der den schwarzen Rock über dem steifleinenen Petticoat in der Taille hielt. Sie musterte sich kritisch. Mit ihren glatt auf die Schultern hängenden Haaren und dem winzigen Hauch von Make-up wirkte sie sehr jung. Wäre ich doch nur so schön wie Katharine, dachte sie und rieb sich die Wangen, die sie noch immer viel zu blaß fand. Dann strich sie sich das Haar aus dem Gesicht.

»Ganz bezaubernd siehst du aus!«

Francesca fuhr herum. Victor stand in der offenen Tür und betrachtete sie nachdenklich. Blutrot vor Verlegenheit, weil er sie vor dem Spiegel überrascht hatte, starrte sie ihn an. Innerlich aber jubelte sie über das unerwartete Kompliment.

»Danke«, brachte sie schließlich heraus und trat näher an den Barwagen unter dem Spiegel heran. »Ich wollte gerade den Champagner öffnen.«

»Laß nur, das mache ich.« Mit wenigen Schritten war er

bei ihr und legte seine Hände über die ihren um die Flasche. Die Berührung wirkte wie ein elektrischer Schock, und sekundenlang war Francesca wie gelähmt. Sie spürte, wie ihr die Hitze wieder ins Gesicht stieg und ihre Kehle sich zuschnürte. Ohne ihn anzusehen, zog sie behutsam ihre Hände unter den seinen heraus und ging mit zitternden Knien zum Kamin. Diesen Abend überstehe ich nicht, dachte sie und sank in den Sessel. Dann riß sie sich zusammen und sagte zu sich: Genieße den Abend, so wie er ist. Versuch nicht, dir auszumalen, wie er sein könnte. Das wäre tödlich.

Jetzt kam er zu ihr und brachte ihr mit einem Lächeln in den dunklen, freundlichen Augen ein Glas Champagner. Sie nahm es ihm ab und stellte zu ihrer Genugtuung fest, daß ihre Hand nicht mehr zitterte.

Sie prosteten sich zu, dann nahm Victor auf dem Sofa Platz, steckte sich eine Zigarette an und fragte: »Wie geht es eigentlich deinem Vater? Schon etwas besser?«

»Viel besser, danke. Er ist ein vorbildlicher Patient...«

»Wie seine Tochter«, warf er mit schiefem Grinsen ein.

»Vermutlich«, gab sie leise zurück. »Ich hab' mich noch gar nicht richtig bei dir bedankt für alles, was du für mich getan hast, Victor«, fuhr sie dann fort. »Einfach super warst du, wirklich. Daß ich so schnell wieder gesund geworden bin, habe ich ausschließlich deiner Fürsorge zu verdanken und deinem ... Bemuttern.«

»Aber das hab' ich doch sehr gern getan.«

Francesca erhob sich und schenkte ihm dabei ein flüchtiges Lächeln. »Ich habe ein kleines Geschenk für dich.«

»He, das ist doch nicht notwendig!« sagte er stirnrunzelnd. Dann sah er ihr mit unverhohlenem Interesse zu, wie sie durchs Zimmer ging und die Glastüren des Sheraton-Bücherschranks öffnete. Seine Miene verriet Bewunderung. Sie hat die schönsten Beine der Welt, dachte er hingerissen. Aber sie ist tabu, korrigierte er sich sofort. Aufpassen, Mason!

Als sie zurückkam, überreichte sie ihm ein in Geschenkpapier gewickeltes, mit einer Silberschleife verziertes Päckchen. »Hoffentlich gefällt es dir, Victor.«

»Das war aber wirklich nicht nötig«, murmelte er, begann das Geschenk jedoch erfreut und neugierig auszupacken. Gleich darauf hielt er ein Exemplar von »Wuthering Heights« in der Hand, das, wie er auf den ersten Blick feststellte, sehr alt sein mußte. Der weinrote Einband aus Saffianleder war verblaßt, und die Seiten, die trocken knisterten, als er sie langsam umblätterte, waren dünn und an den Rändern vergilbt. Er hob den Kopf und sah Francesca kopfschüttelnd an. »Das kann ich nicht annehmen. Es ist ganz eindeutig eine seltene Antiquität und zweifellos sehr kostbar ...«

»Es ist eine Erstausgabe und tatsächlich eine Rarität. Vorn auf dem Vorsatzblatt steht das Datum – 1847. Und du *mußt* es von mir annehmen. Ich will unbedingt, daß du es hast. Wenn du es ablehnst, bin ich beleidigt.«

»Aber es muß unendlich wertvoll sein. Und was ist mit deinem Vater? Ich meine, hat er denn nichts dagegen?«

Francesca war verärgert über die Unterstellung, sie dürfe nichts ohne die väterliche Erlaubnis tun. Er behandelt mich wieder wie ein Kind, dachte sie aufgebracht, antwortete dann aber so sanft wie möglich: »Mit meinem Vater hat das nichts zu tun. Das Buch gehört mir. Es stammt aus einer Sammlung klassischer Erstausgaben, die meine Mutter von ihrem Vater und der wiederum von seinem Vater geerbt hatte. Das Wappen auf dem Einband ist das der Drummonds, nicht der Langleys. Also kann ich damit machen, was ich will. Und ich möchte es dir zur Erinnerung schenken.« Sie trank einen Schluck und fügte dann rasch hinzu: »An deinen Film.«

Victor wußte nicht, was er sagen sollte, so gerührt war er von ihrem Geschenk, nicht zuletzt deswegen, weil es etwas sehr Persönliches, ein Teil ihrer Familiengeschichte war, ein Erbstück, von Generation zu Generation weitergegeben. Aus irgendeinem Grund steckte ihm plötzlich ein Kloß in der Kehle. Er blätterte noch einmal in dem Buch und sagte dann: »Danke. Ich werde es immer in Ehren halten, Francesca. Es ist eins der schönsten und einfühlsamsten Geschenke, die ich jemals erhalten habe.«

Francescas Augen strahlten vor Freude. Sie stand auf, um die Gläser nachzufüllen. »Tut mir leid, daß wir wegen Vaters Unfall das Wochenende in Langley absagen mußten.« Daß ihr Vater von der Leiter gefallen war, als er in der Bibliothek eben dieses Buch herausgesucht hatte, verschwieg sie ihm. »Vater ist furchtbar enttäuscht und Doris auch. Und Katharine. Sie hatten sich alle darauf gefreut. Aber vielleicht ist es ganz gut so. Ohne Nicky wäre es nicht so schön, nicht wahr?« Sie stellte sein Glas vor ihm auf den Tisch und kehrte zu ihrem Sessel zurück.

»Bestimmt nicht«, antwortete er leise und wunderte sich über ihr Interesse an Nick. Seltsamerweise und zu seinem größten Ärger empfand er einen Stich Eifersucht. Großer Gott, dachte er und schob dieses ungewohnte und für ihn einfach lächerliche Gefühl rasch beiseite. Dann räusperte er sich eine Spur zu laut. »Ich habe noch gar nichts von Nick gehört, aber es ist wohl auch noch zu früh. Zweifellos wird er sich nächste Woche melden. Es geht ihm bestimmt gut. Er ist hart im Nehmen«, setzte er wie zu sich selbst hinzu.

»Bestimmt.« Francesca hörte seine Besorgnis heraus. Um das Thema zu wechseln, fuhr sie betont munter fort: »Als ich heute mit Doris sprach, schlug sie vor, die Wochenendparty auf den Anfang der Außenaufnahmen in Yorkshire zu verlegen. Oder der Dreharbeiten bei uns im Schloß. Das wäre doch wunderbar, findest du nicht?«

»Eine hervorragende Idee!« Seine Miene wurde heller. »Übrigens, wer ist eigentlich Doris? Du hast sie in den letzten Tagen mehrfach erwähnt.«

»Ach du liebe Zeit! Natürlich, du weißt ja noch gar nichts von Doris Asternan. Sie ist die Freundin meines Vaters, ein furchtbar netter Mensch. Wirklich super. Kim und ich, wir mögen sie beide sehr und wünschen, Daddy würde endlich die entscheidende Frage stellen.«

Victor lachte belustigt auf. »Du wünschst dir offenbar eine Stiefmutter, aber wünscht sich dein Vater auch eine Frau? Darauf kommt es doch letztlich an, oder?«

»Aber natürlich tut er das!« Victor amüsierte sich über ihre Selbstsicherheit. Doch ehe er etwas sagen konnte, fuhr sie fort: »Na ja, formulieren wir's lieber so: Er braucht Doris als seine Frau. Sie ist einfach perfekt für ihn.«

»Ach ja?« An ihrer Miene erkannte er, daß sie es tiefernst meinte. Aber sie meinte ja alles ernst. Er stellte fest, daß sie ihm immer besser gefiel. »Doris kann wirklich von Glück sagen, eine solche Fürsprecherin zu haben, Francesca. Die meisten Töchter würden nicht so reagieren.«

»Das ist mir klar.« Sie beugte sich vor, die Augen groß und aufrichtig. »Aber Kinder sind oft sehr selbständig. Sie interessieren sich nicht für die Probleme eines alleinlebenden Elternteils. Sie haben keine Ahnung von dem Bedürfnis nach Gemeinsamkeit, ganz zu schweigen von Liebe und Freundschaft. Einsamkeit ist für sie kein Faktor. Aber man kann tatsächlich vor Einsamkeit sterben.« Sie wartete auf eine Antwort. »Oder?« insistierte sie dann.

»Ja.« Er war verblüfft über die Reife und das Verständnis, die in ihren Worten lagen. »Allein zu leben ist häufig eine Art Tod«, ergänzte er, hielt aber sofort inne, weil er diese Bemerkung für allzu entlarvend hielt. Ein wenig verlegen sprang er auf. »Noch ein Glas Kribbelwasser?«

»Ja, gern.« Francesca sah ihm nach, als er zum Barwagen ging. Er ist vertraut mit der Einsamkeit, dachte sie und begriff plötzlich, daß niemals etwas so ist, wie es scheint. Kein Wunder, daß er Nicks Freundschaft so braucht, sagte sie sich, und ihr Herz quoll über vor Mitgefühl. Er war ein starker, kraftvoller, gutaussehender Mann auf der Höhe seines Lebens, weltberühmt und reich, Idol von Millionen, und dennoch war da etwas so ... so unendlich Verletzliches an ihm. Das war ihr vorher noch nie aufgefallen. Als er sich umdrehte, wandte sie schnell den Kopf ab, damit er nicht die Sehnsucht und Bewunderung in ihren Augen entdeckte.

Victor brachte den Eiskübel mit, schenkte ein und streckte sich dann halb auf dem Sofa aus, einen Arm auf die Lehne gelegt, die langen Beine übergeschlagen. »Erzähl mir noch ein bißchen mehr von Doris«, bat er mit einem kleinen Lächeln. »Wie ist dieses Muster von einer Frau?«

»Oh, eine Musterfrau ist sie wirklich nicht!« rief Francesca aus. »Weit gefehlt. Deswegen mag ich sie ja so sehr. Sie ist sehr menschlich, hat die zauberhaftesten kleinen Fehler und unwahrscheinlich viel Sinn für Humor. Sie ist kein bißchen steif, begeistert sich für alles, ist aber zugleich äußerst vernünftig und realistisch.« Francesca überlegte. »Was noch? Na ja, groß ist sie und recht hübsch, mit kurzem, lockigem rotem Haar und strahlend grünen Augen. Lebhaft, ja lebenslustig. Doris hat Daddy aufrichtig gern, und das ist für mich das Wichtigste.«

»Hm. Ein strahlendes Bild, das du da zeichnest. Kein Wunder, daß du sie zur Stiefmutter willst.« Victor verbarg seine Belustigung. »Kennen die beiden sich schon lange?«

»Seit ein paar Jahren.« Francesca griff zu ihrem Glas. »Ach ja, und sie ist Amerikanerin. Aus Oklahoma.«

»Na, so was!« sagte er ein wenig verwundert. Aber wenn David Cunningham in die Dame verliebt war, konnte sie kaum eine Hinterwäldlerin aus dem Südwesten sein. Plötzlich zog Victor nachdenklich die Brauen zusammen. »Hast du gesagt, sie heißt Asternan?«

»Ja, richtig. Sie ist die Witwe von Edgar Asternan, einem Fleischkonserven-Tycoon. Die Firma gehört jetzt Doris allein.« Francesca sah ihn forschend an. »Du siehst verwundert aus, Victor. Kennst du Doris? Bist du ihr jemals begegnet?«

»Nein. Aber die Firma Asternan ist mir bekannt. Ein ganz hübsches Vermögen, das sie da geerbt hat. Und einen berühmten Namen.«

»Scheint so.« Francesca zögerte, fuhr aber dann fort: »Daddy ist manchmal so sonderbar. Ich glaube, ihr Geld stört ihn ein bißchen ...« Sie verstummte und blickte auf ihre Hände hinab.

Sehr behutsam sagte Victor: »Das ist doch verständlich, Francesca. Er hat auch seinen Stolz. Mach dir darüber nur keine Gedanken. Die beiden werden sich schon einig werden.« Er stand auf. »Und jetzt werde ich lieber in die Küche gehen, sonst brennt mir alles an. Du darfst inzwischen die Kerze anzünden.« Damit verschwand er.

Francesca fühlte sich so unendlich wohl, daß sie aufstand und noch einmal in den Spiegel sah. Die Wärme im Zimmer und der Champagner hatten ihre Wangen rosig gefärbt, und ihre Augen strahlten ungewöhnlich hell. Vom Champagner oder von Victor? Von Victor, natürlich. Sie eilte an den Tisch zurück. Bis jetzt war der Abend ein großartiger Erfolg, und fast hätte sie sich gezwickt, um sich zu vergewissern, daß sie nicht träumte. Aber er schien sie tatsächlich so zu akzeptieren, wie sie war, und dadurch fühlte sie sich ihm gegenüber gelöst und sicher.

»Der erste Gang!« verkündete Victor von der Tür her. Er trug zwei gefüllte Teller, einen Korb mit Brotstangen, zwischen die ein Butterteller geschoben war, und eine Flasche gekühlten Soave. Er hatte seine dunkelblaue Seidenkrawatte und das hellgraue Kaschmirjackett angezogen und überwältigte Francesca wieder einmal mit seiner exquisiten Garderobe und der Atmosphäre des Erfolgs und der Berühmtheit, die er ausstrahlte. In Hemdsärmeln hatte er so häuslich gewirkt; jetzt war er wieder der berühmte Filmstar, und das brachte sie aus dem Gleichgewicht. Sie wünschte sich, so elegant gekleidet zu sein, wie Katharine es immer war.

Francesca lächelte ihn strahlend an. »Das ist der beste Balance-Akt, den ich jemals gesehen habe.«

»Selbstverständlich, aber ich hab' ja auch ausreichend Übung. Ich war mal Kellner – ja, tatsächlich!« Er grinste, erfreut über ihre Verwunderung, stellte zuerst den Soave ab, dann den Brotkorb und zuletzt die Teller. »Als ich nach Hollywood kam, mußte ich neben meiner Arbeit als Statist in den Studios als Kellner arbeiten, um meine Familie ernähren zu können. Und ich war verdammt gut in dem Job, das muß ich selbst zugeben.«

»Ach so!« Ihre großen Augen verrieten, daß sie ihm glaubte. Und dann dachte sie: Es gibt so vieles, das ich von ihm nicht weiß, eigentlich sein ganzes Leben.

»Hoffentlich magst du Prosciutto«, sagte Victor, der ihr gegenüber Platz nahm, Wein einschenkte und eine Brotstange in zwei Teile brach.

»Habe ich, ehrlich gesagt, noch nie gegessen.«

»Das ist italienischer Räucherschinken, hauchdünn geschnitten und gewöhnlich mit Melone serviert, aber ich nehme zur Abwechslung auch mal andere Früchte.«

»Das sehe ich. Wo in aller Welt hast du um diese Jahreszeit frische Feigen gefunden?«

»Bei Harte. Wo sonst? Nach deren Lebensmittelabteilung bin ich regelrecht süchtig. Ich könnte Stunden dort verbringen.«

»Ich weiß. Es ist mein Lieblingsgeschäft.«

»*Buon appetito.*«

»*Bon appétit.*« Francesca probierte den Schinken, verkündete, er sei köstlich, und aß hungrig weiter.

Nach dieser Vorspeise räumte Victor die Teller ab und schob, als er zurückkam, einen Teewagen vor sich her, auf dem verschiedene Silberschüsseln standen. »Großer Gott«, sagte sie, »das sieht aus, als hättest du für eine ganze Kompanie gekocht.«

Victor nickte lächelnd. »Ich weiß. Das geht mir leider immer so. Wahrscheinlich, weil ich früher einmal so arm war. Ich kann leere Küchen- und Kühlschränke einfach nicht leiden. Sie müssen bis obenhin vollgestopft sein.« Schwungvoll nahm er einen Deckel nach dem anderen ab und erklärte strahlend: »Fettuccine Alfredo, genauso, wie sie bei Alfredo in Rom gemacht werden. Sein Rezept, das er mir selbst gegeben hat.« Fachmännisch servierte Victor die Pasta, gab ihr den Teller, nahm dann einen größeren und verkündete: »Dazu ein Kalbskotelett, hellrosa, saftig und zart. Hoffe ich. Bitte sehr.« Er stellte das Fleisch vor sie hin. »Außerdem gibt es Salat aus Basilikumblättern, Tomaten und Mozzarella, aber zuerst wollen wir uns mal über das hier hermachen.« Er füllte einen Teller für sich, nahm Platz und hob sein Weinglas.

Francesca folgte seinem Beispiel. Sie stießen an, und ehe er einen Toast sprechen konnte, sagte sie: »Auf den Koch!«

Im Verlauf der Mahlzeit konnte Francesca feststellen, daß er hinsichtlich seiner Kochkunst nicht übertrieben hatte. Alles, was er so sorgfältig und liebevoll zubereitet hatte, schmeckte köstlich. »Ich bin überwältigt«, sagte sie. »Wo hast du das bloß gelernt?«

»Dort, wo man so was am besten lernt: bei meiner Mutter.« Er trank einen Schluck und fuhr dann fort: »Ich koche gern. Dabei kann ich mich richtig entspannen. Und außerdem bin ich recht vielseitig. Meine Steaks sind einsame Klasse, und ich mache das beste Hühnerragout mit Klößen, das du jemals gegessen hast. Einfach köstlich!«

»Das glaube ich gern.« Sie lachte, genoß seine Gesellschaft. Bisher waren sie immer in Begleitung von Nick und Katharine oder sogar von einer ganzen Clique gewesen. Jetzt war sie glücklich, ihn für sich allein zu haben und ihn von einer ganz neuen Seite kennenzulernen.

Auch Victor genoß diesen Abend. Er erzählte von seiner Ranch in Santa Barbara, seiner Liebe zu den Pferden und vielen anderen Dingen, unterhielt sie mit Anekdoten über seine Anfangsjahre in Hollywood und die verrückten Typen, mit denen er befreundet war. Er war witzig und amüsant und brachte sie immer wieder zum Lachen.

Francesca war eine gute Zuhörerin, und wenn sie Fragen stellte, dann waren sie intelligent und treffend. Er stellte fest, daß er sich seit Monaten, vielleicht sogar seit Jahren nicht mehr so gut unterhalten hatte. Und er war sich durchaus bewußt, daß es Francescas Gegenwart war, ihre Natürlichkeit, Aufrichtigkeit und Liebenswürdigkeit, die ihn faszinierten. Über ihrer Intelligenz, ihrer schnellen Auffassungsgabe und ihrer außergewöhnlichen Selbstsicherheit begann Victor allmählich ihr jugendliches Alter zu vergessen, das ihm seit Wochen soviel zu schaffen machte.

Nach dem Essen setzten sie sich vor das lodernde Feuer, tranken Kaffee und plauderten. Victor hatte es sich im Ohrensessel bequem gemacht, hatte einen Cognac vor sich stehen und rauchte eine von des Earls besten Zigarren, die Francesca ihm gebracht hatte, nachdem er mit dem Abräumen des Tisches fertig war. Sie selbst hockte ihm gegenüber in einem der großen Lehnsessel und hatte die Füße unter sich gezogen.

Ein Schweigen war zwischen ihnen entstanden, aber ein entspanntes Schweigen. Victor rutschte tiefer in seinen Sessel hinein, streckte die Beine aus und kreuzte sie über den Knöcheln. Zufrieden paffte er die Zigarre und betrachtete Francesca durch die Rauchwolken.

Sie lächelte ihm zu. »Wann werdet ihr mit dem Drehen in Yorkshire anfangen?«

»Irgendwann im Mai oder Juni. Wir müssen gutes Wetter abwarten. Den Hauptteil der Aufnahmen in den Shepperton-Studios starten wir jedoch in der ersten Aprilwoche und wollen so viel wie möglich in den Kasten kriegen, bevor wir nach draußen gehen. Warum fragst du?«

»Weil ich meinem Vater gern ein ungefähres Datum für die Wochenendparty geben möchte.«

»Ich werde mich Montag gleich bei Jake Watson erkundigen und dir vor meiner Abreise Bescheid sagen. Ich bin die nächste Woche nämlich nicht da.«

Francesca spürte, wie ihre Gesichtsmuskeln sich spannten. »Ach«, sagte sie, »das ... das wußte ich nicht.« Sie spielte mit dem Verschluß ihres Gürtels und fragte vorsichtig: »Fliegst du nach Hollywood?«

»Nein. In die Schweiz. Nach Klosters. Eigentlich hatte ich diese Reise mit Nicky geplant und wollte drauf verzichten, weil er nicht mitfahren kann. Aber dann dachte ich, daß ich's ja auch allein versuchen könnte. Ich brauche vor Beginn der Dreharbeiten ein bißchen Erholung. Es ist die letzte Möglichkeit für mich, bevor Jake mich völlig festnagelt.«

»Wie schön! Es wird sicher eine sehr schöne Zeit für dich«, sagte sie, so munter sie konnte.

Victor trank einen Schluck Cognac und starrte dann nachdenklich in sein Glas; er fragte sich, ob er den Urlaub ohne seinen Sparringspartner tatsächlich genießen konnte. Er verreiste niemals ohne Nick, und die Aussicht, fünf Tage in Klosters allein zu sein, erschien ihm auf einmal gar nicht mehr so verlockend.

Er stellte das Cognacglas auf den Tisch und beugte sich vor. »Ich hab' da eine fabelhafte Idee, Francesca! Komm du doch einfach mit mir nach Klosters.« Erschrocken ließ er sich wieder zurückfallen, wußte nicht, wie er zu diesem Vorschlag gekommen war. Daß er sie damit überrascht hatte, war eindeutig.

Francesca war wie vom Donner gerührt. Sie brachte kein Wort heraus und starrte ihn mit offenem Mund an.

Victor war ebenso sprachlos wie sie. Er hatte seine Worte spontan geäußert, ohne vorher zu überlegen, und nun kamen ihm sofort Bedenken. Andererseits konnte er die Einladung auch nicht mehr zurücknehmen, ohne wie ein Idiot dazustehen. Und es war eine gute Idee – aus einer ganzen Anzahl von Gründen. »Also, was meinst du, Francesca?«

Francesca war zwar überrascht, aber auch freudig erregt und überglücklich. Sie wollte gerade akzeptieren, als sie erkannte, wie unmöglich die Situation sein würde. Sie schluckte. »Das wird nicht gehen, leider«, sagte sie und biß sich auf die Lippe. Sie mußte den Grund für ihre Absage erklären, sonst würde er zweifellos beleidigt sein, und das war das letzte, was sie wollte.

»Sieh mal, Victor, es wäre sehr schwierig für mich zu verreisen, ohne meinem Vater etwas davon zu sagen, und er wäre ... na ja ... äh ... du weißt schon. Ich meine, er würde das für etwas sonderbar halten.« Sie konnte nicht weiter und warf Victor einen hilfeflehenden Blick zu, weil es ihr peinlich war, zugeben zu müssen, daß sie für gewisse Dinge noch immer die Erlaubnis ihres Vaters benötigte.

Entsetzt starrte Victor sie an. Sie hatte ihn völlig falsch verstanden. Gott im Himmel! Sie zu verführen war wirklich das letzte, was er im Sinn hatte. Er mußte das sofort richtigstellen. »Ich hoffe, du glaubst nicht, ich wollte dir zu nahe treten!« sagte er heftig. »Denn das wollte ich wirklich ...«

»Natürlich nicht!« fiel Francesca ihm nicht weniger hitzig ins Wort. »Das wäre mir nie in den Sinn gekommen.« Ihr Blick war kühl, ihr Verhalten hochmütig. »Und meinem Vater ebensowenig. Er hat volles Vertrauen zu mir. Es ist nur, na ja, ich war noch nie verreist mit einem ...« Sie räusperte sich. »Ich wollte nur sagen, daß Daddy ziemlich altmodisch ist und es für unschicklich halten würde, wenn ich mit dir allein in Urlaub fahren würde.«

»Das kann ich ihm nicht übelnehmen«, gab Victor betont lässig zurück. Er machte es sich wieder bequem und fuhr mit wehmütigem Lächeln fort: »Es war wohl doch keine so gute Idee.« Dann hatte er jedoch das Bedürfnis, seine Beweggründe näher zu erklären. »Weißt du, mir fiel plötzlich ein, die Bergluft würde dir nach dieser Krankheit guttun, und, ehrlich gesagt, du wärst eine fabelhafte Begleiterin für mich gewesen. Ich verreise nicht gern allein. Dann fühle ich mich nämlich so einsam. Und wir zwei sind doch in dieser Woche dicke Freunde geworden, nicht wahr?«

»Ja«, murmelte sie niedergeschlagen. Ich bin nichts weiter als ein Ersatz-Nicky, dachte sie traurig. Ein guter Kumpel. Wieso hatte ich mir nur etwas anderes eingebildet?

»He, mach kein so bedrücktes Gesicht!« Victor lachte entspannt. »Davon geht die Welt doch nicht unter. Und ich verstehe sehr gut, warum dein Vater dagegen wäre. Schließlich bist du erst neunzehn, Francesca. Das vergesse ich immer wieder.« Er stemmte sich aus dem Sessel hoch. »Darf ich mir noch einen Cognac einschenken?«

»Natürlich.« Und weil sie sich über die Anspielung auf ihr Alter ärgerte: »Ich möchte auch noch einen.«

»Aber gewiß doch.«

Francesca schwang die Beine vom Sessel, strich ihren Rock glatt, stützte die Ellbogen auf die Knie und legte das Kinn in ihre Hände. So sehr wollte sie zu Victors Leben gehören, daß sie inzwischen bereit war, auf alle Bedingungen einzugehen und sich mit einer platonischen Freundschaft zu begnügen. Ich werde nächste Woche mit ihm verreisen, komme, was wolle, beschloß sie. Ich muß unsere Freundschaft festigen. Aber wie nur, ohne zu lügen? Sie konnte niemanden belügen, vor allem nicht ihren Vater. Und wenn ich ihm nur einfach nichts davon sage? dachte sie. Nein, das ging auch nicht. Das wäre fast ebenso schlimm wie eine Lüge, und außerdem, wenn er im Haus anrief und sie nicht dort war, würde er sich Sorgen machen. Und davon hatte er auch jetzt schon weiß Gott genug. Irgendwie muß ich Daddy umgehen, sagte sie sich. Jawohl, das war die Lösung. Ihre Gedanken rasten.

Victor reichte ihr einen Cognacschwenker. »Bitte sehr«, sagte er.

»Oh, danke schön. Prost«, sagte sie zerstreut und trank einen großen Schluck.

»He, so etwas sollte man bedächtig genießen. Sonst kriegt man einen Schwips«, warnte er freundlich.

»Ich nicht. Ich hab' ein hohles Bein.«

»Dann sind wir zu zweit.« Er lachte, und sie lachte mit. Aber ihr Lachen klang ein wenig gezwungen. Ob es ihr peinlich ist, daß sie meine Einladung ablehnen mußte? Ich wette, das ist's, dachte er.

»Ich hoffe nur, du machst dir keine Gedanken mehr wegen Klosters, Francesca. Ich bin wirklich nicht gekränkt. Außerdem will ich ein paar harte Skitouren machen, und das wäre kein Vergnügen für dich, nicht mal, wenn du ein Ski-As wärst. Ich breche bei Morgengrauen auf und komme erst gegen Abend zurück, und du dürftest jetzt kaum die Kraft haben, mit mir ...«

»Skitouren«, wiederholte sie, ohne ihm zuzuhören.

»Ja, sicher. Weshalb sollte ich sonst nach Klosters fahren.«

Francesca saß regungslos. Eine neue Idee begann Gestalt anzunehmen. Erfüllte sie mit freudigem Optimismus. Kühl bleiben, gelassen bleiben, warnte sie sich. Sie wollte nicht aufdringlich wirken, deshalb formulierte sie ihren nächsten Satz besonders vorsichtig. Sie spielte mit ihrem Glas, trank einen Schluck Cognac. Dann fragte sie: »Würdest du dich wirklich einsam fühlen, wenn du allein nach Klosters reisen müßtest?« Erfreut stellte sie fest, daß ihre Stimme völlig beherrscht klang.

»Ja, wirklich. Allein macht es mir keinen Spaß. Ich teile gern die Freude an neuen Plätzen, an einer neuen Umgebung, an gutem Essen und gutem Wein, an neuen Erlebnissen überhaupt.« Er musterte sie neugierig, fragte sich, worauf sie hinauswollte.

»Dann brauchst du eigentlich nur einen Ersatz für Nicky?«

»Wenn du es so ausdrücken willst – ja, ich glaube schon«, gab er zu. »Aber es müßte natürlich ein Mensch sein, der ... Hör mal, ich werde mir niemanden wahllos herausgreifen. Das gäbe nur Ärger.« Er war mißtrauisch, fürchtete, daß sie jemanden im Sinn hatte, ihren Bruder zum Beispiel. Er wollte sich keinen Reisebegleiter aufdrängen lassen. Und um das endgültig klarzustellen, ergänzte er rasch: »Deswegen habe ich ja auch dich eingeladen. Wir passen zusammen, wir kommen gut miteinander aus, verstehen einander großartig.«

O ja, und wie! dachte sie leicht ironisch. »O ja, das weiß

ich, Victor«, sagte sie laut. »Wenn ich dich also recht verstehe, ist dir die Person, die dich begleitet, ebenso wichtig wie der Ort, vielleicht sogar wichtiger...«

»Genau!« Er warf ihr einen kurzen Blick zu. »Worauf willst du eigentlich hinaus, Francesca?«

»Bayern.«

»Bayern?« wiederholte er stirnrunzelnd.

Francesca setzte sich zurecht. Ein leises Lächeln spielte um ihren Mund. »Wenn du nun deinen Plan ändern würdest und wir in einen Ort namens Königssee fahren würden, dann könnte ich mitkommen. Es sei denn, du lädst lieber jemand anderen nach Klosters ein. Dafür hätte ich vollstes Verständnis.«

»Ich wüßte niemanden«, versicherte er aufrichtig. »Aber ich verstehe das nicht, Francesca. Wenn du mit mir nach Königssee fahren kannst, warum dann nicht auch nach Klosters?«

»Weil ich nach Bayern auch ohne die Erlaubnis meines Vaters fahren kann. Dort leben nämlich meine Cousine Diana und mein Cousin Christian, die mich gebeten haben zu kommen, wann immer ich Lust habe. Die Skimöglichkeiten sind dort bis weit in den Frühling hinein ausgezeichnet, und es gibt viele schöne alte Gasthöfe. Diana kennt sicher die besten und könnte dir in einem davon eine Suite bestellen. Ich müßte natürlich bei meinen Verwandten wohnen. Aber mein Vater könnte keinerlei Einwände erheben, denn ich wäre ja ... ich wäre ja gut behütet, nicht wahr?«

Victor sah sie lange an; seine Augen funkelten fröhlich. »Das stimmt«, bestätigte er lächelnd.

»Also, was meinst du?«

»Klingt fabelhaft. Aber...« Auf einmal war er unsicher. »Bist du ganz sicher, daß du mitkommen willst? Könntest du's fünf bis sechs Tage lang mit mir allein aushalten, ohne dich zu langweilen?«

Sie begegnete seinem fragenden Blick ruhig und fest, obwohl ihr Herz wild zu hämmern begann bei dem Gedanken, ihn ganz für sich allein zu haben. »Sei nicht dumm, Victor! Selbstverständlich werde ich mich nicht langweilen, und du hast eben selbst gesagt, daß wir uns großartig verstehen.«

»Ich mußte fragen. Du hast mir nämlich immer noch nicht gesagt, ob du wirklich gern mitkommen würdest.«

»Aber sicher würde ich das! Ehrlich. Und außerdem glaube ich auch, daß mir die Bergluft guttun wird«, stellte sie gelassen fest, um ihre wachsende Erregung zu kaschieren. »Wenn ich Bedenken gehabt hätte, dann hätte ich den Vorschlag doch wohl nicht gemacht, oder?«

»Vermutlich nicht. Also abgemacht.« Er strahlte. »Am Montag lasse ich meinen Flug nach Königssee umbuchen. Ich bin noch nie in Deutschland gewesen, also wird es sicher sehr interessant für mich werden.« Er wurde wieder ernst. »Allerdings gibt es da ein paar Probleme. Oder nein, nicht Probleme – einige Punkte, die ich noch mit dir klären muß.«

»Ach!« Aufmerksam wandte sie sich ihm zu, fragte sich, ob er jetzt einen Schraubenzieher in den Motor werfen würde.

Victor stand auf, legte ein Stück Holz aufs Feuer, kehrte in seinen Sessel zurück und sagte: »Würde es dir etwas ausmachen, am Dienstag allein vorauszufliegen?«

Francesca erschrak.

»Nein«, antwortete sie jedoch sofort und fragte dann zögernd: »Aber warum kann ich denn nicht am Mittwoch mit dir zusammen fliegen?«

»Das kannst du durchaus, wenn du das willst, aber mir

wäre es lieber, wenn du vorausfliegen würdest. Wir sollten möglichst nicht dieselbe Maschine nehmen.«

»Und warum nicht?«

»Die Leute könnten es mißverstehen, wenn wir gemeinsam reisen. Es wäre diskreter, getrennt zu fliegen.« Er merkte, wie erschüttert sie von seinen Worten war, und fuhr fort: »Hat Katharine dir denn nicht von meiner Scheidung und der Zeitschrift ›Confidential‹ erzählt?«

»Sie hat gesagt, du lebtest mitten in einer schwierigen Scheidung, von der Zeitschrift aber hat sie nichts erwähnt. Vielleicht bin ich dumm, aber ich verstehe den Zusammenhang nicht. Würdest du ihn mir bitte erklären?«

Mit gefalteten Händen beugte sich Victor vor und erzählte ihr von den rufschädigenden Sensationsstories, auf die die Zeitschrift spezialisiert war. Er wiederholte Estelle Morgans Warnung an Katharine und ihn und schilderte ihr den Charakter seiner Frau Arlene mit ihrer Vorliebe dafür, anderen Leuten Schwierigkeiten zu machen und der Presse gegenüber recht offenherzig zu sein.

»Verstehst du nun? Nach allem, was mir Estelle erzählte, bin ich überzeugt, daß ›Confidential‹ mich aufs Korn genommen hat und darauf aus ist, skandalöse Berichte über mich zu bringen, ob sie nun wahr sind oder nicht. Mich kümmert das zwar wenig, ich hab' einen breiten Buckel und ein Fell wie ein Elefant, nachdem ich schon so lange unter den Augen der Öffentlichkeit lebe. Aber du darfst auf gar keinen Fall kompromittiert werden. Und obwohl diese Reise ganz harmlos ist, könnte sie durchaus anders dargestellt werden, und das würde deinem Vater bestimmt nicht gefallen. Und mir auch nicht, Francesca.«

»Mein Gott, wie gräßlich! Aber kann man sich denn nicht dagegen wehren? Verleumdungsklage erheben?«

»Einige Stars und andere Prominente haben das getan.

Aber die meisten von meinen Freunden, die durch den Dreck gezogen wurden, drücken beide Augen zu, weil sie meinen, es sei klüger, diese negative Publicity einfach zu ignorieren. Trotzdem lebt es sich ziemlich mies damit.«

Sie nickte verständnisvoll. »Kann ich mir vorstellen. Also werde ich am Dienstag fliegen und Diana morgen anrufen, daß wir kommen.«

»Das ist lieb. Und bitte nicht überall herumposaunen, daß ich komme. Könntest du deine Cousine bitten, die Hotelsuite auf ihren Namen zu buchen?«

»Kein Problem.«

»Da ist noch etwas, Francesca«, begann er vorsichtig. »Wirst du deinem Vater sagen, daß ich auch in Bayern sein werde, wenn du deine Verwandten besuchst?«

»Das hatte ich vor, ja. Soll ich es lieber nicht tun, Victor?«

»Ich glaube, ja. Ich weiß zwar, wie offen und ehrlich du immer bist, doch wenn man etwas nicht sagt, dann ist das nicht direkt eine Lüge ...« Er stand auf und stellte sich mit dem Rücken vor den Kamin. »Ich habe meine Gründe dafür, Francesca. Sehr gute Gründe. Weißt du, wenn dein Vater erfährt, daß ich in Königssee bin, wird Kim es ebenfalls erfahren, und der wird es wiederum Katharine mitteilen. Und die möchte ich, ehrlich gesagt, lieber im unklaren lassen. Sie soll glauben, ich sei in Klosters. Und alle anderen ebenfalls. Bis auf Jake Watson. Der muß wissen, wo ich zu erreichen bin, falls er mich wegen des Films sprechen will. Aber der kann schweigen wie ein Grab.«

Francesca war bestürzt. »Warum in aller Welt soll Katharine nichts davon erfahren?« fragte sie ihn. »Sie ist meine beste Freundin und ebenso eine Freundin von dir. Sie würde niemandem ein Wort verraten. Und schließlich weiß sie ja von ›Confidential‹, also wird sie sich in acht nehmen. Wirklich, Victor, ich habe volles Vertrauen zu ihr.«

»Das habe ich auch, Francesca«, sagte Victor nachdrücklich. Und das stimmte; doch als erfahrener Mann wußte er nur allzugut, wieviel Leid ein nachlässig hingeworfenes Wort verursachen konnte. Und so scheußlich er diese Heimlichtuerei auch fand, sein Wunsch, Francesca zu schützen, war stärker.

Alles das erklärte er ihr genau und fuhr dann fort: »Ich weiß auch, daß Katharine außergewöhnlich loyal ist und absichtlich niemals einem von uns weh tun würde. Aber sie verkehrt in Kreisen der Londoner Gesellschaft, wo ständig Journalisten herumhängen. Sie könnte zufällig etwas erwähnen – der falschen Person gegenüber. Und dann stell dir den Kummer deines Vaters vor, wenn dieses miese Klatschblatt widerliche Geschichten über uns bringt!«

Dann setzte er freundlich, aber mit einer gewissen Unnachgiebigkeit hinzu: »Ich weiß, daß du deinem Vater gegenüber ehrlich sein möchtest. Andererseits finde ich, daß wir möglichst vorsichtig sein sollten. Später, wenn du wieder in London bist, kannst du ihm erzählen, daß wir uns in den Bergen zufällig getroffen haben und daß ich öfter mit dir und deinen Verwandten zusammengewesen bin.«

Francesca nickte nachdenklich; sein Vorschlag leuchtete ihr ein. Außerdem war ihr natürlich klar, daß er, sollte sie nicht zustimmen, seinen ursprünglichen Plan wieder aufgreifen und nach Klosters fahren würde. Allein. Und ihr Wunsch, mit Victor zusammenzusein, war so stark, daß er schwerer wog als als ihre Gewissensbisse hinsichtlich ihres Vaters.

Victor, der sie beobachtete, hatte plötzlich das Gefühl, das Ganze sei eine Riesendummheit. Er beugte sich zu ihr hinüber und sagte: »Hör mal, ich möchte nicht, daß du etwas gegen deine Prinzipien tust. Vielleicht sollten wir das alles lieber vergessen, und ich fahre, wie ursprünglich geplant, allein nach Klosters.«

Francesca lachte fröhlich auf. »Und ich wollte gerade sagen, daß du absolut recht hast. Mein Vater wäre furchtbar verärgert, wenn unser Name in den Schmutz gezogen würde, also müssen wir vorsichtig sein. Dein Vorschlag, Daddy bei meiner Rückkehr zu sagen, ich hätte dich zufällig getroffen, gefällt mir. Und daß ich zu Diana und Christian fahre, wird ihn nicht weiter überraschen. Das mache ich mindestens einmal im Jahr. Deshalb ...« Sie holte tief Luft. »Deshalb – wenn du willst, ich will sehr gern.«

»Okay!« sagte er. »Abgemacht. Wir werden eine schöne Zeit verleben, Kleines.«

Sie warf ihm einen schnellen Blick zu. Zum erstenmal hatte er ihr gegenüber eine Art Kosenamen gebraucht. Es sei denn, der sieht Nicky in mir, dachte sie, war aber trotzdem höchst erfreut. Dann fiel ihr noch etwas anderes ein. »Soll ich Diana die Situation erklären – vorsichtshalber?«

»Das wird wohl nicht zu umgehen sein. Aber sorg doch bitte dafür, daß sie begreift, wie wir zueinander stehen, daß wir nur gute Freunde sind.«

»Aber natürlich«, antwortete Francesca liebenswürdig. »Ich will auch nicht, daß sie einen falschen Eindruck bekommt.« Innerlich mußte sie lachen. Victor war genauso altmodisch wie ihr Vater und offenbar ebenso prüde.

»Montag nachmittag spätestens bekomme ich dein Flugticket nach Königssee. Gus kann es dir bringen und dich am Dienstag auch zum Flughafen fahren.«

»Vielen Dank. Aber in Königssee gibt es keinen Flughafen. Wir müssen nach Salzburg fliegen und über die österreichische Grenze nach Deutschland fahren. Die Fahrt dauert jedoch nur eine Stunde. Höchstens.«

»Gut, also nach Salzburg. Übrigens, ich bin neugierig. Wieso leben deine Verwandten in Deutschland? Wann sind sie dorthin gegangen?«

»Sind sie nicht; sie sind dort geboren. Arabella, die ältere Schwester meines Vaters, hat Ende der zwanziger Jahre einen Deutschen geheiratet. Sie ist ihre Mutter. Diana und Christian sind in vieler Hinsicht sehr englisch, und außerdem sind sie zweisprachig aufgewachsen. Es gibt also keine Sprachbarrieren.«

»Das ist gut«, sagte er. »Und was ist mit deiner Tante und deinem Onkel? Leben die auch in Königssee? Und werde ich sie kennenlernen?«

Sie zögerte einen winzigen Moment und sagte dann leise: »Nein, das glaube ich eigentlich nicht.«

Victor meinte eine Spur von Trauer in ihren Augen zu entdecken, doch als er genauer hinsah, war sie wieder verschwunden. Also fuhr er fort: »Dann erzähl mir was von deiner Cousine und deinem Cousin. Wie alt sind sie? Was machen sie?«

»Sie werden dir sicher sehr gefallen«, antwortete sie und dachte an die tragischen Ereignisse, von denen ihr Leben bestimmt wurde. Jetzt aber sprach sie nur von positiven Dingen. »Christian ist dreißig und liebt die Musik. Er spielt wunderschön Geige und ist ein echter Mozart-Experte. Diana ist sechsundzwanzig, fröhlich und unternehmungslustig. Sie hat eine Boutique in Königssee und eine weitere in München. Alle waren erstaunt, als sie Unternehmerin wurde, und ihre deutsche Großmutter war entsetzt. Aber Diana ist ungeheuer erfolgreich. Außerdem ist sie eine hervorragende Skiläuferin und kann dir die besten Abfahrten zeigen.«

»Phantastisch! Und Christian läuft vermutlich auch?«

»O nein«, gab Francesca hastig zurück. »Christian nicht.«

»Und was ist mit dir? Werde ich hoch droben in den Bergen das Vergnügen deiner Gesellschaft haben?«

Francesca verzog das Gesicht und kicherte. »Nicht hoch droben. Eher an ihrem Fuß, würde ich sagen. Ich bin nie über die Idiotenhügel hinausgekommen und den größten Teil der Hänge auf meiner Kehrseite heruntergerutscht. Ich bin eben ein richtiger Tolpatsch.«

»Das glaube ich nun wieder nicht.« Victor lachte. »Es sieht so aus, als sei ich auf Diana angewiesen, nicht wahr?«

»Ganz recht. Und die wird dir wirklich was bieten. Sie ist ein echtes As im Skilaufen.«

Vierundzwanzigstes Kapitel

Auf dem Salzburger Flughafen war es jetzt, am Mittwochvormittag, relativ ruhig. Gefolgt von einem Träger mit seinem Gepäck, kam Victor Mason aus der Zollabfertigung in die Ankunftshalle und musterte rasch die wenigen Wartenden. Francesca war nicht darunter, doch war er deswegen kaum beunruhigt. Sie würde in einigen Minuten erscheinen, das wußte er. Er ging zum Hauptausgang, weil er lieber in der frischen Luft warten wollte.

Der Träger stellte seine beiden Koffer neben ihn, lehnte die Skier in dem maßgefertigten Lederfutteral an die Wand und fragte ihn, ob er ein Taxi wolle. Victor schüttelte den Kopf, dankte ihm, gab ihm ein großzügig bemessenes Trinkgeld und begann neugierig die Umgebung zu mustern.

Es war ein strahlender, sonniger Vormittag. Die Luft war frisch und trocken, ein Wetter, das für Victor nach dem feuchten London eine belebende Abwechslung war. Er atmete mehrmals genußvoll ein und hob den Kopf, um sich eingehender umzusehen. In der Ferne ragten wuchtige, graupurpurne Berge mit weißschimmernden Plateaus und eisglitzernden Gipfeln in einen klarblauen, wolkenlosen Himmel. Victor hatte den Eindruck, daß alles ringsherum funkelte: die Landschaft, der Himmel und sogar die Luft.

Freudige Erregung packte ihn. Er konnte es kaum erwarten, auf die Hänge hinaufzukommen. Es war perfektes Skiwetter. Nun endlich legten sich auch seine letzten Zweifel, und er war überzeugt, daß der Urlaub ein Erfolg werden würde.

Das grelle Licht schmerzte ihn in den Augen. Er zog seine Sonnenbrille aus der Tasche und setzte sie auf. Gerade wollte er sich eine Zigarette anzünden, da hörte er das fröhliche, laute Hupen eines Autos.

Ein knallroter Volkswagen kam um die Straßenecke gefegt und hielt. Francesca sprang heraus und lief ihm lachend über den Schnee entgegen, das frische junge Gesicht so strahlend wie der Morgen. In ihrem kanariengelben Pullover mit der dazu passenden Wollmütze wirkte sie wie ein aus seinem heimatlichen Dschungel entflogener bunter Vogel. Pullover und Mütze waren mit scharlachroten Pompons verziert, und die gelbe Skihose steckte in kurzen, ebenfalls leuchtendroten Lederstiefeln.

Ihr Anblick zauberte ein Lächeln auf sein Gesicht. »Hallo, Kleines!« rief er ihr zu. Er fing sie in seinen Armen auf und drückte sie fest an sich. Diese spontane Geste der Zuneigung freute Francesca, die seine Umarmung erwiderte und ihm dann, immer noch lachend, ins Gesicht blickte. Er schien besser auszusehen denn je, und ihr Herz klopfte wie rasend. Doch sie beherrschte sich und sagte: »Tut mir leid, daß wir zu spät kommen. Weiter oben war die Straße vereist, deswegen mußten wir langsam fahren.«

»Ich habe höchstens fünf Minuten gewartet«, beruhigte er sie und entließ sie aus seinen Armen. Übermütig spielte er mit den Pompons an ihrem Pullover. »Du siehst genauso aus, wie ich mich fühle.«

»Und wie ist das?« wollte sie wissen.

»Fröhlich. Unbeschwert. Und diese herrliche Luft hier macht mich berauscht wie der beste Dom Pérignon.«

Sie lachte. »Ja, es ist herrlich hier, nicht wahr? Oh, da kommt Diana!«

Victor wandte sich um. Er wußte nicht, wie er sich Francescas Cousine vorgestellt hatte, aber bestimmt nicht so überwältigend und elegant wie das junge Mädchen, das auf sie zukam. Er verbarg seine Überraschung hinter einem liebenswürdigen Lächeln.

Diana war ganz in Weiß gekleidet – bis zu den Lederstiefeln, die ihr über der erstklassig geschnittenen Skihose ans Knie hinaufreichten. Darüber trug sie einen weiten, blusigen Pullover aus flauschiger Angorawolle, in der Taille von einer weißen Seidenkordel mit Quasten gehalten. Das Auffallendste aber war ihr Haar. Silbrigblond, in der Mitte über der hohen Stirn gescheitelt, fiel es ihr lang und glatt über den Rücken. Ihr kleines, zartes Gesicht wirkte ebenso aristokratisch wie das Francescas, doch davon abgesehen waren sie einander kaum ähnlich. Ihre Züge wiesen große Unterschiede auf, und im Gegensatz zu der hochgewachsenen, gertenschlanken Francesca war Diana zierlich und klein wie eine Elfe.

Als sie stehenblieb und ihn neugierig musterte, stellte er fest, daß ihr Gesicht zwar nicht ausgesprochen schön, doch interessant war und eine außergewöhnliche Ruhe ausstrahlte. Dann lächelte sie, und er dachte sofort: ein Mona-Lisa-Lächeln! Ein Madonnengesicht. Die von dichten, silbrigblonden Wimpern beschatteten großen grauen Augen sprachen von Intelligenz und blitzten fröhlich. Ihre Haut war zu einem sanftgoldenen Bronzeton gebräunt, der keine Kosmetika brauchte, um anziehend zu wirken. Nur einen Hauch korallenroten Lippenstift hatte sie aufgelegt.

»Diana«, stellte Francesca vor, »das ist Victor Mason. Victor, das ist meine Cousine Diana von Wittingen.«

»Guten Tag, Mr. Mason.« Diana reichte ihm die Hand. »Ich freue mich sehr, Sie kennenzulernen.«

»Ich ebenfalls.« Er ergriff ihre Hand. »Und bitte, lassen wir doch die Förmlichkeiten. Nennen Sie mich einfach Victor. Darf ich Sie Diana nennen?«

»Selbstverständlich.« Wieder das Mona-Lisa-Lächeln. »Aber entschuldigen Sie mich bitte einen Moment. Ich muß zu Hause anrufen, damit jemand Sand und Asche auf die vereisten Stellen streut. Inzwischen helfen Sie Cheska vielleicht, Ihr Gepäck zu verstauen. Die Skier kommen hinten in den VW. Sie passen hinein, wenn man die Enden zum Fenster hinausragen läßt.«

»Hoffentlich.« Ein wenig zweifelnd musterte er den kleinen Wagen. »Sie sieht fabelhaft aus«, sagte er zu Francesca, als Diana im Flughafengebäude verschwand.

»Das tut sie, und Bayern ist voll von gebrochenen Herzen der Männer, die sich vor Liebe zu ihr fast umbringen.« Dann forderte sie ihn energisch auf: »Und jetzt das Gepäck. Ein Koffer paßt in den Kofferraum, der andere kommt zu den Skiern auf den Rücksitz. Und zu mir.« Francesca nahm das Skifutteral und ging zum Wagen.

Victor folgte ihr mit den Koffern. Es war knapp, aber sie schafften es, und als Diana zurückkam, war alles verstaut.

»Du Ärmste«, bedauerte sie die recht eingezwängt dasitzende Francesca, während sie einstieg. »Gut, daß es nur eine kurze Fahrt ist.«

»Ich sitze wunderbar«, behauptete Francesca. »Aber nun los, Dibs. Wir verschwenden nur Zeit.«

»Da hast du recht.« Diana fuhr los und raste mit einem solchen Tempo durchs Flughafengelände, daß Victor angst und bange wurde.

Als sie auf der Salzburger Umgehungsstraße waren, fragte Diana, ohne sich umzudrehen: »Willst du's Victor sagen, Cheska, oder soll ich es tun?«

»Das werd' lieber ich machen, Dibs.« Francesca lächelte Victor, der sich auf seinem Platz umgedreht hatte, unsicher zu. »Es hat eine kleine Planänderung gegeben. Diana meint, du solltest lieber bei uns wohnen statt im Hotel. Sie bittet dich herzlich, ihr Gast zu sein.«

Victors schwarze Brauen fuhren vor Überraschung in die Höhe. Als einzige Antwort auf seinen durchdringenden Blick zuckte Francesca lässig die Achseln. Dann wandte er sich zu Diana. »Das ist wirklich reizend von Ihnen, Diana, aber ich glaube, es ist klüger, wenn ich im Hotel absteige.«

Diana warf ihm, verschmitzt lächelnd, einen kurzen Blick aus den Augenwinkeln zu. »Ich weiß nicht, ob das klüger ist. Cheska hat mir alles erzählt, aber ich finde, daß Sie in einem Hotel viel zu sehr auffallen und sofort erkannt werden würden. In Deutschland gibt es nämlich auch Journalisten. Unser Haus liegt auf halber Höhe an einem Berg, ziemlich weit von der Stadt entfernt, und wenn Sie bei uns wohnen, braucht niemand davon zu erfahren, daß Sie in Bayern sind. In die Stadt müssen wir überhaupt nicht, und auf den Pisten sind Sie in Skianzug und Skibrille praktisch unkenntlich.«

»Gut. Zugegeben«, sagte Victor. »Vielleicht ist es wirklich am besten so. Aber ich möchte Francesca die Entscheidung überlassen. Wie ist es dir am liebsten, Kleines?«

Francesca beugte sich, beide Hände auf den Skiern, glücklich lächelnd zu ihm vor. »Ich möchte, daß du bei uns in Wittingenhof wohnst«, erklärte sie, denn sie hatte sich vorgenommen, ihm ohne Rücksicht auf die Folgen deutlich ihre Gefühle zu zeigen. Sie wartete und fuhr, als sie sein Zögern bemerkte, hastig fort: »Ich war gestern nachmittag mit Diana in dem Hotel in Königssee. Es ist zwar das beste am Ort, aber bei weitem nicht so luxuriös, wie du es gewohnt bist, und eine Suite hatten sie auch nicht mehr. Nur ein ziemlich düsteres Zimmer. Also würdest du dich, von allem anderen mal abgesehen, im Schloß weit wohler fühlen als dort.«

Victor musterte sie prüfend. Wieso diese Kehrtwendung? dachte er und sagte laut: »Aber würdest du dadurch nicht später Schwierigkeiten bekommen? Müßtest du deinem Vater nicht erklären ...«

»Natürlich nicht!« fiel sie ihm mit beruhigendem Lächeln ins Wort. »Ich finde, darüber sollten wir uns jetzt keine Gedanken machen.«

Ein wenig verblüfft dachte Victor an die lange Diskussion über ihren Vater am Samstagabend und konzentrierte seine Aufmerksamkeit noch stärker auf Francesca. Er stellte fest, daß sie unverändert fröhlich und begeistert aussah, und war plötzlich überzeugt, daß sie genau wußte, was sie tat. Dennoch mochte er ihr nicht zustimmen – warum, das wußte er selbst nicht so recht. »Also, ich bin immer noch ...«

»Entschuldigen Sie, wenn ich Sie unterbreche, Victor«, mischte sich Diana ein. »Aber ich möchte Ihnen etwas erklären. Das Schloß ist groß. Sie hätten Ihre eigene Suite und wären völlig ungestört, könnten kommen und gehen, wie es Ihnen beliebt.« Sie lachte leicht auf und warf ihm einen schnellen Blick zu. »Ich lasse meinen Gästen ihre Freiheit.«

»He, Diana! Das ist nicht der Grund für mein Zögern. Ich weiß, daß Sie mir den Aufenthalt angenehm machen würden.« Er drehte sich wieder zu Francesca um, sah die erwartungsvolle Freude in ihren Augen und sagte kurzentschlossen: »Gut. Ich komme mit zu Ihnen. Vorausgesetzt, daß du tatsächlich nichts dagegen hast, Francesca.«

»Aber nein!« rief sie jubelnd. »Wunderbar. Also auf nach Wittingenhof, Dibs, Liebling!«

Victor lachte, steckte sich eine Zigarette an und entspannte sich.

Nach einer Weile sagte Diana: »Wir sind gleich an der österreichischen Grenze. Haben Sie Ihren Paß griffbereit, Victor?«

»Aber sicher.« Victor holte den Paß aus der Innentasche seiner Tweedjacke.

»Meinen hast du.« Francesca tippte Diana auf die Schulter.

Diana nickte. »Ja. Möglicherweise brauchen wir sie gar nicht, aber besser ist besser.«

Die Zöllner kamen auf den Wagen zu, und sie bremste. Doch als sie Diana erkannten, lächelten sie nur und winkten sie weiter. Gleich darauf, an der deutschen Grenze, war es das gleiche.

Als sie wieder Fahrt aufnahmen, fragte Victor: »Die schienen sich ja überhaupt nicht für uns zu interessieren. Ist das so üblich hier bei Ihnen?«

»Eigentlich nicht, aber ich fahre so oft zwischen Salzburg und Königssee hin und her, daß sie mich seit vielen Jahren kennen.« Diana bremste wieder ein wenig ab. »Sehen Sie sich mal um, Victor. Ist unser Bayern nicht wunderschön?«

Interessiert sah er zum Fenster hinaus. Zu beiden Seiten der Straße zogen sich Nadelwälder hin – Tannen, so dunkelgrün, daß sie fast schwarz wirkten, mit Schneelasten auf ihren Zweigen, die in der Sonne glitzerten. Bis an den Horizont erstreckte sich die bewaldete Landschaft, ohne eine Spur menschlicher Besiedlung und Zivilisation. Und hoch über diesen riesigen Wäldern ragten die Eisgipfel der Alpen empor, ehrfurchtgebietend in ihrer majestätischen Einsamkeit unter dem durchsichtigen, leuchtendblauen Himmel.

»Atemberaubend!« erklärte Victor. »Ich kann's kaum erwarten, bis ich da oben bin.«

»Das kann ich Ihnen nachfühlen«, antwortete Diana. »Und da Sie anscheinend ein geübter Skiläufer sind, werde ich Sie morgen auf den Jenner mitnehmen. Und wenn Sie eine längere Abfahrt bevorzugen, werden wir uns am Freitag das Roßfeld vornehmen. Der Schnee ist gut in diesem Winter. Sie werden Ihren Spaß haben, Victor.«

»Das hoffe ich, nachdem ich mich schon so lange auf diesen Urlaub gefreut habe.«

»Aber ich werde nicht mit euch kommen«, warf Francesca ein. »Nicht mal auf die Idiotenhügel mag ich in diesem Jahr. Dafür werde ich Christian Gesellschaft leisten.«

»Oh, darüber wird er sich ganz bestimmt freuen, Cheska.« Diana lächelte liebevoll. »Wir haben uns alle vorgenommen, euren Aufenthalt hier unbeschwert zu genießen.«

»Großartig«, gab Victor begeistert zurück. »Und ich darf Sie hoffentlich einmal alle zum Essen ausführen...« Er unterbrach sich, weil ihm einfiel, daß Diana gesagt hatte, er sei zu auffallend, und setzte mit schiefem Lächeln hinzu: »Ich selbst werde wohl inkognito gehen müssen, in Skianzug und Skibrille.«

Die Mädchen lachten. »Interessanter Vorschlag«, sagte Diana. »Und vielen Dank für die Einladung. Es gibt ein paar bezaubernde alte Gastwirtschaften in der Umgebung und auch in Salzburg, die Ihnen sicher gefallen werden. Aber... Nun ja, wir werden sehen«, schloß sie unverbindlich.

Francesca tippte Victor auf die Schulter. »Diana hat Ende der Woche Geburtstag, deswegen gibt sie am Donnerstagabend eine kleine Dinnerparty. Das war schon geplant, bevor sie und Christian wußten, daß wir kommen. Du hast doch nichts dagegen, ein paar von ihren Freunden kennenzulernen, oder?«

»Ich gebe mich ganz in deine Hände, Kleines. Und die Party klingt großartig.« Er nahm sich vor, Francesca nach einem Geburtstagsgeschenk für ihre Cousine zu fragen, und überlegte, ob es im Ort überhaupt gute Geschäfte gab.

Diana und Francesca begannen über die Kleider zu diskutieren, die sie bei der Party tragen wollten, und Victor steckte sich eine weitere Zigarette an, während er ihnen mit halbem Ohr zuhörte. Das Leben ist doch voller Überraschungen, alter Junge, sagte er sich, immer wieder voller Überraschungen.

Victor sah auf seine Uhr. Sie fuhren jetzt schon fast eine Stunde, und gerade wollte er fragen, wie weit es noch sei, da verkündete Diana: »Da sind wir, Victor.«

Sie bremste, ließ einen anderen Wagen vorbei, überquerte die Autostraße und bog in einen ungepflasterten Fahrweg ein, der steil emporführte und an den vereisten Stellen kürzlich mit Asche bestreut worden war. Etwa zwanzig Minuten ging es zwischen hohen Schneewehen durch einen dichten Kiefernwald, bis sich der Weg, allmählich immer weniger steil, zu einem weiten, ebenen Plateau verbreiterte, auf dem auch der Wald lichter wurde.

Neugierig blickte Victor nach vorn. Er sah ein aus Stein gebautes, weiß gestrichenes Torhaus mit dunklem Fachwerk, kleinen Fenstern, hölzernen Läden und Kutschlampen aus Messing zu beiden Seiten des großen Torbogens, der wie ein Tunnel durch die Mitte des Hauses führte. Die schweren, schwarzen Eisentorflügel standen weit offen. Als der Volkswagen über das Kopfsteinpflaster der Einfahrt rumpelte, entdeckte Victor die in den Stein über dem Torbogen gehauene Inschrift »Schloß Wittingenhof« und dazu das Datum 1833.

Diana bog links ab und bremste vor einem an das Torhaus angrenzenden Gebäudekomplex, offenbar Stallungen und Garagen. Sie sprang aus dem Wagen. »Kommen Sie, wir wollen die arme Cheska erlösen«, rief sie Victor zu und begann an den Skiern zu zerren.

Francesca kletterte ins Freie, reckte sich und schnitt eine Grimasse. »Mein Gott, gleich hätte ich angefangen zu schreien. Ich bin total steif und verkrampft!«

»Du mußt kräftig mit den Armen kreisen und ein paar Rumpfbeugen machen, Kleines. Dann geht's gleich besser«, riet ihr Victor und wollte seinen Koffer vom Rücksitz holen.

Diana schulterte seine Skier. »Lassen Sie nur, Victor. Ihre Koffer wird Manfred nachher hineinbringen«, rief sie und stapfte durch den Schnee in Richtung Schloß.

Victor holte seinen Kaschmirmantel vom Vordersitz und eilte Francesca nach, die vergnügt neben Diana einherhüpfte: ein kleiner gelber Vogel, der seinem Käfig entronnen war. Victor lächelte über den Vergleich, aber es stimmte: Francesca wirkte völlig verändert, viel freier und gelöster als in London. Vielleicht hatte das etwas damit zu tun, daß sie in einem fremden Land war, befreit von den Fesseln des Alltagslebens; vielleicht aber auch mit der allgemeinen Urlaubsstimmung; möglicherweise war es sogar auf Dianas Einfluß zurückzuführen. Ihm jedenfalls gefiel diese fröhliche Stimmung, denn sie paßte zu Francesca und bewirkte, daß er sich in ihrer Nähe ebenfalls freier fühlte.

Victor löste den Blick von dem Mädchen und richtete ihn auf das Ende des Weges. Dort stand Schloß Wittingenhof in all seiner antiken Pracht – größer, als er es sich nach Dianas Worten vorgestellt hatte. Es war wunderbar proportioniert, ein langgestrecktes, relativ niedriges Gebäude mit mehreren, vom Mittelbau ausgehenden Flügeln. Blaugraue Schieferdächer senkten sich sanft auf eierschalenfarbene Mauern hinab. Die zahlreichen Fenster waren von schwarzweißen Läden flankiert, die Flügel der Haustür weiß gestrichen. Die Dächer waren mit Giebelfenstern besetzt, die wiederum von dicken Schornsteinen überragt wurden. Hinter dem Schloß setzte sich der Berghang fort, der mit herrlichen Fichten bewachsen war.

Victor kniff die Augen vor dem fast übernatürlich hellen Licht zusammen und sagte, als er Francesca eingeholt hatte: »Das Schloß scheint ja wirklich phantastisch zu sein.«

»Ist es auch, und warte nur ab, bis du's von innen siehst! Diana hat es wunderschön eingerichtet.«

»Ist die Architektur typisch für diese Gegend?« erkundigte sich Victor.

»Ja, weitgehend. Sie folgt der bayerischen Tradition, das Schloß gilt architektonisch als klassischer Bau und ist weit über einhundert Jahre alt.«

»Ja, ich habe das Datum an der Einfahrt gesehen. Es ist für die Familie erbaut worden, nicht wahr?«

Francesca nickte. »Der Berg mitsamt dem umgebenden Gelände gehörte einem von Dianas Vorfahren, und der hat das Schloß für seine junge Frau gebaut, die von schwacher Gesundheit war und die Bergluft brauchte. Als sie starb, blieb das Haus leer stehen. Nur in den Sommermonaten kam die Familie gelegentlich herauf. Erst Diana hat es wieder instand gesetzt und wohnt nun schon seit einigen Jahren mit Christian hier. Im Sommer ist es ebenso schön wie jetzt. Das da« – sie deutete auf die Schneeflächen vor dem Haus – »sind Rasenflächen, und hinten gibt es Wiesen und einen bezaubernden See. Aber jetzt komm, Victor. Diana wartet.«

Diana stand, auf die Skier gestützt, in der Tür. »Ich möchte Sie herzlich willkommen heißen«, sagte sie zu Victor, »und Ihnen einen schönen Aufenthalt in Wittingenhof wünschen. Bitte, fühlen Sie sich ganz wie zu Hause.«

»Danke, Diana. Das ist sehr liebenswürdig von Ihnen.«

An Francesca gewandt, sagte sie: »Würdest du Victor die Garderobe zeigen? Dann werde ich Christian mitteilen, daß wir da sind.« Sie überreichte Victor seine Skier. »Bitte, nehmen Sie die mit. Francesca zeigt Ihnen, wo wir sie aufbewahren.«

Victor nahm ihr das Lederfutteral ab und folgte den beiden Mädchen durch die Eingangshalle. Das Foyer war klein und quadratisch, mit Balkendecke, weiß verputzten Wänden und einem Fußboden aus Terrakottafliesen, auf denen das hereinflutende Sonnenlicht glitzerte. Ein schwerer Spiegel in reich verziertem Silberrahmen hing über einer geschnitzten Holztruhe. Daneben stand eine Silberurne mit Zweigen, an denen rote Beeren glühten. Am anderen Ende verbreiterte sich das kleine Foyer nach beiden Seiten zu einer weiten Halle mit vielen Türen und einer herrlich geschwungenen Freitreppe, die zu den oberen Stockwerken führte. Die Halle war sparsam möbliert: mit einem Schrank, mehreren geschnitzten Holzstühlen und einem Schreibtisch in der Nähe der Treppe, alles in rustikalem Stil aus Eiche gefertigt.

Diana winkte ihnen zum Abschied zu und wandte sich nach rechts. Francesca führte Victor einen Korridor entlang und eine kurze Steintreppe hinab, die in einen weiteren, etwas tiefer liegenden Korridor mündete, dessen Fenstertüren den Blick auf eine mit Steinplatten belegte Loggia freigaben. Dahinter sah man in der Ferne den zugefrorenen See und eine Gruppe von Bäumen, an deren kahlen Ästen Eiszapfen hingen.

Köstlicher Essensduft lag in der Luft. Victor schnupperte. »Wir sind offenbar in der Nähe der Küche«, stelle er fest.

»Ja, sie liegt da unten.« Francesca deutete zum Ende des Ganges hinüber.

»Ich merke gerade, daß ich halb verhungert bin. Ich bin bei Morgengrauen aufgestanden, um meine Maschine zu kriegen.«

»Manfred wird dir gleich was ins Wohnzimmer bringen. Einen kleinen Imbiß zu den Drinks vor dem Lunch. Komm mit, hier kannst du deine Skier unterbringen.« Sie öffnete einen Schrank und ging dann zu einer anderen Tür. »Und das hier ist die Garderobe.«

Victor stellte sein Futteral neben mehrere andere Skier in den Schrank, schloß ihn und folgte Francesca. Die Garderobe war ganz in Blau und Weiß gehalten. Francesca hängte ihre gelbe Wollmütze auf einen Haken an der Wand, an der schon eine ganze Reihe von Anoraks, Lodenjacken und -capes hingen. »Deinen Mantel kannst du hier aufhängen, und das Bad ist hinter der Tür dort, falls du dich ein bißchen frisch machen willst.«

»Danke, Kleines.«

Sie trat vor den Spiegel auf der Fichtenholzkommode, fuhr sich mit einem Kamm durchs Haar und schüttelte es dann wieder aus. »Ich werde draußen auf dich warten und dich wieder hinaufführen.«

»Keine Angst, ich werd' schon nicht verlorengehn.«

Fündundzwanzigstes Kapitel

Leise vor sich hin summend, sprang Francesca die Steintreppe hinauf. Sie war glücklich. Victor lebte mit ihr unter einem Dach. Zwar war sie nicht so dumm zu glauben, daß dieser Umstand ihn veranlassen werde, ihre Gefühle zu erwidern, aber sie war überzeugt, daß ihre Freundschaft hier auf Wittingenhof eine bessere Chance hatte als in London. Hier hatte sie ihn ganz für sich und brauchte seine Aufmerksamkeit nicht mit Nicky, Katharine und dem Rest seines Gefolges zu teilen.

Durch das Jagdzimmer gelangte sie in den Salon, ging zielstrebig auf den Plattenschrank zu, suchte eine Platte mit klassischer Musik heraus und legte sie auf den Plattenspieler. Dann setzte sie sich auf die Steinbank vor dem Kamin und wärmte ihre Hände am Feuer.

Verträumt lehnte sie sich zurück, und ihre Gedanken wanderten wieder zu Victor. Am Abend zuvor, als sie Diana die Situation erklärte, hatte sie der Cousine auch ihre Gefühle anvertraut. Bisher hatte sie nicht einmal Katharine eingeweiht, denn sie scheute solche intimen Geständnisse, und vor allem hatte sie befürchtet, in den Augen der Freundin dumm und kindisch dazustehen und ihr Gelegenheit zu geben, sie mit pikanten Details über Victors zahlreiche Affären zu bombardieren. Und damit hätte Katharine nur ihre

Hemmungen verstärkt und ihr Selbstbewußtsein untergraben.

Nach Francescas Geständnis hatte Diana eine Weile nachdenklich geschwiegen. Schließlich hatte sie gesagt: »Ich glaube, du solltest sein Verhalten dir gegenüber einfach ignorieren, sonst wirst du die Tage hier überhaupt nicht genießen können, mein Liebes. Außerdem solltest du dich ihm gegenüber ganz natürlich geben und ihm sogar zeigen, daß du dich zu ihm hingezogen fühlst.« Diana hatte sich vorgebeugt und die Hand auf Francescas Arm gelegt. »Weißt du, Cheska, Männer fürchten sich ganz genauso wie wir vor einer Abfuhr. Zuweilen brauchen sie ein bißchen Ermutigung, damit sie ihre Unsicherheit verlieren. Vergiß euren Altersunterschied, vergiß, wer er ist. Er ist ein berühmter Filmstar, gut; aber er ist auch ein Mann wie jeder andere. Dann wirst du dich wesentlich sicherer fühlen, und er wird möglicherweise darauf reagieren.«

So vertieft war Francesca in diese Gedanken, daß sie Diana nicht sah, die in der Tür stand und sie beobachtete. Diana war froh, daß Francesca gerade jetzt hier war, denn ihre Gegenwart war für sie überaus tröstlich. Sie ist so vernünftig und charakterfest, dachte Diana. Und so liebevoll. Sie wirkt auf uns alle normalisierend.

Diana atmete tief durch und versuchte ihren Ärger zu unterdrücken. Ärger über Dieter Müller, der mit Christian in der Bibliothek saß; Ärger auch über sich selbst, daß sie sich von ihrem Zorn auf Dieter so sehr aus der Fassung hatte bringen lassen.

Francesca hob den Kopf und lächelte ihre Cousine an. Diana setzte sich zu ihr auf die Kaminbank und sagte leise: »Cheska ... Mummy ist in München.«

Francesca versuchte, sich ihre Besorgnis nicht anmerken zu lassen. »Kommt sie hierher?« fragte sie vorsichtig.

Diana schüttelte den Kopf. »Nein, aber sie ist zu meinem Geburtstag nach Bayern gekommen, und deshalb werde ich sie am Freitag besuchen – den ganzen Tag.« Ihre Stimme zitterte ein wenig, als sie hinzusetzte: »Ich habe fürchterliche Angst davor, Cheska.«

»Ich komme mit«, erklärte Francesca spontan. »Vielleicht kann ich dir ein bißchen helfen.«

Diana überlegte; dann erwiderte sie: »Danke, das ist nicht nötig, Liebes. Es hätte ja doch keinen Zweck ...« Ihre Augen füllten sich mit Tränen. »Ich liebe Mummy, Cheska, das weißt du. Deswegen ist es ja auch so schmerzlich für mich, sie in diesem Zustand zu sehen, so zerrissen von Kummer, so verwirrt.« Sie wischte sich mit der Hand über die Augen und schluckte. »Ich weiß nicht, was ich machen soll. Niemand kann ihr helfen ... Es ist so hoffnungslos ...«

»Bitte, Dibs, du darfst dich nicht so quälen! Du hilfst ihr mit deiner Liebe. Und mit vielen anderen Dingen.« Francesca ergriff Dianas Hand und drückte sie fest. »Und deine ungeheure Kraft gibt ihr viel Mut. Vergiß nicht, du und Christian, ihr helft ihr weiterzuleben, und viel mehr könnt ihr nicht tun. Es sei denn, ihr könnt sie überreden, Daddys Rat anzunehmen und nach England, nach Langley heimzukehren. Das wäre wirklich die beste Lösung ...«

»Sie wird Berlin niemals verlassen. Niemals!«

»Vermutlich nicht.« Francesca biß sich auf die Lippen und schüttelte resigniert den Kopf. »Fährt Christian auch mit?«

»Selbstverständlich. Was Mummy betrifft, da geht es ihm genauso wie mir. Er liebt sie, macht sich Sorgen um sie und sucht ständig nach einer Möglichkeit, sie so weit zu bringen, daß sie ein normales Leben führt. Jedenfalls werden wir am Freitag rechtzeitig zum Abendessen wieder zurück sein.«

»Ein so kurzer Besuch! Warum bleibt ihr nicht länger?«

»Ich würde ja gern übers Wochenende bleiben, aber sie hat

zu Christian gesagt, daß sie am Samstag nach Berlin zurückfahren will. Sie bleibt nie lange von da fort.«

»Irgendwie ist das verständlich, Dibs. In Berlin sind ihre Erinnerungen. Und so viele Hoffnungen.«

Voll Trauer sah Diana an Francesca vorbei in die Ferne. Dann sagte sie: »Vergebliche Hoffnungen, Cheska. Falsche.« Seufzend nahm sich Diana eine Zigarette und rauchte schweigend. »Übrigens, was machen wir am Freitag mit Victor?« fragte sie dann. »Wenn ich fort bin, hat er niemanden zum Skilaufen.«

»Mach dir um Victor nur keine Sorgen, Dibs. Der kann allein losziehen, das wird ihm nichts ausmachen. Außerdem kann Manfred ihn zum Roßfeld fahren, oder du bittest einen von deinen Freunden, ihn zu begleiten.«

Ein bedrücktes Lächeln huschte über Dianas Gesicht. »Nun gut, du kennst ihn besser als ich. Hör mal, es tut mir leid, daß ich dich mit meinen Problemen belaste. Normalerweise lasse ich mich nicht so gehen. Aber Dieter Müller ist gerade bei Christian, und der hat vieles wieder aufgewühlt. Er hat mich mehr verärgert als sonst. Er meint es gut, schafft aber im Grunde nur immer wieder neue Probleme. Außerdem hatte ich Mummy nicht zu meinem Geburtstag erwartet, und das hat mich ein bißchen umgeworfen. Versteh mich richtig, Cheska: Ich freue mich, daß sie hier ist, aber es ist immer so schrecklich, mit ansehen zu müssen, wie sie sich quält.«

»Das ist mir klar, Dibs.« Francesca umarmte ihre Cousine liebevoll. »Wenn du mich brauchst – ich bin hier.«

»Du bist mir ein großer Trost, mein Schatz. Aber jetzt wollen wir vorerst nicht mehr an Freitag denken.« Diana erhob sich. »Nur anrufen muß ich Mummy noch, und dann werden wir vor dem Lunch etwas trinken. Du kannst Victor inzwischen ja seine Suite zeigen.«

»Ach, das hat Zeit bis nach dem Lunch. Wir werden lieber hier auf Christian warten.«

»Wie ihr wollt.« Diana berührte ganz leicht Francescas Schulter. »Danke, daß du so bist, wie du bist, Cheska!« Damit wandte sie sich ab und verschwand durch die Tür zum Westflügel des Schlosses.

Als Victor durch das Jagdzimmer ging, entdeckte er einen Gewehrschrank, und da er selbst Jäger war und Waffen sammelte, spähte er neugierig durch die Glastüren. Der Schrank enthielt eine erstklassige Sammlung von Jagd- und anderen Schußwaffen, alle in bestem Zustand, und einige davon waren wertvolle antike Stücke. Er nahm sich vor, Diana zu fragen, ob er sie sich näher ansehen dürfe, wandte sich ab und schlenderte durch die anschließende Galerie, wo seine Schritte laut auf dem Parkettboden hallten. Dabei fiel ihm auf, daß es im Schloß kaum Teppiche oder Läufer gab. Waren die Wittingens ebenso verarmt wie der Earl? Unwahrscheinlich. Diana war erstklassig gekleidet, das Haus elegant eingerichtet und gut instand gehalten. Doch Aristokraten waren äußerst geschickt darin, um jeden Preis den Schein zu wahren. Eine Frage des Stolzes, dachte er, während er weiterging.

Die Galerie führte direkt ins Wohnzimmer. Victor blieb an der Tür stehen und ließ den Raum auf sich einwirken. Sein erster Eindruck war Licht – dieses in den Bergen so eigentümlich durchsichtige Licht. In flirrenden Kaskaden strömte es durch die vielen Fenster herein, glänzte auf Flächen und Gegenständen, flutete über weiche Farben und zarte Edelsteintöne. Dann nahm er Geräusche wahr: das Zischen und Prasseln des Feuers; die faszinierenden Klänge eines Klavierkonzerts ... Und dann trug ihm die stille Luft eine Mischung bekannter Düfte zu: den prickelnden Geruch nach Tannen und bewaldeten Bergen, das Parfüm der Tuberosen, das Aroma reifender Früchte ...

Francesca stand am anderen Ende des langgestreckten, hohen Zimmers, ein gelber Fleck, winzig vor dem riesigen Steinkamin. Ihr Lächeln erwidernd, ging er auf sie zu. Seine Füße versanken tief in dem dicken Teppich, und er war umfangen von Wärme, dezentem Luxus und einer außergewöhnlich bezaubernden Atmosphäre.

»Diana mußte mit München telefonieren«, erklärte Francesca. Mit größter Selbstverständlichkeit nahm sie seinen Arm und dirigierte ihn zum Kamin. »Sie kommt gleich zurück, und Christian wird auch gleich erscheinen. Er hat offenbar unerwarteten Besuch bekommen, von dem er sich gerade verabschiedet. Sobald die beiden da sind, gibt es Drinks und einen Imbiß für uns.«

»Klingt großartig, Kleines.« Mit dem Rücken zum Feuer stehend, holte er eine Zigarette heraus und steckte sie an. »Du hattest recht mit dem Haus, Francesca. Es ist wunderschön«, sagte er. »Ich könnte ewig hier sitzen und vor mich hin träumen. In gewisser Weise erinnert es mich an die Ranch, obwohl es natürlich ganz anders eingerichtet ist.«

»Freut mich, daß es dir gefällt«, antwortete Francesca. »Ich war mir dessen zwar ziemlich sicher, fürchtete aber, es würde dir vielleicht zu einsam sein hier oben, mit keinem anderen Menschen außer uns dreien.«

»Für die Welt verloren, würde ich sagen.« Er blickte auf sie hinab. »Diese Musik ist bezaubernd. Was ist es?«

»Rachmaninoff. Klavierkonzert Nummer zwei in c-moll.« In diesem Moment war die erste Seite der Platte zu Ende, und Francesca lief hinüber, um sie umzudrehen. Dann kam sie zu ihm zurück.

»Diana dachte, nach deinem Flug würdest du sicher nicht noch Ski laufen wollen. Deshalb werden wir gemütlich zu

Mittag essen und uns ausruhen. Doch wenn du willst, können wir auch einen Spaziergang machen. Der Wald ist herrlich. Komm doch mal hier herüber ans Feuer, da kannst du sehen, wie ...«

Sie unterbrach sich, als eine Eichentür am anderen Ende geöffnet wurde und ein grauhaariger Mann mittleren Alters erschien. Er trug einen grünen Lodenanzug. »Gnädige Frau ...« Er wartete respektvoll auf ihre Antwort.

»Ach, Manfred, kommen Sie doch herein. Victor, das ist Manfred, der sich so liebevoll um uns kümmert. Manfred, das ist Mr. Mason.« Sie sprach langsam und besonders freundlich.

»Mr. Mason.« Manfred verneigte sich lächelnd. »Herzlich willkommen. Ihr Gepäck ist in Ihrer Suite. Clara wird es auspacken, wenn's Ihnen recht ist, Mr. Mason. Ja?« Er sprach nur zögernd Englisch, mit starkem Akzent, doch gut verständlich.

»Sicher. Vielen Dank, Manfred.«

Wieder verneigte sich Manfred höflich. Seine freundlichen blauen Augen richteten sich auf Francesca. »Die Prinzessin hat mir aufgetragen, den Champagner zu servieren«, sagte er auf deutsch.

»Danke schön, Manfred.« Er zog sich zurück, und Francesca erklärte Victor, was er gesagt hatte.

»So ungefähr habe ich es verstanden. Und das Wort Prinzessin.« Er musterte sie scharf. »Ist Diana das wirklich – eine Prinzessin?«

»Ja. Hab' ich dir das etwa nicht gesagt?«

Victor lachte gutmütig. »Nein, und von einigem anderen hast du mir ebenfalls nichts gesagt, Kleines. Zum Beispiel von Dianas Geburtstag. Sonst hätte ich ihr nämlich ein Geschenk aus London mitgebracht.«

»Mir ist es dummerweise auch erst im Flugzeug eingefallen. Ich hätte ihr amerikanische Schallplatten gekauft; die liebt sie, besonders Frank Sinatra. Aber morgen, wenn ihr zum Skilaufen geht, werde ich in den Ort fahren und etwas für uns beide besorgen. Ein Parfüm wird wohl das beste sein.«

»Okay, ein Parfüm. Aber hör mal, Kleines, wegen der Dinnerparty morgen abend. Ich hab' kein Dinnerjacket mitgebracht: Hoffentlich wird's nicht allzu formell.«

»O weh, ich fürchte, doch. Aber ich werde mit Diana sprechen; vielleicht kann sie ihren Freunden Bescheid sagen, damit du nicht in Verlegenheit kommst. Übrigens, Victor, ich wollte dir noch was erklären. Wegen Christian ...« Weiter kam Francesca nicht, denn Manfred trug ein Tablett mit Sektflöten und einer Flasche Champagner herein. Begleitet war er von einem jungen Mädchen mit einer silbernen Wärmepfanne. Sie trug ein Dirndl aus Lodenstoff und eine Strickjacke im selben Grün unter ihrer weißen Schürze. Beide stellten ihre Last auf einem Wandtischchen ab, und Manfred fragte Francesca höflich: »Soll ich öffnen, gnädige Frau?«

»Bitte ja, Manfred.« Francesca blickte zu Victor auf. »Das ist Klara, Manfreds Tochter. Klara – Mr. Mason.«

Das junge Mädchen erwiderte Victors Gruß schüchtern, entschuldigte sich verlegen lächelnd und schlüpfte hinaus. Francesca hob den Deckel von der Wärmepfanne und spähte hinein. »Wunderbar!« Sie wandte sich an Manfred, der den Champagner öffnete, und unterhielt sich mit ihm in unsicherem Deutsch.

Victor, der einen Aschenbecher suchte, fand ihn auf dem langen Bibliothekstisch hinter einem der Sofas und drückte seine Zigarette aus. Auf dem Tisch standen zahlreiche Fotos in Silberrahmen, die er flüchtig musterte, bis sein Blick am Bild einer bezaubernden, blonden jungen Frau in Abendkleid und Brillantdiadem hängenblieb. Es war offenbar Mitte der zwanziger Jahre aufgenommen worden und schien ein Bild von Francescas Tante zu sein, denn die Familienähnlichkeit war unverkennbar. Victors Blick wanderte zu den anderen Fotos. Da waren mehrere Schnappschüsse von zwei reizenden Kindern – wohl Diana und ihr Bruder – und ein etwas steifes Porträt eines dunklen, gutaussehenden Mannes im altmodischen Dinnerjackett, offensichtlich ebenfalls aus den zwanziger Jahren.

Victor musterte die Aufnahme eingehender. Der Mann war eine außergewöhnliche Erscheinung: Er strahlte Würde aus, Noblesse. Aber es waren vor allem die Augen, die Victor faszinierten. Sie waren dunkel und ausdrucksvoll, zwingend in ihrer Intensität und Leidenschaftlichkeit. Wie hypnotisiert starrte Victor auf dieses Gesicht und dachte: Ich sehe die Seele dieses Mannes. Und es ist die Seele eines Heiligen.

»Hallo!« ertönte eine kräftige Männerstimme.

Victor richtete sich auf, drehte sich um und erschrak. »Hallo!« erwiderte er schnell und hoffte, daß man ihm die Überraschung nicht anmerkte. Er zwang sich zu einem breiten Lächeln.

Der junge Mann, der Victor begrüßt hatte, saß im Rollstuhl. Doch nicht der Stuhl hatte Victor so verblüfft, sondern der junge Mann selbst. Er war das leibhaftige Ebenbild des Mannes auf der Fotografie, er mußte dessen Sohn sein. Wenn sein Gesicht auch nicht das Gesicht eines Heiligen war, so sprach es doch von Adel und außergewöhnlicher Sanftmut.

Bevor Victor ihm entgegengehen konnte, rollte der junge Mann seinen Stuhl mit einer Sicherheit über den riesigen Perserteppich auf ihn zu, die lange Übung vermuten ließ.

»Christian!« rief Francesca erfreut und lief rasch zu Victor an den Kamin hinüber. »Das ist Victor.«

»Aber natürlich!« antwortete Christian lachend. Er hielt vor Victor und streckte die Hand aus. »Herzlich willkommen auf Wittingenhof.«

»Victor«, stellte Francesca vor, »das ist mein Cousin, Seine Hoheit Prinz Christian Michael Alexander von Wittingen und Habst.«

»Also wirklich, Francesca«, tadelte Christian freundlich, »dieser ganze Krempel ist doch überflüssig.«

»Ich freue mich sehr, Sie kennenzulernen«, antwortete Victor ebenfalls lächelnd, weil er wußte, daß diese lange Aufzählung von Namen und Titeln ausschließlich für ihn gedacht war: Ergebnis der Vorwürfe, die er Francesca vor wenigen Minuten gemacht hatte. »Herzlichen Dank für Ihre freundliche Einladung«, ergänzte er dann.

»Es ist uns ein Vergnügen, ehrlich.« Christians Englisch war ebenso fließend wie das seiner Schwester. »Verzeihen Sie mir, daß ich Sie nicht gleich begrüßen konnte. Ich hatte einen überraschenden Besuch von ... einem alten Freund ... meines Vaters, der länger blieb, als ich erwartet hatte.«

»Oh, bitte, Francesca hat sich hervorragend um mich gekümmert. Und dieses Zimmer ist einfach bezaubernd.«

»Danke. Aber wie wär's jetzt mit einem Glas Champagner? Würdest du die Honneurs machen, Liebes?«

»Gern.« Francesca lief zum Wandtischchen, schenkte den Champagner ein und stellte das Tablett mit den Gläsern auf den niedrigen Couchtisch zwischen den beiden Sofas. Nachdem alle versorgt waren, nahm sie auf einem Sofa Platz, und Victor setzte sich neben Francesca. Sie hoben die Gläser.

»Prost!« sagte Christian.

»Prost!« wiederholten Victor und Francesca unisono.

»Tut mir leid, daß Diana noch aufgehalten wird, aber sie wird sicher bald kommen.« Er trank einen Schluck und fuhr dann mit einem Blick auf die Wärmepfanne fort: »Wie ich annehme, haben Sie Hunger nach Ihrer Reise. Bertha hat schwedische Fleischklößchen gemacht. Köstlich! Nehmen Sie sich doch bitte, wenn Sie mögen.«

»Ich glaube, das mach' ich.« Victor wollte aufstehen.

»Nein, das mache ich!« verkündete Francesca und war schon drüben. »Für dich auch, Christian?« fragte sie, während sie Fleischklößchen auf einen Teller löffelte.

»Im Augenblick nicht, vielen Dank.« Er rollte seinen Stuhl dicht an den Tisch, nahm sich eine Zigarette und steckte sie an. Dann sagte er zu Victor: »Es ist schön, um diese Jahreszeit Gäste bei uns zu haben. Gewöhnlich kommen unsere Freunde nach dem Weihnachtsansturm erst wieder im Sommer. Vor allem zu den Salzburger Festspielen. *Der* Attraktion für Musikfreunde.«

»Davon habe ich gehört«, gab Victor zurück. »Die sind offenbar die ganze Enchilada.«

Christian sah Victor verständnislos an. »Die ganze Enchilada?«

Francesca, die die Teller brachte, lachte und sagte: »Victors Lieblingsausdruck, Christian. Er stammt aus Kalifornien und heißt soviel wie ›die ganze Chose‹.« Sie reichte Victor seinen Teller und fuhr fort: »Du hat mir doch versprochen, mir zu erklären, wie er entstanden ist!«

»Aber natürlich. Eine Enchilada ist eine Tortilla, eine Art mexikanischer Pfannkuchen, gefüllt mit allen möglichen Dingen, Hackfleisch, Käse, Gemüse, anschließend zusammengerollt und mit verschiedenen Saucen serviert. Also so richtig die ganze ...« Er unterbrach sich, lachte ebenfalls und schloß: »Na ja, eben die ganze Chose. Ich glaube, ich verwende den Ausdruck ein bißchen zu oft und zuweilen auch an der falschen Stelle, aber ich finde ihn eben besonders prägnant.«

»Und überaus farbig«, stellte Christian belustigt fest. »Ich glaube, ich werde ihn übernehmen.«

»Was willst du übernehmen?« fragte Diana von der Tür her.

Während sie sich ein Glas Champagner einschenkte, wiederholte Christian, was Victor ihnen erklärt hatte. Victor, der auf einem Fleischklößchen kaute, beobachtete die Geschwister. Seine Neugier war erwacht, und er hätte gern mehrere Fragen gestellt. Über die ehemaligen und die heutigen Wittingens. Vielleicht würde Francesca ihn später darüber aufklären. Verstohlen musterte er den jungen Prinzen. Christian wirkte trotz seiner Behinderung überaus gesund und besaß eine ausgeprägte Vitalität, die jedoch, wie Victor sofort feststellte, mehr mit seinem seelischen Befinden und seiner Persönlichkeit als mit seiner körperlichen Fitneß zu tun hatte. Unmittelbar unter der offenen Sanftmut verbarg sich eine große Kraft.

Diana, die sich zu ihnen gesellte, fragte Victor: »Kann man diesen Ausdruck, die ganze Enchilada, zum Beispiel auch auf Menschen oder Häuser anwenden? Ich meine, könnte man sagen, Wittingenhof ist die ganze Enchilada?«

In ihrer Stimme lag ein Anflug von Lachen, und Victor war sich nicht ganz sicher, ob sie ihn auf den Arm nehmen wollte; doch er beschloß, ihre Frage ernst zu nehmen. »Sicher könnte man das. Und außerdem *ist* es die ganze Enchilada. Wenigstens soweit ich es bisher gesehen habe.«

»Vielen Dank, Victor. Das ist sehr lieb von Ihnen. Wir lieben das Schloß nämlich sehr und sind hier sehr glücklich. Nicht wahr, Christian?«

»Aber ja, Liebes.«

»Francesca erzählte mir, daß es viele Jahre lang leer gestanden habe. Ich kann mir eigentlich nicht vorstellen, warum man ein so schönes Haus einfach zuschließt. Jedenfalls so lange. Sind Ihre Eltern niemals mit Ihnen hierhergekommen, als Sie noch klein waren?« erkundigte sich Victor bei Diana.

Sie antwortete nicht. Genau wie Christian zögerte sie, Themen anzuschneiden, die so schmerzlich waren und außerdem lange Erklärungen erforderten. Sie hatte erfahren, daß es besser war, ihnen auszuweichen, solange das möglich war, ohne unhöflich zu sein.

Victor mit seinem Taktgefühl spürte dieses Unbehagen und fragte sich, wieso seine Bemerkungen ein so drückendes Schweigen ausgelöst hatten. Er musterte Diana aufmerksam und las einen Anflug von Kummer in ihrem Gesicht. Dann jedoch lächelte sie plötzlich und schüttelte den Kopf.

Nachdem sie sich eine Zigarette angesteckt hatte, sagte sie: »Nein, sie sind niemals mit uns hergekommen. Sie sind auch niemals allein hier gewesen. Mein Vater mochte Bayern nicht sehr.« Wieder zögerte Diana ein wenig. Sie wunderte sich selbst, daß sie so viel erklärt hatte. Aber Victor hatte etwas an sich, das Vertrauen erweckte. Sein Blick hielt den ihren, und sie las die Fragen in seinen Augen. Wider Willen fuhr sie fort: »Bayern war in den zwanziger und dreißiger Jahren eine Brutstätte der Politik. Der falschen Politik, was meinen Vater betraf...« Sie hielt inne, weil Christian hustete, wußte nicht, ob sie fortfahren sollte, und sah ihn unsicher an.

Doch offenbar hatte er nichts dagegen, denn nun setzte er ihre Erklärungen fort. »Unser Vater war ein Antifaschist, Victor, und hatte daher hier viele Feinde. Denn Hitlers miese kleine Gangsterbande hatte sich in München ziemlich fest eingegraben.« Christian beugte sich eifrig vor. »Und außerdem hatten noch eine Menge anderer extrem rechtsgerichteter Organisationen ihr Hauptquartier hier, Fanatiker, die gegen den Versailler Vertrag und weiß Gott was sonst noch wüteten. Auch die bayerischen Monarchisten wurden unruhig, riefen nach einem unabhängigen Staat Bayern und ihrem König. Auf jeden Fall war diese ganze Gegend für einen Mann wie meinen Vater gefährlich. Denn sehen Sie, er bekannte sich ja nicht nur mit Worten zu seiner Überzeugung, sondern war aktiver Gegner all jener, die entschlossen waren, die Republik zu vernichten. Er wollte Demokratie für Deutschland, nicht Diktatur, und er verwendete seine Energie, seine Zeit und sein Geld auf die Aufgabe, die destruktiven Kräfte, die das Reich zerrissen, zu bekämpfen.«

Christian setzte sich in seinem Rollstuhl zurecht und fuhr fort: »Selbstverständlich war es besser für ihn, sich von hier fernzuhalten und in Berlin oder auf unserem anderen Schloß außerhalb von Berlin zu leben. Deswegen wurde Wittingenhof geschlossen und blieb bis auf die Verwalter auf Jahre hinaus unbewohnt.«

»Aus gutem Grund«, gab Victor zurück, dem auf einmal vieles klar wurde. Er hatte sich hinsichtlich der alten Fotografie also nicht geirrt. Was er in diesen Augen entdeckt hatte, war das Feuer eines überzeugten Idealisten. Er setzte hinzu: »Und was ist ein Haus, wenn das Leben auf dem Spiel steht. Ihr Vater, Christian, scheint ein außergewöhnlicher Mensch zu sein, ein absolut integrer, ehrenhafter Mann. Ich hoffe nur, Gelegenheit zu haben, ihn eines Tages...« Er merkte, daß Francesca ihn ansah, und der Ausdruck ihrer Augen hinderte ihn daran, auch nur ein einziges weiteres Wort zu sprechen. Instinktiv wußte er, daß er gefährlichen Boden betrat, daß er irgendwie einen Fehler begangen hatte. Ein unbehagliches Schweigen entstand.

Bis Christian gelassen antwortete: »Es gibt nur wenige Menschen wie meinen Vater auf der Welt, Victor, Menschen, die das Böse erkennen, wo andere blind sind, die es ihr Leben lang und mit jeder Faser ihres Seins bekämpfen.« Er lächelte freundlich. »Doch dies ist wohl nicht der geeignete Zeitpunkt für eine derartige Diskussion. Kehren wir zur Geschichte des Hauses zurück. Nach dem Krieg gingen wir wieder nach Bayern, vor allem, weil uns keine andere Möglichkeit blieb. Unser Berliner Haus war völlig zerstört, die Gegend am Stadtrand, wo unser anderes Schloß lag, gehörte zu der von den Russen kontrollierten Ostzone. Unsere Großmutter hatte von ihrem Bruder ein Haus in München geerbt, in dem wir mehrere Jahre lang wohnten, bis Diana meinte, daß Wittingenhof meiner Gesundheit zuträglich sei – die gute Gebirgsluft und so weiter.« Er grinste verschmitzt. »Außerdem wollten wir Großmama entkommen, die zwar wunderbar ist, aber auch etwas von einem Drachen an sich hat.«

»Allerdings!« warf Francesca ein, erleichtert, weil Christian so geschickt das Thema gewechselt hatte. »Hoppla! Tut mir leid, Christian, ich wollte nicht unhöflich oder Prinzessin Hetti gegenüber respektlos sein.«

Diana und Christian lächelten ihr liebevoll zu. Diana stand auf und schenkte allen Champagner nach. »Aber es stimmt. Cheska.« Sie wandte sich an Victor: »Sie hätten Großmutter hören sollen, als ich hier meine erste Boutique eröffnete. ›Einen Laden aufmachen!‹ wiederholte sie immer wieder, und es klang, als wollte ich einen unanständigen Beruf ergreifen.«

Victor und Francesca lachten, und Christian ergänzte: »Die Ärmste lebt noch in der Vergangenheit, aber sie liebt uns und will nur unser Bestes.«

Victor nickte. »Selbstverständlich«, sagte er. Und zu Diana: »Wie Francesca mir sagte, sind Sie sehr erfolgreich mit Ihrem Unternehmen. Ich gratuliere.«

»Danke.« Sie lächelte ihm zu, um ihm zu zeigen, daß er sich keine Vorwürfe zu machen brauchte.

Manfred erschien und meldete, der Lunch könne serviert werden, und Diana führte sie ins Eßzimmer unmittelbar neben dem Salon. Es war ein langgestreckter Raum mit einem Kamin an einer Seite und einem großen Fenster gegenüber, das Ausblick auf den schneebedeckten Rasen und das Gebirgspanorama bot. Mit seinen weißverputzten Wänden, dem blankgebohnerten Holzfußboden und den dunklen, rustikalen Möbeln wirkte es etwas streng, wurde jedoch aufgelockert durch zahlreiche Blumenarrangements in riesigen Kupfertöpfen, einer Grünpflanzengruppe in einer Ecke und einer Anzahl wunderschön geschnitzter, bunt bemalter Holzfiguren auf zwei langen Truhen und dem Kaminsims über dem lodernden Feuer.

Das Essen – typisch bayerische Gerichte – wurde als warmes Büffet serviert, an dem sich jeder selber bedienen konnte. Victor und Francesca füllten sich gemeinsam die Teller, und Victor beugte sich zu ihr hinüber, um ihr zuzuflüstern: »Es duftet genauso gut wie mein italienisches Essen, nicht wahr, Kleines?«

Mit verschmitztem Lächeln blickte sie zu ihm auf; dann sagte sie leise, ohne den Blick von ihm abzuwenden: »Ein Essen wie dieses wird es nie wieder geben, wenigstens nicht für mich. Es war für mich besonders köstlich, und zwar in mehr als einer Hinsicht.«

Sie sah ihn lange an; der Ausdruck in ihren topasfarbenen Augen war nicht zu mißdeuten. Victor spürte, wie ihm die Hitze ins Gesicht stieg und seine Kehle sich zuschnürte. Verdammt noch mal, sie flirtet mit mir! dachte er. Und merkte plötzlich überrascht, daß es ihn drängte, mit gleicher Münze zurückzuzahlen.

Diana ging neben Christian her, der seinen Stuhl langsam die Galerie entlangrollte. Nachdenklich sagte sie: »Ich wünschte, Dieter Müller wäre heute nicht gekommen.«

Christian hielt seinen Stuhl an und sah ihr aufmerksam in die Augen. Dann berührte er ihre Hand. »Ja, ich irgendwie auch. Er hat dich furchtbar aufgeregt, und das kann ich einfach nicht ertragen.«

»Diese Informationen sind zu bruchstückhaft. Ich kann

ihn nicht ernst nehmen. Eigentlich schon lange nicht mehr. Er klammert sich an jeden Strohhalm, glaubt allen alles, nur weil er es glauben will.«

»Mag sein.«

»Hat er noch etwas gesagt, nachdem ich fort war?«

»Nur, daß wir noch einmal Druck ausüben sollten. In Bonn.«

»Mein Gott, Christian, das nützt doch nichts. Früher nicht und jetzt bestimmt auch nicht.«

»Es besteht immer die Möglichkeit, daß jemand weich wird. Ein Versuch könnte sich lohnen – ein einziges Mal noch. Ich habe gesagt, ich würde es mir überlegen.«

»Du wirst doch Mummy nichts davon sagen, oder?« erkundigte sie sich besorgt.

»Aber nein! Das würde sie nur noch mehr beunruhigen. Bitte, Diana, denk nicht mehr an Dieter.«

»Nun gut«, versprach sie rasch. »Ich weiß nicht, warum er mich heute so sehr gestört hat. Dumm von mir.«

Christian sah sie zärtlich an. Er hatte so großes Vertrauen zu ihr. Sie sagte immer, was sie dachte, und hielt alles, was sie versprach. Er fragte sich, was er wohl ohne sie tun würde. Ihr Mut verlieh ihm Mut; ihre Entschlossenheit, ihrer beider Leben normal zu gestalten, verlieh ihm die Kraft, dasselbe Ziel anzustreben. Jetzt fragte er sie: »Wegen der Dinnerparty morgen – hast du Giorgio auch eingeladen?«

»Nein. Und ich werde ihn auch nicht wiedersehen.«

»Ach!« entgegnete er verblüfft.

»Ich habe neulich zufällig entdeckt, daß er mich belogen hat. Er hat sich nie von seiner Frau getrennt. Hinterhältigkeit kann ich nicht ausstehen. Ich habe meine Zeit verschwendet, und darüber bin ich wütend. Du weißt, was ich von verheirateten Männern halte: *no future*.«

»Wer hat dir dieses Licht aufgesteckt über Giorgio?«

»Astrid. Wer sonst?«

»Ah ja. Dann muß es stimmen. Sie mag vieles sein, unsere kleine Astrid, aber bestimmt keine Lügnerin. Oder Unruhestifterin. Tut mir leid, Diana. Hoffentlich schmerzt es dich nicht allzusehr.«

»Im Gegenteil, ich bin erleichtert.« Sie lachte. »Der feurige italienische Liebhaber ist meiner Meinung nach eine Legende. Mir wird langsam klar, daß Giorgio weit mehr in sich selbst verliebt war als in mich. Und ehrlich gesagt, seine albernen Spielchen gingen mir allmählich auf die Nerven.«

»Hauptsache, du bist nicht traurig, Diana. Übrigens, da wir gerade von romantischer Liebe sprechen – weiß Francesca, daß Astrid kommt?«

»Ja. Es macht ihr nichts aus, und sie hat Astrid immer gern gemocht. Ich glaube, die Affäre mit Kim hat sie nur belustigt. Sie macht Astrid keinerlei Vorwürfe und Kim offenbar auch nicht. Er ist erwachsen.«

»Allerdings.« Christian lachte. »Ich glaube, wenn einer verärgert war, dann höchstens Astrid. Wie ich weiß, wollte sie die Liaison damals nicht beenden – jedenfalls noch nicht.«

Diana lächelte. »Es war tatsächlich ein bißchen dramatisch. Aber sie hat schließlich bald anderswo Trost gefunden.«

An der Bibliothek machten sie halt. »Ich möchte jetzt meinen Mozart-Artikel für die ›Sunday Times‹ fertigschreiben, damit er morgen nach London abgehen kann. Was hast du heute nachmittag vor?«

»Letzte Vorbereitungen für das Dinner treffen.«

»Dann bis später«, sagte er und zog sich in die Bibliothek zurück.

Als Diana sich abwandte, sah sie Francesca die Haupttreppe herabkommen und ging ihr entgegen. »Wo ist Victor?«

»In seiner Suite, die ihm großartig gefällt. Er wird sich gleich umziehen, und dann machen wir einen Spaziergang. Hast du Lust mitzukommen?«

»Um Himmels willen, Liebes, nein! Ich denke gar nicht daran, euch beide zu stören.« Diana lachte, hängte sich bei der Cousine ein und ging gemeinsam mit ihr zum Schreibzimmer.

Francesca sah sie strahlend an. »Ich glaube, Dibs, Victor beginnt endlich, Notiz von mir zu nehmen. Als Frau, meine ich.«

»Und ich *weiß*, daß er das tut. Er hat beim Essen ja kaum den Blick von dir gelassen! Er sah aus, als wolle er dich verschlingen.«

Francesca war glücklich. »Du magst ihn, Dibs – nicht wahr?«

»Ja. Er ist hinreißend. Aber weit wichtiger: Er ist wahnsinnig nett und intelligent und liebenswürdig. Er ist etwas ganz Besonderes, und wenn es auch merkwürdig klingt, ich habe Vertrauen zu ihm. Nicht unbedingt auf der Mann-Frau-Basis, aber im weitesten Sinne des Wortes, als Mensch. Ich halte ihn für sehr loyal, für einen guten Freund, auf den man sich hundertprozentig verlassen kann. Verstehst du mich?«

»O ja. Übrigens mag Daddy ihn auch. Nach unserem Dinner neulich sagte er mir, Victor sei ein außergewöhnlicher Mensch. Ein schönes Kompliment, wenn Daddy so etwas sagt, findest du nicht?«

»Unbedingt.« Diana öffnete die Tür ihres Schreibzimmers, das ihr gleichzeitig als Büro diente. »Viel Spaß. Tee im Wohnzimmer um halb fünf.«

»Wunderbar, Dibs.« Francesca gab ihr einen Kuß auf die Wange. Diana war schon fast im Zimmer, da drehte sie sich noch einmal um. »Übrigens müssen wir ihm diese schlechte Angewohnheit abgewöhnen.«

»Welche schlechte Angewohnheit?«

»Dich ständig ›Kleines‹ zu nennen. Das ist so furchtbar unromantisch.«

»O Gott, unmöglich! Von ihm ist das eine Liebeserklärung!«

Diana warf ihrer Cousine einen gespielt entsetzten Blick zu und verschwand, vor sich hin lächelnd, in ihrem Zimmer.

Sechsundzwanzigstes Kapitel

Sie waren oben am Berg, bei weitem nicht nahe dem Gipfel, aber hoch über dem Schloß, das von hier aus wie ein Puppenhaus wirkte.

Eine gute halbe Stunde waren Victor und Francesca nun schon unterwegs, stiegen den gewundenen Pfad mit gleichmäßigen Schritten hinauf. Beide waren mit ihren eigenen Gedanken beschäftigt, daher hatten sie nicht viel miteinander gesprochen. Und doch baute sich eine gewisse Spannung zwischen ihnen auf, die der gesteigerten Empfindsamkeit für die Gegenwart des anderen entsprang. Das Bewußtsein, daß sie ihm endlich eine Reaktion entlockt hatte, erfüllte Francesca mit Erregung; und er hatte nun endlich begriffen, daß sie für ihn empfänglich war.

Verdammt, ich bin für sie auch empfänglich, sagte er sich. Jedenfalls im Moment. Verstohlen musterte er sie, das aristokratische Profil, die stolze Kopfhaltung, das honigblonde Haar, von der Spätnachmittagssonne tiefgolden gefärbt. Das Lodencape, das sie trug, war ihr viel zu groß – wahrscheinlich gehörte es Christian –, doch das ließ sie nur noch schutzbedürftiger und femininer erscheinen, was seinen ausgeprägten maskulinen Instinkt ansprach.

Als sie ihm nach dem Lunch seine Suite zeigte, hatte er kaum das Bedürfnis unterdrücken können, sie in die Arme zu schließen. Ihr Duft hatte ihn noch lange umgeben, und ihr Bild hatte ihn während der ganzen zwanzig Minuten verfolgt, die er mit Jake in London telefonierte.

Schweigend stiegen sie weiter hinauf, bis in das Herz des Tannenwaldes. Hier schlossen die Wipfel der Bäume den Himmel aus, alles war dunkelgrün, unendlich still und unendlich friedlich in dieser natürlichen Kathedrale. Erst als der Wald lichter wurde, begannen hier und da Sonnenstrahlen auf den Schneewehen zu spielen und verwandelten sie in schimmerndes Kristall. Alles war in dieses irisierende Licht getaucht, und Victor dachte: O Gott, wie ist das Leben schön! In diesem Moment erinnerte er sich an das, was er sich bei der Nachricht von Marcias frühem Tod geschworen hatte: seine Zeit nicht zu vergeuden, den Augenblick zu nützen, zu nehmen, was das Leben bietet. Gefährlich? Vielleicht. Aber was war das Leben ohne das Element der Gefahr? Kaum lebenswert ...

»Wie geht's Jake?« brach Francesca das lange Schweigen.

Victor zuckte zusammen und tauchte aus seinen Gedanken auf. Er räusperte sich. »Bestens. Keine Probleme, Gott sei Dank. Wir sind immer noch innerhalb des Zeitplans und können in der ersten Aprilwoche mit dem Hauptteil der Dreharbeiten beginnen. Mark Pierce hat den perfekten Schauspieler für die Rolle des jungen Heathcliff gefunden. Jake hat ihn heute vormittag kennengelernt, und es scheint, als sei in der Hinsicht alles in Ordnung. Nick hat mich heute zu erreichen versucht. Er will noch einige Zeit in New York bleiben, bei seinen Eltern.«

»Aber es geht ihm doch gut, nicht wahr?«

»Ja«, antwortete Victor einsilbig. Dann fragte er behutsam: »Du magst Nicky wohl sehr gern, Kleines – wie?«

»O ja!« Francesca hatte den seltsamen Unterton in seiner Stimme bemerkt und fragte sich plötzlich, ob er tatsächlich eifersüchtig auf Nicky sei. Ruhig fuhr sie fort: »Er ist einer der nettesten Menschen, die ich je kennengelernt habe, und furchtbar lieb zu mir, ermutigt mich bei meiner Schreiberei und hilft mir sogar auch dabei. Ich hoffe, er wird mir immer ein guter Freund bleiben.«

»Das wird er, Kleines«, versicherte Victor, deutlich erleichtert. »Wenn Nicky sich zu jemandem so hingezogen fühlt wie zu dir, dann bleibt er diesem Menschen treu. Er ist nicht nur ein Schönwetterfreund.«

»Das hab' ich gespürt«, antwortete Francesca. »Aber findest du es nicht sonderbar, daß er und Katharine sich so feindselig gegenüberstehen?«

»Du hast einen scharfen Blick für Unterströmungen. Ich dachte nicht, daß das einem anderen auffallen würde. Ja, es ist sonderbar. Andererseits kann man niemals vorhersagen, wie Menschen sich zueinander verhalten werden. Jeder von uns löst im anderen gewisse Reaktionen aus, und jeder präsentiert anderen gegenüber verschiedene Seiten seines Wesens.« Nach einer kurzen Pause fragte er: »Du und Katharine, ihr habt euch sehr eng aneinander angeschlossen. Das ist ungewöhnlich für zwei so hübsche Mädchen. Normalerweise besteht ein gewisser Konkurrenzneid zwischen Frauen, jedenfalls nach meinen Erfahrungen. Ihr beiden seid anscheinend die Ausnahme von der Regel.«

Francesca nickte nachdrücklich. »Das stimmt vermutlich. Katharine ist phantastisch und so gut für Kim. Wenn sie wirklich meine Schwägerin wird, könnte ich mir keine bessere wünschen.«

Victor war wie vom Donner gerührt. »Soll das heißen, daß es tatsächlich ernst ist mit den beiden?«

Sie sah ihn verwundert an. »Ich dachte, du hättest gemerkt, wie sie zueinander stehen. O ja, ich glaube, es ist ihnen sehr ernst, obwohl sie sich mir nicht anvertraut haben.«

»Na, so was!« murmelte er vor sich hin und fragte sich, wie Katharine Tempest, der aufgehende Stern, ihre bevorstehende Hollywood-Karriere mit der Rolle der Ehefrau eines Mitglieds der britischen Aristokratie vereinbaren wollte. Eines Farmers sogar, der mitten im ländlichen Yorkshire lebte und ganz in seiner Familientradition aufging. Da wird sie ganz schön jonglieren müssen, dachte er und mußte lächeln. Niemand war so geschickt mit kleinen Tricks wie Katharine, wie er vor kurzem hatte feststellen können. Trotz ihrer Liebenswürdigkeit verstand sie es so gut, andere zu manipulieren, daß es ihr zur zweiten Natur geworden war.

»Und was hält dein Vater davon, einen Filmstar in der Familie zu haben?« erkundigte er sich ironisch. »Das muß doch richtig aufregend für ihn sein.«

Francesca warf ihm einen flüchtigen Blick zu. »Ich habe in letzter Zeit nicht mit ihm darüber gesprochen, aber er mag Katharine wirklich sehr gern.« Dann wechselte sie schnell das Thema. »Da hinten ist der Aussichtspunkt, von dem Diana sprach.« Sie deutete auf einen kleinen Steinbau auf dem Hügel vor ihnen, ein Stückchen vom Waldrand entfernt. Es war ein runder Pavillon mit einem auf vier Säulen ruhenden Kuppeldach und anscheinend sehr alt. »Von dort aus können wir meilenweit über das Tal hinwegsehen.«

»Wer zuerst da ist, Kleines!« rief Victor und lief los, zwischen den letzten Bäumen hindurch, über das Schneefeld und den Hang hinauf. Francesca rannte hinter ihm her, doch als sie endlich die Steintreppe erreichte, die in den Pavillon hinaufführte, war sie außer Atem.

Victor beugte sich vor, um ihr heraufzuhelfen. »Vorsicht, die Stufen sind vereist«, warnte er sie, und tatsächlich wäre sie ausgerutscht, hätte er sie nicht gehalten. Francesca führte ihn auf die andere Seite des Pavillons, wo man die ganze

Bergkette sah, die den Horizont hoch über dem weiten Tal tief unten begrenzte.

»Diana hatte recht!« sagte Victor bewundernd. »Der Blick ist einmalig.« Freundschaftlich legte er Francesca den Arm um die Schultern und zog sie an seine Seite. So blieben sie lange stehen und betrachteten schweigend die ehrfurchtgebietende Schönheit der endlosen Schneelandschaft, umgeben von weißer Stille und dem kristallhellen Licht aus dem klarblauen Himmel über ihnen.

Francesca konnte kaum atmen, so sehr spürte sie Victors Nähe. Sie zitterte innerlich, und ihr Herz hämmerte vor Glück und freudiger Erwartung. Victor war von ganz ähnlichen Gefühlen bewegt. Je länger er sie hielt, desto heftiger wurde sein Begehren und desto schwerer fiel es ihm, sie loszulassen.

Dann wandten sie sich, als hätte einer des anderen Gedanken gelesen, gleichzeitig einander zu. Ihre Blicke trafen sich, und jeder las in den Augen des anderen so deutlich die Sehnsucht und das Begehren, daß sie sekundenlang überwältigt waren. Francescas Lippen teilten sich. Sie wollte seinen Namen sagen, aber er blieb ihr in der Kehle stecken, und sie konnte ihn nur wortlos anstarren. Ihre Liebe zu ihm stand in ihrem Gesicht geschrieben, so herzbewegend in ihrer Aufrichtigkeit, daß Victor ebenfalls sprachlos war. Seine Blicke durchbohrten sie, verschlangen sie, und sie hielt ihnen ruhig stand, zeigte ihm, wie unwiderruflich sie sich ihm zugewandt hatte. Beide wußten, daß es nun kein Zurück mehr gab.

Endlich warf Victor die Fesseln ab, die er sich selbst seit Wochen auferlegt hatte. Er riß Francesca in seine Arme und küßte sie, als müsse er einen allesverzehrenden Durst stillen, und sie erwiderte seinen Kuß mit der gleichen Leidenschaft, ohne Zurückhaltung. Es fiel ihm schwer, sein Verlangen nach ihr zu zügeln; mit wild klopfendem Herzen und pochenden

Schläfen zog er sie noch fester an sich und überschüttete ihr Gesicht, ihren Hals und ihre Haare mit Küssen.

Schließlich löste er seine Umarmung und führte Francesca in den Schutz des Pavillons zurück. Er lehnte sie an eine der Säulen, blieb vor ihr stehen und blickte auf sie hinab. Sein Gabardine-Parka war pelzgefüttert, eine dicke, lästige Barriere; er öffnete den Reißverschluß. Dann zog er ihr die Fausthandschuhe aus und warf sie mit den seinen zusammen zu Boden.

Wieder lag sie in seinen Armen, trafen sich ihre Lippen, ihre Zungen wie zum erstenmal, drängten sich ihre Körper fest aneinander. Victors Küsse waren lang, langsam und genußvoll, während er seine Hände in ihren seidigen Haaren vergrub und ihren Nacken liebkoste. Sie hob die Hand, streichelte sehnsüchtig sein Gesicht und glaubte in seinen Armen zu vergehen. Seine Selbstbeherrschung schmolz dahin, und als sie mit ihrem Körper den Druck des seinen erwiderte, spürte er, wie hart er geworden war. Seine Hand schob sich unter ihr Cape und liebkoste ihre Brust, wanderte auf ihren Rücken, unter den Pullover. Geschickt öffneten seine Finger ihren BH, und endlich streichelte er ihr nacktes Fleisch, sanft zuerst, zärtlich, dann jedoch mit immer größerer Leidenschaft. Er hörte sie leise und lustvoll stöhnen, beugte sich tiefer, um ihre Brust zu küssen, die warme, seidenweiche Haut zu kosten, den zarten Duft ihres nachgiebigen Körpers zu genießen, der so eindeutig den seinen begehrte.

Francesca bebte unter seiner Berührung, ihre Finger verkrampften sich in seinem dichten schwarzen Haar. Eine ungewohnte Hitze überlief sie, ihre Knie wurden weich, und sie fiel gegen ihn, bereit zu absoluter Hingabe.

Doch trotz Victors leidenschaftlicher Sehnsucht nach ihr, erregt von ihren fiebrigen Reaktionen, sagte ihm sein Unterbewußtsein, daß sie aufhören mußten. Sosehr er sie begehrte, er wollte es nicht jetzt und nicht hier. Er hob den Kopf von ihrer Brust, zog ihren Pullover herunter und wickelte sie in das große Cape. Dann nahm er sie wieder in die Arme, zärtlich und unendlich fürsorglich. Langsam, um sie zu beruhigen, strich er ihr, das zarte Gesichtchen liebevoll an sich gedrückt, übers Haar.

»O Victor! Victor!« rief sie plötzlich, in einem Ton, der ihr ganzes Verlangen und ihre tiefe Enttäuschung verriet.

»Ich weiß, Baby«, sagte er rauh. »Ich weiß. Später. Das verspreche ich dir. Später wirst du mich ganz haben.«

So standen sie, bis beide sich wieder ein wenig gefaßt hatten. Dann lösten sie sich voneinander und sahen sich staunend an. Victors Herz zog sich zusammen; er erlebte den gleichen Schock des Erkennens wie damals, als er sie zum erstenmal sah. Ganz sanft berührte er ihre Wange, und ihre stumme Kommunikation sagte mehr, als Worte es je vermochten. Langsam nickte Victor, als wolle er das Versprechen, das er ihr gegeben hatte, bekräftigen. Dann hob er die Handschuhe vom Boden auf, ergriff ihren Arm und führte sie wortlos auf den Pfad hinaus.

Ein leichter Nebel kam auf, und es dämmerte schon, als sie, beinahe im Laufschritt, das Schloß mit seinen erleuchteten Fenstern erreichten.

»Ich glaube, wir haben es gerade noch rechtzeitig geschafft«, sagte Victor. »Ich würde da oben nicht gern von der Dunkelheit überrascht werden.«

»Der Berg kann tückisch sein. Und man kann sich sehr leicht verlaufen«, erklärte Francesca, als sie im Garderobenraum ihr Lodencape aufhängte. »Diana hat mich immer beschworen, vor Sonnenuntergang zurück zu sein. Vermutlich macht sie sich jetzt schon Sorgen um uns. Wir sollten schnell nach oben gehen.«

»Aber ja.« Victor kämpfte sich aus dem Parka. Er setzte

sich, zog die schweren Wanderstiefel aus und schlüpfte in schwarze Wildlederslipper. Vor dem Spiegel kämmte er sich und zog seinen schwarzen Kaschmirpullover zurecht. Als er sich zu Francesca umdrehte, begann er überraschenderweise zu lachen.

Sie warf ihm einen erstaunten Blick zu. »Was ist?«

Victor schüttelte verwundert den Kopf. »Ich mußte gerade daran denken, wieviel Zeit ich verschwendet habe. Wie viele Gelegenheiten wir in den letzten Wochen hatten ...« Er unterbrach sich und grinste ein wenig schief. »Ich glaube, meine Gefühle dir gegenüber waren recht zwiespältig.«

»Aber wieso?«

»Wegen Arlene und meiner Scheidung. Wegen ›Confidential‹. Wegen der Dreharbeiten an meinem Film. Weil ich mir vorgenommen hatte, mich auf keine enge Beziehung einzulassen. Und dein Alter hatte wohl auch einiges damit zu tun.«

»Im Mai werde ich zwanzig«, gab sie trotzig zurück.

»Und ich im Juni vierzig«, entgegnete er ruhig. »Ich bin zu alt für dich, Francesca. Zwanzig Jahre zu alt. Mein Gott, als ich so alt war wie du – bevor du überhaupt geboren warst –, war ich schon verheiratet. Meine Söhne sind älter als du! Hör zu, Kleines, ich habe bereits ein ganzes Leben hinter mir. Es gibt nichts, was ich nicht gesehen, getan, erlebt hätte. Wenn du's genau wissen willst – ich bin übersättigt.« Bedrückt schüttelte er den Kopf und seufzte tief auf. »Ich bin dir gegenüber nicht fair, Francesca. Du solltest einen Mann in ungefähr deinem Alter haben. Nicht so einen alten Taugenichts wie mich.«

»Wie kann man nur so etwas Dummes behaupten!« rief sie empört. Sofort veränderte sich jedoch ihre Miene und wurde ernst, besorgt und sehr bedrückt. »Willst du mir damit sagen, daß du es bereust? Ich meine, was auf dem Berg geschehen ist?«

»Das ist die dümmste Frage, die ich jemals gehört habe«, gab er schnell zurück. Um jeglichen Zweifel in ihr zu vertreiben, zog er sie in seine Arme und küßte sie innig. Sekunden zuvor hatte er, was ihren Altersunterschied betraf, tatsächlich Vorbehalte gehabt und jedes Wort, das er gesagt hatte, ehrlich gemeint. Aber vielleicht hatte sie recht, vielleicht war das Alter wirklich unwichtig. Liebevoll flüsterte er ihr ins Ohr: »Ich bereue nichts von dem, was wir getan haben, mein Liebling. Und es tut mir leid, daß wir so abrupt aufhören mußten.«

»Aber du hast gesagt, später«, erinnerte sie ihn, über sich selbst erstaunt.

Er antwortete nicht, verstärkte nur den Druck seiner Arme und suchte mit den Lippen ihren Mund. Zärtlich flüsterte er ihr ins Ohr: »Aber ich hab' auch gesagt, daß du mich ganz haben wirst. Willst du das, Baby?« Mit einer Hand hob er ihr Gesicht zu sich auf und sah sie forschend an.

Francesca war wie gebannt von diesen schwarzen Augen, die so viel von seiner uneingeschränkten Sehnsucht verrieten, und sekundenlang wurde ihr schwach vor der eigenen, übermächtigen Sehnsucht.

»Ja«, sagte sie dann jedoch fest und entschlossen. »Ja, das will ich.«

Victor lächelte sein träges, langsames Lächeln, beugte sich über sie und küßte sie zart auf die Stirn. Mit dem Finger strich er ihr über die Wange bis auf den Hals hinab. Schließlich sagte er bestimmt: »Dann wollen wir jetzt zu Diana gehen und den Tee möglichst schnell hinter uns bringen. Ich kann's nicht mehr erwarten, dich für mich allein zu haben. Ganz für mich allein. *Capisci?*«

»Kapischi«, wiederholte sie leise. »Was heißt das?«

»Das heißt: ›Verstehst du?‹ Du verstehst es doch, Francesca – nicht wahr?«

Sie nickte stumm.

»Tut mir leid, daß wir zu spät kommen, Diana«, entschuldigte sich Francesca, als sie ein paar Minuten darauf mit Victor das Wohnzimmer betrat.

Diana saß, einen kleinen weißen Hund auf dem Schoß, auf ihrem Lieblingsplatz, der Kaminbank, und wartete auf sie. »Das macht nichts, Liebes«, antwortete sie fröhlich. »Als ihr nicht rechtzeitig zurück wart, hab' ich den Tee um eine halbe Stunde verschoben, und nun ist er immer noch schön heiß. Ein bißchen Sorgen um euch beide da draußen im Dunkeln hab' ich mir allerdings schon gemacht. Aber kommt doch ans Feuer und wärmt euch auf. Ihr seht ziemlich durchfroren aus.« Sie musterte die beiden mit amüsiertem Lächeln.

»Sobald wir aus dem Wald raus waren, war's ziemlich windig, aber ansonsten war's nicht so schlimm.«

Nachdem sie freudig von Lutzi, dem weißen Schoßhündchen, und seiner Schwester Tutzi begrüßt worden war, nahm Francesca auf einem der Sofas Platz.

»Wie möchten Sie Ihren Tee, Victor?« erkundigte sich Diana. »Mit Milch oder Zitrone?«

»Zitrone, bitte.«

Diana schenkte allen ein und sagte dann: »Übrigens, Victor, es ist ein Anruf für Sie gekommen – von einem Mr. Watson. Sie haben ihn um fünfzehn Minuten verpaßt.«

»Danke.« Victor nahm seine Tasse entgegen. »Hat Jake gewollt, daß ich ihn zurückrufe?«

»Nein. Ich soll Ihnen nur etwas ausrichten. Ihr Koffer wird spätestens morgen nachmittag hier sein. Er schickt ihn durch den Service, den die Monarch für den Transport von Filmbüchsen engagiert.« Und während sie Francesca ihre Tasse reichte, ergänzte sie: »Er wird durch Sonderkurier direkt hierhergebracht.«

»Aber du hättest doch dein Dinnerjacket nicht extra herschicken lassen müssen!« Francesca starrte Victor ungläubig an. »So eine Wahnsinnsausgabe, nur für Dianas Geburtstagsparty morgen!«

»Ich brauchte außerdem noch ein paar andere Dinge, die ich vergessen hatte, Kleines«, antwortete er gutmütig. Dann wandte er sich an Diana. »Hoffentlich findet der Mann hierher. Haben Sie Jake den Weg beschrieben?«

»Das wollte ich, aber dann fiel mir ein, wie schwierig es ist herzufinden, sogar für einen Taxifahrer aus Salzburg. Deswegen schlug ich Mr. Watson vor, den Kurier vom Flughafen aus mit dem Taxi zu meiner Boutique in Königssee fahren zu lassen. Von dort aus kann er hier anrufen, und Manfred holt Ihren Koffer ab.«

»Sie sind fabelhaft, Diana!« lobte Victor. »Überaus geschickt geplant! Vielen Dank.«

»Es war wirklich sehr galant von Ihnen, für meine kleine Feier Ihr Dinnerjacket kommen zu lassen. Aber Cheska hat recht – es war nicht notwendig. Heute abend wollte ich meine Freunde anrufen und ihnen sagen, daß sie doch nicht in großer Toilette zu kommen brauchen.«

»Das hat mir Francesca bereits erklärt. Aber ich wollte Ihnen den großen Abend nicht verderben. Schließlich haben Sie ihn seit Wochen geplant, und der Spaß an solchen Festtagen ist doch zum Teil, daß man sich richtig feinmachen kann, nicht wahr?« Er lächelte ironisch. »Und wenn die Herren keinen Smoking tragen, können die Damen nicht ihre neuesten Abendkleider ausführen.«

»Das stimmt allerdings. Nett von Ihnen, daß Sie daran gedacht haben.« Diana strahlte ihn an, griff zu einem Silbermesser und schnitt einen großen Schokoladenkuchen, mit einem Berg Schlagsahne und Kirschen dekoriert, in Stücke. »Probieren Sie mal. Einfach phantastisch!«

»Glaube ich gern.« Er grinste und zog eine Grimasse. »Aber auch voller Kalorien. Ich muß für den Film mein Gewicht halten. Na schön, ein kleines Stück.« Nach einer kurzen Pause fragte er: »Könnten Sie mir übrigens Einzelheiten über den Jenner geben, Diana? Was für eine Abfahrt ist es? Und wie sehen Ihre Skipläne für morgen aus?«

Während sich die beiden in eine lange Diskussion übers Skilaufen stürzten, lehnte Francesca sich zurück, trank ihren Tee und beobachtete Victor. Er faszinierte sie mehr denn je. Und auch Diana, eine ausgezeichnete Skiläuferin, schien an seinen Lippen zu hängen. Er strahlte Männlichkeit, Kraft und Sex-Appeal aus, und sein muskulöser Oberkörper wurde durch den schwarzen Kaschmirpullover höchst vorteilhaft zur Geltung gebracht. Angeregt, lässig halb auf dem Sofa liegend, mit einer Hand Tutzi streichelnd, die ihm auf den Schoß gesprungen war und offensichtlich Gefallen an ihm gefunden hatte, unterhielt er sich mit Diana. Francesca dachte an seine Küsse, die Zärtlichkeiten im Aussichtspavillon und sein Versprechen und erschauerte. Sofort schlug sie die Augen nieder und schenkte sich noch Tee ein, denn sie wußte, daß ihre Miene auch ihre tiefsten Gefühle verraten würde. Sie konnte nicht verbergen, was sie empfand, vor allem aber nicht vor ihm.

»Ich hoffe, es ist noch ein bißchen Tee übrig.«

Christians kraftvolle Stimme riß Francesca aus ihren Träumen. Sie wandte sich um und lächelte ihrem Cousin zu, der zur Tür hereingefahren kam. »Hallo, Christian«, rief sie, irgendwie erleichtert über sein Erscheinen. »Jede Menge.«

Während Christian seinen Stuhl zu ihnen herüberdirigierte, setzte Victor hinzu: »Und ein nahezu tödlicher Schokoladenkuchen.« Er lächelte freundlich, doch seine Augen verdunkelten sich. Er war sich klar darüber, daß er und Francesca jetzt nicht mehr so schnell fort konnten.

Siebenundzwanzigstes Kapitel

Victor nahm zwei Stufen auf einmal, jagte den Korridor entlang und machte vor Francescas Zimmertür halt. Er klopfte gar nicht erst an, sondern öffnete sie einfach und trat ein. Dann schloß er sie wieder, lehnte sich von innen dagegen und starrte Francesca ungläubig an. »Dein Timing ist fast so gut wie meins, Kleines! Ich wollte meinen Ohren nicht trauen, als du Christian batest, mir die Waffensammlung zu zeigen.«

»Ich meinen auch nicht«, gab sie mit nervösem Auflachen zurück. Sie lächelte entschuldigend. »Es ist mir einfach so rausgerutscht, und dann war's zu spät. Und du hast ein so wütendes Gesicht gemacht, daß ich einfach davonlaufen mußte. Tut mir leid.«

»Das sollte es auch. Himmel, die ganze letzte halbe Stunde hab' ich versucht, mich auf das zu konzentrieren, was er mir über diese verdammten Gewehre erzählte, und konnte dabei doch nur an dich denken!« sprudelte er mit jetzt nur noch gespielter Verärgerung heraus.

»Du kannst von Glück sagen, daß du so schnell davongekommen bist. Wenn mein lieber Cousin auf die Geschichte dieser Sammlung zu sprechen kommt, hört er gewöhnlich frühestens nach ein, zwei Stunden auf. Er ist eben sehr gründlich.«

»Das kann man wohl sagen.« Victor lachte; er merkte, daß sie ihn ebenso aufzog wie er sie. Doch er blieb reglos an der Tür stehen und betrachtete sie aufmerksam. Sie saß, immer noch in ihrem gelben Skianzug, auf dem Sofa am Kamin. Da nur eine kleine Leselampe brannte, war das Zimmer von Schatten erfüllt, doch im Kamin flackerte ein gemütliches Feuer, dessen warmer Schein sie wie eine goldene Statue aus dem Dunkel hob. Sie hatte ihr Haar gelöst, das ihr in schimmernden Wellen ums Gesicht fiel. Ihre Haut war von goldenem Licht übergossen, und ihre großen, haselnußbraunen Augen glänzten wie zwei bräunliche Topase.

Ein Lächeln spielte um ihre Lippen, ihre Miene verriet freudige Erwartung und, ja, einen Anflug von Besorgnis. Beides jedoch verschwand sofort wieder, verdrängt von dem Verlangen, das in ihren Augen stand. Ein prickelnder Schauer überlief ihn, als sie ihn so sprechend ansah: Er begehrte sie. O Gott, wie sehr er sie begehrte! Er konnte seine Ungeduld nicht länger zügeln; abrupt drehte er sich um und verschloß die Tür.

Mit wenigen langen Schritten war Victor bei ihr und breitete stumm die Arme aus. Francesca erhob sich und flog hinein; mit rasenden Herzen, zutiefst erregt, klammerten sie sich aneinander.

Ihre Lippen trafen sich, und Victor kostete ihren süßen Mund, ihren süßen Atem; dann teilte er ihre Lippen und suchte ihre Zunge, spielte mit ihr, zog sie in seinen Mund, wollte sie ganz und gar besitzen. Er verstärkte den Druck seiner Arme und zog sie noch fester an sich, spürte, wie ihre Erregung wuchs und die seine ebenfalls, spürte die fast elektrische Spannung, die zwischen ihnen entstand. Er schob die Hand unter ihren Pullover, öffnete ihren BH und liebkoste ihre Brust, bis sie zu zittern und in seinen Armen zu schwanken begann. Ihre Augen waren geschlossen, ihr Gesicht gerötet, und an ihrem Hals klopfte ein Puls. Sie so erregt zu sehen steigerte sein eigenes Begehren so sehr, daß er zurücktrat und ihr voll Ungeduld den Pullover über den Kopf zog. Achtlos warf er ihn beiseite, ließ ihren Büstenhalter folgen und betrachtete sie dann voller Bewunderung. So stark war die Sehnsucht in seinem Blick, daß Francesca wieder zu zittern begann und unwillkürlich die Arme nach ihm ausstreckte. Er zog sie an sich, strich ihr über die glatten, gerundeten Schultern, den Rücken hinab, spürte ihre weiche Haut und sagte mit gepreßter Stimme: »Zieh dich bitte ganz aus, Baby.«

Er wandte sich ab und trat rücksichtsvoll in den Schatten, um sich ebenfalls auszuziehen. Als er sich wieder umdrehte, sah er verblüfft, daß sie, nackt, noch an derselben Stelle stand wie vorher.

»Du brauchst dich nicht zu genieren, mein Liebling«, sagte er leise und beruhigend. Seine Blicke streiften über ihren nackten Körper, die hohen, festen, doch ungewöhnlich vollen Brüste, die sanft geschwungenen Hüften, die langen, wundervoll proportionierten Beine. Schließlich sagte er mit vor Verlangen heiserer Stimme: »Du bist schön, Francesca, wirklich schön. Du brauchst keine Hemmungen zu haben.«

Francesca vermochte weder zu sprechen noch sich zu rühren. Ihre Augen wurden riesig, und als er auf sie zukam, öffneten sich ihre Lippen. Seine Brust, mit einem leichten Vlies schwarzer Haare bedeckt, war mächtig und breit, dafür hatte er jedoch eine schlanke Taille und sehr schmale Hüften, und selbst in diesem Dämmerlicht konnte sie sehen, daß sein Körper ebenso braungebrannt war wie sein Gesicht. Es war ein muskulöser, kraftvoller und straffer Athletenkörper, perfekt gebaut und alles beherrschend in seiner Männlichkeit.

Sie hielt den Atem an und suchte das Zittern zu unterdrükken, das sie wieder überfiel. Es war kein Zeichen der Angst, auch nicht der Unsicherheit oder Verlegenheit, wie er vermutete. Nein, sie war einfach so überwältigt von Victor, von seiner Schönheit, seiner animalischen Grazie und seiner sexuellen Anziehungskraft, daß sie sich schwach und hilflos fühlte. Daß sie ihn liebte, wußte sie schon seit Wochen. Das ganze Ausmaß ihrer Liebe aber wurde ihr jetzt erst klar.

Victor, der ihr Schweigen immer noch mißdeutete, nahm sie sanft in die Arme, strich ihr das Haar aus dem Gesicht und sah ihr forschend in die Augen. »Was ist, Liebling? Du schämst dich doch nicht etwa vor mir – oder?«

Sie schüttelte den Kopf. Oh, wie sie ihn liebte! Wie gern hätte sie ihm das gestanden, aber sie tat es nicht – noch nicht. Statt dessen sagte sie: »Es ist nur, weil ... Na ja, ich hätte nie gedacht, daß wir einmal zusammensein würden ... jedenfalls nicht so. Ich glaube, ich bin einfach erschüttert. Mehr nicht. Ehrlich.«

Seine Miene war nachdenklich. »Aber du willst es doch, nicht wahr? Du willst doch mit mir zusammensein.«

»O ja, Victor, ja! Das weißt du doch.« Sie barg ihr Gesicht an seiner Brust und hielt ihn fest, als wolle sie ihn nie wieder loslassen. »Ich habe hier die letzte halbe Stunde auf dich gewartet und schon gefürchtet, du würdest nicht kommen. Im Grunde warte ich schon seit Wochen auf dich«, gestand sie.

Und ich auf dich seit vielen Jahren, Francesca. Aber er sprach sie nicht aus, diese Worte, die sich ihm so überraschend aufdrängten, sondern nahm Francesca schweigend auf die Arme und trug sie zu dem riesigen Himmelbett. »Ich finde, wir haben schon viel zuviel Zeit verschwendet, nicht wahr, Baby?« sagte er heiser.

Francesca schwieg. Sanft bettete er sie auf die Steppdecke, legte sich neben sie, zog sie an sich und küßte sie aufs Haar, auf die Stirn, die Ohren und schließlich den Mund. Mit geschlossenen Augen atmete er ihre Wärme, ihre Weichheit. Sein Mund wanderte zu ihrer Kehle hinab, er begann ihren ganzen Körper zu streicheln, staunte über die weiche Haut, die sich anfühlte wie feinste Seide. Er küßte das Tal zwischen ihren Brüsten, streichelte sie mit liebevollen, doch starken Händen und berührte mit der Zunge ihre beiden Brustspitzen so zart, daß sie es kaum wahrnahm. Dann küßte er sie wieder auf den Mund, drückte sie an sich, verlor sich in ihr.

Francesca bebte unter seiner Berührung, drängte sich leidenschaftlich an ihn. Ihre Finger strichen über seine breiten Schultern, den Rücken hinab, an der Wirbelsäule entlang und kehrten zu seinem Gesicht, zu seinen Haaren zurück. Aber trotz ihrer Bereitschaft, sich ganz zu geben, wußte Victor sofort, daß sie sexuell völlig unerfahren war. Doch dieses Wissen feuerte ihn nur noch an, festigte den Wunsch in ihm, ihr ein Glück zu schenken, wie sie es wohl noch niemals bei anderen Männern erfahren hatte.

Andere Männer, dachte er. Und dann: Es hat nie andere Männer gegeben! Woher er das so sicher wußte, konnte Victor nicht sagen, aber er war plötzlich überzeugt, daß sie noch Jungfrau war. Großer Gott! Unwillkürlich schreckte er vor diesem Gedanken – und damit vor ihr – zurück, besaß jedoch genug Einfühlungsvermögen, um seine Liebkosungen nicht allzu abrupt abzubrechen. Dennoch konnte er nicht weitermachen; er nahm sie liebevoll in die Arme und hielt sie ganz fest.

»Was ist?« erkundigte sie sich nach einer Weile mit sehr kleiner Stimme.

»Nichts, Baby. Aber du erregst mich zu sehr. Laß uns eine Minute ausruhen«, wich er ihr aus.

Jetzt erwog Victor ernsthaft, sich anzuziehen und zu gehen. Aber wie sollte er es fertigbringen, jetzt noch mit dem Liebesspiel aufzuhören, so kurz vor der Vollendung? Außerdem, wenn er jetzt tatsächlich ging, würde sie glauben, er lehne sie aus irgendeinem Grunde ab. Das wäre grausam und unfair und konnte sie auf Jahre hinaus verstören. Diskutieren? Kaum. Das würde sie nur in Verlegenheit bringen. Unentschlossen zögerte er.

Als hätte sie irgendwie seine Gedanken gelesen, hob Francesca auf einmal die Hand an seine Brust und begann mit einer seiner Brustwarzen zu spielen. Dann strich sie langsam mit den Fingerspitzen über seine Brust bis auf den Bauch hinab und malte ihm zarte, erotische Muster auf die Haut. Ein Schauer überlief ihn, und als ihre Hand sich zögernd und mit eindeutiger Scheu zwischen seine Beine stahl, wäre er fast aus der Haut gefahren. So sehr erregte ihn ihre Berührung, daß er sich auf die Lippe beißen mußte, um nicht vor Lust laut aufzuschreien.

Victor Mason war besiegt. Er konnte sie nicht verlassen und wollte es auch nicht mehr. Er drückte sie in die Kissen und begann sie wild zu küssen. Dann legte er die Hände unter ihren Rücken, schob seinen Körper behutsam auf den ihren und drückte sie an sich. Dabei schwor er sich eines: Da er nun einmal ihr erster Mann war – und er wußte ohne den Schatten eines Zweifels, daß er es war –, würde er sie wahrhaft und gut lieben, mit jeder Faser seines Seins. Er würde sie bis zur Ekstase bringen, bevor er sie nahm und seine eigenen Bedürfnisse befriedigte. Der Verlust ihrer Unschuld durch ihn sollte schön, strahlend, von Freude erfüllt und so schmerzlos wie nur eben möglich sein.

Victor spürte, daß sie trotz ihrer Unerfahrenheit eine angeborene Sinnlichkeit besaß, und das erregte ihn. Da diese Sinnlichkeit noch nicht richtig geweckt worden war, brachte er sie ganz langsam zum Erblühen, küßte und streichelte Francesca, beschwichtigte und besänftigte ihren bebenden Körper, wenn sie allzu erregt wurde, um dann, sobald sie sich wieder beruhigt hatte, noch einmal von vorn zu beginnen. Mit großer Einfühlsamkeit brachte er sie in einen Zustand der Wollust, der ihr beinahe den Atem nahm.

Auf einmal hatte er das Bedürfnis, ihr ins Gesicht zu sehen. Er hob den Kopf, blickte auf sie hinab und hielt den Atem an. Noch nie hatte er eine Frau gesehen, die schöner wirkte als sie in diesem Augenblick. Er verspürte ein Ziehen in den Lenden, sein Blut kreiste schneller, und er stützte sich auf den Ellbogen, um sie eingehend zu betrachten, während er ihre Schulter streichelte und ihr über den Oberschenkel strich.

In diesem Moment empfand Victor ein tiefes Sehnen, ein unbekanntes Sehnen, das er nicht gleich richtig begriff. Doch dann fragte er sich mit plötzlicher Erkenntnis: Ist dies vielleicht mehr als sexuelle Anziehungskraft? Sollte es etwa Liebe sein? Seine Kehle schnürte sich zu, und ungewohnte Tränen brannten hinter seinen Lidern.

Francesca hatte die Augen aufgeschlagen und sah, wie aufgewühlt er war. Sie erkannte seine Gefühle sofort, denn sie spiegelten ihre eigenen. Er liebt mich, dachte sie. Ich weiß es, er liebt mich. Ihr Herz begann zu flattern, und jetzt wußte sie, daß sie es ihm sagen mußte. Sie wollte schon den Mund öffnen, da beugte sich Victor zu ihr hinab und küßte sie innig. Er preßte sie an sich, sagte: »Mein Liebling, o du mein Liebling!« Dann deckte er sie mit seinem Körper zu und küßte sie wieder und wieder. Sie klammerte sich an ihn und erwiderte seine wilden, leidenschaftlichen Küsse.

Ihre Berührung versengte ihn, schickte heiße Flammen durch seinen Körper. Sein Blut raste, und vor Verlangen wurde ihm fast schwindlig. Mit den Lippen liebkoste er ihre Brüste und ließ seine Hand über ihren Bauch wandern, bis seine Finger sich in die goldblonde Seide zwischen ihren Schenkeln vergruben. Langsam, mit unendlicher Zärtlichkeit und der

Sensibilität, die nur ein Mann von seiner Erfahrung besitzt, tastete er sich vor zu dem Zentrum ihrer Weiblichkeit.

Francesca bebte und stöhnte unter seinen liebenden Händen, auf eine Art und Weise erregt, die sie sich selbst in ihren wildesten Phantasien nicht hätte träumen lassen. Sie wollte seine Hände, seine Lippen, seinen Körper, wollte ihn ganz, wollte, daß dieses wunderbare Gefühl, das sie durchlief, nie aufhörte. Plötzlich hielt sie den Atem an, begann unbeherrscht zu zittern, eine intensivere, brennendere Hitze durchflutete sie. Unnachgiebig trieb er sie immer weiter, bis sie nur noch keuchte, gefangen auf der Schwelle des stürmischsten Gefühls, das sie jemals erlebt hatte.

Und Victor, berauscht von ihr, hingerissen von ihr, wurde von der Flut ihrer gemeinsamen Leidenschaft davongetragen. Mit den Lippen strich er über ihren Schenkel, und als er ihren Mittelpunkt liebkoste, hatte er das Gefühl, als erblühe eine kostbare exotische Blume unter ihm. Schauer liefen über ihre Schenkel, und er küßte sie, bis die Schauer in etwas Stärkeres übergingen und sie aufschrie: »O Vic! O Vic!«

Er fuhr fort, sie zu küssen, bis die Schauer nachließen; dann hob er den Kopf, glitt schnell auf ihren Körper, zog sie an sich und stieß heftig in sie hinein. Er hoffte, dieser unerwartete Vorstoß auf dem Gipfel ihrer Erregung werde den Schmerz mindern. Doch sie versteifte sich unter ihm, unterdrückte einen Schrei und blieb starr. Er hielt sie ganz fest, beide Hände unter ihrem Rücken, und stieß noch kraftvoller zu, weil er wußte, daß dies – sie auf neue Höhen hinaufzutragen – die einzige Möglichkeit war, den Schmerz zu überdecken.

Allmählich entspannte sich Francesca wieder und spürte eine ganz andere, noch berauschendere Wärme durch ihren Körper strömen. Wie flüssiges Feuer war sie unter ihm, er wurde verzehrt von ihrer Hitze. Er nahm sie härter, liebte sie mit einer Inbrunst, die er längst vergessen gehabt hatte, mit der Kraft, der Männlichkeit und der Wildheit seiner Jugend. Er spürte, wie ihr Körper sich ihm entgegenbog, wie sie mit ihm verschmolz, sich mit ihm bewegte, sich instinktiv seinem Rhythmus anpaßte. Sie legte die Arme um seine Taille, schlang die Beine um ihn; er war gefangen in einer samtigen Falle, sein Körper brannte mit dem ihren, und dann war es, als falle er durch den leeren Raum, wirbele einen Hang hinab, bewältige die lange Abfahrt mit Lichtgeschwindigkeit. Schneller, immer schneller, atemlos in den blendenden Glanz hineinstürzend ... den weißen Schnee ... die weiße Hitze ... die Unendlichkeit. O Gott, o Gott, ich liebe sie, schrie er stumm. Ich hab' sie vom ersten Tag an geliebt!

Victor lag auf Francesca, das Gesicht an ihrem Hals. Schauer liefen durch seinen Körper. Ganz zart streichelte sie seine Schulter, beruhigte ihn, wie er zuvor sie beruhigt hatte, wartete, bis er sich wieder gefangen hatte.

Francesca beugte sich über ihn und küßte seinen Scheitel. Sie lächelte, liebte ihn mehr denn je. Sie hatte ihn ganz bekommen, genau wie sie sich ihm ganz geschenkt hatte, und jetzt gehörte er ihr. Daß es vor ihr zahllose andere Frauen gegeben hatte, war unwichtig, denn der Instinkt sagte ihr, daß etwas Außergewöhnliches geschehen war – nicht nur ihr selbst, sondern auch Victor. Sie war fest überzeugt, daß er sie liebte.

Francesca legte sich bequemer zurecht und lächelte wieder. Ihr Körper schmerzte, und sie hatte überall blaue Flecke, aber es war ein herrliches Gefühl, fast so, als hätte er ihr sein Brandzeichen aufgedrückt. Sie glaubte, vor Glück zerspringen zu müssen, schlang beide Arme um ihn und drückte ihn an sich.

Victor war vollkommen erschöpft. Er hatte Francesca geliebt, wie er seit Jahren keine Frau mehr geliebt hatte, nicht nur mit Kraft und Begeisterung, sondern mit der ganzen Leidenschaft seines Herzens und seiner Seele. Und trotz dieser Erschöpfung empfand er eine Seligkeit, die mit einem wunderbaren Gefühl des Friedens verbunden war, eines Friedens, wurzelnd in einem Wohlbehagen, wie er es schon lange nicht mehr kannte. Immer hatte er in den falschen Armen Trost gesucht und dann mit leeren Händen dagestanden. So viele Frauen, so viele Gesichter ... Er seufzte. Viel zu viele. Doch sie war anders.

Er stützte sich auf den Ellbogen und blickte auf sie hinab. Das Feuer war heruntergebrannt und spendete nur noch wenig Licht, aber er sah sie trotzdem ganz deutlich. Was hatte sie an sich, das sie so sehr von den anderen unterschied, das ihn so unheimlich anzog? Es war etwas Undefinierbares.

Francesca sah ihn mit großen, ruhigen Augen an. Sie hob die Hand und berührte ganz sanft seine Wange. »O Vic, o Vic, Liebling«, begann sie, seufzte ein wenig und schwieg.

Er sah die Liebe und Hingabe in ihrem Blick, und plötzlich setzte sein Herz einen Schlag aus. Es war nicht nur die Art, wie sie ihn ansah, sondern die Art, wie sie seinen Namen aussprach, die eine Erinnerung in ihm auslöste. Diesen Blick hatte er schon einmal gesehen, diesen Ton schon einmal gehört – vor langer, unendlich langer Zeit ... Und dann nahm die vage Erinnerung, die ihn schon quälte, seit er sie kannte, auf einmal Gestalt an. Vor Überraschung hätte er fast aufgeschrien.

Francesca erinnerte ihn an Ellie! Nicht etwa, daß sie seiner ersten Frau ähnlich gesehen hätte, nein, es war vielmehr ein gewisser Charakterzug, der die beiden Frauen verband. Ehrlichkeit, Aufrichtigkeit und Güte waren bei Francesca ebensosehr Zeichen einer ungewöhnlichen inneren Schönheit und Grazie wie bei Ellie. Victor brachte kein Wort heraus, aber er beugte sich vor und küßte sie auf die Stirn. Dann nahm er sie in seine Arme. Jetzt war ihm alles vollkommen klar.

So blieben sie sehr lange liegen, jeder in seine Gedanken vertieft, bis Francesca ganz leicht fröstelte und Victor die Steppdecke über sie zog. Mit den Lippen streifte er ihre Schulter und fragte leise: »Ich war der erste, nicht wahr, Baby? Der erste Mann in deinem Leben, meine ich.«

Die Frage schockierte Francesca nicht, denn sie hatte erraten, daß er es erraten hatte, aber sie schwieg. Dann antwortete sie endlich flüsternd: »Ja.«

»Warum hast du mir das nicht gesagt?«

»Weil es mir nicht so wichtig erschien, jedenfalls nicht für mich. War es für dich denn wichtig, Vic?«

Er überlegte. »Ja«, sagte er dann, »in vieler Hinsicht. Und ich hoffe, ich hab' dir nicht weh getan. Ich habe versucht, es so weit wie möglich ...«

»Psst«, murmelte sie und legte sanft die Fingerspitzen auf seinen Mund. »Du hat mir nicht weh getan. Nun ja, nicht allzu sehr.«

Sie spürte, wie er an ihrer Schulter lächelte. Dann fragte er: »Habe ich dich schockiert? Ich meine, einiges, was ich getan habe ...«

»Nein.« Sie merkte, wie ihr die Wangen heiß wurden, unterdrückte jedoch diesen Anfall von Befangenheit und ergänzte ein wenig scheu: »Ich ... ich ... fand alles schön, was du getan hast.«

Er lachte. »Das freut mich.« Dann schlüpfte er aus dem Bett, legte im Kamin Holz nach, holte die Zigaretten aus seiner Hosentasche und kehrte wieder ins Bett zurück. »Diese hier rauche ich noch«, erklärte er, »dann werde ich in mein Zimmer gehn und mich fürs Dinner anziehen. Mit Hemd und Krawatte?«

»Ja, aber es muß kein Anzug sein. Ein Sportjackett genügt durchaus.«

»Wenn ich schlau wäre, hätte ich meinen Morgenrock

geholt, bevor ich herkam.« Er zwinkerte ihr spitzbübisch zu. »Aber ich hatte es viel zu eilig, zu dir zu kommen, Baby. Jetzt werd' ich mich wohl oder übel anziehen müssen, um mich zu meinem Zimmer zu schleichen.«

»Ich hole ihn dir!« rief Francesca eifrig. Und ehe er sie hindern konnte, war sie aus dem Bett gesprungen und holte ihren Bademantel. »Bin gleich wieder da«, rief sie ihm zu und war schon hinaus.

Nach wenigen Minuten ertönten draußen im Korridor Stimmen: Francesca war offenbar ihrer Cousine begegnet. Victor hörte Dianas helles Lachen, dann sagte sie etwas auf deutsch, das er nicht verstand.

Die Tür ging auf, und Francesca kam herein. »Ich habe eben Diana getroffen«, berichtete sie.

»Das hab' ich gehört. Sie weiß also Bescheid ... weiß, daß ich hier bin ... weiß von uns, ja?«

»Ich glaube kaum, daß sie glaubt, ich hätte mir deinen Morgenrock ausgeliehen. Dafür ist er nun doch etwas zu groß.« Francescas Augen funkelten vergnügt.

»Und was hat sie gesagt?«

»Gar nichts.« Francesca zog die Brauen hoch. »Es geht sie ja auch nichts an. Überdies ist sie nicht nur selbst sehr romantisch, sondern mag dich sehr gern, also wird sie nichts dagegen haben.«

»Nein, nein, ich meine das, was sie auf deutsch zu dir gesagt hat.«

Francesca setzte sich, immer noch mit dem weißen Seidenmantel über dem Arm, aufs Fußende des Bettes. »›Das letzte Hemd hat keine Taschen‹, hat sie gesagt. Das heißt ...«

»Ja, ja, ich weiß. Sie ist gescheit, deine hübsche Cousine. Und sie hat recht: Das Leben ist viel zu kurz, um es zu verschwenden.«

Achtundzwanzigstes Kapitel

»In diesem Kleid siehst du einfach bezaubernd aus, Cheska«, erklärte Diana. »Wie gut, daß ich es noch auf Lager hatte.«

Lächelnd betrachtete Francesca sich im Drehspiegel. Das Abendkleid, das Diana ihr aus den Beständen der Boutique geliehen hatte, war aus amethystfarbenem Seidensamt, mit langen Ärmeln, schräg geschnittenem, bodenlangem Rock und schmalem, tief ausgeschnittenem Oberteil. Es war sehr elegant, und die Farbe schmeichelte Francescas typisch englischem rosigem Teint und dem honigblonden Haar.

»Ja, es ist schön«, stimmte sie zu. »Und wenn's nicht allzu teuer ist, würde ich's gern kaufen. Gebrauchen könnte ich's ehrlich gesagt, wirklich. Meine Abendkleider sind fast alle langweilig.«

»Aber ich bitte dich, Cheska, das geht doch klar! Zum Einkaufspreis, selbstverständlich.«

»Wie lieb von dir! Aber du hast mir schon den gelben Skianzug für praktisch ein Butterbrot überlassen ...«

»Ich werde dir doch keine Boutiquenpreise berechnen!« protestierte Diana. »Und schließlich war es meine Schuld, daß ich vergessen habe, dich zu bitten, die entsprechende Garderobe für meine Geburtstagsparty mitzubringen.«

»Mach dir deswegen keine Gedanken, Dibs. Außerdem wollte ich mir mit dem Honorar für die Motivsuche ohnehin ein paar neue Kleider kaufen. Ich hab' seit Ewigkeiten nichts Neues mehr gehabt.«

»Nun gut. Wenn wir morgen zum Skilaufen gehen, fährst du in die Stadt und holst dir alles, was du willst, aus dem Laden. Vorerst einmal« – Diana holte ein rotes Lederetui hinter dem Rücken hervor, das sie Francesca überreichte – »möchte ich, daß du heute abend das hier trägst.«

Verwundert starrte Francesca zuerst auf Diana, dann auf das Etui. Als sie es öffnete, hielt sie den Atem an. »O Dibs, wie schön!« Mit großen Augen musterte sie das dreireihige Collier aus schimmernden, cremeweißen Perlen.

»Komm, ich helfe dir.« Diana befestigte das Collier an Francescas Hals. »Die Schließe nach vorn.« Diana lächelte. »Ja, so. Mir fiel die Kette ein, weil die Schließe in der Mitte einen Amethyst hat. Dieselbe Farbe wie dein Kleid.«

»Sie ist herrlich, Dibs! Aber ich hab' sie noch nie an dir gesehen. Ist sie neu?«

»Sie hat meiner Großmutter gehört, und die hat sie mir geschenkt.« Sie ging zur Tür, drehte sich aber noch einmal um und musterte Francesca liebevoll. Dann sagte sie herzlich: »Ich freue mich ja so für dich, Cheska! Wirklich. Und siehst du, ich habe recht gehabt. Ich hab' dir gesagt, daß alles gut wird, nicht wahr?«

»Ja.« Francesca lächelte glücklich. »Victor hat gesagt, Wittingenhof übe einen gewissen Zauber aus, und das hat er tatsächlich getan. Für mich. Ach, Dibs, er ist hinreißend!«

»Und ganz schön abgebrüht«, gab Diana lachend zurück.

»Was soll das heißen?« Francescas Miene wurde sofort argwöhnisch.

»Reg dich nicht auf, Liebes! Ich meine nur sein Verhalten gestern abend beim Dinner. Ein richtiges Pokergesicht hat er gemacht. Und über dich habe ich auch gestaunt. Du hast dich wirklich mustergültig beherrscht.«

»Das mußte ich. Victor meint, wir sollten diskret sein. Daß du über uns Bescheid weißt, ist ihm klar, aber er findet, auch vor dir und Christian sollten wir uns nichts anmerken lassen. Er...« Francesca zögerte; dann vertraute sie ihrer Cousine an: »Heute nachmittag hat er mir mindestens fünfzehn Minuten lang erklärt, wie wir uns heute abend verhalten sollen. Ich wollte meinen Ohren nicht trauen.«

Diana lachte laut auf. »Soll das ein Witz sein? Und wie sollst du dich ihm gegenüber verhalten?«

»Wie ein guter Kumpel, natürlich.«

»Und er wird dir gegenüber vermutlich kühl und ein wenig distanziert sein, nicht wahr?«

»Genau.«

»Na schön, von mir aus.« Diana zuckte die Achseln. »Hauptsache, seine Gefühle dir gegenüber sind ehrlich. Aber jetzt muß ich sausen, sonst werde ich heute überhaupt nicht mehr fertig.«

Als Francesca allein war, setzte sie sich an ihren Toilettentisch, und da fiel ihr Blick wieder auf die Karte. Sie griff danach und las sie noch einmal. »Für Dich, Baby. Weil es Dich gibt. Victor.«

Sie hatte die Karte bei dem Päckchen gefunden, das auf dem Bett lag, als sie in ihr Zimmer hinaufging, um sich zum Lunch fertigzumachen. Das Päckchen enthielt die größte Flasche »Joy« von Jean Patou, die sie jemals gesehen hatte, und sie hatte sich sehr gefreut – über die Karte und über das Geschenk. Vor allem aber, weil sie die Handschrift wiedererkannte. Es war dieselbe wie auf der Karte, die letzte Woche mit der Wagenladung Blumen von Moyses Stevens gekommen war. Francesca lächelte voller Genugtuung.

Sie betupfte Handgelenke und Ausschnitt mit dem Parfüm,

das sie sich selbst nie hatte leisten können. Er ist furchtbar verschwenderisch, fand sie, als sie an die Mühe dachte, die er sich gegeben hatte, um dieses Parfüm für sie herbeizuschaffen. Als sie am Nachmittag beide auf ihrem Zimmer gewesen waren, hatte Victor ihr erklärt, daß Jake Watson es zusammen mit den neuesten Frank-Sinatra-Platten für Diana in London besorgt und mit seinem Dinnerjacket in den Koffer gepackt hatte, der, ebenfalls dank Jake, gegen Mittag in Königssee eingetroffen war.

Ein Türenklappen in der Ferne gemahnte Francesca an die Zeit; schnell holte sie ihr eigenes Geschenk für Diana aus dem Schrank und ging hinunter.

Im Wohnzimmer traf sie nur Christian an, der im Dinnerjacket im Rollstuhl saß und an den Knöpfen des Plattenspielers herumfingerte.

»Ich dachte schon, ich käme zu spät, dabei bin ich praktisch die erste«, sagte Francesca. Sie küßte ihn auf die Wange und fuhr fort: »Hoffentlich mag Dibs mein Geschenk. Ich habe deinen Rat befolgt und in dem kleinen Antiquitätengeschäft im Ort eine geschnitzte Holzfigur gefunden, kleiner als ihre eigenen, aber sie paßt zu ihrer Sammlung.«

»Sie wird ihr bestimmt gefallen.« Christian sah lächelnd zu ihr empor. »Geh doch mal ein paar Schritte zurück, damit ich dich bewundern kann.« Er nickte beifällig. »Großartig siehst du aus, Frankie. Aber irgendwie verändert.«

Nachdenklich schürzte er die Lippen. »Älter, ein bißchen erfahrener vielleicht. Möglicherweise kommt es von deiner Hochfrisur, daß du auf einmal so erwachsen aussiehst.« Er nickte vor sich hin. »Auf jeden Fall gefällst du mir so. Und zweifellos sämtlichen Männern, die gleich kommen werden, ebenfalls. Du bist eine überaus faszinierende Frau.«

»Vielen Dank, Christian«, gab Francesca fröhlich zurück.

Sie trat an den Couchtisch, legte ihr Geschenk zu den anderen und fragte sich, ob ihr Gesicht etwas verriet. Spiegelte es ihre jüngsten Erfahrungen? Es war ihr gleichgültig. Anders als Victor hätte sie ihre Liebe am liebsten in alle Welt hinausposaunt.

Diana kam herein, atemlos und mit ungewohnt rosigem Gesicht. »Tut mir leid, daß ich so spät komme. Ich hatte Probleme mit meiner Frisur.«

»Aber es hat sich gelohnt, Liebes«, lobte Christian. Diana hatte sich das silbrigblonde Haar straff aus dem Gesicht gekämmt, in der Mitte gescheitelt und mit einem weinroten Seidenband zu einem Zopf geflochten, der mit winzigen künstlichen weißen Blüten und grünen Blättern besteckt war. Ausgeglichen wurde diese kunstvolle Frisur durch ein sehr schlichtes Kleid aus weinrotem Seidenjersey mit hohem, weich gerolltem Kragen, langen Ärmeln und bodenlangem Rock. Dazu trug sie fast gar keinen Schmuck.

»Mein Gott, wie phantasievoll von dir, Dibs! Ich wollte, ich hätte soviel Flair wie du.«

»Ihr beiden werdet heute abend zweifellos den Vogel abschießen«, behauptete Christian, der zum Wandtischchen hinüberfuhr. »Was mich betrifft, so brauche ich erst mal einen Drink. Und da ich annehme, daß Victor gleich kommt, werd' ich schon mal den Champagner öffnen.«

»Tu das, Liebling«, sagte Diana, holte sich ein Kissen, legte es auf die Kaminbank und nahm Platz. »Ich bin noch gar nicht dazu gekommen, euch von unserem Skiausflug heute vormittag zu erzählen. Aber ich muß sagen, Victor ist ein fabelhafter Läufer. Anfangs dachte ich, er sei ein Raser, der ein viel zu großes Risiko eingeht, aber er ist perfekt mit dem Jenner fertig geworden und außerdem ein Slalom-Spezialist. Ich war äußerst beeindruckt von seinem Können. Er ist ...« Diana unterbrach sich. »Da sind Sie ja, Victor! Ich berichte gerade von Ihrer Meisterschaft auf der Piste.« Sie lächelte ihm freundlich entgegen.

Victor lachte und kam zu ihnen herüber. Francesca hatte ihn noch nie in Abendkleidung gesehen und stellte fest, daß er in seinem Smoking mit dem schneeweißen, gerüschten Hemd noch hinreißender aussah als sonst. Sein Anblick überwältigte sie so sehr, daß sie sich aufs Sofa setzen und energisch zusammenreißen mußte. Würde sie sich je an sein Aussehen gewöhnen?

Vor Diana blieb Victor stehen und umarmte sie herzlich. »Nochmals alles Gute zum Geburtstag.« Damit überreichte er ihr zwei Geschenke. »Die sind für Sie, von Francesca und mir.«

»Vielen Dank! Ich liebe Geburtstage.«

Lächelnd wandte sich Victor Francesca zu, beugte sich über sie und gab ihr einen langen Kuß auf die Wange. Als er sich wieder aufrichtete, fragte Christian: »Was möchten Sie trinken, alter Junge? Champagner?«

»Guten Abend, Christian«, antwortete Victor. »Lieber Scotch on the rocks mit einem Schuß Wasser. Danke.«

»Eure Geschenke sind wunderschön«, sagte Diana. »So viele Sinatras, und auch noch Arpège! Vielen, vielen Dank – euch beiden!« Strahlend blickte sie von Francesca zu Victor.

»Und das ist ... ebenfalls von uns«, erklärte Francesca, die sich erhob, Diana ihr Geschenk überreichte und sie liebevoll umarmte.

»Ihr Verschwender!« Diana packte die Figurine aus. »O Cheska, Victor, sie ist wunderschön! Noch einmal danke.« Sie lachte glücklich. »Ihr verwöhnt mich alle viel zu sehr!« Sie streckte den Arm aus und zeigte ihnen einen Granatring mit passendem Armband. »Das hat Christian mir heute nachmittag geschenkt.«

»Sie sind zauberhaft!« Francesca legte den Arm um Dianas Schultern. »Und du hast es verdient, daß wir dich verwöhnen. Ich weiß, daß dies ein ganz besonders schönes Jahr für dich werden wird, Dibs.«

Gerade hatten sie auf Diana angestoßen, als Manfred kam und die Ankunft der ersten Gäste meldete.

»Entschuldigt mich.« Diana stand auf. »Ich muß sie in der Halle begrüßen. Kommst du mit, Christian?«

»Selbstverständlich.« Er stellte sein Glas ab und folgte ihr.

»Ich werde aufräumen«, sagte Francesca und begann das Einwickelpapier einzusammeln. Sie warf es ins Feuer und baute die Geschenke auf einem Beistelltischchen auf.

Als sie an Victor vorbeikam, packte er sie am Arm und zog sie an sich, aber sie warf ihm einen vorwurfsvollen Blick zu. »Sie sollten lieber vorsichtig sein, Mr. Mason! Sie könnten einen falschen Eindruck erwecken, wenn Sie mich so ... so besitzergreifend packen. Ich bin Ihr Kumpel, nicht Ihre Geliebte!« sagte sie neckend.

Er grinste schief. »*Touché*. Dann werde ich mich später mit Ihnen befassen, Madame. Aber jetzt komm her und erzähl mir mal was von den Leuten, die gleich eintreffen.«

»Weißt du, zuweilen kannst du ganz schön diktatorisch sein«, gab Francesca zurück, nahm aber doch gehorsam ihr Glas und kam zu ihm an den Kamin. »Ich werde mir Mühe geben, aber alle kenne ich auch noch nicht. Ah, das ist Astrid, die Diana eben umarmt. Prinzessin Astrid von Böler.« Und mit gedämpfter Stimme fuhr sie fort: »Ehemals Kims große Liebe, bis ihr Mann der Affäre ein Ende machte.«

Victor zog die Brauen hoch. »Wirklich? Dein Bruder hat einen guten Geschmack. Wer ist der Herr daneben – ihr Mann?«

»Nein. Ein polnischer Graf mit unaussprechlichem Namen. Ihr neuester Freund, wie ich vermute.«

»Und das andere Paar?«

»Graf und Gräfin Durmann. Er hat was mit Banken zu tun.«

Jetzt kamen die Gäste hereingeströmt, acht Paare insgesamt, und Victor wurde von Francesca getrennt. Dennoch war sie sich stets seiner Gegenwart bewußt. Die Damen umlagerten ihn, wetteiferten um seine Aufmerksamkeit, doch immer wieder suchte sein Blick den ihren, zwinkerte er ihr verstohlen zu.

Schließlich verkündete Manfred, es sei angerichtet, und man schlenderte gemächlich ins Eßzimmer. Victor drängte sich neben Francesca. »Ich hoffe doch, wir sitzen zusammen«, sagte er leise.

»Das glaube ich nicht, Liebling. Es ist ein sehr formelles Dinner, deswegen nehme ich an, daß du neben Diana sitzt und ich neben Christian.«

»Dann muß ich mich mit der Vorfreude auf das begnügen, was später kommt – wenn wir allein sind«, murmelte er aus dem Mundwinkel. Verstohlen strich er ihr mit den Fingern den Rücken hinab, bevor er sich zu Diana gesellte, die ihn bereits zu sich winkte.

Während des Dinners, bei dem sich Francesca, zwischen Christian und Wladimir, dem polnischen Grafen, sitzend, großartig unterhielt, schielte sie immer wieder zu Victor hinüber. Mit einem gewissen Besitzerstolz, denn mit wem er auch flirtete, und gleichgültig, was die anderen dachten – im Grunde gehörte er ihr allein. Wie sonderbar doch das Leben ist, sinnierte sie. Vor einer Woche noch hatte sie sich todelend gefühlt und wäre vor Sehnsucht nach ihm fast gestorben, und heute fühlte sie sich lebendiger denn je in ihrem Leben. Nur durch ihn. Er war zum Mittelpunkt ihrer Welt geworden. Neben ihm mußte alles andere verblassen ...

Und dann war das Dinner plötzlich zu Ende. Klara trug

eine große, mit Kerzen besteckte Geburtstagstorte herein, Manfred servierte Champagner, und alle tranken auf Dianas Wohl.

»Jetzt mußt du alle Kerzen auspusten und dir dabei etwas wünschen, Diana«, erklärte Francesca. »Aber was du dir wünschst, darfst du uns nicht sagen.«

Victor, der die Torte aufmerksam betrachtete, beugte sich zu Diana hinüber und sagte neckend: »Siebenundzwanzig Kerzen. Ganz schön mutig von Ihnen, uns allen zu zeigen, wie alt Sie heute geworden sind!«

»Eine Frau, die ihr Alter nicht verraten kann, weiß nicht, wer sie ist«, gab Diana energisch zurück. »Ich bilde mir ein, daß ich es weiß.«

Es war Mitternacht, als die letzten Gäste sich endlich verabschiedeten. Christian und Diana begleiteten sie noch zur Haustür; Victor und Francesca blieben allein im Wohnzimmer.

Victor saß mit einem Cognac und einer Zigarre auf dem Sofa, Francesca mit einem Williams-Birnenschnaps neben ihm. Nachdem er einen Schluck getrunken hatte, streckte er die Hand aus und berührte mit einem Finger sanft ihr Gesicht. »Es ist schön, dich wieder für mich allein zu haben, Ches. Es kommt mir vor, als hätte ich dich den ganzen Abend lang nicht gesehen«, sagte er zärtlich.

»Ja. Mir ging's genauso. Aber es war doch wirklich sehr nett, nicht wahr? Hat dir die Party auch gefallen?«

»Aber ja.« Er lehnte sich behaglich zurück, fühlte sich zufrieden und entspannt. Träge ließ er den Blick durchs Zimmer wandern, bis er an den Fotografien auf dem Bibliothekstisch hängenblieb. »Ich habe bis jetzt nicht danach gefragt, weil ich nicht aufdringlich sein wollte, aber ich muß gestehen, daß mich die Neugier plagt. Seit ich hier bin, habe ich das Gefühl, daß es hier ein ... na ja, ein Geheimnis gibt. Das mit deiner Tante und deinem Onkel zusammenhängt. Wo sind die beiden?«

Weiter kam er nicht. Francesca hatte sich abrupt aufgerichtet. Victor, der ihre plötzliche Gespanntheit spürte, sah sie mit verwundert fragendem Blick an. Ihre tiefernste Miene verriet Trauer. Er wartete, unsicher, ob er weiterfragen sollte.

Schließlich antwortete Francesca: »Tante Arabella lebt in Westberlin.«

»Und dein Onkel? Wo ist der?«

Sie erwiderte seinen eindringlichen Blick, biß sich auf die Lippe und starrte auf ihre Hände hinab. »Ich möchte lieber nicht ... Ich möchte lieber nicht darüber sprechen, Vic«, sagte sie leise.

»Wir wissen nicht, wo mein Vater ist, falls er überhaupt noch lebt«, ertönte Christians Stimme von der Tür her. Dann kam er zu ihnen herübergerollt.

Victor erschrak, er blieb ganz still. Langsam schüttelte er den Kopf und hob die Hand, als wolle er Christian bitten, nicht weiterzusprechen. Unsicher räusperte er sich und sagte verlegen: »Es tut mir leid. Ich trete schon wieder mal ins Fettnäpfchen, mische mich ein in Dinge, die mich nichts angehen. Vergessen Sie bitte, daß ich gefragt habe.«

»Nein, nein, Victor, das ist schon in Ordnung. Machen Sie sich keine Gedanken«, erwiderte Christian. »Ich hab's rein zufällig gehört. Wie gesagt, wir wissen nicht, wo Vater ist. Wir sprechen nicht sehr oft von ihm, weil ... nun ja, weil Diana und ich zu der Erkenntnis gekommen sind, daß es leichter für uns ist, die Situation möglichst zu ignorieren. Selbstverständlich ist sie uns stets gegenwärtig, aber wir geben uns Mühe, nicht daran zu denken.«

»Er ist tot!« Alle fuhren zusammen, als Diana das sagte,

und drei Augenpaare folgten ihr, als sie mit unnatürlich bleichem Gesicht ins Zimmer kam. Sie setzte sich auf ihren Lieblingsplatz am Kamin und fuhr ruhig fort: »Jedenfalls glaube ich, daß er tot ist. Anfangs, als vor zwei Jahren die Gerüchte begannen, hielt ich es für möglich, daß er noch lebt. Aber jetzt kann ich diesen Berichten wirklich keinen Glauben mehr ...« Sie ließ den Satz in der Luft hängen; nach einer Weile bat sie: »Victor, würden Sie mir einen Drink holen? Pfefferminz weiß auf Eis.«

»Aber gern.« Er sprang auf. »Und Sie, Christian?«

»Danke. Einen Cognac, alter Junge.«

Alle schwiegen, während Victor die Drinks zurechtmachte. Francesca blickte, die Hände im Schoß verkrampft, beunruhigt von Diana zu Christian und wünschte, Victor hätte diese Büchse der Pandora nicht geöffnet.

Wortlos reichte Victor die Drinks herum und sagte schließlich in gedämpftem Ton: »Hört zu, vergessen wir doch einfach ...«

»Einen Moment, Victor«, fiel Christian ihm ins Wort und wandte sich Diana zu. »Ich glaube wirklich, wir schulden Victor eine Erklärung. Meinst du nicht auch, Liebling?«

»Ja.«

»Gut. Dann machen Sie sich's bequem«, riet Christian Victor, auf den er nun seine Aufmerksamkeit konzentrierte. »Die Geschichte, die ich Ihnen erzählen werde, ist kompliziert, ich mußte sie mir zum Teil im Laufe der Jahre aus Bruchstückchen von Informationen meiner Mutter, meiner Großmutter und mehrerer Freunde meines Vaters selbst zusammenreimen.« Er seufzte ein wenig. »Darf ich annehmen, daß Sie nicht allzuviel über die deutsche Politik in den Jahren vor dem Zweiten Weltkrieg wissen?«

»Sie dürfen«, gab Victor gelassen zurück.

Christian nickte; dann holte er tief Luft. »Ich werde Sie

nicht mit langen Vorträgen über Adolf Hitlers Werdegang langweilen, doch um die Geschichte meines Vaters verstehen zu können, müssen Sie wissen, was damals in Deutschland los war. Mitte der zwanziger Jahre stand die Weimarer Republik, 1919 gegründet, auf äußerst wackligen Füßen. Im Jahre 1928 hatte Hitler sich die Führung der Nazipartei gesichert, die damals sechzigtausend Mitglieder zählte. Bei den Reichstagswahlen erhielten die Nazis nicht mehr als 2,6 Prozent der Stimmen. Fünf Jahre später, 1933, wurde Hitler von Reichspräsident Hindenburg zum Kanzler ernannt, und zwischen dem Reichstagsbrand im Februar 1935 und den Wahlen im März war Hitler faktisch Diktator von Deutschland geworden. Die Liberalen, unter ihnen mein Vater, hatten seinen Aufstieg zur Macht mit Angst und Entsetzen beobachtet. Wie ich Ihnen gestern sagte, war Vater ein Antifaschist, der sein Vermögen, seine Kraft und seine Zeit für den Kampf gegen den Faschismus einsetzte – aktiv, aber heimlich. Hätte er sich offen dazu bekannt, hätte er sich selbst und seiner Familie nur der Gefahr einer Verhaftung ausgesetzt. Aber er war schon seit Jahren führendes Mitglied einer Untergrundbewegung in Deutschland, die Juden, Katholiken, Protestanten und sogenannten Staatsfeinden jeder Art zur Flucht aus Deutschland verhalf.«

Christian trank einen Schluck Cognac und fragte Victor: »Haben Sie jemals das Buch ›The Scarlet Pimpernel‹ von der Baroneß Orczy gelesen?«

»Nein. Aber den Film mit Leslie Howard hab' ich gesehen.«

»Gut. Dann werden Sie verstehen, was es bedeutet, wenn ich sage, daß mein Vater in vieler Hinsicht ein moderner Scarlet Pimpernel war. Sein Codename lautete Blauer Enzian, und wie meine Mutter mir erzählte, war es Dieter Müller, ein anderer Untergrundführer, der ihm diesen Namen gab. Dieter war Literaturprofessor und fand anscheinend, daß dieser Name gut zu Vater paßte, denn er war Aristokrat, Mitglied einer prominenten Familie und nach außen hin ohne Makel, ein Mann, der Zeit und Geld genug hatte, um in vornehmen Kreisen ein Leben des Müßiggangs und der Vergnügungen zu führen. Und dennoch arbeitete er zur selben Zeit im Untergrund und riskierte sein Leben für andere Menschen.«

»Aber war dieser Vergleich denn nicht zu offensichtlich?«

»Wegen der Parallelen zwischen dem Scarlet Pimpernel und meinem Vater? Nein, ich glaube kaum, daß jemand auf diesen Vergleich gekommen wäre, und außerdem war Prinz Kurt von Wittingen über jeden Verdacht erhaben. Übrigens trugen die Mitglieder der Untergrundbewegung allesamt Blumennamen. Wiederum Dieter Müllers Idee – er selbst nannte sich Edelweiß. Doch weiter. Mitte der dreißiger Jahre wurde mein Vater Chefberater bei Krupp, der deutschen Waffenschmiede. Er reiste in ganz Europa umher, führte Verhandlungen auf höchster Ebene, bewirtete ausländische Würdenträger, ja, war so eine Art reisender Botschafter. Dadurch konnte er praktisch kommen und gehen, wie er wollte, hatte Zugang zu allen möglichen wichtigen Leuten und damit zu phantastischen Quellen vertraulicher Informationen. Angesichts der Tatsache, daß sich die Lage in Deutschland verschlechterte, schickte Vater meine Mutter, Diana und mich im Frühjahr 1939 nach England zu Onkel David, wo wir in Langley Castle angeblich einen verlängerten Urlaub verbringen, in Wirklichkeit aber in Sicherheit leben sollten. Im Juni desselben Jahres entschloß sich Mutter, die wie alle gutinformierten Leute wußte, daß ein Krieg zwischen England und Deutschland unvermeidlich war, und bei meinem Vater sein wollte, nach Berlin zurückzukehren. Er aber wollte nichts davon hören und mietete uns ein Häuschen in Zürich, da es für ihn relativ leicht war, in die Schweiz zu reisen. Er besuchte uns von Zeit zu Zeit, sogar noch nach 1939, war im allgemeinen jedoch auf Reisen oder in Berlin.«

Nach einem weiteren Schluck Cognac fuhr Christian fort: »1941 bekamen wir ihn kaum zu sehen, und 1942 überhaupt nicht, Anfang 1943 jedoch war er auf der Reise von Oslo nach Berlin wieder einmal bei uns. Wie es scheint, wurde Mutters Angst, Vaters geheime Aktivitäten könnten entdeckt werden, immer größer, und sie drang in ihn, bei uns in der Schweiz zu bleiben. Aber er wollte nicht. Er wußte, daß er von seinen Freunden gebraucht wurde, und machte sich außerdem Sorgen um seine Mutter. Ursula und Sigrid, Vaters Schwestern, waren beide bei alliierten Luftangriffen auf Berlin ums Leben gekommen, und Großmutter war – seit Jahren verwitwet – völlig allein. Also kehrte er zurück. Eine unglückselige Entscheidung.« Christian nahm sich eine Zigarette und steckte sie an.

Victor hatte ihm aufmerksam zugehört. »Sie haben Ihren Vater nie wiedergesehen?« fragte er.

»Ich schon. Mutter und Diana hatten nicht soviel Glück. Doch davon später. Im Laufe der Jahre hatte Mutter von Vater auf den verschiedensten Wegen immer wieder Nachricht bekommen, doch nachdem er 1943 nach Berlin zurückgekehrt war, herrschte Schweigen. Es war, als habe ihn die Erde verschluckt. Monate vergingen ohne ein einziges Wort von ihm. Ich war fast achtzehn und alt genug, um Mutters Vertrauensperson zu werden. Sie berichtete mir von ihren Sorgen, und ich folgte Vater gegen ihren Willen nach Berlin...«

»Wie haben Sie das geschafft?« wollte Victor wissen.

»Durch die Verbindungen, die meine Familie hatte, konnte ich an viele einflußreiche Leute herantreten, und alle halfen.

Außerdem herrschte ein gewisses Chaos, was die Sache erleichterte, aber es war trotzdem sehr gefährlich. Schließlich erreichte ich unser Berliner Haus, wo ich mich vierundzwanzig Stunden bei Großmutter aufhielt. Wie sie mir erzählte, hatte sie Vater wenige Monate zuvor gesehen, aber nur flüchtig. Genau wie wir hatte sie seitdem nichts mehr von ihm gehört. Sie dachte, er sei wieder für Krupp unterwegs. Am folgenden Tag wurde ich von der Gestapo verhaftet. Sie hatten – entweder durch logische Folgerung oder Verrat – meinen Vater schließlich doch noch als einen Führer der Untergrundbewegung entlarvt. Er stand ganz oben auf der Liste der dringend gesuchten Personen, und sie hatten das Haus offenbar schon seit Wochen überwacht. Ich war Gast dieser Herren ...« Christian brach ab; ein grimmiges Lächeln spielte um seinen Mund. »Wie dem auch sei, die Gestapo hielt mich über sechs Monate fest und bearbeitete mich Tag und Nacht, bis sie mich endlich wieder entließ.« Seine Augen verdunkelten sich; er blickte auf seine Beine hinab. »Seitdem kann ich nicht mehr richtig und ohne Schmerzen gehen.«

Victor begann innerlich zu zittern; seine Hände bebten, als er den Cognacschwenker hob und einen großen Schluck trank. O Gott, dachte Victor, wie schnell wir jene Zeit doch vergessen haben! Niemand rührte sich, alle schwiegen; das einzige Geräusch war das leise Zischen der Scheite im Kamin und das ferne Ticken irgendeiner Uhr.

Ernst begegnete Christian Victors Blick. Mit beherrschter, fester Stimme fuhr er fort: »Ich habe nichts verraten, Victor. Doch das ist durchaus keine Heldentat. Ich wußte so wenig von den Aktivitäten meines Vaters, daß es mir leichtfiel, immer wieder dasselbe zu sagen. Nachdem ich schließlich entlassen wurde, pflegte mich Großmutter relativ gesund, was in jenen Zeiten, da alles knapp war, gar nicht so leicht gewesen sein muß. 1944 ließ Dieter Müller mir dann eine

Nachricht zukommen: ›Der Blaue Enzian steht in voller Blüte.‹ Da Mutter mir Vaters Codenamen verraten hatte, wußte ich sofort, was das bedeutete. Vater war in Sicherheit. Das genügte, um mir wieder Mut zu machen. Und dann, im Frühsommer 1945, kurz nach der Eroberung Berlins durch die Alliierten, tauchte Vater plötzlich bei uns auf. Im Berliner Haus. Ohne zu erklären, wo er gewesen war. Und ich wußte, daß ich ihn nicht danach fragen durfte.«

Erschöpft lehnte sich Christian im Rollstuhl zurück. Dann schloß er bedrückt: »Vierzehn Tage blieb Vater bei uns. Eines Vormittags verließ er das Haus; er werde bald wiederkommen, sagte er uns. Aber er kam nicht ... Großmutter und ich, wir haben ihn nie wiedergesehen.« Zu Diana gewandt, fuhr Christian fort: »Vielleicht kannst du die Story beenden, Liebling.«

»Selbstverständlich. Aber fühlst du dich auch wohl genug, Christian?« erkundigte sie sich.

»Ja, ja. Mir geht's gut. Wirklich!«

»Sie brauchen nicht weiterzuerzählen«, verkündete Victor ernst. »Ich weiß nicht, wie ich Ihnen mein Bedauern ausdrücken soll darüber, daß ich so viele alte Wunden aufgerissen habe. Es war gedankenlos von mir.«

»Machen Sie sich keine Vorwürfe, Victor«, sagte Diana leise. »Und Sie sollten wirklich den Rest der Geschichte hören, damit Sie verstehen, warum wir so ungern darüber sprechen. Zunächst waren Christian und Großmutter keineswegs beunruhigt, als Vater abends noch nicht wieder zurück war. Sogar nach mehreren Tagen noch nicht. Schließlich war Vater stets unerwartet gekommen und gegangen. Außerdem schien es inzwischen kaum Grund zur Besorgnis zu geben, denn das Dritte Reich war zusammengebrochen und Berlin in der Hand der Alliierten – der Engländer, Amerikaner und Russen. Was sollte also dem berühmten Blauen Enzian jetzt noch passieren? Als jedoch die Tage zu Wochen wurden, machten sie sich doch Gedanken und stellten Nachforschungen an. Ohne Ergebnis. Vater war spurlos verschwunden. Wenige Wochen darauf kam ein anderes Mitglied der Untergrundbewegung, beim Kampf um Berlin verwundet, aus dem Krankenhaus. Als er hörte, daß Vater vermißt war, teilte er Dieter mit, er habe Daddy in dem Teil der Stadt, der zur Ostzone geschlagen wurde, mit russischen Offizieren sprechen sehen. Als dieser Mann, Wolfgang Schröder, Daddy sah, waren erst wenige Tage vergangen, seit er Großmutters Haus verlassen hatte, und sie hatten sogar Grüße gewechselt. Wolfgang sagte, er sei überzeugt, Vater sei während der letzten Grabenkämpfe der Schlacht um Berlin gefallen. Da hakte nun Dieter ein und ging ans Werk. Krankenhäuser wurden durchsucht, Personen befragt, die Toten sorgfältig kontrolliert. Die ganze Stadt wurde von Dieter und seinen Freunden auf den Kopf gestellt. Ohne Ergebnis.«

Diana seufzte und schloß einen Moment die Augen. Dann sagte sie leise: »Daddy wurde niemals gefunden, weder tot noch lebendig, und schließlich mußten wir annehmen, daß er in den Nachkriegswirren umgekommen war.« Sie steckte sich eine Zigarette an. »Selbstverständlich normalisierten sich die Dinge allmählich«, fuhr sie fort. »Mummy wollte zu Christian und Großmutter. Schließlich packten wir in Zürich zusammen und kehrten nach Berlin zurück. Langsam versuchten wir unser Leben neu zu ordnen, um Daddy zu trauern, aber die Tatsache zu akzeptieren, daß er nicht mehr war. Mehr oder weniger wissen Sie schon, was dann geschah – daß wir von Berlin nach München und dann nach Wittingenhof zogen. Neun Jahre vergingen. Vor zwei Jahren tauchte dann Dieter bei Mummy auf. Er war aufgeregt, jubilierte beinahe. Er war auf eine eventuelle Erklärung für Vaters mysteriöses Verschwinden und Informationen über seinen Verbleib gestoßen.«

»Dann hat sich Ihr Vater endlich mit Dieter in Verbindung gesetzt?« Victor hockte ganz vorn auf der Sofakante; zahllose Fragen wirbelten in seinem Kopf, die er jedoch vorerst zurückstellte.

Diana schüttelte den Kopf. »Nein. Aber Dieter war zufällig auf eine Geschichte gestoßen. Dazu muß ich Ihnen etwas erklären. In den Jahren 1953 und 1954 kamen viele deutsche Zivilisten, die von den Russen bei der Kapitulation der Stadt aus irgendeinem Grund verhaftet worden waren, in die Heimat zurück. Sie waren aus der Lubjanka in Moskau entlassen worden. Unter ihnen kursierte nun das Gerücht von einem geheimnisvollen Häftling, der fast ausschließlich in Einzelhaft gehalten wurde. Offenbar handelte es sich um einen Aristokraten und einen Deutschen. Überdies saß er seit 1945 in der Lubjanka. Der Mann war gelegentlich von anderen Häftlingen gesehen worden, und die Beschreibung seines Äußeren, sein Alter und weitere Einzelheiten paßten haargenau auf unseren Vater. Diese Geschichte erfuhr Dieter von seinem Cousin, dessen Schwiegervater gerade aus dem russischen Gefängnis zurückgekehrt war. Schon bald kam Dieter zu der auf der Hand liegenden Folgerung, der Mann in der Lubjanka könne mein Vater sein. Er sprach mit zahlreichen repatriierten Häftlingen, und je mehr er hörte, desto fester wurde seine Überzeugung, der geheimnisvolle Häftling sei der Blaue Enzian alias Rudolf Kurt von Wittingen. Mit diesen Informationen kam er zu Mummy, und da gingen die Probleme erst richtig los.«

»Was für Probleme?« erkundigte sich Victor erstaunt.

»Bis dahin hatte Mummy ein relativ normales Leben geführt. In dem Glauben, ihr Mann sei tot, hatte sie sich damit begnügt, für uns beide, ihre Kinder, zu leben. Die Vorstellung, daß Daddy doch noch am Leben sei, änderte das. In den vergangenen zwei Jahren ist sie zu einer zerquälten Frau geworden ... wahnsinnig vor Kummer, Unsicherheit und Sorgen, und dann wieder voll euphorischer Hoffnung – falscher Hoffnung, wie ich meine.«

»Wie grauenvoll für Sie alle, damit leben zu müssen!« Victor starrte Diana fassungslos an. »Soll das heißen, daß Sie nicht feststellen konnten, ob es Ihr Vater ist oder nicht?«

Diana nickte. »Genau. Dieter, Mummy, Christian und ich, wir sind alle zusammen nach Bonn gefahren und konnten aufgrund von Dieters politischen Kontakten mit Bundeskanzler Adenauer sprechen. Die westdeutsche Regierung bat die Russen offiziell um Bestätigung, daß es sich bei dem Häftling in der Lubjanka um Daddy handelte. Die Russen leugneten die Existenz eines derartigen Häftlings, schon gar eines deutschen Prinzen, auf das entschiedenste. In den letzten zwölf Monaten waren Christian und ich zweimal in Bonn, und jedesmal wurde wieder Druck auf die Regierung ausgeübt. Daraufhin wandte sich unsere Regierung noch einmal an die Russen, nur um wieder abgeschmettert zu werden.« Stirnrunzelnd biß sie sich auf die Lippen und breitete hilflos die Hände aus. »Wir stecken in einer Sackgasse.«

Victor schwieg. Er lehnte sich ins Sofa zurück und sann über die Dinge nach, die er soeben gehört hatte. Schließlich sah er von Diana zu Christian und fragte bedächtig: »Verzeihen Sie meine Unwissenheit, aber warum sollten die Russen Ihren Vater 1945 verhaften? Aus welchem Grund?«

Christian lächelte matt. »Das ist keine Unwissenheit, Victor, sondern eine völlig normale Frage, die wir uns selbst vor zwei Jahren stellten. Dieter konnte uns die Antwort nur allzu leicht geben. Er glaubt, die Russen haben meinen Vater verhaftet, weil sie ihn für einen Spion hielten. Speziell einen Spion der Amerikaner und daher einen Feind der Sowjetunion.«

Christian schüttelte den Kopf. »Sehen Sie mich nicht so skeptisch an, Victor. Zu jener Zeit haben die Russen offenbar zahlreiche Deutsche verhaftet, weil sie sie der Spionage verdächtigten, nein, ich gehe sogar noch weiter: weil sie überzeugt waren, daß sie spionierten. Für die Amerikaner. Wie dem auch sei, es spielt keine Rolle, denn Mutter und Dieter sind fest überzeugt, daß Vater der Mann in der Lubjanka ist.«

»Und Sie? Was meinen Sie, Christian?« erkundigte sich Victor und drückte seine Zigarre aus, die im Aschenbecher vergessen vor sich hin qualmte. Er steckte sich eine Zigarette an und wartete, während Christian überlegte.

Nach wenigen Minuten gab Christian zu: »Ehrlich gesagt, ich weiß es nicht, alter Junge. Wirklich nicht. Ich schwanke zwischen Zweifeln und Gewißheit. Einmal bin ich Mutters Meinung, und dann wieder glaube ich wie Diana, daß Vater tot ist. Aber wenn Dieter, wie gestern, mit neuen Gerüchten auftaucht, halte ich es wieder mit den beiden...«

»Wir haben nicht genug konkrete Fakten!« rief Diana mit ungewohnt hoher Stimme. »Je länger ich über die Geschichte nachdenke, desto deutlicher sehe ich, wie fadenscheinig sie in Wirklichkeit ist. Ich bin überzeugt, daß Daddy nach Kriegsende in Berlin gefallen ist und daß er zu den zahlreichen nie identifizierten Opfern gehört. Irgendwie hoffe ich sogar, daß er tot ist.« Ihre Stimme begann plötzlich zu beben; sie blinzelte heftig und wandte den Kopf ab. Dann ergänzte sie leise und traurig: »Vielleicht finde ich das weniger hart, weil er dann wenigstens nicht leiden muß. Ich kann den Gedanken nicht ertragen, daß er in der Lubjanka sitzt und...« Diana konnte nicht weitersprechen.

Sofort sprang Francesca auf und setzte sich zu ihr auf die Kaminbank. Tröstend legte sie der Cousine den Arm um die Schultern. »Ach, Dibs«, sagte sie, »bitte hör auf zu weinen.

Es ist kein großer Trost, das weiß ich, doch Daddy und ich sind auch deiner Meinung.« Mit einem Blick voller Liebe und Mitgefühl sah Francesca dann Christian an. »Es tut mir leid, Liebling, aber wir glauben tatsächlich, daß Onkel Kurt 1945 umgekommen ist. Das haben wir Tante Arabella immer wieder gesagt.«

Christian neigte ein wenig den Kopf. »Ja«, sagte er und rollte zum Wandtischchen hinüber. Er schenkte sich einen Cognac ein, kehrte an den Kamin zurück und sah Victor an. »Nachdem Sie nun die ganze Geschichte gehört haben – was meinen Sie? Ist mein Vater tot, oder sitzt er in der Lubjanka?«

»Ich kann es wirklich nicht sagen.« Victor schürzte nachdenklich die Lippen. »Ich glaube, ich schwanke ebenso wie Sie, Christian.« Ungeduldig drückte er die Zigarette aus. »Verdammt noch mal, wie fürchterlich, Tag um Tag mit einem so entsetzlichen Gedanken leben zu müssen! Kein Wunder, daß Sie jetzt alle so deprimiert sind. Ich sollte nicht so neugierig sein. Ich hab' Ihnen einen wunderschönen Abend verdorben.«

»Aber nein, Victor, das ist nicht wahr! Hören Sie auf, sich ständig zu entschuldigen. Nicht wahr, Diana?«

»Nein, wirklich nicht.« Sie lächelte Victor freundlich zu. »Aber können wir das Thema jetzt fallenlassen? Ich würde mich lieber auf die Gegenwart konzentrieren, das heißt, auf die nächsten paar Tage.« Sie atmete tief durch und fuhr in etwas fröhlicherem Ton fort: »Christian und ich müssen morgen nach München und verbringen den Tag mit Mutter bei Großmutter. Also kann ich nicht mit Ihnen zum Roßfeld fahren. Dafür werden Astrid und Vladimir mit Ihnen Ski laufen. Ist Ihnen das recht?«

»Sicher. Großartig.« Victor sah Diana bewundernd an. Dieses Mädchen besaß eine innere Kraft, die atemberaubend war. »Aber was ist mit Francesca? Dann bleibt sie ja ganz allein zu Haus.«

»Ach, das macht nichts; ich habe wahnsinnig viel zu tun«, versicherte Francesca. »Außerdem bist du ja zum Lunch zurück, nicht wahr?«

Bevor Victor antworten konnte, fiel Diana ein: »Astrid möchte euch beide zum Lunch auf dem Böler-Besitz einladen, Cheska. Das wird dir Spaß machen, und Victor wird sich auch freuen, das Schloß zu sehen.«

»Das ist sehr nett von ihr«, gab Francesca zurück. »Wie Kim mir sagte, soll es ein kleines Versailles sein.«

»Ist es auch.« Diana erhob sich. »Und jetzt entschuldigt mich bitte, ich werde Manfred sagen, daß er abschließen soll, und dann zu Bett gehen. Wir müssen morgen sehr früh aufstehen.« Sie küßte Francesca und Christian und ging anschließend zu Victor hinüber. Er erhob sich und umarmte sie voll Zuneigung. »Sie sind ein außergewöhnlicher Mensch, Diana.« Damit küßte er sie sanft auf die Stirn.

»Sie auch«, antwortete sie und drückte liebevoll seinen Arm. Dann wandte sie sich um und ging zur Tür. »Gute Nacht, alle zusammen.«

Kurz darauf verabschiedete sich auch Christian. Nur Francesca und Victor blieben noch lange und nachdenklich am Kamin sitzen. Als das Feuer heruntergebrannt war, raffte Victor sich schließlich auf. Er führte Francesca aus dem Wohnzimmer, durch die lange Galerie und die große Treppe hinauf, ohne ihre Hand ein einziges Mal loszulassen.

Neunundzwanzigstes Kapitel

Terrence Ogden war auf dem Rückweg vom Postamt in Ripon zum Spa-Hotel an der Peripherie des Ortes, in dem Schauspieler und Team von »Wuthering Heights« untergebracht waren. Es war ein Samstagvormittag Ende Juni, ein herrlicher Sommertag. Terry atmete tief, straffte die Schultern und fühlte sich gesünder denn je. Seit seinem alkoholisierten Streit mit Rupert Reynolds Anfang des Jahres lebte Terry wesentlich gemäßigter. Es war ihm klar, daß er dem Tod gerade noch einmal entronnen war, deswegen nahm er sich energisch zusammen. Nicht, daß er zum Abstinenzler geworden wäre, aber er hatte das Trinken rigoros eingeschränkt und seine ganze Kraft auf die Arbeit konzentriert. Jetzt fragte er sich unbestimmt, wo Reynolds sich wohl versteckt halten mochte. Norman meinte, bestimmt irgendwo auf dem Kontinent. Immer noch nicht weit genug, für meinen Geschmack, brummelte Terry vor sich hin.

»He, Terry, wohin so eilig?«

Terry fuhr herum. Auf einem Fahrrad, das Haar windzerzaust, kam Jerry Massingham mit flatterndem Mantel in halsbrecherischem Tempo die Straße herab. »Großer Gott, Jerry – du holst dir noch einen Herzinfarkt!« warnte Terry, als der Produktionschef bremste und von seinem Vehikel sprang. »Wieso karriolst du mit diesem Ding in der Gegend rum?«

»Ich fahre gern Rad. Ist ein hervorragendes Training«, behauptete Jerry grinsend. Er schob sein Rad neben Terry her. »Ich mußte noch schnell zur Post, bevor sie zumacht, und die Produktionswagen hat das zweite Team beschlagnahmt, weil sie oben auf dem Moor Hintergrundaufnahmen machen wollen. Und was machst du hier zu dieser frühen Morgenstunde?«

»Ich habe auch einen Brief aufgegeben. Außerdem ist es nach elf.« Er warf Jerry einen kurzen Seitenblick zu und schloß bissig: »Ich verbringe meine Vormittage normalerweise nicht im Bett, auch wenn du das zu glauben scheinst.«

»Aua! Entschuldige, es war nicht bös gemeint. Ich hatte mich nur gewundert, weil du heute nacht um zwei völlig zerschlagen aussahst. Diese Nachtaufnahmen waren grausam, vor allem für dich und Katharine. Und die anderen waren ebenfalls ganz schön geschafft. Aber wir haben heute nacht verdammt gute Szenen in den Kasten gekriegt, und wenn's jetzt keine Pannen mehr gibt und das Wetter hält, müßten wir, wie geplant, kommenden Freitag hier fertig sein. Das müßte dich wirklich glücklich machen.«

Terry sah Jerry verwundert an. »Aber ich habe nichts gegen Außenaufnahmen, alter Freund. Im Gegenteil, sie haben mir diesmal sogar großen Spaß gemacht. Anfangs hab' ich mich natürlich mies gefühlt, als es im Mai nicht aufhören wollte zu regnen. Aber wem von uns ist das nicht so gegangen?«

Jerry lachte über Terrys düsteres Gesicht. »Ich meine ja nicht nur dich allein«, versicherte er. »Wir sind schließlich alle froh, wenn wir wieder in London und in den Studios sind. Eine Woche abschließende Innenaufnahmen, dann haben wir's geschafft.«

Terry lächelte ein wenig. »Und trotz aller Probleme und des schlechten Wetters haben wir weder die Drehzeit noch das Budget überzogen«, sagte er zu Jerry. »Und das sollte nun wieder dich glücklich machen.«

»Tut es.« Über das Fahrrad hinweg beugte er sich zu Terry hinüber. »Du warst ein richtig guter Kumpel, Terry, daß du dir die Aggressionen von Mark Pierce so gutmütig hast gefallen lassen. Er ist ein Mistkerl.«

»Aber ein großartiger Regisseur. Ich hab's als Launen eines Genies hingenommen. Außerdem ist er den anderen gegenüber nicht weniger unerträglich gewesen.«

»Ja«, antwortete Jerry leise. Und dachte sich: Aber in dich hat Mark sein Messer bis zum Heft gestoßen. Er hatte seine eigene Theorie über den eigentlichen Grund der Probleme zwischen dem Schauspieler und dem Regisseur. Zu viele Spannungen, zu viele Unterströmungen bei diesem Film, sagte sich Jerry. Ich bin froh, wenn die letzte Einstellung abgedreht ist.

»Wie ich hörte, machst du anschließend den Bolding-Film, Jerry. Stimmt das?«

»Stimmt. Ich freue mich schon darauf. Erstklassige Produktion. Dreharbeiten im Spätsommer in Südfrankreich. Und eine phantastische Besetzung.«

»Ich gratuliere.«

»Was ist denn mit dir? Irgend etwas Neues in Aussicht?«

»So dies und jenes«, antwortete Terry ausweichend. »Ein Stück im West End vorläufig, falls ich es machen will.«

»Du solltest dich an den Film halten, Terry«, meinte der Produktionschef. »Du bist großartig auf der Leinwand. Du hast der Rolle des Edgar Linton etwas ganz Besonderes verliehen: Dimension und Format.«

»Danke. Das hört man gern. Vor allem von dir.«

Jerry lächelte, und beide gingen schweigend weiter, bis sie den Eingang des Hotelgrundstücks erreichten. Als sie sich der Vortreppe des Hotels näherten, blieben sie jedoch plötzlich stehen und sahen sich an.

»Unser Star reist ab«, stellte Terry fest.

»Sieht so aus«, bestätigte Jerry ärgerlich, während er die Szene betrachtete. Vor dem Haus parkte Victor Masons weinroter Bentley Continental, der von Gus mit Victors teurem Gepäck beladen wurde.

»Ich dachte, er wollte erst nächste Woche fahren«, sagte Terry.

»Dachte ich auch. Dienstag, um genau zu sein.«

Jetzt kam Jake Watson aus dem Hotel, ganze Stapel von Filmbüchsen auf dem Arm, die er zum Wagen trug und auf den Rücksitz packte. Als er sich umdrehte, entdeckte er sie und winkte. »Hallo, Boys!«

»Morgen, Jake«, erwiderte Jerry und setzte sich wieder in Bewegung.

»Guten Morgen.« Terry winkte Jake ebenfalls zu. »Verlieren wir unseren großen Star?« erkundigte er sich grinsend.

Jake nickte, wartete aber, bis sie beim Wagen angelangt waren, bevor er sagte: »Ja. Victor fährt nach London zurück.«

»Verdammt, das hätte er mir auch sagen können!« schimpfte Massingham mit hochrotem Gesicht. »Dann hätte ich nicht zur Post fahren müssen. Diese Strampelei auf den Feldwegen ist wahrhaftig kein Vergnügen.« Zornig ging er mit seinem Fahrrad davon.

»Reg dich nicht auf, Jerry!« rief Jake ihm nach. »Victor hat sich erst vor einer Stunde zur Abfahrt entschlossen. Ich wollt's dir noch sagen, aber da warst du schon weg.«

Jerry machte halt und drehte sich noch einmal zu Jake um. »Wann kommt er zurück? Aber nein, nach seinem Gepäck zu urteilen, kommt er nicht zurück.«

»So ist es.«

»Aber ich dachte, Mark braucht Victor am Montag noch mal für eine Extraszene«, warf Terry, neugierig geworden, ein.

»Mark hat sich's anders überlegt.« Jake beschloß, die Wahrheit diskreterweise ein wenig zu strapazieren. »Er hat heute morgen mit Victor gefrühstückt, um den letzten Teil des Drehplans noch einmal mit ihm durchzusprechen, und dabei eingesehen, daß diese Soloszene, in der Heathcliff mitten in der Nacht umherwandert und glaubt, Cathys Geist zu sehen, überflüssig ist. Sie hätte bei Nacht gedreht werden müssen, und außerdem fanden sie sie ein bißchen zu esoterisch.« Jake war zufrieden mit seiner frisierten Version der reichlich stürmischen Frühstücksbesprechung, bei der Victor sich schließlich durchgesetzt hatte.

Jerry Massinghams Miene hellte sich auf. »Gott sei Dank! Wir brauchen die Szene wirklich nicht und haben außerdem Geld gespart.«

»Also, ihr beiden, ich muß jetzt los. Wir sehen uns später«, verkündete Terry und ging zur Treppe.

»Ja, dann bis später«, antwortete Jerry, und Jake ergänzte: »Arbeite nicht zuviel, Terrence.« Dann legte er Massingham den Arm um die Schultern und fuhr fort: »Ich muß da noch ein paar Produktionsfragen mit dir besprechen.«

Terry betrat das Hotel und fuhr mit dem Lift in den ersten Stock hinauf. Er hatte sich ein bißchen verspätet, doch Katharine würde ihm das schon nicht übelnehmen. Sie wolle ihren Text lernen, bis er eintreffe, hatte sie ihm erklärt.

Als er klopfte, öffnete sie ihm sofort. »Hallo, Puss«, begrüßte er sie munter.

»Terry, Liebling!« Sie musterte ihn aufmerksam. »Fabelhaft siehst du aus!«

»Danke. Das Kompliment muß ich zurückgeben. Nachtaufnahmen bekommen dir anscheinend besonders gut.«

»Merci, Monsieur«, gab Katharine mit einem angedeuteten Knicks zurück. Sie führte ihn zu einer Sesselgruppe vor den Fenstern. »Komm, setz dich hierher, hier ist es schön sonnig. Ich hab' gerade frischen Tee bestellt und diesen komischen, pfeffrigen Kuchen, den ich so gern esse.«

Terry warf einen Blick auf den braunen Kuchen und grinste. »Das heißt zwar Pfefferkuchen, Katharine, doch das, was du als pfeffrig bezeichnest, ist Ingwer. Ich nehme ebenfalls ein Stück und eine Tasse Tee, mit Milch bitte, nicht mit Zitrone.« Er nahm in einem Sessel Platz. »Ich habe eben Jake getroffen. Und stell dir vor: Victor will uns heute verlassen.«

»Ich weiß«, sagte Katharine mit fröhlichem Lächeln. »Er war vorhin hier, um sich zu verabschieden.«

»Aber natürlich!« Terry lachte ironisch auf.

Katharine sah ihn stirnrunzelnd an. »Was soll das heißen?«

»Seine Lieblingsschülerin – wie sollte er fahren, ohne dir ein herzliches Lebewohl zu sagen!«

»Wenn du's genau wissen willst: Er wollte auch dir herzlich leb wohl sagen, aber du warst nicht da«, gab sie von oben herab zurück. »Ich soll dich grüßen, und du sollst ›es ihnen nächste Woche ordentlich zeigen‹ – wörtlich zitiert.«

»Aha.«

»Hör endlich auf, mich mit Victor aufzuziehen, Terry!« verlangte Katharine ungeduldig, ihre Augen jedoch funkelten fröhlich. »Victor kümmert sich nicht eingehender um mich als um die anderen Kollegen auch.«

»Jetzt hör aber du auf, Katharine«, protestierte Terry. »Du ißt praktisch jeden Tag mit ihm zu Mittag, sitzt in der Dekoration neben ihm oder mit ihm in seinem Wohnwagen, und er läßt dich keinen Moment aus den Augen.«

»Aber ich stehe bei ihm – oder vielmehr bei Bellissima Productions – unter Vertrag, und außerdem ist dies mein erster Film. Er will mir nur helfen«, behauptete sie. »Und du hast auch oft mit ihm gegessen und mit ihm in seinem Wohnwagen gehockt ...«

»Zum Pokern, Puss.« Terry musterte sie neugierig. »Und was treibt ihr beiden da drin?« erkundigte er sich grinsend.

»Jetzt reicht's aber, Terry! Was du da andeutest, gefällt mir nicht, vor allem, weil du ganz genau weißt, daß ich mit Kim Cunningham liiert bin.«

»Reg dich ab, Katharine. Es war nur ein Scherz – ein durchaus gutgemeinter, möchte ich betonen. Übrigens, wie geht's Kim eigentlich? Gestern abend hat er ein ziemlich finsteres Gesicht gemacht.«

»Ach, ihm geht's gut – vermutlich.« Katharine seufzte. »Ich glaube, er fühlt sich vernachlässigt. Er macht mir ein bißchen das Leben schwer, weil er glaubt, während wir hier drehen, könnten wir jeden Abend zusammensein, aber das ist leider völlig unmöglich. Am Ende eines Drehtags bin ich restlos fertig, und dann muß ich mich noch auf den nächsten Tag vorbereiten. Mark ist ungeheuer penibel, achtet auf die geringste Kleinigkeit. Und Victor besteht darauf, daß ich mich richtig ausruhe.« Sie zog eine Schnute. »Daher hab' ich kaum Zeit für den armen Kim gehabt, und das nimmt er mir übel.«

»Die Arbeit hat bei dir immer Vorrang, nicht wahr, Katharine?«

»Ja«, stimmte sie ihm nachdrücklich zu; dann zögerte sie. »Aber ...« Katharine lehnte sich zurück und wechselte das Thema. »Du warst am Telefon so geheimnisvoll. Warum wolltest du mich unbedingt heute vormittag sprechen? Ich sterbe vor Neugier. Raus damit!«

Er sah sie an; ein leichtes Lächeln spielte um seinen Mund. »Es scheint, daß ich dir in letzter Zeit immer wieder danken muß, Puss. Deswegen bin ich hier. Um dir abermals für eine gute Tat zu danken.«

»Was für eine ...« Sie unterbrach sich. Ihre Augen leuchteten auf, und sie klatschte glücklich in die Hände. »Wie schön! Hilly Steed! Es hat geklappt, nicht wahr, Terry?«

Er nickte strahlend. »Ja. Und wie! Er hat mir einen Vertrag für drei Filme bei Monarch angeboten. Gestern hab' ich unterschrieben und die Papiere eben zur Post gebracht. Wir werden gemeinsam nach Hollywood gehen, Katharine! Mein erster Film beginnt im Oktober, genau wie der deine. Ein großartiges Drama, das heißt, eigentlich eine Mordgeschichte. Darin spiele ich zwar nur die zweite männliche Hauptrolle, bei den beiden nächsten dann aber die erste. Hilly hat große Pläne mit mir, möchte mich richtig aufbauen.« Terry tätschelte ihre Hand. »Und das verdanke ich ausschließlich dir, mein Liebes! Du hast den Ball bei Hillard ins Rollen gebracht, und was du zu Hilly gesagt hast, muß wirklich Eindruck auf ihn gemacht haben.«

»Wunderbar, Liebling! Ich freue mich ja so für dich!« rief Katharine und meinte es ehrlich. »Aber ich habe dabei nicht viel getan, Terry. Du hast eben großartig gespielt. Hilly war begeistert...«

»Aber was hast du zu ihm gesagt?«

»Willst du das wirklich wissen?« Sie wartete seine Antwort nicht ab. »Ich war ganz schön clever. Als ich mit Hilly in Shepperton zu Mittag aß und er von dir schwärmte, hab' ich gesagt, Victor sei ganz seiner Meinung. Ja, er werde dich sogar für Bellissima unter Vertrag nehmen, weil er überzeugt sei, du würdest nach ›Wuthering Heights‹ ein ganz großer Star werden. Hilly wurde grün vor Neid. Und dann lieferte ich ihm meine Pointe. Ich seufzte ein bißchen traurig, tätschelte mitfühlend Hillys Arm und sagte: ›Wie schade, daß Sie Terry Ogden nicht als erster unter Vertrag genommen haben. Schließlich haben Sie mich auch um Haaresbreite verpaßt. Victor scheint den Markt an jungen Talenten für sich gepachtet zu haben.‹ Armer Hilly, er brachte kaum noch einen Bissen runter. Ich glaube, ich hab' ihm den ganzen Tag verdorben.« Sie lachte. »Er hat mir dann noch ein paar Fragen gestellt, vor allem, ob du tatsächlich schon unterschrieben hättest. Ich hab' ihm möglichst vage geantwortet und ihm vorgeschlagen, dich anzurufen.« Höchst zufrieden mit sich selbst lehnte Katharine sich zurück.

»Du bist doch unverbesserlich, Puss.« Terry schüttelte den Kopf, in seinem Blick aber lag Bewunderung.

»O ja, das weiß ich!« Sie lächelte spitzbübisch. »Aber manchmal macht es Spaß, unverbesserlich zu sein. Und das angestrebte Resultat hab' ich ja auch erzielt, oder?«

»Ja. Wenn Hillard nun aber zuerst mit Victor gesprochen hätte? Wie hättest du dann dagestanden?«

Katharine warf ihm einen vernichtenden Blick zu. »Du kennst Hilly Street nicht so gut wie ich. Er würde seine Karten niemals so offen zeigen. Ich wußte genau, daß er sich sofort mit dir in Verbindung setzen und versuchen würde, Victor auszustechen, und genauso kam es dann ja auch.« Sie zuckte die Schultern. »Einfachste Psychologie, mein Lieber.«

Sie griff zur Teekanne. »Noch eine Tasse, Terry?«

»Danke, ja.«

Katharine schenkte ein. Dann stellte sie die Kanne ab und fragte zögernd: »Was ist denn mit ... Hilary?«

Damit hatte sie einen Nerv getroffen – bewußt oder zufällig? Wieviel wußte sie? Wieviel hatte sie erraten? Terry erstarrte, fragte dann aber relativ lässig: »Was soll mit ihr sein?«

»Was sagt sie zu deinem Vertrag und dazu, daß du bald nach Kalifornien gehst?«

»Sie hat sich sehr gefreut. Sie findet, daß man nur in Hollywood zum internationalen Filmstar aufsteigen kann. Und du kennst Hilary: Sie wünscht ihren Freunden nur das Beste.«

»Ja, sie ist ein reizender Mensch.« Katharine hatte bemerken wollen, daß Hilary ihn vermissen werde, aber bei Terry gab es gewisse Grenzen, die sie aus Respekt vor ihm nicht zu überschreiten wagte. Statt dessen fragte sie: »Und Norman? Was hat der gesagt?«

»Ach, der gute alte Norman! Der jubelt natürlich für mich. Und ist furchtbar aufgeregt. Ich nehme ihn mit nach Hollywood, ihn und seine Frau. Er wird so eine Art Faktotum für mich sein, und Penny wird mir den Haushalt führen. Wie Hilly meint, wird Monarch mir ein entsprechendes Haus suchen, in Beverly Hills oder in Bel Air.« Er drückte seine Zigarette aus. »Weißt du schon, wo du unterkommst, Puss?«

»Ursprünglich wollte Victor mir einen der Bungalows im Beverly-Hills-Hotel mieten, aber nun hat er sich doch für das Bel-Air-Hotel entschieden.« Spontan beugte sie sich zu ihm hinüber. »Ach, Terry, wir werden viel Spaß miteinander haben da drüben – nicht wahr?« rief sie begeistert.

»Aber natürlich werden wir das, Liebes.« Terry sah sie nachdenklich an. »Übrigens, was hält denn Seine Lordschaft von deinem bevorstehenden Aufbruch zu neuen Ufern?«

Seinen ironischen Ton überhörend, antwortete Katharine: »Anfangs war Kim ziemlich entsetzt, aber jetzt hat er es akzeptiert, und außerdem bleibe ich ja nur einige Monate.«

»Ach!« Terry war verblüfft. »Ich dachte, Victor hätte schon den nächsten Film für dich, nach der Komödie mit Beau Stanton!«

»Erwähnt hat er nichts davon, also vermute ich, daß sich noch nichts ergeben hat.«

Terry warf einen Blick auf die Uhr. »Ich muß gehen, Puss. In zehn Minuten hab' ich ein Interview mit Estelle Morgan, und anschließend muß ich sie dann wohl oder übel zum Lunch ausführen. Das ist ein weiterer Grund, warum ich dich sprechen wollte. Ich möchte gern, daß du dabei bist.«

»O Gott, das möchte ich aber lieber nicht, Terry. Das wäre Estelle bestimmt nicht recht; die will sicher mit dir allein sein.«

»Aber ich nicht mit ihr«, gab Terry zurück. »Sie macht mich immer furchtbar nervös. Ich habe ständig das Gefühl, daß sie im nächsten Moment über mich herfallen wird.« Er verdrehte die Augen. »Eine äußerst raubgierige Dame, unsere Estelle. Bitte sag ja, Puss. Bitte!«

Katharine lachte klingend. »Du Angsthase! Sie ist harmlos, und außerdem brauchst *du* bestimmt keinen Schutz.« Vor seinem flehenden Blick jedoch kapitulierte sie. »Na schön, ich werde deinen Schutzengel spielen. Aber zum Interview werde ich nicht mitkommen. Das würde sie nur als störend empfinden. Sie mag keine Zuhörer, wenn sie jemanden interviewt, und das sollte man respektieren. Sagen wir ... um eins?«

Terry seufzte erleichtert auf. »Danke, Puss. Ein Uhr. In der Bar. Dort soll das Interview stattfinden.« Er erhob sich und ging zur Tür, drehte sich dort aber noch einmal um. »Ich gebe morgen einen kleinen Lunch. Im Red Lion von South Stainley, dem bezaubernden alten Gasthaus. Mit einigen von meinen Freunden aus dem Team. Sie wissen noch nichts von dem Monarch-Vertrag, aber die Nachricht wird zweifellos in den nächsten Tagen durchsickern, deswegen möchte ich's ihnen selbst sagen: ein großartiger Anlaß für eine kleine Party. Du wirst doch auch kommen, Puss, oder? Mit Kim, natürlich. Und bring doch auch Francesca mit, ja?«

»Wie lieb von dir, Terry! Vielen Dank, wir kommen gern. Francesca kann ich jetzt gleich fragen. Sie muß jeden Augenblick hier sein.«

»Gut. Ich erwarte dich also in einer Stunde. Laß mich bitte nicht im Stich.« Er zwinkerte, öffnete die Tür und wäre fast mit Francesca zusammengeprallt. Lächelnd entschuldigte er sich bei ihr.

»Macht nichts, Terry. Wie geht es Ihnen?«

»Prächtig, danke. Aber ich bin in Eile. Bye-bye!« Er winkte und verschwand im Korridor.

Francesca kam herein und schloß die Tür. Sie bot einen hübschen Anblick in ihrer hellbraunen Reithose, den blank geputzten schwarzen Stiefeln, der rosa Bluse und dem roten Halstuch. Das blonde Haar hatte sie sich im Nacken mit einer schwarzen Schleife zusammengebunden. An einem Arm trug sie einen Marktkorb, in der anderen Hand einen Blumenstrauß. »Hallo, Liebes!« rief Katharine, gab ihr einen liebevollen Kuß auf die Wange und fuhr fort: »Ich hab' mich so sehr gefreut, daß du angerufen hast! Eine wunderbare Überraschung.«

Francesca erwiderte den Kuß. »Ebenfalls hallo, du Fremdling.« Sie lachte fröhlich. »Hier, die sind für dich. Selbstgepflückt im Park von Langley.«

»Wie lieb von dir, Francesca! Vielen Dank!« Katharine steckte die Nase in den Strauß. »Und wie die duften! Ich werde sie gleich ins Wasser stellen. Mach's dir inzwischen schon mal bequem. Möchtest du Kaffee oder einen Drink? Ich kann alles bestellen, was du willst!«

»Nein, vielen Dank.« Francesca stellte den Marktkorb ab und warf sich in einen Sessel. »Ich muß nach Ripon – einkaufen für Melly. Deswegen hab' ich nur wenig Zeit. Aber ich wollte wenigstens kurz vorbeikommen.«

»Das ist schön«, rief Katharine aus dem Badezimmer. Dann kam sie mit einer Vase voll Wasser zurück und begann die Blumen hineinzustellen. »Du hast mir gefehlt, Frankie.«

»Du mir auch, Kath. Mein Gott, sogar in London sehe ich dich häufiger als hier.«

»Ist das nicht albern? Aber Mark hat uns furchtbar rangenommen. Er probt jede einzelne Szene durch, bevor er sie aufnimmt.« Sie trat zurück, musterte ihr Werk und steckte einzelne Blumen noch einmal um. »Das wär's.«

»Aber es läuft doch gut, nicht wahr?«

»O doch, wir sind alle sehr zufrieden«, gab Katharine leichthin zurück, denn sie wollte nicht über den Film diskutieren, bei dem es von Anfang an Probleme gegeben hatte.

»Komm hierher, Kath. Setz dich zu mir. Ich muß dir unbedingt was erzählen.«

»Du bist ja ganz aufgeregt.« Katharine musterte die Freundin neugierig.

»Bin ich auch.« Francesca strahlte. »Daddy und Doris wollen heiraten.«

Katharine wurde leichenblaß. »Aber ... aber das ist ja wunderbar ...« Sie brach ab und starrte Francesca sprachlos an.

Francesca musterte sie erstaunt. »Du klingst so komisch, Katharine, überhaupt nicht sehr begeistert. Und ich dachte, du würdest dich freuen.«

»Ich bin verblüfft, das ist der Grund«, erklärte Katharine hastig. »Ich hatte wohl nicht erwartet, daß es so ernst war mit den beiden. Ich dachte immer, Doris wollte in die Staaten zurückkehren, ich meine, sie hat doch so viele Interessen da drüben, und sie ist so typisch amerikanisch.« Sie stieß ein nervöses Lachen aus. »Aber natürlich freue ich mich«, behauptete sie, obwohl sie zutiefst erschrocken war. Aber sie wußte, daß sie Francescas Zweifel hinsichtlich ihrer Gefühle zerstreuen mußte. Herzlich drückte sie ihr die Hand, nahm all ihre beachtliche Schauspielkunst zu Hilfe und lächelte strahlend. »Ach, Frankie, wie wundervoll für deinen Vater! Ich freue mich wirklich sehr für ihn – ehrlich und aufrichtig.« Vorwurfsvoll schüttelte sie den Kopf. »Warum hat Kim mir nur gestern abend nichts davon gesagt?«

»Weil er es noch nicht weiß«, erklärte Francesca. »Daddy rief heute morgen aus Südfrankreich an, um es uns mitzuteilen, aber da war Kim schon nicht mehr da. Jedenfalls gibt es eine große Verlobungsparty in Doris' Villa«, berichtete sie weiter. »Im Spätsommer, vermutlich im August. Es soll ein sehr eleganter Ball werden, und alle sind dazu eingeladen.«

»Wer sind alle?« wollte Katharine wissen und wünschte, der Knoten in ihrem Magen würde sich lösen.

»Kim und ich natürlich, und du auch. Ach Kath, du kommst doch, nicht wahr? Sonst ist es nur halb so schön!«

Wieder war Katharine bestürzt, und wieder brachte sie ein strahlendes Lächeln zustande. »Wie nett von Doris, mich einzuladen.« Dabei fragte sie sich, ob Doris tatsächlich die Einladung ausgesprochen hatte oder ob das Francescas Idee gewesen war.

»Doris würde doch dich nicht vergessen! Sie weiß, daß Kim verrückt nach dir ist. Du sollst bei uns in der Villa Zamir in Cap Martin wohnen. So lange du willst. Ich soll den ganzen August über dort bleiben und hoffe, daß du wenigstens vierzehn Tage Zeit hast, Katharine. Oder würde das deine Reisevorbereitungen für Hollywood stören?«

»Nein, kein Problem. Und es ist wirklich reizend von Doris«, murmelte Katharine, erstaunt über diese unerwartete Liebenswürdigkeit seitens der Dame Asternan. »Wann soll denn die Hochzeit stattfinden?«

»Wahrscheinlich im November, meint Daddy. Hier in Yorkshire, in der Kirche von Langley. Ach, du liebe Zeit, da bist du ja in Kalifornien! Und ich hatte mich so darauf gefreut, daß wir beide Brautjungfern sein würden. Ich wollte es Doris schon vorschlagen.«

Katharine mußte lachen, weil sie sich vorstellte, was Doris bei diesem Vorschlag für ein Gesicht machen würde.

Francesca, die Katharines Lachen für Freude hielt, fragte: »Aber daß du nach Cap Martin kommen wirst, kann ich Doris doch sagen, nicht wahr?«

»Ja. Ein bißchen Urlaub vor dem Beau-Stanton-Film wird mir guttun. Heute ist wirklich ein Tag der Überraschungen.«

»So?«

»Ja. Vorhin kam Terry, um mir zu sagen, daß er einen Vertrag mit Monarch unterzeichnet hat. Er geht ebenfalls nach Hollywood.« Katharine erzählte Francesca von Terrys Glück und schloß: »Morgen gibt er zur Feier des Tages einen Lunch und möchte, daß du auch mitkommst, Frankie.«

»Würde ich gern, Kath, aber ich fahre heute nachmittag noch nach London.«

»Nach London?« wiederholte Katharine erstaunt.

»Ja. Weißt du nicht mehr? Meine Cousine Diana kommt morgen aus Paris. Sie wird ein paar Wochen bei mir wohnen.«

»Himmel, das hatte ich ganz vergessen! Ich denke nur noch an meine Arbeit. Und dumm bin ich auch noch. Hätte ich daran gedacht, hätte ich Victor bitten können, dich mitzunehmen. Er ist selbst gerade vorhin nach London gefahren.«

»Ach.« Francesca blickte auf ihren Marktkorb hinab. Sie stellte ihn auf ihre Knie und kramte darin herum. Ohne den Kopf zu heben – sie wagte Katharine nicht anzusehen –, fuhr sie fort: »Ja, das wäre nett gewesen, aber irgendwie fahre ich doch lieber mit dem Zug. Dabei kann ich meine Notizen durchsehen und das nächste Kapitel entwerfen.«

»Was macht denn dein Buch?« erkundigte sich Katharine interessiert.

»Ach, das geht ganz gut. Besser, als ich gedacht hatte.«

Francesca holte ein Päckchen aus dem Korb. »Das hier ist auch noch für dich. Val hat extra Pfefferkuchen gebacken.«

»Du bist ein Schatz! Ich danke dir.« Katharine legte das Päckchen auf den Tisch und sah Francesca bedauernd an. »Dann bist du also doch nicht zum Dinner da, heute abend«, sagte sie leise.

»Nein, Kath – leider. Ich kann Diana nicht im Stich lassen.«

»Ich weiß. Aber schade ist es doch.«

»Sei nicht dumm, Liebes«, entgegnete Francesca liebevoll. »So hast du Kim doch für dich allein, und das ist weitaus romantischer.«

Bedrückt drehte Katharine den goldenen Siegelring an ihrem Finger. Sie hatte mit Francescas Teilnahme am Dinner gerechnet, denn sie wollte nicht mit Kim allein sein. Seine Schwester war immer so eine Art Puffer zwischen ihnen. »Er ist furchtbar verärgert über mich. Weil ich ihn in dieser Woche so oft vertrösten mußte. Er gibt mir die Schuld daran, aber er scheint zu vergessen, daß ich in Yorkshire bin, um hier zu arbeiten. Er ist unfair! Ich habe ohnehin schon genug unter dem Streß zu leiden, auch ohne seine schlechte Laune und seine ewige Eifersucht.« Sie seufzte. »Mark ist ein Tyrann, Victor ein Diktator und Kim einfach unvernünftig.«

Francesca schwieg. Sie war auf Katharines Seite, denn Kim hatte sich in letzter Zeit wirklich unmöglich verhalten. Andererseits verstand sie ihn aber auch. Sie selbst erlebte im Augenblick das gleiche mit Victor, der von seinem Film so in Anspruch genommen war, daß er kaum einmal Zeit für sie hatte.

Nach einer Weile sagte Francesca ruhig: »Ich glaube, Kim weiß, daß er unfair ist, Kath. Aber vergiß nicht, daß er dich sehr liebt, daher ist es nur natürlich, daß er möglichst viel mit dir zusammensein will. Und was die Eifersucht betrifft ...« Sie lachte leise. »Du bist eine schöne Frau und bei der Arbeit von vielen Männern umgeben. Es wäre unnatürlich, wenn da nicht Eifersucht aufkäme. Das kannst du ihm wirklich nicht übelnehmen.«

»Wahrscheinlich hast du recht«, gab Katharine widerwillig zu. »Aber ich gebe ihm wirklich keinen Grund zur Eifersucht – ehrlich, Frankie«, versicherte sie.

Francesca sah sie freundlich an. »Männer brauchen nicht immer einen Grund, um sich unmöglich aufzuführen. Manchmal können sie einfach nicht anders.« Sie stand auf und nahm ihren Korb. »Du wirst sehen, es wird sich alles klären, heute abend.«

»Ich hoffe es«, gab Katharine zurück und erhob sich ebenfalls, um die Freundin zur Tür zu begleiten. »Ich bin froh, wenn wir nächste Woche wieder in London sind. Dann ist alles einfacher.« Sie umarmte Francesca liebevoll. »Du bist die beste, liebste Freundin, die ich jemals gehabt habe, Frankie. Ich wüßte nicht, was ich ohne dich anfangen sollte.«

»Und ich habe dich auch sehr lieb, Kath«, gab Francesca zurück. »Du bist wie eine Schwester für mich.« Francescas Miene wurde nachdenklich. »Nein, mehr noch, denn Schwestern stehen einander nicht immer so nahe wie wir. Für mich bist du besser als eine Schwester, besser sogar noch als eine beste Freundin.«

Katharines türkisfarbene Augen wurden feucht, und mit unsicherer Stimme antwortete sie: »Das hast du wirklich wunderbar gesagt, Liebes! Genauso empfinde ich dir gegenüber auch und werde es immer tun – mein Leben lang.«

Francescas Worte hatten in Katharine ein wunderbares Gefühl der Sicherheit geweckt, denn Anerkennung war etwas Lebensnotwendiges für sie. Außerdem hegte sie aufrichtige Zuneigung für Francesca und freute sich, daß diese ihre Gefühle erwiderte.

Aber Katharines glückliche Stimmung hielt nicht lange an. Ihre Gedanken wanderten zu der bevorstehenden Heirat des Earls mit Doris Asternan. Schon bei der ersten Begegnung hatte Katharine instinktiv gewußt, daß sie hier einer ernst zu nehmenden Gegnerin gegenüberstand, und die Zeit hatte diesen Eindruck nur bestätigt: Doris konnte sie nicht leiden. Nicht daß die Ältere ihrer Abneigung eindeutig Ausdruck verlieh; im Gegenteil, sie gab sich ihr gegenüber sogar besonders freundlich und hob immer wieder hervor, daß sie beide doch Amerikanerinnen und damit fast so etwas wie Schwestern seien. Doch das war alles andere als echt. Doris akzeptierte sie keineswegs und mißbilligte auch ihre Freundschaft mit Kim. Überdies verhielt sich Doris, was die Cunninghams betraf, außerordentlich besitzergreifend und hatte sich zu ihrer Beschützerin aufgeschwungen. Vor allem gegenüber amerikanischen Landsleuten. Katharine erinnerte sich noch deutlich daran, wie Doris Victor ausgefragt hatte, als sie beide im Mai in Langley Castle zu Gast waren. Genauso wie sie selbst von ihr hinsichtlich ihrer Zeit in Chicago ins Kreuzverhör genommen worden war. Doch irgendwie war es ihr gelungen, Doris' Fragen auszuweichen, ohne daß es wirkte, als hätte sie etwas zu verbergen.

Ich habe nichts zu verbergen, sagte sich Katharine und stöhnte laut. Wie dumm sie doch gewesen war! Als sie mit dem Studium an der Royal Academy begann, hatte sie eine törichte kleine Lüge erzählt und behauptet, verwaist zu sein. Durch ständige Wiederholungen war diese Lüge dann so zementiert worden, daß sie einfach nicht mehr davon loskam. Wem konnte sie denn jetzt noch die Wahrheit sagen? Warum in aller Welt hatte sie das damals bloß getan? Sie wußte es nicht. Sie wußte nur, daß sie die Lüge unbedingt berichtigen mußte, und das konnte sie nur, wenn sie die Wahrheit sagte und die anderen über ihre Herkunft aufklärte.

Bei dem Gedanken an Doris zog sie eine Grimasse. Als Freundin von David Cunningham war Doris keine Gefahr für sie gewesen; als seine Frau jedoch würde sie großen Einfluß auf ihn gewinnen.

»Verdammt!« sagte Katharine laut, dann schob sie jeden Gedanken daran energisch beiseite. Terry erwartete sie in fünfzehn Minuten in der Bar, daher konnte sie es sich jetzt nicht leisten, länger über Doris Asternan und den Earl nachzudenken.

Dreißigstes Kapitel

Die riesigen, hohen Eichentürflügel von Langley Castle standen weit offen. Helles Sonnenlicht fiel in die Halle und milderte die Strenge der grauen Mauern, übergoß Rüstungen, gekreuzte Schwerter, Wappenschilde und Seidenbanner mit glänzendem Gold.

Francesca stieg langsam die große Treppe hinab und freute sich an der Ruhe und Schönheit der Szene. An strahlenden Sommertagen war das Schloß für sie der schönste Platz auf der ganzen Welt.

Auf einmal verdunkelte ein leichtes Stirnrunzeln ihr fröhliches Gesicht; sehnsüchtig dachte sie: Wenn Victor nur nicht immer noch auf strikter Geheimhaltung bestände, hätten wir das Wochenende hier verbringen können, statt nach London zu hetzen. Sie wußte nur allzugut, daß diese letzten zehn Tage schwer für ihn gewesen waren, denn täglich, wenn er sie anrief, hatte er sich über den Mangel an Privatleben beschwert, die nicht vorhandene freie Zeit und die ermüdende Rolle des Friedensstifters, die ihm Mark Pierce mit seinem irrationalen Verhalten aufzwang. Obwohl auch Victor selbst zuweilen launisch sein konnte – bezwingend und kraftvoll in seiner Leidenschaft ihr gegenüber, wenn sie allein waren, kühl distanziert und gleichgültig, sobald sie in der Öffentlichkeit waren. Doch sosehr sein zwiespältiges Verhalten sie auch bekümmerte, am meisten haßte sie die Heimlichkeit, die er von ihr verlangte. Dabei fiel es ihr besonders schwer, Kim und Katharine zu täuschen, vor allem, weil sie sich so sehr danach sehnte, sich der Freundin anvertrauen zu können. Aber sie mußte sich Victors Wünschen fügen, sonst lief sie Gefahr, ihn zu verlieren.

Francesca sah auf ihre Armbanduhr. Es wurde Zeit. Eilig verließ sie das Schloß durch den der Öffentlichkeit nicht zugänglichen Privateingang, überquerte die gepflasterte Terrasse und stieg die breite Treppe hinab, die in den Rosengarten führte.

Lächelnd beobachtete sie schon von weitem, wie Rosemary, Vals zehnjährige Tochter, ihr Schloßhündchen Lada, ein Geschenk von Victor, an der Leine herumführte, während sie in der anderen Hand einen dicken Blumenstrauß hielt. »Hallo, Rosemary!« grüßte Francesca. Sofort begann Lada wie wild zu jaulen und aufgeregt an ihr emporzuspringen. »Mein Gott, Lada, man sollte meinen, ich bin einen Monat fort gewesen statt nur eine Stunde«, sagte Francesca lachend und streichelte den jungen Hund. »Ich danke dir, daß du sie so lieb ausgeführt und mir so einen schönen Strauß gepflückt hast, Rosemary.«

Rosemary strahlte. »Nur die besten hab' ich genommen, genau wie Mama es mir gesagt hat. Und dann hab' ich ihn in Papier gewickelt und mit Bindfaden verschnürt.«

»Ja, das sehe ich. Sehr gut, Kleines. Aber jetzt komm, ich bin in Eile.«

»Ja, Lady Francesca.«

In die Backsteinmauer, die den Rosengarten am anderen Ende begrenzte, war eine dicke, alte Holztür eingelassen. Dort verabschiedete sich Rosemary liebevoll von Lada und übergab Francesca widerwillig die Hundeleine.

Francesca drehte den alten Eisenschlüssel im Schloß; zu

Rosemary sagte sie: »Schließ hinter mir schön wieder ab, Liebes, hörst du? Und dann läufst du sofort ins Schloß zurück. Deine Mutter erwartet dich zum Lunch.«

»Ja, Lady Francesca. Wiedersehn.«

»Wiedersehn, Rosemary.« Francesca öffnete die Gartentür und trat auf den Fahrweg hinaus und ging auf das imposante schmiedeeiserne Tor der rückwärtigen Zufahrt des Schloßgeländes zu. Da dieser Teil von Langley Park reiner Privatgrund war, erschrak sie, als sie auf der niedrigen Grenzmauer der Zufahrt einen Mann und einen Jungen sitzen sah. Als sie die beiden erreicht hatte, blieb sie stehen; es waren ziemlich abstoßende, verwahrloste Typen.

»Entschuldigen Sie«, sagte sie höflich, aber energisch, »dieser Teil von Langley Park ist der Öffentlichkeit nicht zugänglich. Vermutlich ist es Ihnen nicht aufgefallen, aber Sie halten sich hier widerrechtlich auf.«

Der Mann musterte sie mit schnellem Blick und antwortete kichernd: »'tschuldigen Sie, Euer Ladyschaft, das wußten wir nich'. Wir wollten hier nur picknicken.« Er deutete auf ein paar große braune Tüten neben ihm auf der Mauer. »Aber wenn Sie unbedingt wolln, daß wir gehn, bleibt uns ja wohl nichts anderes übrig...« Mit lauerndem Blick ließ er den Satz in der Luft hängen.

Zögernd krauste Francesca die Stirn; sie kam sich schäbig und kleinlich vor. Es war ein so schöner Sommertag, und Leute wie diese hier, eindeutig aus den nahen Industriezentren, hatten so selten Gelegenheit, saubere Luft zu atmen und die herrliche Landschaft zu genießen. Deswegen sagte sie in etwas sanfterem Ton: »Es tut mir leid, aber ich muß Sie bitten, sich zu entfernen. Sie könnten es außerdem im Schloßhof drüben viel bequemer haben. Dort gibt es ein kleines Café, in dem Sie heiße und kalte Getränke und Eiskrem bekommen. Ihr Picknick schmeckt Ihnen da sicher viel besser.«

Der Mann schüttelte den Kopf. »Könn' wir uns nich' leisten, Lady Francesca.« Er lachte. »Wir ham uns selbs' was zu essen mitgebracht un' unseren eigenen Tee. Aber wir sollten wohl doch besser abhaun.«

»Ach, lassen Sie nur«, lenkte Francesca hastig ein. »Diesmal können Sie hierbleiben. Aber beim nächstenmal halten Sie sich bitte an die öffentlichen Teile des Parks.« Sie lächelte dem Jungen zu, weil er ihr leid tat; er wirkte kränklich und unterernährt. Aber ihr Lächeln erlosch sofort wieder, als sie den eiskalten Haß in seinen Augen entdeckte. Innerlich erschauernd wandte sie sich ab und entdeckte dabei den Feldstecher auf der Mauer. Seltsam, dachte sie sofort, daß diese beiden etwas so Kostspieliges besitzen.

Der Mann, der ihren Blick bemerkte, erklärte rasch: »Wir sin' Vogelfreunde, Lady Francesca. Mein Jimmy hier hat das Opernglas bei 'nem Schulwettbewerb gewonnen. Er is'n richtig guter Naturkundler, mein Jimmy, Euer Ladyschaft.«

»Wie schön.« Francesca neigte kühl den Kopf. »Viel Spaß beim Picknick.«

Ladas Leine fest in der Hand und trotz der Sonnenhitze ein wenig fröstelnd, eilte sie weiter: Die beiden Kerle hatten ihr gar nicht gefallen. Doch selbst wenn es Wilderer waren, wie sie vermutete, konnte sie nicht viel unternehmen. In den letzten Monaten hatte die Wilderei im Langley Park und den benachbarten Besitzungen so sehr überhandgenommen, daß ihr Vater sogar einige Dorfbewohner als zusätzliche Wildhüter eingesetzt hatte. Wenn Jimmy und sein Vater einem von denen begegneten, würden sie erheblichen Ärger bekommen.

Sie fragte sich, wie sie überhaupt hereingekommen waren, und war darauf gefaßt, das Vorhängeschloß am Parktor aufgebrochen zu finden. Zu ihrer Erleichterung war das jedoch nicht der Fall. Sorgfältig versperrte sie mit dem Schlüssel, den Kim ihr gegeben hatte, das Tor von außen und sah durch die Gitterstäbe noch einmal hinein. Die beiden verspeisten unbekümmert ihren Lunch. Vielleicht waren sie ja doch ganz harmlos. Trotzdem wollte sie Kim, wenn sie ihn abends von London aus anrief, von diesem Zwischenfall berichten.

Der Bentley parkte ein Stückchen weiter in der Langley Lane. Victor sprang heraus und kam ihr lächelnd und winkend entgegen. Lada zerrte heftig an der Leine und winselte vor Freude, so daß Francesca alle Hände voll zu tun hatte, mit Hund, Koffer, Handtasche und Blumenstrauß fertig zu werden. Schließlich ließ sie glücklich lachend den Koffer fallen, warf sich in Victors ausgebreitete Arme und barg den Kopf an seiner Brust. Victor hielt sie fest an sich gedrückt und überschüttete ihr Gesicht mit Küssen; dann bückte er sich und tätschelte die kleine Lada. »Muß dich doch auch begrüßen, meine Kleine, nicht wahr?« sagte er liebevoll und kraulte ihr den winzigen Kopf.

Als er sich wieder aufrichtete, hob er Francescas Kinn und sah sie mit seinen schwarzen, sehnsüchtig glänzenden Augen lange und aufmerksam an. Er küßte sie auf den Mund, dann sagte er: »Es ist wunderbar, mein Mädchen endlich wiederzuhaben! Es wurde langsam verdammt problematisch, Baby.«

»Ich weiß, Vic. Ich hatte allmählich das Gefühl, die ganze Welt beobachtet uns.«

»Ein guter Teil davon hat das auch getan«, gab er mit schiefem Grinsen zurück. »Aber das ist vorbei. Komm, Kleines, wir wollen fahren.« Kurz darauf lenkte Victor den Bentley von der Langley Lane auf die Harrogate Road hinaus.

Francesca fühlte sich ganz entspannt – wie immer, wenn sie mit ihm zusammen war. Sogar sein Wunsch nach Geheimhaltung, sein seltsames Verhalten schienen nicht mehr so wichtig zu sein. Sie betrachtete ihn verstohlen, und ihr Herz begann wild zu klopfen. Jedesmal, wenn er zu ihr zurückkam, auch nach einer nur ganz kurzen Trennung, war sie von seinem Aussehen, seiner Männlichkeit, seiner kraftvollen Ausstrahlung überwältigt. Trotz seiner anstrengenden Arbeit, der ewigen Nachtaufnahmen und all seiner anderen Probleme mit dem Film wirkte er außergewöhnlich fit und kerngesund. Wie sehnte sie sich danach, wieder in seinen Armen zu liegen! Hastig unterdrückte sie den Wunsch, ihn zu berühren. Oh, wie sehr liebte sie ihn!

Rasch wandte Francesca den Blick von ihm ab und sah angestrengt zum Fenster hinaus. Als sie sich schließlich wieder gefangen hatte, erkundigte sie sich in möglichst unbekümmertem Ton: »Hat Gus den Zug nach London pünktlich erreicht?«

»Aber sicher. Wir sind sogar zu früh gekommen und haben kurz noch ein Glas getrunken. Hat sich gefreut wie ein Schneekönig, daß er das Wochenende dienstfrei hat.«

»Wunderbar. Ich hoffe nur, du hast nicht zu lange auf mich warten müssen.«

»Zwanzig Minuten vielleicht. Ich hab' das Drehbuch studiert und eine Zigarette geraucht, vor allem aber hab' ich an die vor uns liegenden Tage gedacht.« Er lachte und sah sie liebevoll an. »Die ganze Woche hab' ich frei – bis das Team ins Studio zurückkehrt. Höchstens ein paar Besprechungen mit Hilly bei Monarch. Und du wirst hoffentlich nicht allzuviel Zeit im Britischen Museum verbringen, Baby.«

Die Aussicht auf eine ganze Woche mit ihm allein zauberte ein strahlendes Lächeln auf ihr Gesicht. »Bestimmt nicht. Ich gehöre ganz dir, Liebling.«

»Das will ich auch hoffen.«

Und ob ich dir gehöre! dachte sie und sagte laut: »Übrigens, Vic, ich hab' eine interessante Nachricht für dich.«

»Raus damit, Baby.«

»Daddy hat mich heute vormittag aus Cap Martin angerufen. Er hat Doris einen Heiratsantrag gemacht. Endlich! Und sie hat ihn angenommen. Die Trauung soll im November stattfinden.«

»He, das ist ja fabelhaft! Und bei deiner Begeisterung für Doris bist du sicher nicht weniger glücklich als die Braut.« Er warf ihr einen kurzen Blick zu und lachte. »Dann hat Diamond Lil es also geschafft! Großartig.«

»Diamond Lil? Nennst du Doris so?« erkundigte sie sich verwundert, denn sie fand das nicht sehr geschmackvoll.

»Nicht ich, Baby – Katharine. Ein bißchen giftig vielleicht, aber sehr treffend. Wenn es gilt, all ihre Preziosen zu zeigen, kennt Doris keine Hemmungen. Mein Gott, an jenem Wochenende, als wir in Langley waren, hat sie aus allen Poren geglitzert. Ich muß sagen, Kleines, ich war geblendet. Vor allem nach Sonnenuntergang.«

Jetzt mußte Francesca doch lachen. »Waren wir alle, aber irgendwie kann Doris sich das leisten, das mußt du zugeben.« Sie zögerte kurz, fuhr aber dann fort: »Komisch, daß Katharine mir gegenüber diesen Spitznamen nie verwendet hat.«

»Vielleicht dachte sie, er würde dich kränken.« Er überlegte einen Moment, dann sagte er leise: »Die beiden haben sich wirklich gefressen, Ches.«

»Was meinst du damit?«

»Daß sie einander nicht ausstehen können«, sagte Victor offen. Und ergänzte achselzuckend: »Frag mich nicht, warum. Ich habe nicht die geringste Ahnung, es sei denn, es herrscht ein gewisser Konkurrenzneid zwischen ihnen.« Er verzog das Gesicht. »Aber was soll's! Wer kennt sich schon aus mit den Frauen.« Er lächelte. »Nur mit dir kenne ich mich aus, Kleines. Du bist zu allen Menschen lieb. Jedenfalls ist Doris ein phantastisches Mädchen. Dein Vater kann wirklich von Glück sagen.«

»Das kann er. Und ich weiß, daß du dich mit Doris sofort gut verstanden hast. Aber daß Katharine und Doris sich nicht ausstehen können, das glaube ich nicht, Vic. Du mußt dich täuschen.« Doch kaum hatte sie es gesagt, da fiel Francesca Katharines erste Reaktion auf die Nachricht von der Verlobung ein. Sollte Victor doch nicht so ganz unrecht haben? Nein, entschied sie; Katharine war einfach überrascht gewesen, mehr nicht. »Ich jedenfalls habe kein Zeichen für gegenseitige Abneigung bemerkt, und Doris hat Kath in die Villa Zamir eingeladen.«

»Hat sie die Einladung angenommen?« erkundigte sich Victor scharf.

»Ja, und sie hat sich sehr gefreut.«

»Dann hab' ich mich vielleicht doch getäuscht«, gab er in sanfterem Ton zurück und dachte dabei: Das ist aber eine beachtliche Kehrtwendung von Katharine. Und von Doris ebenfalls. Oder das erste Zeichen eines Waffenstillstands? Dennoch wußte er, daß er hinsichtlich der gegenseitigen Abneigung recht hatte. Francesca glaubte eben stets nur das Beste von den Menschen. Da er jedoch keine Diskussion über diese beiden komplizierten Frauen anfangen wollte, fragte er: »Und wie hat Kim die Nachricht aufgenommen?«

»Der war schon fort, als Daddy anrief. Aber ich will heute abend noch mit ihm telefonieren.« Francesca lehnte sich glücklich zurück. »Doris gibt übrigens eine ganz große Verlobungsparty, eigentlich sogar einen richtigen Ball. Du wirst doch auch kommen, Vic, nicht wahr?«

»Aber sicher«, antwortete er, um dann mit ironischem Auflachen zu fragen: »Bin ich denn eingeladen?«

»Die Einladung bekommst du noch, und Nicky auch, obwohl Doris ihn bis jetzt noch nicht kennt. Ich erwähnte zufällig, daß ihr um die Zeit beide in Südfrankreich sein würdet, und sie möchte unbedingt, daß ihr kommt. Der Urlaub in Beaulieu-sur-Mer ist doch fest geplant, oder?«

Francescas Stimme verriet soviel Besorgnis, daß Victor sofort darauf reagierte. »Aber sicher, Baby«, beruhigte er sie. »Wohnen werden wir im La Réserve, die Suiten sind bereits gebucht. Es wird eine wunderbare Zeit werden, Ches. Viel Sonne, viel Ruhe, ein bißchen Vergnügen, einige Parties, Ausflüge an der Küste entlang. Es wird herrlich werden, Kleines«, schwärmte er begeistert, obwohl er gar nicht so begeistert war. Diese jüngste Entwicklung hatte er nicht erwartet, ebensowenig wie Katharines Besuch an der Riviera. Mein Gott! Noch mehr Komplikationen in seinem ohnehin schon so komplizierten Leben. Er unterdrückte einen Seufzer und verdrängte die belastenden Gedanken. Bis zum August konnte noch viel passieren. Über die Zukunft zu spekulieren war sinnlos. Sein Interesse galt vorerst der Gegenwart, das heißt den nächsten Tagen. Weiter wollte er nicht planen.

Francesca riß ihn aus seinen Gedanken. »Dieser Sommer wird super werden, Vic! Genau wie in Königssee.«

O nein, bestimmt nicht, dachte er bei sich. Eine Zeitlang konzentrierte er sich aufs Fahren, dann holte er eine Zigarette aus dem Handschuhfach, steckte sie an und sagte, ohne den Blick von der Straße zu nehmen: »Da wir gerade von Nick sprachen, Ches – ich habe auch eine gute Nachricht für dich. Er trifft morgen abend in London ein. Ich dachte, wir könnten anschließend mit ihm essen, ja?«

»Aber ja, Vic! Ich freue mich sehr, ihn nach so vielen Wochen wiederzusehen«, rief sie begeistert. »Ich kann's kaum erwarten. Er war so unendlich lange fort!«

Victor lachte. »He, nun mal langsam! Du machst mich eifersüchtig!« Er griff nach ihrer Hand und küßte die Innenfläche. »Ich kann dir gar nicht sagen, wie ich mich in diesen letzten Tagen nach dir gesehnt habe, Ches. Aber von diesem Thema fange ich am besten gar nicht erst an; sonst muß ich anhalten und hier auf der Straße über dich herfallen.«

»Dir traue ich so ziemlich alles zu«, scherzte sie glücklich.

»Damit hast du durchaus recht, Kleines«, kam es zurück.

»Du hast hoffentlich nicht vergessen, daß Diana morgen ebenfalls ankommt, oder? Ich muß sie am Flughafen abholen.«

»Du mußt sie abholen?« wiederholte Victor. »Wir werden sie alle beide abholen. Ich werde dich in der kommenden Woche keine Sekunde aus den Augen lassen. Außerdem freue ich mich auf deine schöne Cousine. He, sie kann doch auch mit zum Essen kommen!« Sein jungenhaftes Lächeln kräuselte seine Lippen. »Weißt du was?« fuhr er spitzbübisch fort. »Ich wette hundert zu eins, daß die beiden sich auf Anhieb mögen.«

»Und ich würde im Traum nicht daran denken, diese Wette zu halten, Mr. Mason«, gab Francesca lachend zurück.

Einunddreißigstes Kapitel

Es war kurz nach zwei, als Nick Latimer mit seinem Aston Martin DB 2/4 am Donnerstagnachmittag der ersten Juliwoche durchs Tor der Shepperton-Studios fuhr. Er parkte neben Victors Bentley, zog den Zündschlüssel ab und stieg aus. Nachdem er die Tür abgeschlossen hatte, trat er zurück und betrachtete den Wagen voll Stolz. Als er vor zehn Tagen nach London zurückgekehrt war, hatte der Aston im Ausstellungsraum von David Brown am Piccadilly auf ihn gewartet: ein überraschendes Geschenk von Victor. Er war völlig fassungslos gewesen und hatte Victor grenzenlose Verschwendungssucht vorgeworfen.

Victor hatte ihn daran erinnert, daß er von diesem starken Wagen schon lange geschwärmt, sich aber nie zum Kauf entschlossen hatte. »Deshalb hab' ich ihn dir eben gekauft«, hatte Victor gesagt. »Das Leben ist zu kurz, um uns die wenigen Dinge zu versagen, die uns ein bißchen Spaß machen.« Gerührt hatte Nick das Geschenk akzeptiert und wieder einmal festgestellt, daß Menschen wie Victor Mason eine Seltenheit waren.

Liebevoll tätschelte Nick die Motorhaube des Aston und schlenderte langsam zu den Aufnahmehallen hinüber. Den Traumfabriken, die in Wirklichkeit so nüchtern waren. Trotzdem hielt er sich gern im Studio auf, stand in den Kulissen und hörte zu, wie seine Texte an Bedeutung gewannen, sobald ein Schauspieler sie mit Leben erfüllte. Er fragte sich, wie der Vormittag verlaufen war. Heute war der letzte Drehtag. Um drei Uhr würde Victor für die letzte Szene mit Katharine Tempest und Terrence Ogden die Dekoration betreten. Dann war der Film abgedreht. So Gott will, murmelte er vor sich hin.

Seit seiner Rückkehr aus New York hatte Victor ihm zahllose Geschichten über die Probleme der letzten Monate aufgetischt, und er hatte verwundert zugehört und schließlich eingesehen, daß Victor nicht übertrieb, wenn er behauptete, der Film sei der schwierigste gewesen, an dem er je mitgewirkt habe. Nick wußte zwar, daß es bei Dreharbeiten immer Probleme gab, doch »Wuthering Heights« schien vom ersten Augenblick an geradezu damit geschlagen zu sein. Als er am Dienstag zum erstenmal im Studio gewesen war, hatte er selbst ein paar kleine Zwischenfälle miterleben können, und sowohl Jake Watson als auch Jerry Massingham hatten ihm versichert, die spannungsgeladene Atmosphäre sei durchaus normal. Überdies hatten ihm beide bestätigt, daß jeder froh sei, wenn die letzte Einstellung im Kasten war, und alle erleichtert sein würden, wenn dieses Team endlich auseinanderging.

Ein trauriges Ende, dachte Nick bedrückt. Wie Jake gesagt hatte, war es nur Victors diplomatischem Geschick zu verdanken, seinen unaufhörlichen Bemühungen, gesträubte Federn immer wieder zu glätten, sowie seinen ständigen Ermutigungen, dem Lob, das er spendete, daß alles zusammen- und einigermaßen unter Kontrolle gehalten werden konnte.

»Pip-pip! Toot-toot! Hallo, Nicholas!«

Nick erkannte die schrille Stimme sofort und wandte sich schicksalsergeben zu ihr um. »Hallo, Estelle.« Er versuchte, seine Abneigung hinter einem nichtssagenden Lächeln zu verbergen. »Wie geht's?«

»Rosig, rosig. Vielen Dank! Außerdem bin ich zufällig im Augenblick frei, leicht und ledig. Sie vielleicht auch, Liebling?« sagte sie affektiert und warf ihm einen koketten Blick zu.

»Ich bin im Augenblick fest gebunden, Estelle.«

»Ein Jammer, mein Schatz. Ich hatte immer gedacht, wir könnten uns zu einem wunderbaren Duett zusammenfinden. Im Geist höre ich schon jetzt das harmonische Geklapper unserer Zwillings-Schreibmaschinen.«

Nick zuckte gequält zusammen. »Leute, die denselben Beruf haben, sollten sich nie miteinander einlassen. Sie wissen doch, was man sagt: In einer Familie gibt es nur Platz für *einen* Star.«

»*Touché*«, kicherte sie, schob besitzergreifend ihre Hand unter seinen Arm und himmelte ihn schamlos an.

Er fragte sich, ob Estelle ein zu dickes Fell hatte oder einfach zu dumm war, um nach dieser Bemerkung gekränkt zu sein, die er jetzt selbst als etwas zu hart empfand. Ein wenig freundlicher sagte er: »Ich nehme an, Sie kommen zur Schlußparty?«

»O ja, natürlich! Die will ich auf gar keinen Fall verpassen. Und das wäre mir fast passiert. Ich war an der Côte d'Azur – bei der Hochzeit.«

»Welcher Hochzeit?«

»Mein Gott, Nick – Grace Kellys Hochzeit natürlich. Mit Rainier von Monaco.«

»Ach so, ja. Die hatte ich ganz vergessen.« Er befreite sich aus Estelles Griff, öffnete die schwere Stahltür von Halle drei, ließ sie eintreten und sagte mit gezwungenem Lächeln: »Wir werden uns später noch sehen, Estelle.«

»Worauf Sie sich verlassen können, Nicholas. Noch hab'

ich's bei Ihnen nicht aufgegeben.« Dann musterte sie ihn aufmerksam, und ihre Miene wurde auf einmal ernst. »Es tut mir so leid, Nick«, sagte sie leise. »Das mit Ihrer Schwester.« Aber sie wartete seine Antwort nicht ab, sondern segelte davon, winkte einem Bekannten zu und rief: »Toot-toot! Pippip, Alan!«

Nick sah ihr verwundert nach. Von Estelle hatte er wahrhaftig keine Beileidsbekundungen erwartet, und nun hatte er Gewissensbisse wegen seiner boshaften Bemerkung. Vielleicht war die Journalistin doch nicht so seicht und gefühllos, wie er gedacht hatte.

»Hierher, Nicky!«

Jake Watsons Stimme klang hohl durch die bereits teilweise verlassene Aufnahmehalle, wo sich nur noch einige Techniker aufhielten. Nick hob grüßend die Hand und suchte sich einen Weg zwischen den Kameras, Jupiterlampen und Tonaufnahmegeräten hindurch zu Jake, der sich in einer Ecke mit Jerry Massingham unterhielt. Als er näher kam, sah Nick sofort, daß beide deprimiert waren. Das war bei Jerry Massingham, der immer Sorgen zu haben schien, nichts Neues, bei dem umgänglichen, unerschütterlichen Jake Watson, der sogar im schlimmsten Streß gelassen blieb, jedoch befremdend.

Nick, der nicht in ihre Probleme hineingezogen werden wollte, beschloß, ihre negative Stimmung zu ignorieren. Er legte Jake jovial einen Arm um die Schultern und sagte fröhlich: »Im Westen nichts Neues, wie ich sehe.«

»Im Moment«, gab Jake kurz angebunden zurück. Dann jedoch entspannte sich seine grimmige Miene und wurde wieder so gutmütig, wie man es an ihm gewohnt war. Er lächelte entschuldigend. »Ich wollte nicht bissig werden. Herzlich willkommen, mein Freund. Du hast soeben Stalag 17 betreten.«

Jerry schüttelte ihm die Hand. »Tag, alter Junge. Jake hat recht, ein verdammtes Straflager ist das hier. Hast du die Absicht, unser Elend mit uns zu teilen?«

»Hallo, Jerry. Mir scheint hier aber alles recht friedlich zu sein.«

»Kleine Windstille, im Moment. Hoffen wir, daß es nicht die Ruhe vor dem nächsten Sturm ist.« Jerrys Miene wurde noch düsterer.

»Schlimmer Vormittag?« Nicks Frage klang eher nach einer Feststellung.

»Kann man wohl sagen«, bestätigte Jake bissig. »Drück uns die Daumen, daß wir den Nachmittag ohne neue Schwierigkeiten hinter uns bringen, damit wir unsere Zelte abbrechen und uns schnellstens davonmachen können. Vielleicht sollte man Mark Pierce erschießen.«

»Soll ich mit ihm auf den Parkplatz rausgehen?« erkundigte sich Nick scherzend.

Jake lachte laut auf. »Himmel, bin ich froh, daß du wieder da bist, Junge. Jetzt hab' ich wenigstens wieder ein bißchen was zu lachen.«

»Freut mich, daß immerhin einer lacht. Aber wo ist denn unser kleiner Diktator?«

»Mark? Trampelt wahrscheinlich wieder mal auf Terry herum«, antwortete Jerry verächtlich.

»So schlimm?« Nick schüttelte mitfühlend den Kopf. »Nur Mut, Freunde! Tröstet euch mit der Tatsache, daß heute der letzte Drehtag ist. Und Victor? Wo ist der?«

»In seiner Garderobe«, sagte Jake.

»Dann will ich mal zu ihm gehn, bevor ihr wieder zu drehen anfangt.«

»Nein, lieber nicht!« Jake hielt ihn am Arm zurück.

»Und warum nicht?«

»Weil Katharine bei ihm ist. Die beiden haben eine Besprechung, und er will nicht gestört werden.« Jake zuckte die Achseln. »Tut mir leid.«

»Ach so! Aber er erwartet...« Nick unterbrach sich, weil das Scriptgirl gelaufen kam, Jerry einen Stoß Papiere in die Hand drückte und wortlos weitereilte.

Jerry zog ein Gesicht. »Verdammt, die sieht aus, als hätt's ihr die Petersilie verhagelt; ich sollte wohl mal nachsehen gehn, was jetzt zum Teufel schon wieder los ist.« Vor sich hin murmelnd, ging er davon.

Nick und Jake tauschten einen besorgten Blick, dann sagte Jake: »Keine Angst, Jerry wird schon damit fertig. Er ist großartig. Ich wüßte nicht, was ich ohne ihn getan hätte. Er ist mir eine unersetzliche Hilfe gewesen.« Jake seufzte, fingerte in seiner Tasche nach einer Zigarette und zündete sie an. »Ehrlich gesagt, Nicky, ich hatte mehr als einmal das Gefühl, als sei Mark darauf aus, immer wieder unnötige Spannungen zu erzeugen; vielleicht ist das die einzige Atmosphäre, in der er arbeiten kann.« Resigniert hob er die Schultern. »Aber ich muß gestehen, daß Victor stets einen kühlen Kopf bewahrt hat. Na ja, er ist schließlich ein Profi.« Jake zögerte und sah Nick durchdringend an. Nach kurzer Pause fuhr er dann vorsichtig fort: »Seit einigen Tagen erst ist er schlechter Laune, finster brütend, könnte man sagen. Beherrscht wie immer, doch distanzierter als sonst. Wortkarg. Hast du vielleicht eine Ahnung, was mit ihm los ist?«

Nick sah den anderen erschrocken an. »Soweit ich weiß, gar nichts«, gab er wahrheitsgemäß zu. »Letzte Woche, in Yorkshire, war er bester Laune, und als ich ihn am Dienstagabend wiedersah, schien er ebenfalls völlig normal zu sein. Ich habe täglich mit ihm telefoniert und nichts Ungewöhnliches an ihm bemerkt.«

Jake erwiderte nachdenklich: »Offen gestanden, ich mache mir allmählich Sorgen. Er ist anders als sonst. Geistesabwesend. Ja, sogar bedrückt. Hast du wirklich nichts bemerkt?«

»Wirklich nicht.« Nick überlegte. Schließlich sagte er: »Vielleicht hat ihn der Streß endlich doch noch geschafft. Du hast oft genug mit ihm zusammengearbeitet und weißt, daß er zuviel Überspanntheit für kindisch hält und ein friedliches Arbeitsklima braucht. Hat er das nicht, wird er gereizt.«

»Mein Gott ja, Nicky, du hast recht! Vielleicht habe ich mir das Ganze nur eingebildet. Dieser verdammte Film macht mich paranoid!«

»Nur mit der Ruhe, alter Freund.« Nick legte Jake tröstend die Hand auf die Schulter. »Und wenn der Film dich auch paranoid macht – er ist phantastisch! Ich hab' gestern ein paar Muster gesehen und war überwältigt – total überwältigt, Jake!« Nicks Ton verriet seine Begeisterung. »Mark Pierce mag zwar ein Mistkerl sein, aber er ist ein glänzender, phantasievoller Regisseur. Und das Wunder besteht darin, daß auf der Leinwand nichts von den Problemen zu merken ist.«

Jake nickte. »Das ist häufig so. Und ich bin ebenfalls der Meinung, daß wir einen todsicheren Hit haben.« Jake kam näher und fragte in vertraulichem Ton: »Was hältst du eigentlich von der Tempest? Es ist natürlich allein ihr Film. Sie stiehlt allen anderen die Show.«

»Fast, aber nicht ganz.« Nicks Antwort kam so prompt und sicher, daß Jake die Ohren spitzte.

»Sie ist sensationell, gewiß«, fuhr Nick fort. »Ja, ich möchte sogar behaupten, daß sie genial in dieser Rolle ist. Aber Victor ist immer noch die beherrschende Kraft, und diesmal hat er sich selbst übertroffen. Und weißt du was? In einigen Szenen hat er mich sogar zu Tränen gerührt.« Nick grinste verlegen. »Es ist seine absolut größte Leistung. Oscarreif,

Jake. Und Terry Ogden als Edgar Linton ist ebenfalls fabelhaft. Er erinnert mich an den jungen Leslie Howard, und es überrascht mich nicht, daß Hilly Street ihn unter Vertrag genommen hat. Er ist ein richtiges, altmodisches Matinee-Idol, ein Typ, der wieder in Mode kommt.«

»Nicky, du hast mir den Tag gerettet! Ich hatte zwar das Gefühl, recht zu haben mit meiner Meinung über die Muster, fragte mich aber, ob man nicht doch die Objektivität verliert, wenn man zu tief in dem Film drinsteckt. Und über Terry sind Victor und ich derselben Meinung wie du: daß er eine große Karriere vor sich hat.« Nachdenklich rieb er sich das Kinn. »Deshalb kann ich ja auch nicht verstehen, warum Mark immer so über Terry herfällt. Er hat großartig gearbeitet, aber er konnte Mark Pierce nichts recht machen.«

»Das hörte ich. Victor meinte, es gäbe da möglicherweise eine persönliche Animosität, das wäre die einzige Erklärung dafür.«

»Ja, darüber haben wir auch gesprochen. Und Victor hat sich mit Katharine unterhalten, weil er überzeugt war, sie wisse mehr, als sie zugeben wolle. Aber sie ist ihm ausgewichen und hat behauptet, Mark und Terry seien Freunde.« Jakes Miene wurde auf einmal finster. »Die ist gerissen, unser kleines Unschuldslamm. O ja, die weiß, wo's langgeht – unfehlbar!«

»Worauf willst du hinaus?« fragte Nicholas, erstaunt, daß noch jemand etwas gegen Katharine hatte.

»Sieht aus, als könnte sie kein Wässerchen trüben, nicht wahr? Hat's aber in Wirklichkeit faustdick hinter den Ohren.« Jake lachte zynisch; dann fuhr er fort: »Versteh mich bitte nicht falsch, Nick. Beruflich habe ich nichts gegen sie einzuwenden. Sie ist eine wunderbare Schauspielerin und arbeitet fleißig und diszipliniert. Aber als Frau, da hat sie etwas an sich, das mich nachdenklich stimmt. Ich kann's nicht definieren, aber ... Nun ja, vielleicht ist sie einfach zu perfekt, um wahr zu sein.«

Nick starrte Jake verwundert an. »Ich weiß nicht ...«, begann er vorsichtig, zögerte, seine Abneigung gegen Katharine zu bekennen, die er bis jetzt für sich behalten hatte. Dann begnügte er sich mit einem Kompromiß und sagte: »Ich hatte manchmal das Gefühl, daß sie den Eindruck macht, unnahbar zu sein, distanziert, teilnahmslos, ein bißchen kalt. Und daß sie übertrieben ehrgeizig ist, übersieht wohl keiner. Aber für unaufrichtig habe ich sie eigentlich nie gehalten.«

»Das ist ein hartes Wort. Raffiniert, vielleicht. Und schlau. Hat das Talent, alles zu ihrem Vorteil zu nutzen. Victor hat sie den ganzen Film hindurch gehätschelt und protegiert und ihr unendlich viel Zeit gewidmet. Genau wie Pierce. O ja, er ist hart gewesen, aber er hat ihr viel Aufmerksamkeit geschenkt. Und Ossie Edwards – mein Gott, der ist so vernarrt in sie, daß er nicht mehr geradeaus sehen kann. Oder nein, er kann nur noch geradeaus sehen, wenn er die Kamera auf sie richtet. Er hat sie traumhaft fotografiert, was natürlich nicht sehr schwierig ist, aber er hat endlose Stunden damit verbracht, sie möglichst günstig auszuleuchten, und sie in jeder Szene herausgestellt. Und Katharine geht ihm um den Bart. Sie hat einer Menge Männer hier bei uns den Kopf verdreht, außer meiner Wenigkeit.« Er nickte energisch und schloß ironisch: »Kein Wunder, daß sie der Gegenstand vielfältiger Eifersucht ist. Du glaubst nicht, wie viele Augenpaare in den letzten zwölf Wochen eine höchst unattraktive grüne Farbe angenommen haben.« Nick war ein wenig erstaunt über Jakes Worte. Daß Katharine clever war, hatte er nie bezweifelt; daß er das Ausmaß ihrer Cleverneß unterschätzt hatte, erkannte er jetzt. Denn er hatte Vertrauen zu Jakes Menschenkenntnis und wußte, daß er nie unehrlich oder boshaft war.

Schließlich sagte er: »Es ist doch eigentlich kein Wunder, daß die Leute eifersüchtig auf Katharine sind. Sie ist zu vielseitig begabt, um von ihnen normal behandelt zu werden. Beneidet werden wird sie in ihrer Branche ein Leben lang, und das ist ein bißchen ungerecht. Denn schließlich kann sie nichts für ihre angeborenen Eigenschaften: diese überwältigende Schönheit und dieses immense Talent.«

Jake erwiderte mit hohlem Lachen: »Wer hat behauptet, daß es in dieser Welt Gerechtigkeit gibt, Nicholas? Katharine will auf Biegen und Brechen ein Star werden, und diese Art Ruhm und Erfolg muß teuer bezahlt werden. Hoffen wir jedoch, daß Neid und Eifersucht alles sind, was sie in Zukunft zu verkraften hat. Denn eines möchte ich dir noch sagen: Sie wird einer der größten Stars, die die Welt jemals gesehen hat.«

»Das weiß ich, Jake.«

Das schmale, kantige Gesicht des Produzenten nahm einen nachdenklichen Ausdruck an. »Es mag vielleicht abwegig klingen, aber ich bin überzeugt, daß Katharine sogar dann ganz groß werden würde, wenn sie es eigentlich gar nicht wollte. Sie ist ein Naturereignis. Sie ist einfach da, darum wird sie immer da sein. Niemand kann sie aufhalten. Nicht einmal sie selbst. Dieses Mädchen ist zum Star geboren. Der Starruhm ist für sie unvermeidlich ... Er ist ihr Schicksal.«

Nick verstand sofort, was Jake damit meinte, warf ihm jedoch vor: »Du bist unlogisch! Plötzlich behauptest du, die Karriere sei ihr vorbestimmt, und vorhin hast du noch gesagt, Katharine sei gerissen.«

Erregt antwortete Jake: »Das ist sie auch, Nicholas. Und wie, mein Freund. Aber begreifst du denn nicht: Sie braucht gar nicht gerissen zu sein. Katharine Tempest hat es nicht nötig, mit falschen Karten zu spielen. Sie braucht nur dazusitzen und abzuwarten, bis es passiert. Und passieren wird es in Rekordzeit. Ich fürchte, Katharine verschwendet viel zuviel Kraft – überflüssigerweise. Hoffen wir, daß sie wenigstens ihr Talent nicht verschwendet.« Er räusperte sich. »Und hoffen wir, daß ihr der Ruhm und der Glanz nicht zu sehr zu Kopf steigen.«

»Ja«, sagte Nick. »Das kann leicht geschehen. Aber ich glaube, daß sie es verkraften wird.« Wirklich? fragte er sich insgeheim.

»Sei nicht so ernst, Nicholas.« Jake boxte ihn freundschaftlich in die Seite. »Von morgen an geht Katharine Tempest mich nichts mehr an. Ab Oktober hat Monarch sie auf dem Hals.«

»Aber vielleicht wirst du sie doch noch mal auf dem Hals haben, mein Freund«, warnte Nick. »Victor wird dich ganz zweifellos wieder als Line Producer für seinen nächsten Bellissima-Film haben wollen, und es wäre kriminell, wenn er nicht auch wieder Katharine nähme. Die beiden sind einfach großartig zusammen.«

»Wahr, sehr wahr, Nicholas. Aber bis dahin nehme ich Urlaub. Und überlasse sie ihrem Schicksal.«

Nick lachte beifällig. »Ah, da kommt unser Star«, sagte er dann. »Die Besprechung ist beendet.« Nick winkte Victor zu, der durch die Dekoration zu ihnen herüberkam. Er war schon für seine Rolle als Heathcliff kostümiert und sah überwältigend gut aus in dem eleganten victorianischen Gehrock, der engen Hose, der dazu passenden Weste und dem weißen Rüschenhemd.

»Hallo, Jake, Nicky! Seit wann bist du hier, Kleiner?« wandte er sich an den Schriftsteller.

»Ungefähr seit einer halben Stunde. Du hattest zu tun.«

»Stimmt. Ich habe gleich nach Marks obligatorischem Durchproben unsere Szene noch mal mit Katharine besprochen; sie kommt unmittelbar vor der Sterbeszene, die wir ja schon in Yorkshire gedreht haben. Ich will, daß sie hundertprozentig sicher ist, damit sie sich nicht verkrampft.« Mit fragendem Blick sah er zu Jake hinüber. »Keine Probleme?«

»Im Augenblick nicht. Aber freu dich bitte nicht zu früh. Wie ich sehe, seid ihr schon fertig.«

»Ich ja. Katharine wird noch frisiert, und Terry wird gleich soweit sein. Die Truppen versammeln sich zur Schlacht und können losschlagen, sobald der große Mann es wünscht. Wo ist er, Jake?«

»Nach dem Durchproben verschwunden. Doch keine Angst, um fünf Minuten vor drei wird er wieder auftauchen und seine Sklavenpeitsche schwingen.«

»Zum letztenmal«, gab Victor in merkwürdig kaltem Ton zurück.

»Amen«, ergänzte Jake. »Wenn du mich im Moment nicht brauchst, Victor, gehe ich jetzt und trommle die Mannen zusammen.«

Victor führte Nick zu einigen Regiestühlen hinüber, die neben den Kameras mit Blick auf die Dekoration für die letzte Szene standen. »Hier, nimm meinen Stuhl, Kleiner«, sagte Victor.

Nick setzte sich. »Willst du nicht auch Platz nehmen?« fragte er.

»Danke, ich stehe lieber, bis ich dran bin. Sonst krieg' ich noch Falten in meine Hose. Sie ist verdammt eng.«

»Ein schweres Los, alter Freund«, sagte Nick lachend.

»Am Wochenende werde ich mit Pierce das zusammengeschnittene Material durchsehen und nächste Woche die Außenaufnahmen synchronisieren. Dann können wir nach Paris fahren und uns dort einige Tage aufhalten, bevor wir nach Beaulieu-sur-Mer weiterreisen. Was meinst du dazu, Kleiner?«

»Wunderbar. Aber dir ist hoffentlich klar, daß meine Schreibmaschine mitreisen wird. Ich muß wieder an die Arbeit.«

Victor nickte. »Sicher, das weiß ich. Das ist auch wohl das Beste für dich, Nicky. Im La Réserve kannst du ungestört schreiben, denn bis dahin wird es dort wesentlich ruhiger sein, weniger von Touristen wimmeln. Ach, übrigens – wenn Jake einen Teil der Schneidearbeiten mit Pierce überwacht und ganz allgemein hier Schluß gemacht hat, wird er uns für ungefähr eine Woche besuchen. Hast du was dagegen?«

»Aber nein!« Nicky sah zu Victor auf. »Vielleicht ist es dir auch schon aufgefallen: Es wird da unten sein wie zu Hause. Hollywood am Mittelmeer. Hilly Street wird sich da rumtreiben, und Jerry auch. Überall vertraute Gesichter.«

»Unter anderem Beau Stanton mit all den Leuten von der Westküste, die er im Schlepptau hat. Er war zu Grace Kellys Hochzeit geladen und hat sich für den Sommer eine Villa in Cap d'Antibes gemietet. Seit Dienstag abend ist er in London. Er wollte Hilly wegen der Komödie sprechen.« Victor beugte sich ein wenig herunter. »Es ist bis jetzt noch nicht bekannt, aber Hilly wird zum Welt-Produktionsmanager von Monarch ernannt; Beginn Oktober, Basis Los Angeles. Er wird sich den Bolding-Film in Frankreich ansehen, bevor er ihn an seinen Nachfolger hier weiterreicht.«

»He, das ist ja fabelhaft, Vic! Gute Aussichten für Bellissima, nicht wahr?«

»Aber sicher. Er möchte die Verbindung aufrechterhalten. Aber zurück zu unserem Urlaub. Sobald ich hörte, daß sich das Bolding-Team in Monte Carlo versammelt, hab' ich mir die Landkarte angesehen und ein paar schöne Plätze herausgesucht, an die wir uns für jeweils ein paar Tage zurückziehen können.«

Nick hörte zu, während Victor ihm seine Pläne für den

Rest des Sommers schilderte. Er musterte ihn aufmerksam, konnte aber keine Veränderung an ihm feststellen. Andererseits war er ja doch ein Schauspieler, und das zeigte sich zuweilen auch im Privatleben. Nun, falls er tatsächlich Sorgen haben sollte, sagte sich Nick, würde er sich ihm schon irgendwann anvertrauen.

»Ich spiele mit der Idee, den Bentley mitzunehmen, aber vielleicht sollten wir doch lieber fliegen«, sagte Victor und unterbrach sich, weil er ein Geräusch gehört hatte. Er wandte sich um. »Da hinten ist Mark. Jetzt geht's los, Kleiner. Hoffen wir, daß wir die Szene in weniger als den üblichen fünf bis sechs Takes im Kasten haben.«

»Du schaffst es schon, Vic. Und jetzt zeig's ihnen!«

»Ich werde mir die größte Mühe geben.« Er ging davon.

Nick lehnte sich bequem zurück und beobachtete interessiert, wie es in der zuvor leeren Halle allmählich lebendig wurde. Techniker erschienen aus dem Nichts; Atelierarbeiter, Toningenieure, das Scriptgirl und eine Anzahl von Assistenten, Pierce postierte sich direkt daneben. Dann ertönte plötzlich Jerry Massinghams Stimme: »Zigaretten aus! Ruhe! Licht!« Und als noch leises Gemurmel nachhallte, brüllte Jerry abermals: »Ruhe!«

Sofort wurde es still. Die Dekoration, Catherine Earnshaw Lintons Schlafzimmer in Thrushcross Grange, wurde von den Scheinwerfern in Licht getaucht. Mark winkte Katharine heran. Sie trug ein weißes Sommerkleid aus der Zeit – lose und fließend, da sie von Edgar Linton schwanger zu sein hatte – und einen himmelblauen Schal aus Wollspitze um die Schultern. Das kastanienbraune Haar fiel in dunklen Wellen um ihr Gesicht, das schneeweiß war und ihre türkisfarbenen Augen daher um so auffallender hervorhob. Mark sprach mit ihr. Sie nickte, betrat die Dekoration und setzte sich in einen Sessel. Er wartete, bis Katharine es sich bequem gemacht, ein Buch auf ihren Schoß genommen und die Hände kraftlos darauf gelegt hatte.

Jetzt winkte Mark Victor und Ann Patterson heran, die wieder – wie bei Katharines Probeaufnahmen – die Nelly Dean spielte. Die beiden verschwanden hinter der Dekoration, um durch die hintere Kulissentür auftreten zu können. Dann nahm er seinen Platz neben der Kamera wieder ein, hob die Hand und rief: »Kamera ab! Action!«

Die Tür ging auf. Ann führte Victor herein und zu dem Sessel, in dem Katharine saß.

Nick stütze gespannt einen Ellbogen auf die Armlehne seines Stuhls, bettete das Kinn in die Hand und konzentrierte sich auf die Schauspieler. Und akzeptierte die beiden Hauptdarsteller sofort und so rückhaltlos, wie er es noch niemals zuvor gekonnt hatte. Katharine und Victor waren nicht mehr sie selbst. Sie waren Catherine und Heathcliff.

Die todkranke Catherine in ihrem Sessel wirkte schwach und erschöpft. In ihren Augen stand ein ferner Ausdruck, ihre Miene war verträumt und sanft.

Heathcliff dagegen strahlte Macht aus, war erfüllt von Kraft und Leben und animalischer Grazie, und zwar trotz des schmerzlichen Ausdrucks, der sein eigenes Leid so deutlich verriet.

Jetzt trat er vor, und sofort ging eine auffallende Veränderung mit Catherine vor: Eine Anspannung entstand in ihr, eine atemlose Erwartung, ein heftiges Verlangen, als bringe Heathcliff ihr den Odem des Lebens, ihr eigenes Lebensblut. Mit wenigen Schritten war er an ihrer Seite und riß sie gierig in seine Arme. Als er auf ihr liebliches Gesicht hinabsah, waren sein Schmerz, seine Verzweiflung ebenso greifbar wie ihre Erwartung und ihre Hoffnung. Und beide vermittelten tiefste, innigste Gefühle, ohne ein einziges Wort miteinander gewechselt zu haben. Heathcliff hatte die ersten Worte, und als er sie sprach, bekam Nick eine Gänsehaut.

»O Cathy! O du mein Leben! Wie soll ich's ertragen?«

Während die Szene ihrem Höhepunkt entgegenging, konnte Nick die Stille ringsum fast greifen. Diese beiden elektrisch aufgeladenen Menschen, so gefangen in Leidenschaft und Schmerz, daß sie nichts mehr wahrnahmen als sich selbst, hypnotisierten einander und die Zuschauer. Ihre Darbietung war phänomenal, war in Nicks Augen sogar mehr als eine Darbietung. Ihm fehlten die Worte für das, was an diesem Nachmittag hier in der Dekoration geschah, und er konnte es nur als ein Wunder bezeichnen.

Als dann die Tür der Kulisse aufflog und Terry Ogden das Schlafzimmer betrat, verschränkte Nick ganz fest die Hände und betete stumm, daß er der Größe dieser Schauspielkunst gewachsen sein möge. In der Rolle des Edgar Linton trug Terry einen taubengrauen Anzug im victorianischen Stil und bildete mit seinem blonden Haar und den blauen Augen einen perfekten Kontrast zu Heathcliff. Nick wußte sofort, daß dieser Linton genauso überzeugend und bezwingend sein würde wie Victors Heathcliff und Katharines Cathy.

Und so war es. Als sich die Szene dem Ende näherte und Heathcliff sich zurückgezogen hatte, beugte Linton sich über seine ohnmächtige Frau, und seine Miene spiegelte die überwältigende Freude, die er empfand, als er einen Funken Leben in Cathy entdeckte. Zärtlich küßte er ihre Stirn, drückte sie an seine Brust und schmiegte seine Wange in ihr Haar.

»Stopp. Und kopieren«, tönte Marks Stimme hart durch die Halle.

Nicholas fuhr erschrocken hoch. Blinzelnd sah er sich um und stellte fest, daß offenbar alle überrascht waren. Selbst Katharine und Terry, wie Statuen in ihrer Position erstarrt, sahen von der Dekoration aus erwartungsvoll zu Mark hinüber.

Victor, der durch die Kulissentür verschwunden und um die Dekoration herumgegangen war, stand ein wenig abseits. Er brach das allgemeine Schweigen als erster.

»Ist das alles, Mark? Nur eine Aufnahme?« erkundigte er sich ungläubig. »Du hast doch gesagt, stopp und kopieren, nicht wahr?« fuhr er fort.

»Das habe ich, mein lieber Victor«, gab Mark mit leicht herablassendem Lächeln zurück. »Es war meisterlich! Ich glaube nicht, daß einer von euch sich noch verbessern könnte. Ich werde nicht einmal zulassen, daß ihr es versucht. Warum das Schicksal herausfordern? Also können wir jetzt weitermachen und die Naheinstellungen drehen. Zuerst Katharines, dann deine, Victor, und zuletzt Terrys. Wollen wir hoffen, daß ihr alle so perfekt seid wie eben, damit wir heute noch fertig werden.«

Überheblicher Bastard, dachte Nick, steckte sich eine Zigarette an und lehnte sich bequem zurück.

»Ich würde gern ein Original-Drehbuch für dich und Katharine schreiben«, sagte Nicky. Er lag auf dem Sofa in Victors Garderobe, die Hände hinter dem Kopf verschränkt, die Beine an den Knöcheln gekreuzt.

Victor, der schnell sein Kostüm auszog, warf ihm einen kurzen Blick zu. »Ich kenne diesen konzentrierten Blick bei dir, Schreiberling. Du hast eine Idee ausgeknobelt, die dich nicht mehr losläßt. Stimmt's?«

»Mehr oder weniger. Ich muß nur noch ein bißchen an ihr herumfeilen ... Was meinst du – würdest du nicht gern einen weiteren Film mit der Dame machen?«

»Aber sicher, warum nicht?« Bis auf die Unterhose ausgezogen, griff Victor nach seinem Bademantel. Am Schminktisch reinigte er sich das Gesicht vom Make-up und fuhr dabei fort: »Ich habe noch eine alte Verpflichtung bei der Fox. Das Drehbuch ist gar nicht so schlecht. Der Film würde in Texas und Mexiko gedreht, während Katharine an der Beau-Stanton-Komödie mitwirkt. Anschließend wäre ich frei, also würde es sehr gut passen.«

»Was ist das für ein Film bei der Fox? Um Gottes willen doch nicht wieder ein Western?«

»Was sonst, Baby?« Victor sah Nick durch den Spiegel an. »Ich hab' schon überlegt, was ich mit Katharine machen soll. Wenn ich nicht mit ihr zusammen spiele, muß ich eine ihrer Begabung entsprechende Rolle für sie finden, etwas, das wir bei Bellissima produzieren können. Oder ich muß sie wieder ausleihen. Wenn du aber mit einem Drehbuch für uns beide kämst, wären alle meine Probleme gelöst. Ich bin überzeugt, daß ich mit Monarch zusammenkomme. Wie ich dir sagte, hat Hilly angedeutet, daß er unsere Zusammenarbeit fortsetzen will.«

Nick richtete sich auf und schwang die Füße vom Sofa. »Ich hab' eine großartige Idee für euch. Eine Gegenwartsstory. Romantisch. Voll Glamour. Und hochdramatisch, keineswegs Komödie. Ich werd' in den nächsten Tagen noch ein bißchen daran herumfeilen, und wenn sie dir zusagt, ein Treatment für dich schreiben.«

»Okay, Nick. Abgemacht.« Victor, der sich gewaschen und gekämmt hatte, zog seine Privatkleidung an und wechselte das Thema, weil er wußte, daß Nick erst wieder über seine Filmidee sprechen würde, wenn er sie hundertprozentig klar im Kopf hatte. »Weißt du, Nicky, vorhin hätte mich fast der Schlag getroffen, als Pierce sich mit einem einzigen Take zufriedengab und sich dann auch noch bei den Nahaufnahmen vernünftig zeigte.«

»Für ein anderes Verhalten gab es auch nicht den geringsten Grund«, stellte Nick fest. »Du warst hervorragend, Vic. Und hast trotz aller Probleme einen verdammt guten Film im Kasten.«

»Hmmm. Hoffen wir's.« Vor dem Spiegel knotete Victor sich sorgfältig die Krawatte. »Und das angenehme Arbeitsklima von heute nachmittag hat die richtige Stimmung für die Schlußparty geschaffen.«

Nick musterte den Berg von Päckchen neben der Tür. »Wie ich sehe, warst du wieder mal verschwenderisch. Geschenke für Schauspieler und Team?«

»Aber sicher. Und alle haben sie sich verdient.«

»Was hast du denn für Pierce gekauft? Eine Kanone oder eine Flasche Arsen?« Nick grinste boshaft.

»Nein, obwohl ich es mir ernsthaft überlegt habe.« Victor nahm sein Jackett vom Kleiderbügel und schlüpfte hinein. »Aber ich habe mich für goldene Manschettenknöpfe entschieden.«

»Und für Katharine?«

»Ein Brillantarmband.«

Nick stieß einen langgezogenen Pfiff aus. »Ganz schön feudal, Maestro. Hoffentlich wird Francesca nicht eifersüchtig.«

Jetzt machte Victor ein erstauntes Gesicht. »Warum sollte sie? So ist Ches nicht. Außerdem weiß sie, daß Katharine es wirklich verdient hat. Und abgesehen von ihrer Leistung hat Katharine noch mehr getan. Ich hab's dir bisher noch nicht gesagt, aber sie hat Terry und Mark zu dem Film überredet, nachdem es mir nicht gelungen war. Das rechtfertigt meiner Ansicht nach ein besonderes Zeichen meiner Dankbarkeit.«

»Na, so was!« murmelte Nick vor sich hin. Er war verblüfft, obwohl er nach Jakes Worten über Katharine sich eigentlich über gar nichts mehr wunderte. Der Line Producer hatte ins Schwarze getroffen.

»Außerdem hab' ich Francesca das Perlen-Halsband geschenkt, das sie am Dienstagabend trug. Ist dir sicher aufgefallen. Allerdings konnte ich sie nur schwer dazu bringen, es zu akzeptieren.«

»Wieso?«

»Sie sagt, ihr Vater werde es mißbilligen, wenn sie von einem Mann teuren Schmuck annehme, selbst wenn es sich um ein Geburtstagsgeschenk handele, was es natürlich auch war – zu ihrem zwanzigsten Geburtstag.«

Ein Lächeln spielte um Nicks Mundwinkel. »Das paßt zu ihr. Die nimmt keine Männer aus. Aber wie hast du sie dann doch überredet?«

Victor lachte. »Ich habe für ihren Vater und Kim ebenfalls etwas gekauft – als Ausdruck meiner Dankbarkeit für ihre Hilfe bei den Außenaufnahmen und den Dreharbeiten im Schloß. Dadurch wurden die Perlen unpersönlich und akzeptabel.«

»Sie standen ihr gut«, stellte Nick fest. Und fuhr in nachdenklichem Ton fort: »Es hat sie ziemlich schlimm erwischt, Victor. Die Kleine meint es ernst mit dir, sehr ernst.«

»Ja, ja«, murmelte Victor stirnrunzelnd und kehrte Nick abrupt den Rücken, um zerstreut in seinem Aktenkoffer zu kramen.

Diese lakonische, ja abweisende Antwort verwirrte Nick, und ehe er sich's recht versah, fragte er Victor: »Meinst du es denn auch ernst mit ihr?«

»Wie zum Teufel kann ich es ernst mit ihr meinen, Nicky! Ich bin immer noch mit Arlene verheiratet!« Victors Stimme klang schneidend; insgeheim verfluchte er Nick dafür, daß er ausgerechnet jetzt dieses Thema angeschnitten hatte. Finster sah er den Schriftsteller an und fragte bissig: »Oder hattest du dieses kleine Hindernis vergessen? Darüber hinaus gibt es noch zahlreiche andere Komplikationen, von denen viele mit

Francesca selbst zu tun haben. Und ich habe noch immer Sorgen mit dem Film und daher kaum Zeit, mich jetzt mit Liebesdingen zu befassen. *Capisci?*«

Nick blieb stumm. Er war erstaunt – nicht nur über Victors Worte, sondern über sein ungewohnt aggressives Verhalten. Nach einer kurzen Pause antwortete er leise: »Ich verstehe. Natürlich hatte ich nicht vergessen, daß du verheiratet bist. Aber du lebst mit Arlene in Scheidung und scheinst mir doch sehr an Francesca zu hängen.« Nick zuckte die Achseln. »Tut mir leid, daß ich gefragt habe, Vic.«

»Schon gut«, gab Victor ein wenig sanfter zurück. Er seufzte und fuhr dann fort: »Ich hätte es nicht an dir auslassen sollen, Nicky. Tut mir leid, Kleiner. Ich bin mit meinen Nerven am Ende. Komm, wir gehn jetzt in die Halle hinunter und trinken was. Wahrscheinlich warten sie mit dem Beginn der Party, bis ich komme.«

»Aber sicher, Vic.« Mühsam lächelnd stand Nick auf.

Die Halle bot ein festliches Bild. Hinter langen, weiß gedeckten Tischen mit zahllosen Flaschen und kalten Speisen harrten dienstbereite Kellner und Kellnerinnen der Gäste, während zwei Barkeeper eifrig Gläser polierten. Die Partyteilnehmer standen in kleinen Grüppchen herum und warteten eindeutig auf den Star.

Ein Bühnenarbeiter stimmte an: »*For he's a jolly good fellow*«, und alle anderen fielen ein. Victor wurde sofort von seinen Kollegen umringt, die ihm die Schulter klopften, die Hand schüttelten und ihre Zuneigung und Bewunderung kundtaten. Daß er überaus beliebt war, konnte man nicht übersehen.

Nick Latimer blieb zurück. Er war nicht mehr in Partystimmung und ärgerte sich über Victor. Sie hatten sich nie ernsthaft gestritten, und nie hatte er Grund gehabt, negativ von dem Freund zu denken. Daß er es jetzt tat, bereitete ihm

Unbehagen, und er kam sich ein wenig treulos vor. Er ist unfair gegen Francesca, sagte er sich aus dem Beschützerinstinkt heraus, den er ihr gegenüber entwickelt hatte, als er sie besser kennenlernte. Er hatte sich nie um Victors Affären mit Frauen gekümmert, vor allem, da er selbst auch oft recht leichtfertig war; aber Francesca – die war etwas ganz anderes. Und diesmal stand Nick auf der Seite der Frau.

Jake Watson, der an einer der Bars stand, winkte ihn zu sich herüber. »Du siehst ein bißchen abgespannt aus, mein Junge«, sagte er dann. »Komm, trink einen Schluck. Was möchtest du?«

»Wodka on the rocks, bitte.«

Als sein Drink kam, stießen sie an, und Jake fragte besorgt: »Ehrlich, Jungchen, was ist los?«

»Ach, nichts. Ich büße für die Sünden der letzten Nacht. Den ganzen Tag schon. Doch das hier wird den Kater schon kurieren.«

Jake war nicht sicher, ob er Nick Glauben schenken sollte, aber wollte nicht nachbohren, sondern sagte: »Ich möchte wissen, wo Hilly bleibt. Würde recht schäbig aussehen, wenn er nicht käme.«

Nick, der Katharine Tempest im Gespräch mit Terry Ogden beobachtete, antwortete: »Ach was, der kommt doch immer zu spät. Aber wo zum Teufel bleibt bloß Gus? Er müßte längst hier sein.«

»Kann ich verstehen, daß du ungeduldig bist«, gab Jake grinsend zurück. »Sie ist umwerfend.«

»Wer?« fragte Nick mit gespielter Unschuld.

»Diana. Wer sonst? Wie ich hörte, seid ihr beiden doch bis über die Ohren verliebt.«

»Behalt's für dich!« verlangte Nick scharf und ergriff Jakes Arm. »Ich glaube, wir sollten Terry jetzt gratulieren. Komm mit.«

»Und Katharine.«

»Gewiß.«

Sie trug ein elegantes schwarzes Leinenkleid mit Dreiviertelärmeln und breiten Revers. Ihr Haar war in der Mitte gescheitelt, straff aus dem Gesicht gekämmt und hinten in einem schwarzen Häkelnetz zusammengefaßt. Wie Nick sah, trug sie bereits das Brillantarmband, das genauso lebhaft funkelte wie ihre Augen, als sie ihr Glas an die Lippen hob. Lachend sagte sie etwas zu Terry; dann jedoch entdeckte sie ihn, und Nick hatte den Eindruck, daß ihre Augen eiskalt wurden.

Beinahe gegen seinen Willen und ohne zu begreifen, warum, gab Nick ihr einen leichten Kuß auf die Wange. »Sie waren hervorragend, Katharine.«

»Oh, vielen Dank, Nicholas«, erwiderte sie kühl, und wenn sie über diese unerwartete Geste der Zuneigung verblüfft war, so zeigte sie es nicht.

»Verdammt hinreißend war sie!« bestätigte Terry.

»Und Sie ebenfalls. Herzlichen Glückwunsch.« Nick schüttelte dem Schauspieler die Hand.

»Danke, Nicholas. Und danke auch für den großartigen Text, den Sie für mich geschrieben haben.«

»Nicht ich, leider. Sondern Emily Brontë.«

»Trotzdem, Ihre Bearbeitung war fabelhaft.« Lächelnd ergriff Terry Jakes Ellbogen. »Kann ich dich mal kurz sprechen, alter Junge?« Damit führte er den Line Producer beiseite.

Sie waren allein. Nick blickte auf Katharine hinab und erklärte: »Ich hab's schon einmal gesagt und sag's jetzt noch mal. Sie *sind* Cathy. Und unvergeßlich in dieser Rolle. Von nun an werden Sie für die Menschen immer die Cathy sein, wie Vivien Leigh immer die Scarlett O'Hara sein wird.«

Katharine erwiderte seinen Blick, unfähig, die Augen abzuwenden. Sie öffnete die Lippen, brachte aber kein Wort heraus. Blinzelnd trat sie einen Schritt zurück und bemerkte die Veränderung, die seit Anfang März mit ihm vorgegangen war. Er hat eine schwere Zeit hinter sich, dachte sie und suchte nach passenden Worten, um ihm zu kondolieren. Doch sie war wie immer gehemmt in seiner Gegenwart und ließ es daher lieber bleiben. So kam es, daß sie, für die Gedankenlosigkeit die größte Todsünde war, seinen schmerzlichen Verlust ignorierte.

Statt dessen versuchte sie seine letzte Bemerkung zu interpretieren und legte sie, argwöhnisch und stets auf der Hut vor seinem sarkastischen Spott, negativ aus. Hochfahrend, mit einem leichten Zurückwerfen des Kopfes, erklärte sie: »Eine sehr unhöfliche Bemerkung einer Schauspielerin gegenüber! Sie deuten an, daß ich nur über eine einzige Form des Ausdrucks verfüge, nur einen einzigen Rollentyp spielen kann. Nun, es dürfte Sie interessieren, daß Victor und Mark mich für eine sehr vielseitige Schauspielerin halten!«

»Hören Sie, so habe ich es wirklich nicht gemeint!«

Überheblich fiel sie ihm ins Wort: »Ah, da ist Ossie Edwards! Ich muß mich bei ihm dafür bedanken, daß er mich bei den Aufnahmen so wunderbar herausgebracht hat. Bitte entschuldigen Sie mich.« Sie tat mehrere Schritte in Edwards' Richtung, drehte sich noch einmal um und sagte scharf: »Und an Sie, mein lieber Nicholas, wird man sich immer aufgrund Ihrer Bearbeitung von ›Wuthering Heights‹ erinnern.«

»Autsch«, murmelte er zusammenzuckend. Er sah ihr nach, wie sie davonging: ein wütendes kleines Schulmädchen, das gekränkt war, weil ein böser Schulbub sie am Haar gezogen hatte. Er mußte lächeln. Er wünschte, sie hätte seine Worte nicht so negativ ausgelegt, denn als Schauspielerin bewunderte er sie sehr. Und dann stieg zu seinem Erstaunen ein ganz unerwarteter, brennender Zorn in ihm auf. Jetzt hatte er sie zum erstenmal nach Marcias Tod wiedergesehen, und sie hatte kein einziges Wort des Mitgefühls gesprochen. Was sogar Estelle Morgan getan hatte. Die alte Abneigung gegen Katharine Tempest erwachte wieder in ihm – heftiger denn je zuvor. Er trat an die nächste Bar, bestellte sich noch einen Wodka und sah sich suchend nach einem freundlichen Gesicht in der Menge um.

»Nick, Liebling! Nicky!«

Er fuhr herum und entdeckte den Glanz silberblonder Haare, das feine, zarte Gesicht, das nach ihm ausschaute. Diana winkte. Er winkte zurück und drängte sich zu ihr durch. Sie stand mit Francesca neben der Kamera – in einem eleganten Kostüm aus apricotfarbener Seide und einer Organzabluse in etwas hellerem Apricot. Ihr Haar war zu Zöpfen geflochten und hoch auf dem Kopf zu einem Krönchen gedreht, eine Frisur, die sie – zusammen mit den hochhackigen Schuhen – größer erscheinen ließ.

Ihr Lächeln wärmte sein Herz, und sofort war seine kriegerische Stimmung verflogen. Zärtlich küßte er sie auf die Wange. »Hallo, mein Liebes«, sagte er.

»Hallo, Nick. Tut mir leid, daß wir uns verspätet haben. Zuviel Verkehr«, erklärte sie immer noch lächelnd.

»Ich wurde schon ungeduldig, aber nun ist ja alles in Ordnung.« Er wandte sich an Francesca, umarmte sie liebevoll und sagte: »Victor ist bei seinen Kollegen, Kleines.«

»Das hab' ich erwartet. Keine Sorge.« Francesca sah sich suchend um. »Wo ist Katharine?«

»Ach, irgendwo im Gewühl. Zuletzt hab' ich sie mit Ossie Edwards gesehen. Aber jetzt, meine Damen – wie wär's mit einem Glas Kribbelwasser? Oder lieber etwas anderes?«

»Danke, Nicky, Champagner ist wunderbar«, sagte Francesca, und Diana nickte zustimmend.

Nick drückte Diana sein Glas in die Hand. »Halt mal, Liebling. Ich bin gleich zurück. Und bleibt hier stehen, sonst finden wir uns nie mehr wieder.«

Als er mit den Drinks kam, unterhielten sich Jake und Terry mit den Damen. Nachdenklich beobachtete Nick Francesca. Wie bezaubernd sie in dem schlichten, weißseidenen Sommerkleid mit den winzigen blauen Streublümchen aussah! Und so jung! So zart wirkte sie, daß sich sein Herz zusammenzog, und plötzlich hatte er Angst um sie. Nick sah sich nach Victor um und entdeckte ihn bei Katharine, Hilly Steed, Mark und Hilary Pierce, Ginny Darnell und Ossie Edwards. Als Victor ihn bemerkte, nickte er kurz. Er weiß, daß sie da ist, dachte Nick. Ihm entgeht nie etwas.

Kurz darauf war Victor bei ihnen – lächelnd, herzlich, gutmütig – und verschwand nach ein paar Minuten mit Diana, um sie den anderen vorzustellen. Terry entschuldigte sich ebenfalls, und Jake erklärte, er müsse sich noch etwas zu trinken holen.

Als sie allein waren, erkundigte sich Francesca nervös: »War es ein schwieriger Nachmittag?«

»Ganz und gar nicht, Kleines.« Nick spürte ihre Anspannung und drückte ihr beruhigend den Arm. »Alles lief wie geschmiert.« Und er berichtete ihr in allen Einzelheiten von der letzten Szene. Gerade wollte er sie nach ihrem Buch fragen, da fiel ihm auf, daß sie ihm gar nicht zuhörte, sondern Victor beobachtete, der sich mit Katharine Tempest unterhielt. Die beiden standen ganz allein, und Katharine sah Victor ernst ins Gesicht; ihre Hand umklammerte seinen Arm so fest, daß es besitzergreifend wirkte. Und Victor hörte Katharine geduldig und freundlich zu. Dann lachte er lebhaft, beugte sich näher zu ihr hinüber und flüsterte ihr etwas ins Ohr. Die ganze Szene wirkte intim, man konnte es jedenfalls so auslegen.

Schnell versicherte Nick nachdrücklich: »Er interessiert sich nicht für sie.«

Francesca fuhr zu ihm herum und musterte ihn. Ihre Miene war ausdruckslos. »Das weiß ich«, sagte sie. »Aber mir ist klargeworden ...«

»Und sie interessiert sich nicht für ihn«, fiel Nick ihr ins Wort, um hastig hinzuzusetzen: »Sie interessiert sich für keinen Mann. Katharine Tempest ist viel zu sehr mit sich selbst beschäftigt, um sich um irgendeinen Menschen zu kümmern. Der Rest der Welt existiert nicht für sie. Wir sind alle nur Dreck unter ihren Füßen.«

Er sagte das alles in so eiskaltem Ton, daß Francesca entgeistert war und ihn erschrocken anstarrte. »Wie kannst du nur so etwas sagen! Du beurteilst Katharine völlig falsch. Du tust, als wäre sie furchtbar egoistisch, dabei ist sie das ganz und gar nicht. Und darin, daß sie sich nicht für Männer interessiert, irrst du dich auch. Mein Gott, sie ist doch praktisch verlobt, mit meinem Bruder.«

Nick war wie vom Donner gerührt. Das war das letzte, was er erwartet hätte. »Ich wußte, daß sie befreundet sind«, erwiderte er verblüfft. »Aber heiraten? Großer Gott, sie passen doch gar nicht zueinander!«

»Das finde ich aber doch«, widersprach Francesca frostig und warf ihm einen mißbilligenden Blick zu.

Als Nick sich gefaßt hatte, erklärte er mit ironischem Auflachen: »Keine Ahnung, warum ich darüber so erschrokken war. Denn bei ihr wundere ich mich über gar nichts mehr. Eine überaus emsige Biene, unsere Katharine, nicht wahr?«

»Nicky, du bist gemein und furchtbar hart. Ich wundere mich über dich. Kath ist der liebevollste Mensch, den ich kenne – großzügig, gütig und teilnahmsvoll. Außerdem ist sie meine allerliebste, beste Freundin.«

Ach wirklich? dachte Nick und sagte: »Schöne Schwägerin, die du da kriegst. Und wie wird sie sich deiner Ansicht nach in eure Welt einfügen? Die englischen Aristokraten können ziemlich hochnäsig sein. Versnobt, nach meiner Erfahrung. Glaubst du wirklich, daß die sie akzeptieren? Mein Gott, eine Schauspielerin!«

»Ach, Nick, sei nicht so dumm! Du lebst im vorigen Jahrhundert. So etwas spielt heute keine Rolle mehr«, sprudelte Francesca heraus. »Außerdem ist Kath eine Dame, also hör auf, sie herabzusetzen. Mir gefällt dieses Thema nicht, wirklich, Nick.«

»Sie spielt die Dame, perfekt sogar. Aber sie spielt sie nur. Du dagegen, Francesca, bist eine Dame. Das ist ein großer Unterschied, also laß dich nicht hinters Licht führen.«

Francesca beschloß, seine letzte Bemerkung zu ignorieren, und erwiderte fest: »Was ich eigentlich sagen wollte: Als ich Vic und Kath so konzentriert miteinander sprechen sah, vermutlich über den Film, ist mir wieder einmal klargeworden, wie fremd mir sein Berufsleben ist. Manchmal fühle ich mich als fünftes Rad am Wagen, als etwas, das mit seiner Welt nichts zu tun hat. Daß etwas anderes zwischen ihnen besteht als eine berufliche Verbindung, ist mir jedoch nie in den Sinn gekommen. Kath hat ausschließlich Augen für Kim, und außerdem habe ich volles Vertrauen zu Vic.«

»Weiß er eigentlich, wie glücklich er sich schätzen kann?«

Sie lächelte; ihre Augen waren auf einmal wieder klar und froh. »Findest du das wirklich, Nick?«

»Aber sicher. Er kann von Glück sagen, daß er dich gefunden hat.«

»Dann bin ich der glücklichste Mensch von allen, weil ich ihn habe.« Sie wandte den Kopf, und Nick folgte ihrem Blick. Victor stand da, alle anderen überragend, einen Arm um Terrys Schultern gelegt, und lachte unbeschwert, fröhlich.

»Du bist mit einem Rennläufer auf einer sehr schnellen Piste, Kleines«, sagte Nick.

Mit großen Augen und gekrauster Stirn fragte sie ihn: »Was soll denn das nun wieder heißen, Nicky?«

Er bedauerte die Bemerkung, ärgerte sich über sich selbst. Als kleine Respektlosigkeit gedacht, hatte sie wie eine Warnung geklungen. Innerlich über die eigene Dummheit kochend, blieb er stumm.

Francesca sah ihm forschend ins Gesicht und schüttelte langsam den Kopf. »Du sagst heute sehr merkwürdige Dinge, Nick, äußerst merkwürdige ...« Sie ließ den Satz in der Luft hängen und starrte ihn verwundert an. Ihr Gesicht war schneeweiß geworden.

»Das stimmt, Kleines«, gab Nick eilfertig zu. »Vergiß einfach alles, was ich gesagt habe. Komm, wir holen uns noch einen Drink und gehen dann Diana suchen.«

»Ich weiß, daß du über irgend etwas verärgert bist, alter Junge, also komm, raus damit!« sagte Victor, der mit einem Drink in der Hand in Nicks Suite im Claridge saß.

Als Nick keine Anstalten machte, ihn aufzuklären, schürzte Victor die Lippen. »Ich kenne dich viel zu gut, Nick, um nicht zu merken, daß irgendwas los ist. Seit fünf Tagen, seit der Schlußparty, bist du mir gegenüber verschlossen. Hab' ich dich unbewußt gekränkt?«

»Nein, natürlich nicht!« gab Nick hastig zurück.

Victor grinste. »Du kannst nicht lügen, Kleiner. Außerdem kann ich's mir beinahe denken. Es hat was mit Francesca zu tun, nicht wahr?«

»In etwa«, gab Nick zögernd zu.

Victor steckte sich eine Zigarre an und begegnete gelassen Nicks forschendem Blick. »Das habe ich mir gedacht. Ich weiß, ich war neulich in meiner Garderobe ziemlich kurz angebunden, als du von ihr sprachst, aber nur, weil es der falsche Augenblick für ein Gespräch über dieses Thema war. Wie ich dir sagte, hatte ich zu der Zeit noch Probleme mit dem Film. Was ich dir nicht gesagt habe, ist, daß ich überdies eine ganze Menge andere Sorgen habe. Private und sehr schwerwiegende Sorgen.«

Nick stellte fest, daß sich die Sorgen deutlich auf Victors Gesicht abzeichneten und nicht mehr unter der Maske des Schauspielers verborgen lagen. Jake hatte also recht gehabt. »Das hättest du mir doch sagen können«, begann er, hielt aber inne, als Victor die Hand hob.

»Ich wollte nicht, daß die Party von meinen Problemen überschattet wurde.« Victor lachte ein wenig bitter. »Natürlich ist es mir sehr ernst mit Francesca, da hattest du recht, Kleiner. Doch bis ich mich endgültig mit Arlene auseinandergesetzt habe, kann ich im Hinblick auf Ches nicht viel unternehmen. Überleg doch mal, Nicky. Sie ist gerade zwanzig, ihr Leben beginnt erst. Sie stammt aus einer vornehmen Familie und ist daher auf dem Heiratsmarkt sehr begehrt. So, wie sie aussieht, und mit ihrem Köpfchen, erwartet ihr Vater zweifellos eine erstklassige Verbindung. Mit einem jungen Mann aus ihren Kreisen. Ich möchte ihr nicht die Chancen für ein gutes Leben verderben, falls ich nicht in der Lage sein sollte, mit meinen Schwierigkeiten fertig zu werden. Deswegen muß ich sehr vorsichtig sein.« Er trank einen Schluck Scotch. »Ich sehe jetzt schon das Gesicht, das der Earl macht, wenn seine noch nicht einmal einundzwanzigjährige Tochter aufgrund ihrer Verbindung mit mir in einen skandalösen Scheidungsprozeß hineingezogen wird. Ein Filmstar, der dreimal verheiratet war und erwachsene Söhne in ihrem Alter hat! Mein Gott, Nicky, ich bin fast so alt wie ihr Vater, zwanzig Jahre älter als sie. Ich weiß wirklich nicht, ob David Cunningham mit mir einverstanden wäre, selbst wenn ich nicht so viele Probleme hätte.«

Bekümmert, weil er Victor so falsch beurteilt hatte, schalt Nick sich selbst für seinen Mangel an Vertrauen.

»Die Scheidung klappt also?« erkundigte er sich.

»Nein, vorerst nicht.« Victors Ton war nicht weniger bedrückt als seine Miene, als er erklärte: »Arlene ist streitsüchtig und bockig. Und hat etwas so Ungeheuerliches fertiggebracht, daß ich fassungslos dastehe. Sie und ihre verdammten Anwälte wollen mich ruinieren, mir das Fell über die Ohren ziehen!«

»Sprichst du von eurem Scheidungsvertrag?«

»Unter anderem. Du kennst die Gesetze in Kalifornien ... Gütergemeinschaft, das ist der Haken. Sie verlangt praktisch alles, was ich besitze. Sie will die Ranch und fünfzig Prozent von Bellissima Productions.«

»Allmächtiger!« stieß Nick hervor. Zum erstenmal begriff er alles. Kein Wunder, daß Victor zerstreut, zornig und gekränkt war. Arlene Mason wollte ihm mit ihrer Gier die beiden Dinge nehmen, die ihm am liebsten waren, für die er lange und schwer gearbeitet hatte. Nick zerbrach sich den Kopf, suchte eine praktikable Lösung zu finden. »Und wenn du ihr nun eine dicke Abfindung bietest?«

»Haben wir schon getan. Letzte Woche haben meine Anwälte ihr ein Gegenangebot gemacht. Drei Millionen Dollar in bar, plus zehntausend Dollar Alimente pro Monat, für fünf Jahre. Die sie auch dann voll ausgezahlt bekommt, wenn sie sich inzwischen wieder verheiratet. Sie hat abgelehnt.«

Nick schüttelte bekümmert den Kopf. »Dieses Biest! Mein Gott, Arlene hat die Ranch immer gehaßt. Und was die Firma betrifft – von der will sie doch nur die Hälfte, um dir eins auszuwischen!«

»Ich weiß. Sie will der Welt zeigen, was für ein grausamer und herzloser Ehemann ich bin, sagt sie, ein Sexbesessener, der seinen zahlreichen Liebschaften nachgegangen ist, während wir noch zusammengelebt haben, und so weiter. Überdies versucht sie mir mit negativer Publicity zu drohen, also hängt das Damoklesschwert von ›Confidential‹ immer noch über meinem Haupt. Zauberhaft, nicht? Mir selbst würde das nicht viel ausmachen, Nick, aber Ches muß ich unter allen Umständen davor schützen.«

»Aber Arlene weiß nichts von Francesca«, wandte Nick ein. »Du warst doch fast übervorsichtig.« Er biß sich auf die Lippe. »Das warst du doch – oder?«

»Ja. Ich habe mich mit Francesca kein einziges Mal in der Öffentlichkeit gezeigt.«

»Und eure Reise nach Königssee?«

»Wir sind getrennt geflogen und immer in der Nähe des Hauses geblieben; keine Restaurants, keine Öffentlichkeit. Und in Yorkshire haben wir uns kaum gesehen, und wenn, dann nur in Gesellschaft von vielen anderen Leuten. Ich weiß, worauf du hinauswillst, Nicky; doch selbst wenn Arlene mich von einem Privatdetektiv hat beobachten lassen, hätte der nichts gefunden. Und solange ich mich in Südfrankreich inmitten vieler Menschen bewege, wird meine Verbindung mit Francesca auch dort nicht ans Licht kommen. Aber es ist schrecklich, ständig auf der Hut sein zu müssen, vor allem für die Kleine, natürlich.«

»Francesca ist gescheit, Vic. Sie hat bestimmt Verständnis dafür.«

»Mehr oder weniger.«

»Was wirst du jetzt mit Arlene machen?«

»Verhandeln. Es ist die einzige Möglichkeit. Ich habe Arlene immer für ein dummes rothaariges Starlet gehalten – mein Gott, man sollte mich verprügeln dafür! Neben ihr wirkt Mike Lazarus wie ein harmloses Kind. Ich wünschte, ich könnte sie so leicht loswerden, wie ich ihn losgeworden bin.«

»Das kannst du zweimal sagen, Vic. Von jetzt an keine Schauspielerinnen mehr, nicht wahr? Und wenn ich dir irgendwie helfen kann, Vic, sag mir Bescheid.«

»Danke, Nicky. Im Augenblick kann ich nur abwarten. Und grübeln hilft auch nichts. Jetzt wollte ich nur die Atmosphäre zwischen uns reinigen und dir alles erklären.« Victor lehnte sich zurück. »Übrigens, Francesca hab' ich von meinen Schwierigkeiten mit Arlene nichts erzählt und möchte auch nicht, daß sie was davon erfährt. Sie würde sich nur Sorgen machen. Je weniger sie weiß, Nick, desto besser.«

»Aber sicher, Vic. Das verstehe ich.«

Das Telefon schrillte, und Nick sprang auf. »Hallo? Hallo, Kleines. Ja, ist er. Einen Moment.« Nick legte den Hörer hin. »Für dich, Maestro. Deine Lady.«

Mit drei Schritten war Victor am Apparat. »Hallo, mein Liebling«, sagte er mit zärtlichem Lächeln. Doch dann wurde sein Gesicht wieder finster. »Ich verstehe. Nein, ich wußte nichts davon«, sagte er. Und dann eindringlich: »Nein. Nein. Ich möchte nicht, daß du das tust, Baby. Auf gar keinen Fall. Viel zu anstrengend. Und gefährlich. Jawohl, gefährlich.« Er schwieg einen Moment, hörte zu und fuhr dann fort: »Ich muß noch ein bißchen darüber nachdenken. Und sag Doris noch nichts davon. Wir werden das heute abend beim Dinner besprechen. Bis bald, Baby.« Nachdenklich legte er den Hörer auf und kehrte langsam an seinen Platz zurück.

Nick, der nur die eine Seite des Gesprächs gehört hatte und Victors beunruhigte Miene sah, erkundigte sich rasch: »Was könnte gefährlich sein, Vic?«

»Daß Francesca allein mit Doris Asternans Rolls-Royce

nach Südfrankreich fährt. Es ist eine sehr lange Fahrt, wie du weißt, und mir behagt dieser Gedanke gar nicht.«

Nick nickte. »Mir auch nicht. Aber ich dachte, Katharine wollte mit ihr zusammen fahren?«

»Wollte sie auch. Nur hat sie gerade abgesagt. Sie hat Ches angerufen und behauptet, sie könne nicht schon an diesem Wochenende fahren, sondern müsse noch etwa zwei Wochen in London bleiben, weil sie wichtige Besprechungen im Zusammenhang mit ihrem neuen Film habe. Mit Hilly Steed. Und Beau Stanton.«

»Stimmt das?« fragte Nick mißtrauisch.

»Ich höre zum erstenmal davon.« Victor griff nach seiner Zigarre und rauchte nachdenklich; er fragte sich, was für ein Spiel Katharine jetzt wieder trieb. Und Nicholas Latimer fragte sich dasselbe.

Zweiunddreißigstes Kapitel

Doris Asternan schritt über die weiße Marmorterrasse der Villa Zamir; mit graziöser Präzision, ohne nach links oder rechts abzuschwenken, setzte sie einen Fuß vor den anderen. Doris dachte nach, und nachdenken konnte sie nur im Gehen.

Sie war zutiefst beunruhigt, deswegen wirkten auch ihre munteren grünen Augen weniger lebendig als sonst, und ihr ausdrucksvolles Gesicht zeigte nicht die geringste Regung.

Es war Spätnachmittag, fast Abend, die Augustsonne war schon lange hinter die Hügel oberhalb von Roquebrune gesunken, und bald würde auch das letzte Nachglühen verschwinden. Die große, weiße Villa lag im Schlaf; alles war friedlich, die Luft duftete nach Geißblatt, Jasmin, Rosen, Heliotrop und Nelken. Die Stille wurde nur durch das Geklapper von Doris' Goldsandaletten auf dem harten Marmor und dem Rascheln ihres blaßgrünen Seidenkaftans unterbrochen. Kim war nach Grasse gefahren, um einen alten Schulfreund zu besuchen, und würde erst morgen wieder zurückkommen. Francesca war zur Mittagszeit mit Diana verschwunden, angeblich zu einem Picknick mit Nicholas Latimer, der ihr bei ihrem Buch über Chinese Gordon half. David hielt einen Nachmittagsschlaf, und Christian hatte sich ebenfalls auf sein Zimmer zurückgezogen. Beide waren sehr müde von einer Lunchparty bei Freunden in Monte Carlo zurückgekehrt – einem Lunch, bei dem es, wie Doris vermutete, mehr Trinkbares als Eßbares gegeben hatte.

Doris sah auf ihre Uhr. Bald würde die Cocktailstunde beginnen, und sie wäre wieder von Menschen umgeben. Eine Viertelstunde, dachte sie, fünfzehn Minuten, um alles gründlich zu durchdenken. Sie setzte sich in die Hollywoodschaukel und ließ sich leicht hin- und herschwingen. Wieder konzentrierte sie sich auf ihr Problem. Übergroßer Ehrgeiz, dachte sie, treibt die Menschen zu Extremen, veranlaßt sie, die außergewöhnlichsten, ja sogar unvorstellbare Dinge zu tun.

Seufzend steckte sie sich eine Zigarette an. Im Schein des Streichholzes glitzerte ihr Saphir-Brillantring wie eine kräftige, bläuliche Flamme. Doris betrachtete ihn nachdenklich. Es war der Verlobungsring, den David ihr am letzten Wochenende, als er und Kim mit dem Rolls-Royce gekommen waren, aus London mitgebracht hatte. Er gehörte zum Langley-Vermögen und war vor ihr von Davids Großmutter, seiner Mutter und Margot, seiner verstorbenen Frau, der Mutter von Francesca und Kim, getragen worden. Doris liebte ihn wegen seiner Bedeutung für die Familie Cunningham – von jetzt an ihre eigene Familie – und auch, weil der Saphir ihr Lieblingsstein war. Sinnend hob sie die Hand an ihre Halskette, ein zierliches Collier mit Saphiren und Brillanten, zu dem sie ein passendes Armband und passende Ohrringe trug: Das letzte Geschenk, das Edgar ihr vor seinem plötzlichen Tod vor vier Jahren gemacht hatte. Sie war damals untröstlich gewesen, vor allem, da er mit seinen sechsundsechzig Jahren noch immer ein kraftstrotzender, sonnengebräunter Mann gewesen war. Mit ihm hatte sie alles verloren: Ehemann, Liebhaber, Vaterfigur, Lehrer, Freund und Vertrauten.

Doch nun mußte sie auch von ihrer Trauer um ihn Abschied nehmen, denn sie war im Begriff, ein neues Leben zu beginnen, mit einem Mann, der sie ebenso sehr brauchte wie sie ihn, und da durfte es keine Schatten aus der Vergangenheit mehr geben. Mit einem leichten Seufzer lehnte sie sich in die Kissen, aber es war ein zufriedener Seufzer.

Eine Uhr, die die halbe Stunde schlug, riß Doris aus ihren Gedanken. Sie drückte die Zigarette aus, stand auf und schlenderte langsam über die Terrasse zum großen Salon.

Vor dem Directoire-Schreibtisch blieb Doris stehen und ordnete zerstreut die Zeitschriften, während sie sich in Gedanken mit ihrem Problem beschäftigte. Wenn es nur nicht gerade jetzt ans Licht gekommen wäre, dachte sie bedrückt. Zum ungünstigsten Zeitpunkt. Jetzt gibt es Aufregung, Verlegenheit, Ärger. Alle werden davon betroffen sein, und ein Schatten wird über den Rest des Sommers fallen. O Gott, wie mache ich's am besten? Ihre Gedanken rasten. Aber sie konnte es drehen und wenden, wie sie wollte, um eine möglichst taktvolle Lösung zu finden, sie kam stets wieder auf ihre erste Entscheidung zurück: David mußte davon erfahren. Eine andere Möglichkeit gab es nicht.

»Was sein muß, muß sein«, sagte Doris laut und empfand, wie immer, wenn sie einen Entschluß gefaßt hatte, spontan eine gewisse Erleichterung. Unentschlossenes Zögern war ihr genauso verhaßt wie ein Lügner.

Victor öffnete die Augen und blinzelte in das gefilterte Licht, das durch die Fensterläden hereinsickerte. Er sah auf die Uhr und stellte dabei fest, daß er ein wenig Kopfschmerzen hatte. Zuviel Burgunder zum Lunch, dachte er.

Er reckte sich, streckte die langen Beine und drehte sich auf die Seite, um Francesca in seine Arme zu ziehen. Sie murmelte etwas vor sich hin – verschlafen, kaum zu verstehen – und öffnete ebenfalls die Augen. Sanft küßte er sie auf den Mund und sah ihr zärtlich ins Gesicht.

»Du mußt aufstehen, Baby. Sonst kommst du zu spät. Und wenn du hierbleibst, gibt's wieder Schwierigkeiten.«

Francesca lächelte träge. »Dann gibt's eben Schwierigkeiten«, sagte sie neckend und fuhr ihm mit den Fingerspitzen über die Schulter. »Ich bin dafür.«

Victor lachte. »Ich auch.« Er richtete sich auf. »Aber es ist ein recht weiter Weg nach Cap Martin, und ich möchte nicht, daß du ...«

»... wieder so schnell fährst«, ergänzte sie. Mit einem entschlossenen Satz sprang sie aus dem Bett, blieb am Fußende stehen und schüttelte lachend den Kopf.

»Genau, Kleines. Und jetzt tu, was ich sage. Verschwinde. Geh dich sofort anziehen. Ich werde inzwischen Nicky anrufen.«

Sie zögerte. Ihr Lächeln wirkte geheimnisvoll und wissend und eine Spur aufreizend. Sie war so unwiderstehlich, daß es ihn seine ganze Kraft kostete, sich zu beherrschen. Aber sie mußte fort. Ihr Vater und Doris erwarteten sie, und er wollte nicht, daß sie mißtrauisch wurden. Außerdem wollte er nicht, daß sie zu schnell fuhr, wozu sie ja leider neigte.

Gebieterisch erklärte er: »Ich gebe dir fünfzehn Minuten zum Anziehen, Lady. Und ich rate dir gut, laß Diana fahren. Verdammt, so wie du rast, könnte man meinen, du trainierst für den Grand Prix de Monte Carlo.«

»Weißt du was, Vittorio Massonetti, du klingst allmählich wie eine Kreuzung zwischen Napoleon Bonaparte und dem Herzog von Wellington. Ständig kommandieren, ständig Befehle erteilen. Geh dahin. Komm her. Iß dies. Setz sich. Steh auf. Zieh dich an. Zieh dich aus.«

»Komm, Ches, schwing die Hufe«, unterbrach er sie, ein Kichern verschluckend.

»Yes, Sir! Sofort, Sir!« Sie warf ihm eine Kußhand zu und verschwand im Bad.

Seine Mundwinkel zuckten. Sie schaffte es doch immer wieder, ihn zum Lachen zu bringen. Er folgte ihr mit den Blicken, als sie hinausging. Ihr biegsamer junger Körper hatte eine glatte, goldene Bräune angenommen, ihr Haar war zur Farbe reifen Maises gebleicht. In diesen letzten zehn Tagen im Süden Frankreichs war sie unter der Sonne erblüht – und auch unter seiner Liebe.

Lächelnd dachte er daran, wie schön sich alles geregelt hatte. Er und Francesca waren sehr viel zusammengewesen – ganz offen, natürlich und ohne Peinlichkeit. Das hatten sie weitgehend Doris Asternan zu verdanken, die sie, ohne von ihrer Verbindung etwas zu ahnen, einander praktisch in die Arme getrieben hatte. Doris war gesellig, herzlich und eine großzügige Gastgeberin. Sie hatte ihn und Nick spontan aufgefordert, in die Villa Zamir zu kommen, wann immer sie Lust dazu verspürten.

Und so erschienen Nick und er nahezu jeden Tag in dem schönen Haus auf Cap Martin – zum Tennisspielen, zum Baden am Privatstrand, zum Faulenzen am Swimmingpool, zu einem Spiel Poker oder Gin Rummy und zuweilen auch zum Krocket auf dem großen Rasen. Es gab zwanglose, in die Länge gezogene Lunches auf der Terrasse, bezaubernde Abendmahlzeiten bei Kerzenlicht im Garten und Ausflüge zu den Spielkasinos von Monte Carlo und Beaulieu-sur-Mer. Victor hatte die freigebige Gastfreundschaft mit mehreren eleganten Diners im La Réserve und im Château Madrid erwidert, Nick hatte sie ins Chèvre d'Or in Eze, dem malerischen Dorf in den Hügeln, und ins Le Pirate geführt, das amüsante Freiluftrestaurant in der Nähe der Villa. Jake, vor drei Tagen eingetroffen, war sofort in ihren Kreis hineingezogen worden. Gestern hatte Jake im winzigen Hafen von Beaulieu ein Motorboot gemietet, mit dem sie die Küste entlanggefahren waren, unterwegs gepicknickt und auf der

Rückfahrt in Cannes haltgemacht hatten, um auf der Terrasse des Carlton Champagner zu trinken und in den Boutiquen zu stöbern.

Vom ersten Tag an, da Doris sie mit Beschlag belegte, war Victor klar gewesen, daß er sich auf eine bestimmte Haltung festlegen mußte. Nicht auf die alte Onkelrolle, denn darüber ärgerte sich Francesca zu sehr, aber die Rolle des älteren Bruders. Dagegen schien Francesca keinerlei Einwände zu haben, ja, sie gab ihm mit gleicher Münze heraus, fröhlich, scherzend und, zu seiner geheimen Belustigung, sogar respektlos. Alles in allem war die von Doris geschaffene Atmosphäre so unbeschwert und zwanglos, daß Victor sich vom ersten Tag an wohl gefühlt hatte und sich wunderbar amüsierte. Auch das Alleinsein mit Francesca bot keine unüberwindlichen Probleme, da nämlich auch Nick eine Rolle übernommen hatte. Ehrlich an ihrem Talent interessiert, spielte er den Literaturprofessor, der eine aufstrebende Schriftstellerin betreut und ihr bei ihrem ersten Buch mit Rat und Tat zur Seite steht. Infolgedessen fuhr sie, immer mit dem Manuskript unter dem Arm, zwischen der Villa und dem La Réserve hin und her, und niemand schien etwas daran auszusetzen zu haben, vor allem, da sie gewöhnlich von Diana begleitet wurde. Doris und der Earl waren so intensiv miteinander und ihren Heiratsplänen beschäftigt, daß sie den Mädchen weitgehende Freiheit ließen, und Victor war fest davon überzeugt, daß sie nichts von den Unterströmungen spürten, vor allem nicht von Dianas langsam sich festigender Beziehung zu Nick.

Plötzlich erinnerte sich Vic, wie spät es war; er sprang aus dem Bett, schlüpfte in seinen seidenen Morgenrock und ging in den Salon. Er schenkte sich ein Glas Vichy-Wasser ein, griff nach dem Telefonhörer und ließ sich mit Nicks Suite verbinden.

»Hallo, Kleiner! Zehn Minuten. Bei mir. Okay?«

»Okay, Sportsfreund. Essen heute?«

»Klar. Übliche Zeit.«

»Gut. Bis dann.«

»*Arrivederci.*« Victor legte auf, nahm seine Schildpattbrille und begann die Liste der Gäste zu überprüfen, die er zu seiner großen Party am Samstag im Le Pirate eingeladen hatte.

Fünfzehn Minuten nachdem Francesca sich von ihm verabschiedet hatte, klopfte es an der Tür. »Ich bin's, Victor!« rief Nick dabei. »Darf ich reinkommen?«

»Aber sicher. Die Tür ist offen.«

»Jake hat gerade versucht, dich von Monte Carlo aus anzurufen«, berichtete Nick, der sich aufs Sofa warf. »Aber es war besetzt, deswegen hat er mit mir gesprochen. Er ist noch dort bei der Bolding-Gruppe. Jerry Massingham hat ihn zum Dinner eingeladen, also wird er nicht vor etwa elf Uhr zurück sein.«

»Ich habe mit dem Le Pirate gesprochen, um noch letzte Anweisungen für Samstag zu geben. Übrigens, wegen der Party: Wir haben zu wenig Damen, wie ich anhand der Liste festgestellt habe; wir müssen unbedingt noch ein paar auftreiben. Weißt du zufällig, ob Jake eine Begleiterin hat?«

»Hat er. Wußtest du das noch nicht? Er bringt Hilary mit – Hilary Pierce.«

Victor sah ihn verwundert an. »Ich wußte nicht mal, daß sie hier unten ist. Komisch.«

»Was?«

»Daß Hilary allein hier ist. Mark ist sehr besitzergreifend. Ich hätte nicht gedacht, daß er sie aus den Augen läßt, geschweige denn erlaubt, daß sie ohne ihn Urlaub macht. Und er kann bestimmt nicht nachkommen. Er muß in London den Filmschnitt besorgen. Hast du eine Ahnung, wo Hilary wohnt?«

»Bis morgen im Chèvre d'Or in Eze. Dann zieht sie in ein Haus im Dorf, das sie, glaube ich, von einem Freund gemietet hat. Es war Hilly Streets Idee – ich meine, daß Jake Hilary mitbringt. Und Hillard selbst kommt mit einem Hausgast von Beau Stanton. Einer Hon, stell dir das vor!«

»Was ist denn das?«

Nick lachte. »Einer Honorable. Du weißt schon, der Tochter von irgendeinem großen Tier, einem Lord, glaube ich. Sie ist die Honorable Miss Pandora Tremaine und sehr schön, wie Hilly behauptet, der nur noch stottert, wenn er ihren Namen erwähnt, so überwältigt ist er von der Tatsache, daß er eine Debütantin begleitet.«

»Nancy wird wohl ebenfalls überwältigt sein, wenn sie erfährt, daß er mit jungen Mädchen rumläuft«, entgegnete Victor ironisch, als er an Hillys herrschsüchtige Frau dachte, die in Kalifornien nach einem Haus suchte. »Na schön, wenigstens zwei Damen zusätzlich, und wenn Beau jemanden mitbringt, wäre das noch ...«

»Wie ich hörte, will der die Mutter der Hon mitbringen, die ebenfalls Gast in seiner Villa in Cap d'Antibes sein soll. Sie heißt Alicia und hat sich gerade von Pandoras Vater scheiden lassen.«

»Himmel, Nick, du bist ja besser informiert als Louella Parson und Hedda Hopper zusammen!« Victor schüttelte den Kopf. »Woher hast du nur all deine Informationen?«

»Ich hab' eben so ein Gesicht, das die Leute dazu bringt, mir ihr volles Vertrauen zu schenken«, behauptete Nick. »Und da wir gerade bei weiblichen Journalisten sind: Vorhin, in der Halle, bin ich auf Estelle Morgan gestoßen. Sie ist im Hôtel de Paris in Monte abgestiegen. Das nur für den Fall, daß du sie immer noch zu deinem Ringelpiez einladen willst.«

»Das werde ich tun müssen, Nick«, gab Victor zurück.

»Ich weiß, du magst sie nicht, und sie ist ja auch sonderbar. Aber sie hat verdammt viele Artikel über den Film geschrieben, und dazu ein paar hervorragende über Katharine und Terry Ogden. Wenn ich sie übergehe, würde ich dastehen wie ein Mistvieh. Jeder weiß, daß ich praktisch alle eingeladen habe, die gegenwärtig hier unten sind, also wird sie auf jeden Fall davon erfahren.« Er schürzte nachdenklich die Lippen. »Doch, ich werde sie einladen. Es wäre unfreundlich, ja, grausam, wenn ich es nicht täte.«

»Du hast recht, Vic«, bestätigte Nick. »Außerdem ist Estelle gar nicht so schlimm und im Grunde ziemlich harmlos.«

»Nanu, woher auf einmal diese Einsicht?« fragte Victor erstaunt. »Nein, nein, ich weiß schon: Diana. Sie übt einen besänftigenden Einfluß auf dich aus, stimmt's?« Lächelnd sah Victor zu Nick hinüber. Er freute sich, daß sein Freund wieder so glücklich und körperlich in Bestform war. Das schmale, jungenhafte Gesicht war braungebrannt, ausgeruht, völlig entspannt, die blauen Augen funkelten, die Schatten der Trauer waren verschwunden. Außerdem hatte Nick zugenommen. Nicht viel, aber genug, um seinem hageren Körper kraftvolle Festigkeit zu verleihen. Spontan sagte Victor: »Du siehst phantastisch aus, Kleiner. Besser denn je, seit du aus New York zurück bist. Nein, so gut wie seit Jahren nicht.«

»Ich weiß.« Unversehens gestand Nick: »Diana ist eine wunderbare Frau. Mich hat's gepackt, Vic. Wirklich und wahrhaftig gepackt.«

Victor nickte nur und langte nach einer Zigarette. Nick, der eine Spur von Belustigung in seinen schwarzen Augen entdeckte, rief ungewohnt heftig: »Es ist keine flüchtige Verliebtheit, Victor! Es ist mir wirklich ernst mit Diana.«

»Ernsthaft ernst, Nicholas?« erkundigte sich Victor mit hochgezogenen Brauen.

»Ja. Und sie ist die erste Frau, die ich je heiraten wollte. Wie gefällt dir das, Maestro – hm?« Nick wartete, während Victor ihn verdattert anstarrte. »Nun sag schon was!«

»Hast du sie gefragt?« brachte Victor schließlich mit merkwürdig gedämpfter Stimme heraus.

»Noch nicht. Und vorläufig will ich das auch noch nicht. Deshalb bleibt dies bitte ganz *entre nous. Capisci?*«

»Aber sicher, Nicky. Und Diana? Was empfindet sie für dich?«

»Sie ist eindeutig verrückt nach mir«, verkündete Nick selbstbewußt.

Victor erhob sich. »Einen kleinen Drink? Es ist gerade Cocktailstunde, und wir haben noch eine Menge Zeit bis zum Dinner.«

»Aber sicher«, antwortete Nick. »Wodka mit Tonic, wenn ich bitten darf.«

Victor brachte Nick das Gewünschte. »Hoch die Tassen, Kleiner«, sagte er.

»Prost.« Nick trank und setzte dann langsam das Glas auf den Tisch. Ihm war die plötzliche Veränderung in Victors Verhalten aufgefallen. »Okay, raus damit«, verlangte er leise. »An deiner komischen Miene sehe ich, daß dich irgend etwas plagt. Und ich habe das unangenehme Gefühl, daß es mir nicht gefallen wird, wenn ich es höre.«

»Nein, nein, Nicky. Du irrst dich«, behauptete Victor, doch sein heftiges Leugnen klang nicht überzeugend. Er beugte sich vor, räusperte sich und sagte schließlich: »Wir müssen uns ernsthaft unterhalten, wir beide. Von Mann zu Mann.«

»Schieß los!« Nick merkte auf einmal, daß er nicht nur eine böse Ahnung hatte, sondern richtige Angst.

Dreiunddreißigstes Kapitel

David Cunningham stand in der Terrassentür und betrachtete Doris mit einem Blick, aus dem seine ganze Bewunderung sprach.

Sie saß an dem runden Gartentisch, vor der starken Vormittagssonne durch einen großen blauen Sonnenschirm geschützt, und beugte sich konzentriert über einige Papiere. Sie trug ein trägerloses Baumwollkleid, weiß, mit winzigen Schlüsselblumen bedruckt, und dazu einen breitrandigen, blaßgelben Hut aus feinstem italienischem Stroh.

David trat auf die Terrasse hinaus. »Du bist so fleißig, mein Liebling, und so vertieft, daß ich dich wirklich nur ungern störe.«

Doris' Gesicht begann zu strahlen, als sie den Kopf hob und ihn kommen sah. »Ich schreibe nur noch ein paar nachträgliche Einladungen zum Ball. Dann werde ich tief Luft holen und mich auf die Tischkarten stürzen.«

Er setzte sich neben sie, ergriff ihre Hand und lächelte ihr liebevoll zu. »Ich dachte, die Mädchen würden dir dabei helfen. Wo sind sie?«

»Schwimmen gegangen, Liebling. Sie müssen jeden Moment kommen. Außerdem macht es mir nichts aus, einen Teil der Arbeit selbst zu erledigen. Es ist einfach zu heiß für alles andere, es sei denn, man legt sich ins kühle Wasser. Aber wo warst du die ganze Zeit? Was hast du seit dem Frühstück getrieben?«

»Die englischen Zeitungen und die ›Herald Tribune‹ gelesen.« Er schnitt eine Grimasse. »Die Suez-Situation ist ziemlich ernst, weißt du. Hoffentlich läuft es nicht auf einen Krieg hinaus.«

»Einen Krieg! Mein Gott, David!«

»Ja, ein schrecklicher Gedanke. Aber zerbrich dir nicht den Kopf darüber. Vielleicht löst sich die kritische Lage ja doch noch.« Er lächelte beruhigend und ergänzte energisch: »Komm, Doris, mach nicht so ein trauriges Gesicht. Wir wollen uns von der Politik doch nicht den Sommer verderben lassen! Ich wollte, ich hätte gar nichts gesagt.«

Sofort bemühte sich Doris, wieder etwas fröhlicher dreinzublicken, und sagte: »Ich hätte die Zeitungen später ja ohnehin gesehen. Doch du hast recht, wir dürfen unser Leben nicht von Problemen beeinflussen lassen, an denen wir nichts ändern können. Was hast du heute sonst noch für Pläne?«

»Ich hab' mich entschlossen, Kim und Christian doch nach Monte Carlo mitzunehmen. Wir müssen ein bißchen einkaufen. Und anschließend gehen wir zu meinem alten Freund Bunky Ampher zum Lunch. Er hat angerufen und uns eingeladen, weil er möchte, daß wir einen seiner amerikanischen Freunde namens Nelson Avery kennenlernen, einen Bankmann, glaube ich. Und da du heute früh gesagt hast, du wolltest gern einen ruhigen Tag hier verbringen, habe ich zugesagt. Und jetzt werde ich wohl Kim und Christian Beine machen müssen.«

»Vielleicht sollten wir deinen Freund Bunky auch noch zum Ball einladen, David.«

»Aber das haben wir doch getan, Doodles«, gab David zurück. Er suchte unter den Papieren auf dem Tisch nach der

Gästeliste. »Ah ja, das ist er. Earl Winterton und die Countess.«

Doris lächelte. »Kein Wunder, daß ich den Namen Bunky Ampher nicht wiedererkannt habe. Manchmal frage ich mich, Euer Lordschaft, ob du gewisse Dinge nur tust, um mich zu verwirren!«

»Das würde ich meiner großen Liebe niemals antun.« Er küßte sie auf die Lippen. »Du bist etwas ganz Besonderes für mich, meine bezaubernde Doris«, sagte er leise an ihrer Wange. Dann küßte er sie noch einmal, sehr lange und zärtlich. Nachdem er ihr noch einen schönen Tag gewünscht hatte, schlenderte er zur Terrassentür hinüber. Plötzlich aber machte er kehrt, kam wieder an den Tisch zurück und sah sie fragend an. »Hast du übrigens Gelegenheit gehabt, nach dem Frühstück mit Francesca zu sprechen?« erkundigte er sich leise.

»Nein.« Doris' Miene wurde bedrückt. »Ich hab' einfach den Mut nicht aufgebracht«, erklärte sie. »Außerdem war Diana da, und vor ihr wollte ich das Thema nicht anschneiden. Das war wohl auch das Hauptproblem seit unserem Gespräch am Dienstagabend. Niemals treffe ich Frankie allein; immer ist jemand um sie herum – Kim, Christian, die anderen Gäste. Es ist ein so heikles Thema ... Vielleicht wäre es klüger, vorerst zu warten bis nach dem ...« Doris warf David einen warnenden Blick zu und hob grüßend die Hand.

»Störe ich?« wollte Christian wissen.

David nickte seinem Neffen entgegen. »Nein, nein, überhaupt nicht!«

Neben Doris hielt Christian seinen Rollstuhl an. Er zog ihre Hand an seine Lippen, küßte sie galant und saß dann strahlend, mit einem Leuchten in seinen dunklen Augen, neben ihr. »Doris, Liebling, du stehst wahrhaftig zu deinem

Wort! Ich hab' dir wirklich nicht geglaubt, als du sagtest, daß du heute den ganzen Papierkram erledigen wolltest. Eine Heldentat von dir, in dieser Hitze!«

»Halb so schlimm, Christian«, antwortete Doris. »Du solltest mal Oklahoma City im Hochsommer erleben. Da ist es doppelt so heiß. Ein Glutofen.« Doris sah ihn mit herzlichem Lächeln an. Er rührte sie auf so vielfältige Art, mit seiner altmodischen Galanterie, seinem Charme und nicht zuletzt seiner unendlichen Courage. Überdies hatte er viel Sinn für Humor und die positivste Lebensauffassung, die sie jemals bei einem Menschen erlebt hatte. Sie staunte über seinen absoluten Mangel an Selbstmitleid und seine Entschlossenheit, ein möglichst normales Leben zu führen. Er wurde getrieben von dem fast übermenschlich starken Willen, seine Behinderung zu überwinden.

Kim kam auf die Terrasse heraus. »Wie ich sehe, hat sich der Clan wieder einmal versammelt«, rief er. »Tut mir leid, daß ihr warten mußtet, Dad, Christian.« Er musterte Doris und fuhr fort: »Ich muß sagen, du siehst reizend aus, altes Mädchen. Klasse, Doodles. Ein Renoir-Gemälde.«

»Ich danke dir, Kim.«

»Schmeicheln kannst du großartig, mein Sohn«, bemerkte David mit leichtem Auflachen. »Aber jetzt kommt, ihr jungen Spunde. Wir haben viel vor, und ich möchte nicht zu spät zu Bunkys Lunch kommen.«

»Viel Spaß!« Doris sah ihnen nach, als sie die Terrasse verließen. Wie attraktiv sie doch alle drei waren, wie warmherzig, großzügig und liebevoll auf ihre ganz persönliche Art. Doris freute sich, in diese Familie einheiraten zu dürfen; und als einziges Kind eines einzigen Kindes sonnte sie sich in dem Zugehörigkeitsgefühl, das daraus entsprang. Sie dachte an den Kosenamen, den sie für sie erfunden hatten, und lächelte. Noch nie zuvor hatte sie einen Kosenamen gehabt. Kim hatte damit angefangen, hatte sie zuerst Dodo und dann Doodles genannt. Doodles war an ihr hängengeblieben, und sie liebte den Namen sehr, denn er war ein Symbol dafür, daß sie von ihnen rückhaltlos akzeptiert wurde und sie ihr echte Zuneigung entgegenbrachten.

Plötzlich erschien Francesca oben an der Treppe, die vom Garten auf die Terrasse führte, und unmittelbar hinter ihr kam auch Diana.

»Juhuu!« rief Francesca und winkte.

Doris winkte zurück und dachte, wie bezaubernd die Cousinen doch in ihren bunten Bikinis aussahen, mit den wasserglänzenden, gebräunten Körpern, die nassen Haare mit farbigen Schleifen im Nacken zusammengehalten. Fröhlich lachend kamen sie Hand in Hand zu ihr herüber.

Francesca küßte Doris auf die Wange, warf sich in einen Sessel und fragte: »Sind die drei Musketiere schon zu ihrem Abenteuer unterwegs?«

»Ja, Liebes. Ihr habt sie um Minuten verpaßt«, antwortete Doris. »Sie haben eine Luncheinladung und werden erst spät wieder zurück sein. Also müßt ihr bis dahin mit mir vorliebnehmen.«

»Na wunderbar! Endlich einmal wir drei allein«, sagte Diana, die ebenfalls Platz nahm. »Endlich können wir mal so richtig über Frauenthemen plaudern. Zum Beispiel darüber, was wir morgen abend zu Victors Party und zum Ball nächste Woche anziehen. Und du könntest uns von deinem Brautkleid erzählen, Doris.«

Doris nickte lächelnd, doch ehe sie antworten konnte, fragte Francesca neugierig: »Wer hat sie denn zum Lunch eingeladen, Doodles?«

»Bunky Ampher.«

»Ach! Ich wußte gar nicht, daß die hier sind. Hat Daddy gesagt, ob Belinda, die Tochter, auch mitgekommen ist?«

»Nein, aber wir werden ihn später auf jeden Fall danach fragen. Denn wenn sie hier ist, müssen wir sie auch zum Ball einladen.«

»O ja, bitte! Bel ist großartig. Sie hat in Madame Rosokovskys Tanzunterricht viel einstecken müssen. Die Ärmste war entsetzlich fett damals, und viele von den Mädchen haben sich über sie lustig gemacht. Belinda hat sich nichts anmerken lassen, aber ich wußte, daß sie darunter litt. Ich habe mich mit ihr angefreundet, und da haben sie damit aufgehört. Nur haben sie uns dann Tweedledum und Tweedledee genannt.« Francesca kicherte. »Aber die alte Bel hat zuletzt gelacht. Sie ist zu einer hinreißenden Schönheit mit Mannequinfigur geworden. Sie wird den Ball verschönen, Doodles, vor allem, wo wir so viele überzählige Männer haben.«

Doris nickte zerstreut. Wie charakteristisch für die weichherzige Francesca, dachte sie. Und sagte laut: »Da wir gerade vom Ball sprechen – wir sollten uns an die Tischkarten machen. Es sind ungefähr einhundertfünfundsiebzig. Hier ist eine Namenliste, und Kugelschreiber müssen auch irgendwo liegen.« Doris entdeckte sie unter den Papieren auf dem Tisch und nahm einen leeren Schuhkarton von einem Sessel. »Die fertigen Karten können wir hier hineintun.«

Mit gezücktem Kugelschreiber rief Diana: »Ich wette, daß ich in einer Stunde fünfzig Karten fertig kriege, Cheska!«

»Und ich schlage dich mit sechzig, Dibs!« drohte Francesca, den Kopf bereits über den Tisch gebeugt.

»Warum hast du mich nicht wissen lassen, daß du einen Tag früher kommst, Katharine?« fragte Kim, der unentschlossen in der Mitte der Glasveranda stand.

Katharine ließ ihr mädchenhaftes Lachen erklingen. »Dann wär's doch keine Überraschung, nicht wahr, Liebling?«

»Vermutlich nicht«, stimmte er ihr ruhig zu und wünschte trotzdem, sie hätte ihn vorher angerufen. Sie hatte ihn in der Villa erwartet, als er mit seinem Vater und Christian vom Lunch bei den Amphers zurückgekommen war, und ihre unerwartete Ankunft hatte ihn aus dem Gleichgewicht gebracht.

Katharine musterte ihn eingehend, suchte seine Stimmung zu erraten und fragte sich, ob sie einen Fauxpas begangen hatte. Hielten es die Engländer für unhöflich, früher als geplant und dazu unangemeldet zu erscheinen? Nein, absurd! Francesca hatte sie eine Stunde zuvor voll Freude und Begeisterung begrüßt.

»Ja, freust du dich gar nicht, daß ich heute schon kommen konnte?« erkundigte sie sich mit kokettem Blick.

»O doch.« Er drückte seine Zigarette aus und straffte sich. Sie saß auf einem kleinen Korbsofa, das Gesicht halb überschattet von den riesigen grünen Blättern einer exotischen Pflanze. Wie zierlich sie wirkte in dem schlichten marineblauen Leinenkleid!

Ihre Schönheit benahm ihm den Atem; er konnte den Blick nicht von ihr wenden, so fasziniert und verzaubert war er von ihr. Schließlich aber riß er ihn doch los und starrte ins Leere über ihrem dunklen Kopf. Nach kurzem Überlegen raffte er sich dann auf, ging zu der Sitzgruppe hinüber und nahm in einem Sessel Platz. Sein Blick war wieder hart und fest.

»Warum hast du mich belogen?« fragte er mit sonderbar tonloser, unbewegter Stimme.

Katharine starrte ihn fassungslos an; sie schüttelte den Kopf, schien seine Vorwürfe nicht zu begreifen.

Er wiederholte: »Warum hast du mich belogen ... Katie Mary O'Rourke?«

Sie keuchte erschrocken auf und fiel ins Sofa zurück, als

hätte sie einen Stoß erhalten. Ihr Strahlen war erloschen, ihr Blick leblos. Sie war wie gelähmt, brachte kein Wort heraus.

»Das ist doch dein richtiger Name, nicht wahr?« Kim sagte es leise, aber mit drohendem Unterton.

Und als sie immer noch nicht reagierte: »Dein Schweigen ist mir Bestätigung genug. Ich will wissen, warum du mich belogen hast!« Er beugte sich vor, eiskalten Zorn in den hellen Augen. Er mußte hart sein, und das machte ihn krank. Und dennoch konnte er nicht anders: Er wollte unbedingt die Wahrheit erfahren.

»Ich warte auf eine Antwort. Ich verlange eine Antwort!«

Katharine verschränkte die Hände, damit er nicht sah, wie sie zitterten. »Richtig belogen habe ich dich eigentlich nicht, Kim«, flüsterte sie schließlich. »Ich habe dir nur nicht meinen richtigen Namen gesagt. Ich habe niemandem meinen ...«

»Ich bin aber nicht niemand!« fuhr er sie an. »Ich bin dein Verlobter, wenn auch bisher noch inoffiziell. Ich habe dir einen Heiratsantrag gemacht, und du hast ihn angenommen. Du hast versprochen, meine Frau zu werden. Oder hast du das vergessen? Es hätte sich gehört, daß du dich mir damals anvertraut hättest. Warum hast du das nicht getan?«

»Weil ich es nicht für so wichtig hielt«, gestand sie nervös.

Kim starrte sie ungläubig an. »Nicht so wichtig! Großer Gott, was hast du für seltsame Vorstellungen! Wir haben deinen richtigen Namen erfahren ...« Er schüttelte verständnislos den Kopf. »Menschen, die ihren Namen ändern, haben gewöhnlich etwas zu verbergen. Was hat *dich* dazu veranlaßt? Was hast *du* verbergen wollen?«

»Gar nichts!« protestierte sie heftig. »Als ich zur RADA kam, hab' ich ganz einfach den Namen O'Rourke abgelegt und den Namen Tempest angenommen. Weil ich ihn interessanter fand, passender fürs Theater.« Katharine hatte eine gewisse Selbstsicherheit wiedererlangt; ein winziges Lächeln zuckte um ihren Mund. »Es ist keineswegs ungewöhnlich, daß eine Schauspielerin einen Künstlernamen annimmt, Kim. In Hollywood tun das praktisch alle.«

»Das ist mir bekannt. Aber du scheinst den springenden Punkt nicht zu begreifen. Du wirst meine Frau werden ... Viscountess Ingleton. Und später einmal wirst du die zwölfte Countess of Langley sein, und das allein ist schon eine große Verantwortung. Es scheint dir nicht klar zu sein, daß der Frau, die ich heirate, weder ein Geheimnis noch die geringste Andeutung einer Unschicklichkeit anhaften darf. Aus diesem Grund finde ich es unverantwortlich und unverzeihlich, daß du keine Veranlassung sahst, mir gegenüber aufrichtig zu sein. Ich frage mich wirklich, ob du jemals beabsichtigt hast, mir gegenüber die Wahrheit zu sagen. Oder wolltest du sie mir auf ewig verschweigen und dich darauf verlassen, daß ich sie niemals erfahren würde?«

»Sei doch vernünftig, Kim!« gab Katharine zurück. Sie wußte, daß sie ihn um den Finger wickeln und sich dadurch aus der Falle befreien konnte, in der sie saß – falls sie geschickt vorging. »So wie du dich aufführst, könnte man meinen, ich sei ein Mörder, der sein Verbrechen vertuschen will. Und selbstverständlich hätte ich es dir gesagt. Ich hatte die Absicht ...«

»Hattest du auch die Absicht, mir zu gestehen, daß du keine Waise bist?« fuhr er mit funkelndem Blick dazwischen. »Wie du ja vorgibst, seit wir uns kennen?« Er sah sie voller Verachtung an und fuhr, ohne auf eine Antwort zu warten, zornig fort: »Wie immer du deine Unaufrichtigkeit hinsichtlich deines Namens zu erklären versuchst – daß du mich über deinen Familienstand getäuscht, mich bewußt belogen hast, kannst du nicht leugnen! Wieso, Katharine, bist du eine Waise, wenn du noch einen Vater hast?« Er kochte vor Zorn. »Du hast dich mir gegenüber erbärmlich verhalten, und darüber bin ich entsetzt. Und gekränkt. Denn abgesehen von meinen Gefühlen hast du auch die herzliche Freundschaft meiner Schwester ausgenutzt sowie die vielen Liebenswürdigkeiten meines Vaters. Er ist erschüttert, das muß ich dir sagen. In unserem Wörterbuch sind Lügner etwas Verächtliches, Katharine«, schloß er und steckte sich mit zitternden Händen eine Zigarette an.

Katharine fühlte sich eiskalt; ihre Magenmuskeln waren verkrampft. Wie ärgerlich, daß er es vorzeitig erfahren hatte! Sie hatte ihren Vorteil verloren! Aufgrund ihrer schnellen Auffassungsgabe jedoch begriff sie sofort, daß Entschuldigungen und Erklärungen ihre Schuld nur noch deutlicher machen würden. Also ging sie zum Angriff über.

Sie richtete sich steif und sogar ein wenig hoheitsvoll auf. Mit kühler Überlegenheit sagte sie: »Wie mir scheint, hat Doris da ihre Hand im Spiel. Mir nachzuspionieren! In meinen Privatangelegenheiten zu schnüffeln! Wie niederträchtig! Erstaunlich, daß dein Vater dieses ... fragwürdige Verhalten billigt. Ich tue das jedenfalls nicht. Es ist Doris, die zu tadeln ist. Nicht ich.«

Kim spürte, wie ihm die Glut in die Wangen stieg. »Nein. Doris hat niemals Nachforschungen über dich angestellt. Dazu ist sie viel zu lieb und anständig. Die Informationen sind ihr rein zufällig in den Schoß gefallen ...«

»Na, siehst du! Ich wußte es doch!« In Katharines Ton lagen Triumph und Herausforderung: beide gespielt, denn sie war immer noch zutiefst erschüttert und unsicher. »Ich sage dir, Kim, du irrst dich in ihr. Ich bin überzeugt, daß Doris alle Hebel in Bewegung gesetzt hat, um mein Leben in Chicago auszuforschen. Sie wollte unbedingt Dreck ausgraben. Nun, das ist mir gleichgültig, denn es gibt keinen Dreck auszugraben. Ich habe nichts zu verbergen, wie ich dir zuvor schon sagte. In meinem Keller gibt's keine Leichen.«

»Ich weiß zwar nicht, worauf du mit dieser Anspielung hinauswillst, aber ich werde sie keiner Antwort würdigen.« Kim hatte wieder zornig die Brauen zusammengezogen. »Willst du leugnen, daß du einen Vater hast, der in Chicago lebt?«

»Nein. Es stimmt. Ich hatte meine Gründe dafür, daß ich's getan habe, und wollte dir an diesem Wochenende alles beichten, obwohl du das jetzt sicher bezweifelst.« Katharine zuckte gleichgültig die Achseln, und ein verächtliches Lächeln machte ihren sonst so hübschen Mund häßlich. »Anscheinend brauche ich dir jetzt nichts mehr zu beichten. Denn Doris, die Meisterspionin, hat mich dieser Mühe enthoben. Soll sie doch noch ein bißchen weiterwühlen; vielleicht kann sie dir dann einen neuen Bericht geben.«

Kims Blick wurde noch durchdringender; innerlich kochte er. Am liebsten hätte er sie geschüttelt. Mit verkniffenem Mund fingerte er in seiner Hosentasche und zog ein zerknittertes Kuvert heraus. »Ich dulde nicht, daß du Doris derart beschuldigst. Denn sie hat nichts damit zu tun. Sie hat nur vor ein paar Wochen in Monte Carlo eine alte Bekannte aus Chicago getroffen; dabei hat sie deinen Namen und die Tatsache erwähnt, daß wir befreundet sind – ohne jeden Hintergedanken, zusammen mit vielen anderen Dingen über ihr Leben hier. Und neulich bekam Doris dann diesen Brief von jener Dame, zusammen mit einem Zeitungsausschnitt. Er handelt von dir und bringt auch Fotos von dir, die in Langley Castle aufgenommen wurden. Als du dort filmtest. Hier ist der Brief. Bitte, du kannst ihn lesen.«

Ihre Hände auf dem Schoß verkrampft, lehnte sich Katharine auf dem Sofa zurück; ihre Miene war eigensinnig, ihr Blick trotzig. »Ich will ihn nicht lesen.«

»Dann werde ich ihn dir vorlesen«, gab Kim bissig zurück, empört über ihre anmaßende Haltung, ihre scheinbare Gleichgültigkeit. Er kannte das Schreiben auswendig und fand die entsprechende Stelle sofort.

»Doris' Freundin schreibt folgendes: ›Das beigefügte Interview mit Katharine Tempest entdeckte ich in der Magazin-Beilage der Chicago Tribune vom Sonntag. Ich erkannte sie sofort. Wir kennen sie als Katie Mary O'Rourke. Janet und sie haben dieselbe Klosterschule besucht. Die Welt ist klein! Wir haben uns oft gefragt, was aus ihr geworden ist. Sie verschwand so plötzlich aus Chicago, daß es ziemlich geheimnisvoll wirkte. Ihren Vater kennen wir nicht persönlich: Er scheint niemals von seiner Tochter zu sprechen. Es freut uns natürlich, daß es ihr gutgeht und sie so erfolgreich ist. Bitte grüße sie von uns allen.‹« Kim steckte den Brief wieder in die Tasche, den Zeitungsausschnitt legte er vor Katharine auf den Tisch. »Das hier kannst du dir später ansehn. Estelle Morgan hat eine begeisterte Kritik über dein großes Talent geschrieben.«

Katharine schwieg – aus Scham und Kummer darüber, daß ihr jemand zuvorgekommen war und ihre Lüge aufgedeckt hatte, bevor sie es selbst tun konnte. Wie dumm sie gewesen war! Vor Wochen schon hätte sie sich Kim anvertrauen sollen. Damals hatte sie geplant, ihre Geschichte so zu präsentieren, daß sie sein Mitgefühl, sein Verständnis und seinen Beistand garantierte; durch das lange Warten hatte sie nun seinen Zorn auf sich herabbeschworen.

Kim erwartete eine Erklärung, irgendeine Reaktion, und als nichts kam, erhob er sich, trat ans Fenster und starrte blind aufs Meer hinaus. Seit seiner Rückkehr aus Grasse und dem Gespräch mit Doris und seinem Vater hatte er seinen

Zorn und so viele andere Gefühle unterdrücken und vor allem vor Francesca, Diana und den Gästen unbeschwert erscheinen müssen. Jetzt war er vollkommen erschöpft. Durch diese Konfrontation mit Katharine jedoch hatte sich seine Wut ein wenig gelegt, und er war ruhiger geworden.

Er kehrte zu seinem Sessel zurück und blieb lange, mit hängenden Schultern und ausdrucksloser Miene, ganz still sitzen. Endlich sah er zu ihr hinüber. »Ich möchte dich etwas fragen, Katharine.«

Sie nickte stumm, wappnete sich.

»Du bist nicht dumm. Wieso hast du dir eingebildet, angesichts deiner angehenden Filmkarriere deine wahre Identität verheimlichen zu können? Dir mußte doch klar sein, daß dich irgendwann einmal jemand erkennen und die Wahrheit früher oder später ans Licht kommen würde.«

»Das war mir auch klar«, gab sie leise zu. »Ich wollte es dir schon so lange erzählen!«

»Und warum hast du's nicht getan?«

»Weil ich auf eine passende Gelegenheit warten wollte. Ich war immer so beschäftigt...« Ihre Stimme versagte. Sie rang die Hände, räusperte sich und begann von neuem: »Du darfst nicht vergessen, daß ich unter starkem Streß stand, als wir in Yorkshire drehten; und als ich nach London zurückkehrte, mußtest du in Langley bleiben, weil dein Vater hier bei Doris war. In letzter Zeit haben wir uns nur noch selten gesehen. Ich hielt es für besser, bis zu den Ferien zu warten...«

»Hättest du's mir nur früher gesagt!« seufzte er. Dann fuhr er fort: »Weißt du, Katharine, zur Liebe gehört so unendlich viel mehr als die Liebe selbst. Vertrauen und Freundschaft zum Beispiel, vor allem zwischen zwei Menschen, die bis ans Ende ihres Lebens zusammenbleiben wollen. Und dieses Vertrauen hast du enttäuscht, als du mir nicht die Wahrheit sagtest.«

Obwohl er in sehr sanftem Ton gesprochen hatte, traf sie der Vorwurf wie ein Dolchstoß. Verzweifelt, wehrlos sah sie ihn an, die großen Augen aquamarinblaue Teiche in ihrem aschgrauen Gesicht, glitzernd vor aufsteigenden Tränen.

»Nicht weinen«, bat er sie eindringlich. »Mein Gott, fang bitte nicht an zu weinen! Das könnte ich nicht ertragen.«

»Nein.« Sie schluckte. Dann nahm sie sich eine Zigarette aus der weißen Onyxdose, steckte sie an und raucht schweigend.

»Genau wie mein Vater halte auch ich alle Lügner für grundlegend vertrauensunwürdig«, begann Kim und rückte näher an sie heran. »Sieh mich an, Katharine«, befahl er ihr, und sie gehorchte. »Im allgemeinen erwächst aus einer Lüge die nächste, und so geht es weiter und immer weiter. In unserer Familie ist aber kein Platz für einen Menschen, der nicht die Wahrheit sagen kann, ganz gleich, welche Folgen die Aufrichtigkeit haben würde. Lügen ist Betrug, weißt du, und Betrug ist ehrlos. Du weißt doch, wie unser Wappenspruch lautet, nicht wahr? Du hast dich in Langley immerhin sehr für unsere Tradition interessiert.«

»Ja«, flüsterte Katharine. »*Par-dessus tout: l'honneur.*«

Kim nickte. »Und ich habe dir erklärt, was das heißt: Über allem anderen – die Ehre. Jeder Cunningham hat bisher danach gelebt.« Seine Miene war jetzt weicher geworden. Traurig schüttelte er den Kopf. »Ach, Katharine, Katharine! Warum hast du nicht an unsere Liebe geglaubt, nicht Vertrauen genug in mich gehabt, um mir die Wahrheit zu gestehen? Weißt du denn nicht, was du getan hast?«

Sie starrte ihn wortlos an.

»Du hast uns beide meinem Vater gegenüber in eine äußerst schwierige Lage gebracht.«

Sie hörte seine tiefe Verzweiflung. »Ja«, flüsterte sie. »Du hast wohl recht. Aber ich möchte dir alles erzählen. Vielleicht verstehst du mich dann besser, Kim. Bitte, bitte hör mich an!« Ihr junges Gesicht, so zart und ernst, rührte ihn. Er nickte, und Katharine fuhr fort: »Weißt du, die ganze Situation entstand eigentlich nur durch ...«

Stimmen ertönten auf der Terrasse. Die Tür flog auf, und Francesca wirbelte herein, etwas gemächlicher gefolgt vom Earl und Doris, die je ein Champagnerglas in der Hand hielten.

»Da bist du ja, Kim! Wie schön, du hast Kath inzwischen gefunden!« rief Francesca fröhlich. Auf halbem Weg durch den Raum jedoch stutzte sie plötzlich und musterte beide mit bestürztem Stirnrunzeln. »Großer Gott, was ist denn los! Ihr macht beide so ein tragisches Gesicht!«

Erschrocken über diese Invasion, brachten Kim und Katharine kein Wort heraus. Francescas Aufmerksamkeit galt Katharine, die schneeweiß und nervös auf dem Sofa saß. Beunruhigt wandte sie sich an ihren Bruder: »Was ist passiert?«

Kim blieb stumm. Der Earl räusperte sich und trat mit wenigen Schritten neben Francesca. »Guten Tag, Katharine«, sagte er in ausdruckslosem Ton.

Sie neigte den Kopf, ohne ihn anzusehen, ohne ein Wort.

David fuhr fort: »Entschuldigen Sie, daß wir so einfach hier hereingeplatzt sind. Wir wußten nicht, daß Sie mit Kim auf der Veranda waren, und werden Sie jetzt verlassen, damit Sie Ihre Diskussion fortführen können.« Mit festem Griff packte er Francescas Arm. »Komm mit, mein Kind.«

Francesca leistete Widerstand. »Aber was ist denn nur?« fragte sie hartnäckig mit erhobener Stimme. »Ich will wissen ...«

»Nein! Bitte gehen Sie nicht!« rief Katharine, die endlich ihre Stimme wiederfand, flehend. »Ich möchte, daß Sie alle hören, was ich Kim zu sagen habe. Denn Sie alle betrifft es genauso wie ihn.«

»Wenn Sie es wünschen«, gab Doris zurück. Sie drückte die Terrassentür ins Schloß und gesellte sich zu ihnen.

Francesca wählte den Sessel neben dem ihres Bruders, und nachdem Doris und David auf dem zweiten kleinen Sofa der Sitzecke Platz genommen hatten, wandte Katharine sich mit vor Erregung gepreßter Stimme an Francesca. »Ich habe etwas sehr Häßliches getan, Frankie, vielleicht sogar etwas Unverzeihliches. Ich habe Kim belogen. Und dich auch. Euch alle. Das war falsch, das sehe ich jetzt ein...« Sie machte eine dramatische Pause, biß sich auf die Lippe und zwinkerte tapfer die Tränen zurück.

Sie senkte den Kopf und seufzte leise. Schließlich blickte sie wieder auf. »Doris hat meine Lügen entdeckt. Rein zufällig natürlich, und irgendwie bin ich froh, daß es so gekommen ist«, erklärte Katharine, die Diplomatie für die geschickteste Taktik hielt. »Natürlich mußte Doris deinen Vater und Kim informieren, das kann ich verstehen. Kim hat mich jetzt zur Rede gestellt, und als ich ihm gerade alles erklären wollte, kamt ihr herein.«

Hastig, mit einem regelrechten Wortschwall, berichtete Katharine, immer an Francesca gewandt, mit nur kurzen Seitenblicken auf den Earl und Doris, wie es zu ihrer Namensänderung gekommen war.

Als sie endete, versuchte Francesca wie immer, Katharine zu Hilfe zu kommen und die Situation zu entschärfen. »Im Grunde ist es doch gar nicht so schlimm, daß Katharine sich einen Bühnennamen zugelegt hat, Daddy.« Sie lächelte gewinnend. »Ich meine, Victor heißt eigentlich Vittorio Massonetti, und Nicks Urgroßvater änderte ebenfalls seinen Namen, als er nach Amerika emigrierte. Er war ein deutscher Jude mit einem wirklich unaussprechbaren Nachnamen.«

»Und woher weißt du das alles, Frankie?« erkundigte sich der Earl.

»Nicky und Victor haben es mir erzählt.«

»Eben«, gab der Earl lakonisch zurück.

Katharine zuckte betroffen zusammen, fuhr aber fort: »Und ich bin keine Waise, Frankie. Mein Vater lebt. Er heißt Patrick Michael Sean O'Rourke, ist irisch-amerikanischer Abstammung und wohnt in Chicago. Außerdem habe ich einen Bruder, Ryan, der jetzt neunzehn Jahre alt ist.« Sie lehnte sich ins Sofa zurück. Ihre blaugrünen Augen richteten sich auf Doris. »Sie werden meinen Vater sicher kennen. Er ist Präsident der Taramar Land Development Corporation, der größten Baugesellschaft des Mittelwestens. Überdies hat er ausgedehnten Grundbesitz ... Ich glaube, ihm gehört halb Chicago. Ein großer Mann in der Politik ist er auch, ein Machtfaktor der Demokratischen Partei von Chicago. Sie haben doch von ihm gehört, Doris, nicht wahr?«

»Das habe ich allerdings«, bestätigte Doris überrascht. »Doch das Vergnügen, ihn persönlich kennenzulernen, hatte ich bisher noch nicht.« Sie war verwirrt, denn angesichts des Reichtums und der gesellschaftlichen Stellung des Vaters konnte sie nicht verstehen, warum Katharine ihn verleugnete.

Das konnte Kim ebenfalls nicht. »Aber dein Vater scheint doch ein wohlhabender, angesehener Mann zu sein, ein aufrechtes Mitglied der Gesellschaft. Da gibt es offenbar nichts, dessen du dich schämen, das du verbergen müßtest. Warum hast du bloß diese dumme Lüge verbreitet, du wärst eine Waise? Das ist doch unsinnig!«

»Das hab' ich gesagt, weil ich mir wie eine Waise vorkomme.« Katharine nickte nachdrücklich. »Sie sehen mich alle zweifelnd an, aber es stimmt!«

Niemand sagte etwas. Alle starrten sie mit zunehmender Verständnislosigkeit und Verwirrung an. Aber sie wand sich nicht unter diesen Blicken, denn durch ihren Beruf war sie daran gewöhnt, eingehend beobachtet zu werden. Schauspielerinnen standen immer im Rampenlicht, in der Bühnenmitte...

Katharines Miene wurde traurig. Über die Köpfe ihres gebannt lauschenden Publikums von vier Personen hinwegblickend, sah sie das von einem Lichtkranz umgebene, geliebte Gesicht ihrer Mutter vor sich.

»Meine Mutter war eine große Schönheit, eine ganz große Dame und liebte mich sehr. Kein Kind wurde je inniger geliebt als ich, und wir standen uns unbeschreiblich nahe. Sie wollte, wie ich selbst auch, daß ich Schauspielerin wurde, und glaubte von ganzem Herzen an mich. Und ich ... ich habe sie angebetet. Als ich zehn war, wurde sie schwer krank. Als ich dreizehn war, starb sie.« Ein Schluchzen vibrierte in Katharines Kehle, Tränen traten ihr in die Augen. Mit der Hand wischte sie sich die Tränen ab und fuhr fort: »Ich war völlig gebrochen und ganz allein. Mein Vater haßte mich – wegen meinem Bruder. Ryan wollte Maler werden, und ich förderte ihn in seinem Wunsch, wie Momma meine schöpferische Begabung gefördert hatte. Mein Vater war wütend auf mich. Er hatte beschlossen, daß Ryan Politiker werden sollte. Er trieb einen Keil zwischen uns, trennte uns, als wir einander am dringendsten brauchten. Ryan wurde auf eine Schule im Osten geschickt und ich ins Klosterinternat. Als ich sechzehn war, erreichte meine Tante bei meinem Vater, daß ich ein Internat in England besuchen durfte. Ich wollte endlich fort von Chicago, weil ich dort niemanden mehr hatte. Außerdem wußte ich, daß mich mein Vater loswerden wollte. Endgültig. Deswegen bin ich fort und nie wieder zurückgekehrt. Ich habe keine Familie mehr.« Ihre Geschichte war beendet; sie wartete.

Tiefes Schweigen senkte sich über den Raum. Niemand bewegte sich. Kim und Francesca waren gerührt und traurig über Katharines Erklärungen, doch keiner von ihnen wagte etwas zu sagen. Beide blickten erwartungsvoll auf ihren Vater.

Die Miene des Earls jedoch war ausdruckslos. Freundlich sagte er: »Haß ist ein sehr hartes Wort, Katharine. Vielleicht eine übertriebene Beschreibung der Gefühle Ihres Vaters für Sie. Da Sie damals so jung waren, ein Kind noch, haben Sie ihn sicher mißverstanden und an Haß geglaubt, wo nichts dergleichen vorhanden war. Ich kann nicht glauben, daß ein Vater seiner Tochter gegenüber Haß empfinden kann...«

»Aber er hat es getan, er ja!« fiel sie ihm, noch bleicher als zuvor, ins Wort. »Er haßt mich immer noch, verstehen Sie?« rief sie erregt, und die Erinnerung ließ sie erschauern.

»Ich bitte Sie, meine Liebe, regen Sie sich doch nicht so auf.« Der Earl war entsetzt über diesen leidenschaftlichen Ausbruch und fürchtete für ihr Wohlbefinden. Verstohlen warf er Doris einen besorgten Blick zu. Doris rückte näher zu ihm und legte ihre Hand liebevoll auf die seine.

Der Earl musterte Katharine aufmerksam. »Ist alles in Ordnung, meine Liebe?«

»Danke, es geht schon«, antwortete Katharine, um Fassung ringend, ein wenig ruhiger.

Und da ihr nichts weiter zu fehlen schien, fuhr David fort: »Ich fürchte, ich kann Sie immer noch nicht ganz verstehen. Wie Kim schon sagte, ist es unbegreiflich, daß Sie sich uns gegenüber als Waise ausgegeben haben. Soviel überflüssige Komplikationen! Um wieviel leichter und aufrichtiger wäre es gewesen, hätten Sie uns einfach gesagt, Sie hätten die Verbindung mit Ihrem Vater aufgrund einer Auseinandersetzung abgebrochen. Keiner von Ihren Freunden hätte Ihnen daraufhin Fragen gestellt. Wir Engländer sind nicht neugierig, und wir hier hätten Ihnen diese Geschichte sofort abgenommen und Ihnen größtes Mitgefühl entgegengebracht.«

»Sie mögen recht haben, David«, gab Katharine ein bißchen widerwillig zu. »Doch als ich den Unterricht an der RADA aufnahm, war ich fürchterlich niedergeschlagen und verärgert. In dem Internat in Sussex hatte ich mich ständig schämen müssen – Sie können sich nicht vorstellen, wie unglücklich ich war.« Ihre Lippen zitterten. »Immer war ich überzählig. Ich war die einzige, die ihre Ferien bei der Hausmutter in der Schule verbringen mußte. Ich hatte kein anderes Heim«, flüsterte sie erstickt. »Er wollte mich nicht in Chicago haben, und Tante Lucy kränkelte und konnte mich deswegen auch nicht nehmen. Niemand hat mich je in der Schule besucht, am Elterntag teilgenommen oder sich für die Theateraufführungen der Schule und andere alljährliche Ereignisse interessiert. Können Sie sich vorstellen, wie demütigend das für mich war? Ich hatte keine Familie, die mich liebte. Keinen Menschen, der sich um mich kümmerte. Ich war unerwünscht. Und unendlich einsam. Es war die Hölle, und ich war entschlossen, mir diese schmerzliche Erfahrung das nächstemal zu ersparen. Deswegen erfand ich für die Royal Academy einen neuen Namen und behauptete, Waise zu sein, weil ich nicht immer wieder erklären wollte, warum mein Vater und mein Bruder mich nicht besuchten, sich nicht für mich interessierten. Es war notwendig; ich mußte mich schützen.« Ihre Tränen flossen in Strömen, sie begann haltlos zu schluchzen und barg das Gesicht in den schmalen Händen.

Kim sprang auf, setzte sich zu ihr aufs Sofa und nahm sie tröstend in die Arme. »Mein Liebling«, flüsterte er zärtlich, wiegte sie sanft, drückte ihr Gesicht an seine Brust und streichelte ihr liebevoll das Haar. Ob sein Vater dies mißbilligte, war ihm gleichgültig; er dachte ausschließlich an Katharine. Sein Zorn war verraucht. Er liebte sie immer noch. Er konnte sie nicht aufgeben!

Francesca kämpfte selbst mit den Tränen. Sie hatte immer geahnt, daß Katharine etwas sehr Schweres erlebt haben mußte, und fand ihre Vermutung jetzt bestätigt. Katharine brauchte Liebe und Verständnis, nicht Kritik, fand sie. Schließlich waren ihre Lügen relativ belanglos gewesen. Plötzlich erstarrte Francesca. Sie vor allem hatte keine Veranlassung, Katharine Tempest zu verurteilen! Denn sie war ebenso schuldig wie Katharine. Zwar hatte sie über ihre Verbindung mit Victor nicht direkt gelogen, aber nur, weil man sie nicht gefragt hatte. Dennoch war sie unaufrichtig gewesen: Sie hatte gelogen, indem sie nicht die Wahrheit sagte.

Nervös sprang Francesca auf und verkündete: »Katharine ist sehr erregt. Ich hole ihr schnell was zu trinken.« Damit lief sie hinaus, fest entschlossen, in den nächsten Tagen schon mit Victor zu sprechen. Ihr Vater mußte erfahren, daß sie sich liebten. Einverstanden würde er vermutlich nicht sein, aber um wieviel schlimmer würde alles werden, wenn er zufällig ihre Heimlichkeiten entdeckte. Die Angst, den Vater zu enttäuschen, ließ sie beinahe in Panik ausbrechen ...

»Trink das, Kath«, sagte Francesca, als sie zurückkam. »Ein Glas Cognac. Dann geht's dir gleich besser.«

»Danke, Frankie. Wie lieb von dir.« Mit einem schmelzenden Lächeln griff Katharine nach dem Glas. »Es tut mir entsetzlich leid, daß ich Sie alle getäuscht habe. Ich weiß nicht, wie ich das je wiedergutmachen soll. Sie müssen mich für einen ganz schlechten Menschen halten.«

»Ach was, Unsinn, Katharine!« gab Francesca hastig zurück. »Ich bin überzeugt, Daddy versteht jetzt deine Beweggründe, und die anderen ebenfalls. Für mich ist das einfach ein Sturm im Wasserglas.« Von ihrem eigenen Schuldbewußtsein gequält, merkte Francesca nicht, daß sie einen scharfen, abwehrenden Ton angeschlagen hatte.

Den Katharine prompt falsch auslegte. Verdutzt starrte sie

Francesca an und dachte bitter: Sie hat keine Ahnung, wie mein Leben ausgesehen hat. Sie hat immer so viele Menschen um sich gehabt und ist von allen geliebt worden. Doch ich habe niemanden. Keinen Menschen auf der Welt. Die einzige, die mich jemals geliebt hat, war Momma.

Unvermittelt stellte Katharine ihr Glas auf den Tisch und erhob sich energisch. Leise sagte sie: »Ich habe Ihnen jetzt alles gesagt. Am besten gehe ich jetzt wohl hinauf und packe. Ich werde Victor im La Réserve anrufen und ihn bitten, mir für zwei Tage ein Zimmer zu besorgen. Er würde enttäuscht sein, wenn ich nicht an seiner Party teilnehme. Am Montag werde ich dann nach London zurückkehren.«

Kim rief sofort: »Das ist doch lächerlich, Katharine! Ich dulde nicht, daß du ins Hotel ziehst, geschweige denn nach London zurückkehrst!« Er sprang auf, packte besitzergreifend ihren Arm und funkelte seinen Vater an. »Man wird Katharine doch verzeihen können, Dad, nicht wahr? Ich finde, man kann ihr mildernde Umstände zubilligen. Außerdem hat sie mir vorhin versichert, sie hätte mir jetzt am Wochenende alles gestehen wollen, das sei schon sehr lange ihr Wunsch gewesen. Ich glaube ihr. Und finde, sie hat heute nachmittag genug durchgemacht. Wäre jetzt nicht etwas Mitleid am Platz?«

David schob seine bekümmerten Gedanken beiseite und antwortete: »Gewiß, Kim. Gewiß.« Er nickte zu Katharine hinüber. »Ihre Offenheit hat die Atmosphäre weitgehend geklärt und uns einen besseren Begriff von Ihnen und Ihrer Herkunft gegeben. Ja.« Er räusperte sich und sah Doris an. »Ich spreche sicherlich auch für dich, Liebling, wenn ich sage, wir werden es nicht zulassen, daß Katharine in ein Hotel umzieht oder ihren Urlaub abbricht. Nicht wahr?«

»Durchaus«, stimmte ihm Doris bereitwillig zu. »Wir wären sehr traurig, Katharine, wenn Sie uns verließen.«

»Katharine, sei keine Gans!« drängte Francesca eifrig. »Du darfst nicht ausziehen! Wir alle lieben dich und haben uns so sehr auf deine Gesellschaft gefreut. Bitte, bleib doch!«

»Ich weiß nicht recht...« Katharine zögerte. Ihr Blick wanderte zu Kim hinüber, der gespannt und übernervös wirkte. Ganz leicht berührte sie seinen Arm und hob das feine Gesicht zu ihm empor. »Wenn du ganz sicher bist, daß du es willst, werde ich bleiben.«

»Selbstverständlich will ich das!« erklärte er.

Gütig lächelnd, obwohl ihm das Herz schwer war, erhob sich der Earl of Langley vom Sofa. »Es wird spät, unsere Gäste werden bald kommen. Wir sollten uns zum Dinner umziehen.«

»Oh, mein Gott, die Dinnerparty! Die hatte ich ganz vergessen.« Doris folgte ihm zur Tür. »Die Remsons und die Brooks kommen um acht. Dinner gibt es um neun, im Garten«, wandte sie sich noch einmal an die Zurückbleibenden.

Kim nickte bestätigend.

»Himmel, und ich muß mir noch die Haare waschen!« rief Francesca erschrocken. Sie warf Katharine eine Kußhand zu und lief hinaus.

Eine halbe Stunde später trafen sich Doris und der Earl, wie sie es verabredet hatten, fertig angekleidet in dem kleinen Salon zwischen ihren Suiten.

»Es war vorhin ein bißchen peinlich«, sagte der Earl, der in der Mitte des Zimmers stand und sich eine Zigarette ansteckte. »Ich hatte nicht vor, mich mit Francesca auf eine längere Diskussion einzulassen.« Er sah auf die Uhr. »Aber wir haben noch eine gute Viertelstunde Zeit, bis unsere Gäste eintreffen.« Mit gesenktem Kopf ging er nachdenklich auf und ab, bis er sich zu Doris auf das lange Sofa vor den Fenstern gesellte. »Also, was hältst du von der Situation im Zusammenhang mit Katharine?«

»Ich muß zugeben, daß sie mir ein bißchen leid tat, und bin überzeugt, daß sie es nach dem Tod ihrer Mutter sehr schwer gehabt hat«, antwortete Doris, bemüht, fair zu sein und sich dennoch nicht festzulegen.

»Ganz recht, Liebes. An der Wahrheit ihrer Geschichte zweifle ich nicht. Katharine ist gescheit; sie würde niemals so dumm sein, auf ihre ursprünglichen Unwahrheiten weitere Lügen zu häufen ...«

»Aber?«

»Ich habe nicht ›aber‹ gesagt.«

»Nur gedacht hast du es, nicht wahr, Liebling?«

»Ja. Wie gut du mich kennst, Doris.« Er lachte leise. »Als ich mich eben ankleidete, habe ich mich gefragt, wie weit sie wohl übertrieben, das Ganze dramatisiert haben mag.«

»Du glaubst also nicht, daß ihr Vater sie haßt?« erkundigte sich Doris erstaunt.

»Schwer zu sagen. Katharine glaubt es jedenfalls, davon bin ich überzeugt, also spielt es keine Rolle, ob andere es glauben.« David lehnte sich zurück und schlug die Beine übereinander. »Was weißt du über diesen O'Rourke?«

»Nicht sehr viel, David. Wir verkehren in verschiedenen Kreisen. Er besaß damals ziemlich viel Macht in Chicago – durch sein Geld und seine politischen Verbindungen –, und diese Macht ist sicher noch nicht geschwunden. Vor Jahren hörte ich, er sei ein Weiberheld, ein überaus gutaussehender Mann. Aber einen Skandal hat es in dieser Hinsicht nicht gegeben, ich weiß jedenfalls nichts davon. Sicher, genau kann man das bei Männern wie ihm niemals sagen – aus eigener Kraft emporgekommen, ehrgeizig, unermüdlich und ein bißchen skrupellos.« Doris lachte ironisch. »Sehr skrupellos, sollte ich sagen. Außerdem bin ich sicher, daß er sehr streng war mit Katharine, ja sogar tyrannisch. Ich kenne den Typ und du sicher auch.«

»Hmmm.« David zog sinnend an seiner Zigarette. »Kim handelt jetzt rein gefühlsmäßig, ohne seinen Verstand zu gebrauchen. Und das ist zu verstehen. Katharine ist ein bezauberndes Wesen, äußerst charmant und sehr überzeugend. Und seien wir ehrlich, Doris, es gibt nichts Rührenderes als so eine kleine Waisenstory. Man müßte schon sehr hartgesotten sein, um der zu widerstehen ... Einen Moment lang hatte sie damit sogar mich überzeugt. Ist es nicht seltsam, wie alle von Katharine bezaubert sind?«

»Ja.« Doris warf ihm einen langen Blick zu. »Und was wirst du unternehmen wegen Kim und Katharine?«

»Gar nichts.«

»Aber David ...«

»Ich werde mich nicht einmischen«, unterbrach er sie energisch. »Wenn ich das täte, würde ich Kim nur in ihre Arme treiben, und das hätte mit Sicherheit schlimme Folgen. Verbotene Früchte schmecken immer am süßesten.« David tätschelte Doris, deren Unsicherheit er bemerkte, die Hand. »Jede Kritik an Katharine würde meinen Sohn nur gegen mich aufbringen. Außerdem hält er sozusagen die Peitsche in der Hand. Er weiß, daß ich nichts unternehmen kann. Enterben kann ich ihn nicht, weil er hundertprozentig durch das Erstgeburtsrecht geschützt ist. Nein, ich kann höchstens auf seine Intelligenz vertrauen.«

Als er sah, wie sich ihre lebhaften grünen Augen besorgt verengten, rückte David näher und legte Doris den Arm um die Schultern. »Jetzt hör mal zu, mein Liebling. Wir dürfen nicht mit langen Gesichtern herumlaufen. Wir müssen einen leichten Ton anschlagen, einen sehr leichten. Dann wird Kim eines Tages Katharine in einem anderen Licht sehen.«

»Und wie siehst du sie, David?« erkundigte sich Doris.

»Labil.«

»Labil?«

»Ja, unter anderem. Katharine Tempest ist ein höchst komplizierter Mensch, Doris. Sie ist eine hinreißende Schönheit, die den Männern mit einem Wimpernschlag den Kopf verdrehen, und eine unglaublich begabte Schauspielerin, die ihr Publikum – im Theater oder auf der Veranda unten – zu Tränen rühren kann. Aber sie ist auch eine merkwürdig gestörte junge Frau, die meiner Ansicht nach unausgeglichen, unstet ist. Clever, wie ich schon sagte, aber gefährlich.«

Doris sann über seine Worte nach; sie wußte, daß er nie voreilig ein Urteil abgab. »Mein Gott, David! Ich habe auf einmal Angst um Kim!«

»Das kann ich verstehen. So ging es mir vorhin auch, aber das ist vorbei.« Er schüttelte nachdrücklich den Kopf. »Ich weiß, wie ich meinen Sohn erzogen habe. Kim steht mit beiden Beinen auf der Erde. Der Instinkt sagt mir, daß er letztlich zu den Prinzipien seiner Erziehung zurückkehren wird. Denn die sind so tief eingewurzelt in ihm, daß er todunglücklich wird, wenn er nicht nach ihnen lebt. Das weiß er im tiefsten Herzen auch selbst, und ich muß mich darauf verlassen, daß mein Sohn Pflicht und Verantwortung über das Mädchen stellen wird.«

»Ja.« Doris hoffte, daß er recht hatte. Beruhigend drückte sie seine Hand. »Du hast die Zeit auf deiner Seite, Liebling«, sagte sie lächelnd. »Vergiß nicht, daß Katharine Anfang September nach Kalifornien geht. Und drei ganze Monate dort bleiben wird.«

»Oh, gewiß«, gab er gelassen zurück. »Glaubst du, ich hätte das nicht in Betracht gezogen?«

Vierunddreißigstes Kapitel

Nicholas Latimer platzte zur Tür von Victors Suite im La Réserve herein, ohne anzuklopfen oder sich anzumelden. Heftig keuchend, mit hochrotem Gesicht sprintete er, beinahe ein Tischchen umreißend, durch den Salon und stolperte ins Schlafzimmer.

»Großer Gott, du bist ja noch nicht mal angezogen!« stieß er hervor und starrte Victor mit aufgerissenen Augen an.

Verblüfft über sein ungestümes Eindringen, begegnete Victor seinem Blick mit träge hochgezogener Braue. Er trug nur Unterhose, knielange Socken, Hemd und schwarze Schleife. »Was ist denn in dich gefahren?« erkundigte er sich gelassen, legte die Zigarette aus der Hand und griff nach dem Scotch mit Soda auf dem Toilettentisch.

Nick machte einen Satz auf ihn zu, riß ihm hastig das Glas aus der Hand und rief erregt: »Den brauchst du jetzt nicht! Nachher, auf dem Ball, kannst du soviel trinken, wie du willst. Schnell, zieh dich an! Um Gottes willen, beeil dich doch! Wir müssen hier raus. Und zwar *pronto*!«

»Weshalb denn auf einmal diese Eile?«

»Du wirst es nicht glauben, aber Arlene ist unten. In Lebensgröße und Technicolor steht sie...«

»Na so was, Nicky. Jetzt überrascht sie mich doch tatsächlich wieder in runtergelassener Hose«, witzelte Victor mit seinem berühmten schiefen Grinsen. Er nahm die Zigarette vom Aschenbecher, zog daran und drückte sie aus. »Ich hab' aber auch immer Pech.«

»Das kannst du zweimal sagen, alter Freund. Bitte, Vic, zieh dich fertig an. Sie wird jeden Augenblick kommen, begleitet von sechs verdammten Pagen mit ihren verdammten zwei Dutzend Koffern. Herrgott, nun mach schon!« Nick knallte das Glas auf den Toilettentisch, entdeckte Victors Hose, packte sie und warf sie ihm zu.

Während er seine Hose auffing, veränderte sich Victors Miene. Er merkte plötzlich, daß es sich wirklich nicht um einen von Nicks üblichen Scherzen handelte. »Mein Gott! Und ich dachte, du machst Spaß!«

»Würde ich spaßen, wenn's um sie geht? Wo ist dein Jakkett, wo sind deine Schuhe?«

»Im Schrank.« Victor zog die Hose an, holte das schwarze Seidentaschentuch aus der Kommode und faltete es hastig. »Wann hast du sie gesehen, Nick?«

»Vor ein paar Minuten. Beeil dich, Mann! Hier sind die Schuhe.« Nick stellte sie vor ihm auf den Boden und hielt ihm das weiße Dinnerjacket hin. »So ein Mist! Ausgerechnet heute. Ich war mit Jake unten in der Halle. Er wollte Geld wechseln. Dabei sah ich zufällig zur Eingangstür hinaus und entdeckte sie, wie sie aus einem Auto stieg. Mitsamt ihrem verdammten Berg Gepäck. Sieht aus, als wollte sie hier einziehen. Ich hab' Jake rausgeschickt, damit er sie aufhält – irgendwie –, während ich hier herauflief! Los, Vic, jetzt komm schon! Laß die Zigaretten, das Geld! Verdammt noch mal, du brauchst kein Geld.« Nick half Victor ins Jackett, ergriff seinen Arm und zog ihn zum Fenster. »Wir müssen hier rausklettern.«

»Du bist verrückt! Ich hab' seit Jahren meine Stunts nicht mehr selbst gemacht«, rief Victor empört. »Und laß meinen Arm los! Du zerreißt mir das Jackett.«

Das Fenster stand offen; Nick stieß es noch weiter auf und spähte hinab. »Gar nicht so schlimm. Komm, springen wir. Du zuerst.«

Victor beugte sich ebenfalls hinaus. »Du mußt wirklich verrückt sein«, stöhnte er. »Das sind mindestens sieben Meter.«

»Aber unten ist Gras!«

»Na und? Ich könnte mir den Rücken brechen oder wenigstens die Beine.«

»Immer noch besser als die Eier, nicht wahr, mein Alter?« gab Nick eindringlich über die Schulter zurück. »Und ich garantiere dir, daß sie das tun wird. Sie will ihre übliche kleine Nummer abziehen, mit ...«

Als es laut an die Salontür klopfte, starrten sie einander verzweifelt an. Das Klopfen wurde heftiger. »Das ist sie, tatsächlich«, murmelte Vic. »Den alten Jake hat sie wohl einfach überrannt.« Nick packte wieder Victors Arm. »Da durch« – er wies aufs Fenster – »kannst du ihr noch immer entkommen. Ich werde versuchen, sie aufzuhalten.«

»Das kannst du vergessen, Kleiner.«

»Dann sollten wir uns lieber anschnallen, Maestro. Es wird 'ne ganz schön stürmische Fahrt für uns werden heut abend.«

Victor war schon halb durchs Zimmer. Jetzt fuhr er stirnrunzelnd herum und flüsterte: »Du nicht, Nicky. Du fährst mit Jake zur Villa Zamir. Und sei vorsichtig! Francesca darf nicht erfahren, daß Arlene hier ist. Sonst dreht sie durch. Erfinde irgendeine Ausrede; erklär ihr, daß ich ein bißchen später komme, daß ich noch aufgehalten werde von ... einem geschäftlichen Anruf von der Westküste. Erzähl ihr irgendwas ...«

Die Tür der Suite wurde geöffnet, und Arlene kam selbstbewußt herein. »Hallo, Victor!« Sie winkte ihm zu. »Ich hätte angerufen, Liebling, aber ich wollte dich überraschen.«

»Ich bin zu alt, um mich noch von etwas überraschen zu lassen«, gab er so ruhig wie möglich zurück. Er betrat den Salon und musterte beunruhigt die Koffer, die von zwei Pagen hereingeschleppt wurden.

Als die beiden ihr Trinkgeld erhalten hatten und wieder verschwunden waren, musterte Nick Arlene mit seinen vor Feindseligkeit eiskalten blauen Augen interessiert und fragte sarkastisch: »Für eine Durchreisende reist du aber mit recht großem Gepäck.« Angewidert deutete er auf die Koffer, die sie umgaben. »Was glaubst du eigentlich, wer du bist – die Königin von Saba?«

»Charmant wie immer, mein lieber Nicholas«, erwiderte sie mit kaltem Lächeln. »Hast du letzthin ein gutes Buch geschrieben? Oder warst du zu sehr mit den Damen beschäftigt?« Seine einzige Antwort war ein verächtlicher Blick. Arlene kicherte albern und ergänzte: »Also, wie geht's dem großen Genie der amerikanischen Literatur?«

»Sehr gut – bis vor ein paar Minuten.«

Sie reagierte nicht auf Nicks Seitenhieb, sondern setzte sich aufs Sofa, kreuzte die schönen Beine und strich den Rock ihres cremefarbenen Shantung-Kostüms glatt. Ihr Blick wanderte von Nick zu Victor. »Mein Gott, seht ihr beide vornehm aus! Sogar weiße Dinnerjackets! Wo ist die Party?«

»Das geht dich überhaupt nichts ...«

Mit einem warnenden Blick fiel Victor dem Freund ins Wort. »Wir gehen nicht auf eine Party, Arlene. Tut mir leid, daß ich dich enttäuschen muß. Wir wollten gerade zu einem Geschäftsessen, eine reine Männerangelegenheit.«

»Ach nein!« sagte Arlene.

Nicholas trat an die Bar, schenkte sich einen Wodka ein und trank. Verstohlen sah er zu Victor hinüber, der reglos mitten im Zimmer stand. Er staunte über seine Selbstbeherrschung, denn er wußte, daß der Freund innerlich kochte und kurz davor war, handgreiflich zu werden. Nick zerbrach sich den Kopf, wie er ihn aus dieser Situation retten und zur Villa Zamir schaffen konnte. Aber er sah keine Möglichkeit, jedenfalls nicht im Augenblick. So, wie er Arlene mit ihrem dicken Fell kannte, würde sie sofort mitkommen wollen, wenn sie Miene machten, zu verschwinden. Um Gottes willen, dachte er und stellte sich Francescas Gesicht vor, wenn sie mit Arlene auf dem Ball aufkreuzten. Nicks Nervosität nahm zu. Das Schweigen wurde lastender, die Atmosphäre gespannter.

»Mach mir bitte einen Drink, Nick«, brach Arlene das Schweigen.

»Mach dir doch selbst einen«, gab Nick zurück. Er leerte sein Glas.

»Du hast noch nie gewußt, wie man eine Dame behandelt«, giftete Arlene.

»O doch! Wenn eine da ist.«

»Du Scheißkerl...«

»Ich glaube, du solltest losziehen, Nick«, mischte sich Victor ein, bevor Arlene Nick weiter beschimpfen konnte. »Sag den Boys, ich komme, sobald ich kann.« Er trat auf Nick zu, nahm seinen Arm und dirigierte ihn zur Tür. Etwas leiser fuhr er dann fort: »Und sag Frank, es gibt keinen Grund zur Beunruhigung hinsichtlich des Vertrags – unseres Vertrags.« Er verstärkte den Druck seiner Finger an Nicks Arm.

»Worauf du dich verlassen kannst, Vic. Mach dir um Frank nur keine Sorgen«, beruhigte Nick ihn zuversichtlich. Doch als er das Zimmer verließ, war seine Miene niedergeschlagen.

Victor atmete tief durch und riß sich zusammen. Ohne Arlene zu beachten, ging er ins Schlafzimmer, steckte sich eine Zigarette an und trat ans Fenster, um zu überlegen, welche Taktik er einschlagen sollte. Er beschloß, energisch, sachlich, höflich zu sein. O ja, sehr höflich. Sobald er den Grund ihres plötzlichen Auftauchens erfahren hatte, würde er relativ friedlich sein. Heute abend jedenfalls, damit er unter dem Vorwand des Geschäftsessens doch noch zum Ball fahren konnte. Dann fiel ihm ein, daß es schwierig werden würde, sie aus seiner Suite zu entfernen. Wenn er zurückkehrte, würde sie noch immer da sein und ihn zweifellos zur Rede stellen. Ach was, kein Problem, redete er sich ein. Ich werde bei Nicky oder Jake übernachten. Und morgen schicke ich sie dann fort.

Mit unbekümmerter Miene kehrte Victor in den Salon zurück. Er sah sofort, daß Arlene sich einen Drink geholt hatte. Kühl, gelassen und selbstsicher saß sie mit ihrem Glas auf dem Sofa. Er mixte sich selbst einen Scotch mit Soda und setzte sich in einen möglichst weit entfernten Sessel.

»Nun«, fragte er vorsichtig, »was willst du von mir, Arlene?«

»Liegt das nicht auf der Hand? Dich sehen, Vic.«

»Nenn mich nicht Vic! Du weißt, daß ich das nicht ausstehen kann.«

»Oh, Verzeihung, Victor. Ich vergaß: Nur Nicholas darf diese Koseform verwenden. Jedenfalls ist es schön, dich wiederzusehen. Wie ist's dir ergangen, Herzchen?«

»Hör auf mit dem belanglosen Gerede, Arlene. Komm endlich zur Sache.« Er beugte sich vor, die Arme auf die Knie gestützt, das Glas mit beiden Händen haltend. »Ich finde es reichlich impertinent, hier mitten in unserer Scheidung so einfach aufzukreuzen.« Sein ruhiger Ton kontrastierte mit der Kälte in seinen Augen. »Aber lassen wir das vorläufig mal.«

»Ich bin immer noch deine Frau, Victor; gesetzlich sind wir noch verheiratet. Mein Gott, die Verhandlungen haben ja noch nicht einmal begonnen. Was ist so sonderbar daran, daß ich dich besuche?«

Er winkte ab und wiederholte ungeduldig: »Was willst du hier?«

»Dich sehen, mit dir sprechen, ohne daß die Anwälte dabei sind und uns gegenseitig aufhetzen.«

»Und was erhoffst du dir davon, Arlene?«

»Ich glaube, daß wir unsere Probleme und Differenzen beilegen können. Außerdem dachte ich mir, wir könnten uns so weit besser einigen, weit vorteilhafter für beide Seiten. Und es ist so viel gemütlicher, Herzchen, wenn wir allein sind, nicht wahr?«

Ihr liebenswürdiger Ton und das noch liebenswürdigere Lächeln irritierten ihn, doch er bemühte sich, ruhig zu bleiben. »Ich bezweifle, daß wir uns in irgendeinem Punkt einigen können. Gib doch zu, die Situation ist äußerst gespannt. Du und deine Anwälte, ihr seid in letzter Zeit zu weit gegangen. Du forderst das Schicksal heraus.«

»Du aber auch, mein Goldschätzchen.«

Er zuckte bei diesem Ausdruck zusammen und fragte: »Was soll das heißen? Ich versuche das Schicksal nicht im geringsten, Arlene. Ich bin nicht derjenige, der empörende Forderungen stellt.«

»Oh, aber du treibst empörende Dinge, Herzchen.« Sie lachte auf. »Ich staune über dich, Victor. Immer noch der alte Don Juan.« Sie musterte ihn vielsagend. »Aber es muß doch anstrengend sein, zwei Baby Dolls, halb so alt wie du selbst, zu bedienen. Ziemlich aufreibend, körperlich und seelisch, stimmt's?«

Victor erstarrte. Stunk, dachte er. Sie ist hier, um Stunk zu machen. Sehr beherrscht gab er zurück: »Ich weiß nicht, wovon du sprichst.«

»Aber natürlich weißt du das, Herzchen. Von Katharine und Francesca.«

Die Maske, die er jederzeit in Bereitschaft hielt, legte sich vor sein Gesicht. Er verbarg seine aufkeimende Furcht hinter einem spöttischen Auflachen. »Ach so, die beiden! Das sind doch Kinder ... zwei aus Nicks kleiner Schar von Verehrerinnen. Gute Freunde, Arlene, nichts als gute Freunde.«

Arlenes Miene wurde auf einmal kalt. »Hör auf, Victor, du sprichst mit mir! Hast du das vergessen? Ich kenne dich schließlich seit Jahren. Katharine Tempest ist nicht nur eine gute Freundin. Sie steht bei Bellissima Productions unter Vertrag und ist augenblicklich dein Protegé.«

Arlene hob die ringgeschmückte Hand, um zu verhindern, daß er protestierte. »Und versuch mir gar nicht erst einzureden, sie sei nur eine Mitarbeiterin, die eine Rolle in deinem letzten Film spielt. Das kenne ich alles. Zufällig weiß ich, daß sie in deinem Bett ebenfalls eine Rolle spielt. Gemeinsam mit Lady Francesca Cunningham, der Tochter des Earl of Langley, gegenwärtig versteckt in einer Villa in Cap Martin. Wo deine kleine Schauspielerin – wie bequem für dich – zur Zeit zu Besuch weilt. Sag mal, Herzchen, wie schmeckt dir eigentlich dieses leckere Sandwich *à l'Européenne*?« Grinsend legte sie den Kopf schief. »Vermutlich ist es aufregend für einen Mann deines Alters, mit zwei jungen Mädchen gleichzeitig zu schlafen. Und noch dazu Busenfreundinnen. Wie clever von dir, Victor. Erspart dir langes Bekanntmachen. Was sind die beiden – Lesbierinnen? Ziehen sie für dich heiße Nummern ab, Baby? Ist es das, was dich neuerdings anheizt?«

»Du Miststück!« fuhr Victor auf und schoß halb aus seinem Sessel empor, als wolle er sie schlagen. Dann jedoch ließ er sich, am ganzen Leib zitternd, wieder zurückfallen. Ein Wutausbruch war nicht am Platze, das wußte er; daher versuchte er, sich zu beherrschen und sich von ihr nicht so weit reizen zu lassen, daß er etwas tat oder sagte, das er später bereuen würde. An seinem Ekel fast erstickend, sagte er eisig:

»Was du da andeutest, ist absurd. Wo hast du dich rumgetrieben seit unserer Trennung – in der Gosse?«

»Erkennst du die Gegend, Herzchen?«

»Du hast eine schmutzige Phantasie, Arlene. Und nicht das Recht, Erklärungen von mir zu verlangen. Wir leben seit über einem Jahr getrennt. Aber ich werde nicht dulden, daß der Ruf zweier hochanständiger junger Mädchen durch dein widerliches Gerede beschmutzt wird. Jawohl, Katharine Tempest ist mein Protegé. Es ist kein Staatsgeheimnis, daß ich sie unter Vertrag genommen habe. Aber das ist auch alles. Was Francesca Cunningham betrifft, so ist ihr Vater zufällig ein Freund von mir. Er hat uns gestattet, einige Szenen in seinem Schloß zu drehen. Seine Tochter hat mit meinem Produktionsleiter zusammengearbeitet, als wir in Yorkshire Außenaufnahmen drehten, und ...«

»Ich weiß alles über Langley Castle und was bei den Außenaufnahmen passiert ist. Übrigens, du solltest vorsichtiger sein, wenn du auf Liebespfaden wandelst, Romeo«, sagte sie schneidend, mit spöttischer Miene. »Du bist ein weltberühmter Filmstar, der überall auffällt, vor allem in Kleinstädten und in deinem schönen, neuen Bentley. Es wundert mich, daß du dich mit Lady Francesca am Hintereingang ihres Schlosses triffst und sie dann mitten auf der Langley Lane leidenschaftlich umarmst wie das gemeine Volk. Victor, Victor, du läßt nach! Sogar die Dienstboten ihres Vaters sind gescheiter.«

»Unsinn!« schrie er mit verzerrtem Gesicht, und seine schwarzen Augen glühten vor Wut. »Himmelschreiender, widerlicher Unsinn!« Er holte tief Luft, biß die Zähne zusammen und zwang sich, kein weiteres Wort zu sagen. Arlene hatte schon immer die Gabe gehabt, ihn mit ihrer scharfen Zunge zur Weißglut zu bringen. Er trank sein Glas leer, drückte die Zigarette aus, erhob sich und ging zur Bar. Hastig kippte er Scotch in sein Glas. Allmählich wurde sein Kopf wieder klarer, und als er zu seinem Sessel zurückkehrte, war seine Miene unergründlich. Seine Gedanken jedoch rasten. Wieviel wußte sie tatsächlich? Hatte sie Fakten oder nur Klatsch? Bluffte sie vielleicht sogar? Aber natürlich nicht, beantwortete er die Frage selbst. Das Herz wurde ihm schwer. Auf einmal wußte er, daß er sich auf unsicherem Terrain befand. Dann jedoch lächelte er innerlich. Er war ein besserer Pokerspieler als sie. Doch aus dem Gleichgewicht gebracht, wie er war, kam Victor nicht auf die Idee, daß Arlene vielleicht die besseren Karten hatte.

Arlene beobachtete ihn genau. »Du kennst dich besser aus mit Unsinn, mein Lieber«, sagte sie leise, aber ätzend. »Ich befasse mich mit Fakten. Harten Tatsachen. Ich weiß nämlich, daß du Francesca Cunningham an jenem Juninachmittag nach London gefahren hast. Am frühen Abend seid ihr angekommen. Sogar die genaue Zeit kann ich dir sagen.« Sie sprang auf und holte sich einen kleinen Handkoffer, dem sie einen Aktenhefter entnahm.

Sie blätterte darin und fuhr dann fort: »Jawohl. Um zwanzig Uhr zehn warst du in London. Am folgenden Nachmittag bist du mit ihr zum Londoner Flughafen gefahren und hast sie abends zusammen mit Nick und einer Blondine zum Essen ausgeführt.« Arlene überreichte ihm den Aktenhefter. »Hier sind die Berichte über deine Aktivitäten während der letzten elf Monate.« Sie schenkte ihm ein süßes Lächeln. »Ich bin nicht so dumm, wie ich aussehe, mein Freund. Von dem Tag an, als du mich verlassen hattest, von dem Tag an, als du in London gelandet bist, hab' ich Privatdetektive auf dich angesetzt. Es gibt nichts, was ich nicht von dir weiß.«

Obwohl von Neugier und Nervosität zerfressen, blieb Victor kühl. Gleichgültig warf er den Aktenhefter auf den Couchtisch, ohne auch nur einen Blick hineingeworfen zu haben, denn das wäre ein fataler Fehler gewesen. Er warf ihr einen belustigten Blick zu und lachte ihr dann laut ins Gesicht. Mit unbekümmerter Miene sagte er: »Wenn man ein Mädchen nach London mitnimmt, so ist das noch lange kein Ehebruch. Und eine Schauspielerin unter Vertrag zu nehmen ebensowenig. Falls du versuchen solltest, derart lächerliche Indizienbeweise vor Gericht anzuführen, wirst du einen schweren Stand haben, *Herzchen.*«

»Vielleicht. Vielleicht auch nicht. Doch deine Aristokratin und deine Schauspielerin werde ich dadurch erledigen. Dreck klebt, Victor. Wenn ich mit ihnen fertig bin, werden deine beiden kleinen Huren nie mehr den Kopf heben können.«

Eine Woge von Wut überrollte ihn, erfüllte ihn mit dem Wunsch, ihr körperlichen Schaden zuzufügen. In seinem Kopf jedoch schrillten Warnglocken. Ruhe bewahren, um Gottes willen nicht reagieren, sagte er sich. Mit übermenschlicher Anstrengung unterdrückte er seinen Zorn, und als er sprach, war seine Stimme fest und normal. »Du denkst und redest nicht nur schmutzig, du treibst anscheinend auch schmutzige Spiele.«

»Ich bin bei einem Meister in die Schule gegangen«, gab sie zurück. »Vergiß nicht, daß ich auch einmal dein Protegé war. Ich weiß alles über die gemütlichen, kleinen Lunches in deinem Wohnwagen, die Diskussionen über Drehbuchprobleme. Wie hast du das noch genannt? Die Spielstunde, nicht wahr? Ich erinnere mich deutlich – und, wie ich gestehen muß, mit Vergnügen – daran, wie *wir* bei Außenaufnahmen unsere Mittagspausen verbracht haben.«

»Das war etwas anderes. Wir waren damals verlobt.«

»O ja, natürlich. Und trotzdem hast du mir niemals ein Brillantarmband oder ein Perlen-Halsband mit Brillantschließe geschenkt.« Selbstgefällig lehnte sie sich zurück und fuhr lächelnd fort: »Erzähl mir nicht, daß du die Geschenke für deine jugendlichen Kriminellen vergessen hast, wie du auch ...«

Victor hob die Hand. »Okay, das genügt, Arlene. Ich leugne nicht, den beiden Mädchen ein Geschenk gemacht zu haben – genau wie ich allen anderen Mitarbeitern an dem Film ebenfalls ein Geschenk gemacht habe. Das tue ich immer, und das weißt du genau.«

»Aber ich wette, daß keines so teuer war wie diese kostbaren Schmuckstücke – von Aspreys.« Sie schüttelte den Kopf. »Ich kann ja verstehen, daß du auf diese Schauspielerin scharf bist – die sieht phantastisch aus. Aber die Debütantin – nein! Wohl kaum dein Stil, Romeo.«

»Hör auf!« warnte er sie böse. »Im Zusammenhang mit den beiden Mädchen verfügst du über keinerlei Beweise, weil es nämlich keine gibt.«

Ihre Miene wurde selbstgefällig. »Du glaubst doch wohl nicht, daß ich alle meine Trümpfe in diesem Aktenhefter da habe, Herzchen. O nein, meine anderen, weitaus detaillierteren Berichte sind sicher verwahrt. Doch um was es sich bei diesem zusätzlichen Material handelt, ist nebensächlich. Wenn ich Kopien dieser Berichte an meine Journalisten-Freunde verteile, steckst du im Dreck, zusammen mit deinen beiden Gespielinnen. Ein gefundenes Fressen für die Presse, Victor.«

Victor schwieg, erwog alles, was sie gesagt hatte. Daß es keine leeren Drohungen waren, wußte er. Mit ihren widerlichen Bemerkungen über Francesca und Katharine hatte sie ihn in Rage gebracht, doch über die Privatdetektive war er nicht sonderlich überrascht. Darüber hatte er sich immer wieder mit Nick unterhalten. Alles, was diese Burschen ausgegraben haben, sind Indizien und daher irrelevant, sagte er sich. Und dachte dann: Wirklich? Er war sich nicht sicher.

Ruhig sagte er: »Wenn du von deinen Journalisten-Freunden sprichst, dann meinst du vermutlich diese reizende kleine Bande, die obszönen Schmutz für ›Confidential‹ produziert.«

»Unter anderem.«

»Ich werde dich und diese verdammte Zeitschrift auf Millionen verklagen!«

»Das wirst du nicht. Kein Filmstar hat ›Confidential‹ jemals verklagt – und gewonnen. Außerdem wäre dir diese zusätzliche Publicity bestimmt nicht recht.«

»Weißt du, Arlene, du bist eigentlich dumm. Wir leben getrennt. Ich kann mich mit anderen Frauen treffen, soviel ich will. Das ist also weder etwas Unrechtes noch etwas Berichtenswertes.«

»Aber man könnte eine herrlich pikante Story über dein Liebesnest schreiben, über den lustigen Dreier, den du betreibst...«

»Würdest du mir das wirklich antun, Arlene?« unterbrach er sie heftig.

»Möchtest du's ausprobieren, mein Freund?«

Victor seufzte. »Warum, Arlene? Warum nur, in aller Welt?«

»Weil du mich unnötig gekränkt und verletzt hast. Daher hab' ich das dringende Bedürfnis, zurückzuschlagen.« In tragischer Pose lehnte sie sich in die Kissen zurück.

»Deine Leidensmiene kannst du dir schenken, Arlene. Sie wirkt nur lächerlich. Nein, eine gute Schauspielerin warst du nie«, sagte er lachend und wußte, daß dieser Stich grausam war. Daß sie zutrafen, machte seine Worte nicht weniger grausam, aber das war ihm gleichgültig. Sie hatte es herausgefordert. Spöttisch ergänzte er: »Mir kannst du nichts anhaben. Ich bin zu groß. Zu fest etabliert. Schaden wirst du damit nur zwei unschuldigen jungen Mädchen.«

»Na und?«

Victor erhob sich, trat an die kleine Kommode auf der anderen Zimmerseite und setzte umständlich eine seiner Monte Cristos in Brand. Da er ihr den Rücken zuwandte, konnte er einen verstohlenen Blick auf die Uhr werfen. Kurz vor neun. Verdammt, wie sollte er hier herauskommen?

Er beschloß, eine andere Taktik einzuschlagen und die Diskussion zu beenden. Nachdem er wieder Platz genommen hatte, sagte er: »Ich bin bereit, sehr großzügig zu sein, Arlene. Ursprünglich hatte ich dir drei Millionen Dollar plus zehntausend monatlich auf fünf Jahre geboten, ob du dich wieder verheiratest oder nicht. Vor zwei Wochen haben meine Anwälte den deinen zusätzliche fünfhunderttausend geboten. Jetzt werde ich eine runde Million daraus machen und dir dazu das Haus in Bel Air überlassen. Das müßte deinen Schmerz doch ein wenig lindern.«

Schweigend schüttelte sie den Kopf.

»Reicht dir das nicht?«

»Nein.« Arlene sah ihn lange und eindringlich an und senkte dann den Blick auf den Aktenhefter. Sie nahm ihn auf, blätterte ein wenig darin und sagte: »Diese Berichte sind nichts gegen die anderen in meinem Besitz. Die sind tödlich. Daß dir negative Publicity nichts ausmacht, weiß ich, Victor. Aber wie du selber sagtest, würde sie diesen beiden ... jungen Damen, vor allem der Tochter des Earls, Probleme und Peinlichkeiten bringen. Denk ein bißchen darüber nach.«

»Das ist Erpressung.«

»Nein, Herzchen, das ist pragmatisch!« berichtigte sie.

Victor richtete sich hoch auf. »Laß mich zusammenfassen«, sagte er stirnrunzelnd. »Abgesehen von dem, was ich dir bisher geboten habe, muß ich also auch noch die Ranch und fünfzig Prozent der Produktionsgesellschaft drauflegen, um sämtliche Berichte sowie eine friedliche Scheidung von dir zu bekommen, ohne Skandal, ohne daß Namen, Personen genannt werden. Ist das richtig?«

»Nein, eigentlich nicht.« Sie sagte es leise, mit einer so sanften Miene, daß Victor sich fragte, was für eine Teufelei sie nun wieder ausgeheckt hatte. Er wartete. Sie wartete. Ihre Blicke trafen sich. Er sah sie an, ohne mit der Wimper zu zukken. Schließlich war sie es, die den Blick abwandte.

Als sie ihn dann doch wieder ansah, sagte sie: »Ich will keine Abfindung und keine Alimente. Ich will weder das Haus in Bel Air noch die Ranch und fünfzig Prozent von Bellissima Productions.«

»Was willst du denn, Arlene?« fragte er kalt.

»Dich, Liebling«, flüsterte sie.

Victor blieb der Mund offenstehen. Erschüttert lehnte er sich zurück und starrte Arlene sprachlos an.

Fünfunddreißigstes Kapitel

Zum erstenmal in ihrem Leben wußte Francesca an diesem Abend mit absoluter Sicherheit, daß sie wirklich schön war.

Als sie sich in dem hohen Drehspiegel betrachtete, trat ein Ausdruck ungetrübter Freude auf ihr Gesicht. Das junge Mädchen, das ihr da entgegenblickte, sah überhaupt nicht aus wie sie, aber sie liebte ihr neues Erscheinungsbild, das sie zum Teil Katharine zu verdanken hatte.

Gegen Abend war Katharine zu ihr ins Zimmer gekommen und hatte sie frisiert, die Haare in der Mitte gescheitelt und zu einem Pagenkopf gebürstet. Von der heißen Sonne gebleicht, lagen sie glatt und golden um ihren Kopf. Und auch ihr Gesicht sah anders aus: Beim Make-up war Katharine ihr ebenfalls behilflich gewesen. Ein Hauch von Rouge betonte die hohen Wangenknochen, eine Spur Goldschatten hob die topasfarbenen Lichter in ihren braunen Augen hervor; Tusche färbte die blonden Wimpern dunkler. Durch diese wenigen, aber gekonnten Veränderungen gewann ihr Gesicht an Ausdruck und Tiefe.

Zurücktretend nickte Francesca zufrieden, glücklich über sich selbst, aber vor allem über das neue Abendkleid. Sie hatte es sofort geliebt, als sie es bei Harte in Knightsbridge ausgestellt sah. Es war eine Wolke aus zartestem pfirsichfarbenem Organza, die sich unterhalb eines eng anliegenden, trägerlosen Oberteils zu einer weiten, glockenförmigen Krinoline entfaltete. Der Rock und die lange Stola aus demselben Material waren mit winzigen Kristallperlen bestickt.

Es war ein romantisches, traumhaftes Kleid, das für ihren Vater eigentlich viel zu teuer war, aber er hatte all ihre Proteste abgewehrt. »Einmal in deinem Leben sollst du etwas Hübsches anziehen, das keinen finanzbedingten Kompromiß darstellt oder von dir und Melly selbstgeschneidert ist.« Francesca begriff, daß ihm das Kleid, das sie zu seiner Verlobung trug, ebenso wichtig war wie ihr. Es war Ausdruck seiner Liebe zu ihr, seines unbändigen Stolzes und noch viel mehr.

Sie berührte die Perlen an ihrem Hals. Victors Geschenk ist perfekt, mein Kleid ist bezaubernd, und ich sehe wirklich hinreißend aus, flüsterte sich Francesca zu. Vor allem für Victor wollte sie heute abend schön sein und konnte es kaum erwarten, bis er endlich kam und sie sein Gesicht sah, wenn er sie entdeckte. Sie warf einen Blick auf den Wecker auf ihrem Nachttisch. Kurz vor neun. Bald würde er dasein. Er, Nicky und Jake waren früher als die anderen Gäste geladen worden, damit sie mit der Familie noch etwas trinken konnten, denn Doris betrachtete die drei als Mitglieder des engeren Kreises. Die übrigen Gäste sollten erst um zehn kommen, wenn der Ball richtig begann, das Essen sollte um Mitternacht gereicht werden.

Francesca drapierte sich die duftige Stola um die Schultern, griff nach der zu ihren hochhackigen Pumps passenden Abendtasche aus pfirsichfarbener Seide und eilte hinaus.

Auf der Terrasse entdeckte sie zu ihrem Erstaunen, daß noch niemand da war; nur der Barkeeper wartete hinter seiner Bar. Die Gartenmöbel waren entfernt und statt dessen kleine, rosa gedeckte Tische mit goldenen Rohrstühlen aufgestellt worden. Auf jedem Tisch stand eine schmale Vase mit einer rosa oder roten Rose sowie ein Windlicht in rubinrotem Glas. Riesige Töpfe mit blühenden Pflanzen ergänzten das festliche Bild.

Francesca holte sich ein Glas Champagner und bewunderte dann den Park mit der hölzernen Tanzfläche, um die herum rosa gedeckte Tische für zehn bis zwanzig Personen aufgestellt waren. Doris und ihre Elektriker hatten wahre Wunderwerke an Beleuchtungseffekten zustande gebracht. Ganz hinten, auf einem Podium, begannen befrackte Musiker die Instrumente zu stimmen, und auch eine Gruppe Mariachis in farbenfrohen Kostümen traf gerade ein. Einer von ihnen begann auf der Gitarre eine Melodie zu spielen, die Victor besonders gern mochte, und Francescas Herz weitete sich vor Liebe zu ihm. Sie glaubte zu wissen, daß er sie heute abend um ihre Hand bitten würde. Sie würde ja sagen, und sobald die Scheidung ausgesprochen war, würden sie in der malerischen normannischen Kirche in Langley, in der auch ihr Vater und Doris bald heiraten würden, miteinander getraut werden.

»So ganz allein, Frankie?«

Sie wandte sich um und winkte Kim und Katharine zu, die gemeinsam auf die Terrasse herauskamen. Katharine trug ein Kleid aus weißem Georgette, mit hoch am Hals zusammengefaßtem Oberteil, das beide Schultern frei ließ, und einem weiten, in der Taille gerafften Rock. Das kastanienbraune Haar, das ihr als Lockenmähne bis auf die Schultern fiel, war an beiden Seiten mit von Rheinkieseln glitzernden Kämmen zurückgehalten. Als Schmuck trug sie nur das Brillantarmband von Victor.

Kim musterte seine Schwester von Kopf bis Fuß und pfiff bewundernd. »Himmel, siehst du hinreißend aus, altes Mädchen! Wie hast du das nur gemacht?«

»Danke für das reizende Kompliment«, gab sie bissig zurück.

»Ach was, du weißt genau, wie's gemeint ist, du Dummchen«, sagte er besänftigend.

»Hör einfach nicht auf diesen Tölpel von Farmer!« Katharine umarmte sie liebevoll. »Du siehst immer bezaubernd aus, aber heute hast du dich selbst übertroffen.«

Die Mädchen lächelten einander zu, Katharine hakte sich bei Francesca ein und ging mit ihr zur Bar hinüber, wo sie sich ein Glas Rotwein geben ließ. Kim schloß sich ihr an, und dann besichtigten sie von der Terrasse aus den geschmückten Park.

Francesca war zwar mit ihren Gedanken bei Victor; da sie jedoch sehr einfühlsam war, fiel ihr bald auf, daß Katharine außergewöhnlich unruhig war, nervös ihre Zigarette paffte, den Rotwein ein wenig zu hastig trank und mit sonderbar schriller Stimme sprach. Francesca bemerkte, wie blaß Katharine war, und entdeckte die dunklen Ränder unter ihren Augen – deutliche Zeichen schlafloser Nächte. Hoffentlich stimmte alles zwischen ihr und Kim, dachte Francesca beunruhigt. Aber natürlich stimmte alles, sagte sie sich sofort energisch. Die letzte Woche war ohne Zwischenfall verlaufen, sie hatten sehr viel gelacht und sich herrlich amüsiert. Bis auf gestern. Jetzt erinnerte sich Francesca daran, wie deprimiert Katharine am Vormittag plötzlich gewesen war. Bis in den Abend hinein hatte sie sich bedrückt und wortkarg gegeben.

»He, da kommen die Verlobten!« sagte Kim jetzt. »*Avec* Christian. Mein Gott, wie prachtvoll der Kerl wieder aussieht!«

Mit Christian im Rollstuhl in ihrer Mitte kamen Doris und der Earl auf die Terrasse heraus. Doris war ein Traum in hellem Türkis, griechisch gerafft, mit einem Collier aus Brillanten, Saphiren und Türkisen um den Hals. Alle drei bewunderten lächelnd Francesca und machten ihr so begeisterte Komplimente, daß sie errötete.

Francesca schob ihre Hand unter den Arm des Vaters. »Ich danke dir, Daddy. Für das Kleid. Für alles.«

»Für dich ist mir nichts zuviel, mein Liebling«, murmelte er und tätschelte ihre Hand. »Ich bin sehr stolz auf dich, an diesem für mich so wichtigen Abend, Frankie.«

Katharine stand ein wenig abseits und rauchte schweigend. Ihre Gedanken wanderten zu der Nachricht, die sie gestern erhalten hatte, und wieder wurde sie von einer Angst gepackt, die das Strahlen in ihren Augen dämpfte. Sie versuchte, ihre Unruhe zu unterdrücken.

»Aber Sie sehen ebenfalls hinreißend aus, meine Liebe«, wandte der Earl sich freundlich an Katharine.

»Danke, David.« Sie lächelte. Zu Doris sagte sie: »Wenn Francesca heute abend die Märchenprinzessin ist, dann sind Sie die Märchenfee. Sie haben eindeutig Ihren Zauberstab geschwungen und mit dem Park wahre Wunder vollbracht.«

»Wie reizend von Ihnen«, gab Doris mit angestrengtem Lächeln zurück. Sie konnte einfach nicht warm werden mit Katharine. Nach kurzem Räuspern fuhr sie energisch fort: »Aber ich selbst habe nicht viel getan. Das meiste hab' ich dem Partyservice überlassen. Holen wir uns jetzt was zu trinken, David?«

»Natürlich, Liebes. Wir müssen doch auf meine schöne Braut anstoßen. Christian, was möchtest du?«

»Wenn wir auf Doodles anstoßen, Onkel David, kommt selbstverständlich nur Champagner in Frage.«

Als der Earl und Doris mit den Champagnergläsern zurückkamen, tranken sie alle auf die Gesundheit der beiden und wünschten ihnen alles Glück der Welt. David führte

Doris zu einem Tisch, wo sie sich lächelnd und völlig ineinander versunken niederließen. Kim diskutierte mit Christian über die Rede, die er beim Essen halten wollte, und Francesca wanderte ein wenig umher. Ihre Gedanken waren bei Victor. Sie war nervös vor Sehnsucht nach ihm und fürchtete, die anderen könnten ihr etwas anmerken.

Als sie sich ein wenig beruhigt hatte, kehrte sie auf die Terrasse zurück. Katharine, die sich an der Bar ein frisches Glas Wein holte, winkte und kam zu ihr herüber. Francesca konnte niemals genau sagen, wie es kam, doch als Katharine sie erreicht hatte, schien sie zu stolpern und schwankte, konnte sich aber, wenn auch mit Mühe, noch rechtzeitig fangen. Francesca trat schnell beiseite. Leider waren ihre Reflexe diesmal jedoch langsamer als sonst, und sie bewegte sich um einen Sekundenbruchteil zu spät. Katharines unsicher rudernde Hand mit dem gefährlich schwankenden Glas stieß an Francescas Oberkörper, und der Rotwein ergoß sich unmittelbar unter der Taille breit über ihren bauschigen Rock.

Entsetzt starrte Francesca auf den tropfnassen pfirsichfarbenen Organza hinab. »O nein!« keuchte sie. »Mein Kleid! Mein Kleid!« Sie war wie gelähmt, konnte die häßlichen Flecken nur reglos, mit weit aufgerissenen Augen ungläubig anstarren. Das neue Abendkleid war ruiniert.

»O du meine Güte, Frankie!« rief Katharine. »Es tut mir leid! Ich kann nichts dafür. Ich bin gestrauchelt.«

Doris war mit wutverzerrtem Gesicht aufgesprungen und kam zu den Mädchen herübergelaufen. »Kim, hol Sodawasser von der Bar!« rief sie sofort. »Und Salz. Ich glaube, an der Bar gibt es auch Salz.«

Christian, der hastig hinter Doris herrollte, rief seinem Cousin über die Schulter zu: »Und Servietten, Kim!«

Doris stützte Francesca, die haltlos zitterte, und führte sie behutsam zum Tisch. David, der ebenfalls aufgesprungen war, drückte Francesca sanft in den Sessel und versuchte sie zu beruhigen. Er kam sich so furchtbar hilflos vor! Er wußte, daß seine Tochter kein anderes Kleid besaß, das für dieses Fest elegant genug war. Und von Doris konnte sie sich keins leihen, weil sie eine andere Größe hatte.

»Keine Angst, Liebes, wir werden das schon irgendwie hinkriegen.«

Tränen rannen über Francescas Wangen, hinterließen Streifen von Wimperntusche. »Das kann keiner wieder hinkriegen«, schluchzte sie. »Das Kleid ist ruiniert, bevor er ... bevor der Ball überhaupt begonnen hat.«

Ihr leeres Glas in der Hand, stand Katharine beklommen dabei. Sie brachte kein Wort heraus. Doch Doris hatte es die Stimme nicht verschlagen. Zu Katharine herumfahrend, zischte sie böse: »Sie sind doch sonst nicht so ungeschickt! Ganz im Gegenteil, würde ich sagen.« Und der Blick, den sie dem jungen Mädchen dabei zuwarf, verriet ihre Abneigung und ihren kochenden Zorn.

Katharines Wangen wurden flammend rot. »Ich konnte nichts dafür!« rief sie hitzig. »Ich hab's nicht absichtlich getan. Ich würde Frankie nie etwas zuleide tun!«

O nein, bestimmt nicht, du hinterhältiges kleines Biest, dachte Doris. Sie nahm Kim Serviette und Sodawasser aus der Hand und begann vorsichtig das Kleid abzutupfen. Dann streute sie Salz auf die Flecken und wartete. Sobald der Wein das Salz rosa färbte, wischte sie es mit einer trockenen Serviette rasch wieder ab. »Das reicht«, sagte sie zu Kim. »Sonst greift es noch die Farbe an.«

Kim wandte sich an Katharine. »Was ist eigentlich passiert?« erkundigte er sich besorgt.

»Ich weiß es nicht genau«, klagte Katharine bekümmert. »Ich muß auf dem Marmor ausgerutscht sein.«

Kim biß sich auf die Lippe. Auch er wußte, daß die Garderobe seiner Schwester recht spärlich war. Verdammt, dachte er, verärgert über Katharine. Ein Muskel zuckte an seiner Schläfe.

Christian reichte Francesca sein Taschentuch. »Tupf dir die Augen ein bißchen ab, Liebes. Dein ganzes Make-up löst sich auf.«

Diana kam, blickte von einem zum anderen, entdeckte die Flecken. »Mein Gott, Cheska, dein schönes Kleid!«

Christian erklärte ihr, was passiert war, und Diana riet: »Du mußt das Kleid sofort ausziehen, trockenbügeln lassen und irgend etwas über die Flecken drapieren. Aber was? Laß mich nachdenken.«

Doris strahlte plötzlich auf. »Blumen, Diana!« rief sie rasch. »Wie wär's mit einem langen, hängenden Blumengesteck? Rosen, Geißblatt. Davon gibt's genug im Park, und in meinem Zimmer steht eine Vase mit frischen rosa Rosenknospen.«

»Genau, Doris«, bestätigte Diana. »Komm mit, ich helfe dir.«

In diesem Augenblick kamen Nicholas Latimer und Jake Watson auf die Terrasse heraus – eilig, weil sie sich verspätet hatten. Nick erstarrte und packte Jakes Arm. Francesca hockte zusammengesunken, mit roten Flecken auf dem Kleid, in einem Sessel. Mit langen Sätzen lief er zu ihr hinüber. »Ist sie verletzt?« rief er von weitem.

Der Earl kam ihm mit mattem Lächeln entgegen. »Nein, nein, Nick. Ein kleines Malheur. Verschütteter Rotwein. Aber ich denke, Doris und Diana werden den Schaden reparieren können.«

»Werden sie nicht«, behauptete Francesca tonlos, mit bebender Stimme. »Dabei war es ein so schönes Kleid. Und kein Mensch hat mich darin gesehen.« Sie sah erst Nick, dann Jake durchdringend an und suchte hinter ihnen das dritte, für sie wichtigste Gesicht.

Nick wußte, daß sie Vic meinte. Hastig erklärte er: »Ach, Doris, David – Victor wird sich leider ein wenig verspäten. Er hat gerade, als wir gehen wollten, einen Anruf von der Westküste bekommen. Geschäftlich. Aber er wird bald nachkommen.« Mit seinem Blick signalisierte er Francesca Vertrauen.

»Aber das verstehen wir doch«, versicherte David.

Doris richtete sich auf und neigte höflich den Kopf. »Entschuldigen Sie uns, Nick, Jake, aber Diana und ich müssen Gartenwerkzeug holen.«

Mit wehenden Röcken verschwanden die beiden.

Voll Elend lehnte sich Francesca zurück. Doch dann war sie plötzlich ein wenig erleichtert. Wie gut, daß Victor sich verspätete! Dann bekam er sie wenigstens nicht so zu sehen. Und schon meldete sich wieder ein Hoffnungsschimmer. Vielleicht konnten Doris und Diana den Schaden ja wirklich mit Blumen kaschieren. Schließlich war ihre Cousine künstlerisch begabt. Sie blickte auf die häßlichen Flecken hinab und erschauerte. Wie Blut sahen sie aus, wie altes Blut.

Nicks Miene sprach von seiner großen Zuneigung zu ihr, als er sagte: »Komm, Kleines, wisch dir die Tränen ab.« Sein Lachen klang unbeschwert; er wollte das Problem möglichst herabspielen. »Du hast kein Talent zur tragischen Heldin.« Doch als er das sagte, sah er Victor vor sich, wie er sich im La Réserve mit Arlene herumschlug, und betete, der Freund möge sich doch noch von ihr befreien können, denn sonst wäre Francesca tatsächlich eine tragische Heldin. O Gott, murmelte er vor sich hin.

Doris und Diana kamen zurück, bewaffnet mit Blumenkörben, Gartenscheren und Gartenhandschuhen. Doris erklärte energisch: »Wir gehen in den Park, aber es wird nicht lange dauern. Yves sucht schon Blumendraht heraus, und Marie wärmt in meiner Suite bereits das Bügeleisen. Bitte, Kim, bring deine Schwester jetzt hinauf.«

»Aber gern.« Kim half Francesca aufstehen.

Katharine trat auf sie zu und sagte zaghaft: »Frankie, Liebes, es tut mir ja so unendlich leid. Du weißt, daß ich nichts dafür konnte, nicht wahr?«

Francesca nickte. »Ja, Kath, natürlich weiß ich das.« Ein winziges Lächeln zuckte um ihren Mund. »Aber ich sollte mich wohl lieber beeilen, bevor die anderen Gäste eintreffen.«

Nachdem seine Kinder gegangen waren, schlenderte der Earl mit Jake zur Bar, um etwas zu trinken zu besorgen, und Nick blieb allein bei Katharine und Christian. Nick starrte Katharine ungläubig an. »Dann ist es also Ihre Schuld... Sie haben den Wein verschüttet...« Wut kochte in ihm auf, und er steckte sich eine Zigarette an; er fürchtete sich weiterzusprechen, weil er nicht wußte, ob er sich beherrschen konnte.

Mit ruhigem Blick sah Katharine zu seinem schmalen, gebräunten Gesicht empor. Seine Augen sind wieder eiskalt, dachte sie voll Haß. »Ja«, sagte sie schließlich, »es war meine Schuld. Aber ich konnte nichts dafür. Ich bin ausgerutscht.« Sein ausdrucksloses Gesicht brachte sie aus dem Gleichgewicht. Sie begann heftig zu zittern, und ihre Augen schwammen in Tränen.

Christian, der sie beobachtete, erschrak, denn er spürte den tiefen Haß, den sie füreinander empfanden. »Kommen Sie, Katharine«, sagte er freundlich, »machen Sie sich keine Gedanken. Wir alle wissen, daß Sie nichts dafür können. Ein dummer Zufall, niemand macht Ihnen Vorwürfe. Kommen Sie, setzen Sie sich erst einmal, bis Sie sich wieder beruhigt haben.«

»Ja«, antwortete sie leise, denn sie wollte Nicholas Latimer entkommen, ihrem *bête noire*.

Christian wandte sich an Nick. »Ich hab' Francesca mein Taschentuch gegeben. Hätten Sie vielleicht auch eins, alter Freund? Für Katharine.«

Wortlos holte Nick sein weißes Taschentuch heraus und reichte es ihr.

»Danke«, flüsterte sie mit einem kleinen Schniefen und tupfte sich vorsichtig die Augen.

»Bitte entschuldigen Sie mich, Christian.« Mit raschen Schritten ging Nick davon und stellte sich zu Jake und dem Earl an die Bar.

»Was meinst du, Nick, was sollen wir tun?« Stirnrunzelnd dirigierte Jake den Freund von den Gästen fort, die sich an einer der Bars im Park drängten.

Nick seufzte tief auf. »Keine Ahnung.« Er sah auf die Uhr. »Großer Gott, halb elf! Vermutlich kann er Arlene nicht loswerden.«

Jake überlegte, schüttelte den Kopf und behauptete fest: »Das glaube ich nicht. Wie ich Victor kenne, hat er sich bereits von ihr befreit und ist unterwegs. Du weißt doch, wie lange wir heute von Beaulieu bis hierher gebraucht haben. Geben wir ihm noch etwas Zeit. Und dann sollten wir lieber gelassen bleiben, denn wenn wir zeigen, daß wir nervös sind, wird Francesca mißtrauisch und regt sich wieder auf.«

Obwohl Nick über Jakes Worte verblüfft war, blieb seine Miene nichtssagend. »Was soll das heißen? Das verstehe ich nicht.«

»Ich habe Victor und Francesca schon lange in Verdacht. Und er hat meinen Verdacht ungewollt bestätigt. Aber bei mir ist das Geheimnis der beiden in Sicherheit. Und ich kenne Arlene. Keine Angst, Nicky, ich werde ihn uneingeschränkt schützen. Ich liebe diesen Burschen genauso wie du. Ich verdanke ihm alles. Und finde, daß er ein bißchen Glück verdient hat ... Francesca ist genau die Richtige für ihn, das habe ich ihm auch gesagt. Unmißverständlich.«

Nick mußte einsehen, daß es keinen Sinn hatte, weiter zu leugnen. »Okay, du weißt also Bescheid. Und Victor weiß, daß du Bescheid weißt. Lassen wir es vorerst dabei. Ich glaube, ich werde ihn anrufen und fragen, was eigentlich ...«

»Achtung!« unterbrach Jake ihn warnend. »Diana kommt. Und mach um Gottes willen ein glückliches Gesicht; du siehst ja aus wie ein Leichenbitter.«

Mit strahlendem Lächeln schmiegte Diana sich in Nickys ausgebreitete Arme. »Da bist du ja, Liebling«, sagte sie und küßte ihn auf die Wange. Nach einer Sekunde löste sie sich von ihm und wandte sich an Jake.

»Tut mir leid, daß es vorhin, als ihr kamt, so chaotisch war. Ich konnte euch nicht mal richtig begrüßen.«

»Das macht nichts«, antwortete Jake. »Wie geht's Francesca?«

»Sie ist irgendwo da draußen, bei Gästen aus England. Es geht ihr prächtig. Das Kleid ist gebügelt, und Doris und ich haben die Flecken mit ein paar Blumengirlanden kaschiert. Ihr Make-up ist wieder repariert, und sie ist schön wie eh und je.«

»Gott sei Dank!« Nick trat zurück und musterte Diana. Sie trug ein fließendes Kleid aus perlgrauem, mit Silberfäden durchwebtem Chiffon, mit tiefem V-Ausschnitt und langen, weiten Ärmeln. Das silberblonde Haar, aus dem Gesicht gekämmt, fiel ihr in einem mit Silberbändern durchflochtenen Zopf auf den Rücken. An Hals, Handgelenken und Ohren glitzerten Brillanten. »Und du bist niemals schöner gewesen, Diana!« erklärte er strahlend.

»Danke, mein Liebling.« Sie knickste kokett.

»Ganz meine Meinung«, mischte sich Jake ein. »Und nun, meine Schöne, was darf ich Ihnen zu trinken holen?«

»Einen Wodka Tonic, bitte. Den brauche ich nach dieser Aufregung.«

»Kommt sofort.« Damit verschwand er.

Nick zog Diana besitzergreifend an sich. »Ich hab's dir heute noch gar nicht sagen können, aber ich liebe dich. Mit jeder Minute mehr und mehr.«

»Und ich liebe dich, Nicky«, antwortete sie mit leuchtenden Augen.

»Dann soll es so bleiben, ja?«

»Immer und ewig.« Lächelnd sah sie zu ihm auf.

Ich hoffe es, dachte Nick dabei. Seit ihrem Gespräch von Mann zu Mann vor einer Woche sann er über Vics warnende Worte nach, er solle im Hinblick auf Diana seine Hoffnungen nicht zu hoch schrauben, nicht erwarten, es könne mehr daraus werden als eine Romanze. Sie sei viel zu sehr um ihren Bruder und ihre Mutter, zu sehr um das Schicksal ihres Vaters besorgt, um sich ernsthaft an einen Mann zu binden. Er werde leiden, wenn er nicht aufpasse, hatte Victor gesagt. Ich werd's drauf ankommen lassen, beschloß Nick zum hundertsten Mal. Zärtlich küßte er Dianas Scheitel.

»Du hast eben so nachdenklich ausgesehen, Nicholas Latimer. Bist du glücklich?«

»Ich halte dich in meinen Armen, oder?«

»Ja. Und dort ist für mich der sicherste, der schönste Platz.« Diana schmiegte sich eng an ihn. »Und du bist der liebste, rücksichtsvollste Mann, den ich kenne. Danke, daß du Christian in den Park hinuntergebracht hast. Übrigens, wo ist er eigentlich?«

»Zuletzt hab' ich ihn in den Fängen der hübschen Belinda Ampher gesehen.« Nick blickte sich suchend um. »Da hinten sind sie, an der Bar. Wollen wir hin?«

Diana beobachtete ihren Bruder. »Nein, lieber nicht. Er scheint sich zu amüsieren. Ich bin so froh, daß sich Belinda für ihn interessiert. Und hier kommt unsere strahlende Cheska!« Sie winkte ihrer Cousine zu.

»He, du bist ja wie neu, Kleines!« rief Nick begeistert, als sie sich zu ihnen gesellte.

»Das hab' ich Doris zu verdanken und dieser künstlerisch begabten jungen Dame hier«, gab sie zurück, während sie Diana unterhakte. »Hat sie nicht phantastische Arbeit geleistet, Nicky?«

»Das kann man wohl sagen, Kleines. Kein Mensch würde auf die Idee kommen, daß das nur Camouflage ist.«

Jake kam mit Dianas Drink. Er ergriff ihre Hand und wirbelte sie herum. »Perfekt!« lobte er erfreut.

»Danke, Jake«, sagte sie mit liebevollem Lächeln. Dann reckte sie den Hals, sah sich suchend um und fragte beiläufig: »Wie ich sehe, sind schon ziemlich viele Leute da. Übrigens, wo bleibt denn Victor?«

Nick hatte diese Frage befürchtet; er schluckte. Doch Jake, der seine Verlegenheit spürte, erklärte hastig: »Der Verkehr! Ich meine, er ist bestimmt auf der Corniche steckengeblieben. Sie wissen doch, wie es hier ist am Samstagabend. Und vor allem im August, mit den vielen Touristen.«

»Ja, der Verkehr ist fürchterlich. Nun, irgendwann wird er ja wohl eintreffen.« Francesca hoffte, daß ihre Enttäuschung nicht allzu offensichtlich war. Sie warf Nick einen kurzen Seitenblick zu. »Was hattest du vorhin gesagt, weshalb er aufgehalten wurde?«

Sie hat's genau gehört, dachte Nick, will's aber nicht zugeben, wegen Jake. »Victor hatte einen geschäftlichen Anruf. Von der Westküste«, wiederholte er. Und improvisierte weiter: »Das Studio. Fox. Wegen dem Western, den er im November machen soll. Irgendwas mit seinen Co-Stars. Ich weiß nicht genau ...« Den Rest des Satzes verschluckte Nick und konzentrierte sich stirnrunzelnd auf den Mann, der gemächlich auf sie zuschlenderte. »Großer Gott!« Er packte Jakes Arm. »Sehe ich recht, kommt da tatsächlich Mike Lazarus zu uns herüber?«

»Wahrhaftig! Das ist er!«

»Was macht denn der hier?« wandte Nick sich an Francesca.

»Ich glaube, er wohnt bei Beau Stanton in Cap d'Antibes. Doris sagte neulich schon, daß Beau seine Gäste mitbringen wollte. Er hat Pandora Tremaine und ihre Mutter sowie Mike Lazarus und Hilly Street bei sich. Mehr weiß ich nicht. Warum bist du so ärgerlich?« erkundigte sie sich verwundert bei Nick.

Er wollte antworten, doch da hatte Mike Lazarus sie schon erreicht. Höflich lächelnd grüßte er mit einer leichten Verbeugung. »Hallo, mein Freund! Wie geht's?« Damit reichte er Nick die Hand.

Da ihm nichts anderes übrigblieb, ergriff Nick die Hand und schüttelte sie. »Mir geht's gut, Mike. Und Ihnen?«

»Könnte gar nicht besser sein«, erwiderte Lazarus.

Nick machte bekannt, und Lazarus sagte zu Francesca: »Ah ja, Sie sind die Tochter des Earl of Langley. Ich habe Ihren Bruder kennengelernt. Charmanter Bursche. Hab' mich mit ihm über Kunst unterhalten, Turner vor allem. Ich bin Sammler. Ihr Bruder sagte, daß Ihr Vater eine ganze Anzahl einmaliger Aquarelle von ihm besitzt. Leider unverkäuflich. Schade.«

Francesca nickte, beantwortete einige Fragen, die Lazarus ihr stellte, und hörte höflich zu, als er sich in einen längeren Vortrag über Kunst stürzte.

Nick mußte zugeben, daß der Mann ein Connaisseur war. Aber auch ein Hund, sagte sich Nick. Und dachte an den

Nachmittag im Ritz. Gefährlich. Ein Machiavelli. Und ein Killer.

Lazarus sagte etwas.

»Tut mir leid, Mike, ich hab' nicht zugehört«, entschuldigte sich Nick.

Ärger blitzte in den blassen Augen auf. »Ich sagte gerade, daß Beau mich mit Katharine Tempest bekannt gemacht hat.« Sein Lächeln wirkte beinahe höhnisch. »Anscheinend habe ich mich in der jungen Dame geirrt. Beau hält sie für überragend, und ich muß ihm beistimmen. Eine perfekte Schönheit. Wie eine zierliche Statue aus Elfenbein. Von allen Seiten höre ich, daß sie es geschafft hat. Und Hillard sagt, ›Wuthering Heights‹ sei doch noch ein verdammt guter Film geworden.«

Die Herren begannen über den Film zu sprechen, bis sich Lazarus auf einmal unterbrach: »Entschuldigen Sie mich, Gentlemen. Da drüben ist meine Verlobte.« Er hob den Arm und winkte mit dem Zeigefinger.

Nicks Herzschlag drohte auszusetzen: Über den Rasen kam, hochgewachsen, strahlend schön in hellgrüner, changierender Seide und blitzenden Smaragden, Hélène Vernaud, ein blendendes Lächeln auf dem so ausgesprochen französischen Gesicht.

»Hallo, Nicholas!« begrüßte sie ihn mit ausgestreckter Hand. »Wie schön, dich endlich mal wiederzusehen.«

Ihr ungezwungenes Verhalten, ihr herzlicher Ton und der ruhige Blick ihrer Augen sagten ihm, daß Lazarus von ihrer früheren Beziehung wußte und sie nicht wichtig nahm. Also ergriff er ihre mit einem mindestens fünfunddreißig Karat großen Smaragd geschmückte Hand und sagte: »Wir haben uns lange nicht gesehen, Hélène. Und du bist so schön wie eh und je.«

Sie lächelte, ergriff Mikes Arm, und Nick stellte sie den

anderen vor. Zu Francesca sagte Hélène in ihrem seltsam anmutenden, steifen Englisch: »Wie liebenswürdig Madame Asternan ist, und so *raffinée*, so *ravissante*! Ich freue mich, an diesem Fest teilnehmen zu dürfen. Und so viele alte Freunde wiederzusehen. Aber ich habe vergebens nach Victor gesucht.«

Ohne eine Antwort abzuwarten, ergänzte Lazarus: »Ja, wo sind die Masons eigentlich? Ich dachte, ich würde sie hier treffen.«

Nick erstarrte. Er hörte Francescas Kleid rascheln und wußte, daß sie ebenfalls erstarrt war. Er spürte Dianas fragenden Blick. Und wünschte, er könnte in die Erde versinken.

»Er ist noch nicht gekommen«, stammelte er und kannte seine eigene Stimme nicht mehr. Er betete, daß Lazarus das Thema nicht weiter verfolgen möge.

Hélène lachte fröhlich auf. »Ich hab' Arlene Mason heute am frühen Abend zufällig am Flughafen von Nizza getroffen. Ich selbst war mit Michels Maschine von Paris gekommen, und sie kam aus London. Da sie kein Auto hatte, hab' ich sie mitgenommen. Und Michels Chauffeur hat sie zum La Réserve gebracht.« Sie lachte abermals. »So viele alte Erinnerungen. Während der Fahrt haben wir von der Woche gesprochen, die wir vor ein paar Jahren alle zusammen in Rom verbracht haben. Erinnerst du dich, Nicholas?«

»Ja«, antwortete er schluckend, entsetzt über ihre Worte. Sie hatte – unbewußt – die Büchse der Pandora geöffnet.

In scharfem Ton bemerkte Lazarus: »Filmstars kommen immer zu spät. Sie lieben eben einen großen Auftritt.«

Niemand sagte etwas; nur Diana hustete laut und warf Lazarus einen mißbilligenden Blick zu.

Mit seinem üblichen herablassenden Lächeln fuhr Lazarus fort: »Wenn Victor kommt, sagen Sie ihm doch bitte, daß ich mich kurz mit ihm unterhalten möchte. Außerdem beanspruche ich mindestens einen Tanz mit seiner bezaubernden Frau. Komm, Hélène, wir müssen weiter.« Er nickte, Hélène lächelte, und sie gingen davon.

Jake, nicht weniger entsetzt als Nicky, hatte angesichts der betäubten Mienen der beiden Mädchen bereits eine Strategie parat. Er sprang in die Bresche. »Wie wär's mit frischen Drinks für alle zusammen?« Bevor sie etwas erwidern konnten, nahm er Francesca und Nicky die Gläser fort und setzte hinzu: »Würden Sie mir tragen helfen, Diana?«

»Selbstverständlich.« Bereitwillig schloß sie sich Jake an, der sie zur nächsten Bar führte, damit die beiden anderen ein paar Minuten allein blieben.

Nick wagte nicht, Francesca anzusehen. Ihm fehlten die Worte. Seine Gedanken wirbelten. Wie sollte er es ihr nur erklären?

So leise, daß er sie kaum verstehen konnte, sagte sie: »Ich fand es sofort ein bißchen seltsam, ein geschäftlicher Anruf am Samstagabend. Warum hast du mich belogen, Nick?«

Ganz langsam wandte er ihr sein zerquältes Gesicht zu. Er zog sie an sich und blickte auf ihr Gesicht hinab. Es war starr vor Schmerz, jede Spur von Munterkeit verschwunden. »Was sollte ich tun? Außerdem war es Vics Idee, diese Geschichte mit dem Anruf. Und ich war einverstanden, weil ich es unter den gegebenen Umständen für das beste hielt. Arlene hat sich ihm ganz unerwartet aufgedrängt, als wir gerade gehen wollten. Er mußte bleiben und mit ihr sprechen. Aber er wird jeden Moment kommen.«

»Wirklich?«

»Aber sicher. Du wirst ...«

»Und wird er seine *bezaubernde* Frau auch mitbringen?« Ihre Stimme war kaum vernehmbar, doch nun enthielt sie eine Andeutung von Bitterkeit.

»Natürlich nicht! Er kommt allein.«

»Das werden wir ja sehen, nicht wahr?« Ihre Lippe zitterte. Sie wandte den Blick ab und fuhr vorwurfsvoll fort: »Du hättest mir die Wahrheit sagen können, Nick. Es war dumm von Vic, dich zum Schwindeln zu verleiten. Ich bin kein Kind mehr.«

»Aber Kleines, er wollte dich nicht unnötig beunruhigen. Hör zu, er ist...« Er unterbrach sich, weil Jake und Diana mit den Drinks kamen.

Nachdem die Gläser verteilt worden waren, sagte Jake: »Diana und ich wollen Christian und Belinda suchen. Würdet ihr uns für eine Weile entschuldigen?«

»Aber sicher, alter Junge. Bis später dann.« Nick war dankbar für Jakes taktvolles Verhalten.

Als sie wieder allein waren, flüsterte Francesca verzweifelt: »Ich begreife das alles nicht, Nick. Warum ist sie hier?«

»Ich weiß es nicht, Kleines, ehrlich! Und Vic war ebenso ratlos wie ich. Aber es gibt keinen Grund zur Besorgnis. Das soll ich dir ausdrücklich von ihm ausrichten. Laß Vic nur machen. Er wird...«

»Alles geht schief«, klagte Francesca. »Zuerst das Pech mit meinem Kleid, und nun dies. Das Kleid, das war ein schlechtes Omen, und ich habe das Gefühl, daß dieser ganze Abend fürchterlich wird.«

Nick, der die Tränen in ihren Augen glitzern sah, packte ihren Arm so fest, daß sie sich wand. Eindringlich blickte er ihr in das traurige Gesicht. »Jetzt hör mir mal zu, Kleines. Sei nicht so negativ!« forderte er energisch. »Das Kleid ist phantastisch, du siehst großartig aus, und Vic ist, verdammt noch mal, klug und geschickt. Er wird herkommen. Nur eben ein bißchen später. Vergiß nicht: Victor liebt dich. Klammere dich an diesen Gedanken, Liebes! Das ist das einzige, was wirklich zählt.«

Trotz allen Kummers wußte Francesca, daß Nicholas Latimer die Wahrheit sagte. Sie atmete tief durch und wischte sich mit der Hand die Tränen ab. Ein zögerndes Lächeln trat auf ihr Gesicht, und mit etwas klarerer Stimme sagte sie: »Du hast recht, Nicky. Ich sollte mich wirklich zusammenreißen und ein fröhliches Gesicht machen. Da hinten kommt Daddy mit Doris die Treppe herab. Es wäre unfair von mir, ihnen den schönen Abend zu verderben.« Bittend berührte sie seinen Arm. »Würdest du Victor anrufen, um herauszufinden, ob er schon fort ist, Nicky?«

»Aber sicher, Engelchen. Mach' ich sofort.«

Er ließ sie bei ihrem Vater und Doris zurück, ging zum Telefon in der großen Halle und wählte die Nummer vom La Réserve.

Als sich die Telefonistin des Hotels meldete, sagte Nick: *»Bon soir, c'est Monsieur Latimer ici. Donnez-moi Monsieur Mason, s'il vous plaît.«*

»Ah, bon soir, Monsieur Latimer. Monsieur Mason est dans le restaurant. Ne quittez pas!«

Was zum Teufel hat er im Restaurant zu suchen? fragte sich Nick nervös. Darauf gab es nur eine Antwort: Victor saß endgültig fest. Nick trank einen großen Schluck aus seinem Glas, stellte es auf den Tisch und nahm sich eine Zigarette.

»Herrgott im Himmel, Nicky, warum hast du nicht schon früher angerufen?« zischte Victor ins Telefon, als er kurz darauf an den Apparat kam. »Du mußtest doch wissen, daß ich dich nicht anrufen konnte. Ich bin halb wahnsinnig vor Sorge. Wie geht's Ches?«

»Okay, aber die Situation ist nicht ganz einfach. Die Katze ist aus dem Sack. Wegen Arlene. Unabsichtlich herausgelassen von Hélène Vernaud.« Nick wiederholte, was gesagt worden war, begleitet von gedämpftem Stöhnen am anderen Ende der Leitung. Zuletzt erkundigte sich Nick leise: »Was wirst du tun, Vic? Francesca weiß, daß ich dich anrufe. Irgend etwas muß ich ihr sagen.«

»Weißt du, Nick, ich hab' ein paar ziemlich schwere Probleme mit Arlene. Verdammt schwere. Mehr kann ich dir jetzt nicht erklären. Wir sind gerade mit dem Essen fertig. Ich habe ihr schon gesagt, daß ich heute bei dir oder Jake übernachten werde. Folgendes: Nach dem Dinner, in ungefähr zehn Minuten, werde ich sie hinaufbringen, mich verabschieden und angeblich in deine Suite rübergehen. Aber ich mache mich aus dem Staub und komme zu euch. Welchen Wagen habt ihr genommen – meinen oder Jakes?«

»Jakes. Der Citroën steht da, wo wir ihn nach dem Lunch geparkt haben.«

»Gut. Arlene hat vor dem Essen und beim Essen ganz schön gepichelt, wird also kaum Schwierigkeiten machen. Halt die Stellung, Kleiner. Ich bin bald da. Und sag Ches, ich fahre jetzt los.«

»Okay, Maestro.« Erleichtert legte Nick den Hörer auf. Als er sich umdrehte, sah er Jake Watson durch den Salon eilen.

»Hast du Victor angerufen? Ist er noch im Hotel? Wird er's schaffen?« fragte Jake hastig.

Nick nickte. »Er fährt gerade los.«

»Gott sei Dank!« Mit dem Taschentuch wischte sich Jake die Stirn. »Puh! Ich komme mir vor, als wär' ich in dieser letzten Stunde ununterbrochen Achterbahn gefahren.«

»Mir geht's genauso. Ist Francesca noch bei ihrem Vater und Doris?«

»Nein. Sie spricht mit Hilary Pierce und Terry Ogden.«

Überrascht starrte Nick den anderen an. »Die beiden sind zusammen hier?«

»Und wie die zusammen sind! Haben sich offenbar endlich entschlossen, die Sache offiziell zu machen. Hilary sagte, sie wird sich von Mark scheiden lassen und Terry heiraten.« Jake grinste. »Aufregender Abend, eh, Jungchen?«

»Ein bißchen zu aufregend für meinen Geschmack.«

»Aber interessant. Übrigens, wir sitzen an Tisch drei, beim Musikpodium. Wir treffen uns dann dort. Jetzt muß ich erst meine Zigarren aus dem Wagen holen.« Er eilte davon.

Nick kehrte in den Park zurück und sah Francesca mit Beau Stanton tanzen, der sie zu ihm hinüberbrachte. Er muß mindestens fünfzig sein, aber er sieht zehn Jahre jünger aus, stellte Nick fest.

»Was zum Teufel ist mit meinem Freund Victor?« erkundigte sich Beau plötzlich bei ihm. »Alle suchen nach ihm. Und ich hatte mich auf ihn gefreut.«

»Er wird bald kommen, Beau«, versicherte Nick.

»Dann ist es ja gut.« Beau gab Francesca einen Handkuß – eine altmodische Geste, die an ihm völlig natürlich wirkte. »Vergessen Sie nicht, Sie haben mir mehrere Tänze versprochen. Aber wir sitzen ja am selben Tisch; da werden Sie mir nicht so leicht entkommen.«

Beau verabschiedete sich, und Nick sagte zu Francesca: »Kann ich dich einen Moment sprechen, Kleines?«

»Natürlich, Nicky.« Sie nahm seine Hand, und sie gingen ein Stückchen abseits. Francesca strahlte. »An deinem Gesicht sehe ich, daß alles in Ordnung ist, Nicky. Vic ist unterwegs. Er war schon fort, nicht wahr?«

»So ungefähr, Kleines. Ich hab' ihn erwischt, als er gerade das Hotel verlassen wollte«, schwindelte Nick. »Die Straßen dürften jetzt leerer sein, also wird er vermutlich jeden Moment kommen.«

»Ach, wie schön, Nicky!« Sie warf ihm die Arme um den Hals und drückte ihn fest an sich. Dann löste sie sich von ihm und sah ihn forschend an. »Bist du ganz sicher, daß er kommt?«

»Aber natürlich bin ich sicher! Und jetzt wollen wir uns erst mal amüsieren. Es wird wahrhaftig Zeit dazu.« Er führte sie zu einer Bar, wo er für sie Champagner und für sich Wodka on the rocks bestellte.

Francesca stand neben ihm, das reizende Gesicht strahlend vor Glück. Die Depressionen, die sie in der letzten Stunde niedergedrückt hatten, waren verschwunden, verdrängt von freudiger Erwartung und fiebriger Erregung. Der Abend hatte zwar schlecht angefangen, aber nun würde alles gut werden. Bald würde Victor hier sein, und es würde noch ein genauso romantisches, unvergeßliches Fest werden, wie sie es sich vorgestellt hatte. – Aber Victor Mason kam nicht.

Sechsunddreißigstes Kapitel

Die »Artemis« war eine große Hochseejacht, die Mike Lazarus der Royal Navy abgekauft hatte, um sie von den besten Schiffsarchitekten einer der berühmtesten Werften von Newcastle-upon-Tyne umbauen zu lassen. Sie war das einzige, wofür Mike Lazarus Gefühle hegte, und wenn die Global-Centurion die Krone auf seinem grauhaarigen Haupt war, so war die »Artemis« der funkelnde Edelstein in ihrem Zentrum. Sie bedeutete ihm mehr als jede Frau.

Die Jacht war am frühen Sonntagmorgen nach dem Ball in der Villa Zamir aus Marseille in den Hafen von Monte Carlo eingelaufen und ankerte seit zwei Tagen auf dem besten Liegeplatz. Nun sollte sie, anläßlich eines Luncheons zu Ehren von Beau Stanton, zum erstenmal wieder Gäste aufnehmen. Captain und Crew waren von Lazarus informiert worden, daß er etwa dreißig Personen erwarte, und sobald alle an Bord waren, sollte die Fahrt die französische Küste entlang bis nach San Remo gehen, von wo aus man am Spätnachmittag wieder nach Hause zurückkehren wollte. Drei dieser Gäste waren bereits im Hafen eingetroffen und betrachteten die Jacht mit großem Interesse: Diana und Christian von Wittingen und Nicholas Latimer.

»Mag sein, daß du Lazarus nicht ausstehen kannst, Nicky,

doch du mußt zugeben, daß er bei Jachten einen hervorragenden Geschmack beweist!« rief Diana begeistert.

»Er hat vermutlich in vielen verschiedenen Dingen einen hervorragenden Geschmack«, gab Nick grinsend zurück. »Genügend Geld hat er ja dafür.«

»Wie ich hörte, soll eine Crew von fünfundfünfzig Mann an Bord, alles in äußerstem Luxus eingerichtet und auch noch eine kostbare Gemäldesammlung vorhanden sein. Utrillos, ein Sisley, ein Passarro, ein Braque und ein bis zwei Degas, ganz zu schweigen von den Renoirs. Ich bin schon sehr gespannt darauf«, erklärte Diana.

»Und ich dachte, die Salzluft würde den Bildern schaden«, knurrte Nick bissig.

»Wie es heißt, werden sie im Winter eingelagert«, sagte Diana. »Er benutzt die Jacht offenbar nur im Sommer. Wie mir Hélène Vernaud sagte, bleibt er nie lange an einem Ort und ist ständig ...«

»Entschuldigt mich bitte, ihr beiden«, fiel Christian ihr ins Wort. »Da hinten kommt Belinda Ampher mit ihren Eltern. Ich möchte sie gern schnell begrüßen.« Er zog sein seidenes Halstuch zurecht, drehte seinen Rollstuhl um und rollte davon.

»Onkel David, Doris und Kim müssen auch jeden Moment kommen; dann können wir alle zusammen an Bord gehen«, sagte Diana und nahm Nick bei der Hand. »Komm, laß uns in den Schatten gehen. Da drüben an der Wand ist es sicher ein bißchen kühler.«

»Ich wünschte wahrhaftig, wir wären nicht gekommen«, murrte Nick und schnitt eine Grimasse.

»Mein Gott, Liebling, warum hast du das nicht früher gesagt? Vielleicht können wir uns noch drücken, irgendeine Ausrede finden ...«

Nick legte ihr rasch den Finger auf den Mund. »Psst! Ich

weiß, daß du gern mitfahren möchtest, und ich möchte dich nicht enttäuschen. Außerdem würde es merkwürdig wirken, wenn wir jetzt einen Rückzieher machen. Ich mag Lazarus nicht besonders, aber ich werde versuchen, ihm möglichst aus dem Weg zu gehen. Es werden schließlich genug Leute dasein.« Nick legte Diana den Arm um die Schultern. »Und außerdem bin ich immer glücklich, wenn ich in deiner Nähe bin, mein Herz.«

Lächelnd sah sie zu ihm auf. »Ja. Ja, das weiß ich. Es ist wundervoll, wenn man so glücklich miteinander ist, nicht wahr?«

Er nickte, ebenfalls lächelnd; dann wurde seine Miene ernster. »Wie geht's Francesca?«

»Heute sogar noch besser, und du hast ja gesehen, wie sie gestern nach ihrem Telefonat mit Victor strahlte. Ich habe dir noch gar nicht richtig gedankt, Nicky. Es war so lieb von dir, mit uns zum La Réserve zu fahren und ihn in London anzurufen.«

»Das war Vics Idee, Diana. Das alles tut ihm so unendlich leid.« Er sah Diana eindringlich an. »Ich weiß, Francesca findet es sonderbar, ich meine, daß er am Sonntag so unvermittelt abgereist ist. Doch unter den gegebenen Umständen war es das beste, was er tun konnte. Schließlich ...«

»Ich finde es selber ein bißchen merkwürdig«, fiel Diana ihm ruhig ins Wort. »Vor Cheska wollte ich es gestern abend nicht sagen, aber ich begreife wirklich nicht, warum er mit Arlene fliegen mußte. Die Einzelheiten des Scheidungsvertrags kann sie doch mit seinen Anwälten allein aushandeln. Er hätte dann später nachkommen und alles abschließen können.« Und als Nick nicht antwortete: »Das wäre doch möglich gewesen – oder?«

»Nein, wäre es nicht«, antwortete Nick möglichst ruhig, damit sie merkte, wie besorgt er war. Victor hatte ihm von den vielfältigen Komplikationen erzählt und auch die Story über die Regelung seiner finanziellen Probleme mit Arlene erfunden, um Francesca zu beruhigen und seine plötzliche Abreise zu erklären. Es steckte zwar ein Körnchen Wahrheit darin, aber die Situation war weitaus komplizierter, als sie aussah, und überdies hochexplosiv. Nein, Nick beneidete seinen Freund wirklich nicht.

Spontan beschloß Nick, Diana einige Tatsachen zu erklären. »Ich finde, Victor hätte ein bißchen offener mit Francesca sein sollen.« Er drückte ihre Hand. »Nein, nein, sieh mich nicht so an! Er ist aufrichtig gewesen, doch nur bis zu einem gewissen Punkt. Weil er sie nicht beunruhigen wollte. Nur geht es eben um wesentlich mehr Geld, als ihr beiden Mädchen ahnt, Liebling, und es gibt viele höchst ärgerliche Komplikationen. Deswegen hielt Victor es für notwendig, an Ort und Stelle zu sein, weil es so vielleicht schneller zu einer Lösung kommt.« Er hielt inne, um sich eine Zigarette anzuzünden. »Er war Arlene gegenüber außerordentlich großzügig, und sie hatte sich mehr oder weniger mit seinen Vorschlägen einverstanden erklärt, doch dann verlangte sie auf einmal wesentlich mehr. Fünfzig Prozent seiner Produktionsfirma, zum Beispiel, und dazu auch noch seine Ranch. Das war ein Schlag unter die Gürtellinie für ihn.«

»Ja«, antwortete Diana. »Das kann ich mir vorstellen.«

»Das sind die beiden Hauptprobleme im Augenblick. Die kann er nicht von den Anwälten regeln lassen.«

»Vermutlich nicht.« Diana sah Nick fragend an. »Er wird es doch regeln können – oder?«

»Worauf du Gift nehmen kannst.« Nick sagte es voller Überzeugung und hoffte insgeheim, daß er damit recht hatte.

»Gott sei Dank«, seufzte Diana. »Ich möchte nicht, daß

Francesca leidet. Sie liebt ihn so sehr.« Diana schürzte die Lippen, zögerte und fuhr dann fort: »Ich weiß, das ist vielleicht eine unfaire Frage, Nicky, aber glaubst du, daß Victor Cheska heiraten will?«

»Er hat es mir zwar nicht ausdrücklich gesagt, aber ich weiß, daß er sie ebenfalls sehr liebt.« Bedächtig schüttelte Nick den Kopf. »Ich persönlich glaube jedoch nicht, daß er Francesca bitten wird, ihn zu heiraten, bis er das guten Gewissens tun, den Vater um ihre Hand bitten kann. Er ist sich ihrer Jugend bewußt und will alles hundertprozentig korrekt machen. Außerdem weiß ich genau, daß er seine Scheidung will, und zwar schon lange, bevor er die Kleine kennenlernte.«

»Ich verlasse mich auf dein Urteil, Liebling.« Dianas Besorgnis legte sich. Sie war überzeugt, daß Nick die Wahrheit sagte. Und sie vertraute Victor Mason. Andererseits war er noch verheiratet, und in einer so komplizierten Situation war es oft leichter für die Männer, verheiratet zu bleiben.

»Woran denkst du?« fragte Nick.

Ein fröhliches Lächeln erhellte Dianas Gesicht, und sie lachte auf. »Du hast Francesca gerade ›die Kleine‹ genannt. Aber das paßt wohl nicht mehr so richtig zu ihr. Am Samstag hat sie sich großartig gehalten. Sie war verzweifelt. Aber das wußten nur du und ich. Nach außen hin hat sie sich nicht das geringste anmerken lassen, nicht wahr?«

»Das macht die Erziehung, Diana. Sie war phantastisch. Ich wünschte, sie wäre heute mitgekommen. Mich stört der Gedanke, daß sie so mutterseelenallein in der Villa sitzt.«

»Aber sie ist nicht mutterseelenallein. Katharine ist bei ihr geblieben.«

»Ja.«

Diana krauste die Stirn. »Katharine ist seit Samstag ein bißchen merkwürdig, findest du nicht?«

»Das ist bei ihr doch nur normal«, entgegnete Nick mürrisch. »Sie war schon immer unberechenbar.«

»Ich glaube, die Ärmste grämt sich noch immer über den Zwischenfall mit dem Kleid«, sagte Diana leise. »Sie meint, wir alle glauben, daß es Absicht gewesen sei. Bis auf Cheska natürlich. Die ist überzeugt, daß Katharine ausgerutscht ist, und ist besonders lieb zu ihr, damit sie sich keine Gedanken macht.«

»Charakteristisch für deine Cousine. Die denkt von allen nur das Beste. Aber sie wird's noch lernen.«

»Mein Gott, Nicky – wie zynisch du bist!«

Er zuckte die Achseln. »Mag sein. Aber du mußt meine Fehler ebenso lieben wie meine Tugenden, und die Fehler sind leider in der Überzahl.«

»Das würde ich nicht sagen, Liebling.« Sie umarmte ihn, dann trat sie zurück und sah ihm mit zögerndem Lächeln ins Gesicht. »Weißt du, Nicky, im Grunde bin ich derselben Meinung wie Cheska. Ich glaube nicht, daß Katharine so gemein sein würde ... ihrer besten Freundin Rotwein über das neue Abendkleid zu schütten. Das wäre wirklich ziemlich bösartig, falls es tatsächlich Absicht war. Ich möchte ihr das eigentlich nicht unterstellen. Warum tust du das?«

David Cunningham, Doris und Kim kamen mit Belinda Ampher, deren Eltern und Christian herüber und enthoben Nick der Notwendigkeit, auf diese Frage zu antworten.

Stewards in Weiß trugen im Sonnenlicht glitzernde Silbertabletts. Champagner perlte in feinstem Kristall. Berge von Beluga-Kaviar glänzten dunkel in riesigen Schalen voll Eis.

Gäste schlenderten plaudernd auf dem Hauptdeck umher. Und über allem präsidierte Mike Lazarus wie ein gütiger römischer Kaiser. Nur war er – in Nicholas Latimers Augen jedenfalls – keinesfalls gütig. Eher ein Caligula, dachte Nick, der ihn von weitem beobachtete.

Nick betrachtete das Champagnerglas in seiner Hand. Er wollte nicht Gast dieses Mannes sein – Essen und Trinken blieben ihm im Hals stecken. Nie hatte er den letzten Satz vergessen, den Lazarus ihnen nach der Besprechung im Ritz nachgerufen hatte. »Das werden Sie noch bereuen, Victor. Tief bereuen. Dafür werde ich ganz persönlich sorgen, mein Freund.« Nick war überzeugt, daß Victor noch einiges von diesem Größenwahnsinnigen zu gewärtigen hatte. Er wunderte sich über seine plötzliche Herzlichkeit. Er traute diesem Tycoon nicht.

Diana winkte. Lazarus führte sie zusammen mit David, Doris, Kim und den Wintertons in die unteren Decks zur Besichtigung seiner Gemäldesammlung. Aus dem Augenwinkel sah Nick Hélène Vernaud, die sich mit Beau Stanton unterhielt. Warum hatte sie sich nur mit einem so ekelhaften Kerl wie Mike Lazarus eingelassen? Er dachte an Jake, an dessen bissige Bemerkungen über die High-Society, die sich hier versammelte. Jake fehlte ihm; er war am Vormittag nach London geflogen, weil er das Gefühl hatte, Victor in seiner Krise beistehen zu können. Nick selbst hatte auch mitkommen wollen, aber Victor hatte ihn gebeten, sich um Francesca zu kümmern.

Nick dachte an Arlene Mason und ihre Intrigen. Er stützte sich auf die Reling, blickte aufs Meer hinaus und rekapitulierte die Ereignisse des Samstags.

Als Victor gegen ein Uhr nachts immer noch nicht erschienen war, hatte er noch einmal versucht, ihn in seiner eigenen Suite zu erreichen. Victor hatte sich gemeldet, ganz eindeutig kochend vor Zorn und hilfloser Wut. Vage hatte er erklärt, Arlene sei krank, er müsse bei ihr bleiben. Dann hatte Vic ihn gebeten, ihn bei David und Doris zu entschuldigen, von Francesca aber kein Wort gesagt. Nick hatte nur allzu gut verstanden: Victor war nicht allein. Gegen vier war er mit Jake ins Hotel zurückgekehrt, neugierig und gespannt auf das, was sich inzwischen abgespielt hatte.

Und das haben wir sehr schnell in Erfahrung gebracht, dachte Nick finster. Er kippte den Champagner ins Meer und hätte am liebsten auch noch das Glas hinterhergeworfen.

Er hatte zwar erwartet, Victor in seiner Suite vorzufinden, nicht aber auch Arlene. Nicht um diese Zeit. Aber sie war da gewesen, in einem Abendkleid aus Silberlamé, mit einer halben Tonne Brillanten behangen und mit finster verkniffener Miene. Victor lag, ohne Krawatte, in Hemdsärmeln, die Hornbrille weit unten auf der Nase, auf dem Sofa, rauchte eine Zigarre, trank Scotch und war in das Drehbuch seines Westerns vertieft. Er schien Arlene überhaupt nicht zu bemerken.

»Deine einsame Wacht hat ein Ende«, hatte Victor mit schneidender Stimme gesagt und sie endlich verächtlich angesehen. »Nicholas wird dich zu deiner Suite begleiten. Die Lustbarkeiten sind eindeutig vorüber, und du brauchst nicht mehr den Wachhund zu spielen. Ich haue mich jetzt in die Falle.« Damit war Vic aufgesprungen, ins Schlafzimmer gelaufen und hatte die Tür hinter sich zugeknallt.

Selbst innerlich kochend vor Wut, hatte Nick Arlene wortlos zu Victors Suite begleitet und sich sofort wieder entfernt.

»Ich hab' mir die Erklärungen verkniffen, bis du wieder da warst, Kleiner«, hatte Victor gesagt, der mit Jake auf dem

Sofa saß, als Nick zurückkam. »Ich fürchte, ich habe Arlene unterschätzt.« Mit einer Grimasse hatte Victor fortgefahren: »Als ich nach dem Dinner die Rechnung abzeichnete, entschuldigte sie sich, um in den Waschraum zu gehen. Ich saß munter da und plante die Flucht, als ich plötzlich merkte, daß inzwischen schon fünfzehn Minuten vergangen waren. Als ich Arlene suchte, teilte mir der Portier mit, sie habe sich den Ersatzschlüssel geben lassen und sei inzwischen nach oben gegangen.«

Finster hatte Victor den Kopf geschüttelt. »Und da hab' ich einen unverzeihlichen Fehler gemacht. Ich wollte mich gerade davonstehlen, als mir mein Aktenkoffer einfiel, der sich unverschlossen in meiner Suite befand. Da ich nicht wollte, daß Arlene darin herumwühlte, ging ich hinauf, um ihn zu holen. Sie stand da, im Abendkleid, mit Schmuck behangen, und erwartete mich. Sie wußte nämlich von dem Ball, hatte es auf der Fahrt vom Flughafen hierher von Hélène erfahren. Arlene bestand darauf, mit mir zu kommen. Wir hatten einen furchtbaren Krach. Dann gab ich auf und sagte, ich wolle zu Bett gehen. Sie folgte mir in deine Suite, Nicky, und blieb.«

»Aber warum bist du nicht einfach abgehauen?« hatte sich Jake verdutzt erkundigt.

»Oh, daran gedacht habe ich schon«, antwortete Victor, müde lächelnd. »Aber sie war so erpicht darauf, mitzukommen, eine Szene zu machen, daß ich mir sagte, sie werde, sobald ich mich davonmachte, das nächste Taxi nehmen und mich verfolgen. Also hab' ich mich damit abgefunden und mich mit dem Drehbuch beschäftigt. Sie mehr oder weniger ignoriert. Kein Wort mit ihr gesprochen.« Dann hatte er seine Freunde besorgt gefragt: »Erzählt mir von Ches. Wie geht es ihr?«

Nick hatte ihm alles erzählt, und als er fertig war, hatte Victor genickt: »Ja, ich wußte, daß sie gekränkt, enttäuscht sein würde. Aber ich wollte eine Katastrophe vermeiden, deswegen bin ich nicht gekommen.« Und dann hatte er ihnen in allen Einzelheiten erklärt, womit Arlene ihm gedroht hatte. Keiner von ihnen hatte ihm eine Lösung vorschlagen können.

Victor jedoch hatte schon selbst Pläne gemacht. »Ich muß sie unbedingt sofort aus dieser Gegend fortbringen, bevor sie ernsthaft Schaden anrichten kann. Sobald wir in London sind, kann ich sie, glaube ich, neutralisieren, mit ihr diskutieren und verhandeln.«

Jake hatte ihm zugestimmt und sich in seine Suite zurückgezogen. Nick hatte sich mit Vic noch eine Weile unterhalten, dann hatte Vic einen Entschuldigungsbrief an Doris und den Earl abgefaßt und einen längeren Brief an Francesca geschrieben. Beides hatte Nick am Sonntagnachmittag abgeliefert, als Victor mit Arlene bereits zum Flughafen von Nizza gefahren war.

Eine verdammte Klemme, dachte Nick. Hatte Victor in seinem Bestreben, Francesca zu schützen, das junge Mädchen nicht unterschätzt? Er behandelte sie wie ein Kind. Nick wünschte, er wäre an Land; dann könnte er mit Victor in London telefonieren und ihm raten, Francesca seine Probleme anzuvertrauen.

»Pip-pip! Tut-tut! Hallo, Nicholas, mein Liebling!«

Er fuhr herum, entdeckte Estelle und winkte lächelnd. Sie war für ihn wesentlich leichter zu ertragen als die meisten anderen Idioten an Bord.

»Schick sehen Sie aus, Newslady«, sagte er freundlich. Und das tat sie wirklich. Denn diesmal trug sie nichts Verrücktes, sondern eine weiße Hose, eine marineblaue Matrosenbluse und eine weiße Mütze, die keck auf ihren grellroten Locken saß.

Estelle pflanzte ihm einen Kuß auf die Wange. »Ich bin auf der Suche nach Katharine«, sagte sie. »Ist sie nicht da?«

»Nein. Sie wollte in der Villa bleiben. Bei Francesca. Ich glaube, die beiden haben die Nase voll von Parties. Sie nicht auch?«

»Ein bißchen schon«, gestand sie lachend. »Trotzdem sind sie für mich das tägliche Brot. Ich hole mir dabei die besten Ideen für meine Interviews und Berichte. Ach, übrigens – haben Sie Hillard Steed schon gesehen?«

»Nein. Ich wußte gar nicht, daß er kommen wollte. Na ja, er ist ja recht gut mit Beau befreundet.«

»Ich hoffe nur, daß er es bestätigt. Was meinen Sie – wird er es tun?«

»Bestätigen? Was denn?«

Estelle sah ihn verwundert an und sagte leise: »Ja, haben Sie denn das Gerücht noch nicht gehört? Daß Mike Lazarus, oder vielmehr Global-Pictures, die Monarch übernimmt?«

Nick starrte sie fassungslos an. »Nein«, erwiderte er schließlich und dachte: Victor auch nicht. O Gott! Wenn das stimmt, dann stecken wir in der Tinte. Victor hat eine ganze Serie von Filmen mit Monarch geplant. Und das Treatment für das Drehbuch, das ich für Victor und Katharine Tempest schreiben will, ist inzwischen auch schon bei Hilly Street gelandet. O Gott!

Estelle sagte: »He, Nicholas, Sie sind ja ganz grün im Gesicht! Ist Ihnen schlecht?«

»Natürlich nicht. Ich hab' nur gerade die Folgen dieser Übernahme erwogen. Und jetzt, meine Liebe, holen wir uns ein Glas Champagner und setzen uns irgendwohin, wo's möglichst gemütlich ist. Da können wir uns dann unterhalten.«

Mit festem Griff nahm er ihren Arm und zog sie in eine entfernte Ecke des Decks.

»Und was ist mit Hillard?« protestierte Estelle.

»Den finden Sie später immer noch. Er kann Ihnen schließlich nicht davonlaufen. Haben Sie nicht bemerkt, daß wir inzwischen schon halb aus dem Hafen heraus sind?«

»Doch«, kicherte sie und schmiegte sich kokett an ihn. Mit einem Blick, der an Deutlichkeit nichts zu wünschen übrigließ, fragte sie flüsternd: »Und worüber wollen Sie mit mir sprechen, Nicholas, mein Liebling?«

Aber Nick lächelte nur geheimnisvoll.

Siebenunddreißigstes Kapitel

Während die »Artemis« den Anker lichtete und mit ihren vergnügungssüchtigen Passagieren aufs Meer hinausfuhr, saß Francesca Cunningham auf der Terrasse der Villa Zamir. Es war ihr nicht unangenehm, allein zu sein. So konnte sie wenigstens in Ruhe ihre Gedanken ordnen.

Sie hatte sich auf der Gartenliege ausgestreckt, die Augen vor der grellen Sonne geschlossen und dachte an Victor. Wo war er jetzt? Was tat er gerade? Mit wem war er zusammen? Sie seufzte leise, sehnte sich nach ihm, seiner Zärtlichkeit, seiner Berührung, seinem Lachen. Wie schön, wenn sie jetzt die Augen aufmachen würde und er dort vor ihr stünde. Aber sie wußte, er kehrte nicht mehr an die Riviera zurück.

Das hatte er ihr gestern erklärt, als sie von Nickys Suite aus mit ihm telefonierte. Seine Stimme zu hören hatte sie zwar ein wenig getröstet, aber seine Entscheidung, in England zu bleiben, machte sie niedergeschlagen. Der Sommer war für sie vorbei.

Bevor er auflegte, hatte Victor sich noch einmal dafür entschuldigt, daß er ihr den Samstagabend verdorben hatte, und sie hatte ihm daraufhin versichert, es sei wirklich nicht weiter schlimm, und hatte das aufrichtig so gemeint. Sie hatte sich gesagt, daß ja noch viele andere Gelegenheiten kommen würden, bei denen sie sich für ihn schönmachen könne. Unendlich viele.

Am Samstagabend aber war es doch schlimm gewesen. Ein Alptraum. Der furchtbarste Abend ihres Lebens. Und sie hatte sich den ganzen Sonntag in ihrem Zimmer eingeschlossen. Erst als Nick ihr, zusammen mit einem Riesenstrauß Blumen und einem Entschuldigungsschreiben für Doris, Victors allerdings etwas nüchternen Brief brachte, waren ihre Tränen versiegt.

Sie dachte an die nächsten zwei Wochen. Heute war Dienstag, und bis zu Beau Stantons Dinner am Freitag, mit Terry, Hilary und Katharine als Ehrengästen, war nichts mehr los. Am Tag darauf wollte Katharine nach London zurückkehren, um alles für ihre Reise nach Hollywood vorzubereiten. Kim begleitete sie, da er in Langley gebraucht wurde. Diana, Christian und Nicky reisten Mitte der kommenden Woche ab, und sie würde die Riviera erst mit Doris und ihrem Vater verlassen, nachdem die beiden an Bunky Amphers Luncheon für Winston Churchill teilgenommen hatten. Am Tag darauf wollten sie in Doris' Rolls nach Paris fahren, ihr Vater würde mit dem Wagen allein nach England weiterreisen, während Doris und sie sich mit Diana treffen und bei Pierre Balmain ihre Hochzeitsgarderobe aussuchen wollten.

Noch vierzehn Tage ohne ihn. Gar nicht mehr so lange, sagte sich Francesca mit liebevollem Lächeln. Bald werde ich wieder in London sein. Bei meiner großen Liebe. Bei Victor. Dem Mittelpunkt meines Lebens.

Auch Katharine Tempest war an diesem Vormittag in nachdenklicher Stimmung, als sie in ihrem Zimmer an dem kleinen Schreibtisch saß. Genau wie Francesca hatte sie das Gefühl, daß der Sommer vorüber war, und hatte es eilig, nach London zu kommen, denn ihr standen entscheidende Monate bevor. Hollywood. Der neue Film. Ihre Karriere. Nichts auf der Welt war ihr wichtiger als diese drei Dinge; doch seit sie am Freitag vor dem Ball den Anruf aus London bekommen hatte, wußte sie, daß sie auf dem Spiel standen. Der Anruf schien alles zunichte zu machen, wofür sie so hart gearbeitet hatte. Bei dieser Erkenntnis war sie in tiefe Verzweiflung versunken, und die Verzweiflung hatte sich in einer extremen Nervosität manifestiert, die sie nur sehr schwer kaschieren konnte.

Zum Glück fühlte sie sich inzwischen besser. Nach einigen schlaflosen Nächten hatte Katharine mehrere schwerwiegende Entscheidungen getroffen, die sie unter allen Umständen und möglichst bald in die Tat umsetzen wollte. In vierzehn Tagen würde sie nach Kalifornien fliegen, und bis dahin mußte alles erledigt sein.

Katharine stand auf und trat ans Fenster. Sie öffnete die Läden, die sie wegen der Hitze geschlossen hatte, und blickte auf die Terrasse hinab, auf der Francesca lag und sich sonnte. Ein wenig traurig dachte sie: Ich werde dich sehr vermissen, meine liebe, liebste Freundin. Francesca stand ihr näher als irgendein anderer Mensch, nur sie verstand Katharine wirklich, und eine so enge Freundschaft würde sie wahrscheinlich nie wieder finden.

Seufzend schloß Katharine die Läden. Sie mußte sofort hinuntergehen und Francesca Gesellschaft leisten. Denn schließlich war sie ja deswegen hiergeblieben. Nein, nicht direkt, korrigierte sich Katharine. Sie hatte einfach keine Lust gehabt, an der Kreuzfahrt teilzunehmen, zusammen mit den beiden Männern auf einem Schiff eingesperrt zu sein, in deren Gegenwart sie sich nicht wohl fühlte: Nicholas Latimer und Michael Lazarus. Obwohl Mike Lazarus sie trotz allem irgendwie faszinierte. Nur wegen Beau Stanton tat es ihr leid; bei ihm fühlte sie sich stets in Sicherheit, er brachte sie immer zum Lachen und bot ihr Schutz. Hoffentlich war er über ihre Abwesenheit nicht gekränkt.

Katharine kleidete sich rasch an und lief die Treppe hinab. Auf halbem Weg jedoch blieb sie noch einmal stehen. Ihr war klargeworden, daß es noch einen dritten, und zwar den zwingendsten Grund dafür gab, daß sie hiergeblieben war: Sie wollte mit Francesca allein sein. Um sich ihr anzuvertrauen. Natürlich. Seit Tagen schon hatte diese Erkenntnis in ihrem Unterbewußtsein geschlummert, und daß sie sich jetzt zu ihr bekannte, verschaffte ihr eine ungeheure Erleichterung. Francesca Cunningham war der einzige Mensch, dem sie hundertprozentig vertraute. Sie würde nicht vorschnell urteilen, sondern Verständnis für alles zeigen, was sie tat. Angespornt von diesen positiven Gedanken, lief Katharine weiter.

An der Terrasse schlugen ihr das grelle Licht und die unerträgliche Hitze entgegen, und sie wußte sofort, daß sie innerhalb von Minuten total erledigt sein und ihr schlecht werden würde. Aber sie zwang sich zu einem Lächeln und rief fröhlich: »Guten Morgen, Frankie, Liebes!«

Francesca fuhr hoch, beschattete die Augen mit der Hand und sah blinzelnd zu Katharine empor. »Da bist du ja, du alter Faulpelz! Gerade wollte ich dich aus den Federn holen.«

»Ich bin schon seit Stunden auf«, gab Katharine lachend zurück. Sie schob sich einen der Sessel unter den großen gelben Sonnenschirm und setzte sich, dankbar für den Schatten, an den Tisch. »Ich habe Briefe geschrieben. Unter anderem einen an Anna, meine neue Schneiderin, in dem ich ihr mitteilte, du würdest sie aufsuchen, sobald du wieder in London bist. Mit deinem Abendkleid. Ich hab' sie gebeten, es für dich zu kopieren, und ihr einen Scheck für die Anfertigung und den Stoff mitgeschickt.«

»Aber Kath, das war doch wirklich nicht nötig! Das hättest du nicht …«

Katharine hob die Hand, erfreut über Francescas glückliche Miene. »Still, mein Liebes. Ich kann den Gedanken nicht ertragen, ein so schönes Kleid ruiniert zu haben. Außerdem weiß ich genau, daß du seit Samstag fürchterlich deprimiert bist. Und seien wir ehrlich: Tragen wirst du es nie mehr können, dabei war es mit Sicherheit ziemlich teuer.«

»Wie lieb von dir, Kath! Ich danke dir. Und natürlich werde ich zu Anna gehen.« Mit liebevollem Lächeln fuhr Francesca fort: »Einen Menschen wie dich gibt es auf der ganzen Welt nicht noch mal, Kath. Du bist etwas ganz Besonderes, und ich werde dich sehr, sehr vermissen.«

»Ich dich ebenfalls, Liebes.« Ein wehmütiges Lächeln spielte um Katharines Mund. »Ich wollte, du könntest mitkommen.« Dieser Gedanke begeisterte sie so sehr, daß sie spontan fortfuhr: »Warum eigentlich nicht? Es würde dich keinen Penny kosten. Du könntest bei mir in der Suite im Bel-Air-Hotel wohnen, und deinen Flug würde ich auch bezahlen. Und sieh mich doch bitte nicht so an! Ich weiß, daß du eigen bist, was das Annehmen von Geschenken angeht, aber wir können doch einfach sagen, daß ich mich damit für die Gastfreundschaft deines Vaters in Langley und diesen Urlaub hier bedanken möchte.« Katharines Begeisterung wirkte ansteckend auf Francesca, die vor Freude lächelte und nachdenklich den Kopf auf die Seite legte.

»Ach, Kath! Das ist wunderbar!« Dann wurde Francescas Miene lang. »Aber leider unmöglich. Schließlich steht die Hochzeit bevor, zu Weihnachten möchte Daddy mich zu Hause haben – Tradition, weißt du –, und ich muß bei der Julfeier in der Kirche und den Festlichkeiten für die Arbeiter und Dorfbewohner im Schloß helfen. Aber es war eine bezaubernde Idee von dir. Jedenfalls wirst du viel mit dem

Film zu tun haben, und ich werde auch fleißig arbeiten. Dank Nicky läuft mein Buch über Chinese Gordon jetzt wirklich gut. Ehrlich gesagt, ich weiß nicht, ob ich es ohne ihn überhaupt hätte anfangen können, wirklich!«

»O doch, das hättest du!« rief Katharine heftig. »Du brauchst doch keinen Babysitter. Du hast genausoviel Talent wie Nicholas Latimer und sogar mehr!«

Francesca lächelte nur, ohne näher darauf einzugehen. Angesichts von Katharines Antipathie gegen Nick würden ihre Worte ja doch nur auf steinigen Boden fallen. Sie erhob sich. »Yves hat einen großen Krug Zitronensaft herausgebracht. Möchtest du vielleicht ein Glas? Ich hole mir eins.«

»Ja, danke. Es ist sehr heiß hier.« Katharine griff nach der New Yorker »Herald Tribune«, die auf dem Tisch lag, und fächelte sich damit Luft zu.

Als Francesca mit der Limonade kam, trank Katharine einen Schluck und musterte Francesca über den Glasrand hinweg. Ich kann's nicht länger aufschieben, dachte sie. Ich muß es ihr sagen. Vorsichtig stellte sie das Glas hin und räusperte sich. »Ich freue mich, daß wir endlich einmal allein sind, Frankie. Ich habe dir etwas zu sagen, zu erklären ...« Sie wußte nicht weiter und ließ den Satz in der Luft hängen. Hilflos blickte sie auf ihre Hände und verschränkte sie voll Nervosität.

Francesca war beunruhigt über den tiefernsten Ton und Katharines bedrückte Miene. »Du scheinst erregt zu sein, Kath, Liebes. Es ist mir am Wochenende mehrmals aufgefallen, daß du offenbar Kummer hast. Ich bin deine beste Freundin. Wenn du dich mir nicht anvertrauen kannst, wem dann?« Sie wartete.

Katharine schwieg, den Blick auf das schimmernde Mittelmeer gerichtet.

Nach ein oder zwei Minuten fragte Francesca leise: »Hat es etwas mit Kim zu tun?«

Katharine sah sie an, nickte und schluckte mühsam. »Ja. Ich ... ich habe mich entschlossen, mich von ihm zu trennen.«

Francesca, die etwas so Schwerwiegendes nicht erwartet hatte, war wie vom Donner gerührt. »Das kann nicht dein Ernst sein, Katharine!« rief sie überrascht und ungläubig.

»Doch, ist es.« Mit etwas festerer Stimme fuhr Katharine fort: »Ich habe lange über unsere Verbindung nachgedacht und bin zu dem Schluß gekommen, daß sie nicht klappen wird. Je länger ich Kim kenne, desto besser begreife ich, wie wichtig ihm sein Erbe ist. Er liebt Langley leidenschaftlich; es ist sein Leben. Ebenso wie die Landwirtschaft und eure uralten Ländereien. Wenn er sich länger von alle dem trennen müßte, würde er unglücklich sein. Und ich würde unglücklich sein, wenn ich auf meine Hollywood-Karriere verzichten müßte. Weißt du, Frankie, er hat angedeutet, daß ich meinen Beruf letztlich doch aufgeben müßte, und sich darüber beschwert, daß wir monatelang voneinander getrennt sein werden. Glaub nicht, daß ich nicht weiß, was es für ihn bedeutet, wenn ich so lange fort bin. Aber für mich wäre es auch nur ein halbes Leben, wenn ich nicht auf der Bühne oder vor der Filmkamera stehen dürfte. Du vor allem hast doch Verständnis für meine Arbeit.«

»Ja«, sagte Francesca. »Aber könntest du nicht mit Kim zusammen eine Lösung finden? Einen Kompromiß?«

»Ich glaube kaum.« Liebevoll tätschelte Katharine Francescas Hand. »Ich weiß, du hattest große Hoffnungen für uns, aber eine Ehe mit Kim ist einfach nicht möglich. Unsere Lebensweise unterscheidet sich so drastisch, genau wie das, was wir erstreben. Wir passen einfach nicht zueinander.«

»Das ist nicht wahr!« widersprach Francesca nachdrücklich. »Ihr paßt wunderbar zueinander, das weiß ich. Ach, Liebling, ich glaube, du bist viel zu voreilig.«

»Das bin ich nicht, Frankie. Ich habe lange darüber nachgedacht, und mein Entschluß steht fest. Bitte, mach nicht so ein unglückliches Gesicht.«

»Ich kann nicht anders, Katharine. Du wärst eine so wunderbare Frau für Kim, und die allerbeste Schwägerin.« Blinzelnd sah Francesca in die Sonne. »Er wird völlig verzweifelt sein ... Mein armer Bruder!«

»Nur kurze Zeit, Frankie. Er wird's überstehen und sich bestimmt wieder verlieben. Heute morgen habe ich mir überlegt, ob es nicht weniger grausam wäre, Kim meinen Entschluß erst später mitzuteilen. Ich meine, wenn ich in Kalifornien bin. Ich könnte ihn in sechs Wochen anrufen und sagen, ich hätte beschlossen, in Hollywood zu leben. Wenn ich weit fort bin, ist es vielleicht weniger schwer zu ertragen für ihn. Was meinst du?«

»Ich weiß es wirklich nicht.« Francesca musterte sie befremdet.

»Ich bin nicht feige, falls du das denkst«, protestierte Katharine errötend. »Ich nehme nur Rücksicht auf Kims Gefühle, auf seinen Stolz. Niemand läßt sich gern einen Korb geben, Frankie, und genauso wird er es sehen. Er wird nicht zugeben, daß ich für uns beide vernünftig denke. Außerdem würde es für ihn peinlich sein, wenn ich es ihm jetzt sage, wo die ganze Familie versammelt ist, nicht wahr?«

»Nun ja, vermutlich«, mußte Francesca zögernd zugeben. Wie hatte Kim Katharine doch immer verteidigt, gegen des Vaters Opposition zu ihr gehalten! Er würde sich wirklich töricht vorkommen. Daddy und Doris werden sich freuen, sagte sie sich. Sie mögen Kath nicht, finden, Kim sei zu schade für sie. Aber sie irren sich! Dann ließ ein anderer Gedanke Francescas Gesicht aufleuchten. »Doch, du solltest es Kim erst später sagen«, verkündete sie fest. »Aber nicht nur, um seine Gefühle zu schonen, sondern weil du ihn vermutlich so sehr vermissen wirst, daß du gar nicht mehr mit ihm brechen willst. In Hollywood wirst du Gelegenheit haben, deine Gefühle für ihn abzuwägen und es dir möglicherweise noch anders zu überlegen.«

»Ich werde es mir nicht anders überlegen, Liebling.« Katharine sagte es so leise, daß Francesca sie kaum verstand. »Und selbst wenn es doch möglich wäre, würde ich Kim nicht heiraten. Ich kann ihn nicht heiraten. Jetzt nicht. Und niemals.«

Francesca starrte Katharine an, deren Miene kummervoll war. »Warum nicht?« fragte sie mit erregter Stimme.

»Weil es da ein Hindernis gibt.«

»Was soll das heißen, ein Hindernis?« Sie krauste die Stirn. »Ein merkwürdiger Ausdruck.«

Katharine wandte sich ab und schloß die Augen. Obwohl sie sich so sehr danach sehnte, sich bei Francesca auszusprechen, blieben ihr die Worte in der Kehle stecken. Schließlich sagte sie mit sonderbar klarer und fester Stimme: »Ich bin schwanger, Frankie. Das ist das Hindernis.«

Francescas Mund bildete ein rundes O, aber sie brachte keinen Ton heraus. Bestürzt starrte sie die Freundin an.

»Und eindeutig nicht von Kim«, ergänzte Katharine. Erleichtert lehnte sie sich zurück, froh, daß es nun ausgesprochen war.

»Ach, Kath, Liebling! Ach, Kath ...«, stieß Francesca hervor, und all ihr Mitgefühl galt ihrer Freundin.

»Ich werde dich nicht beleidigen und von dir verlangen, daß du dies für dich behältst«, sagte Katharine. »Ich vertraue dir, Frankie. Rückhaltlos.«

»Das kannst du auch, Liebes. Immer. Keinem Menschen würde ich je etwas über dich sagen. Ich liebe dich viel zu sehr, um dir weh zu tun.« Francescas Augen wurden ganz groß, und leise fragte sie: »Was wirst du tun?«

»Es gibt nur eines: Schwangerschaftsabbruch«, gab Katharine ebenso leise zurück.

»O mein Gott, nein! Das kannst du nicht tun, Kath. Das darfst du nicht tun. Es ist so gefährlich. Und illegal; du müßtest zu einem Kurpfuscher gehn. Ich kenne ein Mädchen aus unserer Schule, die ist zu so einem Kerl gegangen und wäre beinahe verblutet.«

Katharines Mund war trocken; sie trank einen Schluck Limonade und hätte sie fast wieder herausgewürgt. »Ich gehe nicht zu einem Kurpfuscher«, gab sie zurück. »Als mich der Arzt am letzten Freitag anrief, um mir zu sagen, daß der Test positiv sei, hat er mir angeboten, mich in einem privaten Pflegeheim unterzubringen, wo es qualifizierte Ärzte gibt. Das ist zwar teuer, aber auch sicher. Es wird schon gutgehen«, schloß sie in zuversichtlichem Ton, obwohl sie den Dingen, die vor ihr lagen, mit großer Angst entgegensah.

Schon der Gedanke an eine Abtreibung erschreckte Francesca. Sie rückte näher zu Katharine hinüber und flehte: »Bitte, Katharine, tu das nicht! Du bist so zart, das hältst du nicht aus. Was ist mit dem Vater? Wird er dir nicht helfen?« Und als ihre Frage unbeantwortet blieb: »Wer ist es, Kath? Wer ist der Vater?«

Katharine schüttelte den Kopf. »Ich möchte seinen Namen lieber nicht nennen.«

Diese Reaktion überraschte Francesca, aber das erwähnte sie nicht. Statt dessen sagte sie energisch: »Hör zu, Kath. Ich finde, du solltest das Kind bekommen. Eine Abtreibung ist so riskant und ...«

»Ich kann nicht!« jammerte Katharine. »Bitte, hör auf, Frankie! Ich hab' die Hölle durchgemacht, bis ich mich dazu durchgerungen habe. Ich bin katholisch erzogen worden, und das sitzt fest. Ich begehe eine Todsünde. Ich ermorde mein eigenes Kind. O Gott, Frankie, mach's mir bitte nicht noch schwerer ...« Zum erstenmal kamen ihr die Tränen. Sie suchte nach ihrem Taschentuch, wischte sich die Augen und versuchte sich zusammenzureißen.

»Nicht weinen, Kath!« bat Francesca leise und ergriff tröstend ihre Hand. »Es tut mir leid. Ich wollte dir nicht noch mehr Kummer machen. Und ich werde dir helfen, soweit ich nur kann, das weißt du ...« Francesca hielt inne, überlegte und fragte dann abermals: »Wegen dem Mann ...«

»Was ist mit ihm?« fiel Katharine ihr angstvoll ins Wort.

»Seinen Namen will ich nicht wissen«, versicherte Francesca. »Ich habe mich nur gefragt, was er zu deinen Plänen sagt.«

»Er weiß nichts davon.«

»Ja, aber warum in aller Welt hast du ihm nichts davon gesagt?«

»Weil ich nicht wußte, wie er reagieren würde.« Katharine biß sich auf die Lippe. Mit matter Stimme sagte sie: »Er weiß nicht mal, daß ich schwanger bin.«

»Ach, Kath!« Francesca richtete sich auf. »Mein Gott, du mußt es ihm sagen! Sofort! Diese Last kannst du nicht allein tragen. Er ist ja auch mitverantwortlich.«

»Danke, daß du mir deine Hilfe anbietest.« Wieder schimmerten die Tränen, die sie sich mit der Hand abwischte. »Ich wünschte, ich hätte mich eher an dich gewandt. Aber ich wußte nicht, wie du es aufnehmen, ob du mich nicht verachten würdest. Ich weiß doch, wie sehr du Kim liebst und ihn immer beschützen willst. Aber eines möchte ich dir versichern: Ich bin nicht leichtfertig, ich schlafe nicht in der Gegend herum. Ich meine, ich habe nicht zwei Affären auf einmal gehabt. Mit Kim habe ich nie geschlafen.«

»Ich war mir nicht sicher, ob oder nicht, aber das geht mich nichts an, und du brauchst dich nicht vor mir zu rechtfertigen, Kath.«

»Danke, Liebling. Und danke, daß du meine Freundin bist.«

»Als deine Freundin muß ich dir aber auch noch etwas sagen«, begann Francesca zögernd. »Ich kann dein Verhalten nicht begreifen. Ich will nicht auf dem Mann herumhacken, aber warum willst du ihm nichts von deiner Lage sagen?«

»Weil es keinen Sinn hat. Warum ihn beunruhigen, wo ich doch weiß, daß ich allein damit fertig werde?«

Francesca hatte Mühe, ihren Ärger zu unterdrücken. »Das ist typisch für dich. Immer denkst du an andere. Aber klug ist es nicht. Außerdem könnte es doch sein, daß er mit deinen Plänen nicht einverstanden ist. Vielleicht will er dich heiraten und das Kind behalten? Und was ist mit dir? Würdest du ihn heiraten, wenn er dich darum bittet?«

»Das wird er nicht tun. Er ist schon verheiratet.«

»O nein!«

Bedrückt schlug Katharine die Augen nieder. Soviel hatte sie Francesca gar nicht erzählen wollen. Sie hatte ihr nur ihre Gründe für die Auflösung der Verlobung mit Kim erklären, ihre Sorgen wegen der Schwangerschaft mit ihr teilen wollen. Unversehens befand sie sich auf unsicherem Terrain, weil sie von der sonst so diskreten Francesca derart hartnäckige Fragen nicht erwartet hatte.

»Könnte er sich denn nicht scheiden lassen, Kath?«

»Keine Ahnung. Aber ich will ihn auch gar nicht heiraten. Wir lieben uns nicht, jedenfalls nicht so ... Natürlich mögen wir uns sehr.« Katharine schüttelte heftig den Kopf. »Die Ehe ist etwas sehr Schwerwiegendes, und wenn sie funktionieren soll, braucht sie eine feste Basis, muß auf weit tieferen Gefühlen aufgebaut sein als jenen, die wir füreinander empfinden.« Sie seufzte müde. »Eine Heirat kommt also nicht in Frage.«

»Ich verstehe.« Francesca wußte nicht mehr weiter. Sie stand auf und holte sich eine Limonade. Sie hielt Katharines Einstellung für falsch und fand, sie müsse sich wenigstens den seelischen Beistand des Mannes sichern. Als sie zum Tisch zurückkehrte und sich setzte, gingen ihr mehrere Gedanken im Kopf herum. Einen von ihnen sprach sie aus. »Hast du Angst, ihm die Wahrheit zu sagen, Kath?«

Verwundert hob Katharine den Kopf. »Aber nein, natürlich nicht. Warum fragst du?«

»Ich dachte, das wäre vielleicht der Grund für dein Schweigen ihm gegenüber. Ich weiß, ich bin lästig, aber er sollte es unbedingt erfahren. Und ich bin gern bereit, ihn aufzuklären, wenn du ...«

»Nein!« Katharine schrie es fast, so entsetzt war sie über Francescas Vorschlag. »Auf gar keinen Fall.«

Francesca fuhr erschrocken zurück.

Katharine merkte, daß die Freundin gekränkt war, und entschuldigte sich sofort. »Tut mir leid, Liebling. Ich wollte dich nicht so anfahren. Lieb, daß du mir helfen wolltest.« Doch sie entdeckte noch mehr in Francescas Augen. »Du ärgerst dich, weil ich hinsichtlich seines Namens so geheimnisvoll bin, nicht wahr?«

»Nein, Kath. Wirklich nicht. Nur ein bißchen verwundert bin ich. Du hast mir jetzt so viel anvertraut, da kann ich mir einfach nicht vorstellen, daß dein Vertrauen nicht hundertprozentig ist. Immerhin ...« Francesca zuckte die Achseln. »Ich wollte nicht neugierig sein.«

»Natürlich, Frankie. Das ist mir klar.« Katharine überlegte. Sie hatte sich geschworen, seinen Namen nicht preiszugeben. Zu ihrem eigenen Schutz. Sie durfte nicht zulassen, daß er soviel Macht über sie besaß, ihr möglicherweise Vorschriften machen wollte. Nachdenklich sagte Katharine: »Er ist ein seltsamer Mensch, manchmal wirklich schwer zu verstehen.« Sie lehnte sich zurück. Bilder gingen ihr durch den Kopf. Dann trat ein verträumter Ausdruck auf ihr schönes Gesicht, und sie lächelte ganz leicht. »Aber das habe ich dir ja schon öfter gesagt...« Sie ließ den Satz unbeendet.

Verwirrt fragte Francesca: »Was gesagt? Ich kann dir nicht folgen.«

Katharine seufzte. Resigniert sagte sie: »Vic ist ein seltsamer Mann, im Grunde so einsam, und...«

»Vic? Wieso redest du plötzlich von Vic?«

Kopfschüttelnd sagte Katharine leise: »Ich wollte seinen Namen nicht nennen, aber wie du ganz richtig sagtest, du weißt inzwischen schon so viel, da spielt das auch keine Rolle mehr. Das heißt, ich weiß, daß ich mich auf deine Verschwiegenheit verlassen kann, Frankie. Victor ist der Vater meines Kindes.«

Francesca zuckte zurück. Entgeistert starrte sie Katharine an, so benommen, daß sie gar nicht begriff. Was hatte Katharine gerade gesagt? Daß Victor der Vater ihres Kindes sei? Aber das war unmöglich. Nicht Vic. Katharine und Vic. Einen Sekundenbruchteil lang redete sich Francesca ein, sie habe sich verhört. Nervös blinzelnd fragte sie: »Du meinst doch nicht Victor Mason – oder?« Als sie seinen Namen aussprach, fiel das Entsetzen über sie her, und sie zuckte vor den niederschmetternden Schlußfolgerungen zurück, weigerte sich, sie zu akzeptieren.

»Aber ja.« Katharine zog eine reuige Miene. »Du klingst so erstaunt, dabei weißt gerade du besser als alle anderen, wie häufig wir zusammen waren.«

In Francescas Kopf schrillte eine Stimme, nein, nein. Ihr entsetzter Blick war auf Katharine gerichtet. Sie machte den Mund auf. Kein Ton kam heraus.

Katharine beugte sich eindringlich über den Tisch. »Du mußt mir versprechen, daß du ihm nichts sagst. Er darf nichts von dem Kind erfahren. Niemals. Bitte, Frankie, gib mir dein Ehrenwort. Schwöre es mir auf ... die Ehre der Cunninghams«, bat Katharine nachdrücklich. Ihre Augen, leuchtender blau denn je, weiteten sich flehend.

»J-j-ja«, stammelte Francesca hilflos. »Ich verspreche es dir. Auf meine Ehre.« Es war eine automatische Antwort; sie wußte kaum, was sie da sagte. Sie glaubte zu ersticken. Ihre Brust war wie zugeschnürt, und ihr Herz hämmerte wie rasend gegen die Rippen. Es war nicht wahr! Katharine log. Aber warum sollte sie lügen? Sie hatte keinen Grund, Victor zu nennen, wenn er nicht der Vater des Kindes war. Um mir weh zu tun. Weil sie eifersüchtig ist. Nein, sie würde mir niemals weh tun. Sie liebt mich. Sie weiß nichts von uns, wieso also sollte sie eifersüchtig sein? Victor hat Geheimhaltung verlangt. Natürlich. Das mußte er ja. Wegen Katharine. Er hatte zur gleichen Zeit mit ihnen beiden geschlafen. O mein Gott! O Vic! O Vic! Wie konntest du! Warum? Und warum Katharine? Warum meine beste Freundin? Du hast mich betrogen, Vic. Nein, sie haben mich beide betrogen! Und so hinterhältig. Nein, nicht Katharine. Sie hat nichts von uns geahnt. Ich muß es ihr sagen. Nein, sag es ihr nicht. Warte. Zuerst mußt du alles erfahren. Über sie und Vic. Ich will's nicht wissen. Doch, du willst. Ich könnte es nicht ertragen. Doch, könntest du. Du mußt es wissen. Um nicht verrückt zu werden.

Diese chaotischen Gedanken wirbelten in Francescas Kopf, begleitet von einem gräßlichen, stummen Schrei. Einem Schrei unerträglicher Qual. Sie verschränkte ihre bebenden Hände im Schoß, grub sich die Nägel in die Handflächen, rang um Beherrschung, zwang sich, den grauenvollen Dialog fortzusetzen.

»Das er es ist, darauf wäre ich niemals gekommen.« Sie hörte die eigene Stimme wie aus weiter Ferne. Es war ein rauhes, heiseres Wispern.

»Ich dachte, das wäre eindeutig, du hättest schon zwei und zwei zusammengezählt«, antwortete Katharine.

Jetzt zwang sich Francesca zur schwierigsten Frage. »Wie lange ... wie lange geht das schon so?« Sie fürchtete die Antwort. Am liebsten wäre sie davongelaufen. Fort von dem dunklen, strahlend schönen Mädchen ihr gegenüber, von dieser Terrasse, von diesem Haus. Irgendwohin. Sie sah Katharine an, wartete. Sie mußte es wissen, das Schlimmste wissen, auch wenn es sie vernichten würde. Und daß es sie vernichten würde, das erkannte sie mit entsetzlicher Klarheit. »Besteht eure Verbindung schon lange?«

»Nein, nicht sehr lange«, erwiderte Katharine zerstreut, in ihre eigenen Überlegungen vertieft, den Blick auf das ferne Meer gerichtet. Sie riß sich zusammen. »Wie du weißt, haben wir uns immer nahegestanden, aber nie eine Affäre gehabt. Dann, bei den Außenaufnahmen im Mai, ist es einfach so passiert. In gewissem Sinne war es, glaube ich, unvermeidlich. Wir waren so versunken in unsere Arbeit, den Film, die leidenschaftlichen Liebesszenen. Und es ist etwas Unwiderstehliches an Vic. Er ist so männlich, so überwältigend.«

Katharine stieß einen tiefen Seufzer aus und schüttelte wehmütig den Kopf. »Ich konnte nicht anders, trotz Kim, und obwohl ich eigentlich wußte, daß es für Vic vermutlich keine große Gefühlssache war. Er ist es gewöhnt, daß ihm die Frauen anbetend zu Füßen liegen. Du weißt ja, was für ein Herzensbrecher er ist. Tatsächlich merkte ich schon bald, daß unsere Romanze genauso schnell aufhören würde, wie sie angefangen hatte. Und ich hatte recht. Sie war praktisch bedeutungslos für ihn.« Wieder ein ganz kleiner Seufzer. »Er mag mich, auf seine Art. Unter diesen Umständen blieb mir nichts anderes übrig, als die Sache philosophisch zu nehmen. Leider hatte ich nicht mit diesen ... Folgen gerechnet.«

Francesca konnte nicht antworten. Bedeutungslos für ihn. Aber nicht für mich. O nein, Vic, nicht für mich. Sie nennt ihn Vic! Er läßt sich von niemandem Vic nennen – nur von denen, die ihm am nächsten stehen. Von mir. Von Nicky. Und offensichtlich von Katharine. O Gott! Bei den Außenaufnahmen ist es passiert. In Yorkshire. Er muß an jenem Wochenende mit ihr geschlafen haben, als sie in Langley Castle waren. Als er nicht zu mir ins Zimmer kommen wollte. Wegen Daddy. Weil es mein Elternhaus sei, sagte er, das gehöre sich nicht. O Vic! Du hast gelogen. Du hast betrogen. Du warst mir untreu. Sie sah die beiden vor sich, Katharine in Victors Armen. Hat er dasselbe mit ihr gemacht wie mit mir? Hat er ihr dieselben Worte gesagt? Zärtliche, leidenschaftliche, intime Worte? Sie konnte diese Vorstellung nicht ertragen und kniff ganz fest die Augen zu. Unvermittelt wurde sie von einer glühenden Eifersucht und einer überwältigenden Wut geschüttelt, die einherging mit abgrundtiefem Haß. Haß auf Katharine Tempest. Es ist ihre Schuld. Sie hat ihn verführt. Ermutigt. Umgarnt. Jawohl, das ist es. Aus eigenem Antrieb würde Vic mich, unsere Liebe, niemals verraten!

Die Augen öffnend, jedoch ohne Katharine anzusehen, erkundigte sich Francesca sehr leise: »Wann? Wann, glaubst du, bist du schwanger geworden?«

»Im Juni. Es muß im Juni gewesen sein.«

»Dann bist du schon drei Monate ...«

»Fast.«

»Und du kannst trotzdem noch abbrechen? Ungefährdet?«

»Aber ja, Liebes. Der Arzt hat es mir bestätigt. Mach dir keine Gedanken um mich, Frankie. Ich schaffe es schon.«

Katharine lächelte herzlich, gerührt von Francescas Sorge um ihr Wohlergehen.

Als sie Katharines offenem Blick begegnete, schlug Francesca sofort die Augen nieder. Ich hoffe, sie stirbt. Sie will sein Kind umbringen. Es hätte meines sein müssen! Mein Kind! Ich möchte auch sterben. Ich habe nichts mehr, wofür ich leben kann. Er ist verloren für mich. Ach, Vic, warum hast du mir das angetan?

Francesca erhob sich schwankend, unsicher, ob ihre zitternden Knie sie tragen würden. Der stechende Schmerz irgendwo in ihrer Herzgegend war unerträglich, ein Schmerz, der in langen Spasmen kam und ihr fast den Atem raubte. Vage fragte sie sich, ob sie einen Herzanfall hatte. Konnte das sein, bei einem Mädchen ihres Alters? Sie hoffte, daß sie einen hatte. Dann würde er es bereuen. Beide würden sie bereuen, was sie ihr angetan hatten. Heiße Tränen, die ihr über die Wangen strömten und auf ihren Badeanzug tropften, machten sie blind, so daß sie wankte, als sie die Gartenliege erreichte.

Katharine beobachtete Francesca aufmerksam. »Was ist, Liebling?« rief sie beunruhigt. »Fühlst du dich nicht wohl?«

Ohne sich umzudrehen, keuchte Francesca atemlos: »Nein. Mir ist schlecht. Schwindlig. Die Hitze. Die Sonne.« Sie beugte sich über die Liege, tastete nach dem Badetuch, preßte es an ihre nassen Augen. Dann trocknete sie sich Hals, Brust und Schultern. Sie war schweißgebadet. Und dennoch war ihr innerlich kalt. Eiskalt. Stumpf. Sie suchte ihre Sonnenbrille und setzte sie so langsam und ungeschickt auf wie eine alte, blinde Frau. Ebenso langsam und ungeschickt stülpte sie sich den großen Strohhut auf den Kopf.

Katharine war aufgestanden und schob Francescas Sessel in den Schatten. »Hoffentlich hast du keinen Sonnenstich«, sagte sie, während sie den Sonnenschirm zurechtrückte. »Du hast die ganze Zeit in der heißen Sonne gesessen, du Dummchen. Soll ich dir ein paar Aspirin holen?«

»Nein, danke. Es geht schon.« Im Schneckentempo begann Francesca auf Katharine zuzugehen, setzte vorsichtig einen Fuß vor den anderen, um nicht das Gleichgewicht zu verlieren. Plötzlich hoben sich ihr die weißen Marmorplatten unter ihren Füßen entgegen, und sie wappnete sich schon gegen den Schlag ins Gesicht, ohne zu merken, daß sie es war, die auf sie hinabfiel.

Katharine fing sie auf und hielt sie fest. »Wir sollten lieber hineingehen«, schlug sie mit besorgter Miene vor. »Drinnen ist es kühler, und du könntest dich hinlegen.«

»Ich will mich aber nicht hinlegen!« Ungeduldig, ja unwirsch riß Francesca sich los und setzte sich. »Und Tabletten will ich auch nicht. Ich werde einen Schluck Limonade trinken. Ich sagte doch, daß mir nichts fehlt.«

»Ja, natürlich, Frankie. Wie du willst!« Katharine setzte sich ebenfalls und musterte die Freundin nachdenklich, bestürzt über deren ungewohnte Heftigkeit. Sie ist mir böse wegen Kim, dachte sie und seufzte ein wenig, fragte sich, ob ihre Offenheit nicht vielleicht doch ein Fehler gewesen sei.

Eine Zeitlang schwiegen beide, bis Francesca schließlich in gedämpftem Ton fragte: »Warum hast du mir nicht schon früher gesagt, daß du etwas mit ihm hast?«

Katharines Miene zeigte Verwunderung. »Aber Frankie, wie konnte ich denn? Ich war ja noch immer mit Kim zusammen ... Wie konnte ich dir da etwas von meiner Affäre mit Vic erzählen?«

Ein unverständliches Gemurmel als einzige Antwort veranlaßte Katharine zu weiteren Erklärungen. »Außerdem hatte Victor Angst, unsere Verbindung könne publik werden. Du weißt ja, wie sehr er einen Skandal fürchtet und wie geradezu paranoid er im Hinblick auf ›Confidential‹ ist. Er verlangte absolute Geheimhaltung. Diese Gründe verstehst du doch, nicht wahr, Frankie?« drängte Katharine.

»Ja.« O ja, und wie gut ich das verstehe! Du hast deine Flanken äußerst geschickt gedeckt, Victor, dachte Francesca bitter.

»Ich kann mir nicht helfen, aber ich habe das Gefühl, daß du mir böse bist, wegen Kim«, sagte Katharine vorsichtig und betete, Francesca durch diese leidige Angelegenheit nicht verloren zu haben. Da sie nichts von Francescas Verbindung zu Victor wußte, konnte Katharine nicht ahnen, daß ihre Beichte die Freundin in schwärzeste Verzweiflung stürzte. »Warum antwortest du nicht?« Katharines Nervosität verstärkte sich, und Francescas ungewohnte Kälte ihr gegenüber trieb ihr wieder die Tränen in die Augen.

»Verzeihung, was hast du gesagt?« fragte Francesca zerstreut, krampfhaft bemüht, nicht den Verstand zu verlieren.

Katharine wiederholte ihre Frage und versicherte dann nachdrücklich: »Ich habe Kim nie weh tun wollen. Das mußt du mir glauben!«

»Ja ... Ich glaube es dir.« Francesca schloß die Augen, froh, daß sie die Sonnenbrille trug. Nach einer kurzen Pause fragte sie mit schwacher Stimme: »Warum willst du ... ihm nicht sagen, daß du schwanger bist?«

»Aus den Gründen, die ich dir vorhin schon nannte, und außerdem, weil ich nicht will, daß zwischen uns eine gespannte Atmosphäre entsteht. Wie du weißt, bin ich beruflich an Vic gebunden, und diese Bindung darf ich nicht gefährden. Meine Karriere liegt in seinen Händen. Ich werde mehrere Jahre lang für ihn und mit ihm arbeiten, vergiß das nicht.«

»Wird dir das denn nicht unangenehm sein, nach ... dem, was geschehen ist?«

»Ich hoffe nicht.« Katharine setzte sich nervös zurecht. »Aber es wäre mir äußerst unangenehm, wenn er von dem Kind und meinen Plänen in diesem Zusammenhang wüßte. Eines jedoch steht zweifelsfrei fest: Er wird diese Affäre mit mir nicht weiterführen. Es ist aus. Wir sind gute Freunde, wie immer, aber das ist alles. Und so soll es auch bleiben. Rein platonisch.«

»Ja.« Francesca preßte ihre Hände zusammen und wünschte, der Schmerz würde verschwinden. Dafür hat er nun unsere Liebe zerstört, dachte sie; für etwas Unwichtiges, Bedeutungsloses. O mein Gott!

Katharine, die Francescas Reserve zu durchbrechen suchte, legte ihr liebevoll die Hand auf den Arm. »Bitte sag mir, daß du mich nicht haßt – wegen Kim. Bitte, Frankie. Ich könnte es nicht ertragen, dich zu verlieren.« Und da Francesca nicht reagierte: »Ich muß meine Verlobung mit ihm lösen! Alles andere wäre unehrenhaft!«

Mit einem kleinen Seufzer bestätigte Francesca: »Ja, das wäre es ... skrupellos sogar. Kim wird's überleben.« Sie schluckte. »Ich bin dir nicht böse – wegen Kim.« Dann brach sie ab, weil sie fürchtete, alles hinauszusprudeln. Und sie wollte nichts von ihrer Verbindung zu Victor sagen. Das wäre viel zu demütigend.

»Gott sei Dank! Du bist mir so unendlich wichtig, Francesca. Ich könnte es nicht ertragen, wenn du schlecht von mir denken würdest.« Dann fuhr Katharine flüsternd fort: »Ich wünschte, du könntest dabeisein, wenn ich operiert werde. Der Gedanke daran ist mir fürchterlich, und ich werde mein Leben lang ein schlechtes Gewissen haben.« Mit erstickter Stimme fügte sie hinzu: »Ich weiß nicht, ob ich je wieder mit mir selbst leben kann.«

Francesca hatte keine Kraft mehr zu einer Antwort, außerdem war es ihr gleichgültig, ob Katharine mit sich selbst leben konnte. Dann näherten sich Schritte, und sie drehte sich um.

»*Mademoiselle Tempest, téléphone pour vous*«, meldete der Butler.

»Ah ja. Danke. *Merci*, Yves.« Sie erhob sich und sagte zu Francesca: »Ich bin sofort wieder da, Liebes.«

Francesca saß da, gelähmt vor Verzweiflung, unfähig, sich zu rühren. Ihre Glieder waren wie Blei. Immer noch hallten Katharines Worte in ihrem Kopf. Werde ich jemals vergessen können, was sie mir erzählt hat?

»Frankie! Frankie! Es ist etwas Entsetzliches passiert!«

Ja, dachte Francesca stumpf. Mein Leben ist zerstört.

»Frankie!« schrie Katharine. »Hast du gehört?«

»Ja. Was ist?« fragte Francesca müde und uninteressiert. Katharine stand vor ihr, ein Stück Papier in der Hand, das sie nervös befingerte. Ihr Gesicht war aschgrau, ihre Augen brannten...

»Ein Unfall, Frankie!« rief Katharine. »Ein Autounfall. Hilary und Terry! Sie liegen im Krankenhaus von Nizza. Das war eben Norman ... Norman Rook. Terry verlangt nach mir. Ich muß jetzt sofort zu ihm fahren und sehen, ob ich ihm irgendwie helfen kann.«

»O mein Gott!« Francesca fuhr hoch, riß sich aus ihrer Erstarrung, als die Bedeutung von Katharines Worten zu ihrem gelähmten Verstand durchdrang. »Ist es schlimm?«

»Ziemlich schlimm. Sie sind beide verletzt. Hilary ist ... Hilary ist schwer verletzt, schwerer als Terry. Fährst du mich nach Nizza, Liebes? Du kennst dich hier aus, und ich bin kein guter Fahrer.« Katharine holte Francescas Strandkleid von der Liege. »Zieh das hier an. Wir haben keine Zeit zum Umkleiden. Ich weiß, daß du dich nicht wohl fühlst, aber du mußt jetzt...«

»Selbstverständlich fahre ich dich!« rief Francesca. Sie zog das Baumwollkleidchen an und schloß mit unkontrolliert zitternden Fingern die Knöpfe. Mit unsicherer Stimme fragte sie: »Werden sie ... durchkommen, Katharine?«

»Ich ... ich hoffe es. O Gott, ja, ich hoffe es!«

Achtunddreißigstes Kapitel

Sie nahmen die Moyenne Corniche, wie der Butler es ihnen wegen des geringen Verkehrs geraten hatte. Da Doris am Vormittag den Rolls genommen hatte, mußten sie sich mit dem Renault begnügen, den Francesca tief über das Lenkrad gebeugt mit Höchstgeschwindigkeit dahinjagte. Beide hatten kaum mehr ein Wort miteinander gewechselt, beide waren in ihre Gedanken vertieft.

Auf einer relativ geraden Strecke warf Francesca Katharine einen verstohlenen Blick zu, und plötzlich wurde ihr klar, daß sie völlig vergessen hatte, wie selbstlos und loyal die Freundin war, vor allem in einer Krise. Niemals war ihr etwas zuviel, wenn Freunde in Not waren. Als Francesca wieder nach vorn blickte, begann sich einiges von dem Haß, den sie in den vergangenen zwei Stunden gegen Katharine gehegt hatte, in nichts aufzulösen.

Der analytische Verstand, der Francesca später als Schriftstellerin so nützlich sein sollte, begann zu arbeiten. Auf einmal sah sie die Situation zwischen Victor und Katharine im harten Licht der Realität. Natürlich war die Affäre unvermeidlich gewesen, das hatte auf der Hand gelegen, aber sie hatte es nicht erkennen wollen. Die Liebesszenen auf der Leinwand waren lediglich ein Vorspiel für die realen gewesen. Jetzt zählte Francesca zwei und zwei zusammen. Victor, bei den Außenaufnahmen nie zu erreichen. Katharines ewige Ausreden, über die Kim so wütend gewesen war. Victors Aufmerksamkeit Katharine gegenüber bei den Dreharbeiten; die Lunches in seinem Wohnwagen; die Fürsorge und Förderung, die er ihr hatte angedeihen lassen. Und auf der Schlußparty hatten die beiden so vertraulich die Köpfe zusammengesteckt, miteinander gelacht und geplaudert, während sie, Francesca, ausgeschlossen blieb. Noch immer hörte sie Nicks Stimme sagen: »Du fährst auf einer schnellen Piste mit einem Rennläufer, Kleines.« Eine versteckte Warnung, ganz zweifellos. Und dann dieses Brillantarmband. Von ihm als Zeichen der Anerkennung erklärt. Anerkennung – wofür?

Eine andere Erkenntnis ließ Francesca erzittern. Anfangs hatte sie Katharine die Schuld gegeben. Jetzt aber sah sie deutlich ein, daß Victor die treibende Kraft der Affäre und daher schuldig, letztlich allein verantwortlich war. Katharine mußte von jeder Schuld freigesprochen werden. Im Grunde war sie nur ein Opfer. Sie waren beide seine Opfer. Er hatte sie für seine Zwecke benutzt, sexuell und auch sonst. Schmerz, Demütigung und Wut mischten sich miteinander und legten sich wie ein stählernes Band um ihr Herz, das sie ihm so bereitwillig geschenkt hatte.

Katharine unterbrach ihre Gedanken. »Danke, daß du mitgekommen bist, Frankie. Ich weiß, wie elend du dich von der Sonne fühlst. Ist dir immer noch übel?«

»Nein, danke. Es geht mir viel besser. Und ich bin froh, bei dir zu sein, Kath. Ich mache mir um Hilary und Terry ebenso große Sorgen wie du.«

»Ich wollte, Norman hätte mir mehr gesagt. Er ist immer gleich so furchtbar hysterisch. Nichts Genaues zu wissen, das ist das Unheimlichste.«

»Da hast du recht. Aber versuch dich ein bißchen zu entspannen, Katharine. Wir sind bald da.«

»Wenn das so leicht wäre. Soll ich das Radio einschalten?«

»Warum nicht?«

Katharine drehte an den Knöpfen. Gitarrenklänge und eine männliche Singstimme erfüllten den kleinen Wagen. Victors Lieblingslied, das die Mariachis am Samstag so oft gespielt hatten! Tränen traten Francesca in die Augen, liefen über ihre Wangen, endlich brachen all die zurückgedrängten Gefühle des Vormittags aus ihr heraus, und sie schluchzte tief auf.

Katharine sah sie verwundert an. »Was ist, Liebes?«

»Ich weiß nicht«, keuchte Francesca hilflos, während sie versuchte, trotz des Tränenschleiers etwas zu sehen. »Aber ich muß einen Moment anhalten.« Sie stoppte am Straßenrand, legte den Kopf aufs Lenkrad und schluchzte haltlos.

Katharine zog sie an sich, streichelte ihr tröstend übers Haar. »Was ist denn, Frankie? Was hast du denn nur?«

»Ich weiß es nicht«, flüsterte Francesca unter Tränen. Sie klammerte sich an Katharine, hätte sich ihr fast anvertraut, hielt sich aber noch rechtzeitig zurück. Nie konnte sie Katharine von ihrer Verbindung mit Victor erzählen. Niemals. Schließlich legte sich das krampfhafte Schluchzen ein wenig, sie löste sich aus Katharines Armen, wischte sich das feuchte Gesicht mit der Hand trocken und versuchte zu lächeln. »Tut mir leid«, entschuldigte sie sich mit unsicherer Stimme. »Aber alles bricht auf einmal auseinander ... Der schöne Sommer endet als Tragödie ...«

Katharine hob erschrocken die Hand an den Mund. »Sag das nicht!« bat sie die Freundin. »Sag das nicht!«

Als sie das Krankenhaus erreichten, stieg Katharine aus, während Francesca einen Parkplatz suchte. Katharine fand Norman Rook im Warteraum. Er saß, den Kopf in die Hände gestützt, die Schultern hochgezogen, wie ein alter Mann auf seinem Stuhl. Als er ihre Schritte hörte, blickte er müde auf und schüttelte ganz langsam den Kopf.

»O nein!« rief Katharine erschrocken. Sie setzte sich neben ihn und ergriff seine Hand, traute sich nicht, Fragen zu stellen.

»Hilary ist noch bewußtlos«, sagte er.

»Und Terry?«

»Ruhiggestellt. Er wurde schwierig, als ich bei ihm saß. Beinahe gewalttätig. Wollte aufstehen, Hilary suchen. Weil ich ihn nicht zurückhalten konnte, holte ich den Arzt, und der hat ihm eine Beruhigungsspritze gegeben.«

»Wie schwer sind die Verletzungen der beiden, Norman?«

»Terrys nur oberflächlich – Gott sei Dank. Schnitte, Blutergüsse, eine Gesichtswunde, eine gebrochene Rippe und eine verstauchte Schulter. In ein paar Tagen wird er schon entlassen werden...« Normans Augen füllten sich mit Tränen, er suchte nach seinem Taschentuch und schneuzte sich kräftig. »Aber Hilary... Ich weiß einfach nicht. Diese Bewußtlosigkeit beunruhigt die Ärzte. Sie machen noch Tests.«

»Hat sie weitere Verletzungen?«

»Ja, aber auch nicht so schwer. Ein Arm- und ein Beinbruch, eine Gesichtshälfte aufgerissen. Der Arzt meinte, sie braucht nicht mal plastische Chirurgie.« Seine Hand umklammerte Katharines Hand, und er rief verzweifelt: »Sie darf nicht sterben, Katharine! Ich weiß nicht, was aus Terry werden soll, wenn sie ... nicht durchkommt. Dann wird er auch nicht durchkommen, nein, ohne Hilary ganz bestimmt nicht.«

»Sie wird gesund werden, Norman«, versicherte Katharine sanft, aber fest. »Wir dürfen jetzt nicht negativ sein.«

»Ja«, murmelte Norman. Er sah zum Fenster hinaus, dann drehte er sich zu Katharine um. »Es ist unsere Schuld«, klagte er. »Wir haben geplant und manipuliert und ihn überredet, den Film zu machen. Unseretwegen haben sie wieder miteinander angefangen. Wir haben uns ins Leben anderer Menschen eingemischt, und das darf man nicht tun. Niemand hat das Recht, Gott zu spielen, Katharine.«

Entgeistert starrte sie ihn an. »Wie können Sie nur so etwas sagen!« gab sie leise zurück. »Wir wollten Terry helfen, seine Probleme zu lösen, erinnern Sie sich? Außerdem haben nicht wir heute den Wagen gefahren. Sie sind töricht, mein lieber Norman.«

Norman Rook schien sie nicht zu hören. »Wenn Hilary stirbt«, sagte er schließlich, »werde ich mir das niemals verzeihen.« Er stand auf und ging zur Tür. »Ich werde noch mal nach den beiden sehen. Dann komme ich wieder.«

Katharine lehnte sich zurück und starrte auf die geschlossene Tür. Sie war unglücklich und entsetzt über Normans seltsame Worte. Die sie nicht akzeptieren konnte. Wieso sollten sie für den Unfall verantwortlich sein? Norman stand unter Schock, er wußte wohl nicht, was er sagte. Katharine stand auf und trat ans Fenster. Gewiß, sie hatte sich auf Hilarys Gefühlsbindung an Terry verlassen, um ihre eigenen Ziele zu verfolgen, doch daß Hilary Mark verlassen und mit dem Schauspieler durchbrennen würde, das hatte sie nicht erwartet. Was ich tat, tat ich für sie, beruhigte sie sich, selbstgerecht wie immer. Ich hatte nur die besten Absichten. Norman kann sagen, was er will, von uns beiden ist keiner verantwortlich zu machen. Für gar nichts. Und schon gar nicht für den Unfall.

Sie schloß die Augen, lehnte die Stirn an die Fensterscheibe und sah Hilary vor sich, so schön, wie sie am Samstagabend gewesen war. Ihre Kehle schnürte sich zu. Sie konzentrierte sich auf die Verletzte und sandte mit jeder Faser ihres Seins Wellen der Liebe nach ihr aus.

So vertieft war Katharine in ihre Gedanken, daß sie nicht hörte, wie sich die Tür öffnete.

Leise betrat Francesca das Zimmer und betrachtete die reglose Gestalt, die so unendlich verletzbar wirkte. Zärtlichkeit verdrängte die letzten Reste des Zorns. Sie trat näher. »Kath ... Kath.«

Katharine fuhr herum und schüttelte traurig den Kopf. »Es steht sehr schlecht, Frankie, und ...«

Francesca hob die Hand. »Es ist alles in Ordnung, Kath! Es wird alles gut. Eben hat Norman mit einem der Ärzte gesprochen. Hilary hat das Bewußtsein wiedererlangt. In wenigen Minuten dürfen wir zu ihr.«

Ein erleichtertes Lächeln trat auf Katharines Gesicht, das weiß wie ein Laken war. Sie flog durch das Zimmer, fiel Francesca in die Arme, und die beiden jungen Mädchen hielten einander fest umarmt, bis sie zuletzt wieder lachen konnten.

Neununddreißigstes Kapitel

»Das wär' dann der letzte Koffer, Euer Ladyschaft«, sagte Mrs. Moggs. Die Mohnblumen auf ihrem Hut wippten wie wild, während sie mit dem Finger die Koffer zählte, die sie in die Halle hinuntergebracht hatte. »Sieben Stück«, erklärte sie. »Hoffentlich passen sie alle in Mrs. Asternans Auto.«

»In dem Rolls ist reichlich Platz«, antwortete Francesca. »Vielen Dank für Ihre Hilfe. Und jetzt trinken wir in der Küche eine Tasse Tee und sprechen alles noch mal durch.«

Mrs. Moggs lächelte erfreut. »Ich hab' den Teekessel schon aufgesetzt, Mylady.« Sie stapfte hinter Francesca her, die sich in der Küche an den Tisch setzte und den Inhalt eines dicken Kuverts vor sich ausbreitete.

Mrs. Moggs holte den Tee, machte es sich Francesca gegenüber auf einem Stuhl bequem und schenkte ein.

»Das hier sind Miss Tempests Schlüssel.« Francesca zeigte sie ihr. »Sie möchte, daß Sie einmal in der Woche Staub wischen und ein Auge auf ihre Wohnung haben.« Francesca steckte die Schlüssel ins Kuvert zurück. »Tun Sie stets alles hier hinein, Mrs. Moggs, dann kann Ihnen nichts verlorengehn.«

»Mach' ich, Euer Ladyschaft. Is' Miss Temple denn nu' glücklich, in Hollywood? Wie geht's ihr denn so?«

»Sehr gut. Es gefällt ihr sehr.« Francesca machte sich nicht die Mühe, Mrs. Moggs zu korrigieren, die Katharines Namen immer noch falsch aussprach. »Hier ist Ihr Scheck für die nächsten drei Monate. Falls sie noch länger bleibt, wird sie Ihnen dann noch einen weiteren Scheck schicken. Ihre Adresse hat sie ja.«

»Danke schön.« Mrs. Moggs faltete den Scheck zusammen und steckte ihn in ihre Schürzentasche.

Auf einen kleinen weißen Umschlag deutend, erklärte Francesca: »Da drin ist Ihre Fahrkarte plus zehn Pfund für zusätzliche Unkosten. Ebenso Ihr Lohn für die nächsten Monate.«

Mrs. Moggs machte ein niedergeschlagenes Gesicht. »Woll'n Sie denn wirklich nich' mehr herkomm', vor der Hochzeit von Ihrem Vater?«

»Leider nicht, Mrs. Moggs. Ich bleibe in Yorkshire und werde mein Buch schreiben. Falls Sie ein Problem haben, können Sie mich dort telefonisch erreichen, und wenn Vater in die Stadt kommt, werde ich Sie vorher benachrichtigen.«

»Gut, Mylady. Es wird nich' mehr so sein wie sons', wenn Sie weg sin', aber ich werd' mich schon um Ihre Sachen kümmern.«

»Das weiß ich, Mrs. Moggs.«

»Un' schönen Dank auch noch, daß Sie den Hut für mich gemacht ham. Ich find' ihn großartig.«

»Bitte sehr. Und für den nächsten ...« Das Telefon in der Halle schrillte. »Entschuldigen Sie, Mrs. Moggs.« Francesca lief hinaus und nahm den Hörer. »Hallo?«

»Hallo, Francesca«, sagte Nicholas Latimer. »Wie geht's?«

»Danke gut, Nick. Und dir?«

»Ziemlich mies, ohne Diana. Am Wochenende fliege ich rüber.«

»Schon wieder!« Francesca lachte.

»Jawohl.« Nick lachte ebenfalls. »Hör mal, Kleines, ich glaube, ich hab' eine Wohnung gefunden. Ganz in der Nähe von eurem Haus. Ecke Grosvenor und North Audley. Ob du wohl kommen und sie dir ansehen könntest? Ich wüßte gern, was du davon hältst.«

»Wann denn, Nicky?« Francesca krauste die Stirn. Sie hatte ihre Abreise nach Langley geheimgehalten. Deswegen wollte sie Nick nicht sagen, daß sie am Nachmittag fahren würde. Sonst würde er womöglich versuchen, sie zurückzuhalten.

»Es wäre schön, wenn du jetzt gleich kommen könntest – sagen wir, in einer halben Stunde. Ist das sehr viel verlangt?«

»Nein ... nein, das geht schon. Welche Adresse?«

Nick gab sie ihr; dann sagte er: »Ich werde dich in der Wohnung erwarten. Erdgeschoß links, hinter dem Foyer. Bis gleich, Kleines. Und vielen Dank.«

»Auf Wiedersehn, Nicky.« Sie legte den Hörer auf und kehrte in die Küche zurück, um ihr Gespräch mit Mrs. Moggs zu beenden.

An diesem Vormittag gegen Ende September trieben milchweiße Wolken am hellgrünen Himmel: ein Tag wie im Sommer. Und dennoch waren Francesca die Straßen von Mayfair jetzt, als sie um halb zwölf in Richtung Grosvenor Square ging, sonderbar fremd. Die hohen, grauen Häuser wirkten irgendwie abweisend und finster, und sie konnte es nicht erwarten, in ihr vertrautes Langley zurückzukehren. Dort, in der kühlen, klaren Luft und dem schimmernd-durchsichtigen Licht fand sie eine gewisse Ruhe, ein kurzes Nachlassen des ewigen, unausweichlichen Schmerzes über eine verlorene Liebe. Stundenlang konnte sie mit ihrer kleinen Hündin

Lada umherwandern, ohne einer Menschenseele zu begegnen, und die Einsamkeit war ihr eine Erleichterung.

Seit sie mit Doris aus Paris gekommen war, hatte Francesca sich in sich selbst zurückgezogen und die Welt ausgeschlossen, fand Trost ausschließlich in Lada und ihrer Arbeit. Ihre Recherchen im Britischen Museum waren beendet, und nun sollten die langen, einsamen Tage des eigentlichen Schreibens beginnen. Sie freute sich darauf. Das Vertiefen in die Vergangenheit war ihre Flucht vor der Gegenwart, die für sie jetzt so schwer zu ertragen war.

Ihre Gedanken wanderten zu Nick, dessen Wohnung sie sich ansehen sollte. Er hatte beschlossen, bis Weihnachten in London zu bleiben, um die Feiertage anschließend mit Diana und Christian auf Wittingenhof zu verbringen. Von dort aus wollte er im Januar nach New York heimkehren und seine Eltern besuchen und anschließend nach Kalifornien gehen. Im Augenblick arbeitete er an seinem Drehbuch und brauchte, wie er behauptet hatte, die Isolation in London, um es so schnell wie möglich fertigzustellen. Aber Francesca wußte genau, daß Diana der eigentliche Grund für die Verzögerung seiner Abreise war. Francesca hoffte, daß es mit Diana und Nicky, die einander so sehr liebten, zu einem glücklichen Ende kam. Aber gab es jemals ein glückliches Ende?

Am Abend zuvor hatte Katharine aus Kalifornien angerufen, voller Begeisterung über den Film, über Hollywood und die vielen Menschen, die sie kennenlernte. Überdies hatte sie den guten Beau Stanton in den Himmel gehoben, der offenbar ihr ständiger Begleiter war. Erst am Ende des langen Gesprächs hatte sie Kim erwähnt und ihre Absicht bestätigt, die Verlobung mit ihm zu lösen – aber erst nach der Hochzeit des Earls mit Doris, die jetzt für Dezember angesetzt war. Francescas Herz wurde schwer: Ihr Bruder würde verzweifelt sein.

Terrence Ogden war ebenfalls in Kalifornien, und Katharine hatte ein wenig von ihm erzählt. Hilary war nicht bei ihm, denn sie litt noch immer unter den Folgen des Autounfalls und hatte sich zu weiteren Tests in eine Londoner Klinik begeben. Irgend etwas mit ihrem Gleichgewichtssinn und Koordinationsvermögen war nicht in Ordnung; die Ärzte waren ratlos und wollten sie erst nach Amerika fliegen lassen, wenn sie die Diagnose gestellt hatten. Als Francesca sie letzte Woche besuchte, war Hilary schließlich zusammengebrochen und hatte weinend gestanden, wie sehr sie sich nach Terry sehnte. So viele Tränen in letzter Zeit, dachte Francesca bedrückt. Sie beschleunigte ihren Schritt, um die Gespenster loszuwerden, die sie verfolgten.

Kurz darauf stand sie vor dem Haus, in dem die Wohnung lag. Es war beeindruckend, mit einer großen, zweiflügligen Eingangstür aus Schmiedeeisen und schwerem Glas. Sie durchquerte das Foyer, fand die Wohnungstür und klingelte. Nick öffnete sofort und blickte lächelnd auf sie herab.

»Hallo, Nicky«, begrüßte sie ihn herzlich.

»Willkommen, meine Schöne«, gab er liebevoll zurück. Er zog sie herein und umarmte sie. Dann hielt er sie ein Stück von sich fort und sah sie prüfend an. »Danke, daß du gekommen bist.«

»Ich helfe doch gern, Nicky.« Anerkennend sah sie sich in der großen Diele um. »Nach dem, was ich bis jetzt sehe, hast du die richtige Wahl getroffen.« Ihr Blick wanderte über die Antiquitäten, den Kronleuchter, den Perserteppich auf dem weißen Marmorboden. »Wem gehört die Wohnung?«

»Einem Produzenten, den ich kenne. Er geht für drei Monate nach L. A. und will sie solange vermieten.«

»Wie viele Zimmer?«

»Wohnzimmer, Schlafzimmer, zwei Bäder und ein Gästezimmer. Ach ja, und die Küche. Komm mit, ich führe dich herum. Zuerst das Wohnzimmer.« Er ging voraus, öffnete die hohe Eichentür und trat beiseite, um ihr den Vortritt zu lassen.

Francesca tat zwei Schritte ins Wohnzimmer hinein und erstarrte. Am Kaminsims lehnte, Drink in der einen, Zigarette in der anderen Hand, elegant und in Lebensgröße Victor Mason.

»Hallo, Ches«, sagte er ernst.

Sie antwortete nicht, konnte nicht antworten. Sie hatte ihn seit Südfrankreich nicht mehr gesehen und war jetzt sprachlos, völlig aus dem Gleichgewicht gebracht. Wut auf Nick loderte in ihr auf. Wut auf die hinterlistige Art und Weise, wie er sie in diese Falle gelockt hatte. Mit flammenden Augen fuhr sie zu ihm herum. Ungläubig stammelte sie: »Von dir hätte ich so etwas nicht erwartet! Wie gemein und unfair von dir, meine Freundschaft so auszunutzen ...«

Nick hob Einhalt gebietend die Hand. »Victor möchte mit dir sprechen. Das bist du ihm schuldig, Francesca.« Damit ging er hinaus und zog behutsam die Tür hinter sich ins Schloß.

Als sie merkte, daß sie mit Victor allein war, geriet Francesca sofort in Panik. O Gott! O Gott! Was sollte sie tun? Sie wußte, daß er sie ausfragen würde. Wie sollte sie ihm ihr Verhalten erklären, ohne Katharine zu verraten? Sie umkrampfte ihre Handtasche, wäre am liebsten geflohen. Aber sie stand wie angewurzelt, fürchtete, beim nächsten Schritt zusammenzubrechen. Sie zitterte am ganzen Körper.

»Bitte, nimm Platz«, forderte Victor sie ruhig auf und schlenderte an ihr vorbei zu einem antiken Schrank, der zu einer offenen Bar umgebaut worden war.

Francesca sank in den nächsten Sessel – nicht etwa, weil sie bleiben und sich seine Lügen anhören wollte, sondern weil ihre Knie jetzt doch nachgaben. Sie schloß die Augen, zwang sich zur Ruhe, versuchte Gründe dafür zu erfinden, daß sie ihre Verbindung vor Wochen gelöst hatte.

Undeutlich hörte sie durch das Hämmern in ihrem Kopf Victors Stimme fragen, was sie trinken wolle. »Danke, gar nichts«, gab sie zurück und hörte verblüfft, wie fest ihr Ton war.

Er antwortete nicht.

Sie hörte das Klappern von Eis gegen Glas und verschiedene andere kleine Geräusche. Dann fiel sein Schatten auf sie, und sie war sich intensiv seiner Gegenwart bewußt, als er sich herabbeugte und den Drink wortlos auf den Couchtisch stellte. Er war so nahe, daß sie seinen Atem spürte, seine vertraute Wärme, jenen unvergeßlichen Duft, der ihm persönlich eigen war: nach Seife, Shampoo, Rasierwasser und einer Andeutung von Tabak. Ich werde gleich ohnmächtig, dachte sie und wagte kaum zu atmen, bis er sich endlich entfernt hatte.

Er lehnte wieder am Kaminsims, wie sie aus einem Augenwinkel sah – nonchalant und gelassen. Diese Haltung reizte sie so sehr, daß sie ihn am liebsten beschimpft hätte und kurz davor war, ihm alles an den Kopf zu werfen, was sie von seiner Affäre mit Katharine, von dem Kind und der Abtreibung wußte. Aber sie beherrschte sich. Sie konnte Katharine nicht an ihrer beider Verräter verraten. Außerdem hatte sie auf die Ehre ihrer Familie geschworen, diese Geheimnisse nicht weiterzugeben.

»Es ist dein Lieblingsgetränk – Wodka mit Limejuice und einem Schuß Soda. Prost.«

»Prost«, murmelte sie und hob das Glas, weil sie nicht wußte, was sie sonst tun sollte. Gleich, wenn ihre Kraft zurückgekehrt war, würde sie aufstehen und gehen. Sie spürte seinen Blick, hielt ihr Gesicht aber abgewandt. Ein Streichholz flammte auf; er steckte sich eine Zigarette an, kam langsam durchs Zimmer und setzte sich ihr gegenüber.

Victor schlug die Beine übereinander und rauchte schweigend. Er hatte gemerkt, daß sie einen Schwächeanfall erlitt; das war verständlich, nachdem er sie so überrumpelt hatte. Er wollte ihr Gelegenheit geben, sich zu beruhigen. Sie hatte abgenommen. Zuviel, wie er fand. Und dennoch war ihre jugendliche Frische nicht beeinträchtigt. Helles Sonnenlicht verwandelte ihr Haar in dunkles Gold, und sein Herz verkrampfte sich schmerzhaft. Er wollte sie in die Arme nehmen, ihr sein Herz ausschütten, ihr sagen, daß er sie auf immer halten wollte. Er wollte sie bei der Hand nehmen und mit ihr auf und davon gehen. Dieses Zimmer verlassen, England verlassen, die erste Maschine nach L. A. nehmen. Jawohl, mit ihr durchbrennen, ohne Rücksicht auf die Folgen. Sollte die Welt doch zum Teufel gehen. Endlich die Menschen loswerden, die ihm das Leben schwermachten ... Arlene ... Hilly Steed ... Katharine Tempest. Die Dinge loswerden, die sein Leben belasteten. Bellissima verkaufen. Die Monarch-Anteile auf den Markt werfen und den Verlust einstecken. Die Filme absagen. Sich zur Ruhe setzen. Auf der Ranch leben. Mit ihr. Tu's doch! drängte ihn eine innere Stimme. Doch dann meldete sich sein Verantwortungsgefühl, die Angst vor dem Skandal, das Bewußtsein ihrer Jugend und ihrer Herkunft, und nahm ihm den Mut. Er gab den Gedanken an eine Flucht auf. Und damit beging Victor Mason den schwersten Fehler seines Lebens, den er später bitter bereuen sollte.

In dem Bestreben, der Ursache ihrer Entfremdung auf den Grund zu gehen, sagte er: »Ich wende normalerweise keine unfairen Methoden an, aber ich wußte nicht, was ich sonst tun, wie ich dich sonst erreichen sollte. Ich muß dringend mit dir sprechen, Ches.«

»Worüber?«

Ihre Frage verwunderte ihn; verblüfft zog er die schwarzen Brauen zusammen. »Das ist doch wohl eindeutig. Seit du wieder in London bist, weigerst du dich, meine Anrufe entgegenzunehmen, dich mit mir zu treffen, und wenn ich dich dann doch einmal an den Apparat bekomme, verkündest du lässig, zwischen uns sei alles vorbei, und legst auf. Gott im Himmel, Ches, meinst du nicht, daß du mir eine Erklärung schuldest?«

Unvermittelt hob sie den Kopf. »Eine Erklärung?« Sie lachte hohl. »Wenn irgend etwas eindeutig ist, dann ist es deine Situation, deine eheliche Situation, um genau zu sein. Du bist zu deiner Frau zurückgekehrt. Sie wohnt bei dir im Claridge«, fuhr Francesca auf.

Ihr eisiger Ton war etwas so Ungewohntes, daß er erschrak. Hitzig entgegnete er: »Sie wohnt nicht bei mir! Jawohl, sie ist im Claridge abgestiegen, aber nicht bei mir! Sie hat eine eigene Suite.«

»Die Schlafgewohnheiten deiner Familie interessieren mich nicht«, gab sie mit versteinerter Miene zurück.

Er zuckte zusammen, ignorierte jedoch sowohl ihre Worte als auch ihren verächtlichen Ton. »Arlene ist ausschließlich in London, um den Scheidungsvertrag zum Abschluß zu bringen, das weißt du, Ches. Das dauert aufgrund zahlreicher Komplikationen zwar länger, als ich es erwartet hatte, aber wir werden es schaffen. Doch ich habe Nicky nicht gebeten, dich herzuholen, um über meine ... Probleme zu sprechen. Ich möchte über dich sprechen. Warum verhältst du dich so sonderbar? Was ist geschehen, daß diese ... Kluft zwischen uns entstanden ist?«

Sie machte den Mund auf, nur um ihn energisch wieder zu schließen; sie fürchtete, etwas Falsches zu sagen, ihm die Wahrheit zu gestehen. Plötzlich sah sie ihn, seit sie das Zimmer betreten hatte, zum erstenmal richtig und war entsetzt über seine Erscheinung. Seine Augen waren gerötet, das so anziehende Gesicht schmal, ja eingefallen. Tiefste Erschöpfung sprach aus seinen Zügen, und er wirkte trotz seiner Sonnenbräune krank. Einen Sekundenbruchteil lang wurde Francesca weich, hätte ihn gern berührt, getröstet. Ich liebe ihn so sehr. Mein Leben lang werde ich nicht aufhören, ihn zu lieben. Für mich wird es immer nur ihn geben. Er ist mein Leben. Doch dann dachte sie: Er ist nicht krank; er hat ein zu ausschweifendes Leben geführt. Seine Treulosigkeit wog auf einmal schwerer denn je, und sie durchlitt wieder den ganzen Kummer, den er ihr bereitet hatte. Victor Mason hatte ihre Seele getötet. Nie wieder konnte sie ihm vertrauen. Sie wagte es nicht. Sie zwang sich zur Härte gegen ihn.

Nach einem tiefen Atemzug wiederholte Francesca leise: »Was geschehen ist?« Und dann mit eisiger Kälte: »Ich bin zur Besinnung gekommen, Victor.«

»Was genau willst du damit sagen?« So unvermittelt beugte er sich zu ihr vor, daß sie im Sessel zurückzuckte und zu ihm aufsah. Und in ihren schönen, bernsteinfarbenen Augen entdeckte Victor etwas, das er nicht recht definieren konnte, das ihn aber unendlich traurig machte. Als er nach seinem Glas griff, merkte er verärgert, daß seine Hand zitterte. Unsicher stellte er es wieder ab und wiederholte: »Ich habe gefragt, was du damit sagen willst.«

Francesca wußte, daß es jetzt kein Zurück mehr gab, daß sie dieses Gespräch zu Ende bringen und dann so schnell und mit soviel Anstand wie möglich verschwinden mußte. Sie konnte seine Nähe nicht länger ertragen. »Arlenes Auftauchen hat mir vieles klargemacht«, sagte sie. »Zum erstenmal sah ich die Dinge so, wie sie wirklich sind. Du bist verheiratet, Victor, und deine Scheidung kann Jahre dauern. Außerdem habe ich eingesehen, daß unsere Verbindung nie halten würde. Es sprechen zu viele Dinge dagegen.«

»Zum Beispiel?« erkundigte er sich mit erstickter Stimme.

»Zunächst einmal der Altersunterschied. Du bist zu alt für mich.«

Er unterdrückte ein unwillkürliches Aufkeuchen, konnte aber den Schmerz, der aus seiner Miene sprach, nicht verbergen. »Das glaube ich nicht!« stieß er hitzig hervor.

»Früher aber hast du's geglaubt. Ich habe nie vergessen, wie viele Bedenken du gegen mich hattest, nur weil ich zwanzig Jahre jünger bin als du. Dann ist da noch unsere unterschiedliche Herkunft und Lebensführung. Du bist ein weitgereister, welterfahrener Mann, und es kann sein, daß du meine Welt verstehst. Aber ich verstehe die deine überhaupt nicht und werde sie wohl niemals verstehen lernen. Und schließlich ist da noch mein Vater. Obwohl er dich von Mann zu Mann recht gern hat, glaube ich kaum, daß er mit dir als meinem ... Liebhaber einverstanden sein würde.« Sie hielt inne, wandte den Blick ab und schloß dann: »All diese Dinge sind mir klargeworden. Es ist sinnlos, dieses Gespräch weiterzuführen. Es ist vorbei mit uns beiden. Aus. Erledigt.«

Selten war Victor so erschüttert gewesen wie jetzt, und zum erstenmal wußte er keine Antwort. Auf jene höfliche, indirekte Art und Weise, die so typisch für die Engländer war, hatte sie ihn geschickt in mehrfacher Hinsicht gekränkt. Außerdem hatte in ihrer Stimme ein harter, ja sogar grausamer Ton gelegen, den er so gar nicht mit der Francesca, die er kannte, in Einklang bringen konnte. Er war kurz davor, all ihre Argumente beiseite zu fegen und sie zu fragen, ob sie ihn heiraten wolle. Aber das konnte er jetzt noch nicht. Mit unsicheren Händen steckte er sich eine Zigarette an. Er bezweifelte die Gründe, die sie für die Beendigung ihrer Verbindung angeführt hatte.

Francesca erhob sich. »Ich muß jetzt gehen.«

Er warf die Zigarette in den Aschenbecher, sprang auf, war mit zwei langen Schritten bei ihr, packte sie bei den Schultern, drehte sie zu sich herum und starrte ihr ins Gesicht. Seine Augen waren schwarz vor Verzweiflung, sein Mund so verkniffen, daß er einen weißen Rand hatte. »Ches, bitte – so kannst du nicht gehen! Bitte, Baby. Du mußt doch fühlen, daß ich dich liebe. Ich liebe dich, Liebling.« Er zog sie in seine Arme, preßte sie an sich.

Nein, du liebst mich nicht, dachte sie zornig. Dein Ego ist nur gekränkt, weil ich dich jetzt verlasse. Sie machte sich los. »Bitte, Victor, laß uns wie zivilisierte Menschen auseinandergehen.«

Er starrte sie an, zutiefst erschüttert über ihre eiskalte Selbstbeherrschung. »Liebst du mich denn nicht mehr, Ches?«

»Nein«, log sie und wandte sich ab. »Bitte komm nicht mit zur Tür. Ich werde allein hinausfinden.«

»Ja«, sagte er dumpf und sah ihr nach. Da geht mein Leben aus diesem Zimmer, dachte er. Und ich kann nichts, gar nichts dagegen tun.

Die Tür fiel ins Schloß. Er war allein. Einsamer denn je seit Ellies Tod. Völlig verwirrt vom Verlauf dieser Unterredung warf er sich in einen Sessel. Er hatte alles so ganz anders geplant. Irgendwo war etwas schiefgelaufen. Er stützte den Kopf in die Hände und merkte überrascht, daß sein Gesicht naß war. Fest drückte er die Finger auf die brennenden Augen. Die Tür ging auf, und er hob erwartungsvoll den Kopf. Aber es war nicht sie; es war Nicky.

»Alles in Ordnung?« Langsam, beunruhigt über Victors Kummer und seine nassen Augen, kam Nick herein.

»Aber sicher. Ich werd's überleben.« Er räusperte sich. »Tut mir leid, daß du mich in diesem Zustand siehst.« Er fuhr sich mit den Händen übers Gesicht und schüttelte den Kopf. »Sie hat mich soeben fertiggemacht – aber so, wie es noch keine andere Frau je getan hat.«

»Mein Gott, das tut mir leid, Vic. Ich hatte gehofft, es würde anders verlaufen. Aber als sie an mir vorbeilief, ohne mich zu beachten, wußte ich, daß es schiefgegangen war. Sie sah entsetzlich elend aus. Mindestens genauso fertig wie du.«

»Es war eine Qual – für uns beide.« Er sah Nick an. »In meinem ganzen Leben habe ich nur zwei Frauen geliebt. Die eine ist tot. Die andere hat mich gerade verlassen.« Er trank einen großen Schluck Scotch, steckte sich eine neue Zigarette an und riß sich zusammen. »*C'est la guerre*, alter Junge«, setzte er mit bitterem Auflachen hinzu.

Nick ging zum Schrank, schenkte sich einen Wodka ein und füllte Eis nach. Mit seinem Drink kehrte er zum Sofa zurück, setzte sich und sah Victor an. »Was hat sie gesagt?«

Victor erzählte es ihm. Dann sagte er nachdenklich: »Einen Moment, weißt du, hatte ich das seltsame Gefühl, daß sie log. Aber da hab' ich mich sicher getäuscht. Ches kann nicht lügen. Sie hat alles genauso gesagt, wie sie es empfindet. Verdammte Arlene! Sie ist der Grund für diese Trennung. Hätte sie sich mir nicht in Südfrankreich aufgedrängt, wäre dies niemals passiert.«

»Hast du Francesca von den Privatdetektiven erzählt, den Dingen, mit denen Arlene dir gedroht hat?«

»Dazu bin ich gar nicht gekommen.«

»O Gott, Vic, das hättest du ihr unbedingt sagen müssen!«

»Es hatte keinen Sinn. Es hätte sie nur beunruhigt, und außerdem hat sie ihren Entschluß schon vor Wochen gefällt und wird ihn jetzt nicht mehr ändern. Viel zu stur, unsere Kleine.« Er lehnte sich zurück und schloß die Augen. »Außerdem ist Ches in vieler Hinsicht noch sehr, sehr jung, Nicky. Und die Jungen sind bekanntermaßen ungeduldig. Sie wollen Sofortlösungen, sehen alles in Schwarz und Weiß.

Grautöne gibt es nicht für sie, dabei ist diese ganze verdammte Welt doch grau. Kompromiß ist ein Wort, das für die Jungen nicht existiert.«

Er rauchte und fuhr leise fort: »Ches ist intelligent und in vielen Dingen überdurchschnittlich verständnisvoll. Dennoch ist sie einfach noch nicht ... reif genug, um meine Probleme zu begreifen, nicht erfahren genug, um die zahllosen Verwicklungen meines Lebens zu verstehen. Sie hat noch nicht lange genug gelebt, um damit fertig zu werden.« Er hob den Blick und richtete sich auf. »Vielleicht ist es am besten so. Daß sie mich sitzengelassen hat, meine ich.«

»Das kann nicht dein Ernst sein! Willst du denn nicht ...«

»Ich werde ihr nicht nachlaufen, Nicky. Sie hat gesagt, ich sei zu alt für sie, und damit hat sie vermutlich recht. Heute jedenfalls fühle ich mich tatsächlich so.«

»Hör auf, Vic! Das ist doch Unsinn.« Dennoch mußte Nick zugeben, daß Victor nicht so kraftstrotzend wie sonst aussah – seit Wochen schon. Mit Mark Pierce und dem Cutter hatte er angestrengt an der Erstkopie von »Wuthering Heights« gearbeitet und sich mit zahllosen anderen Details des Verleihs befaßt. Und wenn er nicht arbeitete, stritt er sich mit Arlene herum oder telefonierte mit seinen Anwälten an der Westküste und seinem Bruder Armando, der sich um seine anderen Geschäfte kümmerte. Kein Wunder, daß er so elend aussah. »Ich wünschte, du würdest dich mal untersuchen lassen. Du siehst fürchterlich aus.«

»Nichts weiter als Müdigkeit. Ich habe die letzten Nächte ständig mit L. A. telefoniert, also überhaupt keinen Schlaf bekommen. Dank Johnnie Seltzer und Perry Lukas. Ein halbes dutzendmal muß ich mit den beiden gesprochen haben. Über die Lage bei Monarch.«

»Steht da eine Katastrophe ins Haus?«

»Möglicherweise. Johnny wird Perry helfen, Mike Lazarus

abzuschmettern. Ich beteilige mich daran. Mir bleibt ja schließlich keine andere Wahl. Herrgott, Nicky, ich besitze so viele Monarch-Anteile, daß ich darin ertrinke.«

»Wie viele?«

»Für fünf Millionen Dollar.«

Nick stieß einen Pfiff aus. »Heiliger Strohsack! Da fällt mir ein: Erinnerst du dich an das, was ich dir gesagt habe? Daß ich glaube, Hilly Steed ist mit Mike Lazarus ein Herz und eine Seele, auch wenn er den Unschuldigen spielt?« Victor nickte, und Nick fuhr fort: »Nun, je mehr ich darüber nachdenke, desto fester bin ich davon überzeugt. Er will das Studio leiten und Perry die Kontrolle entreißen.«

»Natürlich. Perry glaubt das allmählich auch, obwohl er sich nicht vorstellen konnte, daß sein Schwiegersohn ihm in den Rücken fällt. Aber das ist Hollywood. Oder auch jeder andere Ort unserer Erde, wenn es ums ganz große Geld geht.« Victor lachte zynisch auf. »Johnnie Seltzer ist der geschickteste Anwalt, den die alte Stadt jemals gesehen hat. Perry ist in guten Händen.«

»Glaubst du, dein Team könnte gewinnen? Gegen Lazarus?«

»Wenn jemand Lazarus austricksen kann, dann Johnnie Seltzer. Doch, mit ein bißchen Glück könnte es ihm gelingen. Diesmal wenigstens.«

»Was soll das heißen – diesmal?«

»Lazarus hat sich die Monarch Picture Corporation of America in den Kopf gesetzt. Er will sie unbedingt haben. Und wenn es ihm diesmal nicht gelingt, wird er es eben weiter versuchen. Und eines Tages möglicherweise Erfolg haben. Aber bis dahin werde ich meine Anteile abgestoßen und Perry wird seine Flanken auf andere Weise gedeckt haben.«

»Was kommt als nächstes?«

»Perry beruft für nächste Woche eine Sonder-Vorstandssitzung ein, und Johnnie sammelt Vollmachten von den anderen Aktionären. Sie wollen, daß ich nach L. A. zurückkomme, und das werde ich tun. Hier hält mich ohnehin nichts mehr, und ich muß mich, außer um meine Monarch-Anteile, auch noch um den Film kümmern. Außerdem habe ich da Ben Challis auf meiner Seite, der Arlene vielleicht ein bißchen Vernunft beibringen kann. Das ist ein weiterer Grund, warum ich rübergehn will. Ich fühle mich wohler, wenn sie aus London heraus ist.«

»Und was ist mit Francesca?«

»In dieser Richtung kann ich nichts tun, bis ich meine übrigen Probleme gelöst habe. Bis ich wieder ein freier Mann bin.«

»Aber dann ist es vielleicht zu spät, Maestro.«

Victor schwieg.

Es wurde ein harter Winter in Yorkshire.

Schon Mitte Oktober überzog der Frost die Felder, und im November deckte bereits der Schnee die Hochmoore mit einem dicken, weißen Mantel zu.

Francesca, im September heimgekehrt, hatte das alte Kinderspielzimmer sofort zu ihrem Arbeitsraum erkoren, in dem sie vom frühen Morgen bis zum späten Abend bemüht war, jene ersten, wichtigen Kapitel, die sie auf Nick Latimers Rat noch einmal umschrieb, zu ordnen und in einen neuen Zusammenhang zu bringen. Nur Lada leistete ihr dort Gesellschaft, und sie selbst verließ das Zimmer nur zu den Mahlzeiten oder den täglichen Spaziergängen mit Lada.

So vergingen die langen, einsamen Tage, die Wochen, und Francesca zog sich immer mehr aus der Außenwelt zurück. Bewußt begann sie Mauern um sich zu errichten, bis sie vom normalen Leben vollständig abgeschirmt war. Fest und absolut unzugänglich war diese Festung, die sie vor zukünftigem

Schmerz und Kummer schützen sollte. Niemand durfte ihre Wälle einreißen, und es sollte Jahre dauern, bis sie in sich zusammenfielen.

Erst Mitte Dezember wagte Francesca sich aus ihrer Festung heraus und wurde vorübergehend, für ein paar Tage, wieder die alte: zur Hochzeitsfeier ihres Vaters. Diana und Christian kamen, begleitet von ihrer Großmutter, Prinzessin Hetti. Ihre Mutter war wieder einmal in Berlin geblieben. Nick brachte die Wittingens aus London mit; Doris hatte ihn gebeten, ihr Brautführer zu sein. Kim stand dem Bräutigam zur Seite. Mehrere Hochzeitsgäste übernachteten im Schloß, und Francesca war zum letztenmal die bezaubernde, charmante Gastgeberin und Herrin des Hauses.

Nach der Trauung in der alten normannischen Kirche im Dorf Langley gab es im Schloß einen Empfang mit Lunch. Anschließend brach der Earl mit seiner neuen Countess nach Paris auf, wo sie die Flitterwochen verbringen wollten, und nachmittags verabschiedeten sich die meisten auswärtigen Gäste. Prinzessin Hetti, Diana, Christian und Nicky blieben noch bis übers Wochenende; sie wollten am Montag nach London zurückkehren und am Dienstag nach Salzburg fliegen. Nick begleitete sie, da es schon nahezu Weihnachten war.

Das Wochenende flog vorbei, auf einmal war es Montagmorgen, und Kim und Francesca begleiteten ihre Verwandten und Nick zum Wagen. Traurig, weil sie alle abreisten, umarmte Francesca jeden einzelnen herzlich und eilte ins alte Kinderspielzimmer hinauf, während Kim und Nick sich ums Gepäck kümmerten. Kurz darauf klopfte es an ihrer Tür, und Nick kam mit seiner Reiseschreibmaschine herein. »Für dich, Kleines«, erklärte er.

»Für mich?« Francescas Augen wurden groß.

Er stellte sie neben den Schreibtisch auf den Boden. »Ja.

Mein Abschiedsgeschenk. Sie ist nagelneu. Nur das Drehbuch hab' ich auf ihr geschrieben.«

»Hör mal, ich kann unmöglich...«

Nick beugte sich über sie und umarmte sie. »Natürlich kannst du sie annehmen. Du tust mir damit einen Gefallen. Ich habe wirklich keine Lust, sie um die halbe Welt mitzuschleppen.«

»Vielen Dank, Nicky! Das ist sehr lieb von dir.«

Er schwieg, drückte ihren Kopf an seine Brust und streichelte ihr das lange, blonde Haar. Ihr Anblick brach ihm fast das Herz, aber ihm fehlten die Worte, um sie zu trösten. Schließlich ließ er sie wieder los und stellte sich mit dem Rükken vors Kaminfeuer. Ohne sie aus den Augen zu lassen, steckte er sich eine Zigarette an. »Diana hat versprochen, mich im Februar an der Westküste zu besuchen. Willst du nicht mitkommen? Ihr würdet beide meine Gäste sein.«

Ihr Ausdruck veränderte sich nur ganz leicht. »Du weißt, daß ich das nicht tun kann, Nicky.«

»Wahrscheinlich nicht. Es war auch nur so eine Idee«, gab er leise zurück.

»Aber ich danke dir für die liebe Einladung.«

Er starrte auf seine Schuhe, und als er den Kopf hob, sah er sie mit seinen leuchtendblauen Augen eindringlich an. »Du wirst über alles hinwegkommen, Francesca. Dich wieder verlieben. Wir Menschen erholen uns von unseren Liebestragödien.«

»Ja«, stimmte sie ihm zu, obwohl sie ihm kein Wort glaubte.

Nick seufzte tief auf; und dann rief er auf einmal hitzig aus: »Ich wollte, du hättest dich nie mit uns eingelassen! Wir sind Killer. Dein Leben wird nie wieder so sein wie früher, Francesca.«

»Nein, das wird es sicher nicht.« Sie wollte diese Diskussion nicht fortsetzen, weil sie für sie zu schmerzlich war, deswegen fuhr sie in fröhlichem Ton fort: »Übrigens, sei mir nicht böse, aber ich habe den Titel des Buches geändert.«

Mit gespielter Verzweiflung schüttelte Nick den Kopf. »Himmel, doch nicht schon wieder, Kleines! Bisher waren es immerhin schon fünf.«

Francesca mußte über seine komische Miene lachen. »Aber dieser ist der beste und wird auch der letzte sein, ehrlich!«

»Dann schieß los, mach's nicht so spannend«, forderte er. »Wie soll es heißen?«

»›The Sabers of Passion‹. Ich glaube, das paßt für die Biographie eines Mannes wie Chinese Gordon, der seinen Säbel zur leidenschaftlichen Verteidigung seines Gottes, seines christlichen Glaubens schwang. Was meinst du?«

»Er ist phantastisch! Wirklich der beste. Also bleib auch dabei, okay?« Sie nickte. Er kam zu ihr an den Schreibtisch herüber und hob ihr Kinn. »Es wird schon werden, Francesca. Aber ich möchte dir noch einmal sagen, daß ich, wo immer ich mich auf der Welt herumtreiben mag, stets für dich da bin. Du brauchst bloß zum Telefonhörer zu greifen und anzurufen. Versprichst du mir, daß du das tun wirst?«

»Ich verspreche es, Nick.«

»Dann auf Wiedersehen, Kleines.« Er küßte sie und lief schnell hinaus, bevor sie seine nassen Augen entdeckte.

Lange nachdem Nicky gegangen war, starrte Francesca zum Fenster hinaus auf die schneebedeckten Moore. Jetzt war sie allein. Allein. Während des vergangenen Jahres hatte sie sich mit Fremden aus einer anderen Welt beschäftigt, die sie liebgewonnen hatte. Nicht einer von ihnen war geblieben. Es war, als hätten sie nie existiert. Aber sie hatten existiert. Zugvögel, dachte sie und stand auf. Sie tauschte ihre alte Schreibmaschine gegen Nicks moderne aus, stellte sie sorgfältig auf ihren Schreibtisch und entfernte den Deckel. Er hatte ihr eine Nachricht in der Maschine hinterlassen. Sie drehte die Walze und zog sie heraus. Sie lautete:

»Ich sehe dir über die Schulter. Immer. Schreib ein gutes Buch, Kleines.«

»Ja, Nicky, das werde ich«, versprach sie laut und setzte sich energisch auf ihren Stuhl. Sie zog zwei Blatt Papier mit einem Blatt Kohlepapier ein und begann zu tippen.

Als Francesca Cunningham an ihrem Schreibtisch saß, konnte sie nicht ahnen, daß sie fast fünf Jahre an diesem Buch schreiben würde. Und ebensowenig, daß es, als es 1962 veröffentlicht wurde, sie sofort berühmt und reich machen, ihr das Lob der Kritiker als brillante und einfühlsame historische Biographin und überdies zwei prestigeträchtige Literaturpreise eintragen würde. Alles, was sie an diesem Montagvormittag Ende des Jahres 1956 wußte, war, daß Nicholas Latimer gegangen war. Die letzte Verbindung mit Victor Mason war durchtrennt.

In den Kulissen
1979

And even then, I dare not let it languish,
Dare not indulge in Memory's rapturous pain;
Once drinking deep of that divinest anguish,
How could I seek the empty world again?

EMILY BRONTË

Vierzigstes Kapitel

Nicholas Latimer saß weit zurückgelehnt auf dem Sofa seines Arbeitszimmers, hatte die Füße auf den Couchtisch aus Onyx gelegt und sah sein Gegenüber an. Obwohl er zornig war, konnte er ein ungläubiges Lachen nicht unterdrücken, warf den Kopf zurück und brüllte laut los. Aber sein Lachen klang hohl, und so unvermittelt es ausgebrochen war, so schnell brach es auch wieder ab.

Er schwang die Füße auf den Boden und beugte sich vor, die blauen Augen eisig, die Miene steinern und kalt. »Ich frage mich, ob du dir jemals selbst zuhörst, Carlotta, die Dinge hörst, die du sagst. Manchmal scheinst du verrückt zu sein. Total, komplett und absolut verrückt.«

»Das bin ich nicht!« fauchte sie mit ebenso wutverzerrter Miene zurück.

»Gestatte, daß ich anderer Meinung bin. Du willst mich verlassen und den Jungen nach Venezuela mitnehmen. Du willst ihn in den Schoß deiner Familie einbringen. Du willst ihn im katholischen Glauben erziehen. Das alles und noch mehr willst du tun, und zum Teufel mit mir, eh? Zum Teufel mit *dir*, meine Dame. Ich werde dir sagen, was du tun wirst: überhaupt nichts!« Seine Stimme war lauter geworden, und jetzt schrie er: »Da ist übrigens noch etwas. Hör auf, ewig von deinem armen kleinen Baby zu reden. Du tust, als läge er noch in den Windeln. Verdammt noch mal, er ist vier Jahre alt und alles andere als arm! Er wird nicht nur geliebt und bewundert, sondern ist überdies umgeben von allem, was man mit Geld kaufen kann.«

Carlottas dunkle Augen blitzten gefährlich.

»Du kannst mich nicht hindern zu tun, was ich will!« erklärte sie. »Ich werde Victor nach Venezuela mitnehmen. Er ist mein Kind. Wir sind nicht verheiratet. Du hast keinerlei Recht...«

»Oho, da bist du im Irrtum, meine Liebe«, fiel Nick ihr ins Wort. »Ich bin sein Vater. Ich habe die Vaterschaft anerkannt und dadurch dieselben Rechte wie du. Wenn du Dummheiten machst, wirst du es bereuen. Und ihn womöglich ganz verlieren. In letzter Zeit hat es nämlich einige Fälle gegeben, in denen das Gericht dem Vater eines unehelichen Kindes das Sorgerecht zugesprochen hat. Ich sag's noch einmal: Versuch nicht, mich zu überlisten. Ich habe die gerissensten und bekanntesten Anwälte der Welt.«

»Was gehen mich deine Anwälte an, Nicholas«, zischte sie überheblich. »Mein Vater kann deine Anwälte kaufen.«

»Großer Gott, hör auf, mir das verdammte Geld deines Vaters unter die Nase zu reiben!« Nick sprang auf und schenkte sich einen Wodka ein. »Kein Eis, wie üblich. Wäre ja wohl auch zuviel verlangt, bei all dem Personal, das wir in diesem Haus haben. Na schön, trinke ich ihn eben pur.«

»Du trinkst zuviel in letzter Zeit.«

»Ich paddle mein Kanu, du paddelst deins, Carlotta.«

»Du sitzt hier oben den halben Tag lang und trinkst, statt zu schreiben. Dein neuer Roman wird nie fertig werden.«

Nick lachte ironisch. »Manchmal bist du ein richtiges Biest, Herzchen. Weißt du das? Wo ist nur die sanfte, zurückhaltende junge Frau geblieben, die Victor für mich ausgesucht hatte, weil er fand, sie sei das süßeste, hübscheste Wesen, das er jemals gesehen hat?«

»Ich lebe jetzt seit fünf Jahren mit dir zusammen. Da muß ja ein bißchen Dreck hängenbleiben.«

Nick beschloß, ihre giftige Bemerkung nicht zu beachten, und sagte bedächtig: »Ich kann mir nicht vorstellen, warum du plötzlich nach Caracas willst. Wir kommen doch gerade erst von dort. Haben die Weihnachtsferien dir nicht genügt?«

»Es ist mir zu kalt in New York«, wich sie in etwas ruhigerem Ton aus.

»Mach mir nichts vor, Carlotta, das ist kein Grund. Du bist an der Ostküste aufgewachsen und hast den größten Teil deines Lebens hier verbracht. Und jetzt soll es dir auf einmal zu kalt sein? Hör auf!«

»Du hast mich nicht richtig verstanden«, begann Carlotta einlenkend. »Ich will nicht für immer zurückgehen, sondern nur für ein paar Monate, bis zum Frühjahr. Dabei dachte ich auch an dich. Du könntest dich dann besser auf deine Arbeit konzentrieren und hättest endlich deine Ruhe.«

Nick blieb hart. »Kommt nicht in Frage. Victor verläßt die Vereinigten Staaten nicht ohne mich. Niemals, Carlotta, und das ist mein letztes Wort.« Er lächelte kalt. »Du kannst natürlich reisen, wenn du unbedingt willst. Aber Victor bleibt hier bei mir.«

»Mein Baby hier bei dir lassen? Niemals!« kreischte sie. »Hilflos dir und deinen Weibern ausgeliefert...« Sie hielt inne und sah ihn unsicher an, bereute ihre letzten Worte schon jetzt.

»Das ist doch lächerlich! Du weißt genau, daß es keine anderen Frauen in meinem Leben gibt«, fuhr Nick auf.

»Das sagst du. Aber das glaube ich dir nicht. Immer wieder verschwindest du stundenlang. Außerdem mußt du mit irgend jemandem schlafen. Denn mit mir tust du's ja nicht.« Sie schlug die Beine übereinander und lehnte sich zurück. »Nur wenige Frauen würden sich das gefallen lassen, was ich mir gefallen lasse«, schloß sie kühl, mit Märtyrermiene.

Nick seufzte bei dieser Anspielung auf ihr nicht vorhandenes Sexualleben tief auf. »Ich schlafe mit keiner anderen, Carlotta. Und habe auch keinerlei Verbindung mit anderen Frauen. Ich konzentriere mich ganz einfach auf meinen Roman. Hast du denn immer noch nicht kapiert, daß ich mich für so gut wie gar nichts anderes interessiere, wenn ich schreibe? Ich brauche meine ganze Kraft für die Arbeit.«

Unterschwellig spürte sie, daß er vermutlich die Wahrheit sprach, und dennoch blieben ein paar Zweifel. So distanziert war er in diesen letzten Monaten geworden, daß sie den Grund dafür nur in einer Affäre sehen konnte. Sie stichelte: »Aber du arbeitest ja gar nicht so intensiv. Wofür also verbrauchst du deine ganze Kraft?«

Für Auseinandersetzungen mit dir, dachte Nick bissig. »Ich bin bei einem schwierigen Punkt angelangt. Dieser Roman ist höchst kompliziert, verlangt eine enorme Denkarbeit. Und die erledige ich, wenn ich den halben Tag fort bin. Dann gehe ich spazieren und denke dabei nach. Oder ich besuche ein Museum, setze mich auf eine Bank und denke nach, über meine Personen, ihre Motivationen und Ziele, über die Handlung, den Aufbau, die Dialoge, die Atmosphäre. Ach, was soll's! Du verstehst ja doch nicht, wovon ich spreche, und vielleicht sollte ich's auch nicht von dir verlangen.«

Carlotta warf ihm einen schiefen Blick zu. »Als wir uns kennenlernten, warst du mitten in einem Buch, aber das hat unser Sexualleben nicht beeinträchtigt. Außerdem warst du, solange wir zusammen sind, immer mit einem Buch oder einem Drehbuch beschäftigt, mir gegenüber aber hast du dich erst seit kurzem verändert«, klagte sie schmollend.

»Großer Gott, Carlotta! Ich bin älter geworden. Ich bin einundfünfzig und kein junger Spund mehr mit einer ständigen Erektion.«

Ihr Blick war vernichtend. »Ausreden. Das ist alles, was du vorbringen kannst... Zufällig weiß ich, daß du dich mit einer Frau triffst, Nicholas. Also hör auf, es abzustreiten. Sie hat nämlich heute hier angerufen. Den ganzen Tag. Eine Frechheit ist das, in meinem eigenen Haus!«

Nick starrte Carlotta aufrichtig verwundert an. »Hier angerufen? Wer? Welche Frau? Was redest du da für einen Unsinn?«

»Das ist kein Unsinn! Ich erkläre dir nur, und zwar mit einer Ruhe, die mich selber verblüfft, daß deine Freundin mich den ganzen Tag lang belästigt hat. Immer wieder angerufen und nach dir gefragt hat sie. Ihren Namen hat sie natürlich nicht genannt.« Dann fügte sie noch mit sarkastischem Auflachen hinzu: »Wahrscheinlich wird sie gleich wieder anrufen.«

Nick wußte nicht, was er davon halten sollte. Er schüttelte den Kopf und versicherte nachdrücklich: »Ich habe keine Ahnung, wer das sein könnte, ehrlich!« Nachdenklich rieb er sich das Kinn.

Er war so unzweifelhaft verwundert, daß Carlotta ihm glaubte, und ihre Wut verrauchte allmählich. Ein wenig sanfter sagte sie: »Du kannst es mir nicht übelnehmen, wenn ich verärgert war. Wie würdest du reagieren, wenn ein Fremder den ganzen Tag anruft und nach mir fragt, ohne seinen Namen zu nennen?«

»Ich wäre wütend. Und mißtrauisch«, gab Nick grinsend zu. Jetzt war ihm endlich alles klar. Nur ihre übersteigerte Eifersucht – stets unbegründet – hatte zu ihren Drohungen, ihn zu verlassen, geführt. Er zuckte die Achseln. »Wenn es etwas Wichtiges ist, wird sie wieder anrufen. Dann haben wir des Rätsels Lösung, nicht wahr? Bis dahin wollen wir das Kriegsbeil aber begraben. Du weißt, wie sehr ich Streitereien hasse.« Er stand auf, ging zu ihr hinüber und küßte sie auf den Scheitel. »Frieden, Liebling?«

»Vorläufig, Nicholas«, antwortete sie streng, doch ihre Samtaugen blickten wärmer. Viel wärmer.

»Und kein Wort mehr von einer Reise mit dem kleinen Victor nach Venezuela, okay? Ich würde dich nämlich sehr vermissen.«

»Würdest du das wirklich, Nicholas?«

Er las die Zweifel in ihrem emporgewandten Gesicht. »Aber natürlich«, versicherte er ihr und fragte sich, ob das die Wahrheit war. »Übrigens, warum hast du dich so feingemacht?«

»Aber Nicholas!« Bestürzt sah sie ihn an. »Hast du etwa Dolores Orlandos Party vergessen?«

»Verdammt noch mal, ja!« Er zog ein Gesicht. »Muß ich denn unbedingt mitgehen? Ich mag diesen Jet-set nicht, mit dem sie verkehrt. Dolores selbst ist durchaus okay«, ergänzte er rasch, als er ihren strafenden Blick bemerkte. »Paß auf, ich rufe sie an und entschuldige mich. Sie wird bestimmt nicht böse sein.«

Carlotta wollte Einwände erheben, sagte sich aber, wenn sie ihn durch eine Szene zum Mitgehen zwänge, würde er schwierig und giftig sein und ihr den ganzen Abend verderben. »Na schön«, stimmte sie ihm mit gut gespieltem Zögern zu. »Würde es dir sehr viel ausmachen, wenn ich allein gehe?«

»Aber nein! Ich wollte heute abend ohnehin noch arbeiten, und das kann ich mit weniger schlechtem Gewissen tun, wenn ich weiß, daß du dich gut amüsierst. Ich komme gleich mit dir hinunter und besorge dir ein Taxi.«

Ohne ihren Protest zu beachten, begleitete er sie zum Haus hinaus zur Ecke Seventy-fourth Street und Madison Avenue, hielt ein vorbeifahrendes Taxi an und half ihr hinein. »Viel Spaß«, wünschte er ihr und schloß die Tür. Dann kehrte er schnell nach Hause zurück, warf einen Blick zu seinem schlafenden Sohn hinein und stieg dann in sein Arbeitszimmer hinauf.

Während der nächsten vierzig Minuten saß Nicholas Latimer an seinem Schreibtisch und redigierte die Seiten, die er einige Tage zuvor geschrieben hatte. Als er fertig war, reckte er sich, nahm seine Hornbrille ab und rieb sich die müden Augen. Die Seiten waren gut, und dennoch war er mit dem Kapitel nicht recht zufrieden. Wenn er nur wüßte, warum? Er fuhr sich mit der Hand durch das blonde, allmählich ergrauende Haar und blätterte die entsprechenden Seiten noch einmal durch. Er hatte Schwachstellen an seinen Texten schon immer schnell aufspüren können und betrachtete das als besondere Begabung. In letzter Zeit jedoch schien er die Fähigkeit zur Selbstkritik verloren zu haben, und das beunruhigte ihn sehr. Das Buch hatte großartig begonnen, doch seit ein paar Monaten hatte er ganz unerwartet Schwierigkeiten damit. Es lief jetzt überhaupt nicht mehr gut.

»Warum?« fragte er sich laut und sprang ungeduldig auf. Er holte sich noch einen Wodka, steckte sich eine Zigarette an und warf sich aufs Sofa. Sein Blick fiel auf das Bücherregal mit der langen Reihe seiner Bücher. Alle waren Bestseller geworden – weltweit. Alle hatte er unter Qualen geschrieben. Er krauste die Stirn. Vielleicht war es das! Vielleicht erwartete er, daß es allmählich leichter wurde. Aber es war niemals leicht. Seufzend streckte er sich auf dem Sofa aus und dachte über sein Leben nach.

Warum lief das Buch nicht glatt? Warum war er so ruhelos? Ungeduldig? Gereizt? Und gelangweilt? Er war einer der erfolgreichsten Romanciers der Welt. Er hatte mehr Geld, als er ausgeben konnte. Er war – unberufen – kerngesund. Er sah für sein Alter recht gut aus. Und vor allem, er hatte einen kleinen Sohn, den er anbetete. Gewisse Kritiker liebten ihn nicht mehr so sehr wie früher. Aber die waren eine elitäre Bande, die behaupteten, er habe sich verkauft und schreibe nur noch für den Kommerz. Aber was wollten die eigentlich? Seine Bücher verkauften sich erstklassig! Und er schrieb so, wie er schreiben wollte, wie er schreiben konnte. Er gab sein Bestes. Mehr als das. Er gab sich selbst. Und seine Leser liebten ihn, schrieben ihm dankbare Briefe, die das oft sehr einsame Leben eines Schriftstellers ein bißchen weniger einsam machten.

Nick drückte seine Zigarette aus und griff nach einer neuen, zog seine Hand aber wieder zurück. Ich muß aufhören, dachte er und trank einen Schluck Wodka. Carlotta fand, er trinke zuviel. Er trank kaum etwas, aber es kam ihm gelegen, daß sie es glaubte. Sein Blick fiel auf ihr Foto auf dem antiken Tischchen neben dem Sofa. Sie saß zu Pferd – auf der Viertausend-Morgen-Ranch ihres Vaters in Venezuela –, stolz, hochmütig und außergewöhnlich schön. Er hatte sie ein Jahr nach ihrer Scheidung von einem Playboy kennengelernt, als sie dreiundzwanzig war, und lebte seither mit ihr zusammen.

Er betrachtete ihr Foto, das schöne Gesicht, die funkelnden braunen Augen, die wallende blonde Haarmähne. O ja, sie war schön, und o ja, sie konnte bezaubernd sein. Aber fast immer war sie ein Vulkan. Eine seltsame Mischung, dachte er, kühle Yankee-Unabhängigkeit und puritanische Härte vermischt mit südamerikanischer Leidenschaft. Eine äußerst kapriziöse Frau. Und dann dachte er: Gib's zu, Nicholas Latimer, du bist unglücklich mit ihr. So verdammt unglücklich, daß alles andere darunter leidet.

Einundvierzigstes Kapitel

Plötzliche Einsichten können, auch wenn sie weiterhelfen, deprimierend sein, wenn sie nämlich Tatsachen zutage fördern, die beunruhigend oder unakzeptabel sind. Unter einem solchen seelischen Tief litt Nicholas Latimer, als er nach dem Abendessen im Wohnzimmer saß und eine zweite Tasse Kaffee trank.

Er war mit seinem Leben nicht zufrieden.

Er saß in einer Zwickmühle, aus der er noch keinen Ausweg sah: Er mußte Ordnung in sein chaotisches Privatleben bringen und gleichzeitig weiterschreiben. Doch das war schlechthin unmöglich, denn eines von beiden würde auf jeden Fall dabei zu kurz kommen.

Ganz allmählich wurde ihm klar, daß seine Arbeit absoluten Vorrang besaß. Er würde seine persönlichen Probleme zurückstellen und sich ganz und gar der Fertigstellung seines Romans widmen müssen. Allerdings war das nicht so einfach. Die kleinste Störung behinderte seine Konzentration und lenkte ihn ab, wenn er einen hundertprozentig klaren Kopf brauchte. Daher beschloß er, sich den Haushalt, vor allem aber Carlotta, mit aller Entschiedenheit vom Hals zu halten, damit er seinen Roman in einer ruhigen Atmosphäre beenden konnte. Falls notwendig, würde er sich sogar mit der Reise nach Venezuela einverstanden erklären, vorausgesetzt, sie fuhr allein, ohne das Kind; oder vielleicht sollte er selbst verreisen. Nur, wohin? Auf Che Sarà Sarà hatte er immer gut schreiben können; aber Victor würde bald nach New York kommen und wollte mindestens einen Monat bleiben, und er dachte gar nicht daran, auf all die Stunden zu verzichten, die sie gemeinsam verbringen wollten. Victor Mason war die einzige Konstante in seinem Leben, und im Lauf ihrer fast dreißigjährigen Freundschaft waren sie einander immer nähergekommen.

Dann werde ich eben bleiben und es durchstehen, dachte Nick. Er erhob sich, um ein neues Stück Holz aufs Feuer zu legen, setzte sich wieder und griff zu der silbernen Kaffeekanne, die er jedoch sofort wieder zurückstellte. Von Ungeduld und Nervosität getrieben, sprang er wieder auf und beschloß spontan, einen Spaziergang zu machen. Die frische Luft würde ihm guttun, und zum Arbeiten war er heute nicht in der richtigen Stimmung.

Draußen jedoch, nur zwei Blocks von seinem Haus entfernt, bereute er seinen Entschluß bereits. Es war wesentlich kälter geworden, und der eisige Wind ließ ihn trotz seines Kaschmirmantels und -schals erbärmlich frieren, zerrte an seinen Haaren, peitschte sein Gesicht und trieb ihm die Tränen in die Augen. Er hielt das erste Taxi an, das vorbeikam, nannte dem Fahrer Elaines Adresse in der Second Avenue, lehnte sich bequem zurück und schob die Hände in die Taschen, um sie warm zu halten.

Als er fünf Minuten später Elaines Restaurant betrat, sah er erleichtert, daß die Bar nicht so dicht umlagert war wie sonst. Er setzte sich auf einen Hocker, bestellte einen Rémi Martin und steckte sich eine Zigarette an. Als Elaine ihn sah, kam sie herüber, um ihn mit ihrer gewohnten Herzlichkeit zu begrüßen und sich kurz mit ihm zu unterhalten. Der Cognac war erstklassig, wärmte ihn auf und schmeckte genauso gut wie die Zigarette. Auf einmal freute er sich, hergekommen zu sein. Er begann sich zu entspannen und die emsige Geschäftigkeit um ihn herum, das Gefühl von Leben und Menschennähe zu genießen.

Er legte die Hände um den Cognacschwenker und starrte nachdenklich hinein. Er hatte längst aufgehört, nach Glück zu streben, jedoch wenigstens gehofft, eine gewisse Zufriedenheit zu finden. Aber selbst die war ihm anscheinend nicht vergönnt. In wenigen Monaten feierte er seinen zweiundfünfzigsten Geburtstag. Wo war die Zeit geblieben? Sie war ihm durch die Finger geglitten und hatte so vieles mitgenommen: den romantischen Idealismus seiner Jugend, so viele Träume, so viele Hoffnungen ...

»Nanu, nanu! Wenn das nicht Nicholas Latimer ist!«

Als er herumfuhr, sah er das strahlende Gesicht Estelle Morgans vor sich. Er glitt vom Hocker, ergriff ihre Hand und küßte sie auf die Wange. »Hallo, Estelle«, begrüßte er sie erfreut. »Wie geht es Ihnen? Und wo haben Sie die ganze Zeit gesteckt?«

»Es geht mir prächtig, und ich war überall und nirgends und habe die berühmte Feder geschwungen.« Sie sah zu ihm auf – mit der gewohnten Bewunderung, die mit den Jahren keineswegs nachgelassen hatte. »Sie sehen ebenfalls großartig aus. So hübsch und charmant wie eh und je, lieber Nicky.«

Nick grinste. »Wie lange ist es her? Zwei Jahre?«

»Genau. Seit meinem Interview mit Ihnen für ›Now‹. Da arbeite ich übrigens noch immer. Ich fand Ihr letztes Buch einfach phantastisch, und wie ich Sie kenne, stecken Sie schon wieder mitten in einem neuen.«

»Allerdings. Ich bin im Endspurt. Darf ich Sie zu einem Drink einladen, Estelle?«

»Danke, nein. Ich kann nur eine Minute bleiben; ich esse mit ein paar Bekannten hier. Trotzdem danke.« Sie rückte näher und berührte seinen Arm. »Komisch, daß ich Sie gerade heute hier treffe. Den ganzen Tag hab' ich versucht, Sie zu erreichen.«

Nick spitzte die Ohren. »Haben Sie vielleicht zufällig bei mir zu Hause angerufen?«

»O ja. Mehrmals sogar.«

»Sie hätten Ihren Namen hinterlassen sollen«, schalt er, bemüht, keine Schärfe in seiner Stimme anklingen zu lassen. Am liebsten hätte er sie erwürgt für den Ärger, den sie ihm bereitet hatte.

»Ich bin den ganzen Tag herumgelaufen«, erklärte Estelle, »deswegen hatte es keinen Sinn, meinen Namen zu hinterlassen. Sie hätten mich ja doch nirgends erreichen können.«

»Ach so. Wollten Sie etwas Bestimmtes von mir?« erkundigte er sich neugierig.

»Nun ja ... Ich hab' Ihnen was auszurichten ... von einer alten Freundin.«

»Und wer soll das sein?«

»Katharine.«

Der Name hing zwischen ihnen in der Luft, und sekundenlang brachte Nick keinen Ton heraus. Sein Körper erstarrte; er war sich durchaus klar darüber, daß Estelle ihn aufmerksam beobachtete. Schließlich wiederholte er: »Katharine.«

»Ja. Tempest.«

»Ich weiß, welche Katharine Sie meinen«, fuhr er sie an und lachte ein bißchen zu laut. In dem Versuch, den Aufruhr, der in ihm tobte, unter Kontrolle zu bringen, lachte er noch einmal und schüttelte den Kopf. »Sie machen Witze, Estelle. Mir etwas ausrichten? Von ihr?«

»Ich weiß nicht, warum Sie so verwundert sind, Nicky. Schließlich waren Sie ihre große Liebe.«

Er schwieg. Nach all den Jahren, dachte er. »Und was sollen Sie mir ausrichten, Estelle?« fragte er dann.

»Katharine möchte Sie sprechen, Nicky. In etwa zehn Tagen wird sie in New York sein.«

Nicholas Latimer war wie vom Donner gerührt. Erstaunt hob er die hellen Brauen. »Hören Sie auf, Estelle. Wenn dies ein Scherz ist, dann ist es ein ziemlich schlechter. Sie wissen genau, daß wir uns unter den schlimmsten Umständen getrennt haben. Seit damals habe ich nichts mehr von ihr gehört. Mein Gott, mindestens zehn Jahre ist das her. Nein, zwölf.«

»In diesem Zusammenhang würde ich niemals scherzen. Ich weiß doch, was Sie für Katharine empfunden haben, was ihr beiden füreinander empfunden habt«, protestierte Estelle. Dann senkte sie ihre Stimme ein wenig. »Sie möchte wirklich mit Ihnen sprechen. Ehrlich. Wann immer es Ihnen paßt.«

»Aber warum? Warum will sie *mich* sprechen?« Verwirrt griff Nick zu seinem Glas und trank einen Schluck. Dann sah er Estelle durchdringend an. »Hat sie Ihnen einen Grund genannt?«

Estelle schüttelte den Kopf. »Aber ich kann mir denken, warum. Ich glaube, sie möchte Frieden schließen. Mit Ihnen und mit ein paar anderen Leuten, mit denen Kontakt aufzunehmen sie mich ebenfalls gebeten hat.«

»Zum Beispiel?«

»Zum Beispiel ihrem Bruder.«

»Großer Gott, der Senator aus Illinois! Die große Hoffnung der Demokraten. Er strebt die Präsidentschafts-Kandidatur für 1984 an, sagt man. Also das ist wirklich interessant. Die standen doch jahrelang auf Kriegsfuß. Und tun es offenbar noch, wenn sie eine Versöhnung sucht.« Sein Blick war fragend.

Die Journalistin nickte nur.

Ein anderer Gedanke tauchte auf, und Nick schürzte nachdenklich die Lippen. »Sie sind ihr immer nahegeblieben,

Estelle, auch als für sie auf einmal alles zusammenbrach. Offensichtlich hat diese Freundschaft gehalten. Haben Sie sie in letzter Zeit gesehen?« Nicky war trotz allem neugierig. Er hätte zu gern gewußt, wie sie jetzt aussah, da sie in den Vierzigern war.

»Seit längerer Zeit nicht mehr. Sie ruft mich nur gelegentlich an.«

»Von wo aus hat sie Sie denn diesmal angerufen? Lebt sie noch in Europa?«

»Nicht direkt...« Estelle zögerte, wußte nicht recht, ob sie ihm verraten sollte, daß sie im Bel-Air-Hotel wohnte. Sie entschloß sich für einen Kompromiß und fuhr unbestimmt fort: »Sie ist in den Staaten, mehr kann ich Ihnen vorerst nicht sagen.« Und da sie Nick nicht kränken wollte, setzte sie noch hinzu: »Katharine ist viel auf Reisen.«

Nick musterte sie mißtrauisch, drängte sie jedoch nicht weiter. »Mit wem sollen Sie noch Kontakt aufnehmen?«

»Mit Francesca Cunningham – Avery, vielmehr. Ich glaube, Katharine möchte mit ihr wieder dort anknüpfen, wo...«

»Das möchte ich sehen!« Nick lachte hohl.

»Ja, richtig.« Estelles Miene wurde verkniffen. »Ihre Ladyschaft war hochnäsig, sehr hochnäsig. Sie hat sich nicht verändert, sie ist noch immer kalt und anmaßend. Sie weigerte sich, Katharine zu sehen, und warf mich praktisch aus ihrer Wohnung.«

Kein Wunder, dachte Nick. Und sagte dann: »Ich fürchte, ich muß ebenfalls passen, Estelle. Sagen Sie der Dame danke, aber danke nein.«

Estelle hatte erwartet, daß er einverstanden wäre und sogar einen Zeitpunkt nannte; jetzt schien sie ein wenig fassungslos zu sein. »Sind Sie sicher?« fragte sie. »Was kann es denn schaden, wenn...«

»Kommt nicht in Frage, Estelle«, fiel er ihr energisch ins Wort.

Ohne ihre Enttäuschung zu verbergen, sagte Estelle resigniert: »Wirklich schade. Sie haben sie doch so sehr geliebt...«

»Das ist lange her, Estelle. Heute ist eben alles anders.«

»Ja.« Sie wußte, es hatte keinen Zweck, lange zu diskutieren, und wollte Nick auch nicht verärgern. Für ihn hatte sie immer eine Schwäche gehabt. Mit wehmütigem Lächeln trat Estelle zurück. »Ich muß wieder zu meinen Freunden. Sie wissen ja, wo Sie mich erreichen können, Nicky. Für den Fall, daß Sie sich's doch noch anders überlegen.«

»Das werde ich nicht, Estelle.« Nick lächelte angestrengt. »War nett, Sie mal wiederzusehen.« Damit drehte er sich zur Bar um und trank einen Schluck Cognac. Er war erschüttert und beunruhigt über die heftigen Emotionen, die ihn überfallen hatten und die er weder besänftigen noch vertreiben konnte.

Nach Hause zurückgekehrt, fand er Carlotta bereits im Bett, unterhielt sich eine Zeitlang mit ihr und erklärte dann, er habe noch ein wenig zu arbeiten.

In seinem Arbeitszimmer drehte er den Dimmer, bis der Raum in weiches, warmes Licht getaucht war. Er trat an die kleine, eingebaute Bar, schenkte sich einen Cognac ein, setzte sich aufs Sofa und dachte nach. Immer wieder ging ihm ein einziger Gedanke im Kopf herum: Zum erstenmal seit über zwanzig Jahren würden sie alle vier wieder zur selben Zeit in derselben Stadt sein. Francesca. Victor. Katharine. Nicholas.

War das wirklich nur Zufall? Oder tatsächlich Schicksal? Wurden die vier unerbittlich aufeinander zugetrieben, um endlich doch noch ihre Bestimmung zu erfüllen? Nick erschauerte bei dieser Vorstellung. Worte, die er selbst geschrieben hatte, fielen ihm ein: Die Vergangenheit ist unabänderlich. Der Vergangenheit konnte man nicht entrinnen. Immer wieder kehrte sie zurück und starrte einem ins Gesicht.

Seine Gedanken wanderten zurück bis ins Jahr 1956, das schicksalhafte Jahr, in dem sie einander kennengelernt und zueinandergefunden hatten. So tief hatten sie einander damals berührt und beeinflußt, so entscheidend und stark, daß ihr Leben von da an einen anderen Verlauf nahm.

Und auch getrennt hatten sie sich im Jahr 1956. Jeder hatte einen eigenen Weg eingeschlagen. Den falschen, wie sich später herausstellte. Blind und taub, einsam und allein waren sie dahingewandert und hatten nicht gemerkt, daß das Glück doch in greifbarer Nähe war. Von Ehrgeiz und Egoismus getrieben, hatten sie die beste Chance verpaßt, die ihnen allen jemals gegeben wurde.

Nick schüttelte traurig den Kopf. Rückblickend konnte man leicht klüger sein. Wieviel Schaden richten wir doch an, im Namen der Liebe und der Freundschaft, dachte er. Langsam trank er einen Schluck Cognac und stellte das Glas wieder zurück. Dann stand er auf und trat an die Bücherregale. Er streichelte die in weinrotes Maroquinleder gebundenen Drehbücher, die er geschrieben hatte. Darunter standen seine drei Oscars, zwei davon für das beste Drehbuch: einer für »Wuthering Heights« und einer für sein Drehbuch nach Francescas Biographie über Chinese Gordon. Seine Hand wanderte weiter zu ihrem Buch »The Sabers of Passion« und zog es heraus, blätterte bis zu der Seite mit der Widmung »Für Nicholas Latimer, meinen Freund und Mentor, in Liebe und Dankbarkeit«. Mit einem kleinen Knall klappte er das Buch wieder zu und betrachtete ihr Foto auf dem Schutzumschlag, erinnerte sich an sie, wie sie damals gewesen war.

Unwillkürlich richteten sich Nicks Gedanken auf das Ende der fünfziger Jahre, die Zeit, nachdem sie England verlassen hatten – er, Vic und Katharine. Schwere Jahre, vor allem für Francesca. Sie hatte sich hinter den grauen Mauern von Langley Castle vergraben wie eine Nonne im Kloster, am Leben erhalten nur von ihrer Schriftstellerei und ihrer großen inneren Kraft. Jedesmal, wenn er in Europa war, hatte er sie in Yorkshire besucht, und auch Katharine war der Freundin treu geblieben. Doch nur sie beide hatten Francescas private Welt betreten dürfen. Und wenn es auch nicht direkt verschwendete Jahre gewesen waren, so doch für sie verlorene. Jahre der Trauer um Victor Mason.

Aber auch Victor tat seine Buße. War Francesca Héloïse, war Victor ihr Abélard. Und er lebte wie ein Mann auf der Folter, verzweifelt in seiner Einsamkeit und Sehnsucht nach Francesca. Aber er arbeitete – und wie er arbeitete! Alle seine Filme wurden Bombenerfolge, und er festigte seine Position als größter Star und Kassenmagnet der Welt. Außerdem geriet er in den Mahlstrom, der Monarch schüttelte, und war gefangen in dieser furchtbaren Ehe mit Arlene. Für Victor gab es erst etwas Ruhe, als 1960 alles geregelt wurde und Arlene sich endlich von ihm scheiden ließ.

Es waren schwere Jahre für Vic, dachte Nick. Eigentlich für uns alle. Obwohl sie beruflich anscheinend nichts falsch machen konnten. Sie wurden mit Erfolg, Reichtum und Ruhm überschüttet, mußten dafür aber auch bezahlen. Sogar Katharine war nicht ungeschoren davongekommen. Für ihre Cathy Earnshaw hatte sie den ersehnten Oscar bekommen und war, wie erwartet, zum internationalen Star ersten Ranges aufgestiegen. Mit ihrem Talent, ihrer Faszination und ihrer Schönheit hatte sie ihr Publikum hingerissen. Aber auch sie war nicht immer glücklich gewesen. Im Jahre 1957 hatte sie überraschenderweise Beau Stanton geheiratet, aber das Märchen hatte kein glückliches Ende genommen. Die Ehe war in Hollywood gescheitert, und

Katharine hatte sich mehrere Jahre später von Beau scheiden lassen.

Und was habe ich in diesen katastrophalen Jahren gemacht? fragte sich Nick mit ironischem Auflachen. Er hatte Zeit und Energie auf den Versuch verschwendet, Diana für sich zu gewinnen und sie zu seiner Frau zu machen. Erfolglos. Und hatte trotz seiner seelischen Leiden zwischen zahllosen Transatlantikflügen zu Diana zwei Romane und zwei Drehbücher geschrieben.

Nick stellte das Buch ins Regal zurück und betrachtete die antike Porzellanuhr, die er von Diana zum zweiunddreißigsten Geburtstag bekommen hatte – acht Monate, bevor sie sich im Dezember 1960 endgültig trennten. Seufzend dachte er, wie leicht es doch sei, anderen Menschen gute Ratschläge zu geben. Victor hatte hundertprozentig recht gehabt: Diana hatte sich geweigert, ihn zu heiraten, weil ihre Familie sie dringend brauche. Und was ist mit mir? hatte er sich damals gefragt. Er hatte sie ebenso dringend gebraucht. Arme Diana. Sie hat nicht nur fünf Jahre verschwendet, sie verschwendet ihr ganzes Leben, dachte er, während er zum Sofa zurückkehrte. Er streckte sich aus, verschränkte die Hände unter dem Kopf und schloß die Augen.

Einmal, 1971, nachdem sie schon elf Jahre getrennt waren, hatte er Diana von Wittingen zufällig in Paris getroffen. Merkwürdigerweise hatte sie dort eine ganze Woche mit ihm verbracht. Doch wie war es Diana seither ergangen? Hatte sie vielleicht geheiratet? Er bezweifelte es. Und wie ging es Francesca? Wie dumm von ihm, sie wieder aus seinem Leben verschwinden zu lassen, nachdem sie 1970 Harrison Avery geheiratet hatte. Sie hatte begonnen, in anderen Kreisen zu verkehren, ihr Leben in Virginia oder auf Reisen zu verbringen, und er hatte zugelassen, daß ihre Freundschaft allmählich ausklang. Nein, so leicht hätte er sie nicht aufgeben dürfen! Sie hatte einen besonderen Platz in seinem Herzen, für sie empfand er eine besondere Liebe. Fünf Jahre mußte es inzwischen her sein, daß er sie zuletzt gesehen hatte. Großer Gott!

»Hoffentlich ist Francesca glücklich«, sagte Nick laut. »Wenigstens einer von uns hat doch wohl das Recht, glücklich zu sein – oder?« Er griff nach der Zigarettendose, doch statt sich eine Zigarette zu nehmen, nahm er die Dose, polierte den Deckel mit einem Zipfel seines Morgenrocks und betrachtete ihn nachdenklich. In den Deckel eingraviert war der amerikanische Adler mit einer Inschrift über und unter den ausgebreiteten Schwingen, die auf die Amtseinführung John Fitzgerald Kennedys als fünfundfünfzigster Präsident der Vereinigten Staaten hinwies. Beim Anblick der Dose fühlte Nick sich plötzlich in die sechziger Jahre zurückversetzt.

Die sechziger Jahre. Katharines Zeit mit ihm. Sie hätte hier bei ihm im Zimmer sitzen können, so greifbar spürte er ihre Gegenwart. So viel Schmerz, dachte er. Viel zuviel. Fieber. Wie Fieber war sie in seinem Blut gewesen. Seine große Leidenschaft. Und seine Nemesis.

John F. Kennedy. Katharine Tempest. Für mich sind sie die Symbole der sechziger Jahre, dachte Nick. Zwei strahlende Sterne. Einer ausgelöscht. Der andere verdunkelt. Seltsam, daß er Katharine im Verlauf der Kennedy-Wahlkampagne um soviel besser kennengelernt, neue Einsichten in ihren Charakter gewonnen hatte! Die Abneigung, die sie füreinander gehegt hatten, war in den Hintergrund gedrängt und vermindert worden durch den gemeinsamen Glauben an den Senator; ja, durch ihn war sogar ein Band zwischen ihnen entstanden. Vic hatte sich nach dem Parteitag der Demokraten 1960 mit all seiner Kraft für die Kennedy-Gruppe in Kalifornien eingesetzt, und er, Nick, hatte sich ihm als freiwilliger

Helfer angeboten. Katharine ebenfalls. Und als Kennedy die Wahl gewonnen hatte, waren sie alle drei zur Amtseinführung nach Washington eingeladen worden.

Nick hörte noch ihre aufgeregten Stimmen – Victors, Katharines und seine –, als sie glücklich lachend den großen Sieg feierten – in Washington und anschließend in New York! Im Verlauf dieses Januars hatte sich seine Beziehung zu Katharine abermals verändert und ihre Freundschaft sich vertieft. Von da an hatte sie ihn, wann immer er in Kalifornien war, zum Dinner in ihr Haus in Bel Air geladen, oder sie waren gemeinsam ausgegangen. Zwei Jahre nach Kennedys Amtseinsetzung war sie dann zu den Proben eines Broadway-Stücks nach New York gekommen. Es handelte sich um eine Neuinszenierung ihres großen Londoner Erfolgs »Trojan Interlude«, das in den Staaten noch nicht aufgeführt worden war. Auch hier war Terry Ogden, inzwischen zu einem sehr beliebten Filmstar aufgestiegen, wieder Katharines Partner gewesen.

Im Verlauf dieser sonnigen Herbsttage voll Fröhlichkeit, harter Arbeit und stillen Abenden mit intimen Gesprächen und leisem Lachen hatten sie sich ineinander verliebt. So sehr, daß sie beide wie betäubt waren.

Nick schlug die Hände vors Gesicht, um ihr blasses Antlitz mit den meergrünen Augen und der duftigen Wolke aus kastanienbraunem Haar zu verbannen. Geh fort, geh fort! Ich will dich nicht in meinem Kopf. Ich will dich nicht in meinem Leben. Ich will dich nicht sehen, Katharine.

Erschauernd griff er zum Cognacglas und trank einen Schluck. Unvermittelt dachte er an Francesca und fragte sich, wie sie auf die Nachricht von Katharines bevorstehender Rückkehr reagiert haben mochte. Ein Gefühl, sagte er sich, haben wir aber auf jeden Fall in dieser Hinsicht gemeinsam: Angst.

Zweiter Akt
Bühne vorn links
1963–1967

And the end and the beginning were always there
Before the beginning and after the end.

T. S. ELIOT

Zweiundvierzigstes Kapitel

»Was läuft da eigentlich zwischen Francesca und deinem Bruder?« erkundigte sich Nick bei Katharine.

»Gar nichts«, antwortete sie, lächelte dabei jedoch verschmitzt und ergänzte: »Jedenfalls noch nicht.«

»Aha! Dann werden sie einander also jeden Moment in die Arme sinken. Willst du das sagen?«

»Sagen will ich gar nichts.« Lachend hob Katharine ihr Weinglas. »Aber sie scheinen einander sehr zu mögen. Wie du ja weißt, hat Ryan sie in den letzten Monaten ständig ausgeführt, wenn er in New York war.«

»Ja, und eben deswegen habe ich dich gefragt.« Nick lehnte sich bequem im Sessel zurück und schlug die Beine übereinander. Er hatte die zunehmende Freundschaft zwischen den beiden bemerkt, und sie machte ihm Sorgen. Seit Victor hatte Francesca sich mit keinem Mann mehr befreundet, und daß sie sich jetzt mit O'Rourke liierte, diesem energielosen Schwächling, schien ihm unvorstellbar. Francesca war eine sehr ernsthafte junge Frau, die sich nicht leichtfertig verliebte. Wenn sie den falschen Mann erwischte, würde sie zweifellos sehr unglücklich werden.

Katharine beobachtete Nick mit gerunzelter Stirn. War er nicht einverstanden? Mochte er Ryan nicht? Sie war drauf und dran, ihn danach zu fragen, tat es dann aber doch lieber nicht und ließ den Blick durch den kleinen Garten wandern, den Nick sich hinter seinem neuen Haus in der Seventy-fourth Street angelegt hatte. Die Hauptattraktionen hier waren ein Springbrunnen und ein großer Baum, der ihnen an diesem heißen Sonntagnachmittag Anfang September angenehm kühlen Schatten spendete.

Sie lächelte Nick beifällig zu. »Wunderschön ist es hier draußen, Liebling, und auch das Haus gefällt mir sehr. Wann wird es fertig?«

»In ein paar Monaten. Das oberste Stockwerk kann noch warten. Ich habe die Handwerker allmählich satt.«

»Aber die Mühe lohnt sich bestimmt. Weißt du, wenn unser Stück ein großer Erfolg wird, und wenn es sehr lange laufen sollte, werde ich mir wohl auch eine Wohnung in New York nehmen.«

Überrascht entgegnete er: »Aber Francescas Wohnung ist doch groß genug. Lebst du nicht gern mit ihr zusammen?«

»O doch!« versicherte Katharine hastig. »Nur ist es doch eigentlich nicht ihre Wohnung, nicht wahr? Sie gehört Doris, und ich hab' ständig das Gefühl, daß sie jeden Moment mit dem Earl und der kleinen Marigold über uns hereinbrechen wird.« Mit leichtem Achselzucken ergänzte sie: »Nein, mit Francesca hat meine Entscheidung nichts zu tun. Ich fände es nur eben schöner, eine eigene Wohnung zu haben.«

»Gewiß.« Nick zögerte und fragte dann noch einmal: »Was ist denn nun mit Frankie und deinem Bruder? Entwikkelt sich da etwas Ernsteres?«

»Wieso? Bist du beunruhigt? Magst du Ryan nicht?« fragte sie mit hochgezogenen Brauen zurück.

»Aber natürlich mag ich ihn. Er ist charmant und sieht gut aus. Es ist nur ... Na ja, ich finde ihn zu jung für sie.« Katharine lachte. »Aber Nicky! Ein einziges Jahr ist er nur jünger. Das spielt doch wirklich keine Rolle.«

»Ich weiß, aber ich wollte damit sagen, daß sie in so vieler Hinsicht weitaus reifer ist als Ryan. Irgendwie passen die beiden nicht zusammen. Sie sind so verschieden.«

»Vielleicht ziehen sie sich gerade deswegen gegenseitig an. Ich finde, es wird allmählich Zeit, daß Frankie ein bißchen flirtet, ein bißchen lebt, sich ein bißchen amüsiert. Und Ryan bringt sie immer zum Lachen. Das solltest du ihr wirklich gönnen. Frankie war noch nie verliebt. Ich finde es aufregend. Du nicht?«

Nick brachte kein Wort heraus, erwiderte jedoch ihr Lächeln trotz seiner Vorbehalte gegen Ryan O'Rourke. Außerdem glaubte er in der ganzen Situation Katharines zarte manipulierende Hand zu entdecken. Obwohl sein Haß auf sie in den letzten drei Jahren vollständig verflogen war und er eine starke Zuneigung zu ihr entwickelt hatte, mißbilligte er ihre Art, sich ins Leben anderer Menschen einzumischen. Nie war er ganz sicher, was sie im Schilde führte, was für Pläne sie wieder ausheckte.

Gut, vielleicht ging er wirklich ein bißchen zu weit in seinem Wunsch, Francesca zu beschützen. Sie war zweifellos in der Lage, ihr Schicksal selbst in die Hand zu nehmen. Energisch riß er sich aus seinen Gedanken, sprang auf und ging zu dem silbernen Weinkühler hinüber, den er unter den Baum gestellt hatte. »Noch ein Glas Wein?«

»Danke, ja. Das wäre nett.« Katharine sah auf die Uhr. »Ich möchte wissen, wo Frankie und Ryan bleiben.«

»Die werden sicher jede Minute hier eintreffen«, gab Nick zurück. Er füllte die Gläser und setzte sich wieder zu Katharine. Nachdem er seine Sorgen beiseite geschoben hatte, merkte er – wie schon so oft –, wie stark ihre Anziehungskraft auf ihn wirkte. So stark, daß ihm fast schwindelte und er das Verlangen unterdrücken mußte, sie zu küssen. Er spürte ihre Nähe, roch ihren Duft. Beinahe euphorisch erklärte er: »Ich bin froh, daß du in New York bist, Kathy. Und das Stück wird ein bombiger Erfolg werden, das weiß ich genau.«

»Hoffentlich hast du recht.« Nachdenklich ruhte ihr Blick auf ihm. »Ich freue mich auch, hier zu sein. Du bist so lieb, und Frankie ist ein Juwel. Ich bin froh, daß sie sich entschlossen hat, in den Staaten zu bleiben.«

Nick krauste die Stirn. »Will sie das wirklich? Schließlich hat sie in England doch viele Bindungen.«

»Aber ja!« sagte Katharine nachdrücklich. »Sie hat mir gesagt, hier könne sie viel besser über Englands historische Persönlichkeiten schreiben, weil sie mehr Abstand zu ihnen habe. Ihr amerikanischer Verleger hat ihr einen fabelhaften Vertrag für drei weitere Bücher gegeben, und außerdem mag sie New York viel lieber als London.« Katharine trank einen Schluck Wein. »Natürlich wird sie oft zu ihrem Vater fahren, aber der braucht sie nicht mehr so sehr wie früher und ist total in seine neue Familie verliebt. Doris macht ihn sehr glücklich, und er vergöttert die kleine Marigold. Außerdem hätte sie bestimmt nicht Lada mitgebracht, wenn sie nicht hierbleiben wollte. Denn wenn sie ganz nach England zurückkehren würde, müßte sie sie für sechs Monate in Quarantäne geben, und das würde Frankie nicht ertragen. Sie liebt Lada wie ein Kind.«

Ja, dachte Nick, weil Vic ihr den Hund geschenkt hat. Er nickte. »Stimmt. An Lada hatte ich nicht gedacht.« Nick lächelte erfreut. »Das ist eine gute Nachricht.«

Katharine griff nach ihrem Glas, trank und fragte dann: »Übrigens, hast du etwas von Victor gehört? Oder von Jake? Wann kommen die beiden in die Staaten zurück?«

»Vic rief mich letzte Woche aus Marokko an. Da standen sie kurz vor dem Abschluß der Dreharbeiten, also müßten sie jetzt in Paris sein und in etwa zehn Tagen in L. A. eintreffen.

Es muß furchtbar anstrengend gewesen sein, weil es so unerträglich heiß war, aber mit dem fertiggestellten Material war er offenbar sehr zufrieden.«

»Wie schön, daß alles gutgegangen ist. ›The Sabers of Passion‹ ist schließlich seit über einem Jahr sein Lieblingsprojekt.« Katharine krauste ein wenig die Nase. »Weißt du, Nick, manchmal kann ich Frankie wirklich nicht verstehen. Sie ist kein bißchen begeistert über den Film, sie interessiert sich nicht einmal dafür. Stell dir doch mal vor: Ihr erstes Buch für den Film angekauft, noch dazu für eine so enorme Summe, und ihr ist es egal, was damit geschieht! Sie könnte sich doch geschmeichelt fühlen, daß du das Drehbuch geschrieben hast und Victor die Hauptrolle übernommen hat! Ich war völlig perplex, als sie das Angebot, als Beraterin mitzuwirken, rundweg ablehnte. Du nicht? Hat sie dir je ihre Gründe dafür genannt?«

Nick zuckte die Achseln. Er dachte an die Kämpfe, die er mit Francesca ausgefochten, wie sie sich anfangs geweigert hatte, die Filmrechte an die Bellissima Productions zu verkaufen. Victor war mit seinem Angebot jedoch so hoch gegangen, daß ihr verzweifelter Literaturagent sie schließlich doch noch überreden konnte. Viel zu hoch, dachte Nick. Aus einem gewissen Schuldgefühl heraus? Oder weil er in ihrer Nähe sein wollte?

Nick merkte, daß Katharine auf eine Antwort wartete. Er räusperte sich und sagte lässig: »Sie wollte die Arbeit an ihrem neuen Buch über Richard III. nicht unterbrechen, sagte sie mir.« Und Victor Mason nicht sehen, ergänzte er stumm.

Katharine drehte an ihrem Glas. »Ich hatte das bestimmte Gefühl, sie wollte nicht, daß Victor den Chinese Gordon spielte.« Sie zuckte die Achseln. »Vielleicht wollte sie lieber einen englischen Schauspieler dafür.«

O Gott, Katharine, du weißt nicht, was du sagst! dachte Nick. Er trank einen Schluck und schüttelte den Kopf. »Ich weiß nicht...«, begann er, unterbrach sich jedoch, weil die Türklingel ertönte. »Da sind Frankie und Ryan! Hören wir lieber auf mit diesem Thema, Liebling, sonst wird sie böse«, warnte Nick und ging ins Haus.

»Ich weiß«, murmelte Katharine vor sich hin und fragte sich, warum das so war.

Sekunden darauf kam Francesca atemlos und lachend in den Garten heraus. »Tut mir leid, daß wir uns verspätet haben, Kath«, entschuldigte sie sich und gab ihrer Freundin einen Kuß.

Katharine lächelte liebevoll. Voll Freude sah sie Francescas Glück, ihr strahlendes Lächeln. »Macht nichts, mein Liebes. Wo ist Ryan?«

»In der Küche. Holt sich von Nicky eine Rum-Cola.« Francesca warf sich in einen Sessel.

»Pfui!« Katharine schnitt eine Grimasse. »Der Geschmack meines Bruders läßt einiges zu wünschen übrig.«

»Das würde ich nicht sagen, Katie Mary«, ertönte Ryans Stimme von der Tür herüber, und sein Blick wanderte zu Francesca. »Ich finde, daß ich einen hervorragenden Geschmack habe.«

»Den hast du«, bestätigte Katharine lachend. »Im Hinblick auf Frauen, aber nicht auf Drinks. Warum trinkst du nicht ein Glas Wein wie wir kultivierten Menschen?«

»Danke, das hier schmeckt mir sehr gut.« Jugendlich und hübsch, in weißen Jeans und grünkariertem Hemd, kam Ryan heraus und gab seiner Schwester einen Kuß. »Tut mir leid, aber wir wurden aufgehalten. Ein Anruf von Da.«

»Ach.« Katharine wünschte, Ryan würde nicht immer diesen kindischen Namen für seinen Vater benutzen. »Was wollte er denn?« Ihr Ton sprach von ihrer nie nachlassenden Antipathie gegen Patrick O'Rourke.

Ryan setzte sich zu Francesca, stellte sein Glas auf den Tisch und antwortete mit gedämpfter Stimme: »Nichts Besonderes. Nur fragen, wann meine Maschine heute abend in O'Hare landet.«

Natürlich. Er kann dich keine Minute aus den Augen lassen, dachte Katharine. Laut sagte sie: »Die Sechs-Uhr-Maschine, wenn ich mich recht erinnere. Du solltest die Limousine zum Flughafen nehmen.«

»Danke, Katie.« Er sah Francesca an. »Du kommst doch mit, Liebling, nicht wahr?«

»Aber ja, mein Schatz.« Francesca erwiderte seinen liebevollen Blick. »Und Lada werde ich auch mitbringen, wenn ich darf.«

»Selbstverständlich. Was immer du willst.« Er ergriff ihre Hand und begann sie zu streicheln.

Nick kam mit einer frischen Flasche Weißwein aus dem Haus. Er füllte Francescas Glas und ließ sich dann zwischen den beiden Frauen nieder. »Was macht dein Buch, Kleines?« erkundigte er sich.

»Danke, dem geht's gut. In sechs Monaten werd' ich wohl fertig sein. Immerhin hab' ich dann zwei Jahre daran gearbeitet. Und wie kommst du mit deinem Roman voran?«

»Langsam, aber sicher«, gab Nick zurück und fragte Ryan: »Hat dir die Woche in New York gefallen?«

»Es war wunderbar, dank Francesca.« Ryan sah seine Schwester an. »Tut mir leid, Kathy, daß wir uns so selten gesehen haben«, entschuldigte er sich. »Was machen die Proben?«

»Danke, die laufen recht gut. Anfangs war ich zwar ein bißchen nervös; schließlich hab' ich seit sieben Jahren nicht mehr auf der Bühne gestanden. Aber dann kam plötzlich alles wieder, und Terry ist so hinreißend wie immer.« Angeregt begann Katharine von ihrer Arbeit und den Kollegen zu erzählen.

Nick freute sich, Katharine so völlig entspannt zu sehen, und konzentrierte sich auf ihren Bruder. Ryan war zweifellos ein sehr anziehender junger Mann, redegewandt und glattzüngig, mit einem trockenen Humor begabt. Typisch irisch, dachte Nick. Auch im Aussehen: mit breitem, offenem Gesicht, vollem, keltischem Mund, funkelnden grünen Augen und rötlichblondem Haar. Und durch die Sonnenbräune und die lustigen Sommersprossen auf der Nase wirkte er wie ein Collegeboy. Auch er hatte etwas von einem Schauspieler und besaß die Fähigkeit, seine Zuhörer zu fesseln. Eine Eigenschaft, die zweifellos bis zur Perfektion ausgefeilt werden wird, sagte sich Nick.

Sein Blick wanderte zu Francesca hinüber. Äußerlich war sie kühl, beherrscht und leicht distanziert, doch ihre Augen verrieten sie, denn ihr Blick wich keinen Moment von Ryans Gesicht. Sie ist total in ihn verschossen, erkannte Nick und war nicht sicher, ob ihm das gefiel. Ryan war ein netter Junge, aber irgendwie schwach und unentschlossen. Ach was, Katharine hat recht, dachte er dann. Francesca hat das Recht auf ein bißchen Spaß.

Energisch erhob sich Nick aus dem Sessel. »Wie wär's denn jetzt mit einem kleinen Lunch? Ich hab' ein paar schöne Sachen kommen lassen. Und wo wollen die Herrschaften die Mahlzeit einnehmen – drinnen im Haus oder lieber hier draußen?«

»Hier wird es zu heiß«, antwortete Katharine. »Wenn es euch recht ist, würde ich lieber hineingehen.«

Alle waren einverstanden, und man zog sich ins kühle Eßzimmer zurück.

»Übrigens, Katie, ich werde morgen mit meinem neuen Job anfangen«, erklärte Ryan.

Klappernd stellte Katharine die Kaffeetasse hin und starrte ihn sprachlos an. »Ich dachte, du magst die Arbeit bei der Zeitung«, sagte sie dann entgeistert.

»Tu' ich auch, aber das war nur ein Notbehelf, Katie.«

»Und was machst du jetzt, in dem neuen Job?«

»Ich arbeite für Mayor Daley«, antwortete Ryan, der seine Schwester nervös anblickte.

Katharine erschrak. Dann waren all ihre Worte also umsonst gewesen, und diese Runde ging an ihren Vater. »Das kann nur eines bedeuten: Du gehst doch in die Politik.«

Ryan räusperte sich. »Na ja, äh, ich glaube schon. Letzten Endes.«

»Ich kann's nicht fassen!« Sie musterte ihn mit kaltem Blick. »Immer wieder hast du behauptet, der Gedanke einer politischen Karriere wäre dir ekelhaft. Und jetzt hast du auf einmal deine Meinung geändert?« Sie lachte ironisch und ergänzte schneidend: »Das ist nicht dein Entschluß, Ryan, sondern Vaters.«

Er errötete und wandte den Blick ab. »Nein, es ist meine Entscheidung, Katharine«, versicherte er dann. »Ich habe in den letzten Jahren lange über meine Zukunft nachgedacht und bin zu dem Ergebnis gekommen, daß Dad recht hat. Männer wie ich, mit einem riesigen Familienvermögen hinter sich, sollten ein öffentliches Amt anstreben ... Das ist ihre Pflicht, sagt Dad, und ich stimme ihm bei. In diesem Sinne hat Dad mich auch erzogen. Es ist sein Traum, daß ich Politiker werde.«

»Auch er kriegt nicht immer, was er will. Zum Glück«, entgegnete Katharine mit triumphierendem Blick.

Ohne auf ihre Bemerkung einzugehen, fuhr Ryan fort: »Dad hat schon einen ganzen Plan fertig. In zwei Jahren soll ich fürs Repräsentantenhaus kandidieren, und nach einigen Amtsperioden für den Senat.«

»Und eines Tages wirst du Präsident der Vereinigten Staaten. Ist es das, was er dir versprochen hat?« Katharine lachte verächtlich. »Eines jedenfalls steht fest: Du wirst nicht der erste irisch-katholische Präsident dieses Landes sein, wie er dir versichert hat, als wir noch klein waren. Da ist dir ein anderer zuvorgekommen.«

»Dann eben vielleicht der zweite«, gab Ryan zurück, errötete wieder und griff verlegen nach seiner Tasse.

Nick, der bemerkte, daß Francesca ihn flehend ansah, richtete sich auf. »Wie wär's mit noch einem Kaffee und dazu einem kleinen Cognac, Ryan? Katharine? Francesca?«

»Danke, Nick«, gab Ryan zurück, »aber ich fürchte, es wird zu spät. Ich muß noch ins Carlyle, mein Gepäck holen.«

Francesca ergriff die Gelegenheit und stand schnell auf. »Wir müssen wirklich gehen, Nick. Danke für den köstlichen Lunch.« Sie küßte Katharine auf die Wange. »Bis nachher, Liebes, bei uns zu Hause.«

Katharine nickte ihr zu; dann wandte sie sich an Nick. »Ich glaube, ich hätte schon gern einen Cognac.«

»Kommt sofort, meine Schöne«, rief Nick, ergriff Francescas Arm und führte sie diplomatisch hinaus.

Ryan legte Katharine den Arm um die Schultern und küßte sie zärtlich auf den Scheitel. »Bitte, sei nicht so, Katie, Liebes! Dieser Job ist wirklich mein Wunsch. Es war eine wunderbare Woche hier, und zu deiner Premiere komme ich bestimmt.«

Katharine überwand ihre Enttäuschung. Sie wollte es nicht riskieren, ihn zum zweitenmal zu verlieren. Mit ihrem hinreißenden Lächeln stand sie auf und umarmte ihn. »Das möchte ich dir auch geraten haben. Guten Flug!«

Ryan strahlte. »Ich wußte ja, daß du mich verstehen würdest, Katie. Und arbeite nicht so fleißig, ja?« Damit eilte er ins Haus.

Nach wenigen Minuten kam Nick mit zwei Cognacschwenkern zurück. »Hier, mein Liebes«, sagte er und stellte sie auf den Tisch. »Kaffee habe ich auch noch mal aufgesetzt. Übrigens, ich hab' Ryan gebeten, die Limousine hierher zurückzuschicken. Okay?«

»Ja, danke.« Sie trank einen Schluck Cognac und lehnte sich bequem zurück.

Nick, der ihre Miene sah, fragte ruhig: »Möchtest du darüber sprechen?«

Katharine seufzte schwer. »Ach, ich weiß nicht.« Sie schüttelte den Kopf. »Er ist machtgierig.«

Stirnrunzelnd rief Nick: »Ryan? Aber bestimmt nicht! Er ist zu...«

»Nein, nein«, unterbrach Katharine. »Mein Vater. Er ist ein schrecklicher Mensch. Er hat Ryan immer manipuliert, eine Marionette aus ihm gemacht.«

»Hat dein Vater das wirklich gesagt? Daß er Ryan zum ersten irisch-katholischen Präsidenten machen werde?«

»Ja«, antwortete sie leise.

»Und hat Ryan ihm das geglaubt?«

»Ich weiß nicht. Er war erst zehn...« Bedrückt erzählte sie ihm, was damals oben im Kinderspielzimmer geschehen war. »Ich werde jenen Tag niemals vergessen«, schloß sie. »Es war der Tag, an dem ich erkannte, daß mein Vater mich wirklich haßte. Und der Tag, an dem ich mir schwor, Ryan zu retten, koste es, was es wolle.«

Nick starrte schweigend in die Ferne. Schließlich sagte er bedächtig: »Falscher Ehrgeiz ist erschreckend. Dein Vater will durch Ryan leben, und ich beneide deinen Bruder nicht. Sein Leben gehört nicht ihm.«

»Das weiß ich, Nicky.«

Er warf ihr einen kurzen Blick zu. »Hast du deswegen so fleißig für John F. Kennedy gearbeitet? Um die Pläne deines Vaters zu durchkreuzen?«

»Nein, natürlich nicht!« rief sie hitzig. »Ich glaube an Kennedy. Er ist einmalig. Ich fand, daß er genau das war, was unser Land brauchte!«

»Und dich an deinem Vater zu... rächen, ist dir dabei nie in den Sinn gekommen?« Nicks Miene war skeptisch, und er sah sie durchdringend an.

Verblüfft über dieses harte Wort, wollte Katharine sofort leugnen, lächelte dann aber voller Genugtuung. »Sagen wir, die Chance, das Messer in der Wunde umzudrehen, war ein zusätzlicher Anreiz«, gab sie zu. »Vor allem, weil ich wußte, daß er wußte, wie eifrig ich für Kennedy kämpfte. Später hat mir Ryan erzählt, Vater sei empört gewesen über meine Arbeit, habe mich als Verräterin bezeichnet und noch einiges mehr. Und ich war froh, ihm einiges heimgezahlt zu haben.«

»Kann ich mir vorstellen, daß er wütend war«, gab Nick zurück und schwenkte nachdenklich seinen Cognac. Ein wenig sanfter fuhr er dann fort: »Weißt du, Katharine, die Menschen müssen ihr eigenes Leben führen. Ich finde, Ryan hat genug Probleme mit deinem Vater. Also halte dich bitte zurück, laß deinem Bruder ein bißchen Luft. Misch dich nicht ein. Bitte, versuch nicht, Gott zu spielen, wie es dein Vater ja schon tut.«

»Bestimmt nicht!« rief Katharine bereitwillig. »Du hast ja so recht, Nicky.« Insgeheim aber dachte sie: Patrick Michael Sean O'Rourke wird nicht siegen! Am Ende werde doch ich triumphieren. Ich werde Ryans Seele retten. Er wird mein sein. Und das wird meinen Vater vernichten.

Sie stützte die Ellbogen auf den Tisch und legte das Kinn in ihre Hände; ihre türkisfarbenen Augen blickten verträumt.

»Eines aber steht fest, Nicky: Frankie wird einen guten Einfluß auf Ryan ausüben, und auf sie wird er vermutlich hören.«

»Vielleicht«, gab Nick lakonisch zurück. Er fragte sich, ob Katharine die Verbindung der beiden förderte, um ihren Bruder durch Francesca manipulieren zu können. Dieser Gedanke beunruhigte ihn, aber er konnte ihn nicht mehr loswerden.

Dreiundvierzigstes Kapitel

Sie war bezaubernd, und er war bezaubert.

Im Laufe der Wochen verbrachten Nick und Katharine immer mehr Zeit miteinander. Beide waren passionierte Arbeiter, ganz auf ihren Beruf konzentriert, und fanden in dieser gemeinsamen Eigenschaft eine gewisse Ruhe und Sicherheit.

Nicholas Latimer stand kurz vor der Vollendung seines jüngsten Romans, und als der September in den Oktober überging, strömten die Worte nur so aus ihm heraus. Katharine wiederum entdeckte von neuem ihre große Liebe zum Theater und war täglich nach den Proben freudig erregt und hell begeistert.

Die Abende verbrachten sie gewöhnlich bei Nick zu Hause, gelegentlich mit Francesca, gelegentlich mit Terry und Hilary Ogden, oder sie besuchten kleine, reizende Restaurants. Nicks Gefühle für Katharine gingen tief, und er vermutete, daß es bei ihr ebenso war. Ein einziges Mal nur hatte er sich ihr versuchsweise genähert, aber sie hatte sich ihm nervös lachend und ein wenig verlegen entzogen. Nach dieser sanften Abfuhr hatte er den Versuch nicht wiederholt, blieb aber weiterhin herzlich und liebevoll. Er konnte warten und begriff, daß Katharine Tempest sich nicht drängen ließ, daß sie freiwillig und aus eigenem Antrieb zu ihm kommen mußte.

Mitte Oktober, an einem kühlen Mittwochabend, fand dann im Morosco die Premiere von »Trojan Interlude« statt. Es war ein glanzvolles Ereignis und ein überwältigender Erfolg, der natürlich auch groß gefeiert wurde. Und Katharine, rührend in ihrer offenen Freude, wich keine Minute von Nickys Seite.

Eine Woche darauf führte Nick sie nach dem Theater zu einem ruhigen Dinner ins Le Pavillon, um ebenfalls ein wichtiges Ereignis zu feiern: Er hatte seinen Roman bei seinem Verleger abgeliefert. Beim Champagner, ihre Hand in der seinen, gestand er ihr, daß er dieses neue Buch ihr gewidmet habe. Katharine war so gerührt, daß ihr die Tränen in die Augen stiegen.

»Wenn man bedenkt, wie sehr du mich gehaßt hast«, sagte sie, ihre Augen trocknend, mit leiser Stimme.

»Du hast mich ebenfalls gehaßt«, gab Nick liebevoll zurück.

Katharine mußte lächeln. »Ich bin zu der Erkenntnis gekommen, daß das nur eine Reaktion auf deine Antipathie gegen mich gewesen sein muß.«

»Mag sein«, gab Nick zu. Zärtlich hob er ihre Hand an sein Gesicht. »Ist es dir nie in den Sinn gekommen, daß die Medaille immer zwei Seiten hat? Daß die andere Seite des Hasses die Liebe ist, du dummes, bezauberndes, göttliches Mädchen?«

Röte stieg ihr in das blasse Gesicht, und sie schlug schweigend die Augen nieder. Dann sah sie ihn durch den dunklen Vorhang ihrer Wimpern an. »Doch«, flüsterte sie. »Es ist mir in den Sinn gekommen.«

An diesen Abend dachte Nick auch jetzt, einen Monat später, als er an seinem Schreibtisch saß und zu arbeiten versuchte. Er spannte ein Blatt in die Maschine, tippte die Seitenzahl und lehnte sich dann zurück, um sich auf die Szene zu konzentrieren, die er schreiben wollte. Doch kaum hatte er damit begonnen, da kam ein Anruf seines Agenten und anschließend noch verschiedene andere.

Ärgerlich stellte er schließlich beide Telefone auf den Fußboden, legte die Hörer daneben und warf zwei dicke Kissen darauf. Dann begann er langsam zu tippen und die Seiten mit Worten zu füllen.

So vertieft war er in seine Arbeit, daß es einige Minuten dauerte, bis er merkte, daß die Haustürklingel schrillte. Mit einem Blick auf die Uhr stellte er fest, daß es inzwischen fast drei Uhr war. Er fragte sich, wer denn da so hartnäckig klingelte, und lief hinunter.

Nick riß die Tür auf und sah verwundert Katharine draußen stehen, warm verpackt in ihrem Zobel und einem dikken, wollenen Kopftuch, mit einer riesigen Sonnenbrille auf der Nase. »Hallo, Liebling!« begrüßte er sie erfreut. Er zog sie rasch ins Haus und sah sich suchend nach der Limousine um. Stirnrunzelnd fragte er: »Wo ist dein Wagen? Du bist doch nicht etwa zu Fuß ...«

»Du weißt es noch nicht, Nick – oder?« keuchte Katharine. Krampfhaft packte sie seinen Arm, nahm die Sonnenbrille ab und starrte ihn an. Sie war noch bleicher als sonst und offensichtlich zutiefst erschüttert. Ehe er etwas erwidern konnte, stammelte sie: »Der Präsident ... Erschossen ... Ermordet. Seit Ewigkeiten versuche ich dich anzurufen. Aber deine Telefone ...«

»O mein Gott!« Fassungslos riß Nick die Augen auf. Als hätte ihm jemand einen Faustschlag versetzt, stolperte er gegen die Wand zurück. »O mein Gott!« sagte er abermals. »Bist du sicher? Wo? Wann? O Himmel, nein!«

»Dallas. Gegen halb eins«, erwiderte Katharine zittrig. Sie tat einen schwankenden Schritt auf ihn zu, und Nick nahm sie in seine Arme. Vor sich sah er den jungen, blendend aussehenden Präsidenten, voll Lebenskraft, Energie und Hoffnung auf die Zukunft. Der sollte tot sein? Nein, unmöglich. Nicht John F. Kennedy! Es mußte ein Irrtum sein. Heiser fragte er: »Bist du sicher, Kath – ganz sicher?«

Sie löste sich von ihm und sprudelte heraus: »Es ist wahr, Nick! Ich hatte zufällig den Fernseher an, und da kam Walter Cronkite und sagte, in Dallas seien drei Schüsse auf den Konvoi des Präsidenten abgefeuert worden, er sei schwer verletzt. Ich weiß noch, daß ich auf die Uhr gesehen habe. Genau ein Uhr vierzig. Ich wollte dich anrufen, aber es war besetzt. Immer wieder hab' ich's versucht, dann fiel mir ein, daß du wahrscheinlich deine ...«

»Komm mit zum Fernseher!« Nick hastete die Treppe hinauf und schaltete den Apparat im Arbeitszimmer ein. Cronkite hatte inzwischen alle Fakten und bestätigte das grauenhafte Geschehen. Präsident Kennedy war tot. Er lag im Parkland Memorial Hospital in Dallas.

Stundenlang saß Nick mit Katharine vor dem Fernseher, und immer wieder fragte sie weinend: »Warum, Nicky? Warum er?« Und er konnte nur benommen antworten: »Ich weiß es nicht, Kath. Ich weiß es nicht.« Während er dachte: Was haben sie uns angetan? Warum haben sie ihn umgebracht? Ihm war, als hätte er einen ebenso schmerzlichen persönlichen Verlust erlitten wie beim Unfalltod seiner Schwester Marcia vor sieben Jahren.

Nick lag auf dem Sofa in seinem Arbeitszimmer, rauchte im Dunkeln eine Zigarette und konnte vor Erregung nicht einschlafen. Er fragte sich, ob Katharine im Nebenzimmer auch nicht schlafen konnte. Sie hatte gebeten, über Nacht bei ihm bleiben zu dürfen, sie könne einfach nicht in ihre leere Wohnung zurückkehren. Kurz nach Mitternacht hatte sie einen von seinen Pyjamas angezogen und war genauso erschöpft wie er ins Bett gekrochen.

Gegen Morgen hörte Nick, daß leise seine Tür geöffnet wurde. »Bist du wach, Nicky?« fragte Katharine flüsternd.

»Ja, mein Liebling.« Er richtete sich auf.

»Ich hab' die ganze Nacht kein Auge zugetan«, erklärte sie, vor seinem Sofa stehend. Wortlos rückte er zur Seite, um ihr Platz zu machen, und sie kam bereitwillig in seine Arme, klammerte sich fest und dankbar an ihn.

Nach einer Weile sagte sie: »Ich habe Angst, Nicky.« Er spürte ihren Atem an seiner Wange, als sie fortfuhr: »Angst um uns alle, vor allem um Ryan. Ich wünschte, er würde nicht in die Politik gehen. Wenn so etwas einmal passieren kann, kann es auch zum zweitenmal passieren.« Und als er nicht antwortete: »Das kann es doch, nicht wahr, Nicky?«

»Ja«, gab er zögernd zu und betete stumm, daß es niemals dazu kommen möge.

Sie redeten weiter, hielten einander umfangen, versuchten sich gegenseitig zu trösten. Und Nick, der sich ihrer Wärme und Nähe immer intensiver bewußt wurde, strich ihr irgendwann einmal das Haar aus dem Gesicht und küßte sie innig. »Ich liebe dich, Katharine«, flüsterte er, unfähig, sich länger zu beherrschen.

»Und ich liebe dich, Nicky«, sagte sie spontan. Sie legte ihm die Arme um den Hals und erwiderte seinen Kuß.

Viel später erst liebten sie sich zum erstenmal und zeigten einander endlich ihre Gefühle.

Vierundvierzigstes Kapitel

Eines Morgens, ungefähr vier Monate später, erwachte Katharine mit dem seltsamen, ungewohnten Gefühl unbeschwerter Heiterkeit. Es war, als sei ihr eine Last von der Seele genommen. Sekundenlang war sie verblüfft, dann dämmerte es ihr allmählich, daß jene Beklemmung, die seit Jahren an ihr nagte, auf einmal wie weggeblasen und sie zum erstenmal richtig glücklich war: durch Nicholas Latimer.

Sie sprang aus dem Bett, lief in die Küche ihrer neuen Wohnung, die Nick für sie gefunden und die sie vor kurzem gekauft hatte, und machte sich ein leichtes Frühstück, das sie wieder mit ins Bett nahm. Während sie ihren Tee trank, betrachtete sie das gerahmte Foto von Nick auf ihrem Nachttisch. Sie liebte ihn so sehr, weit mehr, als sie jemals einen anderen Mann geliebt hatte: Er war alles, was sie sich von einem Menschen erträumte: liebevoll, rücksichtsvoll, intelligent, klug, zärtlich und manchmal sogar sehr, sehr komisch. Wie hatte sie ihn nur je für bösartig halten können!

Unvermittelt wanderten ihre Gedanken zu Beau Stanton. Auch Beau hatte ihr das Gefühl gegeben, beschützt und gesichert zu sein, und sie hatte ihn wirklich geliebt, allerdings nicht ganz so sehr wie Nick. Doch irgendwie hatte sich ihr Verhältnis zueinander dann verschlechtert. Warum, das konnte sie sich nicht erklären. Eines Tages hatte sie sich eingestehen müssen, daß er für sie jetzt eher ein Freund und Mentor als ein richtiger Ehemann war, doch hatte sie diese Veränderung nicht gestört. Daher war niemand überraschter gewesen als sie selbst, als Beau auf einer Scheidung bestand. Immerhin wußte sie, daß Beau sie noch mochte, auf seine Art sogar liebte, und daß er immer für sie dasein würde, wenn sie ihn brauchte.

Katharine lachte laut auf, als sie daran dachte, wie eifersüchtig Nick vor zwei Wochen gewesen war, als Beau von der Westküste herübergeflogen war, um sie in ihrem Stück zu sehen. Er hatte sie nach der Vorstellung beide zum Dinner eingeladen und sich so sehr um sie bemüht, daß Nick regelrecht mißtrauisch geworden war. Tagelang noch hatte er sie mit Fragen über ihre Ehe bombardiert, ohne jedoch eine konkrete Antwort von ihr zu erhalten, denn sie wußte ja selbst nicht so recht, warum die Ehe Schiffbruch erlitten hatte.

Die kleine Tiffany-Uhr schrillte und erinnerte Katharine daran, daß es zehn Uhr und Samstag war, ein Tag, an dem sie zwei Vorstellungen zu bestreiten hatte. Sie machte sorgfältig Toilette, packte noch einen Handkoffer und verließ das Schlafzimmer. Das Wochenende würde sie wie immer bei Nick in seinem Haus verbringen, und sie freute sich sehr darauf. Nick war die ganze Woche auf Che Sarà Sarà gewesen, um mit Victor Mason das neue Drehbuch zu besprechen, und sollte am Abend aus Kalifornien zurück sein. Sie konnte es kaum erwarten, ihn wiederzusehen. Und Anfang April, nachdem ihr Stück ausgelaufen war, wollten sie dann ausgiebig Urlaub in Acapulco machen.

In ihrer von Howard, dem Chauffeur, gesteuerten Limousine dachte Katharine auf der Fahrt zum Theater an den neuen Film, den sie anschließend drehen sollte. Das Drehbuch gefiel ihr recht gut, ihr Partner ebenfalls, und der Regisseur gehörte zu den von ihr bevorzugten. Das einzige, was sie ein wenig nervös machte, war die Produktionsfirma des Films: die Monarch. Sie gehörte jetzt Mike Lazarus; oder vielmehr: die Global-Centurion, sein Konzern, besaß die Aktienmehrheit der Gesellschaft. Es war merkwürdig, aber irgendwie faszinierte Mike Lazarus sie noch immer, und ihm schien es umgekehrt ebenso zu gehen. Nick konnte ihn nicht ausstehen und hatte sie wiederholt davor gewarnt, sich ihm gegenüber allzu freundlich zu zeigen. Doch schließlich hatte auch Nick dem Film zugestimmt, vor allem, weil es eine erstklassige Produktion war und sie selbst eine außergewöhnlich hohe Gage bekam. Im November flogen sie dann alle nach Afrika, sie, Nick und Victor, um den Film zu drehen, dessen Skript Nick gerade für Bellissima Productions geschrieben hatte. Ein ausgefülltes Jahr für mich, dachte sie und warf einen Blick zum Fenster hinaus. Sie näherten sich dem Theater.

Nick drückte Katharine in die Kissen zurück und starrte ihr ernst ins Gesicht. »Nein, ich werde dich nicht gehen lassen«, sagte er ruhig.

Katharine lachte. »Du bist wirklich unersättlich, Nicky.« Sie wollte sich unter ihm hervorwinden, aber er nagelte sie mit seinem Körper fest und packte ihre Handgelenke. »Bitte, Nicky, laß mich ...«

»Nein, noch nicht, Kath. Und du irrst dich, ich will nicht noch einmal mit dir schlafen, sondern ich möchte mit dir reden.«

»Aber Liebling, wir können reden, soviel du willst, wenn du mich nur erst schnell ins Bad laufen läßt.«

Langsam schüttelte er den Kopf. »Darüber will ich ja gerade mit dir reden – daß du immer sofort, wenn wir miteinander geschlafen haben, davonläufst.« Und noch leiser ergänzte er: »Ich mag das nicht, Katie, Liebling. Es stört mich sehr.«

Er räusperte sich. »Ehrlich gesagt, ich finde es ein bißchen verletzend.«

Katharine starrte ihn fassungslos an. »Das begreife ich nicht«, begann sie unsicher und hielt inne.

»Ich weiß, daß du dich nicht wohl fühlst, wenn du nicht jede Minute des Tages und der Nacht untadelig sauber bist, aber mußt du denn wirklich so abrupt aus dem Bett springen? Das ist, als wolltest du jede Spur von mir abwaschen.«

Sie erschrak über seine Worte, biß sich auf die Lippe und blinzelte nervös. »Sei nicht dumm, Nicky. Du weißt genau, wie sehr ich dich liebe.« Sie lachte verlegen, seltsamerweise peinlich berührt. »Ich bin nun mal so, wie ich bin. Ich möchte mich stets frisch und sauber fühlen...«

Nick seufzte. »Aber du bist doch immer wie aus dem Ei gepellt.« Er sprach nicht weiter, sondern gab sie frei. Sofort schlüpfte sie aus dem Bett und verschwand ohne ein Wort im Bad; Nick steckte sich eine Zigarette an und legte sich bequem zurück. Seit Wochen schon lag ihm dieses Thema auf der Seele, aber er hatte gezögert, weil er sie nicht kränken wollte. Heute im Flugzeug war er zu der Erkenntnis gekommen, daß es nicht so weitergehen konnte. Er vermutete, daß ihr Reinlichkeitsfanatismus in etwas weit Schwerwiegenderem als dem Wunsch nach Sauberkeit wurzelte, und das hätte er keiner anderen Frau offen gesagt. Doch Katharine ging jedem Gespräch über Sex aus dem Weg und war, wenn es um intime Dinge ging, befangen bis zur Prüderie. Aber er liebte sie so verzweifelt, daß es ihn selbst zuweilen bestürzte, und wollte, daß sie beide offen und unbefangen waren.

Wenige Minuten darauf kam sie, das Handtuch wie einen Sarong um sich gewickelt, in einer Wolke verschiedener Düfte ins Schlafzimmer zurück.

»Ich hätte schwören können, daß ich eine Flasche Wein

mit heraufgebracht habe«, sagte er lächelnd, »aber ich kann mich nicht mehr erinnern, wo ich sie hingestellt habe. Nachdem ich eine Woche fort war, scheine ich es übertrieben eilig gehabt zu haben, mit dir ins Bett zu kommen.«

Katharine lachte, sah sich suchend um und entdeckte die Flasche auf der Kommode. Sie brachte sie ihm, füllte die Gläser auf dem Nachttisch und reichte ihm eins. Dann stieg sie ins Bett und nahm im Schneidersitz ihm gegenüber Platz. »Ich bin so froh, daß du wieder da bist, Nicky. Ich habe dich sehr vermißt.«

»Ich dich auch, Liebling.« Er griff nach ihrer Hand und küßte ihre Fingerspitzen. Eine Sekunde zögerte er, dann fuhr er fort: »Es darf keine Barrieren zwischen uns geben, Katinka.«

Verwundert sagte sie: »Aber es gibt doch gar keine!« Und als er sie nur schweigend ansah, leise: »Oder doch? Du scheinst...«

Er hob die Hand. »Ich muß mit dir über etwas sprechen und möchte nicht, daß du dich ärgerst oder unglücklich bist. Du bist neunundzwanzig, eine erwachsene Frau, und solltest in der Lage sein, intime Dinge vernünftig zu besprechen, ohne dabei verlegen zu werden.«

Panische Angst überfiel sie.

Sie ahnte, daß er mit ihr über Sex diskutieren wollte, und war beunruhigt. Sie schluckte, schlug die Augen nieder und verstummte.

Nick, der ihre Nervosität bemerkte, sagte sehr behutsam: »Vor ein paar Minuten habe ich dir erklärt, daß du stets tadellos gepflegt aussiehst. Warum also glaubst du ständig, das Gegenteil sei der Fall!«

»Ich weiß es nicht«, antwortete sie wahrheitsgemäß.

Nick entschloß sich, sofort zur Sache zu kommen. »Mache ich dich nicht glücklich, Kath?«

»Du weißt genau, daß du das tust.«

»Im Bett, meine ich. Sexuell.«

»Doch«, flüsterte sie. Dann hob sie den Kopf und sah ihn forschend an. »Mache... mache ich dich denn nicht glücklich?« Dabei wurde sie flammend rot.

»Doch. Meistens. Aber manchmal...« Er hielt inne. Viel zu oft, dachte er und fuhr vorsichtig fort: »Manchmal reagierst du nicht richtig, und ich spüre, daß du nicht so entspannt bist, wie du es bei mir sein müßtest. Du bist kalt und distanziert und, ehrlich gesagt, ein bißchen verklemmt.« So, jetzt war's raus. Aufmerksam beobachtete er ihre Reaktion.

Katharine wurde dunkelrot. »Immer? Bin ich immer verklemmt?«

»Nein«, schwindelte er taktvoll. »Wenn du etwas getrunken hast, bist du gelöster.«

»Oh! Oh!« Sie schlug die Hände vors Gesicht.

»Hör zu, Liebling, kein Grund zur Aufregung. Wir müssen heute darüber sprechen. Es ist sehr wichtig für unser weiteres Zusammenleben.«

»Glaubst... glaubst du, daß...« Ihre Hände sanken herab, und sie starrte vor sich hin. »Glaubst du, daß ich... frigide bin?« Sie stolperte über das verhaßte Wort, schluckte und konnte ihm nicht in die Augen sehen.

»Aber frigide sein ist kein Verbrechen, Kath, Liebling«, tröstete er sie liebevoll. »Gewöhnlich gibt es einen sehr guten Grund dafür.«

Sie schwieg lange, bis sie mit ganz kleiner Stimme fragte: »Was für einen Grund?«

Nick drückte seine Zigarette aus und ergriff ihre zitternde Hand. Voll Wärme und Güte sagte er: »Ich liebe dich, Katharine. Ich möchte dir helfen. Beruhige dich, Engelchen. Ich bin auf deiner Seite!«

»Ich versuche ja, ruhig zu sein, Nicky. Aber sag mir bitte... was für einen Grund gibt es?«

»Angst vor Intimität und Nähe, zum Beispiel«, erklärte er. »Oder auch der unbewußte Wunsch, aufgrund eines unterschwelligen Hasses auf das gesamte männliche Geschlecht alle Männer zu bestrafen. Manchmal entsteht Frigidität auch durch ein schlimmes sexuelles Erlebnis, das zu einem Trauma führt. Und dann gibt es natürlich noch die Frauen, die sich überhaupt nicht für Sex interessieren, weil sie von Natur aus kalt sind.«

»Und welcher Grund trifft auf mich zu?« fragte sie ängstlich.

»Wie könnte ich das auch nur annähernd erraten, mein Liebes!«

»Meinst du, ich sollte zu einem Psychiater gehen?«

Er lachte. »Nicht, solange du mich hast.« Er griff nach ihr und zog sie zu sich herüber. »Komm, leg dich neben mich, trink deinen Wein, rauch eine Zigarette und beruhige dich. Und dann sprechen wir ein bißchen eingehender darüber.«

»Ja«, murmelte sie an seiner Brust und tat, was er gesagt hatte.

Nick gab ihr Feuer für die Zigarette. »Ich glaube, am besten untersuchen wir mal die Gründe, die ich dir aufgezählt habe, Kath.«

Sie überlegte einen Moment, dann rief sie aus: »Also, bestrafen will ich dich nicht. Ich liebe dich doch. Und alle Männer hasse ich auch nicht...« Sie unterbrach sich, dachte, das stimmt nicht: Meinen Vater hasse ich doch. Aber Nick nicht. »Nein, ich hasse die Männer nicht, weder bewußt noch unbewußt«, versicherte sie nachdrücklich. Dann warf sie ihm einen kurzen Seitenblick zu. »Hältst du mich für eine Frau, die von Natur aus kalt ist?«

Nick schüttelte den Kopf. »Ganz und gar nicht. Bleibt also

nur ein Grund, Kath: ein schlimmes sexuelles Erlebnis. Könnte es das sein, Liebling?«

»Nein! Ganz bestimmt nicht!«

Diese heftige Verneinung erregte seinen Argwohn. »Nicht mit Beau Stanton?« Und als keine Antwort kam, erklärte er ruhig: »Als er neulich hier war und ich dich nach eurer Ehe fragte, geschah das nicht aus Eifersucht, sondern ich versuchte zu verstehen, warum es mit eurer Ehe nicht geklappt hat. Ich wollte etwas über eure Einstellung erfahren. Dem Sex gegenüber, meine ich.«

»Ach«, sagte sie erschrocken. Und dachte sofort: Mein Gott, hat Beau mich auch für frigide gehalten? Hat sich sein Verhalten mir gegenüber deswegen verändert? Und ehe sie sich's versah, platzte sie mit dieser Frage heraus.

Nick überlegte, dann nickte er. »Ja, kann sein, daß Beau sich von deiner Reserviertheit zurückgewiesen fühlte. Aber ich weiß nicht, wieso er nicht damit fertig geworden ist. Schließlich war er schon mehrmals verheiratet und ist wesentlich älter als du, erfahrener in jeder Hinsicht. Na schön, wenn du mit Beau kein schlimmes Erlebnis hattest, was ist denn mit Kim Cunningham?«

»Mit Kim habe ich überhaupt nicht geschlafen«, gestand sie.

»Aha.« Nick kaschierte sein Erstaunen. »Dann war es vielleicht ein anderer Mann. Wie?«

Katharine lehnte sich wieder an seine Schulter, schloß die Augen und zwang sich, an jenen Tag, an jedes widerliche Detail zu denken. Jahrelang hatte sie sie so weit wie möglich verdrängt, die Erinnerung an George Gregson. Sie schuldete es Nick, ihm davon zu erzählen, vor allem, da sie sein Verständnis und seine Hilfe brauchte. Aber sie fürchtete sich davor. Von ihrem Vater, der ihr nicht glaubte, als Lügnerin bezeichnet, brachte sie jetzt aus Angst, Nick

Latimer werde ihr ebensowenig glauben, kein Wort heraus.

Nick begriff, daß er eine unangenehme Erinnerung ausgelöst hatte. Beruhigend strich er ihr übers Haar und forderte sanft: »Erzähl's mir, Kath.«

»Ich habe Angst«, flüsterte sie erschauernd.

»Nein, hast du nicht. Ich habe immer den Eindruck gehabt, daß du der furchtloseste Mensch von allen bist, die ich kenne. Vergiß nicht, daß ich dir helfen will.«

Sie atmete tief durch; dann begann sie: »Da war dieser Mann, George Gregson. Der Kompagnon meines Vaters. Der kam eines Tages zu uns ins Haus. An einem Sonntag. Er... hatte schon immer Annäherungsversuche bei mir gemacht, aber ich hatte ihn jedesmal abblitzen lassen. An diesem Tag... Na ja, er hat mich gezwungen.«

Nick hielt sie ganz fest und fragte leise: »Meinst du, er hat dich vergewaltigt?«

»Nein, eigentlich nicht.« Katharine brach in Tränen aus. »Er hat mich belästigt... weißt du... mich angefaßt, überall. Meinen Busen. Meine... Er hat unter meinen Rock gefaßt. Er hat mich gezwungen, seinen... Penis anzufassen. Ich war entsetzt und angewidert. Ich wehrte mich, aber er war so groß, ein großer, starker Mann, Nick, und er hatte mich im Würgegriff. Er drückte mein Gesicht runter, auf... in seinen Schoß... und zwang mich... ihn in den Mund zu nehmen. O Gott, Nick, es war widerwärtig! Ich dachte, ich müßte daran ersticken...« Sie schluchzte so heftig, daß ihre Schultern krampfhaft zuckten.

Nick tröstete sie, trocknete zärtlich ihre Tränen. »Wie alt warst du?« erkundigte er sich schließlich, entsetzt über die ganze Geschichte.

»Zwölf«, schluchzte sie.

»O Gott! O mein Gott, Kath! Du warst ein Kind! Dieses

widerliche, perverse Schwein! Wenn ich den zwischen die Finger kriege, schlag' ich ihn tot!« Nicks rauhe Stimme spiegelte seinen ungeheuren Zorn, seinen überwältigenden Ekel. Und er begann sie zu verstehen, ihren seelischen Zustand zu begreifen. Lange hielt er sie in den Armen, und als sie sich ein bißchen beruhigt hatte, fragte er: »Was hat denn dein Vater unternommen?«

»Gar nichts. Er glaubte mir nicht. Ich sei eine Lügnerin, hat er gesagt.«

Nick war entgeistert. »Dieser dämliche Idiot!« Er schloß die Augen und zog sie fester an sich. Ihr Haß auf Patrick O'Rourke war also begründet. Auspeitschen müßte man diesen Kerl dafür, daß er seiner Tochter nicht glaubte. Er war für ihr Trauma ebenso verantwortlich wie dieser andere Sittenstrolch. Himmlischer Vater, kein Wunder, daß sie verklemmt und frigide war.

Katharine deutete sein Schweigen falsch. »Du glaubst mir doch, Nicky – oder?« flüsterte sie.

»Aber natürlich glaube ich dir, mein Liebling.«

Nun erzählte sie ihm weiter, wie sie sich anschließend im Badezimmer krebsrot geschrubbt, ihre Zähne ein halbes dutzendmal geputzt und immer wieder gegurgelt hatte; wie sie sich am ganzen Körper eingepudert und sich eine große Flasche Parfüm übergekippt hatte, weil sie sich schmutzig fühlte. Und sich schämte. Aus diesem Grund hatte sie auch das neue Kleid, das sie am Nachmittag getragen hatte, mit roter Tinte ruiniert. Damit sie es nie wieder zu tragen und an dieses furchtbare Erlebnis zu denken brauchte. Und spät am Abend, als alle schliefen, war sie in den Keller geschlichen und hatte ihre Unterwäsche und sogar die weißen Söckchen im Heizkessel verbrannt.

Und sich seitdem ständig gereinigt, dachte er in tiefem Schmerz.

Durch ihre Aussprache mit Nick gewann Katharine neue Einblicke in die eigene Persönlichkeit. Nick erklärte ihr jedoch, daß sie nur dadurch, daß sie sich einem schmerzlichen Erlebnis gestellt und darüber gesprochen hatte, nun nicht sofort von ihrer Frigidität kuriert sein werde. Immerhin aber war sie viel gelöster, und unter Nicks liebevoller Fürsorge gewann sie eine normalere, gesündere Einstellung zum Sex.

Nick selbst mußte sich eingestehen, daß er sie nun zwar weit besser verstand, daß es an dieser komplizierten Frau jedoch immer noch Seiten gab, denen er ratlos gegenüberstand. Katharine bestand praktisch nur aus Widersprüchen. War sie lebhaft, fröhlich und warmherzig, konnte sie im nächsten Moment ablehnend, kalt, streitsüchtig, überheblich oder deprimiert sein. Zu den Menschen, die sie liebte, war sie großzügig, freigebig, herzlich und loyal; und dann wieder berechnend, intrigierend und heimlichtuerisch und mischte sich ständig ins Leben anderer Menschen ein. Darüber ärgerte sich Nick, vor allem, weil sie ihre Manipulationen ständig mit dem Mäntelchen der Nächstenliebe zudeckte. Er hatte ihr eindeutig erklärt, sie irre sich, wenn sie glaube, besser als alle anderen zu wissen, wie die Menschen ihr Leben leben sollten. Und er hatte sie zornig darauf hingewiesen, daß sie herrschsüchtig, rechthaberisch und machthungrig sei. Hochtrabend hatte sie seine Beschuldigungen zurückgewiesen und lässig erklärt, es gebe viele verschiedene Katharines, und er solle nur zusehen, daß er sich an jede einzelne gewöhne.

Gleich darauf war sie bezaubernd, lieb und zärtlich gewesen und hatte ihn mit ihrem unvergleichlichen Charme hingerissen. Überzeugt, daß seine Kritik an ihr zu hart gewesen war, hatte er ihr bei Cartier ein Geschenk anfertigen lassen, von dem sie begeistert war. Es war eine große, silberne Zigarettendose mit einer eingravierten Widmung auf dem Deckel: »Für die vielen verschiedenen Katharines, die ich alle so sehr liebe.« Und rings um diese Widmung herumgruppiert waren die zahlreichen Variationen ihres Namens im Faksimile seiner Handschrift.

Nach diesem mehr oder weniger einseitigen Streit hatten sie monatelang ein sehr friedliches Leben geführt. Drei Tage nach dem Auslaufen des Theaterstücks waren sie nach Mexiko geflogen und vier ruhige, idyllische und romantische Wochen in Acapulco geblieben. Katharine hatte Nick mehr denn je von sich selbst erzählt und war immer unbefangener geworden.

Und eines lauen Sommerabends, als sie im kühlen Dunkel ihres Hotelzimmers lagen, kam Katharine mit einem ganz neuen Eifer zu Nick und bat ihn, mit ihr zu schlafen. Atemlos flüsternd hatte sie ihm gesagt, was sie gern wollte, und sekundenlang war er sogar erschrocken über die Intimität ihrer Vorschläge. Angeregt von ihren Worten, begann er sie zu küssen und zu streicheln und brachte sie mit Händen und Lippen zu ungeahnten Höhen der Erregung. So intensiv reagierte sie, wie er es niemals für möglich gehalten hätte, und warf ihre Hemmungen ab wie einen Schleier.

Im Verlauf der Tage und Nächte kamen sie einander immer näher, wurden eins, und nichts konnte diese Zeit beeinträchtigen. Sie beide wußten, daß sie noch nie im Leben so glücklich gewesen waren wie jetzt. Was sie nicht ahnten, war, daß dieser traumhaft dahingelebte Monat nie wiederkehren und für sie der Anfang vom Ende sein würde.

Fünfundvierzigstes Kapitel

Francesca saß zögernd vor dem Telefon; sie wußte nicht recht, ob sie Nicholas Latimer anrufen sollte oder nicht. Ihre Unsicherheit entsprang der Gewißheit, daß sie, wenn sie mit Nicky sprach, zweifellos zuviel sagen würde. Sie wollte auf gar keinen Fall Unheil stiften und würde mit ihrem Bericht vermutlich genau das tun. Der Mensch ist ein Gewohnheitstier, dachte sie und zog den Gürtel ihres Morgenrocks fester. Ich habe Katharine immer in Schutz genommen, und das tue ich jetzt, nach zehn Jahren, noch immer.

Erschöpft rieb sich Francesca die Augen. Sie hatte keine Minute geschlafen und war todmüde. Sie stand auf und trat ans Fenster ihrer großen Bibliothek. Der Junihimmel war strahlend blau, die Bäume im Central Park glichen einem grünen, vom leichten Sommerwind bewegten Meer. Sie preßte die Stirn an die Fensterscheibe und kniff die Augen zu, um ihre Tränen zurückzuhalten. Vor Jahren, als sie sich von ihrem Schmerz um Victor Mason erholte, hatte sie sich geschworen, daß kein Mann sie mehr zum Weinen bringen werde. Und am wenigsten Ryan O'Rourke, murmelte sie mit geballten Fäusten. Doch hatte tatsächlich er diese aufsteigenden Tränen ausgelöst? Oder war es nicht vielmehr doch Katharine? Wer von den beiden hatte sie tiefer verletzt?

Seufzend wandte sie sich vom Fenster ab und sah Lada mitten im Zimmer sitzen. »So kommen wir wirklich nicht weiter, Lada«, sagte Francesca laut und nahm die kleine weiße Hündin liebevoll auf den Arm. »Was sollen wir tun?« Nachdenklich setzte sie sich wieder an den Schreibtisch und zog ihren Terminkalender zu Rate. Für Ende Juni und Anfang Juli hatte sie kaum Termine, nur ein paar lose gesellschaftliche Verabredungen: ein Dinner bei Nelson Avery, ein Wochenende bei seinem Bruder Harrison. Als sie das Buch wieder zuklappte, fiel plötzlich die Trägheit von ihr ab, und Pläne begannen Gestalt anzunehmen. Nach einer Viertelstunde sah sie auf die Uhr. Kurz vor neun. Sie fing an zu telefonieren und hatte nach anderthalb Stunden alles geregelt. Jetzt konnte sie nicht mehr zurück. Ihr letzter Anruf galt Nick.

Nach der üblichen Begrüßung sagte Francesca: »Ich weiß, daß du vermutlich mitten in der Arbeit steckst, Liebling, aber ich möchte dich fragen, ob ich dich heute irgendwann sehen kann.«

»Mein neues Drehbuch ist gestern abend fertig geworden, Frankie, ich stehe dir also zur Verfügung. Außerdem wollte ich dich gerade anrufen und dich zum Lunch einladen. Wohin würdest du gern gehen, meine Schöne?«

»Ach, irgendwohin, Nicky. Aber könnte ich vorher auf einen Drink zu dir kommen? Ich möchte etwas mit dir besprechen.« Nick, der einen seltsamen Unterton in ihrer Stimme bemerkte, fragte besorgt: »Was ist denn los, Francesca?«

»Gar nichts. Ehrlich. Um wieviel Uhr soll ich bei dir sein? Halb eins?«

»Wunderbar. Bis nachher, Kleines.«

»Ja, vielen Dank, Nicky. Bis nachher.« Als sie den Hörer auflegte, dachte Francesca: Kleines? Ich bin dreißig!

Als sie pünktlich an Nicks Haustür klingelte, öffnete er ihr erfreut, zog sie herein und gab ihr einen Kuß auf die Wange. »Komm mit ins Wohnzimmer«, sagte er. »Ich hab' eine Flasche Weißwein kalt gestellt.«

»Wunderbar«, antwortete sie und lief leichtfüßig vor ihm die Treppe hinauf.

Während Nick zwei Kristallgläser füllte, begann Francesca über unwichtige Dinge zu plaudern, aber nach wenigen Sekunden fiel er ihr ins Wort. »Worüber wolltest du mit mir sprechen, Frankie?« erkundigte er sich, kam mit den beiden Gläsern zu ihr und setzte sich ebenfalls.

Francesca entschied, daß es keinen Sinn hatte, es lange hinauszuschieben.

»Über Ryan«, antwortete sie.

»Ach.« Nick richtete sich interessiert auf. »Was ist mit ihm?«

»Wir haben uns getrennt«, entgegnete Francesca ruhig und steckte sich eine Zigarette an.

Nick krauste überrascht die Stirn. »Wann? Und warum?«

»Letzte Nacht. Um Mitternacht, genauer gesagt.« Sie nahm ihr Glas, erstaunt über ihre ruhige Hand und ihren gelassenen Ton.

»Aber warum?« wiederholte Nick mit verstärktem Stirnrunzeln.

Francesca schüttelte den Kopf, brachte sekundenlang keinen Ton heraus. Dann sagte sie: »Es war seine Idee, nicht meine.«

Verblüfft meinte Nick: »Aber er muß dir doch einen Grund genannt haben ...«

»Für einen redegewandten Iren war er ziemlich wortkarg, das muß ich zugeben.«

Nick lehnte sich nachdenklich zurück. Da er schon der

Ansicht gewesen war, daß die beiden nicht zueinander paßten, empfand er jetzt Erleichterung, ja sogar Freude. Er hatte die beiden in den vergangenen drei Jahren mit zunehmender Sorge beobachtet und festgestellt, daß Ryan nicht gut genug für Francesca war. Sie hatte sich in dieser Zeit nicht nur zu einer bezaubernden Frau, sondern auch zu einer Persönlichkeit und einer erfolgreichen Schriftstellerin entwickelt, und er war stolz, ihr Freund zu sein.

»Woran denkst du, Liebling?« erkundigte sich Francesca.

»An dich und Ryan. Wieso sagtest du, er sei wortkarg gewesen? Das ist er doch sonst nicht.«

»Ich habe mich falsch ausgedrückt. Er war zwar nicht so übersprudelnd wie sonst, aber wortkarg war er ebenfalls nicht, vor allem gegen Ende der Diskussion. Allerdings mußte ich ihn ganz schön unter Druck setzen, bis er schließlich aus sich herausging.«

»Das klingt schon eher wie unser Ryan. Willst du mir davon erzählen, Liebes?« Nick versuchte zu ergründen, wie schwer sie diese Trennung nahm.

Francesca atmete tief durch. »Ryan hatte gestern in New York zu tun. Wir verabredeten uns. Er kam auf einen Drink zu mir, und dann haben wir im Caravelle gegessen. Ryan wirkte ganz normal, ein bißchen stiller als sonst vielleicht. Nach dem Essen gingen wir wieder zu mir und ...« Sie unterbrach sich und errötete ein wenig. »Nun ja, Ryan war sehr liebevoll, und als er sich später anzog, sagte er, daß er mit mir sprechen müsse, ich solle mir etwas überziehen und zu ihm ins Wohnzimmer kommen. Ich wunderte mich, weil er so ernst war. Als ich ins Wohnzimmer kam, merkte ich sofort, daß etwas nicht stimmte, Nicky. Sein Gesicht war so verkniffen ... entschlossener, als ich es je an ihm gesehen hatte. Er kam sofort zur Sache. Er halte es für besser, wenn wir uns nicht mehr wiedersähen, erklärte er.«

Dieses Schwein! dachte Nick zornig; er mußte sie vorher unbedingt noch mal ins Bett kriegen. Laut sagte er: »Und so was nennt sich Gentleman!«

Francesca zuckte die Achseln. »Ich weiß, was du damit sagen willst. Ich war selbst wütend über sein Verhalten. Er hätte es mir bei den Drinks sagen müssen. Jedenfalls hatte ich später das Gefühl, daß er es mir gestern abend gar nicht hatte sagen wollen, daß es vielmehr ein ganz spontaner, nach dem Dinner gefaßter Entschluß war.«

»Mag sein«, gab Nick zu, obwohl er es bezweifelte.

»Natürlich war ich niedergeschmettert, völlig benommen. Niemals hätte ich das erwartet.« Francesca lächelte ein wenig schwach. »Ehrlich gesagt, minutenlang konnte ich's gar nicht recht begreifen. Ich holte mir einen Cognac, steckte mir eine Zigarette an und versuchte mich zu fassen. Es kam mir so vor, als sei Ryan nervös, ja sogar verlegen. Er wollte keinen Drink, sondern so schnell wie möglich fort. Aber ich verlangte eine Erklärung.«

Neugierig beugte Nick sich vor. »Und welchen Grund hat er dir genannt?«

»Er habe das Gefühl, mir gegenüber nicht fair zu sein, er stehle mir nur die Zeit, da es für uns keine Zukunft gebe.« Ihre Miene wurde ganz ruhig und kalt. »Ich sei dreißig und werde auch nicht jünger, hat er gesagt, ich solle allmählich ans Heiraten denken, ans Kinderkriegen. Und da er mich nicht heiraten könne, gebe er mich frei, damit ich mir mit einem anderen Mann ein gemeinsames Leben aufbauen könne.«

Nick schürzte die Lippen. »Was hat er gesagt: er könne oder er wolle dich nicht heiraten?«

»Könne. Ich habe ihn gefragt, warum. Und da fing er an,

mir auszuweichen. Ich hab' immer weiter gebohrt, und schließlich hat er dann behauptet, er sei zu jung, um sich an diesem entscheidenden Punkt seiner Karriere mit einer Frau zu belasten, er habe keine Zeit dafür. Ich sagte, das sei eine kindische Einstellung, und er erklärte, er wolle sich eine so große Verantwortung nicht aufladen, könne sie nicht verkraften. Dann hielt er mir eine lange Rede über seine politischen Pläne und betonte, diese kämen für ihn zuallererst. Er vergaß auch nicht, mich darauf hinzuweisen, daß er als Abgeordneter mit Arbeit überlastet sei. Du weißt ja, wie ehrgeizig Ryan ist.«

»Du meinst wohl, wie ehrgeizig sein Vater für ihn ist«, warf Nick bissig dazwischen. »Dahinter steckt doch der Alte, Frankie! Der läßt die Puppen tanzen.«

Heftig den Kopf schüttelnd, antwortete Francesca: »Nein. Ich glaube nicht, daß Mr. O'Rourke etwas damit zu tun hat. Ich fragte ihn sogar, ob sein Vater etwas dagegen hätte.«

»Und?«

»Ryan meinte nein. Sein Vater möge mich sehr gern.« Ein trauriges Lächeln zuckte um ihre Mundwinkel. »Natürlich mußte Ryan das sofort einschränken und sagte, obwohl sein Vater die Engländer und vor allem die herrschende Klasse wegen dem, was sie Irland angetan habe, verabscheue, halte er mich für die Ausnahme von der Regel.«

Nick schnaufte verächtlich. »Diese Story kaufe ich ihm nicht ab, Frankie. Ryan ist neunundzwanzig, ein Alter, in dem er heiraten und eine Familie gründen müßte. Und daß er keine Zeit für ein eigenes Heim hat – das ist einfach lächerlich. Für einen frischgebackenen Abgeordneten hat er eine Menge Assistenten und Helfer, mehr als die meisten Senatoren. Und mit seinen Millionen, vielleicht sogar Milliarden kann er seiner Frau so viele Dienstboten bieten, wie er nur will. Außerdem würdest du ihm in Washington sehr von Vorteil sein. Das kann er nicht leugnen.« Nick schüttelte nachdrücklich den Kopf. »Nein, Frankie, das sind keine triftigen Gründe.«

»Ryan ist da anderer Ansicht. Er hat alles an mir aufgezählt, was ihm bei seiner Karriere und bei seinen Wählern zum Nachteil gereichen würde.« Sie hob die Hand und zählte an den Fingern ab. »Ich bin Engländerin. Ich bin die Tochter eines Earls. Ich habe einen eigenen Adelstitel. Ich bin eine Karrierefrau, die ganz in ihrer Schriftstellerei aufgeht. Eindeutig unbrauchbar als Frau eines Politikers.« Sie lachte bitter. »Und hör dir das an: Ich bin eine Dame der Gesellschaft. Völlig unakzeptabel, und dann ...«

»Das soll wohl ein Witz sein!« fuhr Nick auf.

»Und dann ist da noch die Frage der Religion«, fuhr Francesca unbeirrt fort. »Das ist überhaupt der springende Punkt.«

Nick starrte sie an. »Religion?«

»Ja. Ryan fühlte sich verpflichtet, mich daran zu erinnern, daß er katholisch ist; er könne es nicht riskieren, andere Katholiken – vermutlich die Wähler – zu beleidigen, indem er eine Nichtkatholikin heirate. Vor allem eine, die nicht konvertieren, seine Kinder nicht im wahren Glauben erziehen wolle und bekanntermaßen voreingenommen sei.«

»Tut mir leid, da komme ich nicht mehr mit.« Nick schien ehrlich verwirrt zu sein.

Ryan hält mich und meine Familie für antikatholisch.«

Nick prustete. »Hör auf, Frankie, das kann nicht dein Ernst sein! Niemand ist toleranter als du.« Er sah sie an, und seine Skepsis wich plötzlicher Erkenntnis. »Das stammt doch von seinem Vater!«

»Nein, Nicky.« Francesca biß sich auf die Lippe, und ihr Mund begann zu zittern. »Es stammt von Katharine«, stieß sie kaum hörbar hervor, und zum erstenmal füllten sich ihre Augen mit Tränen.

Nick glaubte sich verhört zu haben. »Willst du behaupten, daß Ryan Katharine die Schuld für seine Entscheidung zuschiebt? Daß er diesen religiösen Nonsens von seiner Schwester hat? Das glaube ich nicht! Das kann ich nicht glauben!«

»Das solltest du aber, denn es stimmt.« Einen winzigen Augenblick zögerte sie, bevor sie fortfuhr: »Weißt du, ich hatte Bedenken, dir alles zu erzählen, weil ich wußte, daß du Katharine böse sein würdest, aber ich finde, du mußt es erfahren. Als Ryan diese Behauptungen über meine Familie und mich aufstellte, war ich entsetzt. Sie treffen nicht zu, das weiß er genau. Denn als wir letztes Jahr eine Heirat erwogen, haben wir das alles eingehend besprochen. Damals erklärte ich mich bereit zu konvertieren, alles zu tun, was er verlangte. Er mußte natürlich zugeben, daß er sich an unser Gespräch erinnerte, meinte aber, er zweifle an der Aufrichtigkeit meiner Versprechungen. Er wollte nicht weiterdiskutieren, versuchte zu gehen. Ich ließ es nicht zu. Ich bat ihn, mir ehrlich zu sagen, warum er sich zur Trennung entschlossen habe. Ziemlich nervös antwortete er, daß er sich große Sorgen um uns und den religiösen Aspekt gemacht und bei Katharine Rat gesucht habe. Ich wollte meinen Ohren nicht trauen, als er mir sagte, sie habe ihn vor der Ehe mit mir gewarnt, weil er sich damit nur Ärger einhandele.«

Nick blieb der Mund offenstehen, und er starrte Francesca sprachlos an. »Das ist unglaublich«, sagte er dann. »Einfach lächerlich! Ich glaube ...«

»Du kannst denken, was du willst, Nicky, mich hat Ryan jedenfalls überzeugt«, fiel Francesca ihm hitzig ins Wort. »Aber es kommt noch mehr. Katharine hat Ryan erzählt, sie habe sich aufgrund religiöser Differenzen von Kim getrennt.

Und sie hat ihm auch eingeflüstert, die Cunninghams seien antikatholisch.« Nick wollte etwas sagen, aber Francesca winkte ab. »Nein, Moment noch, Liebling. Ich drängte Ryan noch mehr, und da hat er so etwa gesagt, Katharine hätte gemeint, die Ehe werde niemals klappen, er werde mit mir nur unglücklich werden, und wenn er mit mir verheiratet sei, könne er sich nie wieder scheiden lassen. Im Grunde also: ›Tu's nicht, kleiner Bruder.‹« Mit gerötetem Gesicht lehnte Francesca sich zornig zurück.

Das alles kam Nick einfach absurd vor. »Jetzt hör mal zu, Frankie«, stieß er hervor. »Ryan ist ein Waschlappen, das hab' ich dir schon immer gesagt. Er macht Katharine zum Sündenbock, weil er nicht den Mut hat, die Konsequenzen seiner Entscheidung zu tragen. Du kennst Kath doch. Sie ist nicht besonders religiös; und außerdem ist sie geschieden.«

»Du hältst mir vor, was ich Ryan vorgehalten habe. Seine Antwort war simpel. Katharine ist eine abtrünnige Katholikin – seit Jahren. Er nicht. Er ist sehr fromm. Außerdem meint er, daß Katharine ihre Scheidung sowie, ihre Abkehr von der Kirche bereut und zum wahren Glauben zurückkehren möchte.«

»Reines Wunschdenken!« rief Nick empört.

»Er könnte recht haben.« Francesca spielte mit dem Deckel der Zigarettendose. »Du glaubst also nicht, daß Ryan mir die Wahrheit gesagt hat?«

»Nein!« Obwohl er das voller Überzeugung gesagt hatte, fragte sich Nick plötzlich, ob Katharine wirklich unschuldig war. Oder hatte sie wieder ihr schlimmes Spiel getrieben? Mißtrauisch geworden, rieb er sich mit der Hand übers Kinn und sah zu Francesca hinüber. Sie saß in sich zusammengesunken da, und sofort eilte er zu ihr hinüber.

Tröstend nahm er sie in die Arme. »Nicht weinen, Liebling! Er ist es nicht wert.«

»Ich weine nicht nur wegen Ryan«, schluchzte Francesca, »sondern auch wegen Katharine. Wie konnte sie nur so etwas tun, Nicky? Mich so verraten? Ich bin ihre beste Freundin, seit zehn Jahren. Nie haben wir uns gestritten – na ja, fast nie –, und immer habe ich sie geliebt.«

»Das weiß ich.« Bis jetzt hatte er immer geglaubt, Francesca sei sicher vor Katharine und ihrer Gewohnheit, sich einzumischen. Zwar hatte Katharine mehrfach den Versuch gemacht, ihre Freundin zu manipulieren, doch Francesca hatte es nicht zugelassen. War es Katharine jetzt etwa doch gelungen?

»Vielleicht ist es nicht ganz so, wie es scheint«, sagte Nick liebevoll. »Vielleicht hat Katharine Ryan nur auf gewisse Punkte aufmerksam gemacht, sozusagen Advocatus Diaboli gespielt. Und Ryan hat es dir dann so dargestellt, als trage Katharine die Schuld.«

Francesca nickte, zog ihr Taschentuch heraus und trocknete sich die Augen. »Entschuldige, Nick, ich wollte mich nicht so gehenlassen. Ich weiß, daß du ebenso wenig tun kannst wie ich. Wenn sie hier wäre, würde ich sie zur Rede stellen. Aber da sie im Fernen Osten ist, kann man nichts machen.«

»Wir müssen warten, bis sie wiederkommt.« Nick versuchte, seinen Zorn auf Katharine zu unterdrücken. Er ergriff Francescas Hand. »Was ist mit Ryan? Was empfindest du für ihn?«

»Ich liebe ihn«, flüsterte sie. »Man hört nicht plötzlich auf, einen Menschen zu lieben. Aber ich stehe, glaube ich, unter Schock. Nicht nur, weil er mich so unvermittelt ausgebootet hat, sondern auch, weil er Katharines Worte für bare Münze genommen und nicht erst mit mir gesprochen hat, ehe er seine Entscheidung traf. Und was seine Schwester angeht, so ist sie diesmal zu weit gegangen.«

Ein Blick auf Nick sagte Francesca, daß er Katharine verteidigen wollte, deswegen fuhr sie hastig fort: »Sieh mal, selbst wenn ich ihr zugestehe, daß sie es gut meinte, kann ich nie zulassen, daß sie ihre Nase in meine Angelegenheiten steckt. Dazu hatte sie kein Recht. Ich mag das nicht, und ich werde es nicht dulden, Nicky.«

Er nickte; sie hatte recht. Unwillkürlich dachte er, daß Katharine ihren Meister gefunden, daß sie den größten Fehler ihres Lebens begangen hatte, als sie sich in Francescas Leben einmischte. Er überlegte einen Moment, dann sagte er liebevoll: »Ich will nicht grausam sein, Frankie, aber ich muß dich etwas fragen.« Er hielt inne, um dann langsam fortzufahren: »Wie tief trifft es dich wirklich? Ich meine, sind deine gegenwärtigen Gefühle im Hinblick auf Ryan echt? Beruht dein Schmerz auf wahrer Liebe zu ihm, oder reagierst du so, weil er dich zurückgewiesen hat?«

Francesca dachte lange nach. »Meine Gefühle sind echt, Nicky. Ich habe sehr viel für Ryan empfunden.« Sie biß sich auf die Lippe. »Aber im Augenblick bin ich sehr verwirrt. Deswegen gehe ich auch fort.«

»Wohin denn? Wann?« wollte er wissen.

»Nach Paris. Morgen abend. Ich bleibe ein paar Tage dort und fahre dann zu Daddy und Doris nach Monte Carlo. Ich laufe nicht weg, Nicky, aber in New York hält mich jetzt nichts, also kann ich mir auch einen schönen, friedlichen Sommer gönnen. Etwa zwei Monate werde ich bleiben. Zeit genug, um alles zu durchdenken, einen klaren Kopf zu bekommen und mich zu entscheiden, was ich dann tun werde.«

»Und Ryan? Und die Zukunft? Könnte es nicht zu einer Versöhnung kommen?«

»O nein, Nicky! Es ist aus. Er will mich nicht, und selbst wenn er mich wieder wollte, würde ich ihn nicht mehr wollen. Nein, mein Entschluß ist endgültig. Vielleicht hattest du recht mit Ryan – daß er charakterlich schwach und ein Weichling ist.«

»Ja«, gab Nick lakonisch zurück. »Er hat sich wirklich nicht sehr anständig benommen ...«

»O doch, Nick, doch!« fiel Francesca ihm ins Wort. »Ich habe mich vielleicht nicht richtig ausgedrückt. Ryan war sehr liebevoll letzte Nacht, sehr besorgt um mich, und er hat wirklich gezögert, Katharine da hineinzuziehen. Ich habe ihn praktisch dazu gezwungen, ihm jedes Wort aus der Nase gezogen.« Sie sah Nick ernst an. »Weißt du, irgendwie ist er noch furchtbar jung.«

»Das ist die Untertreibung des Jahres, Kleines«, erklärte Nick bissiger, als er beabsichtigt hatte.

Francesca lehnte den blonden Kopf ans Sofa und lächelte Nick wehmütig zu. »Vor Jahren, im alten Kinderspielzimmer von Langley, hast du mir gesagt, daß wir uns alle von unseren Liebestragödien erholen. Ich habe Vic überwunden. Und ich werde auch Ryan überwinden.«

»Davon bin ich überzeugt, Liebling«, sagte Nick und dachte, daß es diesmal bestimmt nicht so lange dauern würde. Er ahnte, daß Francesca Ryan O'Rourke niemals so tief und leidenschaftlich geliebt hatte wie Victor Mason.

Zum Lunch ging er mit ihr ins La Grenouille, doch sie blieb niedergeschlagen und nachdenklich.

Beim Essen sagte sie mit bedrücktem Lächeln: »Entschuldige, daß ich heute kein guter Gesprächspartner bin, aber ich muß immer noch an heute nacht denken.« Sie legte die Gabel hin. »Du und ich, wir scheinen beide unsere liebe Not mit den O'Rourkes zu haben, nicht wahr? Ich wünsche allmählich, ich hätte Ryan nie kennengelernt.« Sie sah ihn an. »Wünschst du dir das nicht auch manchmal? Katharine nie kennengelernt zu haben?«

Ihre Frage verblüffte ihn, und seine Miene wurde nachdenklich; aber dann lächelte er wieder. »Nein. Wir hatten unsere Höhen und Tiefen, und Katharine kann recht schwierig sein, aber es lohnt sich. Ich liebe sie sehr.« Und dachte, daß er sie viel zu sehr liebte. Der Kummer, den sie ihm vor allem in den letzten sechs Monaten bereitet hatte, war unerträglich gewesen. Er war froh, sie im Fernen Osten zu wissen. Die Erholungspause hatte ihm neue Kraft verliehen, und dennoch fehlte sie ihm, sehnte er sich nach ihr, konnte es kaum erwarten, bis sie zurückkam.

Francesca, die Nicks Schweigen mißdeutete, fuhr hastig fort: »O Gott, Nick, das klang furchtbar, nicht wahr? Aber so war es nicht gemeint. Ich weiß, daß du sie liebst. Ich liebe sie auch. Natürlich bin ich jetzt böse auf sie, aber das ändert nichts an meinen Gefühlen für sie.«

»Ja«, sagte Nick und nickte langsam. »So geht das mit ihr. Sie kann der schlimmste, aufreizendste Teufel sein, und dann wieder so bezaubernd, so verführerisch, daß man sofort vor ihrem Charme kapituliert. Die meiste Zeit komme ich mir vor wie auf einer Schiffschaukel.«

Er hatte schon mehrmals in den vergangenen Monaten mit Francesca über Katharine sprechen wollen, es dann aber doch nicht getan. Jetzt sagte er plötzlich: »Ich mache mir in letzter Zeit Sorgen um Kath. Sie verhält sich so exzentrisch. Hast du nicht auch gemerkt, wie launisch sie ist?«

Francesca ergriff Nicks Hand und antwortete leise: »Doch, das habe ich. Und Hilary auch. Wir ... haben erst letzte Woche darüber gesprochen. Kath war kurz vor der Abreise zu ihrem jetzigen Film ohne jeden Grund auf Terry losgegangen, der sehr bestürzt und gekränkt darüber war. Hilary ... Ich ... Nun ja, Nick, um ganz ehrlich zu sein, wir finden beide, daß Kath zum Arzt gehen sollte. Könntest du sie nicht dazu überreden, wenn sie zurückkommt?«

Nick sah das Mitgefühl in Francescas Blick. »Also haben's alle gemerkt«, murmelte er und packte ihre Hand noch fester. »Und du hast natürlich recht. Kath braucht wirklich ärztliche Hilfe. Ich habe das ihr gegenüber auch einmal erwähnt. Bei dem Wort Psychiater ist sie regelrecht in Panik geraten, hat sich dann aber zusammengerissen und ist über Nacht so normal und vernünftig geworden wie wir alle – bis zu ihrer Abreise im Mai.«

Angesichts seines Kummers verschluckte Francesca die Worte, die ihr auf der Zunge lagen, und sagte nach einer kleinen Pause: »Vor ungefähr vier Jahren, kurz nachdem ich nach New York umgezogen war, erzählte mir Doris, daß meinem Vater schon 1956 gewisse Dinge an Katharine aufgefallen seien.« Sie hielt inne, unsicher, ob sie fortfahren sollte.

»Was für Dinge?« fragte Nick. »Bitte, sag's mir!«

»Daddy hatte offenbar das Gefühl, Kath sei überaus labil und« – Francesca räusperte sich nervös – »seelisch sehr unausgeglichen. Entschuldige, Nick.«

Er schüttelte den Kopf. »Schon gut, macht nichts. Und Doris? War sie auch dieser Meinung? Und wie denkst du darüber?«

Francesca schluckte. »Doris wollte sich nicht festlegen, dazu ist sie zu fair. Und ich hab' damals nur gelacht. Aber in letzter Zeit bin ich doch nachdenklich geworden. Als ich im Januar aus England zurückkam, hatte ich sogar das Gefühl, daß Katharine am Rand ...«

»Ja?«

»... am Rand eines Nervenzusammenbruchs stand.«

Unwillkürlich hielt er den Atem an. »Mein Gott, Frankie, sag das nicht!« begann er und mußte dann einsehen, daß Francesca die Wahrheit sprach. Er hatte nur den Tatsachen nicht ins Auge sehen wollen. Nachdenklich fuhr er fort: »Ihre Stimmungen schwanken wie die Kurve einer Parabel.

Mal ist sie die fröhliche, strahlende Katharine, die wir alle so lieben, und im nächsten Moment fällt sie in tiefste Depressionen. Ich halte sie für schizophren.« Er seufzte. »Im März wurde sie sogar ausfallend gegen mich – in Wort und Tat.«

»O Gott, Nick! Nein!«

»Leider ja, und zwar nur, weil ich vom Skilaufen in Königssee gesprochen hatte. Sie beschuldigte mich, sie nicht zu lieben, sondern noch immer Diana nachzutrauern. Ich hab' es für grundlose Eifersucht gehalten, aber eine Woche später fingen die Beschimpfungen wieder an, und diesmal völlig ohne Grund. Nach diesen beiden Ausbrüchen war sie schuldbewußt, ja sogar demütig, und flehte mich an, ihr zu verzeihen.«

»Irrational. Sprunghaft«, sagte Francesca. »Und wir wissen beide, daß Kath sich sehr stark in etwas verrennen kann.«

Er nickte. Dann gestand er ihr: »Ich weiß noch, daß ich Kath, als ich sie 1956 kennenlernte, für eine leicht gestörte junge Frau hielt. Und nach den Probeaufnahmen für ›Wuthering Heights‹ hatte ich ein unheimliches Gefühl, als ob ihr eine Katastrophe drohte. Später habe ich dann gelacht. Katharine hat ihren Ruhm und Erfolg gut verkraftet und sich dadurch überhaupt nicht verändert. Findest du nicht?«

»Absolut, Nicky. Deswegen bin ich ja auch so besorgt. Ich meine, über ihre plötzliche Veränderung jetzt, in den letzten Monaten.«

»Ganz so plötzlich war sie nicht«, gab Nick zurück. »Ich glaube, ich habe vor Jahren schon gewisse Eigenheiten an ihr bemerkt, genauer gesagt 1964, als ich mit ihr und Victor für die Dreharbeiten des Films, den ich für die beiden geschrieben hatte, nach Afrika ging. Es war November. Sie war damals ... extrem gereizt, kurz angebunden mit Vic und diktatorisch mit uns beiden. Außerdem unerträglich energiegeladen, beinahe manisch. Konnte keine Sekunde ohne Beschäftigung sein und offenbar auch nicht schlafen. Als Vic und Kath einmal eine Woche frei hatten, wollte sie unbedingt auf Safari gehen und schleppte uns mit einem leicht beknackten Großwildjäger in den afrikanischen Busch. Außerdem mußte sie die Krals besichtigen, mit den Eingeborenen sprechen, den Dschungel erforschen und so weiter. Es war entsetzlich heiß, Vic und ich konnten kaum noch die Füße heben, wir schwitzten wie Bullen, aber Kath war kühl und gelassen, genoß jede Sekunde. Das war das Sonderbarste... Du weißt, wie sie die Hitze haßt und wie versessen sie darauf ist, jede Minute makellos frisch und gepflegt zu sein. Sie machte endlos Toilette in dieser primitiven Umgebung.« Nick zuckte die Achseln. »Ich konnte es nicht begreifen, sie war gar nicht richtig sie selbst. Anfang des Jahres dagegen, als wir in Mexiko waren, war sie wunderbar ruhig und entspannt. So glücklich und zufrieden wie dort hab' ich sie weder vorher noch – um ehrlich zu sein – nachher erlebt.«

»Ja, sie erzählte mir von den beiden Reisen. Mexiko hat ihr sehr gefallen, aber Afrika hat ihr Herz erobert. Richtig geschwärmt hat sie davon, und...« Francesca krauste die Stirn, als ihr auf einmal etwas einfiel. »War Kath in jenem Sommer nicht an der Westküste?«

»Ja. Als wir aus Mexiko zurückkamen, hat sie einen Film für Monarch gemacht. Warum, Frankie? Worauf willst du hinaus?«

»Weißt du, es mag verrückt klingen, aber es ist mir plötzlich aufgefallen, daß Katharine jedesmal ein bißchen seltsam war, wenn sie aus Kalifornien zurückkam. Wenigstens in den letzten vier Jahren, seit ich hier bin und sie beobachten konnte.«

»Seltsam? Inwiefern?«

»Bestimmte Wesenszüge an ihr schienen ausgeprägter zu

sein. Sie war launenhafter, hektischer und nervöser als sonst. Und so vage. Nein, verwirrt, das ist ein besserer Ausdruck. Und mir gegenüber häufig ziemlich kurz angebunden.« Francesca konzentrierte sich auf die Erinnerung an jene Zeit. »Seltsam, wie man beunruhigende Dinge immer wieder beiseite schiebt, nicht wahr? An eines, Nick, kann ich mich jetzt wieder genau erinnern: daß mich Katharine nach ihrer Rückkehr von der Westküste wahnsinnig nervös gemacht hat und daß ich Wochen gebraucht habe, bis ich mich ihr gegenüber wieder normal verhalten konnte. Und dann hatte sie einen so merkwürdigen Ausdruck in den Augen. Ich weiß nicht, wie ich ihn beschreiben soll. Ein brennendes Licht, ein Glanz, ein fiebriges Glitzern, richtig wild.« Francesca biß sich auf die Lippe. »Du siehst mich so zweifelnd an, aber es stimmt. Du glaubst doch nicht etwa, daß ich mir das alles einbilde!«

»Nein, das glaube ich nicht«, antwortete Nick leise. »Ich habe diesen Ausdruck auch schon in ihren Augen gesehen.«

Sie schwiegen. Francesca trank einen Schluck Kaffee und nahm sich eine Zigarette. »Ich frage mich«, sinnierte sie, »ob sie sich zwischen Ryan und mich gestellt hätte, wenn sie nicht so gestört wäre?«

»Das frage ich mich auch. Immerhin ist sie von Natur aus ein Mensch, der sich in die Angelegenheiten anderer einmischt, Frankie.« Er lächelte ironisch. »Jetzt haben wir die ganze Zeit nur von Kath gesprochen und überhaupt nicht mehr über deine Probleme.«

Aber ich habe keine Probleme, dachte Francesca. Nicht, wenn ich es recht überlege. Das Herz tat ihr weh, wenn sie bedachte, welche Schwierigkeiten vor Nick lagen. »Keine Sorge«, sagte sie. »Ich habe mit der Zeit eine recht gute Regenerationsfähigkeit entwickelt. Und außerdem habe ich dich, mein lieber, mein bester Freund. Ich wüßte nicht, wie ich ohne dich auskommen sollte.«

»Das brauchst du nicht, meine Schöne. Ich bin ja da. Und jetzt solltest du lieber nach Hause gehn. Du mußt noch pakken.« Er ließ sich die Rechnung geben und sagte dann: »Übrigens, ich werde dich morgen abend zum Flughafen bringen. Keine Widerrede!« ergänzte er, als sie protestieren wollte.

Dieses Gespräch über Katharine ließ Nicholas Latimer im Lauf der nächsten Wochen nicht los. Er fand immer neue Aspekte von Katharines Charakter, grübelte über ihr Verhalten in den letzten Monaten nach und versuchte zu ergründen, warum sie bestimmte, für ihn unbegreifliche Dinge tat. Er hatte Francesca einige Fakten verschwiegen. Wie konnte er ihr auch gestehen, daß Kath eine unverbesserliche Lügnerin war? Und zwar, was ihn am meisten bedrückte, in völlig belanglosen Dingen. Eines Tages hatte er sich gesagt, daß sie vielleicht nicht anders konnte, und sich gefragt, ob das nicht vielleicht eine schlechte Angewohnheit aus ihrer Jugend sei statt ein Symptom für eine geistige Störung.

Noch beunruhigender fand Nick jedoch eine andere Gewohnheit, die Katharine erst kurz vor ihrer Abreise nach Ceylon angenommen hatte: Sie pflegte für längere Zeiträume einfach zu verschwinden und brachte dafür so leicht durchschaubare Erklärungen vor, daß er darüber gelacht hätte, wäre die Situation nicht so ernst gewesen. So behauptete sie zum Beispiel, sie sei in der Kirche gewesen und hätte ein Buch in die Bibliothek zurückgebracht – zu einer Zeit, da sowohl Kirchen als auch Bibliotheken geschlossen waren. Als er ihr vorhielt, wie lächerlich derartige Lügen seien, hatte sie trotzig an ihrer Version festgehalten. Nicht lange danach hatte sie ihm wirklich Angst eingejagt, als sie zu einem verabredeten Dinner in seiner Wohnung nicht erschien. Nachdem er wiederholt versucht hatte, sie anzurufen, ohne daß sich jemand meldete, war er zu ihrer Wohnung in der Seventy-second Street gelaufen. Da jeder den Schlüssel des anderen besaß, hatte er aufgeschlossen, die Wohnung jedoch leer gefunden. Gegen Mitternacht war Katharine dann müde und erregt erschienen. Als sie ihn sah, war sie erschrocken und hatte heftig abgestritten, daß sie zum Dinner verabredet gewesen waren, hatte einen Wutanfall bekommen und ihn beschuldigt, ihr nachzuspionieren, in ihren persönlichen Papieren herumzuschnüffeln. In der Erkenntnis, daß ein großer Krach auch nicht weiterhalf, war Nick nach Hause gegangen und hatte sich bekümmert gefragt, ob Katharine tatsächlich unaufhaltsam dem Wahnsinn zutrieb. Am nächsten Morgen hatte Katharine sich unter Reuetränen entschuldigt, ihn angefleht, ihr zu verzeihen, ihm versichert, so etwas werde nie wieder geschehen. Und sich bis zum Beginn ihres Films mustergültig verhalten.

Als er jetzt über diese beiden neuen Gewohnheiten nachdachte, schoß ihm plötzlich der Gedanke durch den Kopf, daß sie vielleicht einen plausiblen Grund für ihre Lügen und ihr wiederholtes Verschwinden hatte: einen anderen Mann. Aber er tat diese Vorstellung nach einigem Grübeln als lächerlich ab. Abgesehen davon, daß sie von Natur aus nicht leichtsinnig war, hatte sie einen letzten Rest von Frigidität nicht ablegen können, und Nick wußte, daß der Sex für sie keine treibende Kraft sein konnte.

An die Möglichkeit, daß sie tatsächlich eine Affäre hatte, dachte er erst wieder nach einem Jahr.

Mitte Juli kam Katharine in die Staaten zurück. Als Nick sie vom Flughafen abholte, sah er sofort, daß sie sich wieder einmal verändert hatte. Sie war wieder wie früher. Der Aufenthalt in Fernost hatte ihr offenbar gutgetan, und die Dreharbeiten waren glatt verlaufen. Sie strahlte eine Frische und

Lebenskraft aus, über die Nick staunte, und hielt ihn binnen kurzem schon wieder ganz in ihrem Bann. Allmählich begann sich seine Besorgnis zu legen, aber eben doch nicht ganz. Er beobachtete Katharine und wartete.

Auch mit der Nachricht von Ryans und Francescas Trennung ließ Nick sich Zeit und sagte Katharine nur, die Freundin sei früher als geplant zu ihrem Urlaub in Südfrankreich aufgebrochen. Erst als Katharine sich wieder eingewöhnt hatte, berichtete er ihr davon.

Aufrichtig erstaunt und erzürnt rief Katharine sofort in Monte Carlo an. Und als Nick hörte, was sie zu Francesca sagte, war er überzeugt, daß sie aufrichtig war. Ryan hatte – wie vermutet – die Schuld auf Katharine abgewälzt, die ihn lediglich auf eventuelle Probleme, wie etwa die verschiedenen Konfessionen, hingewiesen und ihn gebeten hatte, gut nachzudenken, bevor er eine unwiderrufliche Entscheidung treffe.

»Und noch etwas, Frankie, Liebling«, sagte Katharine am Telefon. »Ich habe Ryan gewarnt – wenn er dir weh täte, werde er sich vor mir verantworten müssen. Warte nur, dem werd' ich's zeigen! Er hat sich dir gegenüber erbärmlich benommen. Du glaubst nicht, wie wütend ich auf ihn bin.«

Als Nick wenige Tage nach diesem Anruf zu Katharine in die Wohnung kam, fand er sie in einem heftigen Streit mit ihrem Bruder, der sie bei einem kurzen Aufenthalt in Manhattan besuchte. Rasch zog Nick sich in Katharines Schlafzimmer zurück und kam erst wieder hervor, als Ryan fort war.

Ihren kochenden Zorn bezwingend, informierte Katharine Nick mit ernster Miene, daß sie mit ihrem Bruder gebrochen habe. »Ich überlasse ihn Gott – und Patrick O'Rourke. Falls er mit beiden fertig wird«, hatte sie ihm erklärt. »Ich halte es nicht mehr aus mit ihm. Er ist unmöglich. Und allmählich sehe ich ein, daß du möglicherweise doch recht hast. Er ist charakterlich schwach. Er braucht sich nie wieder hier blikken zu lassen, hab' ich ihm gesagt.«

Nick äußerte sich nicht dazu. Sie hatte schon oft Auseinandersetzungen mit Ryan gehabt und jedesmal als erste die Versöhnung gesucht. Aber als die Wochen vergingen und sie keinen Versuch machte, Kontakt mit dem Bruder aufzunehmen, begann Nick an die Wahrheit ihrer Worte zu glauben. Und er machte sich Vorwürfe, daß er gleich das Schlimmste angenommen, sie der Unaufrichtigkeit und Verlogenheit bezichtigt hatte. Denn seit ihrer Rückkehr hatte Katharine nichts mehr von diesen üblen Eigenschaften erkennen lassen. Sie war gelassen; sie war umsichtig und liebevoll. Zwar war sie manchmal sonderbar still, gelegentlich sogar geistesabwesend, gab ihm aber keinen Anlaß zur Sorge.

Vielleicht war sie ja auch nur überarbeitet gewesen, hatte zu stark unter dem Streß und der Nervenanspannung gelitten. Schon andere Schauspieler waren darunter zusammengebrochen, und sie hatte einen Film nach dem anderen gedreht, alles in halsbrecherischem Tempo, und dazwischen am Broadway in »Trojan Interlude« gespielt. Nick nahm sich vor, gegen ihr nächstes Projekt, was immer es sein mochte, sein Veto einzulegen.

Aber das tat er nicht. Er begrüßte es sogar. Katharine machte sich auf die Suche nach einem Landhaus, in dem sie ihre Wochenenden verbringen konnten. Nick bestärkte sie darin, weil er fand, es sei eine willkommene Ablenkung und Therapie. Gemeinsam mit Francesca, die Ende September zurückgekommen war, durchstreiften sie alle drei an den November-Wochenenden New Jersey, Long Island, Connecticut und die Berkshires, doch dann war es Katharine allein, die eines Wochentags in Connecticut den perfekten »Zufluchtsort« fand. Enttäuscht merkte Nick bei der ersten

Besichtigung, daß er das Haus nicht mochte. Schon als Kind war er überzeugt gewesen, daß Häuser ihre eigene Atmosphäre haben, Erinnerungen aus der Vergangenheit bergen, und dieses strahlte Unglück aus. Für ihn roch es nach Kummer und Leid, aber er schwieg, weil sie so begeistert war. Wie er vermutet hatte, stürzte sie sich mit Eifer auf die Renovierung und lehnte dafür sogar einen Film und ein Theaterstück ab. Fünf Monate später, im März, war das Haus in New Canaan endlich fertig.

Anfang des Sommers 1967 stellte Nick fest, daß er Katharine gegenüber jetzt völlig gelassen war und sogar relativ zufrieden. Er wußte seit langem, daß sie nie wieder so himmelhoch jauchzend glücklich sein würden wie 1964 in Mexiko, aber er liebte sie und fand, sie hätten die Chance, ein gutes Leben miteinander zu führen. Ein ganzes Jahr hatte sie weder vor der Kamera noch auf einer Bühne gestanden und war geistig und körperlich gesund. Zu Nicks Erstaunen schien sie die Schauspielerei nicht einmal zu vermissen. Dadurch ermutigt, beschloß er, mit Katharine über ihre Zukunft zu sprechen.

Eines Sonntagnachmittags, als sie auf der Terrasse des Landhauses saßen, machte er ihr einen Vorschlag. »Ein Film pro Jahr oder alle achtzehn Monate und gelegentlich eine Broadwayaufführung, aber mit begrenzter Dauer. Du solltest ein bißchen kürzertreten als in den letzten Jahren.«

Katharine lachte. »Aber ich kann mich doch nicht zur Ruhe setzen, Nicky! Ich bin erst zweiunddreißig. Zur Ruhe setzt man sich, wenn man alt ist! Außerdem würde ich vor Langeweile sterben.«

»Würdest du nicht. Es wird Zeit, daß du die Früchte deiner angestrengten Arbeit genießt. Und Geld brauchst du nun wirklich nicht.«

»Aber was soll ich mit meiner Zeit anfangen?«

»Widme sie mir.« Eifrig beugte er sich vor. »Wir haben früher doch schon mal vom Heiraten gesprochen. Laß es uns jetzt tun, Kath – bitte!«

Verblüfft, mit großen Augen, starrte sie ihn an; dann ging sie zu ihm, kniete vor ihm nieder und legte die Arme auf seine Knie. »Meinst du das wirklich ernst, mein geliebter Mr. Latimer?«

»Aber gewiß, meine göttliche Miss Tempest.« Er küßte sie innig auf den Mund. »Ich liebe dich, Kath.«

»Ich dich auch, Nicky.«

»Und wie lautet Ihre Antwort, Lady?«

»Natürlich ja, du großer Dummkopf!«

Sein Herz tat einen Sprung. »Gott sei Dank! Und wann? Wann wollen wir heiraten?«

»Bald, mein Liebling.«

»Bald ist nicht bald genug, mein Mädchen. Und für mich nicht präzise genug.« Er berührte ihre Wange. »Ich werde nicht jünger, weißt du. Ich bin vierzig. Es wird Zeit, daß wir eine Familie gründen.«

Sie öffnete die Lippen, schwieg aber und sah ihn sehr lange an. Die letzte Spur eines Lächelns erlosch. »Nächste Woche nenne ich dir das Datum, Liebling«, versprach sie.

Aber sie tat es nicht, und plötzlich brach wieder alles zusammen.

Sechsundvierzigstes Kapitel

Überall brannten strahlend die Lichter, aber es war totenstill. Unheimlich.

Francesca stand in der Halle des Wochenendhauses, fröstelte vor Unbehagen und packte unwillkürlich Ladas Leine fester. Als Nick mit dem Gepäck hereinkam, fuhr sie zu ihm herum. »Hier stimmt was nicht, Nicky! Das spüre ich«, sagte sie.

Auch Nick fiel sofort die unheimliche Stille auf. Er stellte die Koffer ab, sah sich suchend um und lauschte. Gewöhnlich hallte das Haus wider von Radio- oder Schallplattenmusik, Geräuschen aus der Küche, Mrs. Jennings' Anweisungen, Katharines Stimme am Telefon. Und es war gar nicht ihre Art, ihn nicht zu begrüßen, wenn er aus Manhattan kam. Aber in letzter Zeit war sie überhaupt wieder seltsam gewesen. Er stöhnte. Vielleicht war dieses merkwürdige, geistesabwesende, verwirrte Wesen die wahre Katharine Tempest.

Francescas besorgten Blick erwidernd, ging er auf die Wohnzimmertür zu und rief zurück: »Sieh du in der Küche und den rückwärtigen Räumen nach, Frankie. Vielleicht findest du Mrs. Jennings oder das Mädchen. Möglich, daß Kath plötzlich fort mußte.«

»Ja, Nicky. Bis gleich.« Francesca eilte den kurzen Gang zur Küche entlang.

Im Wohnzimmer wirkte alles normal. Mehrere Lampen brannten, Kissen lagen auf Sofas und Sesseln, und nirgends war eine Spur Unordnung zu entdecken. Das einzig Auffallende war das Kaminfeuer: Es war fast ganz heruntergebrannt. Dabei liebte Katharine prasselnde Feuer und ließ sie sogar an Sommerabenden brennen. Jetzt war November, und die Luft war frostig. Nick sah auf die Uhr. Halb acht. Wo immer sie sein mochte – nach dem Kaminfeuer zu urteilen, mußte sie schon lange fort sein. Es sei denn ... Es sei denn, sie hatte das Haus gar nicht verlassen. War sie vielleicht verletzt? Aber wo war das Personal? Ein Verbrechen? Großer Gott, Einbrecher würden einen Mord begehen für ihre Schmucksammlung!

Nick lief in die Halle zurück und eilte die Treppe zu Katharines Schlafzimmer hinauf. Heftig keuchend lehnte er sich an den Türrahmen. Das Zimmer war still und unberührt. Lampen brannten. Das Bett war nicht benutzt. Alle Möbel standen an ihrem Platz. Aber auch hier war das Feuer nur noch Glut in der Asche. Sein Blick fiel auf einige leere Schmucketuis auf dem Toilettentisch. Er lief hin und griff nach dem größten, das er noch nie gesehen hatte. Es wirkte nagelneu. Auf der Innenseite des Deckels entdeckte er den Namen Van Cleef & Arpels und darunter, etwas kleiner: Beverly Hills. Insgesamt waren es drei verschieden große Etuis. Wo war der Inhalt? Trug sie ihn, oder war er etwa gestohlen worden?

Beklommen stieß er die Badezimmertür auf und machte Licht. Auch hier kein Zeichen von Unordnung. Nick griff nach dem Duschvorhang, öffnete ihn und warf einen Blick in die Wanne. Sie enthielt nichts als einen nassen Schwamm.

Nachdem er alle Zimmer der beiden oberen Stockwerke kontrolliert und nichts Verdächtiges gefunden hatte, lief Nick wieder hinunter. Francesca stand, immer noch Ladas Leine haltend, in der Halle. »Alles in Ordnung, oben«, berichtete er, die Hand am Treppengeländer. »Und kein Mensch da.«

»Das Haus ist leer, Nicky. Ich war im Mädchenzimmer, im Arbeitszimmer, im Eßzimmer und in der Bibliothek. Ich kann es mir nicht erklären.«

»Du hast überhaupt nichts Ungewöhnliches entdeckt?«

»Nein. Nur in der Küche.«

»Was ist mit der Küche?« fragte er scharf.

»Mrs. Jennings muß mitten in den Vorbereitungen zum Kochen gestört worden sein. Komm mit, ich zeig's dir.«

»Siehst du, da drüben?« sagte sie in der Küche. »Lauter nicht fertig geschnittenes Gemüse, sogar Abfälle auf der Arbeitsplatte. Die müssen da schon seit Stunden liegen. Und diese Schürze hab' ich auf dem Boden gefunden. Ich hab' sie aufgehoben und auf den Hocker gelegt.«

Nick untersuchte die Schürze, ging durch die Küche und steckte den Kopf in mehrere Kammern und Besenschränke. »Du bleibst hier, Frankie. Das wird mir allmählich unheimlich. Ich werde jetzt in den Keller gehen.«

Francesca hob die Hand an den Mund. »Mein Gott, Nick! Du glaubst doch nicht ...«

»Ich weiß nicht, was ich glauben soll. Warte hier, okay?«

Sie nickte und nahm ängstlich den Hund auf den Arm. Mit geschlossenen Augen flehte sie, daß Nick sich beeilen möge.

»Alles in Ordnung, Kleines«, sagte Nick wenige Minuten später und schlug die Kellertür hinter sich zu. »Wir haben das ganze Haus durchsucht. Jetzt muß ich nur noch im Garten nachsehen.«

Francesca konnte nur wortlos nicken. Angsterfüllt folgte sie ihm hinaus, sah zu, wie er im Dielenschrank nach einer Taschenlampe suchte, die Haustür öffnete und das Außenlicht einschaltete.

»Soll ich mitkommen?« fragte sie.

Nick fuhr herum. »Auf gar keinen Fall!« Dann nahm er Kurs auf eine dichte Gruppe von Büschen und Sträuchern an der hohen Steinmauer, die das Grundstück umgab.

Als Lada unruhig wurde, faßte Francesca sich ein Herz und trat in die kalte Nachtluft hinaus. Auch hier war alles still. Sie lehnte sich an den Kühler von Nicks Wagen und kroch tiefer in ihren dicken Pullover hinein ...

»Du kannst dich beruhigen, Frankie«, rief Nick, als er über den Rasen auf sie zukam. »Der Garten ist ebenso leer wie das Haus. Trotzdem will ich noch schnell in der Garage nachsehen.«

»Okay, Liebling«, antwortete sie, und ihre Nervosität legte sich tatsächlich ein wenig.

Wenige Sekunden später führte Nick sie kopfschüttelnd ins Haus. »Es ist wirklich verrückt. Katharines Auto steht in der Garage. Komm, Kleines, ins Wohnzimmer mit dir. Du zitterst inzwischen ja vor Kälte. Ich glaube, wir brauchen beide einen Drink.«

»Ein Glück, daß Kath und den anderen nichts passiert ist. Bestimmt ist sie ausgegangen und jemand hat sie abgeholt. Eine andere Erklärung gibt es nicht, Nick.«

»Möglich«, antwortete er. »Aber wo ist Mrs. Jennings? Im allgemeinen bleibt sie bis zehn. Was hat sie bei ihrer Arbeit gestört? Und wo zum Teufel steckt Renata?«

»Vielleicht ist bei Mrs. Jennings zu Hause etwas passiert, und sie mußte sofort heim. Und Renata könnte ihren freien Tag haben. Wann ist der?«

»Mittwochs.« Nick kniete vor dem Kamin und versuchte, das Feuer wieder in Gang zu bringen. »Heute ist Donnerstag. Würdest du ein bißchen Eis holen, Frankie?«

»Aber sicher.« Sie wandte sich um und wollte hinaus.

Nick lachte. »Du hältst die arme Lada umklammert, als sei

ihr Leben in Gefahr! Setz sie ab, Liebling, und mach um Gottes willen die Leine los.«

Verlegen stimmte Francesca in sein Lachen ein. Sie löste das Halsband und sagte: »Ich weiß, es ist dumm von mir, aber ich habe immer das Gefühl, als ob hier etwas ... etwas lauert, im Haus. Ich kann's nicht erklären ... vielleicht ist es die Atmosphäre.« Sie zuckte die Achseln. »Du hältst mich vermutlich für genauso verrückt wie Kath ...« Ihre Stimme versagte, sie starrte ihn entgeistert an und schüttelte langsam den Kopf. »O Gott, Nick, es tut mir leid!« entschuldigte sie sich. »Ich wollte nicht andeuten, daß Katharine geisteskrank ist.«

Er lächelte schwach. »Sie ist tatsächlich wieder am Rand eines Nervenzusammenbruchs, das weißt du. Manchmal kommt es mir vor, als sei sie wirklich ausgeflippt. Und was das Haus betrifft – ich habe es immer gehaßt. Es hat eine unangenehme Atmosphäre, düster und schicksalsschwer. Aber jetzt hol endlich das Eis, dann mach' ich uns zwei kräftige Drinks. Wodka, wie immer?«

»Ja, bitte. Mit Tonic. Sag mal, warum versuchst du nicht, Mrs. Jennings anzurufen?«

»Daran habe ich auch gedacht. Wenn ich hier fertig bin, werde ich's mal versuchen. Und wenn du schon in der Küche bist, Kleines, sieh doch mal nach, ob's nicht vielleicht Käse und ein paar Crackers gibt. Ich bin halb verhungert.«

»Gute Idee. Ich könnte auch etwas zu essen vertragen.«

Als sie zurückkam und die Drinks mixte, legte er den Hörer auf und rieb sich die müden Augen. »Nach allem, was ich noch mitgehört habe, hat Katharine Mrs. Jennings heute gefeuert«, sagte sie.

»Ja, und sie ist furchtbar empört darüber. Heute am frühen Abend hat Katharine anscheinend ohne jeden Grund einen richtigen Koller gekriegt. Sie hat Mrs. Jennings beschimpft und ihr kurzerhand für morgen gekündigt. Mrs. Jennings wollte jedoch nicht eine einzige Minute länger in diesem Haus bleiben, hat das Messer hingelegt, die Schürze irgendwo hingeschleudert und ist gegangen. Und Renata hat heute wirklich frei, weil ihre Cousine aus Italien in Manhattan zu Besuch ist, wird aber morgen wiederkommen.«

»Und Kath? Weiß Mrs. Jennings darüber etwas?«

»Kath sei in großer Gala gewesen, als sie den Streit hatten, weil sie zu einem Dinner oder zu einer Party wollte. Und mit Renata hatte Kath gestern offenbar auch einen Streit. Das Mädchen mußte ihr ein Kleid nach dem anderen bügeln, weil sie nicht wußte, was sie heute anziehen wollte.« Er seufzte. Wie gehabt, dachte er und starrte auf Katharines Notizblock hinab, auf dem er während des Gesprächs herumgekritzelt hatte.

»Komisch, daß Kath heute ausgeht! Sie wußte doch, daß wir kommen würden. Na ja, lassen wir das. Wenigstens wissen wir jetzt Bescheid.«

»Nicht ganz. Wir wissen noch nicht, wo Katharine ist.«

»Jetzt komm erst mal und trink etwas«, drängte Francesca, die seine bekümmerte Miene sah. »Sicher kommt sie bald nach Hause.«

»Ja«, gab Nick zerstreut zurück. Sein Blick war auf den Notizblock gerichtet. Unmittelbar unterhalb seines Gekritzels hatten sich Schriftzüge vom letzten Blatt abgezeichnet. Er hielt den Block ans Licht und las: Michael. Donnerstag. Sieben. Greenwich. Darunter standen noch ein paar Zahlen, aber so undeutlich, daß er sie nicht entziffern konnte.

»Was machst du da, Nick?«

»Einen Augenblick, Frankie. Ich glaube, ich habe etwas gefunden. Kennt Katharine einen Mann namens Michael, der in Greenwich wohnt?«

»Ich glaube nicht. Warum denn?«

»Sieh dir das an.« Er zeigte ihr den Block. »Sie hat da irgendwas geschrieben, und das hat sich auf dem nächsten Blatt abgedrückt.«

Francesca erkannte Katharines Schrift. »Die Zahlen sind nicht deutlich genug. Schraffier sie doch ganz leicht mit Bleistift, dann werden sie klarer.«

»He, bravo, mein Mädchen! Jetzt kann man sie tatsächlich erkennen.« Nick warf den Bleistift hin. »Das ist ganz zweifellos eine Telefonnummer.« Er griff nach dem Hörer. »Jetzt werden wir feststellen, wer dieser geheimnisvolle Michael ist und ob Katharine sich bei ihm in Greenwich aufhält.«

Schnell ergriff Francesca seinen Arm. »Moment mal, Nicky!« rief sie hastig. »Ich weiß, daß du wütend auf Kath bist – mit Recht. Aber wenn sie dort ist, würdest du sie nur anschreien und zusätzliche Probleme schaffen. Sie ist in letzter Zeit paranoid und glaubt, alle spionieren ihr nach. Vor allem du. Es wäre besser, wenn ich anriefe und mit ihr spräche. Bitte!«

Er zögerte; dann sagte er achselzuckend: »Bitte sehr, Kleines.« Er reichte ihr den Hörer und schlenderte zum Kamin. Francesca wählte, wartete. Ein Ausdruck des Erstaunens blitzte in ihren Augen auf. »Verzeihung, falsch verbunden«, murmelte sie dann und legte langsam, ohne Nick anzusehen, den Hörer auf.

»Warum hast du so schnell aufgelegt?« fuhr Nick zornig auf. »Woher weißt du, daß du die falsche Nummer gewählt hast?« Und als sie nicht antwortete: »Warum hast du so erstaunt ausgesehen?«

Langsam kehrte Francesca zum Sofa zurück, verzweifelt bemüht, ihren Schock zu verbergen. Wenn sie behauptete, eine Bar oder ein Restaurant in Greenwich habe sich gemeldet, würde er ihr nicht glauben und wahrscheinlich selbst noch einmal anrufen. Und das durfte sie nicht zulassen. Sie räusperte sich und sagte leise: »Ich glaube, da hat sich ein Butler gemeldet.«

»Und?«

Elend vor Kummer ließ sich Francesca aufs Sofa sinken. »Er sagte...« Die Worte blieben ihr in der Kehle stecken; sie räusperte sich, noch nervöser als zuvor. »Er sagte... Der Butler sagte... bei Lazarus.«

Für den Bruchteil einer Sekunde schien Nick nicht zu begreifen. Er starrte Francesca sprachlos an. Dann explodierte er. »Verdammt noch mal, ich hätte es wissen müssen! Dieses Schwein streicht doch seit Jahren um sie herum.« Mit der Faust schlug er sich in die Handfläche. »Ich werde den Kerl jetzt sofort anrufen und ihn fertigmachen. Und Katharine«, brüllte er wütend, »werd' ich den Hals umdrehen. Ich hab' sie vor ihm gewarnt. Immer und immer wieder!« Mit wenigen Schritten war er am Schreibtisch, griff nach dem Telefon und schrie: »Sie weiß, was ich von diesem Widerling halte! Wie kann sie mir nur so etwas antun?«

Francesca hastete hinter ihm her, packte ihn am Arm und versuchte, ihn zurückzuhalten. »Bitte, Nick«, flehte sie mit weit aufgerissenen Augen, »tu's nicht! Bitte, bitte, ruf dort nicht an! Du ziehst voreilige Schlüsse. Falsche Schlüsse!«

Nick wehrte sich, hochrot vor Zorn und mit funkelnden Augen. »Laß mich, Frankie! Ich weiß, was ich tue!« Das Telefon krachte zu Boden, der Stuhl kippte um, die Schreibtischlampe schwankte gefährlich. Plötzlich fielen Nicks Arme schlaff herab, er starrte Francesca an und schüttelte den Kopf. »Du hast recht, Kleines«, murmelte er, hob das Telefon auf und stellte den Stuhl wieder hin.

Schwer atmend ergriff Francesca seine Hand. »Komm, wir besprechen das in aller Ruhe.« Sie führte ihn zum Kamin zurück, drückte ihn aufs Sofa, holte die Drinks und setzte sich ebenfalls. »Verurteile sie nicht, Nicky, bevor du alle Fakten hast. Daß sie sich in seinem Haus aufhält, bedeutet gar nichts. Schließlich gehört ihm die Monarch, und er ist heute einer der Großen im Filmgeschäft. Katharine ist ein Superstar. Und in letzter Zeit unzufrieden mit ihrer Untätigkeit. Sie hat mir gesagt, sie möchte wieder arbeiten. Vielleicht will er ihr einen Film für die Monarch anbieten. Das heißt, ich bin sicher, daß sie deswegen bei ihm ist.«

Nick musterte Francesca durch den Rauch ihrer Zigaretten. »Glaubst du das wirklich?« erkundigte er sich mit ironischem Auflachen. »Sei doch nicht so naiv, Kleines! Hör zu. Als Aufsichtsratsvorsitzender des Konzerns, dem die Monarch gehört, hat er mit den Filmen, die sie produzieren, im Grunde überhaupt nichts zu tun. Aber als Kath 1964 für die Monarch arbeitete, hockte er ständig in seinem Büro auf dem Filmgelände. Ich war auch dort, Frankie! Mir ist nicht entgangen, wie er sie angesehen hat. Aber ich hab' mir nichts anmerken lassen. Mir blieb schließlich nichts anderes übrig. Und ...«

»Katharine kann sich doch unmöglich für ihn interessieren! Wahrscheinlich wollte sie nur höflich sein, wegen seiner Position, ihn nicht brüskieren ...«

»Ihn nicht brüskieren? Was für ein Unsinn!« schimpfte Nick und ließ sich dann beschämt in die Sofakissen zurücksinken. »Entschuldige, Frankie, ich darf meinen Zorn nicht an dir auslassen. Gib mir eine Minute Zeit, um mich zu beruhigen.«

Sie nickte schweigend. Finster starrte er ins Feuer. Plötzlich begriff er vieles, was er zuvor nicht verstanden hatte. Eine Bemerkung, die Victor vor Jahren gemacht hatte, und eine Andeutung Jake Watsons aus jüngster Zeit. Nick seufzte und sah Francesca an. »Sie muß Mike Lazarus im letzten Sommer sehr häufig gesehen haben. Als sie nach ihrer Rückkehr aus Ceylon den Ostasienfilm der Twentieth synchronisieren mußte. Es gab da einen Bericht im ›Hollywood Reporter‹ über eine Party, die Lazarus in seinem neuen Haus in Bel Air Estates gab. Mit Katharine als Ehrengast. Ich war wie vom Donner gerührt. Schließlich weiß sie, wie ich diesen schleimigen Bastard hasse!«

»Hast du sie deswegen zur Rede gestellt?«

»Aber gewiß doch. Als sie nach Hause kam, hab' ich es beiläufig erwähnt – vorsichtig wie immer, damit sie sich nicht wieder aufregte. Sie leugnete, auf der Party gewesen zu sein, und behauptete, sie habe die Einladung zwar akzeptiert, weil sie ihn nicht kränken wollte, im letzten Moment aber abgesagt.«

»Und du hast ihr das nicht geglaubt, nicht wahr?«

»Im Grunde nicht, Frankie. Aber ich wollte es auch nicht aufbauschen, weil sie gerade so ausgeglichen war.« Er beugte sich vor. »Du hast dir Sorgen gemacht – über ihre Verlogenheit, über ihr Verschwinden zu den seltsamsten Zeiten in den letzten Monaten. Aber ich muß dir gestehen, daß das für mich nichts Neues mehr war. Genauso hat sie sich letztes Jahr unmittelbar vor ihrer Abreise nach Ceylon verhalten.«

»Mein Gott, Nicky! Warum hast du mir nichts davon gesagt?«

»Wahrscheinlich, weil ich sie schützen wollte.« Er schilderte ihr einige jener Zwischenfälle und schloß: »Ich glaube allmählich, daß sie sich schon damals mit Lazarus eingelassen hat, vielleicht sogar schon 1964, als sie den Film für die Monarch drehte. Genau wie sie sich jetzt wieder mit ihm eingelassen hat.«

»Das glaube ich nicht«, warf Francesca hastig ein. »Du hast keinerlei Beweise dafür.«

»Es ist kein Schuß ins Blaue, Kleines!« Nick rauchte schweigend. »Als ich vorhin in ihrem Schlafzimmer nachsah, entdeckte ich auf dem Toilettentisch leere Schmucketuis, die ich noch nie zuvor gesehen hatte. Nagelneu. Ich habe zwei und zwei zusammengezählt, und das Ergebnis ist Lazarus.«

Francesca krauste verwirrt die Stirn. »Vielleicht hat sie sich die Sachen gekauft...«

»Ich weiß, daß sie das nicht getan hat«, versicherte Nick. »Außerdem stammt das Zeug von Van Cleef in Beverly Hills. Wo sie seit über einem Jahr nicht mehr gewesen ist. Und normalerweise zeigt sie mir alles, was sie sich kauft, bevor sie ihre Entscheidung trifft. Nein, das ist typisch Lazarus-Stil. Der Kerl hat seine Weiber immer mit Schmuck behängt.«

Francesca zog eine Grimasse. »Ich kann mir einfach nicht vorstellen, daß Kath sich mit Lazarus eingelassen hat. Igitt! Wieso sollte sie sich für ihn interessieren!«

»Geld!«

»Aber Katharine ist Millionärin.«

»Ja. Aber Lazarus ist einer der reichsten Männer der Welt. Gegen seine Milliarden sind Katharines Millionen ein Taschengeld. Und ich habe nicht Geld an sich gemeint, sondern die Macht, die damit verbunden ist, den Einfluß.«

Francesca schwieg, beobachtete Nick. Er wirkte wieder ruhiger, in seinen Augen las sie jedoch den Schmerz. Er rauchte eine Zigarette nach der anderen und wippte mit dem Fuß, wie er es nur tat, wenn er übererregt war. Begütigend sagte sie: »Du solltest keine voreiligen Schlüsse ziehen, Nikky. Warten wir ab, was Kath dazu sagt. Ich bin überzeugt, daß sie eine gute Erklärung hat.«

Er wußte nicht, ob er Victor Mason anrufen sollte oder nicht. Nick hatte plötzlich erkannt, daß Victor der einzige war, der ihn in zwei Punkten aufklären konnte.

Nick sah auf die Uhr. Zwanzig nach elf, in Santa Barbara also zwanzig nach acht. Er zögerte aus mehreren Gründen:

weil Katharine jeden Moment zurückkommen konnte und weil Victor eigene Probleme hatte. Lynn, seit einem Jahr Victors Frau, war erkrankt, und Victor hatte ihm vor zwei Tagen mitgeteilt, daß die Diagnose nicht gut war: Leukämie. Armer Kerl, dachte Nick; immer hat er Pech im Privatleben.

Francesca kam eilig herein, ein kamelhaarfarbenes Cape über der hellen Hose und dem dazu passenden Pullover. »Ich führe Lada ein bißchen spazieren, Nick. Wenn ich zurückkomme, können wir gleich Kaffee trinken. Er steht schon auf dem Herd.«

»Okay, aber bleib auf dem Grundstück.«

»Selbstverständlich. Komm, Lada.«

Gehorsam sprang der Hund vom Sofa und lief auf sie zu. Nachdenklich sah Nick Francesca nach. Victor erkundigte sich oft nach ihr. Sie dagegen erwähnte ihn nie. Sie muß doch manchmal an ihn denken, sagte sich Nick und stand auf. Wenn er die Ranch anrufen wollte, tat er es am besten jetzt, solange er allein war. Er ging zum Schreibtisch und nahm den Hörer ab.

Victor meldete sich selbst. »Rancho Che Sarà Sarà.«

»Hallo, Vic. Ich bin's, Nicky.«

»Hallo, alter Freund. Mein Gott, das ist Gedankenübertragung. Gerade wollte ich dich anrufen.«

»Ach, wirklich? Alles in Ordnung, bei euch da unten?« fragte Nick beunruhigt. »Wie geht's Lynn?«

»Ein bißchen besser als gestern. Die Medikamente helfen recht gut. Die Ärzte sind zuversichtlich; sie glauben alles unter Kontrolle zu haben.«

»Wie schön! Grüß Lynn bitte ganz lieb von mir.«

»Mach' ich, Nicky. Aber ich wollte gerade sagen, daß ich schon die Hand am Hörer hatte, als Jake hereinkam. Er kam von L. A. und wird ein paar Tage bleiben. Ich freue mich sehr.«

»Kann ich verstehen. Ich werde auch kommen, sobald es geht. Hör mal, Vic, Jake ist einer der Gründe, warum ich dich heute anrufe.«

»Ach ja? Warum?«

»Weil ich dich nach etwas fragen wollte – nach einer zufälligen Bemerkung, die er neulich uns beiden gegenüber gemacht hat. Ich dachte, er würde vielleicht nichts sagen, wenn ich ihn direkt frage. Hast du ein paar Minuten Zeit?«

»Aber sicher, Kleiner. Schieß los.«

»Erinnerst du dich an die Zeit, als Katharine und Beau Stanton sich scheiden ließen?«

Ein kurzes Schweigen entstand am anderen Ende der Leitung. »Aber sicher, Nicky«, sagte er dann.

»Okay. Ich weiß nicht, ob du dich noch erinnerst, aber ungefähr zu jener Zeit erzähltest du mir, Beau Stanton gebe Mike Lazarus die Schuld an einigen der Probleme damals, habe den Eindruck, Lazarus übe einen schlechten Einfluß auf Katharine aus. Erinnerst du dich?«

O Gott, er hat's erfahren, bevor ich's ihm sagen konnte, dachte Victor. Laut sagte er: »Ja. Aber Beau hat nichts von Lazarus gesagt. Das war mein Eindruck. Beau und Lazarus waren damals noch dick befreundet. Lazarus war ständig bei Beau zu Gast. Ich hatte den Eindruck, daß er Katharine vergötterte, sie auf ein Piedestal stellte. Bevor Katharine und Beau sich trennten, habe ich Beau immer ein bißchen aufgezogen, weißt du, mit dem Größenwahnsinnigen, der sich zwischen sie zu drängen versuchte. Aber Beau ist nie darauf eingegangen.«

»Ich möchte noch etwas anderes klären. Als ich vor drei Monaten an der Westküste war, wollte Jake mir erzählen, daß er Kath letztes Jahr mit Lazarus im La Scala gesehen habe. Du hast ihn sofort unterbrochen und das Thema gewechselt. Ich habe damals nicht weiter gefragt, aber jetzt möchte ich doch Näheres wissen und dachte, du könntest es mir erklären. Aber wenn Jake gerade bei euch ist, kann ich ihn ja auch selber fragen. Würdest du ihn bitte holen?«

»Das ist nicht nötig«, sagte Victor. »Ich war an jenem Abend mit Lynn dabei. Wir alle drei haben die beiden gesehen. Ich hätte Jake umbringen können, als er das im September erwähnte. Ich wollte nicht, daß du es erfuhrst, weil es ja möglicherweise eine ganz unschuldige Verabredung war. Seit einer Stunde könnte ich mich nur noch ohrfeigen. Vielleicht hätte man die Situation dadurch verhindern können, die sich jetzt entwi...«

»Welche Situation?« erkundigte sich Nick erschrocken. Er packte den Telefonhörer fester. »Wovon redest du, Vic?«

»Ist denn das nicht der Grund für deinen Anruf? Ich dachte, du wolltest mit mir über Katharines Verbindung mit Lazarus sprechen«, antwortete Victor verwundert.

»Welche Verbindung?« fragte Nick mit steigender Stimme.

»Himmel, Nicky! Weißt du denn noch gar nichts davon? Ich dachte, du hättest es erfahren...«

»Ich habe erst heute abend angefangen, etwas zu vermuten«, fiel Nick ihm scharf ins Wort. »Erzähl mir, was du gehört hast, Vic.« Mit zittriger Hand griff Nick nach einer Zigarette.

Vic berichtete: »Heute am frühen Abend kam Charlie Roberts, um Lynn zu besuchen. Du weißt ja, daß sie schon lange miteinander befreundet sind. Er hat sich hier unten verkrochen und schreibt wie wild. Lynn zog ihn ein bißchen auf und fragte ihn, warum er mit seinem Projekt so geheimnisvoll tue. Charlie meinte, jetzt könne er es uns wohl ruhig sagen, da es am Montag ohnehin in der Presse sein werde. Charlie schreibt ein Drehbuch für die Monarch, hat es schon beinahe ganz fertig und will es Anfang nächster Woche abliefern. Lazarus ist sehr interessiert an dem Film, und er war es auch, der befahl, vorerst alles geheimzuhalten. Und Charlie sagte ...«

»Katharine wird die Hauptrolle übernehmen, ist es das?« unterbrach Nicky den Freund unsicher.

Victor hielt den Atem an. »Ja. Aber da ist noch mehr. Himmel, Nicky, das ist das Schlimmste ... Dieses Drehbuch, an dem Charlie schreibt ... ist eine Bearbeitung von ›Florabelle‹, Kleiner.«

»Von ›Florabelle‹? Meinem Roman?«

»Ja, Nicky.«

Nick kniff verzweifelt die Augen zu. »Das ist unmöglich«, begann er, und die Worte drohten ihm in der Kehle steckenzubleiben. »Das ist einfach völlig unmöglich!«

»Leider nicht, Nicky. Ich hab' genauso reagiert, als Charlie uns das erzählte. Ich wollte nicht glauben, daß du dem Verkauf zugestimmt hast, nicht an die Monarch; ich weiß doch, wie sehr du ihn haßt, nach allem, was er mir in den fünfziger Jahren angetan hat. Deswegen wollte ich dich anrufen. Aber als du dann bei mir anriefst, war ich sicher, du hättest was läuten hören. Kannst du mir sagen, wie das passieren konnte?«

Nick stöhnte. »Als ich den Roman an die Kort Productions verkaufte, habe ich nicht, wie üblich, darauf bestanden, daß die Option für die Rechte an mich zurückfällt, falls die Kort den Film nicht produziert. Die Kort hat alle Rechte gekauft. Film-, Fernseh- und Bühnenrechte, die ganze Enchilada. Darum kann die Kort mit dem Buch machen, was sie will. Und das ist natürlich Katharine O'Rourke Tempest, *sie* ist die Kort«, schloß er mit wachsender Bitterkeit.

»Wie konnte sie dir nur so etwas antun, Nicky? Hinter deinem Rücken mit diesem Schwein einen Vertrag abzuschließen, einem Mann, von dem sie weiß, wie sehr du ihn haßt, ganz zu schweigen von meinen Gefühlen für ihn. Verdammt!« rief Victor empört.

»Aber sie hat es nun mal getan. Sie und Lazarus sind ein Team, arbeiten zusammen. Ich habe Grund zu der Annahme, daß sie in diesem Augenblick bei ihm ist und wieder weiß Gott was mit ihm ausheckt.«

»Mein Gott, Nicky, es tut mir so leid! Nicht nur das mit dem Buch, sondern alles. Ich fürchte, auf dich kommen einige ernste Probleme zu. Ärger. Schwerer Ärger. *Capisci?*«

»Ja.« Nick zog nervös an seiner Zigarette. »Aber damit werde ich fertig. Sag mal, hat Charlie dir erzählt, wer Regie führen wird?«

»Alexander Vagasy. Besetzung noch keine, bis auf die Hauptrolle.«

»Versuch bitte so viel wie möglich in Erfahrung zu bringen... Moment, die Haustür klappt. Ich muß Schluß machen. Vielen Dank, Vic, für alles. Ich melde mich morgen wieder.«

Als Nick den Hörer auflegte, kam Francesca ins Zimmer gestürzt. »Ein schwarzer Rolls biegt aufs Grundstück ein, Nicky. Sie ist zurück.«

Er nickte, versuchte seine wirbelnden Gedanken zu ordnen.

Francesca warf ihr Cape auf einen Sessel und lief auf ihn zu. »Mein Gott, Nicky, was ist? Du siehst aus, als hättest du einen Schock bekommen. Schneeweiß...« Sie unterbrach sich und musterte ihn genauer.

»Das habe ich«, bestätigte er grimmig. »Den größten Schock meines Lebens.« Er stand auf, holte sich einen großen Cognac und wandte sich zu Francesca um. »Du auch einen?« Seine Stimme war völlig ausdruckslos, aber die Hand, mit der er die Flasche hielt, zitterte unkontrolliert.

»Ja, bitte.« Francesca konnte den Blick nicht von Nick wenden. Er sah fürchterlich aus, richtig krank. »Was ist passiert?« fragte sie flüsternd. »Mit wem hast du telefoniert? Doch nicht mit Lazarus?«

»Nein. Aber das erzähl' ich dir später.« Nick trat an den Kamin, und Francesca gesellte sich schweigend zu ihm. Dann sagte sie: »Ich habe ...«

Das Klappen der Tür ließ sie zusammenzucken. Auf dem Holzfußboden der Halle klapperten Absätze. Francesca sah, daß in Nicks Wange ein Muskel zuckte; seine Augen blickten eiskalt. Unwillkürlich erschauerte sie. Etwas Schreckliches mußte passiert sein, während sie mit Lada draußen war.

Katharine stand in der Tür und starrte sie beide überrascht an. »Ihr Lieben!« rief sie mit perlendem Lachen. »Was macht ihr denn schon hier? Ich hatte euch erst morgen erwartet.« Sie schlüpfte aus ihrem Zobel und kam herein, eine Wolke von weinrotem Samt und Brillantengeglitzer. Als spürte sie, daß etwas in der Luft lag, blieb Katharine neben dem Refektoriumstisch stehen. »Ich glaube, ich werde euch bei eurem Schlummertrunk Gesellschaft leisten«, sagte sie munter. Sie schenkte sich ein und fragte über die Schulter: »Hab' ich mich vielleicht im Tag geirrt? Ich hatte euch wirklich erst Freitag erwartet.«

Francesca spürte Nicks unterdrückte Wut und erklärte mit einem kleinen, nervösen Lachen: »Aber du sagtest Donnerstag, Katharine. Und hast es mir Dienstag noch mal bestätigt.«

»Wirklich, Liebes? Ach ja, ich erinnere mich.« Katharine drehte sich um und kam zum Kamin, hielt aber dennoch etwas Abstand. »Ihr Ärmsten! Was habt ihr denn gegessen? Mrs. Jennings hab' ich heute gefeuert. Konntest du noch irgendwas auftreiben, Frankie?«

»Ja, ich ...«

Mit einem warnenden Blick brachte Nick sie zum Schweigen. Dann sah er Katharine durchdringend an. »Wo ... bist ... du ... gewesen?« fragte er kalt.

»Ich habe gestern vergessen, es zu erwähnen, Nicky. Ich war heute zu einer Dinnerparty eingeladen.«

»Wo?«

»Bei den Longleys. Du weißt schon, in Ridgefield.«

»Du lügst.«

Katharine blinzelte verdutzt, fuhr ein wenig zurück und riß in gespielter Überraschung die türkisfarbenen Augen auf. »Nicky, Liebling, was ist in dich gefahren? Warum sagst du so etwas Böses?« Lässig hockte sie sich auf die Sofalehne. »Wenn du mir nicht glaubst, ruf die Longleys an.« Sie lächelte bezaubernd, mit liebevollem Blick und völlig unbekümmert – fest davon überzeugt, daß er sich niemals so weit erniedrigen werde, sie zu kontrollieren.

»Nicht nötig«, fuhr er sie an. Er stellte seinen Cognacschwenker auf ein Tischchen neben dem Sofa und war mit einem Satz, so schnell, daß keine der beiden Frauen darauf gefaßt war, bei Katharine, packte sie bei den Schultern, riß sie von der Sofalehne hoch, schwenkte sie herum und stellte sie unmittelbar vor sich auf den Boden, daß ihr der Cognacschwenker aus der Hand glitt und vor ihren Füßen zerschellte. Finster starrte er auf ihr Gesicht hinab und verstärkte seinen Griff an ihren nackten Oberarmen.

»Du Biest!« zischte er. »Du verdorbenes, hinterlistiges, falsches Biest! Kommst hier herein, mit deinem Lächeln und deinem Gewäsch und tust, als wäre nichts passiert! Und weißt die ganze Zeit genau, was du mir angetan hast. Du hast mich betrogen! Und zwar auf die gemeinste, niederträchtigste Art und Weise!«

»Nicky, Nicky, du tust mir weh!« rief sie und wollte sich losmachen. »Ich weiß nicht, wovon du redest! Laß mich ...«

»Du hast meinen Roman verkauft!« donnerte er mit vor hilfloser Wut verzerrtem Gesicht. Er begann sie so heftig zu schütteln, daß ihr Kopf vor und zurück flog. »Den Roman, an dem ich jahrelang geschrieben, in den ich mein ganzes Herz gelegt habe! Den Roman, der mir von all meinen Büchern der liebste war, der mir am allermeisten bedeutete. Den hast du an Mike Lazarus verkauft, an dieses Schwein, meinen ärgsten Feind. Und Victors Feind. Es ist ungeheuerlich! Diese ... diese Gemeinheit werde ich dir niemals verzeihen! Ich ... ich ...« Außer sich vor Kummer und Schmerz über ihren Verrat, konnte er plötzlich nicht weitersprechen. In seinen Augen brannten Tränen, und einen schrecklichen Augenblick lang war er versucht, ihr etwas anzutun. Aber er atmete tief durch, beherrschte sich und schleuderte sie mit aller Kraft aufs Sofa, wo sie wie eine Stoffpuppe liegenblieb.

Francesca war so entsetzt über das, was sie gehört und gesehen hatte, daß sie sich nicht rühren konnte. Sie begriff seine furchtbaren Beschuldigungen nicht, fragte sich, woher er das alles wußte.

Katharine hatte den gleichen Gedanken. Sie riß sich zusammen, richtete sich auf und verlieh diesem Gedanken Ausdruck: »Woher weißt du von ›Florabelle‹, Nick?« Sie fragte es mit ganz kleiner Kinderstimme.

Er antwortete nicht gleich. Langsam drehte er sich um und sah sie mit eiskalten Augen an. »Von Victor.«

»Ach ja, das hätte ich mir denken können«, sagte sie leise, mit gesenktem Blick. »Er hat wohl ein bißchen Klatsch gehört und mußte ihn sofort an dich weitergeben. Typisch. Jetzt hat er alles kaputtgemacht, meine schönen Pl ...«

»Du bist absurd!« schrie Nick erbost. »Auf einmal ist Victor jetzt der Böse, und deine Übeltaten kehrst du unter den Teppich. O Gott, du ... du ...«, stammelte er und ballte wütend die Fäuste. »Victor hat keinen Klatsch gehört! Charlie Roberts hat ihm alles erzählt. Victor hat es aus erster Quelle! Du mußt das Buch schon vor Monaten verkauft haben, daß alles schon so weit gediehen ist. Wie konntest du mir tagtäglich ins Gesicht sehen, bei dem, was du mir angetan hast? Und warum hinter meinem Rücken? Aber nein, das liegt ja schließlich auf der Hand!«

Katharine starrte ihn flehend an. Sie strich sich das kastanienbraune Haar aus der Stirn und sagte mit glockenklarer Stimme: »Bitte, Liebling, beruhige dich. Ich wollte dir gerade erklären, daß Victor meine Pläne durchkreuzt hat. Es sollte eine wunderschöne Überraschung werden. Ich weiß doch, wie sehr du ›Florabelle‹ liebst und dir wünschst, daß ein Film danach gedreht wird. Deswegen hab' ich's ja auch gekauft. Aber niemand wollte den Film finanzieren. Als ich zu Michael ging, geschah das ausschließlich für dich, mein Liebling. Verstehst du nicht, für dich, für uns! Er wollte schon lange, daß ich einen Film für ihn mache, und ich sagte, der einzige Film, den ich machen würde, sei ›Florabelle‹. Schließlich war er einverstanden und setzte Charlie Roberts an die Arbeit. Morgen abend wollte ich dir alles erzählen. Sogar Dom Perignon hab' ich gekauft – zur Feier des Tages. Und nun ist meine schöne Überraschung geplatzt, Victor hat dir alles verraten, du hast es falsch aufgefaßt, und jetzt haßt du mich. Dabei hab' ich nichts Schlimmes getan, nur – wie immer – an dich gedacht.« Tränen liefen ihr über die Wangen, ihre Oberlippe zitterte wie bei einem weinenden Kind, und sie senkte demütig den Kopf.

Nick beobachtete sie fasziniert. O ja, sie ist gut, dachte er, sehr gut sogar! Er hatte gerade eine erstklassige Schauspielerin bei der Arbeit gesehen. Er ging zum Sofa und blickte auf sie hinab. Ein ironisches Lächeln spielte um seinen Mund, als er mit gefährlich ruhiger Stimme fragte: »Du hast es für mich getan, Katharine? Als Überraschung? Und Victor hat dir die Freude verdorben?«

Sie hob den Kopf und schenkte ihm ein tränenfeuchtes, strahlendes Lächeln. »Aber ja, Liebling. Selbstverständlich.« Und da sie glaubte, ihn überzeugt zu haben, berührte sie seinen Arm.

Wütend schleuderte er ihre Hand von sich. »Du lügst!« zischte er. »Und du betrügst! Deine wahren Gründe werde ich wohl nie erfahren, aber für mich hast du bestimmt nichts getan. Nur für dich, wie immer schon, für deine eigenen, selbstsüchtigen Zwecke. Und noch etwas weiß ich...« Er hielt einen Augenblick inne und schob sein Gesicht ganz dicht vor das ihre. »Du hast eine Affäre mit Mike Lazarus. Seit Jahren!« Blitzschnell packte er ihr Brillantcollier, um es dann wieder auf ihren Hals zurückfallen zu lassen. »Schöner Verdienstorden«, höhnte er. »Du hast dich also zu der langen Reihe seiner Huren gesellt, wie?«

Als werde sie von einem Faden gezogen, richtete sie sich senkrecht auf und erklärte würdevoll: »Ich habe keine Affäre mit Michael. Wir sind Geschäftspartner, das ist alles.«

Nick schnaufte verächtlich. »Bei mir brauchst du nicht die große Dame zu spielen, Katie Mary O'Rourke. Ich weiß, wo du herkommst. Und ich weiß zufällig, daß du mit Lazarus schläfst. Aber was soll's, ihr beiden paßt ja zueinander.«

»Du bist wahnsinnig!« Ihr Ton war ebenso kalt und hart wie der seine, ihre Miene undurchdringlich.

»Hör auf, Katharine, ich hab' die vielen kleinen Teilchen zusammengesetzt. Es hat Gerede gegeben, Notizen in den Klatschspalten. Victor hat dich im letzten Jahr sogar einmal im La Scala gesehen. Bei einem äußerst intimen Tête-à-tête. Und dein eigenes Verhalten war auch reichlich verdächtig...«

»Schon wieder Victor Mason!« kreischte sie mit zornig

blitzenden Augen und warf empört den Kopf zurück. Irgend etwas zersprang in Katharine, und sie verlor die Selbstbeherrschung. »Ich kann diesen Namen nicht mehr hören! Victor Mason würde alles über mich sagen, solange es mich in Mißkredit bringt. Weil er eifersüchtig ist. Er war immer schon eifersüchtig.«

Nicks Miene veränderte sich jäh, und er musterte sie eindringlich. »Eifersüchtig? Vic ist eifersüchtig? Daß ich nicht lache! Und wenn hier irgend jemand wahnsinnig ist, dann du. Über deinen Wahnsinn wissen wir Bescheid. Eifersüchtig!« Kopfschüttelnd brach er in ein hohles Lachen aus.

»Natürlich ist er eifersüchtig. Ich hab' ihm den Laufpaß gegeben, und diesen Schock hat er niemals verkraftet. Frauen steigen nicht freiwillig aus Victor Masons Bett. Sie warten, bis er ...«

»Willst du etwa behaupten, daß du mit Victor geschlafen hast?« fiel Nick ihr ungläubig ins Wort. »Also das ist doch der Gipfel!«

»Jawohl, ich habe mit ihm geschlafen.«

»Das glaube ich nicht. Davon hätte ich erfahren.«

»Wieso? Du warst hier, in den Staaten. Damals, als deine Schwester starb und wir ›Wuthering Heights‹ drehten.«

Er spürte, wie sich seine Nackenhaare sträubten und sich in seinem Hinterkopf ein entsetzlicher Gedanke regte. Er sah zu Francesca hinüber, die blaß und in sich zusammengesunken im Sessel kauerte. Steinern erwiderte sie seinen Blick. Er wandte sich wieder an Katharine, die aufrecht und kriegerisch auf dem Sofa saß. »Das hast du dir ausgedacht ... um mir weh zu tun. Ich kann ...«

»Das habe ich nicht! Ich habe mit ihm geschlafen. Er war zuerst da, Nicky«, zischte sie. »Und nicht nur das, ich war auch von ihm schwanger. Ich habe sein Kind getragen. Sein Kind, hörst du? Und habe einen Abbruch vornehmen lassen.

Es stimmt, Frankie weiß alles. Sag ihm, daß es stimmt, Frankie, Liebling. Sag ihm, daß es stimmt!«

Oh, mein Gott! dachte Nick. Nein. Nein. Nein. Sein Herz krampfte sich zusammen. Ganz langsam drehte er sich um und sah Francesca an. Sie brachte keinen Ton heraus, neigte stumm den Kopf und wandte den Blick ab.

Nick musterte Katharine, in deren Augen ein fiebriger, triumphierender Glanz lag, und sah das häßliche, kalte Lächeln, das ihr Gesicht für ihn in eine Maske der Falschheit verwandelte. »Du hast Frankie erzählt, du hättest eine Affäre mit Victor? Seist von ihm schwanger?«

»Jawohl. Ich erzähle ihr immer alles. Sie ist meine beste Freundin.«

»Und wann hast du ihr das erzählt, Katharine?«

»Im Sommer 1956. Als ich schwanger war. In der Villa Zamir. Frankie war der einzige Mensch, dem ich mich anvertrauen konnte. Schließlich war Victor zu Arlene zurückgekehrt.«

Eine lähmende Kälte ergriff von ihm Besitz. Zu Francesca gewandt, fragte er: »Und du hast ihr geglaubt?«

»Ja«, flüsterte Francesca.

»Das hättest du nicht tun sollen. Sie hat dich belogen.«

Erschrocken keuchte Francesca auf.

Katharine schrie: »Ich habe nicht gelogen! Ich war von ihm schwanger. Fast drei Monate schwanger.«

»Schwanger magst du gewesen sein«, erwiderte Nick unglücklich, »aber nicht von Victor.« Er beugte sich zu ihr hinunter, bannte sie mit den Augen, und langsam verzogen sich seine Mundwinkel zu einem höhnischen Grinsen. »Victor Mason ist steril. Und ist immer steril gewesen. Er kann keine Frau schwängern.«

»O du mein Gott!« rief Francesca und fiel in den Sessel zurück.

Katharine lachte. »Ach, Nick, warum mußt du ihn immer in Schutz nehmen? Steril? Das ist ein Witz. Er hat zwei Söhne.«

»Ellies Söhne.« Seine Stimme glich einem Peitschenknall. »Ellies Ehemann lief einen Monat nach der Trauung davon. Ihr Bruder machte sie mit Vic bekannt, der sein Kollege war. Vic und Ellie verliebten sich ineinander, sie beantragte die Scheidung. Dann starb ihr Mann bei einer Explosion auf den Ölfeldern von Texas – einen Monat vor der Geburt der Zwillinge. Vic hat Ellie sofort geheiratet. Jamie und Steve hat er wie seine eigenen Söhne großgezogen und war ihnen ein großartiger Vater. Aber sein Fleisch und Blut sind sie nicht.«

Francesca war aufgestanden und klammerte sich an den Kaminsims. Als sie ein wenig schwankte, legte Nick schützend den Arm um sie. »Sprichst du die Wahrheit, Nick?« brachte sie mit brüchiger Stimme heraus. »Gibst du mir dein Ehrenwort, daß du die Wahrheit sagst?«

»Ja, Liebling, ich schwöre es«, versicherte er traurig. »Hättest du's mir nur damals gesagt, Frankie. Hättest du es nur Vic gesagt. Es wäre alles anders gekommen.«

Katharine, die sie aufmerksam beobachtete, erkannte, daß Francesca außergewöhnlich erregt war und daß ihr Kummer nichts mit dem Streit zwischen ihr und Nick zu tun hatte. Unsicher fragte sie: »Was ist denn los, Frankie? Was meint Nick denn nur?«

Francesca antwortete nicht, aber Nick sagte dumpf: »Francesca und Vic haben einander vor elf Jahren sehr geliebt, und Vic wollte Frankie heiraten, sobald seine Scheidung geregelt war. Aber sie trennte sich in jenem Sommer von ihm und nannte ihm dafür mehrere Gründe. Offenbar vorgeschobene, wie ich jetzt feststelle. Deinetwegen. Es hat ihr beinahe das Herz gebrochen, und deswegen hat sie sich jahrelang auf Langley versteckt.«

»O Gott, Liebling, das wußte ich nicht! Wirklich nicht!« Katharine sprang auf und ergriff Francescas Arm. »Ich wußte es nicht. Ehrlich! Sonst hätte ich meine Probleme mit Victor für mich behalten. Ich hätte dir niemals bewußt weh getan.«

»Aber du hast mir weh getan.« Francesca nahm Katharines Hand von ihrem Arm und ließ sie fallen. Dann wich sie an den Refektoriumstisch zurück und lehnte sich an ihn. »Hast du mich damals belogen, Kath?«

»Nein, bestimmt nicht!« Katharine lief ihr nach, umarmte sie, klammerte sich an sie. »Ich sage die Wahrheit. Nick ist der Lügner.« Sie begann hysterisch zu weinen. »Frankie, Frankie, du bist meine beste Freundin!«

Ekel vor Katharine stieg in Francesca auf. Sie stieß sie von sich. »Ich glaube Nicky und nicht dir.«

»Ach, Frankie, bitte sei nicht so grausam.« Katharine schwankte, mußte sich an einer Stuhllehne festhalten. »Wende dich nicht gegen mich. Nicht du! Ich könnte es nicht ertragen!«

»Das wirst du aber müssen.« Frankie griff nach ihrem Cape. »Ich werde nie wieder ein Wort mit dir sprechen. Ich will dich nie wiedersehen. Du hast mein Leben zerstört.« Sie warf sich das Cape um die Schultern. »Ich kann keine Sekunde mehr in diesem schrecklichen Haus bleiben, Nicky. Leihst du mir deinen Wagen, für die Rückfahrt nach Manhattan? Ich werde ihn dir morgen irgendwie zurückschicken.«

»Du glaubst doch nicht, daß ich noch hierbleibe, wie?« Nick steckte Zigaretten und Streichhölzer ein und ging achtlos an Katharine vorbei. Katharine packte sein Jackett, um ihn zurückzuhalten. Er riß sich los.

»Nick! Nick!« schrie sie, hinter ihm herlaufend. »Ich liebe dich! Ich liebe dich! Geh nicht fort! Ach, Liebling, ich mache alles wieder gut. Das verspreche ich dir. Ich wollte dir nicht weh tun. Ich hab's doch nur für dich getan! In bester Absicht.«

Er wirbelte so schnell herum, daß er sie fast umgestoßen hätte, und sie stolperte rückwärts gegen die Wand. »Ich schließe mich allem an, was Francesca gesagt hat«, erklärte er kalt. »Und dich überlasse ich, wie du einmal zu deinem Bruder gesagt hast, Gott. Und Michael Lazarus. Mit Handkuß.«

Zitternd und tränenüberströmt tastete Katharine sich zur Tür und klammerte sich an den Rahmen. Ihr Blick wich nicht von Nicky und Francesca. Lada war hinausgelaufen, und Francesca legte ihr das Halsband an. Nick öffnete die Haustür und trug die Koffer hinaus, die noch in der Halle standen. Francesca folgte ihm. Keiner von beiden sah noch einmal zurück.

Eines Morgens Anfang Dezember kam Nick auf Victors Ranch zum Frühstück herunter; er fühlte sich so wohl wie seit Wochen nicht mehr. Er fand Victor auf der Veranda, ganz vertieft in die »Los Angeles Times«.

Als Victor Nicks rasche Schritte hörte, hob er den Kopf, faltete die Zeitung zusammen und legte sie neben seinen Teller. »Morgen, alter Freund. Gut geschlafen? Großartig siehst du aus.«

»Ja, danke.« Nick setzte sich ebenfalls an den Tisch. »Ich war wohl abgespannter, als ich bei meiner Ankunft dachte. Aber die Luft ist so herrlich hier und alles so ruhig, daß es ein Wunder wäre, wenn ich mich nicht schnell erholt hätte.« Er grinste. »Und du und Lynn, ihr beiden wart fabelhaft.«

Victor nickte und sah nachdenklich in den Garten hinaus. Dann wandte er sich wieder an Nick. »Halt dich fest, Kleiner. Ich weiß nicht recht, wie ich's dir beibringen soll, also werd' ich gleich zur Sache kommen. Katharine Tempest hat gestern Mike Lazarus geheiratet. In seiner Villa in Bel Air.«

Das Lachen in Nicks Augen erlosch, und er erstarrte. »Hast du das eben in der Zeitung gelesen?«

Victor reichte ihm die »Los Angeles Times«.

Nick las den Bericht und warf einen flüchtigen Blick auf das Foto der Jungverheirateten. Dann legte er das Blatt wieder zusammen und gab es Victor wortlos zurück.

»*Che sarà sarà*«, sagte Victor.

Dritter Akt
Bühne Mitte
1979

'This time this heart should be unmoved,
Since others it hath ceased to move;
Yet though I cannot be beloved,
Still let me love!

GEORGE GORDON LORD BYRON

Siebenundvierzigstes Kapitel

Sie war nach Ravenswood zurückgekehrt.

Hier war sie einst, vor langer Zeit, ein kurzes, strahlendes Jahr hindurch glücklich gewesen. Die Erinnerung an jenes Jahr hatte sie sich bewahrt, unberührt vom Dahinfließen der Jahre, und diese Erinnerung hatte ihr jetzt gewinkt, zwingend und unwiderstehlich.

Vor drei Wochen, an einem frischen Dezembertag, hatte sie auf jenem verlassenen Pier von Santa Monica plötzlich erkannt, daß sie hier einen gewissen Frieden und die Kraft finden würde, ihr Leben wiederaufzunehmen. Keine Sekunde hatte sie gezweifelt, daß sie herzlich willkommen war; dennoch war ihr eindeutig klar, daß sie mit der Rückkehr nach Ravenswood den ersten Schritt in die unbekannte Zukunft tat. Sie hatte ihn furchtlos und mutig getan. Und sie bereute es nicht.

Beau Stanton war außer sich gewesen vor Freude, sie wiederzusehen, gerührt, daß sie bei ihm Zuflucht suchte, und dankbar, daß sie ihn und seine liebevolle Freundschaft brauchte. Und sie war überwältigt gewesen, als sie eintraf, vor allem, als er sie in ihr altes Schlafzimmer führte, das sie als junge Frau selbst eingerichtet hatte. Zu ihrem Erstaunen hatte er nichts verändert. Es war noch genauso wie an dem Tag, da sie sein Haus verließ. O doch, es sei mehrmals renoviert worden, aber immer wieder genauso, wie es war.

An diesem Sonntagvormittag saß Katharine an ihrem Toilettentisch und schminkte sich sorgfältig. Die dunklen Ringe unter ihren Augen versteckte sie unter Make-up und Puder, kaschierte ihre Blässe mit einem Hauch Rouge und betonte ihre schönen Augen mit türkisfarbenem Eyeliner und brauner Wimperntusche. Sie steckte ihre Haare nicht auf, bürstete sie nur gründlich durch und zog sich an. In rosa Seidenbluse, cremefarbener Hose und cremefarbenen Espadrilles mit hohem Keilabsatz lief sie hinunter.

Von der Treppe aus hörte sie Beau telefonieren. Einen Moment beobachtete sie ihn, dachte bei sich, wie großartig er für sein Alter noch aussah. Er war dreiundsiebzig, wirkte jedoch mindestens fünfzehn Jahre jünger und ließ nichts von den Unzulänglichkeiten des Alters ahnen.

Jetzt drehte er sich am Schreibtisch um, entdeckte sie und winkte. Sie trat an die Tür seines Arbeitszimmers und formte mit dem Mund lautlos die Worte: »Ich gehe in den Garten.«

Er nickte, lächelte zustimmend und setzte das Gespräch mit Scott Raphael, seinem Finanzmanager in Beverly Hills, fort.

Katharine schritt die breite weiße Treppe zum Garten hinab und schlenderte über den Rasen, am Swimmingpool vorbei auf einem mäandernden Pfad bis ans äußerste Ende des Gartens. Hier gab es eine von einem subtropischen Wäldchen umgebene Lichtung, auf der es auch bei der größten Hitze noch angenehm kühl war: ihr Lieblingsplatz. Sie setzte sich an den Holztisch am Rand der Lichtung und blickte versonnen zu dem in der Ferne leuchtenden schneeweißen Haus im Kolonialstil zurück.

Ihre Gedanken wanderten zu den vor ihr liegenden Wochen. Sie rekapitulierte alles, was Estelle ihr vor zehn Tagen am Telefon berichtet hatte. Keiner von ihnen wollte sie sehen – weder Ryan noch Nicky oder Francesca. Hinter Victors Namen stand ein Fragezeichen: Er hielt sich gerade in Mexiko auf. Aber sie hatte Verständnis für ihr ablehnendes Verhalten. Sie hatte ihnen Kummer, Schmerz und Kränkungen zugefügt. Sie trauten ihr nicht. Aber sie hatte sich verändert. So radikal, daß sie sich selbst kaum wiedererkannte. Seit mindestens zwölf Jahren habe ich sie nicht mehr gesehen, dachte sie. Und fragte sich, wie sie wohl die Jahre verlebt, wie die Mühsale des Lebens sie wohl verändert haben mochten.

Sie sah Beau leichtfüßig die Treppe der Terrasse herunter- und auf sie zukommen.

»Wie geht's Scott? Ist alles in Ordnung?« erkundigte sie sich, als er ihr gegenüber Platz nahm, ihre Hand ergriff und ihre Fingerspitzen küßte.

»Hallo, mein Äffchen. Hinreißend siehst du aus heute morgen. Scott geht's blendend; er läßt dich grüßen. Ich muß nächste Woche zu ihm nach Beverly Hills. Willst du nicht mitkommen?«

»Das kann ich nicht, Beau. Du weißt, warum.«

»Ja, leider. Ich wünschte, du würdest nicht nach New York gehen.«

»Ich muß.«

Beau schüttelte den Kopf. »Nein.« Er beugte sich vor und ergriff ihre beiden Hände. »Ich kann mir einfach nicht vorstellen, warum du diese Leute unbedingt sprechen willst. Soweit ich mich erinnere, sind in den letzten zehn Jahren nur Estelle und ich um dich herum gewesen. Wo waren die anderen, als du sie brauchtest?«

Schweigend senkte sie den Blick. Dann sagte sie leise: »Sie waren nicht da, weil sie wütend auf mich waren.«

»Ja, aber warum in aller Welt willst du sie dann sprechen?« fragte er sie verständnislos.

Ruhig und ohne Zögern erwiderte sie: »Um sie um Verzeihung zu bitten.«

Er staunte. »Was hast du ihnen denn schon antun können?«

»Oh, das ist eine lange Geschichte, mit der ich dich an diesem herrlichen Tag nicht langweilen will.« Sie lachte fröhlich.

Ihr Lachen wirkte mädchenhaft, und Beau konnte kaum glauben, daß sie vor wenigen Tagen ihren vierundvierzigsten Geburtstag gefeiert hatten. Resigniert sagte er: »Du bist gerade angekommen, und jetzt willst du schon wieder fort? Wo bleibt die Wirkung meines berühmten unwiderstehlichen Charmes?« Er lachte leise. »Sei nicht traurig, mein Äffchen. Ich verstehe dich ja. Willst du immer noch am Dienstag fliegen?«

»Ja.«

»Und was dann, Liebling? Was wirst du tun, wenn du mit ihnen gesprochen hast?«

»Ich weiß es nicht.« Sie krauste die Stirn. »Vielleicht suche ich mir in New York eine Wohnung. Nachdem ich meine Londoner Wohnung aufgegeben habe, habe ich kein Zuhause mehr.«

»O doch, das hast du, Katharine!« warf Beau rasch ein. »Dein Zuhause ist Ravenswood. Seit zweiundzwanzig Jahren. Du hast es nur nicht gewußt. Geh nach New York, tu, was du tun mußt, und komm dann hierher zu mir zurück. Bitte, sag ja. Schnell! Denk nicht erst so lange nach.«

»Vielleicht.«

Er schürzte die Lippen und lachte. »Wenn ich wüßte, du würdest ja sagen, würde ich dich bitten, mich zu heiraten. Leider hast du in den letzten vier Jahren schon zweimal nein gesagt. Einen dritten Korb könnte ich nicht verkraften.« Er zwinkerte ihr fröhlich zu. »Formulieren wir es doch so: Ich würde dich nicht abblitzen lassen, falls du mich um meine Hand bitten würdest.«

»Du bist ein tapferer Mann, Beau Stanton. Wie heißt es doch? Gebranntes Kind scheut das Feuer.«

Er schwieg nachdenklich. Dann fragte er: »Rein aus Neugier: Warum hast du immer nein gesagt?«

»Weil ich noch nicht soweit war, als du mich fragtest. Und auch jetzt weiß ich nicht, ob ich schon soweit bin, daß ich eine intime Zweierbeziehung als Ehefrau bewältigen kann. Diese Rückfälle, die ich hatte, und daß ich immer wieder in die Nervenklinik zurück mußte ...«

»Pflegeheim«, berichtigte er.

»Nervenklinik, Beau«, entgegnete sie. »Ich muß dieser Tatsache ins Gesicht sehen und du auch. Ich war sehr krank. Das zuzugeben gehört zu meiner Therapie. Aber um deine Frage zu beantworten: Ich muß hundertprozentig normal und vernünftig sein, bevor ich eine Bindung mit dir eingehe, Beau. Oder mit einem anderen Mann.«

Er beugte sich über den Tisch und küßte sie auf die Wange. »Geduld gehört zu meinen stärksten Tugenden, mein Äffchen. Und ich bin wahnsinnig stolz auf dich. Du hast einen langen Weg bewältigt.«

»Vielen Dank, und ich finde ebenfalls, daß ich es eigentlich gut gemacht habe.«

Ein Gedanke schien Beau noch zu beunruhigen. Langsam, finster fragte er: »Du wirst doch nicht etwa Mike Lazarus aufsuchen, oder?«

Katharine richtete sich hoch auf. »Ich muß«, sagte sie ernst. »Wenn ich Vanessa sehen will. Und danach sehne ich mich mehr, als ich es dir beschreiben kann, Beau.«

»Ich weiß, mein Liebling. Aber er wird dich nie an das Kind heranlassen. Er betet sie an, läßt sie Tag und Nacht nicht aus den Augen. Hält sie praktisch hinter Schloß und Riegel.«

Katharine runzelte die Stirn. »Das hast du bisher noch nie erwähnt, und es klingt eigentlich nicht allzu normal. Woher weißt du das? Du hast doch seit Jahren nicht mehr mit ihm gesprochen.«

»Richtig. Unter anderem wegen seines Verhaltens dir gegenüber. Solange du krank warst und in London bleiben mußtest, wäre es sinnlos gewesen, dich damit zu belasten. Jetzt aber, da du wieder hier bist und bleiben willst, finde ich, du solltest ganz genau wissen, worauf du dich gefaßt machen mußt. Und daß er seine Tochter anbetet, ist in der Filmindustrie allgemein bekannt.«

»Sie ist aber auch meine Tochter.«

»Er hat das Sorgerecht.«

»Ja ... Ich war außer mir, als ich das hörte. Aber ... in diesem letzten Jahr hab' ich die Tatsachen akzeptieren gelernt. Ich konnte nicht einmal mehr für mich selbst sorgen, geschweige denn für ein Kind.«

Beau seufzte tief auf. »Er ist ein abgrundtief schlechter Mensch, und was er dir angetan hat, ist unverzeihlich.« Beau sah sie forschend an. »Ich hatte immer das Gefühl, daß diese Scheidung für dich der Tropfen war, der das Faß zum Überlaufen brachte.«

»Vielleicht, vielleicht auch nicht. Ich habe in der letzten Zeit eine Menge Erkenntnisse hinnehmen müssen und begreife Mikes Verhalten jetzt. Denn siehst du, Beau, ich hab' ihn enttäuscht.«

»Du? Das ist doch schierer Unsinn, mein Liebling! Also ich ...«

Mit ihrem Zeigefinger verschloß Katharine ihm den Mund. »Laß mich ausreden, Beau. Ich habe ihn enttäuscht. Schon Jahre vor unserer Heirat trug er eine Vorstellung von mir im Kopf. Ich war das schöne Kunstwerk, das er nicht kaufen konnte, das er sich aber verzweifelt für seine Sammlung wünschte. Für Mike war ich kostbar, makellos, wunderschön, göttlich. Schließlich heiratete ich ihn. Vanessa wurde geboren. Und ich wurde allmählich ... na ja, du weißt schon, sonderbar. Zu Mikes größtem Entsetzen war sein Kunstwerk doch nicht perfekt. Mit anderen Worten, er besaß etwas, das einen Makel aufwies. Und schlimmer noch: das Kunstwerk war immer schon mit einem Makel behaftet gewesen, nur hatte er das trotz seiner Kennerschaft niemals bemerkt. Und da ich nicht das perfekte Kunstwerk war, das er in mir gesehen hatte, wollte er mich nicht mehr. Ich war eine Beleidigung für seine Augen.«

»Dieser verdammte Idiot! Du bist eine Frau, ein Mensch aus Fleisch und Blut und nicht aus Marmor! Er muß doch übergeschnappt gewesen sein, dich so zu bestrafen, wie er es tat!« Erzürnt sprang Beau Stanton auf und wanderte ruhelos hin und her.

Dann blieb er auf einmal stehen, stützte beide Hände auf den Tisch und sah sie an. »Ich werde mitkommen nach New York.«

Katharine schüttelte energisch den Kopf. »Nein, Beau. Das ist sehr lieb von dir, aber das muß ich allein durchstehen.«

»Na schön. Aber könntest du ihn denn nicht anrufen, statt zu ihm zu gehen?«

»Vielleicht. Versuchen werde ich's jedenfalls.« Aber sie sah ihn dabei nicht an, denn im Grunde hatte sie keine Wahl. Mein Kind, sagte ihr Herz. Ich muß mein Kind sehen! Zu Beau sagte sie leise: »Im Juni wird Vanessa elf. Ich habe sie seit neun Jahren nicht mehr gesehen.«

»Ja«, sagte er. »Ich weiß.« Beau nahm wieder Platz und setzte hinzu: »Du siehst auf einmal so nachdenklich aus. Machst du dir Sorgen um Vanessa? Über dein Wiedersehen mit ihr?«

»Nein, im Grunde nicht. Ich bin sogar sehr zuversichtlich.

Nein, ich dachte an etwas anderes ... an etwas, wonach ich dich schon seit Jahren fragen wollte. Aber erst heute hab' ich den Mut dazu.«

»So schlimm?« Ein belustigtes Lächeln zuckte um seinen Mund.

»Nein, durchaus nicht. Ich hatte lediglich Angst vor der Antwort. Ich möchte wissen, was mit uns beiden geschehen ist. Warum du dich nach zwei Jahren Ehe von mir zurückgezogen hast. Warum du, so liebevoll und zärtlich es auch gewesen sein mag, die Scheidung vorgeschlagen hast.«

Er lachte. »Weil ich ein Idiot war.« Dann wurde er ernst. »Nein, wirklich. Ich hätte mit dir reden sollen, statt einfach aufzugeben. Ich war, glaube ich, damals ein Feigling. Du warst so merkwürdig fern und unbeteiligt – sexuell, meine ich. Allmählich hatte ich das Gefühl, ich sei als Mann, als Liebhaber für dich nicht anziehend. Ich war einundfünfzig und steckte gerade in so einer Art männlicher Krise, glaube ich. Du warst erst zweiundzwanzig, und der Altersunterschied hat mir Minderwertigkeitskomplexe verursacht. Ich war überzeugt, zu alt für dich zu sein.«

Katharine schüttelte den Kopf. »Du hättest mir helfen sollen, Beau, das stimmt«, sagte sie liebevoll. »Schließlich hattest du vier Ehefrauen vor mir und warst unendlich viel erfahrener. Andererseits kann ich's dir nicht übelnehmen ... Ich war frigide, hatte eine unendliche Angst vor Sex und Intimitäten.« Sie blickte auf ihre Hände hinab und erkannte, wie große Fortschritte sie gemacht haben mußte, um diese Dinge aussprechen zu können.

Beau hob ihr Kinn und sah sie mit herzlichem Lächeln an. »Du hast eine derartige Erotik ausgestrahlt, daß niemand jemals auf die Idee gekommen wäre, du könntest sexuelle Probleme haben.« Seine Mundwinkel verzogen sich ironisch. »Ich muß dir ein Geständnis machen. Nachdem wir uns getrennt hatten, hab' ich einen Analytiker konsultiert, weil ich versuchen wollte, uns beide zu verstehen, und bin dann dahintergekommen, daß deine Kälte nichts mit uns beiden zu tun hatte. Aber da waren wir schon lange geschieden.«

»Waren wir nicht töricht, damals?«

»O ja, das waren wir!«

»Ich bin so froh, daß wir jetzt miteinander gesprochen haben. Ich fühle mich wesentlich wohler.« Katharine zeigte ihr unvergleichliches Lächeln. »Es hat mir gutgetan, hier bei dir zu sein, Beau. Ravenswood ist so erholsam. Ich weiß wirklich nicht, was ich ohne dich angefangen hätte, mit all meinen Schwierigkeiten. Das Bewußtsein, daß du da warst, stark, mitfühlend und voll Sorge, hat mir unendlich viel Mut gemacht.« Sie legte den Kopf schief und sah ihn forschend an. »Wir waren hier früher einmal glücklich, Liebling. Nicht wahr?«

»Unendlich glücklich, mein Äffchen.« Am liebsten hätte Beau Stanton hinzugesetzt: Und können es wieder sein. Aber er tat es nicht.

Achtundvierzigstes Kapitel

Mit strahlendem Lächeln und funkelnden blauen Augen saß Nicholas Latimer auf dem Sofa und hielt Francescas Hände in den seinen. »Gott, siehst du fabelhaft aus, Frankie!« sagte er zum drittenmal. »Es ist wunderbar, dich wiederzusehen!«

»Danke, Nicky.« Sie lachte, nicht weniger glücklich als er. »Und wir hätten uns nicht so aus den Augen verlieren sollen, nicht wahr? Das war dumm von uns. Ich habe nicht die Absicht, so etwas ein zweites Mal geschehen zu lassen.«

»Ich auch nicht.« Nick gab ihre Hände frei und lehnte sich zurück. »Du hast mir gefehlt, meine Schöne. Sehr gefehlt, Kleines.«

»Du mir auch, Nicky. Alte Freunde, die, die man in der Jugend findet, sind doch immer noch die besten, nicht wahr?«

»Ja«, begann er; dann zögerte er nachdenklich. »Neulich ist mir der Gedanke gekommen, daß wir beide uns aus den Augen verloren haben, weil wir einander an den Schmerz erinnerten, den wir jahrelang erlitten haben.«

»Das ist gut möglich«, gab Francesca zu.

»Manchmal muß man ein neues Leben beginnen, sich ganz neue Freunde suchen, um vergessen, den Heilprozeß einleiten zu können.« Er zuckte die Achseln. »Aber das ist jetzt unwichtig. Ich liebe dich immer noch, habe dich stets in meinem Herzen behalten, Frankie.«

»Ach, Nicky, Liebling, mir geht es genauso. An dich habe ich nur die schönsten und besten Erinnerungen.«

Er lächelte; dann wurde er ernst und griff wieder nach ihrer Hand. »Als ich hörte, daß sie zurückkommen und uns beide sehen wollte, wurde ich von den unterschiedlichsten Gefühlen geplagt. Und dann, ziemlich spät abends, mußte ich mir eingestehen, daß ich Angst hatte. Hast du vielleicht Ähnliches empfunden, Frankie?«

»O ja, allerdings! Aber ich erkannte schon bald, daß es nicht Katharine war, vor der ich Angst hatte, sondern ich selbst. Angst davor, mich wieder in ihr Leben hineinziehen zu lassen. Denn das muß man zugeben: Sie ist unwiderstehlich, und so einen Charme habe ich bei keinem anderen Menschen erlebt. Es war eine ganz natürliche Abneigung dagegen, wieder von ihr eingefangen, wieder ein Teil ihres Lebens zu werden, und zwar gegen mein besseres Wissen.«

»Du nimmst mir die Worte aus dem Mund, Frankie«, gab Nick zurück. »Ich bin zu derselben Schlußfolgerung gelangt wie du.« Er verzog das Gesicht. »So, und das ist alles, was ich über Katharine Tempest sagen werde. Es wäre ja noch schöner, wenn wir beim Lunch ausschließlich von ihr reden würden. Ich möchte jetzt viel lieber hören, wie es dir geht, was du machst, wie dein Leben aussieht.«

»Gern, Nicky. Aber zuvor möchte ich uns noch schnell etwas zu trinken holen. Wein oder Wodka?«

»Wein, bitte.« Nick erhob sich. »Darf ich mir die Bilder ansehen?« Er trat zurück und betrachtete den Renoir über dem Sofa.

»Selbstverständlich.« Francesca trat zu ihm. Sie hob ihr Glas, und Nick sagte: »Auf die schöne, unveränderte Francesca.«

Sie lächelte. »Und auf dich, mein lieber Nicky.«

Er konzentrierte sich wieder auf das Bild und nickte anerkennend.

»Wenn ich es ansehe, muß ich manchmal an dich denken«, erklärte Francesca. »Es heißt ›La Grenouillère‹ und weckt Erinnerungen an dein New Yorker Lieblingsrestaurant.«

Nick grinste. »Ich habe schon überlegt, ob wir nicht heute dort essen sollten, dann aber eingesehen, daß für dich damit zu viele Erinnerungen an du weißt schon wen verbunden sind.«

Sie schüttelte den Kopf. »Nein, es stört mich wirklich nicht, Nicky; auch mit Harrison gehe ich oft dorthin.«

»Wie geht's Harrison?«

»Großartig ... Na ja, vielleicht ist das doch etwas übertrieben. Er ist erschöpft, Nicky, und sehr besorgt über die Lage im Iran. Heute morgen ist er nach Washington geflogen, und ich weiß, daß es eine anstrengende Woche wird. Weißt du, er hatte schon zwei Herzinfarkte, und ich wünschte, er würde sich aus dem Berufsleben zurückziehen, aber das will er nicht.«

»Ich wußte gar nicht, daß Harrys Gesundheit nicht die beste ist. Tut mir leid, Liebling. Aber er ist ein sehr aktiver Mann, und manchmal wirkt es sich negativ aus, wenn man einem solchen Menschen Beschränkungen auferlegt. Hab keine Angst.«

»Das mußt du mir gerade sagen!« Sie lachte.

Ebenfalls lachend betrachtete Nick noch die anderen Bilder, und dann fiel sein Blick auf eine silbergerahmte Farbfotografie. Er nahm sie auf und erkannte voll Wehmut den großen Rasen von Wittingenhof mit dem herrlichen Schloß dahinter. »Wann ist das gemacht worden?«

»Im letzten Sommer, als ich mit Harry dort war.«

»Wie geht's ihr, Frankie?« fragte er leise. »Hat sie jemals

geheiratet?« Er stellte das Foto wieder zurück und nahm in einem Sessel Platz.

»Es geht ihr gut, wirklich. Und geheiratet hat Dibs nie.«

Spontan rief er aus: »Was für ein Jammer! Ein ganzes Leben sinnlos verschwendet.«

»Da ist Diana anderer Ansicht. Auf ihre eigene Art ist sie glücklich, Nick.«

Er schürzte die Lippen, lehnte sich zurück und starrte einen Moment in die Ferne. Dann fragte er langsam: »Es ist Raoul Wallenberg, in der Lubjanka, und nicht ihr Vater, nicht wahr?«

»Ja, das glaube ich auch. Harry, Diana und Christian glauben es ebenfalls. Nur Dieter Müller besteht darauf, daß es, wenn Wallenberg seit Kriegsende dort sitzt, auch durchaus andere Häftlinge in der Lubjanka geben kann, unter anderem Prinz Kurt von Wittingen. Er will einfach nicht aufgeben, dieser Mann!« sagte Francesca kopfschüttelnd.

»Ich hätte ihr fast geschrieben, als die Presse über Wallenberg zu berichten begann, aber ich fürchtete, es könnte aufdringlich wirken, also habe ich's lieber gelassen. Wie hat sie's aufgenommen?«

»Stoisch und möglicherweise auch erleichtert. Und sie ist fester denn je überzeugt, daß ihr Vater beim Kampf um Berlin gefallen ist. Christian ist derselben Meinung. Diese furchtbare Geschichte hat das Leben der beiden zerstört, vor allem Dianas, die ihr eigenes Glück geopfert hat, um sich um Christian und ihre Mutter kümmern zu können.«

»Was ist denn nun mit ihrer Mutter?«

»Tante Arabella ist sehr alt und ein bißchen senil. Deshalb hat Diana sie nach Wittingenhof geholt.«

»Diana hätte mich – ach was, irgend jemanden heiraten sollen!« In Nicks Augen stand eine tiefe Traurigkeit. »Es geht ihr doch wirklich gut, Frankie – oder? Ich könnte es nicht ertragen, wenn sie unglücklich wäre.«

»O nein, sie ist nicht unglücklich, Nicky.« Francesca zögerte und fuhr dann fort: »Sie hat Trost in der Religion gefunden und glaubt fest daran, daß das Leben der Menschen vorbestimmt ist. Diese Überzeugung hält sie aufrecht und gibt ihr Kraft. Du brauchst ihretwegen nicht traurig zu sein. Sie ist zufrieden, ihr Leben ist ausgefüllt. Bitte, glaub mir das, Nicky.«

»Ich glaube es dir. Und bin froh, daß sie Frieden gefunden hat. Das gibt es nicht oft.«

»Ja ... Warte, ich schenke dir noch einmal nach.« Francesca nahm sein Glas mit zum Weinkühler. Über die Schulter sagte sie: »Ich habe alle deine Bücher gelesen und liebe sie alle. Ich bin noch immer dein größter Fan, mein Liebling. Arbeitest du wieder an einem neuen?«

»Aber sicher. Ich bin fast fertig.«

»Was gibt es sonst noch in deinem Leben, Nicky?«

»Nicht sehr viel. Aber ich habe einen Sohn«, erklärte er stolz, als er das Weinglas von ihr entgegennahm. »Er ist vier Jahre alt und ein bezaubernder Bengel.«

»Dann schlägt er offenbar nach seinem Daddy«, neckte sie ihn. »Wie heißt er?«

»Victor.«

Sie warf ihm einen kurzen Blick zu und sagte leise: »Aber natürlich, das mußte ja sein. Ich würde ihn gern kennenlernen, Nicky. Vielleicht bringst du ihn eines Tages einmal zum Lunch oder zum Tee mit zu mir.«

»He, eine fabelhafte Idee, Kleines. Übrigens, ich bin nicht verheiratet. Ich lebe aber mit Carlotta, seiner Mutter, zusammen.«

»Ich hatte so etwas gehört. Sie ist aus Venezuela, nicht wahr?«

»Ja. Im Augenblick ist sie auch wieder in Caracas. Ihr Vater fühlt sich nicht ganz wohl. Dadurch habe ich Gelegenheit, mit meinem Roman fertig zu werden. Warum hast du nicht mehr geschrieben? Ich hatte gehofft, noch viele von deinen großartigen historischen Biographien zu lesen.« Er lächelte. »Also komm, raus damit! Ich bin dein Mentor, weißt du noch?«

Francesca strich ihren Rock über den Knien glatt. »Ehrlich gesagt, ich habe kein Thema mehr gefunden, keine historische Figur, die mich reizt. Die Tudors wären eine Möglichkeit.« Sie lachte. »Aber meine Bücher erfordern so viele Recherchen, so unendlich viel Zeit. O Himmel, das klingt nach einer recht lahmen Ausrede, nicht wahr?«

»Nicht unbedingt.« Er beschloß, das Thema Arbeit nicht weiter zu verfolgen, und fragte statt dessen: »Was macht eigentlich dein Bruder jetzt?«

»Er betreibt seine Scheidung. Seine Frau hat ihn verlassen. Wegen einem anderen Mann.«

»Du meinst, Pandora Tremaine hat sich als Niete entpuppt? Na so was! Ich hatte sie immer für eine ganz besondere Frau gehalten. Hilly Street auch, damals im Sommer, an der Côte d'Azur. Verdammt stolz war er darauf, eine echte Hon zu begleiten. Erinnerst du dich?«

»Gewiß. Ich fand Pandora auch immer sehr liebenswert. Aber bei Kim war sie anscheinend unglücklich, obwohl sie sich nie etwas hat anmerken lassen. Es war ein schwerer Schlag für Kim, als Pandora ihn verließ. Viel schwerer als bei Katharine. Vor ein paar Jahren hat er mir eingestanden, daß er im Grunde erleichtert war, als Katharine 1956 beschloß, in Hollywood zu bleiben. Ihre Karriere beunruhigte ihn. Er wußte, daß sie ihr Zusammenleben beeinträchtigen würde. Das hatte Doris schon damals vorausgesehen.«

»Und wie geht's der bezaubernden Doris? Und deinem Vater?«

»Ach Nicky, Liebling, das weißt du ja noch gar nicht! Daddy ist vor zwei Jahren gestorben. Ein Schlaganfall. War sofort tot. Gott sei Dank. Als Krüppel hätte er nicht leben können.«

Nick ging zu ihr, setzte sich neben sie und ergriff ihre Hand. »Es tut mir unendlich leid, Frankie. Ich weiß, wie du an ihm gehangen hast. Wie alt ist er geworden?«

»Achtundsechzig. Ich bin nur froh, daß er noch zwanzig glückliche Jahre mit Doris hatte. Die beiden waren wirklich rundum glücklich.«

»Wie hat Doris es aufgenommen?«

»Sehr schwer. Aber Marigold, ihre Tochter, und Kim waren ihr ein großer Trost. Jetzt ist sie beinahe wieder die alte.« Francesca holte eine gerahmte Fotografie von einer Kommode. »Das ist Marigold mit Doris und Daddy vor vier Jahren in Monte Carlo.«

»Ein bezauberndes Mädchen. Wie ihre Mutter. Sie muß doch inzwischen zwanzig sein, nicht wahr?«

Francesca stellte die Fotografie zurück. »Ja, im Sommer wird sie einundzwanzig. Mein Gott, Nick, kommt man sich da nicht uralt vor? Ich kann mich kaum daran erinnern, wie ich mit einundzwanzig war.«

»Oh, aber ich, Kleines. Du warst hinreißend.« Nick sah sie an und zwinkerte fröhlich. »Und das bist du noch. Dein Alter sieht man dir wirklich nicht an, meine Schöne.«

»Dir auch nicht. Aber was ist denn jetzt mit dem Lunch? Ich habe Hunger!«

Neunundvierzigstes Kapitel

Für Francesca und Nicholas war es wie in den alten Zeiten. Sie lachten viel bei ihrem Lunch im Carlyle, erzählten aus ihrem Leben, und es war, als hätten sie sich erst gestern getrennt. Immer wieder begannen sie ihre Sätze mit: »Weißt du noch ...?« Irgendwann drehte Francesca nachdenklich den Stiel ihres Weinglases und sagte: »Du warst einmal sehr böse auf mich, Nicky, und ich möchte ...«

»Ich? Böse auf dich? Völlig unmöglich!« rief er erstaunt.

»Doch. Anfang der sechziger Jahre, als ich mich weigerte, mit dir in ›The Sabers of Passion‹ zu gehen, weil ich mir geschworen hatte, mir diesen Film auf gar keinen Fall anzusehen. Heute möchte ich dir ein Geständnis machen: Ich hab' ihn sogar zweimal gesehen.«

»Zweimal!« Er sah sie ein wenig vorwurfsvoll an und lachte belustigt. »Und du hast nie ein Wort davon erwähnt, du kleines Biest.«

»Weil ich mich wohl ein bißchen geschämt habe. Jedenfalls hab' ich beim erstenmal den ganzen Film hindurch geweint und kaum eine Szene richtig gesehen. Deswegen ging ich noch einmal hin.« Sie warf ihm einen Seitenblick zu. »Ich glaube, ich bin eine Masochistin. Auf jeden Fall aber war ich der Meinung« – sie grinste spitzbübisch –, »daß er die ganze Enchilada war.«

Nick kicherte. »Ach, Frankie, du bist unbezahlbar! Warum hast du mir nichts davon gesagt?«

Sie zuckte die Achseln. Dann fragte sie sehr leise: »Wie geht's ihm, Nicky?«

Ihre Frage verblüffte ihn. In all den Jahren hatte sie niemals von Victor gesprochen. Doch anscheinend waren ihre Wunden inzwischen verheilt. »Vic ist noch immer ganz der alte und hat sich wirklich kaum verändert. Seit ein paar Jahren ist er Witwer.«

»Das hörte ich. Es tut mir leid«, murmelte Francesca. »Und er hat sich nicht wieder verheiratet, nicht wahr?«

»Nein.«

»Lebt er immer noch auf der Ranch?«

»Aber sicher. Er liebt Che Sarà Sarà und ist fast immer dort. Jake Watson ist viel mit ihm zusammen. Jake leitet Bellissima für Vic, inzwischen eine große, erfolgreiche Firma, die für Film und Fernsehen produziert. Vic selbst macht nicht mehr sehr viele Filme, im letzten Jahr hat er noch einen gedreht.« Nicks Miene leuchtete auf. »Mein Drehbuch. Und verdammt gut, wenn ich das mal selbst sagen darf. Du solltest dir den Film ansehen, wenn er herauskommt, Kleines.«

Ihr hübscher Mund verzog sich zu einem Lächeln. »Mal sehen. Wenn ich dir hinterher eine Kritik liefern darf«, neckte sie ihn. »Und was machen die Jungen?«

»Die sind verheiratet.« Nick grinste. »Vic ist Großvater, kannst du dir das vorstellen? Und zwar ein begeisterter. Jamie hat zwei Töchter, Steve einen Sohn. Vic ist sehr stolz auf seine Familie. Und...« Nick unterbrach sich, nahm vom Kellner die Speisekarten entgegen, reichte eine an Francesca weiter und fragte: »Wie wär's mit einem schönen, kalorienreichen Dessert, meine Schöne?«

»Ach, ich weiß nicht... Na gut, nachschauen kann ich ja

trotzdem mal.« Kurz darauf legte sie die Karte auf den Tisch und sah sich um. Als sie kamen, war das Restaurant des Carlyle sehr voll gewesen, jetzt aber waren nur noch wenige Tische besetzt. Als ihr Blick nach rechts wanderte, wurden ihre Augen plötzlich groß, sie wandte sich hastig ab, griff nach der Speisekarte und versteckte sich dahinter. Dann kniff sie Nick ins Knie und flüsterte: »Wir hätten doch ins La Grenouille gehen sollen. Da hinten sitzt Estelle Morgan. Mit Katharine.«

»O Gott!« Nicks Lippen wurden weiß vor Zorn. »Dann ist sie also eingetroffen, und wir müssen die ersten sein, die ihr über den Weg laufen. So ein Pech!« Er fluchte leise. »Verdammt, Kleines, wir können uns nicht ständig hinter diesen Dingern verstecken.« Er nahm ihr die Speisekarte fort und fragte: »Wo sitzen die beiden?«

»Rechts von mir. Dir schräg gegenüber.«

»Wie sieht sie aus?« wollte er von Francesca wissen.

»Also Nicky! Du bist unmöglich! Wir sitzen in der Falle, und du fragst als erstes, wie sie aussieht! Ich will vor allem erst einmal wissen, wie wir hier rauskommen, ohne daß Estelle uns sieht. Du weißt, wie sie ist. Sie würde sofort rüberkommen. Komisch, daß sie nicht längst schon hier ist. Es sei denn, sie haben uns noch nicht entdeckt. Es war hier ziemlich voll, bis vor kurzem.«

»Wir werden unseren Lunch beenden«, entschied Nick. »Wir werden nicht davonlaufen. Sie wird uns nicht auf die Straße hinaustreiben. Außerdem, was kann sie uns anhaben? Sie wird selbst kaum an unseren Tisch kommen. Schlimmstenfalls wird sie hallo sagen. Wir sind zivilisierte Menschen, wir werden ebenfalls hallo sagen, und dann wird sie ihrer Wege gehen.« Er winkte dem Kellner, bestellte Kaffee und steckte sich eine Zigarette an. Dabei blickte er nach links, entdeckte Estelle und Katharine und wandte sich schnell wieder ab, doch nicht, ohne sich deutlich ihr Bild eingeprägt zu haben. Das kastanienbraune Haar straff zurückgebürstet. Elfenbeinblasses Gesicht. Einzigartige, unvergleichlich türkisfarbene Augen. Die ihn direkt anstarrten. Ein eisiger Schauer überlief ihn, obwohl es sehr warm im Restaurant war.

»Halt dich fest«, warnte er Francesca leise. »Estelle wird jeden Moment erscheinen. Katharine hat uns gesehen.«

»O Gott! Komm, Nicky, laß uns gehen.« Schwach lächelte Francesca dem Kellner zu, der ihnen den Kaffee servierte.

»Okay. Du hast wohl recht. Wenn der Kellner wiederkommt, werde ich die Rechnung verlangen.«

»Zu spät«, flüsterte Francesca ergeben.

»Francesca! Nicholas, Liebling! Daß ich euch beide hier treffe!« Breit lächelnd pflanzte sich Estelle vor ihnen auf.

Francesca nickte wortlos. Nick sagte: »Hallo, Estelle.« Und wollte sich höflich erheben.

Estelle winkte ihn auf seinen Stuhl zurück. »Bitte, Liebling. Lassen Sie sich nicht stören. Ich wollte euch nur auf einen Drink zu uns bitten. Ihr kommt doch rüber, nicht wahr? Katharine möchte euch begrüßen. Natürlich erst, wenn ihr euren Kaffee getrunken habt.«

Nick spürte, wie Francesca ihn wieder ins Knie kniff. »Danke, Estelle, aber das geht leider nicht. Grüßen Sie... Katharine von uns«, sagte er.

Die Journalistin wollte nicht nachgeben, entdeckte jedoch eine ungewohnte Kälte in Nicks Augen und spürte Francescas Feindseligkeit. Hochnäsige Zicke, dachte Estelle. Sie konzentrierte ihre Aufmerksamkeit auf Nick. »Ach, du liebe Zeit, da wird Kath aber enttäuscht sein. Sie war so aufgeregt, als sie Sie sah, Nicholas.« Estelles Miene war flehend.

»Tut mir leid, Estelle, es wird nicht gehen«, wiederholte er. »War nett, Sie zu treffen.«

Hochrot im Gesicht wich sie zurück. »Ebenfalls«, stieß sie hervor und eilte nach einem flüchtigen Kopfnicken in Francescas Richtung zutiefst gekränkt davon.

»Ich kann sie einfach nicht ertragen«, sagte Francesca. »Heute noch ärgere ich mich über ihr Verhalten vor zehn Tagen, als sie dieses so offensichtlich vorgeschobene Interview machen wollte.«

»Ich fand es unglaublich, als du mir davon erzähltest. Aber das ist typisch Estelle. Verdammt noch mal, wo ist der Kellner? Wenn man sie braucht, sind sie nie da. Komm, trinken wir noch einen Kaffee.« Nick schenkte ein. »Ich werde nicht wie ein verschrecktes Kaninchen davonlaufen.«

Kaum hatte er es gesagt, da stockte ihm auf einmal der Atem. Vor ihnen stand Katharine, kühl, gelassen, schön und elegant in einem weißen Wollgeorgette-Kleid mit Türkisschmuck, der ihre herrlichen Augen spiegelte.

»Hallo, Frankie, Nicky.«

Sie murmelten einen Gruß, und Nick wollte aufstehen.

»Bitte, bleib sitzen. Ich brauche nicht lange«, sagte Katharine rasch und leise. »Ich kann verstehen, daß ihr mich nicht sehen wollt. Ihr müßt mich ja hassen. Was ich euch beiden angetan habe, lastet seit langem auf meinem Gewissen. Ich schulde euch eine Erklärung. Ich wohne hier im Hotel. Suite 2203. Würdet ihr für zehn Minuten zu mir heraufkommen? Bitte!«

Keiner brachte ein Wort heraus. Schließlich fand Francesca ihre Stimme wieder. »Ich fürchte... das ist völlig unmöglich.«

Nick blieb stumm.

Katharine spürte ihr Unbehagen und lächelte schüchtern. Langsam, freundlich neigte sie den Kopf. »Denkt bitte ein paar Minuten darüber nach, besprecht es miteinander. Man hat nur selten im Leben die Chance, offene Fragen klären zu können. Und davon stehen eine Menge zwischen uns dreien.«

Wieder lächelte sie kurz und kehrte an ihren Tisch zurück. Gleich darauf verließ sie erhobenen Hauptes das Restaurant. Estelle hastete hinter ihr her.

Nick folgte Katharine mit den Blicken. Er staunte über die eigene Reaktion auf sie. Seit Jahren hatten Zorn, Haß, Schmerz und Bitterkeit an ihm gefressen und zugleich eine unterschwellige, verzehrende Sehnsucht. Nun, nach zwölf Jahren, hatte er sie wiedergesehen – und nur eine seltsame Unbewegtheit empfunden. Vielleicht war er jetzt doch immun gegen sie.

Er wandte sich zu Francesca zurück. »Nun ja, weißt du, sie hat eigentlich recht. Wir haben wirklich noch viel zu klären.«

Francesca starrte ihn entgeistert an. Ihre Mundwinkel verzogen sich grimmig. »Mein Gott, kapitulierst du schnell!«

Über sich selbst verwundert, runzelte Nick die Stirn. Nachdenklich sagte er: »Es ist erstaunlich, Frankie. Ich habe überhaupt nichts empfunden. Nein, das stimmt nicht. Eine gewisse Neugier hinsichtlich dessen, was sie uns zu sagen hat. Aber mehr nicht. Ich würde tatsächlich gern erfahren, warum sie ›Florabelle‹ verkauft hat – unter anderem. Möchtest du denn nicht auch wissen, warum sie dich belogen hat?«

»Das ist heute nicht mehr wichtig. Und wie kommst du darauf, daß sie uns die Wahrheit sagen wird, Nicky?« Sie wußte, daß er hinaufgehen und Katharine zur Rede stellen wollte, und fürchtete, er werde sie dazu bringen, ihn zu begleiten.

»Es würde alles klären, was uns auf der Seele liegt, Frankie. Und noch etwas, Liebling: Seit Jahren spukt sie mir im Kopf herum. Und diesem Spuk möchte ich ein für allemal ein Ende machen. Doch, ich glaube wirklich, daß ich meine offenstehende Rechnung mit ihr abschließen sollte.«

Francesca nickte. Ein wenig weicher sagte sie: »Ich kann dich verstehen, Nicky. Du hast sie sehr geliebt, und die ständige Frage, warum sie dich so hintergangen hat, muß eine wahre Folter für dich gewesen sein.« Sie nahm seine Hand. »Aber allein lasse ich dich nicht da hinaufgehen. Denn siehst du, Nicky, ich traue ihr nicht.«

»Ich weiß auch nicht, ob ich ihr traue, meine Schöne.« Er lachte. »Aber wir sind alte Hasen im Tempest-Spiel. Uns kann sie nichts mehr vormachen. Und danke, daß du mitkommen willst. Ich werde jetzt noch schnell bezahlen, und dann fahren wir in den zweiundzwanzigsten Stock hinauf, um zu hören, was die Dame zu ihrer Verteidigung vorzubringen hat.«

Zu dritt saßen sie vor einem riesigen Spiegelglasfenster, das auf die Madison Avenue hinausging. Nick und Francesca hatten nebeneinander auf dem Sofa Platz genommen, Katharine hockte ihnen gegenüber auf der Kante eines Lehnsessels. Es herrschte eine gespannte, erwartungsvolle Atmosphäre, nach außen hin aber wirkten sie alle beherrscht und überraschend gelassen.

Katharines unvergeßliche weiche Stimme brach das Schweigen, das nach der ersten Begrüßung geherrscht hatte. »Ich danke euch, daß ihr gekommen seid. Es ist wirklich nicht leicht für mich ... für uns alle, das weiß ich ... ziemlich schmerzlich. Also will ich keine Zeit verlieren und gleich zur Sache kommen.«

»Ja«, sagte Nick. »Warum tust du's dann nicht?«

Katharine lächelte ganz leicht und blickte nachdenklich an ihm vorbei in die Ferne. »Als ich im Dezember beschloß, in die Staaten zurückzukehren, in meine Heimat, wußte ich, daß ich nicht in derselben Stadt, unter demselben Himmel leben konnte wie ihr, ohne mich noch einmal an euch zu wenden. Ich kann die Uhr nicht zurückstellen, die Dinge, die ich getan habe, nicht ungeschehen machen, aber ich möchte euch endlich die Wahrheit sagen. Ich bitte euch nicht, mich von meiner Schuld freizusprechen. Aber ich hoffe, daß ihr mir verzeihen könnt.« Als keiner von beiden ein Wort sprach, fuhr Katharine ruhig fort: »An dich, Frankie, wende ich mich zuerst. Ich war nicht schwanger von Victor Mason. Ich hatte auch nie eine Affäre mit ihm. Für mich als Frau interessierte sich Victor überhaupt nicht. Er war nur fasziniert von der Schauspielerin.«

Francescas Miene war ausdruckslos, verriet nichts von den Gefühlen, die in ihr tobten. Mit unendlich kalter Stimme fragte sie: »Und warum hast du mir eine so widerliche Lüge aufgetischt?«

»Ich hatte nie vor, dich zu belügen, Victor die Schuld an meiner Schwangerschaft zuzuschieben – ehrlich nicht. Sein Name fiel mir einfach so ein, und ehe ich überlegen konnte, hatte ich ihn schon ausgesprochen. Und dann konnte ich ihn nicht mehr zurücknehmen. Ich war auf diese Lüge festgelegt.«

»Warst du wirklich schwanger, oder war das auch eine Lüge?« wollte Francesca wissen.

»Ich war schwanger. Als ich mich dir an jenem Vormittag in der Villa Zamir anvertraute, war ich ganz krank vor Sorgen. Während wir miteinander sprachen, hatte ich nämlich das Gefühl, dein und Kims Vertrauen in mich enttäuscht zu haben. Ich hatte den Vater des Kindes nicht nennen wollen, Frankie, aber du hast mich so sehr gedrängt, mir so viele Fragen gestellt, daß ich in meiner eigenen Falle saß. Auf einmal wußte ich, daß ich dir niemals gestehen konnte, wer der richtige Vater war. Ich war verlegen und schämte mich über das, was ich getan hatte. Einmal sah ich dich an, und du wirktest so jung, so unberührt, unverdorben vom Leben und so unschuldig, daß ich überzeugt war, du würdest mich verachten. Nicht nur, weil ich mit einem anderen Mann geschlafen, sondern auch, weil ich meine Verbindung mit deinem Bruder für einen anderen Mann aufgegeben hatte. Ich war überzeugt, du würdest Kims Partei ergreifen.« Ruhig hielt Katharine Francescas Blicken stand. »Siehst du, Frankie, Anerkennung war immer schon lebensnotwendig für mich, vor allem deine Anerkennung. Den Gedanken, daß du mich verurteilst, konnte ich nicht ertragen.«

»Wie schlecht du mich kanntest«, entgegnete Francesca. »Ich habe nie einen Menschen verurteilt. Und nie hätte ich dich kritisiert; meine Gefühle für Kim spielten dabei überhaupt keine Rolle. Ich fürchte, du hattest mich unterschätzt.«

Katharine nickte. »Ja, das stimmt. Aber zurück zu jenem Vormittag. Ich machte mir Sorgen um den Vater meines Kindes. Er liebte mich, war aber glücklich verheiratet – seit Jahren. Ich glaubte nicht, daß er sich scheiden lassen würde, und ich wollte ihn auch nicht heiraten. Andererseits war er sehr empfindsam, und ich wußte nicht, wie er auf das Kind reagieren würde. Mit Sicherheit würde er die Abtreibung verhindern wollen. Ich war ratlos. Das alles hab' ich dir damals erklärt, Frankie. Erinnerst du dich?«

»O ja. Von jenem Vormittag habe ich keine Sekunde vergessen.«

Katharine hörte den sarkastischen Ton, reagierte aber nicht darauf. Sie wollte ihre Beichte hinter sich bringen, ohne Emotionen zu zeigen. Anders würde sie es nicht schaffen. »Ich wußte nicht, wie ich dir meine Gründe für die Verbindung mit diesem Mann erklären sollte. Denn ich muß es noch einmal wiederholen: Ich war überzeugt, daß du kein Verständnis für mich haben würdest. Dann dachte ich plötzlich, du würdest vielleicht doch Verständnis für mich haben, wenn der Mann so großartig war, daß ihm keine Frau widerstehen und man ihr daher auch keinen Vorwurf daraus machen konnte, daß sie seinem Charme erlegen war. Dabei stieg Victor Masons Bild vor meinem inneren Auge auf, und ich nannte seinen Namen.«

Ich kann nicht glauben, daß ich dies höre, dachte Nick. »Und wer war der Vater?« fragte er.

»Ossie Edwards.«

»Also, da soll mich doch...«, rief Nick unwillkürlich. Er war wie vom Donner gerührt.

Verständnislos fragte Francesca: »Wer ist Ossie Edwards?«

»Der Kameramann. Von ›Wuthering Heights‹«, erklärte Nick. Er holte Zigaretten aus seiner Tasche und riß ein Streichholz an.

»Aber natürlich!« sagte Francesca. »Ich erinnere mich an ihn. Ein reizender Mann.«

»Und ein Könner«, ergänzte Nick. Er richtete seinen durchdringenden Blick auf Katharine. »Dich hat er wahrhaftig traumhaft fotografiert.«

»Also deswegen hab' ich mich wirklich nicht mit ihm eingelassen«, rief Katharine rasch und zum erstenmal mit ein wenig Schärfe im Ton. »Ich habe Ossie nicht ausgenutzt, falls du das meinen solltest.«

Nick schwieg, aber in seinen Augen stand ein zynischer Glanz.

»Ich wollte eigentlich nicht abschweifen«, fuhr Katharine fort, »aber ich glaube, ich muß euch das mit Ossie erklären. Darf ich?«

»Sicher«, antwortete Nick lakonisch.

»Um mein Verhältnis zu Ossie zu verstehen, müßt ihr euch beide ins Jahr 1956 zurückversetzen, mich sehen, wie ich damals war. Ich war einundzwanzig, drehte meinen ersten Film, zusammen mit dem größten Superstar aller Zeiten. Ihr habt es vermutlich nicht gemerkt, aber ich steckte bis obenhin voll Unsicherheit hinsichtlich meiner schauspielerischen Begabung, meines Aussehens und meiner Fähigkeiten. Ich war eine Anfängerin inmitten von lauter ausgekochten Profis. Und diese Atmosphäre!« Sie schüttelte den Kopf, wandte sich wieder an Nick. »Im Studio und bei den Außenaufnahmen war die Atmosphäre bis zum Zerreißen gespannt. Gefühlswogen schlugen hoch, Intrigen wurden gesponnen, jeder kämpfte gegen jeden. Ob ihr es glaubt oder nicht, ich war hilflos.«

Katharine sah zum Fenster hinaus. »Victor und Mark Pierce standen natürlich hinter mir, aber sie kümmerten sich praktisch nur um den Film und nicht um mich als Mensch. Zuweilen waren sie tyrannisch.« Ihr Blick wanderte zu Francesca. »Du weißt genau, daß das so war.«

»Ja«, gab Francesca zu.

»Für Victor und Mark stand viel auf dem Spiel. Und so lieb Victor sein kann, er ist sehr hart. Sicher hat er mir geholfen, hat Mark mir geholfen. Bei meiner Rolle, mehr aber nicht. Immer wieder geriet ich ins Schwimmen, und ich fühlte mich so allein. Mein einziger Freund bei jenem Film war Ossie Edwards.«

»Ich kann dir folgen, aber warum hast du dich persönlich mit ihm eingelassen?« erkundigte sich Nick fasziniert.

»Vielleicht, weil er so eine Art Vaterfigur für mich war. Der Vater, den ich niemals richtig gehabt hatte. Er war so lieb, Nick, und kümmerte sich um mich, die Frau, genauso wie um mich, die Schauspielerin. Außerdem half er mir, mich so zu sehen, wie ich damals wirklich war. Durch das Auge der Kamera, nannte er es. Er lehrte mich, auf die Kamera zu reagieren, ihr meine innersten Gedanken und Gefühle zu zeigen. Bei allem Respekt vor Victor und Mark – falls jemand einen Star aus mir gemacht hat, dann Ossie Edwards. Außerdem bot er mir Schutz, Zuflucht, Wärme, wie immer ihr es nennen wollt, in diesem schwierigen Team. Wie gesagt, ich war unsicher, labil und zweifelte ständig an mir selbst und an meiner Sexualität ...«

Unerwartet brach sie ab, schlug die Augen nieder und drehte an ihrem großen Brillantring.

»Du kennst meine Probleme auf diesem Gebiet, Nick. Damals waren sie noch ausgeprägter. Ich war Jungfrau.« Sie zögerte und fuhr dann fort: »Kim hatte ich immer wieder zurückgewiesen, und ich glaubte allmählich, daß mit mir wirklich etwas nicht stimmte. Ossie führte mich sehr behutsam in den Sex ein. Vielleicht war er erfolgreicher als Kim, weil er ein älterer Mann war. Er schüchterte mich nicht so ein wie Kim. O bitte, auch Ossie konnte meine Probleme mit ... Intimitäten nicht lösen.« Sie warf Nick einen eindringlichen Blick zu. »Das ist ausschließlich dir gelungen.«

Zum erstenmal – und ganz gegen seinen Willen – empfand Nick einen Anflug von Mitleid mit Katharine. Und er hatte immer geglaubt, sie durch und durch zu kennen! Widerwillig bekannte er: »Das mit Ossie kann ich dir wirklich nicht verübeln. Es ist schwer, verdammt schwer.« Doch dann fiel ihm Mike Lazarus ein, und sein Herz verhärtete sich wieder.

Francesca, die genauso aufmerksam zugehört hatte wie Nick, fragte: »Aber wie konntest du einen Namen einfach so aus der Luft greifen? Das war ... unverantwortlich!«

»Sicher, das war es wohl. Aber ich habe gerade meine Beweggründe erklärt, Frankie. Ich dachte, du würdest mehr Verständnis haben, wenn der Mann etwas ganz Besonderes wäre, eben einfach unwiderstehlich.«

»Warum hast du mir nicht die Wahrheit gesagt – über Ossie? Ich hätte das schon verstanden.«

»Wirklich?« Katharine stand auf, trat ans Sideboard und

schenkte sich ein Glas Perrier mit Eis und Zitrone ein. »Oh, Verzeihung. Kann ich einem von euch etwas anbieten?« erkundigte sie sich.

Beide verneinten, und sie kehrte zu ihrem Sessel zurück. Über den Rand ihres Glases hinweg musterte sie Francesca aufmerksam. »Warum hast du mir nichts von Victor erzählt, Francesca? Hättest du das getan, wäre nichts von allem geschehen.« Sie beugte sich vor, und ihr Blick wurde noch intensiver. »Ich wollte dir nicht weh tun. Ich war nicht bösartig. Ich wußte nicht, daß ihr euch liebtet, Victor und du. Wenn du mir auch sonst nichts glaubst – das müßtest du mir doch wirklich glauben!«

Francesca errötete ein wenig. »Doch, das glaube ich dir.« Sie senkte den Blick, studierte ihre Stiefelspitze. »Nur Nicky und Diana wußten davon.«

»An jenem grauenvollen Abend in Connecticut, als wir einander zum letztenmal sahen, hast du mich beschuldigt, dein Leben zerstört zu haben. Ist es dir denn aber nie klargeworden, daß deine eigene Gleichgültigkeit und Geheimnistuerei mitschuldig sind an der Situation, die schließlich entstand?« fragte Katharine freundlich. »Nein, ich versuche nicht, die Schuld auf andere abzuwälzen. Was ich tat, war schlimm genug.«

Francesca überging diesen sanften Vorwurf. »Ich habe mich immer schon gefragt ... Mein pfirsichfarbenes Abendkleid. Hast du den Wein absichtlich drübergegossen?«

»Nein. Ich war nervös, wegen meiner Schwangerschaft, übernervös sogar. Ich bin ausgerutscht.«

»Und Ryan? Hast du dich da eingemischt?«

»Ich habe mit Ryan gesprochen, ja. Ich habe ihm zugehört. Einigen Punkten, um die er sich Gedanken machte, zugestimmt. Wenn du das Einmischen nennst, dann bin ich schuldig. Aber ich habe ihm nie gesagt, daß er dich nicht heiraten solle, weil er unglücklich mit dir würde. Das hat mein Vater ihm in den Kopf gesetzt, obwohl Ryan es damals nicht zugeben wollte. Wenn du mir nicht glaubst, kannst du Ryan jetzt gleich persönlich fragen. Er ist in New York. In seiner Suite hier im Hotel. Gestern abend haben wir zusammen gegessen und über alles gesprochen. Denn siehst du, Frankie, einer der Gründe, warum ich mehrere Jahre keinen Kontakt mehr mit Ryan wollte, war sein Verhalten dir gegenüber. Bitte, laß uns diesen Punkt klären. Nimm das Telefon und laß dich mit seiner Suite verbinden. Nummer 1208.«

»Das ist nicht nötig.« Francesca biß sich auf die Lippe. »Soll das heißen, daß es dein Vater war, der sich gegen mich aussprach?«

»Ja. Ryan wollte dir das nicht sagen. Er fürchtete sich vor meinem Vater und hatte Angst um sein Verhältnis zu ihm. Ich muß sagen, Frankie, ich bin froh, daß du ihn nicht geheiratet hast. Er war nicht gut genug für dich. Damals wenigstens. Jetzt ist er anders. Vor mehreren Jahren schon hat er meinen Vater aus seinem Leben gestrichen, und überdies sämtliche Assistenten, die ihm mein Vater aufgedrängt hatte. Patrick O'Rourkes Spione. Irgendwann hat Ryan das alles begriffen, möglicherweise aufgrund dessen, was ich ihm erklärt hatte. Im Jahre 1969 kam es zu einer Versöhnung, wenn auch nur kurz, und da hab' ich ihm genau auseinandergesetzt, wie die Dinge wirklich lagen. Er hat nie wieder ein Wort mit mir gesprochen. Bis vor zwei Tagen. Da hörte ich dann von ihm, daß er unseren Vater ausgebootet hat und endlich selbständig geworden ist.«

»Ich verstehe.« Francesca seufzte und schloß müde die Augen.

Nick erhob sich ungeduldig, trat ans Fenster und drehte sich zu Katharine um. Ihm lag eine ganz spezielle Frage am

Herzen, und er platzte heraus: »Warum hast du ›Florabelle‹ an Lazarus verkauft?«

»Anfangs wollte ich das gar nicht«, begann Katharine und trank einen Schluck Perrier. »Der Film, den ich 1964 für die Monarch gemacht hatte, war ein großer Kassenerfolg geworden. Nun wollte Mike unbedingt, daß ich noch einen zweiten Film für ihn mache, und ließ mir einfach keine Ruhe. Immer wieder, wenn wir uns von Zeit zu Zeit sahen – wir waren schließlich alte Freunde –, drang er in mich. 1967 antwortete ich ihm dann, um ihn ein für allemal loszuwerden, der einzige Film, den ich je machen würde, sei ›Florabelle‹. Und niemand war erstaunter als ich, als er sich sofort einverstanden erklärte.« Katharine lächelte betrübt. »Mein Gott, du glaubst, ich manipuliere die Menschen, Nicky. Er jedoch ist Meister in dieser Kunst. Bevor ich mich's versah, hatte er sich das Buch besorgt, es gelesen und meinem Agenten ein Angebot gemacht. Für die Aufführungsrechte, die die Kort besaß, und für mich persönlich als Schauspielerin. Plötzlich setzte er Verträge auf, engagierte Charlie Roberts, verpflichtete einen Regisseur und setzte alle Räder in Gang. Man könnte sagen, ich wurde einfach überfahren.«

»Du? Also hör mal!« Nick starrte sie ungläubig an.

»Natürlich kommt dir das unwahrscheinlich vor, aber es stimmt. Mir war ziemlich mulmig zumute«, fuhr Katharine fort. »Doch dann redete ich mir ein, daß du dich letzten Endes freuen würdest. Du wolltest das Buch gern verfilmen lassen und wußtest, daß kein anderer Produzent Interesse gezeigt hatte. Plötzlich war ich überzeugt, dir einen großen Gefallen zu tun. Wunschdenken, vermutlich. Aber ich beschloß, alles geheimzuhalten, bis ich dir Charlies Drehbuch vorlegen konnte. Daß es großartig werden würde, wußte ich. Er ist einer der Besten. In meiner Vorstellung verwandelte sich das Ganze in eine herrliche Überraschung für dich.

Und dann platzte die Bombe. Du erfuhrst davon, bevor ich dir alles erklären konnte.«

Nick krauste unsicher die Stirn. War sie noch immer eine unverbesserliche Lügnerin? »Aber damit erzählst du mir doch nur wieder dieselbe Geschichte wie damals, 1967!«

»Ich denke nicht daran, Gründe zu erfinden, nur um deinen Argwohn gegen mich zu rechtfertigen. So war es wirklich, Nicky! Ich gebe zu, daß ich damals unmöglich war, daß ich mir alles einreden, jede Handlung als gute Tat hinstellen konnte. Das habe ich inzwischen begriffen.«

»Wie schön für dich«, warf Nick ironisch ein. Er setzte sich in einen Sessel. »Du pflegtest mir unglaubliche Märchen aufzutischen darüber, wo du gewesen seist, wenn du verschwunden warst. Wo warst du wirklich?«

»Manchmal bin ich umhergewandert wie eine verlorene Seele, erfüllt von den seltsamsten Gefühlen, gegen schreckliche Schmerzen in meinem Kopf ankämpfend. Nicht direkt Kopfschmerzen, sondern eine Art Hämmern, das niemals aufhörte.« Sie begegnete seinem durchdringenden Blick. Eiskalt, dachte sie und nickte langsam. »Das mag eigenartig klingen, aber ich war eigenartig, damals. Häufig ging ich tatsächlich in die Kirche oder saß drei bis vier Vorstellungen lang im selben Kino. An anderen Abenden ging ich zu Michael und redete endlos mit ihm über Kunst und Filme, hörte ihm zu, wenn er über seine Geschäfte dozierte. Wir waren alte Freunde, Nicky. Vergiß nicht, ich kannte ihn seit 1956.«

»Dann hattest du also doch eine Affäre mit ihm«, stellte Nick fest.

»Nein, du irrst dich!« rief Katharine erregt. »Gewiß, Mike hatte mir jahrelang den Hof gemacht, mich wie ein Wahnsinniger verfolgt, sogar als ich mit Beau verheiratet war«, ergänzte sie ein wenig sanfter. »Er faszinierte mich, das muß ich zugeben. Vermutlich war es seine Macht, seine starke Persönlichkeit, die mich so anzog. Er vergötterte mich, seit er mich kannte, ja, sogar noch länger. Er hatte mich mit Victor im Les Ambassadeurs gesehen und war angeblich schon damals von mir bezaubert gewesen. Er hatte mich auf ein Piedestal gestellt. Als kostbares Kunstwerk. Ich war um so begehrenswerter, weil ich für ihn unerreichbar war, verstehst du?« Nick neigte den Kopf, und sie erklärte: »Die Bibliothek in seiner Wohnung ... das war wie ein Schrein der Katharine Tempest. Überall goldgerahmte Fotos von mir. Verrückt! Aber Beau Stanton sagte auch immer, Mike sei nicht ganz normal. Und labil, wie ich war, Nick, fühlte ich mich unendlich geschmeichelt. Der reichste und mächtigste Mann der Welt lag mir buchstäblich zu Füßen. Das steigt einer Frau zu Kopf, vor allem, wenn sie so unausgeglichen ist wie ich damals.«

»Und wann hast du dich richtig mit ihm eingelassen? Als du noch mit mir zusammen warst?« fragte Nick mit verkrampfter Stimme.

»Ja«, antwortete sie sanft. »Ich hatte immer mit ihm geflirtet, aber niemals mit ihm geschlafen. Niemals, das schwöre ich dir! Erst 1967, gleich nachdem ich das Haus in Connecticut gekauft hatte ...«

Nick saß ganz still. Es wurde ihm eng um die Brust, und er mußte sich mühsam zurückhalten. »Warum? Warum nur? Du liebtest mich doch!«

»Ich konnte es nicht mehr mit dir aushalten, Nick. Weißt du ...«

»War ich so schwierig?« fiel er ihr mit großen Augen ins Wort.

»Nein, es lag an mir. Weißt du, Nick, du kanntest mich zu gut, wußtest zuviel von mir ... von meinen Problemen ... meinen Fehlern ... meiner Verrücktheit. Ich glaubte dich zu verlieren. Anders kann ich es nicht erklären. Ich weiß nicht, ob ihr mich versteht.«

Bekümmert schüttelte er den Kopf. »Wer aufrichtig liebt, sieht die Fehler und Probleme des anderen und liebt ihn trotzdem, Katharine.«

»Das ist mir jetzt klar. Damals war es das nicht. Und außerdem verstehe ich jetzt auch, daß ich damals nicht in der Lage war, einen weiteren Verlust zu ertragen. Ich hatte meine Mutter verloren, mit meinem Vater und Ryan war ich verfeindet. Nun konnte ich die Gefahr, dich zu verlieren, nicht mehr verkraften.«

Ohne den Blick von ihr zu wenden, stieß Nick nach. »Warum hast du Lazarus geheiratet?«

»Weil ich von ihm schwanger war.« Katharines Miene wurde starr, in ihren großen Augen stand tiefer Schmerz.

Ein unerträglicher Gedanke schoß Nick durch den Kopf, und er erkundigte sich kaum hörbar: »Warst du von ihm schon schwanger, als du noch mit mir zusammen warst?«

»Ja. Tut mir leid, Nick.«

»Woher weißt du dann, daß es sein Kind war?«

»Es war nicht anders möglich. Wie du dich erinnern wirst, hatten wir beide seit fast zwei Monaten nicht mehr miteinander geschlafen. Und als ich Michael heiratete, war ich gerade eben schwanger.«

»Du hättest abbrechen lassen können«, begann er, verstummte aber, verachtete sich selbst für seine Worte.

»Nicht noch einmal«, flüsterte sie.

»Nein«, stimmte er ihr unglücklich zu. »Das kann ich verstehen.«

»Es tut mir unendlich leid, daß ich dir noch einmal weh tun mußte, Nick. Aber ich wollte dir heute die Wahrheit sagen. Und dir, Francesca. Ich weiß, wieviel Leid ich euch in der Vergangenheit zugefügt habe. Aber ich habe dafür gebüßt, glaubt mir. Und büße noch immer weiter, an jedem einzelnen Tag meines Lebens.«

Francesca hob den Kopf und betrachtete forschend Katharines Gesicht. Ich weiß nicht, warum ich dir glaube, daß du gelitten hast, dachte sie, aber ich glaube dir. »Ja«, sagte sie, »ich bin überzeugt, daß du deinen Anteil Schmerz zu tragen hast, Katharine.« Dann wandte sie sich an Nick, sah sein verkniffenes, schneeweißes Gesicht, ging zu ihm und legte ihm den Arm um die Schultern. »Katharine hat wenigstens in einem Punkt recht, Nicky, Liebling. Es ist besser, daß wir alles wissen, so schmerzlich es für uns auch sein mag. Jetzt können wir innerlich vielleicht endlich zur Ruhe kommen.«

»Ja«, murmelte er.

Katharines Blick wanderte von einem zum anderen. Sie atmete tief durch, dann lehnte sie sich entspannt zurück. Nach einer Weile sagte sie: »Aus tiefstem Herzen bitte ich euch, mir zu verzeihen ... Nicky, Frankie. Ich bitte euch!«

Langes Schweigen. Dann sprach Francesca als erste wieder. »Ich habe dir schon vor langer Zeit verziehen, Katharine. Nur vergessen konnte ich nicht.«

»Bitte, könntest du es mir noch einmal sagen?« fragte Katharine leise.

»Ich verzeihe dir«, erwiderte Francesca ebenso leise.

»Danke, Frankie. Das bedeutet mir sehr viel. Mehr, als du dir vorstellen kannst.« Wartend sah Katharine zu Nick hinüber.

Ihre Blicke trafen sich. »Im Gegensatz zu Francesca«, sagte er dann, »habe ich dir niemals verziehen, Katharine. Aber ich verzeihe dir jetzt. Wie denn auch nicht? Du hast ungeheuren Mut damit bewiesen, daß du dich uns heute stelltest.«

»Danke, Nicky. Ich danke euch so sehr, so sehr!« Sie trat ans Fenster, versuchte die brennenden Tränen zu bekämpfen.

Dann nahm sie sich zusammen und drehte sich wieder um. »Besteht vielleicht die Möglichkeit, daß wir alle wieder Freunde werden?« Irgend etwas in ihren Mienen jedoch warnte sie, nicht weiter zu drängen, und sie erkannte, daß es vielleicht zu früh dafür war, zuviel auf einmal in diesem Moment.

Fünfzigstes Kapitel

Katharine kam aus ihrem Hotel und schritt energisch die Seventy-sixth Street entlang. Sie überquerte die Madison Avenue und ging weiter in Richtung Fifth zur ein paar Blocks entfernten Frick Collection.

Es war ein funkelnder Nachmittag, kalt, aber sonnig und frisch, und in der Luft lag eine anregende Elektrizität. Die Manhattan-Elektrizität, dachte Katharine. New York, meine Lieblingsstadt!

Ihre Gedanken wanderten zu Nick und Francesca, und sie fragte sich, ob sie je wieder von ihnen hören würde. Sie hoffte es. Wenn nicht, würde sie traurig sein, doch die Entscheidung über eine Erneuerung ihrer Freundschaft lag nicht bei ihr, und Vermutungen anstellen wollte sie nicht. In letzter Zeit hatte sie gelernt, sich auf die unmittelbaren Probleme zu konzentrieren, statt über die Zukunft nachzugrübeln. Die Zukunft war unergründlich.

Sie lächelte, als sie das Gebäude betrat, in dem die Frick Collection untergebracht war.

Beau machte sich Gedanken über die Zukunft, über ihre Zukunft jedenfalls. Am Telefon hatte er sich äußerst besorgt gezeigt, als sie ihm von dem bevorstehenden Besuch bei Mike Lazarus erzählte. Sie selbst hingegen war ganz ruhig. Und sie zwang sich, nicht an fünf Uhr nachmittags zu denken, denn bevor sie London verlassen hatte, hatte Dr. Moss sie ermahnt, Probleme nicht lösen zu wollen, bevor sie akut wurden. Antizipatorische Verzweiflung nannte er das, einer der wichtigsten Gründe für diese lähmenden Angstzustände, unter denen sie fast ihr ganzes Leben lang gelitten hatte. Wie wundervoll war Edward Moss doch in all den Jahren zu ihr gewesen! Ihm verdankte sie ihre wiedergewonnene geistige Gesundheit.

Nun, ich bin hier, um mir Gemälde anzusehen, mich an ihrer Schönheit zu erfreuen, und nicht um über Krankheiten nachzudenken, ermahnte Katharine sich energisch und suchte den Raum auf, in dem die Fragonards hingen. Während der nächsten halben Stunde ging sie von einem Bild zum anderen. Kein Wunder, daß Fragonard als einer der größten Maler des achtzehnten Jahrhunderts gilt, dachte sie bewundernd.

»Wußtest du, daß Fragonard diese Tafeln eigentlich für Madame du Barry bestimmt hatte?«

»Nick!« Katharine fuhr herum. Lächelnd stand er in einigen Schritten Entfernung hinter ihr, und am freundlichen Ausdruck seiner Augen erkannte sie, daß die Feindseligkeit von vor zwei Tagen verflogen war. Sie erwiderte sein Lächeln, er kam näher, ergriff ihre Hand und küßte sie völlig ungezwungen auf die Wange.

»Was machst du denn hier?« fragte sie ihn.

»Dasselbe wie du – ich sehe mir Bilder an. Aber es ist kein Zufall, daß ich dich hier treffe. Vorhin erst habe ich über dich gesprochen. Mit Estelle. Ich rief sie an, weil ich dich sprechen wollte. Und sie sagte mir, daß du vermutlich hier sein würdest.«

»Ach.«

»Frankie hat dich ebenfalls heute anrufen wollen, aber dein Apparat war besetzt, und sie mußte fort. Nach Virginia.

Doch wenn sie Anfang nächster Woche wieder hier ist, will sie sich sofort bei dir melden.«

»Wie schön!« Ein kleines Zögern, dann fuhr Katharine leise fort: »Jahrelang hab' ich unendlich schwer an meiner Schuld Frankie gegenüber getragen. Sie hat mir vorgeworfen, ihr Leben zerstört zu haben, und das wiegt schwer. Es geht ihr doch gut, oder? Ist sie glücklich?«

Er lächelte schief. »Ich mag dieses Wort nicht. Es bedeutet so wenig. Was ist Glück?« Er hob die Schultern. »Aber ich bin überzeugt, daß sie glücklicher ist als die meisten Menschen. Sie hat ein schönes Leben, Harrison ist ein guter Kerl. Aber sie hat ein schlechtes Gewissen wegen neulich. Sie findet, deine offenstehenden Fragen seien noch nicht geklärt.«

»Ich verstehe nicht ganz...«

»Sie glaubt, daß du sehr gelitten hast, hält ihren Vorwurf von damals für ungerechtfertigt, im Zorn dahingesagt. Heute sagte Frankie zu mir, daß niemand das Leben eines anderen zerstören kann, daß wir letztlich selbst für unser Schicksal verantwortlich sind. Wenn jemand eine Schuld trage, dann sei sie es, weil sie dem Mann, den sie liebte, kein Vertrauen schenkte, ihn verurteilte, ohne ihn anzuhören. Frankie nimmt die volle Verantwortung für ihr Leben auf sich, und ich glaube, sie will, daß du das erfährst, Katharine. Wie ich glaube, macht sie sich Vorwürfe, weil sie dir das nicht genau erklärt hat. Sie fragte mich, ob du tatsächlich begreifst, daß sie dir nicht mehr grollt. Das begreifst du doch, nicht wahr?«

»Ja.« Wieder ein kleines Zögern. »Du tust es aber noch, nicht wahr? Mir grollen, meine ich.«

»Mag sein.« Die Falten auf seiner Stirn vertieften sich. »Doch gestern abend wurde mir klar, daß ich dich nicht mehr hasse.« Er atmete tief aus. »Haß ist ein so unproduktives Gefühl, genau wie Rachsucht. Dabei gehören zu jedem Streit zwei. Einer allein ist niemals der Schuldige.« Und sehr leise ergänzte er: »Leider haben wir alle Fehler ... Fehler, die wir unser Leben lang mit uns herumtragen.«

»Ja, wir alle haben unsere Schwächen. Darüber habe ich gestern abend nachgedacht und mich gefragt, ob du mir wirklich aus tiefstem Herzen verziehen oder ob du das nur gesagt hast, um ... « Ihre Stimme versagte.

»Hast du jemals erlebt, daß ich etwas gesagt und es nicht ernst gemeint habe?«

Die Bilder ringsum waren vergessen; sie sahen nur noch einander an. Und erkannten, daß sie sich beide verändert hatten. Dennoch spürte Nick, wie sich etwas Vertrautes in seinem Blut regte; während Katharines Herz ihm voll Wärme zuflog.

Das winzige Flackern in ihren Augen entging ihm nicht; auch nicht der flehende Ausdruck auf ihrem Gesicht. Instinktiv trat er einen Schritt näher und ergriff ihre eiskalte Hand.

»Du mußt es noch einmal hören, nicht wahr, Kath?« fragte er und benutzte zum erstenmal wieder den alten Kosenamen.

Sie nickte.

»Ich verzeihe dir, ehrlich und aus tiefstem Herzen.«

»Danke, Nick.«

Wie verzaubert standen sie mitten im Raum, ohne die Menschen zu beachten, die jetzt um sie herumwanderten. Es war nur ein flüchtiger Augenblick; für Katharine wirkte er wie eine Ewigkeit. Nick ließ ihre Hand los und zog sie zur Tür. »Laß uns gehen«, sagte er, und sie verließen das Frick ohne ein weiteres Wort.

Schweigend führte er sie die Fifth Avenue entlang. Plötzlich blieb er unvermittelt stehen und grinste sie an. »Wohin gehen wir eigentlich?«

»Keine Ahnung. Ich dachte, du wüßtest es.«

Sie standen an der Ecke Sixty-third Street. In der Ferne sah er den grünen Turm des Plaza-Hotels. »In dieser Hütte hast du doch immer schon gern Tee getrunken«, scherzte er. »Wollen wir?«

»Aber natürlich, Nicky.«

Er fragte sich, warum er das tat. Er hatte schon genug Ärger mit seinem ungeordneten Privatleben, ohne daß Katharine Tempest in den Kulissen auf ihr Stichwort wartete. Außerdem hatte auch er das Gefühl, daß noch viele Fragen offenstanden, zu klären waren. Und vorhin im Frick hatte sie etwas an sich gehabt, das ihn zutiefst anrührte. Als er am Montagnachmittag mit Frankie das Carlyle verlassen hatte, waren sie beide erstaunt gewesen über Katharines offensichtliche Vernunft und Ruhe. Woher kam die? Was hatte diese Veränderung bewirkt? Irgend etwas drängte ihn, die Gründe dafür zutage zu fördern und gleichzeitig vielleicht auch die Antwort auf einige Fragen über sich selbst zu finden.

Kurz darauf wurden sie im Palm Court zu einem Tisch geführt. Nick half ihr aus ihrem schwarzen Nerz und legte ihn zusammen mit seinem Trenchcoat auf einen leeren Sessel. »Ich muß noch schnell unsere Nanny anrufen«, sagte er. »Eigentlich wollte ich nämlich nur eine Stunde fort und dann mit dem Jungen einen Spaziergang machen. Ich habe einen Sohn, weißt...«

»Ich weiß«, fiel sie ihm ins Wort. »Estelle hat's mir gesagt. Aber ich möchte dich ihm nicht wegnehmen. Bitte, laß uns wieder gehen. Wir können ein anderes Mal Tee trinken.« Sie wollte aufstehen.

Er drückte sie in den Sessel zurück. »Nein, nein! Setz dich und bestell mir einen Wodka-Martini. Obwohl es eigentlich noch zu früh dafür ist, aber was soll's. Was möchtest du denn – ein Glas Wein oder ein Glas Champagner?«

»Danke, ich habe Alkohol nie gut vertragen. Ich trinke Tee.«

»Okay. Bin gleich wieder da.« Mit federnden Schritten ging er hinaus. Er sieht besser aus als am Montag, dachte sie und fragte sich stirnrunzelnd nach dem Grund. Er strahlte wieder die alte Fröhlichkeit aus, die sie an Nick früher so geliebt hatte. Liebte sie ihn noch immer? Du darfst an so etwas nicht denken, warnte sie sich. Du kannst die alten Gefühle nicht wiederaufleben lassen. Dazu ist es zu spät.

Der Kellner kam, sie bestellte und steckte sich eine Zigarette an. Es war erst kurz nach halb vier. Reichlich Zeit bis zu ihrer Verabredung mit Mike Lazarus.

Nicky war schnell wieder zurück. »Ich hab' ihm für heute abend zwei Gutenachtgeschichten versprochen. So was nennt man, glaube ich, Bestechung.«

»Aber Nicky, ich finde, du solltest doch lieber ...«

»He, sei still, Lady! Also, was hat unsere liebe Estelle dir noch alles über mein Privatleben berichtet? Raus damit!«

Katharine zuckte lächelnd die Achseln. »Nicht viel. Nur daß du einen Sohn hast und mit einer schönen Venezolanerin zusammenlebst.« Sie klopfte ihre Zigarettenasche ab und beugte sich vor. »Wie heißt dein Sohn?«

»Victor.«

»Ach.« Sie lehnte sich wieder zurück. »Ich wollte mit seinem Namensvetter sprechen, als ich im Bel Air wohnte, doch seine Haushälterin sagte, er sei in Mexiko.«

Nick musterte sie nachdenklich. »Du willst Victor also auch alles erklären?«

»Ja. Ich glaube, das bin ich ihm schuldig.«

»Er kommt aber erst in einer Woche, Kath.«

»Dann werde ich ihn eben in einer Woche anrufen. Was meinst du, findest du das richtig?«

»Aber sicher. So, da ist dein Tee und mein Martini.«

Eine kleine Pause entstand. Katharine schenkte sich Tee ein, Nick rührte in seinem Martini. Schließlich hob er ihr sein Glas entgegen. »Prost«, sagte er.

Sie hob die Teetasse.

»Blau hat dir immer gut gestanden, Kath«, stellte Nick mit anerkennendem Blick fest.

»Danke, dir aber auch«, erwiderte sie.

»Das tun wir, um unsere Augen zu unterstreichen, nicht wahr?«

Katharine lachte. »Ich werde nie vergessen, wie ich vor ein paar Jahren auf einer Party in London eine Dame sagen hörte, ich trüge immer nur Saphire, weil sie zu meinen Augen passen, daß meine blauen Edelsteine jedoch alle künstlich seien. Und die andere Alte antwortete: ›Ach wirklich, meine Liebe? Wie interessant! Und ihre Augen, sind die auch künstlich?‹ Es war einfach umwerfend, Nicky.«

»An deiner Schönheit ist nie etwas Künstliches gewesen, mein Lieb...« Er unterbrach sich hastig.

Katharine wandte sich ab, und als sie sich wieder umdrehte, bat sie ihn: »Darf ich dir eine Frage stellen, Nick?«

»Eine gegen zwei.«

»Gut. Ich denke seit Jahren darüber nach, warum du mir nie etwas von Victor und Frankie erzählt hast.«

»Ganz einfach. Sie hat mir das Versprechen abgenommen, niemandem ein Wort zu sagen, auch dir nicht.«

»Ach so.«

»Und meine erste Frage lautet: Was hast du die ganze Zeit getrieben, während du in London warst? Gefilmt hast du doch eindeutig nicht.«

Ohne Zögern antwortete sie: »Ich hab' mir den Kopf kurieren lassen. Ich wurde fast neun Jahre lang wegen Schizophrenie behandelt. Dr. Edward Moss, den man mit R. D.

Laing vergleicht, erklärte mich vor über einem Jahr für gesund, und ich bin wirklich ziemlich stolz auf mich.«

Nick blieb stumm, zutiefst erschüttert über das, was sie durchgemacht haben mußte. Schließlich sagte er: »Es muß die Hölle gewesen sein, aber ich bin froh, daß du mit deinen Problemen fertig geworden bist, Kath.« Einen Moment sah er sie nachdenklich an, dann ergänzte er: »So wie jetzt hab' ich dich noch nie erlebt. So gelassen.«

»Ja, ich fühle mich wohl. Die zweite Frage?«

Nick trank einen Schluck, um Zeit zu gewinnen. Er hatte sie nach ihrem Verhältnis zu Lazarus fragen wollen, jetzt aber den Mut verloren. »Du hast mir erzählt, Ryan habe sich von deinem Vater abgewandt. Was aber ist mit dir? Hast du in all diesen Jahren Kontakt mit ihm gehabt? Oder jetzt, nach deiner Rückkehr?«

Sie schüttelte den Kopf, und ihre Augen verdunkelten sich. »Nein. Als ich vor ein paar Wochen in den Staaten eintraf, rief ich ihn in Chicago an, wollte ihn aufsuchen.« Sie verzog das Gesicht. »Mein Vater wollte mich nicht sehen, und ich habe ihn nicht weiter gedrängt. Weil ich das Gefühl hatte, auf meinen Vater und Ryan schon viel zuviel Zeit verschwendet zu haben. Wenn man Probleme hatte wie ich – und sie allein lösen mußte –, gewinnt man neue Einsichten, stellt neue Prioritäten auf. Da mir Ryan jedoch immer besonders am Herzen lag, schrieb ich ihm schließlich doch, und wir trafen uns in New York. Als Ryan mir erzählte, er habe mit meinem Vater gebrochen, hätte ich fast laut aufgelacht. Ich hatte nach Rache verlangt, meinem Vater alles heimzahlen wollen, was er mir und Ryan angetan hatte, und ganz einfach so« – sie schnalzte mit den Fingern – »war das alles plötzlich überflüssig. Ryan hatte genau das getan, wozu ich ihn schon als Jungen gedrängt hatte. Er war selbständig geworden. Unabhängig. Unbestechlich.«

»Es freut mich, daß Ryan den Mut dazu hatte, Kath. Und ich freue mich noch mehr, daß du dich von deinem Vater abgewandt hast. Das ist einer der vernünftigsten Schritte, die du jemals getan hast.«

Katharine lächelte herzlich. »Das finde ich auch.« Sie sah auf die Uhr. »Ich muß gleich gehen. Ich habe eine Verabredung ... mit Michael.«

Seine Miene wurde verkniffen. »Ach, davon hattest du nichts gesagt. Ich lasse sofort die Rechnung bringen. Kann ich dich irgendwo hinfahren?«

»Wenn du möchtest, kannst du mich zu Fuß begleiten. Sein Büro ist nicht weit von hier. An der Park Avenue.«

»Ich weiß. Die Global-Centurion ist nicht zu übersehen.«

Sein Sarkasmus prallte von ihr ab. Freundlich erklärte sie: »Ich hoffe, daß er mir erlaubt, meine Tochter Vanessa zu besuchen. Seit neun Jahren habe ich sie nicht mehr gesehen, Nicky.«

O Gott, dachte er in plötzlichem Mitgefühl. »Das wird er bestimmt«, versicherte er rasch. »So grausam kann doch kein Mensch sein.«

»Ich habe ein gutes Gefühl, Nicky. Ich glaube auch, daß er es gestatten wird.«

Unterwegs erzählte ihm Katharine von dem erbitterten Kampf um das Kind, den Gründen ihrer Scheidung von Lazarus, ihrem Kummer und Schmerz um das Kind, während sie ständig um ihre geistige Gesundheit gerungen hatte. Nick war entsetzt über Lazarus' Gefühlskälte und beeindruckt von Katharines Willenskraft. Nach allem, was sie erzählte, war es Vanessa, die sie mit dem Willen erfüllt hatte, ihr Leben wieder in den Griff zu bekommen.

»Ich möchte hören, wie sich die Situation mit Vanessa entwickelt«, sagte Nick, als sie den Wolkenkratzer der Global-Centurion erreichten. »Rufst du mich an?«

»Ich habe deine Nummer nicht.«

»Immer noch die alte. Aber vielleicht hast du sie vergessen oder verlegt.«

»O nein, Nicky! Die habe ich noch in meinem Buch.«

»Dann bis später.« Er küßte sie auf die Wange. »Hals- und Beinbruch.«

Als Antwort lächelte sie nur und war verschwunden.

Mike Lazarus begrüßte sie sehr herzlich, dann führte er sie in sein riesiges, mit Empire-Möbeln und kostbaren Kunstwerken ausgestattetes Büro.

»Komm, setz dich hierher, Katharine, meine Liebe«, bat er sie, indem er sie zu einer mit grünem Samt bezogenen Sitzgruppe geleitete. Katharine nahm auf dem Sofa Platz, wo sie den Rubens, den sie nicht mochte, nicht zu sehen brauchte.

»Danke, daß du Zeit für mich hast, Michael«, begann sie.

»Es ist mir ein Vergnügen.« Er schenkte Champagner ein und brachte die Gläser auf einem kleinen Tablett herüber. »Vor allem, da du so gut erholt aussiehst, meine Liebe.«

Er setzte sich ihr gegenüber, musterte sie rasch von Kopf bis Fuß und konnte sein Erstaunen nicht verbergen. »Du bist sehr schön, Katharine. Äußerst bemerkenswert, unter den gegebenen Umständen.«

»Danke. Du selbst siehst auch sehr gut aus, Michael.« Es stimmte. Mit seinen achtundsechzig Jahren erfreute sich Lazarus immer noch einer robusten Gesundheit. Aber er war sichtlich gealtert.

Er beobachtete sie mit einem kalkulierenden Blick seiner blassen, kalten Augen. Die meisten Menschen zitterten in seiner Gegenwart. Sie aber konnte er nicht mehr einschüchtern. »Hast du den Brief und die Berichte von Dr. Moss erhalten?« fragte sie, um keine Zeit zu verlieren.

»Allerdings, meine Liebe. Und ich freue mich, daß du dich so gut erholt hast. Es ist wirklich ein Wunder.«

Sie lächelte liebenswürdig. »Ob man es als Wunder bezeichnen kann, weiß ich nicht, Mike. Es hat schließlich neun Jahre gedauert.«

»Gewiß, gewiß.« Er hob das Glas. »Auf deine weitere Gesundheit, meine Liebe.«

»Und die deine.« Sie trank einen winzigen Schluck. »Ich würde gern Vanessa besuchen. Du sagtest immer, das dürfte ich, sobald ich wieder völlig gesund bin. Das bin ich jetzt.«

Lazarus nickte, bildete mit seinen Fingern ein Dach und gab sich überaus nachdenklich. »Ich weiß nicht recht... Vielleicht solltest du dich erst mal hier einrichten, eine Wohnung suchen, Fuß fassen. Es wäre nicht gut, wenn wir eine Beziehung zwischen euch beiden herstellen, die dann schon bald wieder zusammenbricht. Es wäre äußerst nachteilig für Vanessa, wenn sie dich liebgewänne und du dann einen...«

»Wenn ich einen Rückfall hätte, Mike?« fiel Katharine ihm ruhig ins Wort. »Wolltest du das sagen?«

»Nein, natürlich nicht.«

Katharine lehnte sich beinahe behaglich zurück, schlug die Beine übereinander und verschränkte ihre Hände im Schoß. Furchtlos und mit einer ebenso eisigen Gelassenheit wie er begegnete sie seinem kalten Blick und sagte: »Ich werde dir eine Geschichte erzählen, Michael. Und danach wirst du mir Vanessa hoffentlich nicht länger vorenthalten. Tust du das doch, wird mir leider nichts anderes übrigbleiben, als gerichtlich um mein Besuchsrecht zu kämpfen. Daß du den Prozeß sehr lange hinausziehen kannst, ist mir klar. Aber ob ich ihn gewinne oder nicht, ist unerheblich. Sobald die Dokumente in den Händen des Gerichts sind, werden sie allgemein zugänglich, das weißt du... Ich denke da vor allem an die

Presse.« Ein Lächeln verbreitete sich über ihr Gesicht, und sie steckte sich eine Zigarette an.

»Na und?« fragte er kurz.

Ihr Lächeln verstärkte sich. »Ich glaube kaum, daß es mir schwerfallen würde, sehr großes Aufsehen zu erregen, wenn ich eine Pressekonferenz gäbe. Seit meinem geheimnisvollen Verschwinden damals bin ich für die Öffentlichkeit ein größerer Superstar geworden denn je. So geht das immer, wie du weißt. James Dean, Humphrey Bogart, Marilyn Monroe und natürlich Greta Garbo. Ich bin zu einer Legende geworden. Meine Filme werden ständig im Fernsehen wiederholt, und hier in New York bringt das Carnegie demnächst eine ganze Woche ›Katharine-Tempest-Classics‹.«

»Komm zur Sache!« fuhr Lazarus ungeduldig auf.

»Stell dir nur die Publicity vor, die ich bekomme, wenn diese mitfühlenden Reporter davon erfahren, wie sehr ich mich danach sehne, mein einziges Kind zu sehen ... Das du mir vorenthältst. Es wäre ...«

»Mach dich nicht lächerlich! Das Gericht hat mir das Sorgerecht zugesprochen. Ich habe das einzige getan, was jeder andere Vater auch tun würde: nur an das Wohl meines Kindes gedacht. Du konntest dich nicht um sie kümmern. Ist dir denn nicht klar, daß du dann erklären müßtest, wo du die ganzen Jahre gewesen bist? Du müßtest der Presse von deinem Nervenzusammenbruch erzählen.«

»Das weiß ich«, antwortete sie ungerührt. »Aber ich würde dann auch die Geschichte erzählen, die du gleich hören wirst. Wenn das geschieht, ist dein Image unwiderruflich dahin, und die Welt wird dich verabscheuen. Ich frage mich, wie sich das auf die Aktien der Global-Centurion auswirken würde.«

»Mit Drohungen kommst du bei mir nicht weiter!« rief er zornig. »Ich habe dich hier freundlich empfangen, und du verletzt ...«

»Darf ich dir die Geschichte erzählen?«

Seine Lippen preßten sich fest aufeinander. »Wenn du unbedingt willst.«

»Ich will.«

Fünfundzwanzig Minuten später erhob sich Michael Lazarus und trat an seinen Schreibtisch. Mit aschgrauem Gesicht ließ er sich mit seiner Wohnung verbinden.

»Hallo, Brooks«, sagte er. »Bitte holen Sie Miss Vanessa an den Apparat. Danke.« Er legte die Hand über die Sprechmuschel und zischte: »Wenn dies ein ... Hallo, Vanessa. Nein, ich brauche nicht länger zu arbeiten. Ich werde pünktlich zum Dinner kommen. Ich rufe nur an, weil ich eine wunderschöne Überraschung für dich habe. Weißt du noch, daß ich dir letzte Woche erzählt habe, die Ärzte deiner Mutter hätten mir berichtet, daß es ihr viel besser gehe?« Er horchte, nickte und fuhr fort: »Nun, Liebes, sie ist jetzt hier bei mir im Büro. Und wird dich besuchen kommen.« Er lauschte wieder, lächelte und sagte: »Nein, jetzt gleich. Simpson wird sie auf einen kurzen Besuch zu dir bringen.« Wiederum eine Pause. »Gut. Ja, tu das. Bis zum Abendessen dann, Vanessa.« Er legte auf, ließ die Hand auf dem Hörer liegen. »Sie möchte sich schnell umziehen. Wir müssen ihr ein paar Minuten Zeit lassen.«

»Aber natürlich, Michael.« Katharine lächelte.

»Wenn dies einer von deinen Tricks ...«

Sie hob die Hand; ihre Miene verriet Verachtung. »Du glaubst doch nicht wirklich, daß ich dir eine solche Lüge auftischen würde!«

Er erbleichte. »Nein, nein. Entschuldige die Bemerkung. Es tut mir leid.«

Katharine war verblüfft über diese Entschuldigung. Noch nie hatte Mike Lazarus sich bei irgendeinem Menschen entschuldigt. Noch entgeisterter war sie jedoch, als er zum Sofa herüberkam, sich hinsetzte und ihre Hand in die seine nahm. »Ehrlich gesagt, mir tun viele Dinge leid, die zwischen uns beiden geschehen sind, Katharine.«

Sanft entzog sie ihm ihre Hand. »Du bist dir hoffentlich klar darüber, daß ich das, was ich dir eben gesagt habe, keiner Menschenseele erzählen werde. Schließlich wollen wir niemandem weh tun, nicht wahr? Unnötigen Kummer verursachen. Vor allem nicht einem Kind.«

»Vanessa? Ihr kannst du das doch unmöglich erzählen!«

»Ich habe auch keineswegs die Absicht.« Katharine erhob sich. »Aber jetzt werde ich erst mal zu ihr fahren.«

An der Tür der dreistöckigen Lazarus-Wohnung in der Fifth Avenue wurde Katharine von Brooks, dem englischen Butler, begrüßt, der seit zwanzig Jahren die Hauptstütze des Hauses war.

»Hallo, Madam! Wie schön, Sie wiederzusehen.« Brooks nahm ihr den Mantel ab.

»Ich freue mich auch, Sie zu sehen, Brooks.«

»Vielen Dank, Madam. Miss Vanessa erwartet Sie im Salon. Wünschen Sie, daß ich Sie hinführe, Mrs. Lazarus?«

»Nein, danke, Brooks. Ich finde den Weg.«

»Wie Sie wünschen, Mrs. Lazarus. Darf ich Ihnen eine Erfrischung bringen?«

Katharine schüttelte den Kopf. »Im Augenblick nicht. Danke, Brooks.« Er nickte, und sie schritt langsam durch das Foyer. Zum erstenmal, seit sie in New York war, empfand Katharine Nervosität. Ihre Beine zitterten, und ihr Herz raste. Sie hatte die große Doppeltür des Salons fast erreicht, als diese vorsichtig geöffnet wurde und ein zierliches Kind durch den Spalt lugte. Große grüne Augen weiteten sich, und ein reizender Mund bildete ein perfektes O, aber das Kind gab keinen Laut von sich.

Liebevoll lächelnd beschleunigte Katharine den Schritt. »Hallo, Vanessa«, grüßte sie und blieb stehen.

»Hallo.« Vanessas Augen wurden noch größer, und sie öffnete die Tür etwas weiter. »Bitte, komm doch herein«, sagte sie ernst.

Drinnen stand Katharine strahlend vor Glück vor ihrer Tochter.

Vanessa knickste wohlerzogen und streckte die Hand aus. »Ich freue mich sehr, dich kennenzulernen ... Mutter.«

»Ja«, antwortete Katharine liebevoll. »Aber weißt du, wir haben uns schon kennengelernt. Als du ein ganz kleines Mädchen warst.« Sie hielt die kleine Hand fest in der ihren.

»Ja, ich erinnere mich ... Ich habe auf dich gewartet.«

»Dein Vater meinte, ich müßte dir Zeit zum Umziehen lassen.«

»O nein, nicht jetzt! Ich meine, ich habe auf dich gewartet seit damals, als ich ein ganz kleines Mädchen war! Das ist sehr lange her.«

Tränen schossen Katharine in die Augen, so daß sie sich rasch abwenden mußte. Sie zwang sie zurück und wandte sich wieder Vanessa zu. »Ich habe auch darauf gewartet, dich wiederzusehen, mein Liebling. Wollen wir uns setzen?«

»O ja.« Vanessa, immer noch an Katharines Hand, führte sie ins Zimmer hinein. »Du sitzt da, und ich sitze hier. Dann können wir uns ganz lange ansehen, Mutter. Das ist viel besser als ein Foto ansehen, nicht wahr?«

»Durchaus«, bestätigte Katharine, um Fassung bemüht. Ruhig in die Kissen gelehnt, begegnete sie dem offenen Blick der leuchtendgrünen Augen und ließ sich gelassen mustern. Ihre Tochter, klein und zierlich, war eine Miniaturausgabe von ihr selbst, das heißt, bis auf die Sommersprossen auf Nase und Wangen. Anders als Katharine jedoch besaß Vanessa die lebhaften Farben ihrer Großmutter mütterlicherseits. Das lockige Haar war genauso dunkelrotgolden wie das von Rosalie, ihre Augen genauso turmalingrün. Aber sie sieht auch aus wie Ryan, dachte Katharine. Durch und durch eine O'Rourke.

Nach einer Weile vertraute Vanessa der Mutter an: »Daddy sagt immer, daß du schön bist, und das weiß ich auch, weil ich alle deine Filme gesehen habe. Aber im Leben bist du noch viel, viel schöner.«

»Danke, mein Liebling, für das reizende Kompliment. Ich finde dich aber auch sehr schön.«

»Wirklich?« fragte Vanessa zweifelnd, mit schief gelegtem Kopf. »Wenn ich nur diese Sommersprossen loswerden würde! Alle möglichen Cremes hab' ich schon probiert, aber sie wollen einfach nicht weggehn. Glaubst du, die werden ewig bleiben?«

Katharine lächelte über Vanessas besorgten Ton. »Vielleicht, aber das glaube ich eigentlich nicht. Außerdem mag ich sie. Weil sie etwas Besonderes sind, weißt du?« Katharine nickte nachdrücklich. »An deiner Stelle würde ich sie behalten, Vanessa. Sommersprossen sind ein Zeichen von großer Schönheit. Helena von Troja hatte Sommersprossen«, schwindelte Katharine. »Und ihr Gesicht war so phantastisch, daß ihretwegen Tausende von Schiffen in die Schlacht zogen.«

Vanessa wirkte beeindruckt und glücklich. »Ja? Das wußte ich nicht! Vielleicht sollte ich doch diese scheußlichen Cremes nicht mehr nehmen. Ich bin froh, daß du nicht so groß bist. Die Mädchen in der Schule nennen mich Krabbelchen, das ist noch kleiner als eine Krabbe, und ich finde es scheußlich. Aber jetzt kann ich ihnen erzählen, daß du auch ein Krabbelchen bist, nicht wahr?«

»Aber natürlich.« Katharine lachte. »Krabbelchen bin ich noch nie genannt worden, doch ich muß sagen, daß ich es hübsch finde.«

»Dann finde ich es auch hübsch.« Vanessa wurde auf einmal ernst. »Warum hat es so lange gedauert, bis du zurückkamst?«

»Weil ich sehr krank war, Liebling.«

»Was hattest du denn?«

»Hat dir dein Vater das nicht erklärt?«

»Doch. Er hat gesagt, du bist in einem Pflegeheim, weil du sehr müde bist, aber ich konnte das nicht so richtig glauben. Ich meine, wie kann jemand neun Jahre lang müde sein? Hast du nicht richtig schlafen können?«

»Nein, aber jetzt ist das wieder in Ordnung. Ich hatte einen Nervenzusammenbruch, mein Liebling.«

»Hat das sehr weh getan?«

»Ein bißchen. Im Kopf. Aber jetzt sind die Schmerzen weg, und ich bin wieder gesund.«

»Da bin ich aber froh.« Vanessa überlegte angestrengt. »Und jetzt, wo du wieder da bist – wie lange wirst du bei mir bleiben?«

»Ich werde in New York leben. Endgültig.«

»He, das ist Spitze! Dann kann ich dich ja immer sehen, nicht wahr?« Das zarte Gesichtchen strahlte vor Glück. Doch dann wurde es auf einmal lang. »Bist du sicher, daß du nicht wieder fortgehen mußt?«

»Ich bleibe in Amerika«, beteuerte Katharine. Und ergänzte leise: »Wie oft wir uns sehen können, hängt natürlich von deinem Vater ab.«

»Ach was, um Mike brauchst du dir keine Gedanken zu machen. Der ist kein Problem.« Mit gekrauster Nase sah sie ihre Mutter an. »Du hast noch nicht gesagt, ob dir mein Kleid gefällt. Ich hab's extra für dich angezogen. Mein Lieblingskleid.«

»Es ist wunderschön, mein Liebling, und Grün steht dir von allen Farben am besten. Grün wie deine Augen. Steh auf und laß dich ansehen.« Katharine lächelte. Sie fand dieses überschäumende, absolut natürliche und selbstbewußte Kind bezaubernd. Es war ein Wunder, daß sie so unverdorben war.

Vanessa drehte sich mit fliegendem Rock. »Ich liebe Samt, Mutter. Du auch?«

»O ja. Vor allem weinroten Samt.«

Vanessa hörte auf zu posieren und warf sich neben Katharine aufs Sofa. Ernst blickte sie zu ihr auf. »Ich bin dir oft böse gewesen. Du weißt schon, weil du mich im Stich gelassen hast. Aber ich glaube, ich verstehe das jetzt. Du konntest nicht anders, stimmt's?«

»Ach, mein Liebling; natürlich konnte ich nicht anders! Niemals hätte ich dich sonst verlassen, niemals! Du bist doch mein Baby!« Zärtlich berührte Katharine Vanessas Wange. »Du bist der beste Teil von mir, mein Liebling.« Sie spürte, wie ihr die Tränen in die Augen stiegen, und breitete die Arme aus. Sofort schmiegte sich Vanessa hinein und klammerte sich ganz fest an sie. Katharine streichelte ihr das glänzende Haar. »Ich liebe dich mehr, als du es dir vorstellen kannst«, flüsterte Katharine. »Seit der Sekunde, als du geboren wurdest.« Mit nassen Augen hob sie den Kopf, sah Mike Lazarus an der Tür stehen und entließ Vanessa aus ihren Armen. Ruhig sagte sie: »Da ist dein Vater.«

Vanessa richtete sich auf, sprang vom Sofa und lief durchs Zimmer. »Hallo, Daddy!« rief sie fröhlich und warf sich in seine Arme. »Alles ist Spitze, Spitze, Spitze! Mom wird in New York bleiben, und wir können uns immer sehen, und alles wird einfach himmlisch werden! Und Mom bleibt zum Abendessen.« Sie wirbelte herum. »Das wirst du doch, Mommy, nicht wahr?«

Lächelnd sah Katharine zu Mike hinüber, wußte nicht, was sie sagen sollte. Vanessa wirbelte zu ihrem Vater herum und packte ihn einfach um die Taille. »He, Pops-Pops, Mom wartet auf deine Einladung!«

Seine Tochter an sich drückend, sagte Mike Lazarus gehorsam: »Würdest du zum Essen bleiben, Katharine, meine Liebe?« Seine Stimme war freundlich, und er lächelte sogar ein wenig, seine Augen aber blickten eiskalt.

»Danke, Michael. Ja, sehr gern«, antwortete Katharine und dachte dabei, daß sie noch nie ein ungleicheres Paar gesehen hatte als Michael und Vanessa Lazarus.

Einundfünfzigstes Kapitel

Im Salon ihrer Suite im Carlyle saß Katharine am Schreibtisch und begann mit einem Filzstift zu schreiben. Sie datierte die Seite und füllte sie dann mit den Eindrücken dieses Tages, mit ihren Gedanken und Gefühlen.

Nach einer halben Stunde klappte sie das Buch zu und verschloß es mit dem winzigen Schlüssel. Es war in tiefblaues Leder gebunden und trug auf der Vorderseite die goldgepreßte Inschrift: Für V. L. von K. T. Anfang Dezember 1978, als Katharine beschloß, in die Staaten zurückzukehren, hatte sie das Buch anfertigen lassen und mit den Eintragungen begonnen: keine Tagebuchnotizen, sondern Erinnerungen, Gedanken, oftmals simple, alltägliche Ereignisse, die ein umfassendes Charakterbild der Schreiberin vermittelten. Es war für Vanessa, die es bekommen sollte, sobald sie alt genug war, um es als Schlüssel zum Wesen ihrer Mutter zu verstehen. Edward Moss hatte ihr derartige Aufzeichnungen als eine Art Katharsis vorgeschlagen, und sie hatte sie sich sehr schnell zur Gewohnheit gemacht. Später war sie dann auf die Idee gekommen, dieses »Stundenbuch«, wie sie es nannte, für ihre Tochter anzulegen.

Katharine legte das Buch in die Schreibtischschublade zurück, streckte sich auf ihrem Bett aus, führte mehrere lange Telefongespräche und legte dann den Kopf in die Kissen. Sie dachte an ihre Tochter... Vanessa hatte das kleine Brillantherz bewundert, das sie am Freitag getragen hatte. Sie mußte ihr unbedingt auch eins besorgen. Bei Tiffany...

Erschrocken fuhr sie aus ihren Gedanken hoch, als das Telefon schrillte.

Sie nahm den Hörer ab. »Hallo?«

»Hallo. Ich bin's, Nicholas.«

Sie lachte. »Das weiß ich, Nicky. Glaubst du, nach dreiundzwanzig Jahren würde ich deine Stimme nicht mehr erkennen?«

Sekundenlang herrschte Stille, dann erklärte er hastig: »Ich versuche dich seit Ewigkeiten zu erreichen. Und ich...«

»Was ist passiert, Nicky?« fiel Katharine ihm besorgt ins Wort.

Er beachtete ihre Frage nicht, sondern fuhr fort: »Würde es dich sehr stören, wenn ich zu dir heraufkäme? Ich bin in der Halle. Oder, wenn du Besuch hast, könntest du einen Moment herunterkommen? Es ist wichtig.«

»Ich bin allein. Bitte komm doch herauf.«

Rasch machte sie sich ein wenig zurecht, dann klopfte es auch schon, und sie ließ ihn ein. Nick legte den Regenmantel, den er über dem Arm trug, auf einen Stuhl, küßte sie auf die Wange und sagte: »Tut mir leid, daß ich hier so eindringe, Kath, aber als deine Nummer ständig besetzt war, bin ich einfach auf gut Glück hierhergekommen.« Er war bis in die Zimmermitte gegangen und drehte sich jetzt zu ihr um. »Ich dachte, du würdest vielleicht zum Dinner ausgehen, und ich wollte dich unbedingt vorher erreichen.« Er schüttelte den Kopf. »Ich habe schlechte Nachrichten.«

»Was ist passiert?« Sie ließ sich in einen Sessel sinken.

»Vor einer halben Stunde erhielt ich einen Anruf. Von Nelson Avery, Frankies Schwager. Er ist für das Wochenende in Virginia bei Harry und Francesca und...«

»Doch nicht Frankie! Ist ihr etwas zugest ... «

»Nein, nein«, beruhigte Nick sie rasch. »Es geht um Harrison. Er hatte heute nachmittag einen Herzinfarkt und liegt in Bethesda. Frankie ist bei ihm. Sie bat Nelson, mich anzurufen.«

»Mein Gott, Nick. Das ist ja schrecklich! Wie schlimm ist es?«

»Ziemlich schlimm. Er hatte in den letzten zwei Jahren schon zwei Infarkte und ist kein junger Mann mehr. Man vergißt das immer wieder, weil er für sein Alter so gut aussieht. Aber er ist bestimmt Mitte Siebzig.«

»Arme Frankie! Das muß furchtbar für sie sein, einfach furchtbar.«

»Ja.« Nick setzte sich ebenfalls und suchte nach seinen Zigaretten. »Deswegen fürchte ich leider, daß wir unser Dinner am Montag verschieben müssen. Weil Frankie bis dahin bestimmt noch nicht nach New York zurückgekehrt ist. Tut mir leid. An deiner Stimme habe ich gestern gemerkt, daß du dich sehr darauf freust. Aber ...« Hilflos hob er beide Hände.

»Dann machen wir's eben in der Woche darauf oder sobald sich alles wieder ein bißchen beruhigt hat.« Sie lächelte matt. »In gewissem Sinn hat mir ihre Geste schon genügt. Das Bewußtsein, daß wir wieder Freunde sein können, macht mich sehr glücklich.«

»Francesca ist immer ein sehr großzügiger Mensch gewesen. An dieser Frau gibt es kein Jota Kleinlichkeit. Hoffentlich ist es dir nicht unangenehm, aber ich habe ihr einiges von dem geschildert, was du mir über die letzten neun Jahre erzählt hast, und sie empfand tiefstes Mitgefühl für dich, Kath.«

»Ja, so ist sie. Etwas ganz Besonderes. Ich wünschte, ich könnte jetzt etwas für sie tun, doch außer lieben Wünschen und Gedanken gibt es wohl nichts.« Katharine war an den Rand ihres Sessels gerutscht. »Möchtest du einen Drink, Nicky?« erkundigte sie sich.

»Halte ich dich auch nicht auf?«

»Natürlich nicht.« Lächelnd sah sie zum Sideboard hinüber. »Wir haben Wodka, Scotch, Sherry und noch einiges mehr. Oder soll ich eine Flasche Wein bestellen?« Sie erhob sich energisch. »Ich glaube, das ist das Richtige. Ich würde selber gern ein Glas Wein trinken. Er wird schnell kommen. Der Zimmerservice hier ist hervorragend.«

Sie gab die Bestellung auf und kehrte zu ihrem Sessel zurück. »Und wie geht's dir sonst, Nicky?«

»O danke, recht gut. Carlotta ist noch in Venezuela, mein Sohn ist phantastisch, und mit der Arbeit läuft alles bestens.« Eifrig beugte er sich vor. »Ich weiß nicht, was mit mir los ist seit ein paar Tagen. Es ist, als hätten sich Schleusentore geöffnet. Im Durchschnitt habe ich zehn Seiten pro Tag geschafft. Gute Seiten. Wenn ich so weitermache, werde ich schneller mit dem Roman fertig, als ich gedacht hatte.«

»Das ist wundervoll! Weißt du, ich habe all deine Bücher gelesen.«

»Und?« Mit hochgezogenen Brauen sah er sie an.

»Ich habe jedes einzelne geliebt.«

»Danke.« Strahlend lehnte er sich wieder zurück.

Es klopfte, und Nick sprang auf. »Ich mach's schon.« Als sie kurz darauf wieder allein waren und ihr erstes Glas Wein tranken, griff er das Gespräch wieder auf. »Darf ich dich zum Dinner einladen, Kath?«

»Ach, Nicky, wie gern! Aber es geht leider nicht.« Und als sein Gesicht lang wurde: »Ich habe vorhin erst Estelle eingeladen und kann ihr unmöglich wieder absagen. Aber komm doch einfach mit. Ich dachte, wir könnten im Café Carlyle essen.«

»Fabelhaft, mache ich gern. Aber ich werde euch beide ausführen. Ich trage heute keine Krawatte und bin nicht sehr scharf auf ein feines Restaurant. Laß uns lieber zu Elaine gehen. Wann kommt Estelle?«

»Um acht.«

»Gut. Dann können wir uns bis dahin noch ausgiebig unterhalten.« Er lachte.

»Was ist so komisch?« erkundigte sich Katharine.

»Estelle wird glatt tot umfallen, wenn sie mich hier sitzen sieht. Sie ist so ungeheuer romantisch, und ich glaube, sie hofft heimlich, daß wir uns wieder ...« O Himmel, dachte er, warum habe ich das gesagt? Er starrte Katharine an, sie starrte ihn an, und beide schwiegen ein wenig verlegen.

Dann lachte Katharine ebenfalls. »Nein, tut sie nicht. Sie weiß doch, daß du in festen Händen bist, Nicky.«

Bin ich nicht, dachte er bei sich, von seinen eigenen Gedanken erschüttert. Um seine Verwirrung zu kaschieren, grinste er. »Das wird doch unsere Estelle nicht stören. Aber wenn wir zu Elaine wollen, solltest du dir lieber etwas Zwangloseres anziehen.«

»Ich werde mich sofort umkleiden. Entschuldige mich bitte eine Minute.«

»Aber sicher. Ich werde inzwischen den Tisch bestellen. Viertel nach neun, halb zehn – okay? Vorher ist da nämlich nie viel los.«

»Wunderbar, Liebling.« Sie verschwand im Schlafzimmer. Er schlenderte in ihrem Salon umher und sah sich gründlich darin um. Fotos von ihrer Tochter und von Freunden standen auf den Tischchen, frische Blumen, eine Schale mit Obst, kleinere Schälchen mit gemischten Nüssen, Zeitschriften, Bücher und mehrere parfümierte Rigaud-Kerzen. Spontan zündete er sie alle an, schenkte sich noch ein Glas Wein ein und kehrte zum Sofa zurück.

Er wollte sich eine Zigarette anstecken, aber seine Packung war leer. Darum stand er auf und ging zur halb geöffneten Schlafzimmertür hinüber. Leise und höflich klopfte er an. »Kath, hast du noch Zigaretten? Meine sind alle.«

»Aber ja, Nicky. Komm nur herein. Ich bin angezogen.«

»Das ging aber schnell«, lobte er und hätte fast hinzugefügt: schneller als früher. Sie trug eine weiße Seidenbluse zu einer dunkelblauen Hose.

»O ja, ich bin Meisterin im fliegenden Kostümwechsel geworden.« Sie lachte, drehte sich zum Spiegel zurück und sagte: »Zigaretten sind in der Dose auf dem Nachttisch. Deiner Dose.«

Er wußte sofort, was sie meinte, und war erstaunt. Noch verblüffter war er jedoch, als ihm von einem Foto neben der Nachttischlampe sein eigenes Gesicht entgegenblickte. Na so was, dachte er. Dann griff er nach der Silberdose und betrachtete die vielen Variationen ihres Namens auf dem Deckel. »Du hast sie also behalten.«

»Ja«, antwortete sie gelassen, »ich habe alles behalten, was du mir geschenkt hast. Unter anderem diesen hier; ich trage ihn ständig.« Sie zeigte ihm einen Anhänger, einen großen, rechteckig geschliffenen Aquamarin mit Brillanten. Dann legte sie ihn sich um den Hals, schien ihn aber nicht schließen zu können.

Er stellte die Dose auf den Nachttisch zurück. »Warte, ich helfe dir.«

»O ja, danke.«

Die Schließe war klein, daher brauchte er einen Moment, und dann noch einen zweiten Moment, um den Sicherheitsriegel zu schließen. Dabei atmete er ihren Duft, und ihre Nähe verwirrte ihn. Als seine Hand die zarte Haut ihres Nakkens berührte, erschrak er über die Wirkung, die diese Berührung auslöste. Ein heißes, lange vergessenes Begehren durchflutete ihn und ließ ihm die Hitze ins Gesicht steigen, und als er einen Schritt zurücktrat, um nach der Zigarettendose zu greifen, zitterte seine Hand.

»Ich komme sofort hinüber, Nicky«, sagte sie, während sie ihr Haar bürstete.

»Laß dir nur Zeit.« Die Zigarettendose in der Hand, floh er in den Salon zurück.

Rauchend stand er am Fenster, sah über die Dächer von Manhattan hinweg und dachte an Katharine. Was hatte sie nur an sich, was war es, das diese heftige Erregung in ihm auslöste? Und zwar nach so vielen Jahren noch, nachdem sie ihm soviel Kummer bereitet hatte. Katharine brachte es fertig, ihn zu erregen, ohne es zu wollen. Sie bewirkte, daß er sich wie ein fünfundzwanzigjähriger Hitzkopf vorkam, während Carlotta jedes Gefühl in ihm erstickte. Kurz vor ihrer Abreise nach Venezuela hatte sie ihm erklärt, er sei impotent. Weit gefehlt, meine Dame! Und dann wurde ihm klar, daß er sich seit Jahren nicht mehr so wohl gefühlt hatte. Seit zwölf Jahren – seit Katharine aus seinem Leben verschwunden war. Und jetzt stehst du wieder da, wo du angefangen hast, Latimer. Unser Schicksal ist doch miteinander verbunden, sann er. Wir sind wieder aufeinander zugetrieben worden – unerbittlich. Dagegen kann ich mich nicht wehren, und auch gegen meine Gefühle kann ich mich nicht wehren. Was geschehen soll, geschieht.

»Übrigens, Nicky, es tut mir leid, aber ich hab' mich überhaupt nicht nach deinen Eltern erkundigt. Wie geht es ihnen?« fragte Katharine, die aus dem Schlafzimmer kam und sich wieder setzte.

Beim Klang ihrer Stimme fuhr er herum und nahm ebenfalls Platz. »Meiner Mutter großartig und meinem Vater eigentlich auch. Zwar hat er sich letzte Woche nicht so recht wohl gefühlt, aber das ist vermutlich nicht weiter schlimm.

Alterserscheinungen. Ich muß mich damit abfinden, daß er bald sterben wird. Kein Mensch lebt ewig.«

»Nein.« Sie lächelte. »Aber er kann noch einige Jahre vor sich haben. Neunzigjährige sind gar nicht so selten.«

»Das stimmt.« Sein Blick ruhte auf ihr, und er nickte langsam. »Du bist wahrhaftig die schönste Frau, die ich jemals gesehen habe.«

Sie errötete und lachte. »Danke. Aber du wechselst das Thema. Wir sprachen von ...«

»Meinen Eltern, ich weiß. He, hör zu! Ich möchte, daß du mal mitkommst zu ihnen. Sie würden sich sehr freuen, Kath. Sie haben dich immer sehr gemocht.«

»Ja, gern. Nächste Woche?«

»Ich werd's arrangieren. Vielleicht zum Dinner.«

Das Telefon klingelte, und Katharine sprang auf. »Ja, ja«, sagte sie noch schnell. »Das wird Estelle sein.« Sie griff zum Hörer. »Hallo? Ja, bitte. Schicken Sie sie herauf. Danke.«

Nicky lachte. »Wollen wir Estelle einen Streich spielen?«

»Was für einen Streich?« fragte Katharine stirnrunzelnd.

»Ich gehe ins Schlafzimmer, ziehe Jackett und Hemd aus und komme mit nacktem Oberkörper heraus. Das müßte sie ...«

»Nicky – nein!«

»Oder noch besser, ich steige ins Bett.« Er erhob sich und ging, während er sein Jackett ablegte, laut lachend zur Schlafzimmertür.

»Bitte nicht!« rief Katharine; sie lief hinter ihm her und ergriff seinen Arm. »Morgen weiß es die ganze Stadt. Und selbst wenn wir ihr beichten, daß es ein Scherz war, wird sie uns das niemals abnehmen.«

»Von mir aus kann sie's in ihrer Zeitschrift drucken.«

Katharine starrte ihn entgeistert an. »Aber ... aber was ist mit Carlotta? Du liebst sie doch und ...«

»Keineswegs.« Er zog sich das Sportjackett wieder an und blickte auf ihr verständnisloses Gesicht hinab. Liebevoll zog er sie in seine Arme. »Wie könnte ich eine andere lieben, solange du lebst und irgendwo auf dieser Welt existierst? Es gibt nur dich. Es hat immer nur dich gegeben, meine geliebte Caitlin, meine süße, süße Cait.«

»Ach Nicky, nein! Wir dürfen nicht, wir können nicht!« Trotz ihres Protestes klammerte sie sich fest an ihn.

»Warum denn nicht?« fragte er sie. »Kannst du mir einen stichhaltigen Grund nennen?«

Es klopfte, und Katharine lachte nervös. »Das ist Estelle. Versprich mir, daß du dich anständig benimmst!«

»Ich werd's mir überlegen.«

Minuten später noch hüpfte Estelle Morgan wie ein Gummiball vor ihm auf und ab. Ihr schrilles Gelächter hing im Zimmer, und immer wieder sagte sie: »Nicholas! Nicholas! Das ist ja phantastisch, einfach phantastisch! Wie wunderschön, Sie hier zu sehen! Du liebe Zeit, seid ihr beiden ...«

»Nein«, fiel Katharine ihr ins Wort, »wir sind nicht. Aber jetzt komm und trink lieber ein Glas Wein.« Sie hakte Estelle unter und zog sie zur Sitzgruppe. »Wir haben schlechte Nachrichten«, sagte sie leise und berichtete Estelle von Francescas Ehemann.

Sofort wurde die Journalistin ernst. »Das ist schrecklich«, sagte sie. »Es tut mir leid. Wie du ja weißt, ist Francesca Avery nicht gerade meine Freundin, aber ich wünsche ihr wirklich nichts Schlechtes. Schlimm. Wirklich schlimm. Danke«, wandte sie sich an Nick, der ihr ein Glas Wein brachte.

Dann unterhielt Estelle Nick und Katharine mindestens eine halbe Stunde mit Klatsch über die Reichen und Berühmten, bis Nick schließlich vorschlug, allmählich aufzubrechen.

»Natürlich. Ich hole nur noch schnell meine Handtasche und meine Jacke.« Katharine strebte zur Schlafzimmertür.

»Und ich rufe zu Hause an.« Nick erhob sich ebenfalls. »Vielleicht gibt es Nachricht von Nelson Avery.«

Zu Katharines Bestürzung folgte er ihr ins Schlafzimmer. Als sie außer Estelles Hörweite waren, zischte sie: »Also wirklich, Nick! Was soll Estelle von uns denken?«

»Nur keine Sorge. Außerdem möchte ich allein mit Nanny sprechen. Von diesem Apparat aus.« Er ergriff ihre beiden Hände und küßte sie zärtlich auf die Lippen. »Darf ich Nanny sagen, daß ich erst spät nach Hause kommen werde? Sehr, sehr spät?«

»Ich ... ich ... Ach Nicky, ich weiß nicht, was ich sagen soll.«

Lachend ließ er ihre Hände los.

Katharine nahm Handtasche und Nerzjacke vom Bett und floh ohne ein weiteres Wort hinaus.

Er griff zum Telefon, wählte, streckte sich auf dem Bett aus und musterte sein Foto auf dem Nachttisch. Heute nacht wird sie mich persönlich haben, dachte er und sagte dann: »Oh, hallo, Miss Jessica. Haben Sie etwas von Mr. Avery gehört?« Das Kindermädchen antwortete, es habe überhaupt niemand angerufen. »Gut. Ich melde mich später noch einmal. Jetzt gehe ich mit Freunden essen und werde heute erst spät zu Hause sein. Sehr spät.«

Zweiundfünfzigstes Kapitel

Obelisken aus strahlendem Licht ragten in den dunklen Himmel. Ein trüber Mond segelte durch die windgetriebenen Wolken. Aprilregen prasselte gegen die Scheiben. Katharine stand im verdunkelten Schlafzimmer, preßte die Stirn gegen das kühle Glas, starrte auf die Skyline von Manhattan und lauschte dem metallischen Ton des Regens und dem Geräusch von Nicks ruhigem Atem.

Das habe ich nicht gewollt, dachte sie. Seinetwegen, nicht meinetwegen. Für mich ist es wunderschön gewesen. Glück ... Glück, wie ich es nie wieder für möglich gehalten hätte. Es wird mich mein Leben lang begleiten. Aber er wird verzweifelt sein, und ich kann seinen Schmerz nicht lindern. O Gott, hilf mir! Sag mir, was ich tun soll! Führe mich! Gib mir die Kraft und die Weisheit, ihm zu helfen!

Tränen rannen ihr über die Wangen, die sie mit den Fingerspitzen abwischte; sie verschluckte das Schluchzen, das in ihrer Kehle aufstieg, weil sie ihn nicht wecken wollte. Mein Liebling, mein geliebter Nicky, wie kann ich es dir nur beibringen?

Ein Satz des französischen Dichters Lamartine fiel ihr ein: Jene Stimme des Herzens, die allein das Herz erreicht. Sie schloß die Augen. Mein Herz spricht mit dem deinen, mein Liebling. Es schreit meine Liebe zu dir hinaus. Meine ewige

Liebe. Lausche mit deinem Herzen, lausch immer mit deinem Herzen, und du wirst bis an dein Lebensende hören, daß mein Herz von dort, wo ich bin, zu dem deinen spricht. Du wirst immer bei mir sein, Nicky, denn du bist ein Teil von mir, wie Vanessa ein Teil von mir ist...

»He, Kath, was stehst du denn da im Dunkeln herum? Du wirst dich erkälten. Komm wieder zu mir ins Bett, Liebling«, befahl Nick. »Auf der Stelle!«

»Ja, ich komme«, antwortete Katharine mit ruhiger Stimme und gehorchte.

Er zog sie an sich, umfing sie mit seinen Armen. »Mein Gott, du bist ja eiskalt!« Er beugte sich über sie, küßte ihr Gesicht und schmeckte salzige Tränen auf ihren Wangen. Sanft, zärtlich streichelte er ihr nasses Gesicht. »Warum hast du geweint, mein Liebling?«

»Ach, Nicky... weil ich so glücklich bin. Die vergangenen zwei Monate mit dir waren die herrlichsten, wunderbarsten Monate meines Lebens.«

Er küßte sie lange und liebevoll auf den Mund. »Es ist erst der Anfang«, murmelte er an ihrem Haar. »Ich habe mich entschieden. Du kannst mit mir streiten, bis du schwarz wirst, aber ich werde alles in Gang bringen, sobald Carlotta in vierzehn Tagen zurückkommt.« Er lachte. »Du und ich, wir werden zusammen alt werden. Als Mann und Frau.«

Sie seufzte tief auf und strich ihm zärtlich das Haar aus der Stirn. »Du weißt, daß das nur ein Traum sein kann, Nicky.«

»Sag das nicht! Außerdem können Träume wahr werden, oder? Insgeheim, ganz tief im Herzen habe ich, glaube ich, immer davon geträumt, daß du zu mir zurückkommen wirst, meine bezaubernde Kath. Und genau das hast du getan.«

»Es ist unmöglich, Nicky, Carlotta...«

Er legte ihr einen Finger auf den Mund. »Psst. Hör zu. Carlotta wird keine Schwierigkeiten machen. Seit Januar verbringt sie mehr Zeit in Venezuela als in New York. Ich habe das Gefühl, daß sie dort jemanden kennengelernt hat. Sie interessiert sich nicht mehr für mich.«

»Mag sein. Aber da ist noch der kleine Victor. Den wird sie dir auf gar keinen Fall lassen, wenn ihr euch trennt. Sie wird ihr Kind nach Venezuela mitnehmen. Dort lebt schließlich ihre Familie.«

»Da steckt schon ein Körnchen Wahrheit drin, Liebling, aber ich habe bereits mit meinen Anwälten gesprochen. Es wird ihr nicht ganz so leichtfallen, einfach mit dem Kleinen auf und davon zu gehen. Es werden Vereinbarungen getroffen, Dokumente unterzeichnet, gemeinsames Sorgerecht erwirkt werden müssen.«

»Ich glaube kaum, daß es klappen wird. Du treibst da ein gefährliches Spiel.«

»Überlaß das nur mir, Kath, bitte. Sobald mit Carlotta alles geregelt ist, können wir heiraten. Wann wollen wir uns trauen lassen?«

»Ich weiß es nicht«, antwortete sie leise.

»Ja, willst du mich denn nicht heiraten?« erkundigte er sich beunruhigt.

»Sei nicht albern! Wie kannst du nur so etwas Dummes fragen! Aber ich bin nervös, Nicky. Meinetwegen. Ich möchte kein Risiko eingehen. Ich möchte ganz sicher sein, was meinen Geisteszustand betrifft...«

»Es geht dir gut«, unterbrach er sie heftig. »Mein Gott, ich war jetzt über acht Wochen lang Tag und Nacht mit dir zusammen. Glaub mir, ich weiß über deinen Geisteszustand Bescheid. Du bist vernünftig, ruhig, seelisch gefestigt und hundertprozentig gesund.«

»Wenn du meinst.« Sie schmiegte sich an ihn. Aus Angst vor der Fortsetzung dieses Gesprächs gähnte sie gekonnt.

Nick ließ sie los, drehte sich um und nahm seine Uhr vom Nachttisch. Da er nichts erkennen konnte, schaltete er die Nachttischlampe ein. »Hmmm. Elf Uhr. Wollen wir schlafen?«

»Willst du denn bleiben?« fragte Katharine erstaunt. »Wird Nanny nicht...«

»Ich hab' ihr gesagt, daß ich heute nicht nach Hause komme. Ich hätte eine Besprechung in Philadelphia.« Er löschte das Licht.

»Ich bin froh, daß du da bist, Liebling. Ich freue mich immer, wenn du bleibst.«

Er küßte sie. »Schlaf gut. Ich liebe dich, Kath.«

»Ich liebe dich auch, Nicky.«

Am folgenden Morgen war Nicholas Latimer in überschäumender Laune. Katharine lachte über seine Witze und Wortspiele und fand, er sei seit langem nicht mehr so amüsant gewesen.

Als er fertig angezogen war, frühstückte sie in aller Ruhe mit ihm, sagte um Viertel nach zehn jedoch energisch: »Jetzt muß ich dich aber rauswerfen, Liebling. Ich habe heute sehr viel zu tun, ich muß mich beeilen.«

»Ja, ich habe auch mehrere Termine.« Er leerte die Kaffeetasse und drückte seine Zigarette aus. »Wo möchtest du heute zu Abend essen?«

»Aber Nick, hast du vergessen? Ich esse doch heute mit Vanessa.«

»Hab' ich. Leider.« Er verbarg seine Enttäuschung, weil er wußte, wie wichtig ihr die Tochter war. »Aber weißt du was? Ich komme heute nachmittag zum Tee. Um halb fünf.« Er grinste. »Das heißt, du kannst Tee trinken, ich sehe dir dabei zu.«

»Das wäre wunderbar, Liebling.« Sie brachte ihn zur Tür, umarmte ihn liebevoll und küßte ihn auf die Wange.

Als sie allein war, erledigte Katharine ein paar Anrufe, schrieb mehrere Briefe und kleidete sich dann ebenfalls an. Gegen Mittag fuhr sie mit einem Taxi zu Tiffany, um die Geschenke abzuholen, die sie bestellt hatte, und kehrte anschließend ins Carlyle zurück. Gegen vier zog sie ein delphinblaues Seidenkleid an, frisierte sich, frischte ihr Make-up auf und bestellte beim Zimmerservice Eis.

Als Katharine gerade ihre Perlen anlegte, hörte sie Nicks ungeduldiges Klopfen und öffnete ihm. Er riß sie in seine Arme, schwang sie herum und stellte sie wieder auf den Boden. »Ich war bei den Anwälten, Kath! Sie glauben, daß ich tatsächlich einen juristisch wasserdichten Vertrag schließen kann, der den Jungen schützen wird.« Er hielt sie von sich ab und grinste breit. »Na, mein Schatz, wie gefällt dir das?«

Sie lächelte, ging zur Bar, tat Eis in zwei Gläser und füllte mit Wodka auf. »Hier, Liebling.« Sie reichte ihm den Drink. »Komm her und setz dich.«

Er nahm das Glas und folgte ihr stirnrunzelnd. »Du klingst so ernst. Was ist los?« Er stand mitten im Zimmer und starrte sie an.

»Willst du dich nicht lieber setzen? Ich muß mit dir sprechen.«

»Ich habe den ganzen Tag gesessen. Jetzt muß ich mir ein paar Minuten die Beine vertreten.« Er lachte nervös. »Was ist los, Katinka? Raus damit!«

»Ich kann dich nicht heiraten, Nicky.«

»Mach keine Witze, Liebling! Dazu bin ich nicht in der Stimmung. Wenn ich jemals etwas ernst gemeint habe, dann meine Absicht, dich zu heiraten. Und jetzt ...«

Sie hob die Hand. »Ich kann dich nicht heiraten, Nick. Und ich meine es ebenfalls ernst.«

Im Sonnenlicht blinzelnd, sah er sie forschend an. »Aber

warum nicht? Wegen des Jungen? Ich habe dir doch gesagt, daß wir das im Handumdrehen geregelt haben werden.«

»Sobald du Carlotta sagst, sie soll ausziehen, oder du selber ausziehst, wird sie das Kind nach Venezuela mitnehmen. Und du wirst dich verdammt schwertun, wenn du versuchen willst, es wieder zurückzuholen. Das ist ein Risiko für dich, das ich nicht zulassen kann, Nicky.« Sie schüttelte den Kopf. »Ich weiß, was es bedeutet, vom eigenen Kind getrennt zu sein. Ich möchte mein Gewissen nicht damit belasten, daß es dir vielleicht ebenso geht. Ich habe in den letzten neun Jahren zu viele Lasten auf dem Gewissen getragen, um jetzt wieder neue auf mich zu nehmen, Liebling.«

»Aber ich will dich heiraten. Und ich werde dich heiraten. Verdammt noch mal, Kath, sei nicht so stur! Ich bin bereit, dieses Risiko einzugehen. Ich kann dich nicht wegen Carlotta und dem kleinen Victor aufgeben. Ich liebe ihn von ganzem Herzen, aber dich brauche ich.«

»Ich möchte dir eine hypothetische Frage stellen, Nicky. Sagen wir mal, ich tue alles, was du willst, und Carlotta entzieht dir den Jungen ganz, erlaubt dir nie wieder, ihn zu sehen. Was würdest du empfinden?«

»Ich wäre natürlich völlig gebrochen. Aber das wird nicht passieren. Und außerdem mag ich hypothetische Fragen nicht.«

Katharine trank einen Schluck Wodka, wappnete sich und sagte: »Ich habe dir nichts zu bieten, Nicky, deswegen werde ich deine Verbindung mit dem Kind auf gar keinen Fall gefährden.«

»Nichts zu bieten? Das ist doch lächerlich! Ich liebe dich. Du liebst mich, und wir haben uns immer gut verstanden. Jetzt, wo du wieder gesund bist, sogar noch besser als früher.«

»Ich bin nicht gesund, Nicky. Das ist es ja.«

»Aber natürlich bist du gesund, Kath. Dein ganzes Verhalten spricht dafür.«

»Ich habe dir keine Zeit zu bieten, Nicky.«

Beunruhigt von dem seltsamen Unterton in ihrer Stimme, sah er sie an. »Zeit? Ich kann dir nicht folgen, Kath.«

»Ich werde bald sterben, Nicky.«

Völlig benommen packte er die Rückenlehne eines Sessels. Er machte den Mund auf, brachte aber keinen Ton heraus. Er spürte, wie auch das letzte Quentchen Kraft aus seinem Körper wich.

»Ich habe nicht mehr lange Zeit, Nicky«, fuhr Katharine fort. »Das meinte ich vorhin. Höchstens sechs bis sieben Monate.«

Nicky glaubte zusammenzubrechen. Er wankte zum Sofa, unfähig, den Blick von ihr zu lassen. »Kath«, flüsterte er. »Bitte sag, daß es nicht wahr ist. Es kann nicht wahr sein!«

»Doch, mein Liebling, es ist wahr. Es tut mir so leid.«

»Leid?« keuchte er, und Tränen liefen ihm über die Wangen. Heftig schüttelte er den Kopf. »Nein!« schrie er. »Nein! Ich werde es nicht akzeptieren!«

»Ruhig, mein Liebling, ruhig!« Sie lief zu ihm hinüber, hockte sich vor ihn hin, legte ihm die Hände auf die Knie und sah zu ihm auf. »Ich wollte dir dies ersparen, Nicky. Als ich zurückkam, wollte ich nur deine Verzeihung erbitten, damit ich in Frieden sterben konnte. Ich ahnte nicht, daß wir uns wieder lieben würden. Estelle hatte mir erzählt, daß du mit Carlotta zusammenlebst. Ich dachte, du seist fest liiert, vor allem, da du einen Sohn hattest.«

Nicks Hände zitterten so heftig, daß er den Wodka verschüttete. Katharine nahm ihm das Glas aus der Hand, stellte es auf den Tisch und ergriff seine Hände. »Ich fürchte, ich muß dich schon wieder um Verzeihung bitten – dafür, daß ich dir neuen Schmerz zugefügt habe.«

»O Kath, Kath, mein Liebling, ich liebe dich ja so sehr ...« Seine Stimme brach, und Tränen strömten ihm übers Gesicht. Er nahm sie in seine Arme und klammerte sich verzweifelt an sie. »Du darfst nicht sterben, du nicht! Ich werde es nicht zulassen!«

Sie hielt ihn lange, bis sein Schluchzen verebbte und er sich ein wenig beruhigte. Dann erhob sie sich, holte eine Schachtel Papiertücher und trocknete seine feuchten Hände, sein nasses Gesicht. Sie gab ihm seinen Drink zurück, zündete zwei Zigaretten an, steckte ihm eine zwischen die Lippen und setzte sich neben ihn aufs Sofa.

Er brauchte mehrere Minuten, bis er sich wieder etwas gefaßt hatte; ohne den Blick von ihr zu lassen, rauchte er die Zigarette und trank einen großen Schluck Wodka. Schließlich fragte er leise, voll Angst: »Was fehlt dir, Kath?«

Sie räusperte sich und antwortete ebenso leise: »Ich habe ein knotiges Melanom, wie es die Ärzte nennen. Das ist ebenfalls ein bösartiges Melanom, nur ist die Todesrate dabei höher.«

»Ich weiß nicht ganz genau, was das ist – Krebs?«

»Ja. Ein Melanom erscheint auf der Haut. Es beginnt als winziges Muttermal oder als kleiner, bräunlicher Fleck.«

»Aber kann es denn nicht entfernt oder behandelt werden?« fragte er sie voll Furcht, mit beklommenem Herzen.

»Doch, es kann entfernt werden. Aber das bedeutet nicht, daß der Krebs geheilt ist. Mein Melanom ist im vierten Stadium. Das heißt, es geht drei Millimeter tief. Wenn das Melanom in den Blutkreislauf gerät, braucht nur eine einzige Zelle an einem Organ, etwa der Lunge oder der Leber, hängenzubleiben, und sie beginnt zu wachsen. Das nennt man dann Metastasen, und so weit ist es jetzt bei mir. Der Krebs streut.«

Nick konnte nicht sprechen; er ballte die Fäuste und kniff

die Augen fest zu. Dann öffnete er die Augen wieder, blickte in ihr schönes Gesicht, und wieder begannen die Tränen zu strömen. Stumm schüttelte er den Kopf.

Sie berührte seine Hand. »Soll ich weitersprechen? Wie ich dich kenne, willst du sämtliche Fakten hören.«

Er nickte. Seine Kehle schmerzte.

»Das Melanom befindet sich auf dem Rücken«, erklärte Katharine. »In der Mitte zwischen dem linken Schulterblatt und der Wirbelsäule, etwa zehn Zentimeter oberhalb der Taille. Es hat sich auf Lymphdrüsen, Leber und Lunge ausgebreitet. All diese Organe sind inzwischen befallen.«

»Aber du wirkst so gesund, Kath ...«

»Ja. Daß sich in Lunge und Leber Metastasen gebildet haben, ist unwesentlich, weil sie die allgemeine Gesundheit nicht beeinträchtigen. Jedenfalls nicht gleich.«

»Und wann werden sie deine Gesundheit beeinträchtigen?«

»Nach allem, was die Ärzte sagen, hat ein Mensch mit einem knotigen Melanom gewöhnlich etwa ein Jahr zu leben. Während der ersten neun Monate sind meist nur geringe Beeinträchtigungen der körperlichen Gesundheit und der äußeren Erscheinung zu erwarten. Sobald jedoch eine Verschlechterung einsetzt, kann es innerhalb einer Woche zum Tod kommen.«

»O mein Gott! O Himmel, Kath!«

»Ich werde noch für ungefähr sechs, vielleicht auch sieben Monate normal leben können, ohne sichtbare Zeichen einer Verschlechterung.«

»Therapie! Es muß doch eine Therapie geben! Hör zu, wir werden neue Ärzte finden. Wir gehen zum Sloan-Kettering oder zum Skin- and Cancer-Pavillon des Medizinischen Zentrums der Universität. Bestimmt gibt es eine Möglichkeit ...«

»Nein, Nick«, unterbrach Katharine ihn liebevoll. »Das alles hab' ich in London schon getan. Weißt du, die Behandlung eines Melanoms in der Nähe der Wirbelsäule ist äußerst schwierig. Bestrahlungen sind unwirksam, weil der Tumor nicht darauf reagiert. Chemotherapie wirkt furchtbar entstellend, die Haare fallen aus, man leidet ständig unter Übelkeit und Erbrechen. Es gibt neue Medikamente, aber die verlängern nur ein wenig das Leben – kein sehr angenehmes Leben übrigens. Ich habe mich gegen die Medikamente entschieden. Da ich innerhalb weniger Monate ohnehin sterben werde, will ich diese letzte Zeit so leben, so aussehen, wie ich immer ausgesehen habe, und meine Tage noch möglichst genießen.«

»Seit wann weißt du es?« flüsterte er voller Entsetzen.

»Seit letztem November. Das winzige Muttermal, das ich habe, seit ich denken kann, wurde schwarz und ein bißchen größer. Meine Schneiderin hat das entdeckt. Aber da war es bereits zu spät.«

»Wirst du... wirst du Schmerzen haben? Ich könnte es nicht ertragen, wenn du Schmerzen hättest, Kath«, keuchte er mit erstickter Stimme.

»Nein, eigentlich nicht, Nick. Wenn die Verschlechterung einsetzt, kommt es zu einem langsamen Gewichtsverlust, extremer Schwäche und Appetitlosigkeit. Ich werde sehr schnell ermüden.«

Er schloß die Augen, seine Phantasie lief Amok. Dann verdrängte er die qualvollen Bilder ihres Leidens und fragte: »Bist du sicher, was die Diagnose betrifft?«

»Hundertprozentig. Mein Arzt in London hat jeden nur möglichen Spezialisten konsultiert. Und auch hier habe ich Fachärzte aufgesucht. Es gibt keine Heilung, Nicky.« Sie ergriff seine Hand. »Mein Arzt in London sagte mir, daß ich noch mit einem gewissen Zeitraum rechnen könne, in dem es mir gutgeht. Das waren damals neun Monate. Deswegen bin ich nach New York gekommen. Um vor allem dich zu sehen, aber auch Frankie, Ryan und natürlich meine geliebte Vanessa.«

»Hat er dir deswegen erlaubt, sie zu besuchen?« erkundigte er sich traurig.

»Ja. Ich habe ihm mehr oder weniger gedroht. Wenn er es mir nicht erlaube, habe ich ihm gesagt, würde ich ihn verklagen, eine Pressekonferenz geben, allen Reportern von meiner Krankheit erzählen. Mike kapitulierte.« Sie lächelte ein wenig. »Aber ich hätte es nicht getan. Niemals hätte ich Vanessa einem solchen Zirkus ausgesetzt.«

»Weiß Ryan Bescheid?«

»Nein, Nick. Nur du und Mike Lazarus. Und so soll es auch bleiben. Bitte, versprich mir das. Ich will weder Mitgefühl noch Mitleid.«

Er sah sie eindringlich an. »Hast du es mir und Frankie deswegen nicht gesagt, als du herkamst?«

»Ja. Ich wollte, daß ihr mir verzeiht, weil ihr es selbst wolltet, und nicht aus Mitleid oder Barmherzigkeit. Versprich mir, daß du dies alles für dich behältst!«

»Ich verspreche es dir. Was ist aber mit Frankie und Victor?«

»Denen werde ich es selbst erklären, Liebling. Bald.«

Unvermittelt zerbrach etwas in Nick; er sprang auf, begann auf und ab zu gehen, und vorübergehend überwog sein Zorn auch den größten Kummer. Immer wieder schlug er sich mit der Faust in die Handfläche und fluchte verzweifelt. Nach ein paar Minuten fuhr er zu ihr herum.

»Es muß einen Ausweg geben! Es muß! Ich werde es nicht akzeptieren. Nur weil du es akzeptiert hast. Du sitzt da, so ruhig, so gelassen, während mein Herz in winzige Splitter zerspringt, und ...« Er hielt inne, entsetzt über seine Worte, über den Ton, in dem er mit ihr gesprochen hatte.

Schnell lief er zu ihr, kniete vor ihr nieder. »Verzeih, verzeih mir, mein Liebling! Ach, Kath, es tut mir ja so leid. Ich liebe dich so sehr. Ich werde verrückt. Ich hätte nicht...« Er brach in Schluchzen aus und barg sein Gesicht in ihrem Schoß.

»Ist ja schon gut, mein Liebster. Ich verstehe dich ja. Deine Reaktion ist ganz normal. Wenn der erste Schock nachläßt, kommt der Zorn und anschließend dann die Frustration. Zuletzt gibt es nur noch Hinnahme, Resignation. Weil man nichts anderes mehr empfinden kann, tun kann.« Sanft redete sie ihm zu, streichelte tröstend sein Gesicht. »Nicht, mein Liebling. Nicht! Still, mein Liebster.«

Schließlich richtete er sich auf, setzte sich neben sie aufs Sofa, nahm sie in seine Arme. »Ich werde bei dir bleiben, mein Liebling. Die nächsten Monate werden sehr schön für dich werden... so schön, wie ich sie dir nur machen kann. Wir werden alles tun, was du willst, fahren, wohin du willst. Du kannst alles haben, was dein Herz begehrt.«

»Nein, Nicky. Du darfst nicht bei mir bleiben.«

»Aber warum nicht? Um Gottes willen, warum nicht, Kath?«

»Weil ich nicht dulden werde, daß du dein Kind verlierst. Und wenn du mit mir fortgehst, wird das bestimmt passieren.«

»Dann bleiben wir eben in New York. So wie jetzt. Wir behalten getrennte Wohnungen und wahren den Schein. Carlotta wird nichts erfahren.« Er haßte schon den Gedanken daran und hatte nicht die Absicht, so etwas zu tun. Er sagte es nur, um Katharine zu beruhigen. Carlotta würde tun, was er von ihr verlangte. Irgendwie würde er alles arrangieren. Nichts und niemand würde ihn von Katharine trennen können.

»Nein«, sagte sie, »es ist besser, wenn ich ganz einfach fortgehe...«

»Das werde ich nicht zulassen!«

»Ich könnte es nicht ertragen, deinen Kummer zu erleben, Nicky«, flüsterte sie.

Nick schüttelte den Kopf. Wieder schwammen seine Augen in Tränen. »Bitte, Liebling, schick mich nicht fort! Laß mich diese letzten Monate mit dir zusammen erleben! Ich muß doch den Rest meines Lebens ohne dich sein. Sei nicht so grausam, Kath – bitte, bitte! Wenn du willst, werfe ich mich auf die Knie und flehe dich an, aber schick mich um Gottes willen nicht fort, mein Liebling!« Mit rotgeränderten Augen sah er sie an. »Sei nicht grausam! Laß mich bei dir bleiben – bitte, Kath!«

Sie nickte. Ihre Augen glänzten feucht, und an ihren Wimpern glitzerten Tränen. »Ja, ja, mein Liebling. Aber du mußt mir versprechen, daß du so fröhlich und munter wie möglich bleibst. Ich könnte es nicht ertragen, deinen Kummer und Schmerz mit anzusehen.«

»Ich verspreche es.« Ein Lächeln lag um seinen Mund.

Katharine stand auf. »Ich muß mich umziehen. Mein Kleid ist ganz durchnäßt von deinen Tränen, mein Liebling.« Mit einem Finger berührte sie seine Wange. »Würdest du mich zu meiner Dinnerverabredung mit meiner Tochter begleiten?«

»Aber natürlich! Ich muß mir nur das Gesicht waschen, während du dich umziehst. Ich habe Victor versprochen, im Pierre mit ihm etwas zu trinken.«

»Das freut mich, Nicky. Es wäre furchtbar für mich, wenn du heute abend allein sein würdest. Hat er gesagt, wann er zur Westküste zurückfliegen will?«

»Nein. Aber heute war seine letzte Besprechung. Wahrscheinlich wird er noch bis zum Wochenende bleiben. Er hat sich gefreut, mit uns zusammenzusein und Frankie wiederzusehen«, antwortete Nick, als sie gemeinsam ins Schlafzimmer gingen, und es kostete ihn eine übermenschliche Anstrengung, ruhig zu wirken.

Katharine lächelte. »Ja, es war schön.«

Als sie später die Fifth Avenue und anschließend die Seventy-ninth Street zur Lazarus-Wohnung entlangschlenderten, fragte Nick: »Frankie und Victor ... Wann wirst du es ihnen sagen?«

»Ich weiß es noch nicht. Aber der richtige Moment wird schon kommen. Morgen, wenn wir zum Lunch bei Frankie sind, bestimmt nicht. Damit würde ich nur alles verderben.«

»Ja.«

Katharine drückte ihm die Hand. »Ich bin froh, daß wir Frankie letzte Woche zu diesem Dinner mit uns und Victor überredet haben. Ich glaube, hinterher war sie recht froh darüber. Und Victor strahlte geradezu.«

»Hat sie irgend etwas zu dir gesagt? Über Victor, meine ich.«

»Nicky, versuchst du etwa den Heiratsvermittler zu spielen? Nachdem du mir vorwirfst, die Menschen zu manipulieren?«

»Du meinst wohl, nachdem ich dir das früher vorgeworfen habe, wie? Aber hat sie denn nun was gesagt?« drängte er.

»Nicht direkt. Nur, daß er noch genauso faszinierend und bezaubernd sei wie früher.«

»Mit seinen zweiundsechzig Jahren und trotz der weißen Strähnen ist er noch immer der schönste Mann, den ich kenne. Und sie hat recht. Seine Ausstrahlung ist noch genauso stark wie früher«, sagte Nick. »Gestern habe ich ihr geraten, öfter auszugehen. Ich weiß, Harrison ist erst seit drei Monaten tot, aber sie kann doch nicht in dieser Riesenwohnung einfach rumsitzen und Trübsal blasen! Sie ist eine junge Frau!«

»Du wirst nicht rumsitzen und Trübsal blasen, nicht wahr, Liebling?« fragte sie ruhig.

»Hör auf!« Schon wieder war er blind vor Tränen. »Bitte, sprich nicht mehr vom Tod. Ich kann es nicht ertragen.«

»Ich weiß. Aber du mußt ihn akzeptieren, Nicky. Sonst werden die nächsten Monate für mich die Hölle. Wir müssen versuchen, so normal wie möglich zu sein.«

Ihr überwältigender Mut erschütterte ihn. »Okay. Abgemacht«, sagte er, innerlich fluchend.

Als sie das Hochhaus erreichten, umarmte und küßte sie ihn zum Abschied. »Wir sprechen uns noch, Kleiner«, knurrte sie verschmitzt.

»Damit hast du verdammt recht«, gab er scherzhaft zurück, obwohl ihm gar nicht danach zumute war. »Um wieviel Uhr soll ich dich abholen?«

»Ach, so gegen halb zehn, denke ich.« Sie stellte sich auf die Zehenspitzen, um ihn noch einmal zu küssen, und ihre Augen füllten sich mit Tränen. »Ich liebe dich, Nicholas Latimer. Ich liebe dich so sehr!«

Dreiundfünfzigstes Kapitel

»Val, der Eßtisch sieht bezaubernd aus«, sagte Francesca zu ihrer Haushälterin, die sie aus Langley mitgebracht hatte. »Du hast dich wirklich selbst übertroffen.«

»Vielen Dank, M'lady. Es war gut, daß das Blumengeschäft eine so schöne Auswahl hatte. Die importierten Mimosen werden zwar nicht lange halten, aber ich konnte nicht widerstehen.«

Francesca nickte und ging in die Halle hinaus. Dort sah sie auf einem der französischen Sessel ein großes Paket. Stirnrunzelnd fragte sie: »Was ist denn das?«

»Oh, tut mir leid, M'lady, das hatte ich ganz vergessen. Es kam heute morgen, adressiert an Mr. Latimer, zu Ihren Händen.«

»Hmm. Gut. Ich werde es ins Wohnzimmer mitnehmen. Liegt der Wein schon auf Eis?«

»Alles fertig, Lady Francesca, und die Köchin hat sich selbst übertroffen.« Sie zählte die Speisenfolge auf.

Francesca lachte. »Mein Gott, hoffentlich haben alle einen gesegneten Appetit!«

Val lächelte und folgte ihr ins Wohnzimmer. »Richtig wie Frühling hier, nicht wahr, M'lady?«

»O ja«, murmelte Francesca und mußte an damals denken, als er ihr ähnlich viele Blumen geschickt hatte – als sie noch ein junges Mädchen war und nicht eine schwarz gekleidete Witwe wie jetzt.

Sie drehte sich zu Val um. »Glauben Sie nicht, daß dieses schwarze Kleid ein bißchen... na ja, zu deprimierend wirkt?«

Val nickte. »Doch, M'Iady, wenn ich das sagen darf. Vor allem, weil Sie so blaß im Gesicht sind. Wie wär's denn mit dem dunkelgrünen seidenen Hemdblusenkleid, das Sie kurz vor Mr. Averys Tod gekauft haben? Es steht Ihnen so gut und ist dezent, ohne deprimierend zu sein.«

»Ja, genau. Das Kleid hatte ich völlig vergessen. Dann werde ich mich mal schnell umziehen, bevor Miss Tempest und die anderen Gäste eintreffen.«

»Gut, M'lady. Ich bin in der Küche.«

Eilig ging Francesca sich umkleiden und war binnen kurzem wieder im Salon. Sie schüttelte ein paar Kissen auf und trat dann ans Fenster. Lächelnd blickte sie auf den Central Park hinaus. Es war ein sonniger Apriltag. Frühling. Erneuerung. Sie dachte an den Lunch, den sie heute für Victor gab. Es war Katharines und Nicks Idee gewesen, und sie hatte zugestimmt, weil die beiden so begeistert waren. Ein Fehler? Hoffentlich kam Victor nicht auf falsche Gedanken. Aber ihre Liaison lag inzwischen über zwanzig Jahre zurück. Und doch... Neulich abends, im Le Cirque, hatte es eine merkwürdige Unterströmung gegeben, und seither stiegen in ihr Erinnerungen auf, so klar, daß sie entnervend waren. Es klingelte, und sie hörte, wie Val in der Halle Victor begrüßte.

Sie ging ihm entgegen und war wieder einmal verblüfft über sein gutes Aussehen, seine Vitalität und seine große Anziehungskraft. Er war wie immer perfekt gekleidet, trug einen eleganten grauen Nadelstreifenanzug.

»Hallo, Ches«, begrüßte er sie mit ausgestreckter Hand.

Francesca ergriff sie lächelnd und sagte: »Du bist der erste.

Wollen wir schon ein Glas Wein trinken, bis Nick und Kath kommen? Oder hättest du lieber etwas anderes?«

»Danke, Ches. Wein ist großartig.« Anerkennend sah er sich im Zimmer um, während Francesca zwei Gläser Wein einschenkte. »Wie geht's denn deiner Familie?« erkundigte sich Victor, während sie Platz nahmen.

»Oh, danke, Vic.« Und Francesca erzählte ihm von Kim und den Kindern, von Doris und ihrer Tochter Marigold, von Diana und Christian von Wittingen. Immer wieder sprang sie auf, um ihm ein Foto zu zeigen, das Victor interessiert betrachtete, und beide verhielten sich ganz ungezwungen. Verstohlen beobachtete Victor Francesca, bewunderte ihre Eleganz, ihre natürliche Schönheit. Sie ist genau die Frau geworden, die ich mir vorgestellt habe, dachte er und war sehr stolz auf sie. Er fühlte sich unendlich stark zu ihr hingezogen, begehrte sie ebensosehr wie früher. Bedauerlich nur, daß er sie jetzt erst wiedersah, da sie vor kurzem ihren Mann verloren hatte. So verstand es sich aus Taktgründen von selbst, daß er sich vorderhand zurückhielt, obwohl ihm das schwerfiel. Wir haben viel Zeit, alter Junge, ermahnte er sich. Immer mit der Ruhe. Aber er schmiedete bereits Pläne, nahm sich vor, im nächsten Monat schon wieder nach New York zu kommen. Er spürte, daß auch er ihr nicht gleichgültig war, und war überzeugt, an die Vergangenheit anknüpfen zu können. Ein zweites Mal wollte er sie nicht verlieren.

»Ich bin so froh, daß du mit Katharine gesprochen hast, Vic, und daß ihr wieder Freunde seid«, sagte Francesca. »Sie hat wirklich eine furchtbar schwere Zeit durchgemacht, in London.«

»Ja, Nick hat mir einiges über ihre psychiatrische Behandlung erzählt. Außerdem bin ich kein Mensch, der ewig übelnimmt. Wir waren alle damals ziemlich dumm. Ich wenigstens hätte klüger und besonnener sein müssen. Schließlich war ich schon vierzig.«

Sie lächelte. »So sehr hast du dich aber gar nicht verändert. Gut, dein Gesicht ist nicht mehr so glatt, aber du hast noch immer die phantastischste Sonnenbräune, die ich jemals gesehen habe.«

»Danke für die freundlichen Worte. Aber ich hab' schon 'ne Menge weißer Haare, Kleines.«

»Überaus distinguiert, diese grauen Schläfen. Ah, es klingelt! Nick und Katharine kommen.« Sie erhob sich und wollte zur Zimmertür gehen, als Nick hastig hereingestürzt kam – mit schneeweißem Gesicht und riesigen, rotgeränderten Augen. Schnell drückte er hinter sich die Tür ins Schloß.

»Frankie, o Frankie, sie ist fort! Verdammt noch mal, sie ist verschwunden! Abgereist. Keine Nachricht hinterlassen. Wie soll ich sie jemals wiederfinden?«

Victor war aufgestanden. Mit besorgter Miene ging er zu den beiden hinüber, ergriff Nicks Arm und führte ihn zu einem Sessel. »Beruhige dich, alter Junge. Ches, würdest du Nicky etwas zu trinken holen? Wodka oder Wein?«

»Lieber einen Wodka«, murmelte Nick.

Francesca stand neben ihm und legte ihm freundlich die Hand auf die Schulter. »Ruh dich erst mal einen Moment aus, Nicky. Du bist ja völlig außer Atem.«

»Ich bin den ganzen Weg hierher gerannt. Ich dachte, sie hätte dir vielleicht etwas gesagt, etwa am Telefon, oder sie wäre bei dir eingezogen.«

Victor sah Francesca an und hob hilflos eine Braue. Er gab Nick das Glas Wodka, ergriff Francescas Hand und zog sie mit sich zum Sofa hinüber. »So, Nicky. Und jetzt noch einmal schön von vorn«, bat er.

Nick atmete tief durch und erzählte den beiden von den erschreckenden Dingen, die Katharine ihm am Abend zuvor mitgeteilt hatte. Sie waren ebenso betäubt und bekümmert wie er. Immer wieder versagte ihm die Stimme, und er mußte seine aufsteigenden Tränen bekämpfen. Nach einer Weile begann Francesca still vor sich hin zu weinen. Victor legte ihr den Arm um die Schultern und reichte ihr sein Taschentuch.

Schließlich schwieg Nick, steckte sich eine Zigarette an und trank einen Schluck Wodka. Dann fuhr er fort: »Jetzt kommen wir zu dem Zeitpunkt, als ich sie vor der Lazarus-Wohnung abgesetzt hatte. Anschließend kam ich zu dir, Vic, holte sie um halb zehn wieder ab und kehrte mit ihr ins Carlyle zurück. Heute morgen verließ ich sie um sechs, weil ich die Druckfahnen meines neuen Romans durchsehen mußte. Ich wollte alles fertig haben, damit ich mich während der nächsten Monate ausschließlich um Katharine kümmern konnte. Als ich ging, war sie wach. Ich versprach, sie um zehn vor eins abzuholen und mit ihr hierherzukommen. Als ich dann pünktlich ins Carlyle kam, war sie ausgezogen. Gegen zehn Uhr, erklärte mir der Empfang. Keine Nachsendeadresse, keine Nachricht. Ich begreife das alles nicht. Ich muß sie finden! Sie braucht mich, versteht ihr? Warum? Warum hat sie mir das angetan?« Er sprang auf, ging ans Fenster und starrte hinaus.

»Großer Gott, das Paket!« rief Francesca und sprang hastig auf. Sie hatte es auf einen Stuhl bei der Zimmertür gelegt; jetzt holte sie es und reichte es Nick. »Das hier ist für dich gekommen, als ich heute vormittag fort war.«

Mit zitternden Händen riß er das Papier herunter. »Katharines Handschrift!« sagte er aufgeregt. Endlich hielt er eine orangerote Hermès-Schachtel in der Hand – die Schachtel einer Handtasche, die er vor wenigen Wochen erst für sie gekauft hatte. Er öffnete den Deckel und fand drei kleine Tiffany-Etuis, drei Briefumschläge und ganz unten, unter einer

Schicht Seidenpapier, ein in blaues Leder gebundenes Buch. Er las die Goldlettern auf dem Deckel: Für V. L. von K. T. Er legte das Buch zurück, nahm den an ihn adressierten Brief heraus, riß den Umschlag auf, suchte nach seiner Brille und begann im Stehen zu lesen, während die Tränen ihm über die Wangen liefen. »Für euch sind auch Briefe da«, murmelte er mit heiserer Stimme. Dann zog er sich ans andere Ende des Salons zurück, um sein von Schmerz zerrissenes Gesicht vor ihnen zu verbergen.

Victor holte die Hermès-Schachtel und kehrte mit ihr zum Sofa zurück; er war von tiefem Mitleid für Nick und schmerzlicher Trauer um Katharine erfüllt, die, ganz gleich, was sie ihnen vor so langer Zeit angetan hatte, ein besseres Schicksal verdient hatte. Er und Francesca lasen ihre Briefe mit ausdrucksloser Miene, stumm, ebenso betäubt wie Nick.

Als kurz darauf Val die Tür öffnete, schüttelte Francesca schweigend den Kopf, und die Haushälterin zog sich taktvoll zurück. Aber das Geräusch hatte Nick aufgeschreckt, der nun wieder an den Kamin zurückkehrte. »Lies mir doch bitte deinen Brief vor«, wandte er sich an Francesca. »Ich möchte wissen, was sie dir geschrieben hat. Bitte, Frankie!«

»Aber natürlich.« Sie schnaubte sich die Nase und begann mit unsicherer Stimme:

»Meine liebste Frankie,

Nick wird Dir alles erklären. Verzeih, daß ich es Dir nicht selbst erklärt habe, aber ich dachte, so wäre es für alle Beteiligten leichter. Das blaue Lederbuch ganz unten in der Schachtel ist für meine Tochter Vanessa. Es enthält liebevolle Gedanken, Impressionen und gedankliche Spaziergänge, die ich in den letzten vier Monaten niedergeschrieben habe. Ich bitte Dich, es ihr zu geben, sobald sie verständig genug dafür ist, vielleicht in zwei oder drei Jahren. Das überlasse ich ganz

Dir. Ich hoffe, daß sie mich durch mein ›Stundenbuch‹ besser kennen- und verstehen lernt.

Michael war und ist ein guter Vater, und dafür bin ich unendlich dankbar, vor allem, da ich selbst nie einen richtigen Vater hatte. Jedenfalls keinen, der mich liebte. Dennoch habe ich das Gefühl, daß Vanessa den Einfluß einer Frau braucht, und Michael hat sich damit einverstanden erklärt, daß Du sie besuchst und so oft mit ihr zusammen bist, wie Du es wünschst. Bitte, sei meiner Tochter eine ebenso gute Freundin, wie Du es mir selbst immer warst, mein Liebling.«

Francesca hielt inne, weil ihr die Stimme versagte. Mit Vics Taschentuch trocknete sie sich die Augen und fuhr fort:

»Und nun wende ich mich an Dich, Frankie. Wenn man, wie ich, den Tod vor Augen hat, sieht man das Leben in blendender Klarheit; der Schein ist verschwunden, die Wahrheit deutlicher als jemals zuvor. Und auch all jene, die ich liebe, sehe ich mit dieser Klarheit, erkenne ihre Wünsche und Bedürfnisse vielleicht deutlicher als sie selbst. Ich sehe Dich, mein Liebling, so voller Liebe und Weichherzigkeit, erfüllt von jener Reinheit und Güte, die leider so überaus selten sind. Und weiß, daß Du jetzt furchtbar allein sein wirst. Bleib nicht allein, Frankie. Einsamkeit ist eine Art Tod. Ich weiß das nur allzu gut. Nick und ich glaubten, die Möglichkeit zu haben, viel Unrecht wiedergutzumachen. Eine zweite Lebenschance. Wir hatten sie nicht. Du aber hast sie. Ergreife sie, Frankie, solange Du noch jung bist. Ich sage Dir dies aus der Tiefe meines Herzens, das so erfüllt ist von Liebe zu Dir.

Der bevorstehende Tod gibt mir die Freiheit, Dir dies zu sagen, daher weiß ich, daß Du mich verstehen und meine Offenheit verzeihen wirst.

Gesundheit und Glück wünsche ich Dir, meine liebste Freundin. Ich werde immer an Dich denken, und Du darfst meiner Liebe versichert sein. Kath.«

Francesca weinte, ohne sich dessen zu schämen, und Victors Augen waren naß, als er ihre Hand ergriff und sie fest drückte. »Würdest du mir bitte eine Zigarette anzünden?« flüsterte Francesca mit tränenüberströmtem Gesicht.

Er gehorchte und warf einen besorgten Blick zu Nick hinüber, der zusammengesunken im Sessel hockte. »Trink einen Schluck, Nicky«, riet er dem Freund.

»Ja. Lies mir bitte deinen Brief auch vor, Vic. Ich muß wissen ...«

Victor nahm seinen Brief von Katharine Tempest und überflog ihn noch einmal, fürchtete sich beinahe, mit dem Lesen zu beginnen. Er nahm seine Hornbrille vom Beistelltischchen, setzte sie auf und räusperte sich:

»Mein lieber Victor,

zunächst möchte ich Dir dafür danken, daß Du mir jenes furchtbare Unrecht verziehen hast, das ich Dir vor so langer Zeit angetan habe. Dein großmütiges Verhalten letzte Woche war überwältigend, Dein Verständnis hat mich zutiefst bewegt. Wie ich nach unserem Treffen zu Nick sagte, kann ich jetzt, da ich mit Dir und Francesca Frieden geschlossen habe, ruhigen Herzens sterben.

Ich weiß, daß Du Nicky – auf andere Weise natürlich – ebenso sehr liebst wie ich. Darum bitte ich Dich von Herzen, kümmere Dich um ihn. Er wird Dich und Frankie, Eure liebevolle Freundschaft, brauchen. Ihr beiden werdet ihm von Eurer Kraft abgeben und ihm damit helfen, diese nächsten schweren Monate zu überstehen. Ich möchte nicht, daß Nikky allein bleibt, Victor. Bitte nimm ihn noch diese Woche mit Dir auf die Che Sarà Sarà, zusammen mit dem kleinen Victor und Frankie. Mein Herz wird leichter, wenn ich weiß, daß er von seinem Sohn und Euch beiden umgeben ist.

Schließlich bitte ich Dich, nicht zuzulassen, daß Nicky mich sucht. Ich begebe mich an einen Ort, an dem ich Ruhe und Frieden finde, wo ich sicher bin und wo man gut für mich sorgt. Es geht nicht anders. Ich könnte es nicht ertragen, Nicky leiden zu sehen. Und das wird er, wenn er mit mir zusammen ist. Das wurde mir letzte Nacht ganz klar. Nur Ihr drei und Michael Lazarus wißt von meiner Krankheit, und ich möchte, daß es auch weiterhin so bleibt.

Leb wohl, mein ganz besonderer Freund! In Liebe, Katharine.«

Victor legte den Brief auf den Tisch und ging zu Nick. Er nahm ihn ganz fest in die Arme. »Hab Vertrauen zu ihr, Nikky. Wo immer sie ist, sie wird in Sicherheit sein. Bitte versuche nicht, sie zu finden. Mach es so, wie sie es möchte.«

Nick neigte den Kopf. Seine Kehle tat weh vor unterdrückten Tränen, und sein Schmerz war unerträglich. Er begann auf und ab zu gehen, versuchte zu denken, doch sein Verstand war wie gelähmt. Er konnte sich nicht vorstellen, daß er sie nie wiedersehen, nie wieder ihr Lachen hören, in ihre herrlichen türkisfarbenen Augen blicken oder sie in den Armen halten sollte. So versunken war er in seinen inneren Kampf, daß er nicht merkte, wie Francesca und Victor das Zimmer verließen.

Als sie fünfzehn Minuten später zurückkehrten, lief er immer noch umher – verloren und tief unglücklich.

»Ich glaube, wir sollten tun, was sie schreibt, Nicky«, sagte Victor. »Ches ist ebenfalls meiner Meinung.«

Nicky starrte sie an, endlich aus seiner Betäubung gerissen. »Ja«, antwortete er. »Ja.« Er ging zum Tisch und nahm die blauen Tiffany-Etuis aus der Schachtel, die jedes einen Namen trugen, und überreichte sie Francesca und Victor. »Sie will, daß ich euch das hier gebe. Darum bittet sie mich in ihrem Brief.« Er schluckte. »Danke, daß ihr mir eure vorgelesen habt. Meinen kann ich euch nicht vorlesen ... Er ist sehr persönlich.«

»Aber Nicky, das hatten wir auch gar nicht erwartet«, entgegnete Francesca liebevoll. Sie öffnete ihr Etui. Es enthielt ein winziges Brillantherz mit Halskette, ganz ähnlich wie jenes, das Katharine so oft getragen hatte. Vergangene Woche hatten sie und Kath bei Tiffany ein gleiches Herz für Vanessa gekauft, und sie hatte es sehr bewundert. Francesca hielt es fest in der Hand, und wieder weinte sie um die Freundin.

Für Victor hatte Katharine römische Münzen gefunden, die vergoldet und zu Manschettenknöpfen verarbeitet worden waren. Blind, mit nassen Augen, starrte er auf sie hinab. Arme, bezaubernde Kath, dachte er. Erst vierundvierzig.

Nick sagte dumpf: »Sie wollte immer, daß ich mir Manschettenknöpfe aus Lapislazuli kaufe. Weil sie zu meinen Augen passen, hat sie gesagt.« Er öffnete die Hand, zeigte ihnen sein Geschenk und mußte sich abwenden, weil ihm plötzlich die Geschichte von den beiden alten Klatschbasen in London einfiel.

Victor ergriff Francescas Hand und streichelte sie sanft. »Wir müssen uns frohe Erinnerungen an Katharine bewahren und, ich sage es noch einmal, müssen tun, was sie verlangt. Du wirst doch mit auf die Ranch kommen, Nick – oder?«

»Ja. Und meinen Sohn werde ich auch mitbringen. Genau wie meine geliebte Katharine es will.«

»Wirst du auch mitkommen, Ches?« erkundigte sich Victor.

»Natürlich, Vic. Nicky braucht mich.«

Victor nickte und lächelte Francesca zu. Lange ruhte sein Blick in dem ihren. Ich war ihre erste Liebe, dachte er. Vielleicht, wenn ich Glück habe, werde ich auch ihre letzte sein. Später, wenn wir dies alles hinter uns haben. Und dann: »*Che sarà sarà*«, sagte er leise. Was sein wird, wird sein.

Finale
April 1979

But when the days of golden dreams had perished
And even despair was powerless to destroy,
Then did I learn how existence could be cherished,
Strengthened and fed without the aid of joy.

EMILY BRONTË

Vierundfünfzigstes Kapitel

Der Park von Ravenswood glühte so prall von Leben und Farbe, den Düften der verschiedensten Blüten, daß Katharine den Atem anhielt, als sie über den Rasen zu ihrer geliebten Waldlichtung ging. Sie setzte sich auf einen Holzstuhl, holte ein frisches Päckchen Zigaretten aus der Tasche und zündete sich eine an. Ihr Arzt in London hatte sie gebeten, das Rauchen einzuschränken, aber sie fragte sich, was das in diesen wenigen Monaten noch schaden konnte.

In der Ferne schimmerte das weiße Haus, und irgendwo schmetterten Vögel ihre lieblichen Melodien und stoben im Schwarm in den klarblauen Himmel empor. Sie seufzte. Es war so friedlich hier, weit entfernt vom Lärm und Hasten der Außenwelt!

Bald würde Beau zurückkehren. Sie hatte ihm nicht mitgeteilt, daß sie kommen werde, daher war Beau zum Golfspielen gegangen, wie Tabella, seine Haushälterin, ihr erklärt hatte, als sie vorhin aus New York eintraf. Den Entschluß, herzukommen, hatte sie in der vergangenen Nacht gefaßt, als Nick erschöpft in ihren Armen schlief. Sie betete darum, daß er mit Victor und Frankie auf die Ranch gehen werde. Dort, bei den beiden und seinem Sohn, würde auch er vielleicht einen gewissen Frieden finden. Und ihre Tochter würde sich nächste Woche zu ihnen gesellen und so lange bleiben, wie es angebracht war. Das hatte Mike ihr fest versprochen. Ein Lächeln huschte über ihr schönes Gesicht. Wochenlang hatte sie ihr Geheimnis vor Nick und allen anderen Menschen gehütet. Es war die beste schauspielerische Leistung ihres Lebens gewesen. Und nun mußte sie damit noch eine Weile fortfahren – ihre letzte große Vorstellung geben. Für Beau. Er durfte nichts wissen. Noch nicht. Ihr Blick ruhte auf dem schönen Haus. Als junge Ehefrau war sie damals nach Ravenswood gekommen. Jetzt war sie zurückgekehrt, um hier zu sterben.

Katharine blinzelte ins Sonnenlicht und beschirmte die Augen mit der Hand. Beau kam die Terrassentreppe herabgesprungen und wie ein Jüngling über den Rasen gelaufen. Dann stand er, übers ganze Gesicht strahlend, vor ihr.

»Hallo, mein Äffchen!« begrüßte er sie. »Was machst du denn hier?«

Katharine erhob sich, ergriff seine Hand und ließ ihr perlendes Jungmädchenlachen erklingen. »Ich bin endlich heimgekommen, Beau.«

Er umarmte sie herzlich, überwältigt von Glück und fröhlich lachend. Dann hielt er sie von sich ab, seine Miene wurde ernst, und er krauste die Stirn. »Schön, mein Äffchen, aber für wie lange?«

Sekundenlang antwortete Katharine nicht. Mit ihren herrlichen Augen, nicht blau, nicht grün, sondern von einem einmaligen Türkis, erfüllt von strahlendem Licht, sah sie zu ihm auf.

Ihr Lächeln war ruhig. »Für den Rest meines Lebens«, antwortete sie.

London, 1554: Richard Brecon ist nicht ihre große Liebe, doch Katherine fügt sich dem Wunsch ihres Vaters und willigt in die Vernunftehe ein. Als Richard aber noch in der Hochzeitsnacht verschwindet, um einem mysteriösen Freund beizustehen, bereut sie ihre Entscheidung schon wieder. Und in der Tat gibt es nur wenig, was sie über ihren Ehemann weiß. Wer ist der junge Franzose Villeneuve, der sich ebensosehr um Katherine bemüht, wie er mit ihrem Mann verfeindet zu sein scheint? Und was geschieht wirklich in dem geheimnisvollen Landhaus an der englischen Küste, in dem Richard sich angeblich mit Freunden trifft? Als er verdächtigt wird, an einem Überfall auf die königliche Schatzkammer beteiligt zu sein, nimmt Katherine in ihrer Verzweiflung Villeneuves Hilfe an. Doch sie ahnt nicht, daß sie sich damit einem skrupellosen Entführer ans Messer liefert...

Teresa Crane

Das seidene Glück
Roman

Die ergreifende Geschichte einer mutigen jungen Frau aus dem England des 16. Jahrhunderts.

England 1780: Durch eine Intrige wird Isabella Curwen von ihrem Geliebten Fletcher Christian getrennt und zu einer Vernunftehe überredet. Enttäuscht entschließt sich Fletcher für ein Leben auf See. Fast zehn Jahre später dringen Gerüchte über die Meuterei auf der Bounty nach England. Isabella ist entsetzt: Steckt wirklich Fletcher Christian hinter der Verschwörung?

Ein wunderschöner Liebesroman vor dem Hintergrund der Meuterei auf der Bounty.

Fiona Mountain

Isabella

Roman

England 1952. Die Kinderbuchillustratorin Cathy Kotsikas liebt ihr einsames Cottage an der Küste Englands. Nichts könnte sie dazu bringen, nach London oder gar nach Griechenland zu ziehen. Auch wenn ihr Mann Leon, ein Vollblutgrieche, sie immer wieder davon zu überzeugen versucht. Aber die Schwierigkeiten beginnen erst, als Leons Sohn Nikos nach England kommt. Nikos ist von der ersten Begegnung an fasziniert von der eigenwilligen Frau seines Vaters. Aber auch Cathy, ein weiteres Mal von Leon enttäuscht, entwickelt alles andere als mütterliche Gefühle für Nikos. Können die beiden die heftige Leidenschaft, die zwischen ihnen entbrennt, geheimhalten?

Teresa Crane

Die goldene Ikone

Roman